장미의 문

장미의 문

테닝 장편소설 | 유소영 옮김

더봄

더봄 중국문학 14

장미의 문

제1판 1쇄 인쇄   2023년 10월 25일
제1판 1쇄 발행   2023년 11월 7일

지은이   톄닝
옮긴이   유소영
글자수   611,000자

펴낸이   김덕문
책임편집   손미정
디자인   블랙페퍼디자인
마케팅   이종률

펴낸곳   **더봄**
등록일   2015년 4월 20일
주소   서울시 노원구 화랑로51길 78, 507동 1208호
대표전화   02-975-8007 ‖ 팩스 02-975-8006
전자우편   thebom21@naver.com
블로그   blog.naver.com/thebom21

한국어 출판권 ⓒ 더봄, 2023
ISBN 979-11-92386-11-9 04820

《장미의 문》은 단연코
여성에 관한 이야기이다.

이 소설의 핵심 등장인물은 외할머니 쓰이윈, 어머니 좡천, 손녀 쑤메이로 이어지는 삼대의 여성과 쑤메이의 외숙모 쑹주시, 고모 꾸빠 등이다. 모두 여성이다. 전체적인 흐름으로 볼 때 이 글의 화자語者는 손녀다. 외할머니 쓰이윈은 중국 현대사의 중차대한 사건 및 굵직굵직한 이야깃거리와 청·장년기를 함께한 인물, 이쯤 되면 독자는 또 문화대혁명(이하 문혁) 이야기가 나올 거라 생각할 것이다. 물론이다.

하지만 《장미의 문》은 문혁이 시대배경인 여느 소설과는 사뭇 다르다. 10년 세월 동안 중국 전체 사회, 인민들을 모진 풍파에 몰아넣었던 굴곡진 중국의 현대사가 어찌 쓰이윈인들 빗겨갈 수 있었겠는가? 하지만 소설에 나오는 충격적이고 암울한 문혁의 시기는 소설의 주인공이 살아온 삶, 그녀들의 내심을 보다 부각시키기 위한 한낱 배경에 불과하다.

21세기가 시작되고도 20년이 훌쩍 지난 지금, 사회 환경이 달라지면서 과거 여성이 감내해야 했던 불평등이 많이 사라졌다고는 하나 여전히 성별의 차이가 아닌 차별로 인해 부당한 대우를 받는 일이 없다고 할 수 없으니 여성만이 공감하며 극복하고 조율해야만 하는 일이 적지 않다. 그런 까닭에 소설의 시대배경이 수십 년 전이기는 하지만 쓰이원이나 그녀를 바라보는 손녀 쑤메이의 심리 또한 지금의 우리가 공감하기에 그리 어렵지 않다.

작가 톄닝이 이 소설을 발표한 해는 1989년이다(본서는 2006년 인민문학출판사에서 나온 판본을 따랐다). 1980년대라면 요즘 청년들에게는 호랑이 담배 피우던 시절, 그야말로 옛날이야기나 다를 바 없을 수도 있다. 하지만 소설 첫 장, 베이징 호텔에서 주인공 쑤메이와 쑤웨이 자매가 나누는 대화나 주변 사람들의 모습은 지금 봐도 전혀 낯설지 않다. 그렇게 시작된 소설은 점차 시대를 거슬러 올라가 쑤메이가 회상하는 할머니 쓰이원의 젊은 시절로 넘어간다.

쓰이원의 일생은 중국의 몇몇 중요한 역사 단계와 관련이 있다. 혁명을 열망하던 여고생 쓰이원은 당시 학생운동의 기수인 한 청년과 사랑에 빠졌으나 끝내 원만한 결실을 맺지 못했다. 이후 다른 남자와 결혼한 쓰이원은 좋은 아내, 며느리가 되기 위해 최선을 다한다. 하지만 그녀의 바람은 모두 절망으로 끝을 맺는다. 소설은 쓰이원이 온몸으로 시대를 맞이하며 자기 나름대로 사회와 가정의 불편, 부당함을 극복하려는 모습을 섬세하게 묘사하고 있다.

이런 이야기를 읽는 사이 독자는 문혁이나 홍위병, 혁명대중, 박해받는 지식인들이 주인공인 거대 담론에서 벗어나 여성 개인의 심리 상태에 집중하게 된다. 좋은 집안에 학식까지 갖춘 여성 쓰이원은 열애가 허무하게 막을 내리고 아버지가 정해준 남성과 결혼한 후 좋은 아내, 좋은 며느리가 되기 위해 노력한다. 이러한 그녀의 노력에도 불

장미의 문

구하고 문란하고 야비한 남편, 악독한 시아버지의 모습에 현모양처의 꿈마저 물거품이 된다. 그로부터 쓰이원의 내면에 자리한 꽃 같은 여성성은 괴이하게 뒤틀리기 시작한다. 시대의 아픔과 일상의 충격에 왜곡되는 쓰이원의 모습이 이해가 되면서도 결코 공감은 할 수 없는 내용이 거듭 이어진다.

소설《장미의 문》에는 쓰이원 이외에도 또 다른 눈여겨볼 만한 여성들이 등장한다. 바로 그의 며느리 쑹주시와 시누이 꾸빠다. 쑹주시는 과감하고 솔직하다. 이런 성향의 쑹주시는 전혀 성격이 다른 시어머니 쓰이원과 한 공간에 살면서 자신의 자존을 지키고 여성성을 드러내는 방법이 쓰이원과는 사뭇 다르다. 그녀의 여성성은 쑤메이에게도 영향을 주는 한편, 쑤메이와 묘한 대결 구도를 이룬다.

시누이 꾸빠는 첫날 밤, 남편에게 기만을 당하고 파혼 후 집으로 돌아온다. 이후 자신의 호칭을 꾸빠로 바꾸며 성적 정체성을 거부하고 또 다른 해괴한 방식으로 자신만의 세계에 갇혀 서서히 몰락한다. 남성에게 배신을 당한 후 선택한 삶의 방식이 쓰이원과 묘하게 대조를 이루는 인물이다.

그렇다면 가장 건강한 삶을 보여주는 이는 누구일까? 바로 화자로 등장하는 쓰이원의 외손녀 쑤메이다. 그녀는 성장 과정에서 외할머니 쓰이원의 노림수에 휘말리며 주위 어른들의 모습에서 성性적으로 수 차례 큰 충격을 받는다. 그리고 결국 이런 굴레를 벗어나기 위해 동생을 데리고 가출하여 독립적인 생활을 시작한다.

이 책의 서술 방식은 매우 독특하다. 화자가 쑤메이 자신이 분명한데 또한 마치 3인칭 시점처럼 외할머니와 어머니를 직접 이름으로 부르고 또한 '그녀'라고 통틀어 지칭하기도 한다. 물론 '她(그녀)'는 영어의 'she'와 동일하니, 어느 문장에서도 '她(그녀)'가 나오는 것은 이상한 일이 아니다. 외할머니도 '그녀'이고 어머니도 '그녀'다. 하지만 우리말로 번역할 경우 '그녀'라는 호칭은 대부분 어울리지도 않고 매우 거북하게 들린다. 또한 종종 한 문장에 '그녀와 그녀'라는 표현을 쓰는 바람에 정확하게 누구를 지칭하는 것인지 생각하느라 집중하게 만들기도 하고, 그러는 사이 여성 주인공들의 내면을 한층 더 들여다보는 계기가 되기도 한다.

문장형식상의 기이한 점은 또 있다. 각 chapter와 상관없이 1-63까지 일련번호로 이어지는 소설에서 5/15/25/35/45/55는 1인칭과 2인칭만 등장하며, 문장부호도 일반적인 문장 형태와 크게 다르다. 예를 들어 쉼표나 마침표가 들어가야 할 때 들어가지 않거나 동사가 연달아 대여섯 개 나온다거나 분명 종지형의 문장임에도 아무런 표시를 하지 않은 경우가 적지 않다.

독자의 가독성과 편의에 방점을 찍을 것인가? 아니면 저자의 기교와 의도를 존중할 것인가? 잠시 두 가지 문제를 두고 고민하다가 이번 번역에서는 원문을 따르기로 결정했다. 쑤메이의 생각은 곧 톄닝 작가 본인의 생각이기도 하다. 때로 숨도 쉬지 못할 정도로 작가의 의식이 흘러가느라 쉼표나 마침표를 생략했다고 생각하며 작가의 쓰루思路(의식의 흐름)를 그대로 따라가 보고 싶었기 때문이다.

쑤메이의 아명은 메이메이이다. 간혹 중국 소설에서 성을 뺀 이름과 아명을 온전한 성명과 혼용할 경우 독자들이 서로 다른 인물로 혼동할 때가 많다. 이를 위해 쑤메이와 메이메이(쑤메이의 아명)를 쑤메이로만 번역하고 싶었지만 작가가 성년이 된 쑤메이와 어린 시절의 메이메이를 구분하였기 때문에 쑤메이에 대한 지칭 역시 작가의 원문을

장미의 문

그대로 따랐다.

　다른 소설에 비해 이 작품은 각주가 많은 편이다. 10년에 걸친 문혁이라는 시대적 배경과 경극과 음식, 복식 등등 당시 대중의 삶을 구체적으로 묘사하기 위해 작가가 우리들에게 낯선 명사를 대거 선사했기 때문이다. 인명과 지명, 음식 이름은 대부분 국립국어원 외래어표기법을 기준으로 하였지만 문혁과 관련된 명사는 대부분 한자독음 그대로 표기했다. 다만 호칭 가운데 쑤메이의 고모인 '꾸빠'와 '꾸빠'의 고양이인 '따황'은 외래어표기법 규칙과 달리 이미지를 고려하여 역자의 판단에 따라 된소리로 표기하였다.

　이 소설은 종종 중국인들에게도 난해하다는 평가를 받는다. 혹자는 이 책을 읽고 3/4도 이해하기 어려웠다는 왕쩡치汪曾祺(1920~1997, 중국 현대문학가)의 말로 이 소설에 대한 평을 대신하기도 했다. 그런데 정말로 그렇게 난해한 것일까? 위에서 언급한 몇몇 문장의 형식적 문제를 제외하면 '난해'難解, 즉 이해하기 어렵다는 평가는 혹시 남성들의 시각에서 바라보았기 때문이 아닐까?

　역자가 생각하기에 이 소설은 이해하기 어려운 것이 아니라 저자의 생각을 좇아가는 일이 조금 버거울 뿐인 듯하다. 사실 번역 초기에는 역자 역시 당혹감을 감출 수 없었다. "뭐 이런 소설이 다 있어."라는 말이 나올 때도 있었다. 기존 소설과는 전혀 다른 플롯과 전개, 시점의 혼란, 괴이하게 뒤틀린 인물들의 행태 등등 때문이었다.

　하지만 점점 소설에 몰입하면서 1, 2인칭 시점만 나오는 부분에 이르면 작가의 이야기를 따라가기 위해 그야말로 숨을 죽이고 생각의 흐름을 놓치지 않으려 긴장의 끈을 놓지 않았다. 작가의 생각을 좇아가느라 애를 쓸 때면 동시에 자판을 두드리는 손길조차 한껏 조심스러워지면서 묘한 흥취를 느낄 수 있었다. 그러니 그저 난해하다는 말로 이 책에 대한 평가를 대신할 수 없다.

영미소설에 비해 중국소설은 한국 독자들에게 조금은 멀게 느껴지는 것이 분명하다. 직·간접적으로 접해보지 못한 사회이기 때문이거나 어릴 적부터 상대적으로 영미문학에 노출되어 있던 우리 환경 등 여러 가지 요인이 있을 것이다. 그렇다면 여성 작가 톄닝이 내놓은 첫 번째 장편소설을 통해 중국소설의 색다른 세계에 빠져보면 어떨까? 흔히 중국을 '가깝고도 먼 나라'라고 하지만 때로 멀고도 가까운 존재가 되도록 좀 더 들여다봐야 하는 것은 아닐까. 또한 중국 사회를 들여다보기 위해서가 아니라 해도 작가의 생각을 따라 특수한 상황에 내몰린 한 여성의 삶을 지켜보며 인간의 내면을 들여다보는 것만으로도 《장미의 문》은 충분히 흥미로운 작품이다.

차례

제1장

이렇게 일찍 공항으로 출발하자고 제안한 건 쑤웨이蘇瑋다.

쑤메이蘇眉가 탄 '시트로엥'이 차량물결을 따라 공항로를 달렸다. 창이 꼭 닫혀 있었다. 유리창 너머 가까이 개나리가 그리고 멀찌감치 나무들이 눈에 들어왔다. 개나리는 이제 막 꽃봉오리를 터트린 상태였다. 새로운 계절이 찾아들고 있었다. 멀리 보이는 뿌연 풍경은 휑하고 희뿌연 중국의 북방 풍경을 보는 듯했다. 풍경이 흐릿할수록 쑤메이는 점점 더 풍경에 집중했다. 하지만 그럴수록 마음은 헛헛했다. 마음이 텅 빈 것 같다는 생각이 든 순간, 쑤메이는 가슴이 철렁 내려앉았다. 쑤메이가 옆에 앉은 쑤웨이 쪽으로 고개를 돌려 머릿속에 떠오르는 대로 아무 이야기나 꺼내 말을 걸었다.

동생인 쑤웨이는 남편 닐을 따라 미국으로 이민을 떠난다. 그래서 타지에 살던 쑤메이가 베이징으로 그들을 전송하러 왔다. 쑤웨이는 언니와 차분하게 작별하고 싶었다.

쑤웨이는 앞에 앉아 있는 남편 닐을, 그의 뒤통수를 빤히 바라보고 있었다. 다갈색 머리의 뒤통수, 약간 길쭉한 닐의 허여멀건 목 윗머리가 깡총하다. 쑤메이가 짜증스런 쑤웨이의 눈빛을 바라보았다. 닐이 또 머리를 너무 짧게 잘라 화가 난 거야. 두 여자는 닐의 헤어스타일에 대해 이야기했다.

장발 유행이 지나긴 했지만, 쑤메이 역시 닐이 머리를 너무 짧게 잘랐다고 생각했다. 마치 큼지막한 외국 화보의 표제어를 보는 듯하다. '아쉽게도 장발의 시대가 가고, 다시 숏 컷의 시대가 오다!' 표제어와 함께 뜻밖에도 레이건, 미테랑, 이제 막 권좌에서 축출된 마르코스 등 의외의 인물이 등장했다. 하지만 현재 닐의 머리는 그 유명 인사들보다도 짧다. 이렇게 머리가 짧은 남자는 누군가의 남편이 아닌, 남동생이 될 수 있을 뿐이다. 닐이 고개를 돌렸다. 단정하고 담백한 얼굴, 남회색 눈동자가 그들에게로 향하자 쑤메이의 이런 느낌은 더욱 강해졌다. 어휴, 저놈의 양키. 쑤메이가 속으로 생각했다.

그래, 양키지. 우리가 미국인을 이렇게 부르지 않은지 얼마나 됐지? 그 양키가 지금은 쑤웨이의 남편이다.

여자들이 계속 자기 헤어스타일을 가지고 구시렁거리자 닐이 할 수 없이 중국어로 자기 머리에 대한 변명을 늘어놓았다. '창청'이 가장 믿을 만해서 창청長城호텔에서 잘랐다고 했다. 설사 'Holiday Inn Lido Hotel'麗都假日飯店에 묵어도 '리파'理髮(이발)는 '창청'으로 가야 한다고도 했다. 닐은 '창청'을 '창천'이라고 발음했지만 '리파' 발음은 정확했다. 쑤웨이는 '창청'이고 뭐고 머리를 '농사꾼'처럼, 그래 맞아, '시골에서 상경한 농사꾼'처럼 잘라놓았다고 했다. 얼마 전 쑤웨이가 닐에게 가르쳐준 중국식 표현이다. 쑤웨이가 정갈하고 하얀 치아를 드러내며 미소를 지었다.

장미의 문

닐은 '시골에서 상경한 농사꾼'이란 말에 별로 개의치 않았다. 그는 농가의 뜨끈뜨끈한 '캉터우'炕頭가[1] 가장 좋다고, 뜨끈뜨끈한 구들장에서 '꾸벅꾸벅 조는' 시간을 정말 좋아한다고 했다. 쑤웨이는 그래, 다음에 중국에 오면 그때는 '캉터우'가 있는 중국 농가에서 묵자고 했다. 쑤웨이는 예전에 닐을 데리고 농촌의 '캉터우'를 집중적으로 돌아다닌 적이 있다.

하지만 쑤웨이는 'Holiday Inn Lido Hotel'이 좋았다. 조금 전 그곳을 떠날 때도 문 앞에 서서 한참 동안 호텔을 물끄러미 바라보았다.

쑤메이는 그 정도로 농담을 끝내고 입을 다물었다. 남편에 대한 쑤웨이의 '지나친' 반응을 보며 쑤메이는 자기 마음이 기쁜지 아니면 씁쓸한지 잘 가늠이 되지 않았다. 씁쓸한 기분이 맞다면 무엇 때문일까? 쑤웨이 때문일까, 자기 때문일까? 그것도 아니라면 망막하면서도 와글와글한 '거대한 촌' 때문일까. 그들을 낳고 키워준 이곳을 '촌'이라고 할 수 있다면 말이다.

쑤메이는 닐이 '창청'에서 이발한다는 사실을 알고 있었다. 미국 BL사 베이징 주재원들은 모두 숙소로 Holiday Inn Lido Hotel을 애용하면서도 이발할 때는 그곳에 돈을 쓰고 싶어 하지 않는다. 먹고 마시고 싸는 것은 4성급 호텔 Holiday Inn Lido Hotel에서 하면서 말이다.

쑤웨이와 닐은 결혼 후 계속 Holiday Inn Lido Hotel에 묵고 있다. 호텔 생활이 1년을 넘었다. 그동안 쑤웨이는 눈에 띄는 대로 트집

---

1) 중국 북방의 난방시설. 방 한쪽에 침상 구조물이 있고, 그 구조물 자체에 불을 지피는 시설이 되어 있다.

을 잡으면서도 예의를 잃지 않았다. 당시 쑤웨이는 여전히 역문출판사譯文出版社 일을 하고 있었다. 닐은 매일 퇴근 후 회사차로 아내를 데리러 출판사에 왔다. 두 사람은 만나면 저녁 메뉴부터 상의했다. 쑤웨이는 매번 'Lido'로 돌아가 '동방쾌차'東方快車를 먹자고 하거나 아니면 아예 작은 음식점에 가서 두부나 생전포자生煎包子(지짐이처럼 익힌 찐만두) 또는 북조선 냉면을 먹자고 했다. 괜히 그럴 듯한 멋진 곳에서 먹느라 큰돈을 덥석덥석 쓰고 싶어 하지 않았다. 닐은 쑤웨이에게 자기는 냉면을 먹어봤자 설사만 한다고 하소연했다. 하지만 쑤웨이는 그것 역시 단련이라고 말했다. 미국인이 모두 차가운 물을 마셔대는 바람에 자신도 매일 벌컥벌컥 찬물을 마시지 않는가.

쑤웨이는 식사는 작은 음식점에서만 하고, 찬물을 먹지만 'Lido'의 모든 사람들과 정말 친하게 지낸다. 로비의 벨보이나 쉽게 모습을 볼 수 없는 보일러공까지도 친하다.

처음에 바BAR와 식당 여종업원들은 쑤웨이를 지긋지긋하게 싫어했다. 여자들은 쑤웨이를 닐의 '일회용 친구'로 생각했다. 쑤웨이가 닐의 아내라고 했는데도 여종업원들은 쑤웨이가 아내를 사칭하고 있다고 생각했다. 당신이? 여자들은 생각했다. 하루 종일 반바지에 거리 어디서나 볼 수 있는 스웨트셔츠(맨투맨)나 입고 다니는 사람? 그들은 닐에게는 각별히 친절한 태도로 애교를 부렸고, 쑤웨이에게 음식 주문을 하라고 말할 때면 심한 콧소리를 냈다. 마치 일부러 콧소리 심한 말투로 승객을 대하는 베이징 궤도전차의 안내양들 같이. 안내양들 말은 정말 알아듣기 힘들다. 결국 몇 번이나 바보처럼 "뭐라고요?"를 연발하면 그런 상대방을 한껏 비웃으며 더 심한 콧소리를 내는 바람에 더더욱 알아들을 수가 없다. 그들은 언제나 바보 같은 승

장미의 문

객들에게 작정하고 시비를 건다.

쑤웨이는 일부러 어수룩하게 보이도록 종업원들에게 중국어로 말했다. 그럼 상대방은 쑤웨이를 더 우습게 여겼다. 여기서 중국어를 쓴다는 것은 마치 그들에게 당신은 문맹이나 토박이임을, 주머니에 땡전 한 푼 없는 시골뜨기임을 선언하는 것이나 마찬가지다. 완벽한 외국어만이 이 휘황찬란한 로비, 핑크빛 바, 쇼팽의 피아노곡 그리고 계단 옆에 있는 진시황 병마용 복제품과 어울린다고 생각하는 듯하다. 그들은 일부러 맥주와 독일 스프, 뜨거운 음식과 차가운 음식을 한꺼번에 가져와 쑤웨이에게 내밀었다. 그럴 때면 화가 난 닐은 하얀 얼굴이 더 허옇게 질려 자기 아내를 무시하는 거냐며 지배인, 사장을 불러오라고 했다. 그제야 비로소 여자들은 쑤웨이의 신분에 믿음을 가지고 태도가 고분고분해졌다. 외국인이 일회용 친구를 이렇게 진지하게 대하진 않을 거야. 일회용 친구라면 바에 가서 술 한 잔 사주면 충분하겠지. 대개 상대방에게 반바지 두 벌 정도 내던지듯 선물한 후 "바이, 바이" 헤어질 것이고. 아마 그 반바지도 황성 밑자락 노점상에서 샀을 거야.

하지만 닐은 그 정도로 화를 그치지 않았다. 1미터 90센티미터의 장신인 그는 식당의 모든 것을 쓸어버릴 기세였다. 결국 종업원은 쑤웨이에게 사과했고, 그 후 쑤웨이에게 말할 때 더 이상 콧소리를 잔뜩 싣지 않았다. 쑤웨이는 그쯤해서 고자세를 내려놓고 그들과 우호적으로 지내기 시작했다. 여종업원들은 외국어를 알아듣지 못할 때면 쑤웨이에게 도움을 청했다. 심지어 쑤웨이는 여자들에게 '야무지게' 그들이 친절하게 대할 외국인은 누구, 대충 내버려뒀다가 얌전히 앉아 있으면 상대해야 할 외국인은 누구인지까지 일일이 알려주었다.

이렇게 해서 쑤웨이는 헐렁하지만 깔끔한 옷차림과 중국식 친절로 여종업원들의 마음을 얻을 수 있었다. 쑤웨이는 여종업원들을 극복하기 위해 중국인이 중국의 4성급 호텔에서 투숙하는 데 치러야 할 배의 노력을 기울였다.

드디어 쑤웨이와 닐은 떠들썩하고, 끊임없이 문제가 발생하면서도 단조롭고 무미건조한 호텔 생활을 접게 되었다. 쑤메이가 쑤웨이 짐정리를 도와주려고 'Holiday Inn Lido Hotel'에 왔다. 쑤웨이는 쑤메이에게 지금 당장 방안 가득 쪽파와 마늘냄새를 풀풀 풍기며 샤오충잔장小葱蘸酱(쪽파 두반장 무침)을 먹고 싶다고 했다. 여기에 노릇노릇한 방즈몐톄빙즈棒子面贴饼子(옥수수가루로 만든 전병)도 당긴다고 했다.

쑤메이는 쑤웨이 말에 가타부타 대꾸를 하지 않았다. 쪽파와 마늘을 먹고 싶은 마음이 거짓이라는 생각은 들지 않았다. 하지만 지금 이 순간 그건 사치스러운 욕망이다. 서양요리가 지겨워 앙탈을 부리고 있는 거야.

매일 샤오충잔장 같은 것만 먹는다면?

밤늦게야 짐정리가 끝났다. 닐이 바에 가자고 했다.

쑤메이는 '싱가포르슬링'Singapore Sling이라는 칵테일을 정말 좋아한다. 하지만 닐은 쑤메이를 위해 멕시코 술인 데킬라를 시켰다. 이 술은 마시는 법이 요란하다. 먼저 소금을 손아귀에 놓고 혀로 핥은 다음, 술과 함께 소금을 삼킨다. 그리고 조각 레몬 즙을 빨아먹는다. 쑤메이가 보기에 이런 식의 음주방식은 마치 연극을 하는 것 같았다. 우아하고 화려하면서도 투박하고 시골스럽다. 이곳에서 쑤메이가 가장 좋아하는 건 흑단 원탁 위 작은 그릇에 들어 있는 팝콘이다. 팝콘을 보면 쑤메이는 항상 간편하고 단순소박한 미국식, 가성비 뛰어난

장미의 문

중국식이 생각난다. Holiday Inn Hotel의 창립자 케몬스 윌슨^{Kemmons} Willson은 애당초 미국 영화관에서 팝콘을 팔아 자수성가했다. 이후 윌슨은 팝콘으로 전 세계 시장에 윌슨 팝콘 시장을 개척했다. 팝콘 한 그릇에 한 기업가의 위대한 지혜가 담겨 있는 셈이다. 보기에 팝콘은 거저먹는 것 같지만 이렇게 공짜 팝콘을 먹다보면 어느새 당신은 빈털터리가 될 거란 사실을 잊어버린다.

중국은 그렇진 않다. 팝콘을 아무리 먹어도 빈털터리가 되진 않는다. 중국 베이징에서는 큰 봉투 하나에 4마오[2], 작은 봉지는 2마오다. 어린 시절 쑤메이는 베이징에 살았다. 골목 입구에 작은 가게가 있었다. 팝콘 장사는 곱사등이 노인이었다. 작은 창으로 4마오를 내밀면 노인은 손님에게 작은 창에 직접 손을 집어넣어 팝콘 한 봉지를 가져가라고 했다. 당시 쑤메이는 그렇게 팝콘을 사는 순간이 행복했다. 마치 공짜로 집어가는 느낌이 들었다. 지금 생각해보면 당시 노인의 가게는 '슈퍼마켓'이나 마찬가지였다. 슈퍼마켓을 처음 만든 사람은 아마 그런 식으로 소비자가 직접 고를 때의 기분을 장사에 이용했을 것이다. 하지만 곱사등이 노인은 결국 윌슨이 되진 못했다. 마치 진시황과 한무제가 장성만 쌓을 줄 알았지 출격할 줄은 몰랐던 것과 마찬가지이다.

팝콘 무료 제공은 매우 영특한 영업방식이 되었다. 한 그릇을 다 먹고 나면 붉은 서양복장의 여종업원이 바로 팝콘 한 그릇을 또 가져다준다. 손님은 그냥 앉아 있기만 하면 그만이지만 그렇게 앉아 무

---

2) 중국의 화폐 단위. 10마오=1위안元

료로 제공되는 팝콘만 축낼 수는 없다. 체면상 뭔가 주문을 해야 한다. 여기요, 'Singapore Sling' 하나, '호랑이 입에서 벗어나다'虎口脱險3) 하나를 시키면 이미 중국에서 꽤나 사회적 지위가 높은 지식인 한 달 임금을 쓰게 되는 셈이다.

그새 쑤웨이가 종업원에게 다시 '하이네켄'Heineken 맥주를 주문한다. 쑤웨이는 닐을 데리고 차라리 순두부탕이나 냉면을 먹으러 가고 말지 쑤메이가 여기서 그럴 듯한 한 상을 즐기게 내버려두고 싶지 않았다. 쑤메이는 쑤웨이에게 그만하라고 암시를 주지만 쑤웨이는 자기만의 스타일이 있다. 쑤웨이는 팁을 주는 등의 방식으로 단시간 내에 다른 사람의 회의적인 시선을 용납하지 않는 자기만의 스타일을 만드는 데 능하다. 그녀는 중국의 '신新 조류'를 이끌고 있다.

조금 전 'Holiday Inn Hotel'을 떠날 때 쑤메이는 쑤웨이가 눈에 잘 띄지 않게 넌지시 10위안짜리 태환권兌換券4)을 벨보이 손에 쥐어주는 광경을 목격했다. 쑤웨이 바로 앞의 호텔 벨보이는 이런 그녀의 작은 행동을 보지 못했다.

공항에 도착했다. 짐을 부치고 모든 수속을 끝낸 후 작별할 시간이 됐다.

모든 상황은 쑤메이가 상상한 것만큼 애절하진 않았다. 심지어 쑤웨이는 조금 정신이 없어보였다. 쑤웨이는 쑤메이를 끌고 여기저기를 쑤시고 다니다가 급기야 화장실까지 다녀왔다. 돌아오던 길에 쑤

---

3) '손아귀'란 말의 중국어는 후커우虎口, 쑤메이가 데낄라의 음주법을 생각해 '虎口脱險'이란 별명을 지음

4) 외환태환권. 1979년부터 1996년까지 중국 내에서 사용되던 외국인 전용 화폐

장미의 문

웨이는 쑤메이에게 여덟 살 때 급성장염을 앓았던 일을 기억하는지 물었다. 당시 자신은 구토와 설사를 했고, 엄마가 그런 자신을 병원으로 데려가다가 병원 입구에서 잘 아는 의사를 만났었다고 말했다. 의사는 쑤웨이가 죽든 말든 계속 엄마와 수다를 떨었고, 쑤웨이는 쪼그려 앉아 계속 토하다가 남자 의사가 자기 담임선생님과 똑같은 여자 슬리퍼를 신고 있다는 사실을 발견했다. 그 의사 엄지발톱에는 무좀도 있었다. 보면 볼수록 구역질이 났다. 구역질이 날수록 자꾸만 눈길이 갔다.

닐은 쑤웨이 말이 이해가 갈 듯 말 듯 했다. 어차피 관심도 없었다. 그가 쑤메이에게 살짝 몸을 기울이며 당부했다. 이건 명령인데 헤어질 때 절대 울지 마. 그는 마치 어른이 아이를 대하듯 쑤메이의 어깨를 다독였다. 뒤통수를 볼 때면 어린 남동생 정도로밖에 보이지 않았는데, 이제 더 이상 그런 생각은 들지 않았다.

닐의 '명령'에 쑤메이는 조금 미안한 기분이 들었다. 전혀 울고 싶은 기분이 아니었기 때문이다. 심지어 너무 담담해서 오히려 초조했다. 세상의 잡스런 소리가 인류의 실제 감정을 가리듯 공항 로비의 시끄러운 잡음이 자신의 진짜 감정들을 가로막고 있는 것 같았다. 쑤메이는 생각했다. 세상이 너무 시끄러워.

United Airlines을 탄 신사, 숙녀들이 '보안검색대' 입구에 줄을 섰다. 쑤웨이와 쑤메이는 그곳에서 헤어질 수밖에 없었다. 짧은 줄은 금방 줄어들었다. 쑤웨이는 준비할 새도 없이 순식간에 입구로 들어가 버렸다. 쑤메이는 목이 콱 막히며 계속해서 올라오는 시큼한 눈물을 삼켰다. 입구로 들어가려던 쑤웨이가 갑자기 다시 달려 나와 난간 너머로 언니를 껴안았다. 둘이 눈물을 줄줄 흘렸다. 두 사람 모두 담갈색, 어두운 금빛의 피부였다. 쑤웨이, 쑤메이 모두 까맣고 가는 머리 카락이며 흐느낌의 장단, 눈물의 유속까지 한결같았다. 쑤메이는 쑤웨이의 몸에서 아직도 젖 냄새, 어린 시절 몸에 남아 있던 젖 냄새를 맡았다. 두 사람이 이렇게 꼭 붙어 있는 건 정말 오랜만이었다. 아직도 젖 냄새가 나네.

길게 쭉 뻗은 무빙워크 위의 쑤웨이와 닐의 모습이 점점 멀어져 갔다. 닐이 하얀 팔을 쑤웨이 어깨에 올리자 쑤웨이의 어깨가 파르르 떨렸다. 그들은 고개를 돌리지 않았다.

쑤메이는 조금 전 갑작스럽게 몰려든 괴로움을 벗어나려는 듯 바로 공항 로비를 빠져나왔다. 계단을 내려온 후 다시 고개를 돌려 로비 위 '베이징'北京이란 글자를 힐끗 쳐다보았다. 쑤메이는 두 글자가 단조롭고 쓸쓸하게 그 어떤 것과도 조화를 이루지 못한 채 멀뚱하게 서 있는 느낌이 들었다.

택시기사 몇 명이 쑤메이를 가로막았다. 서로 손님을 차지하려고 안달이 났다. 위협적이면서도 애처로운 표정을 짓고 있었다. 쑤메이는 이런 표정에 익숙하다. 중국인이라면 이런 중국인의 위협적이거나 동정을 유발하는 표정에 전혀 신경을 쓰지 않을 것이다. 중국인은 평소 자신의 습관대로 능력껏 눈앞의 짜증스러운 상황을 처리한다. 쑤메이가 가장 싼 '피아트'를 골랐다. 1Km에 6마오이다.

기본요금 6마오 차가 다시 공항로를 달렸다. 쑤메이는 더 이상 이제 막 봉우리를 터트린 코앞의 개나리, 다시 활짝 피어날 먼 들판에 신경을 쓰지 않았다. 그저 머릿속에 아쉬움이 맴돌 뿐이었다. 쑤웨이가 떠났어. 쑤웨이의 꿈과 미래에 대한 전망 같은 이야기를 나눌 사이도 없이. 왜 쑤웨이는 자기를 버렸지? 언뜻 정말 복잡해 보이는 이 문제가 쑤웨이에게는 극히 단순했었는지도 모른다. 마치 어릴 적 베이징역 대기실에서 기차를 기다릴 때 있었던 일처럼 말이다. 둘은 앉을 자리를 찾느라 의자에 누워 있는 한 여자를 향해 버럭 소리를 질렀다. 상대방 여자는 그들에게 겨우 엉덩이 정도 붙일 만한 작은 공간을 내줬다. 쑤웨이가 먼저 그 자리를 비집고 들어가 앉았다. 그리고 어떻게 했는지 연신 꼼지락거리며 몸을 비튼 덕분에 내게 발을 뻗고 잘 만한 자리를 만들어줬다.

이제 쑤웨이는 다시 연신 꼼지락거리며 비틀거리는 시간을 보낼지도 모른다. 다른 이유 때문은 아니다. 다리를 쭉 뻗어 머리는 중국에 두고, 다리는 미국으로 뻗은 채 잠을 청하기 위해서이다.

다리를 뻗는 것도 무슨 큰 복을 누리기 위해서가 아니다. 기껏해야 발 뻗을 의자 자리 하나 차지하는 것 뿐인데, 그게 무슨 부러워할 일이야? 쑤웨이의 대답은 분명히 이럴 거라고 쑤메이는 생각했다.

택시는 금세 베이징 시내로 들어섰다. 눈앞에 사람도, 차도 엄청나게 많아졌다. 한 할머니가 갈치 몇 마리를 들고 흥겹게 인도를 걷고 있다. 화장품가게 입구, 노란 종이에 검은 글씨로 '눈썹 입고'라는 광고문이 눈에 띤다. 버스정류장 아래 인도에서 사람들이 모여 104번이나 108번을 기다리고 있다. 빨간불에 길을 건너던 청년이 경찰과 '말싸움' 중이다. 하지만 솜옷을 벗은 사람들의 발걸음이 경쾌하다. 걱정스럽고 초조한 표정인 사람들도 있긴 하지만 말이다.

평범한 하루, 사람들에게는 역시 이런 평범하고 현실적인 일상이 필요하다. 4성급 호텔은 누구의 것도 아니다. 그저 손님들이 총총히 지나치는 역참에 불과하다. 사람들은 그곳의 과객일 뿐, 세월은 아니다. "세월은 영원한 나그네", 누구의 시였더라? 이 시의 윗구절은 "무릇

천지는 만물의 여관"이다. 맞아, 이백의 〈춘야연제종제도리원서〉^{春夜宴諸}가 맞다. 매우 복잡한 표제다. 여관, 동생, 봄밤, 세월, 과객 등 우연히도 두 사람의 이별에 들어맞는 표현을 담고 있다.

택시가 멈췄다. 이번에는 빨간 불이 아니라 샹사오후퉁^{響勺胡同5)}이다.

쑤메이는 샹사오후퉁이 목적지다.

택시비를 지불하려던 쑤메이는 손지갑 안에서 편지봉투 하나를 발견했다. 안에 태환권 2백 위안과 쑤웨이가 적은 쪽지 한 장이 들어 있었다. 돈은 택시비와 할머니 건강보조식품에 쓰라는 내용과 함께 자기 대신 할머니를 잘 부탁한다는 말이 적혀 있었다.

쑤웨이, 이 자식. 쑤메이는 '출처가 불분명한' 편지봉투를 만지작거렸다.

쑤메이가 택시에서 내려 봉투를 거머쥔 채 골목 입구에서 생각에 잠겼다. 지금 들어갈까, 아니면 다음에 다시 올까. 지금 들어가야겠다고 결심해놓고서도 다시 한 번 생각했다.

쑤메이는 결국 기차역으로 가는 버스에 올랐다.

다음에 오지. 쑤메이는 생각했다.

---

5)   후퉁^{베同}은 베이징 말로 골목을 의미한다.

제2장

1

두 사람의 첫 만남은 유쾌하지 않았다.

엄마가 말했다.

"메이메이, '외할머니'라고 말하면서 인사해야지."

메이메이眉眉는 외할머니를 부르는 대신 고개만 돌렸다. 빳빳하게 뒤튼 작고 까만 목이 메이메이의 기분을 잘 말해주고 있었다. 사랑스러운 아이 모습은 아니었다.

메이메이는 1957년생이다. 할머니, 그러니까 외할머니는 메이메이보다 쉰 살이나 더 나이가 많다. 자기보다 쉰이나 더 많은 어른이 왜 그리 지긋지긋하게 싫었을까, 심지어 왜 단단히 마음먹고 한판 붙고 싶은 생각이 들었었는지 이유는 분명치 않다. 그해 메이메이는 다섯 살이었다.

다섯 살 난 메이메이에게 외할머니는 정말 크고 거대한 존재였다.

아름답고 기백이 넘쳤다. 뽀얗고 매끄러운 얼굴, 붉고 촉촉한 입술, 어쩌다 흰머리가 한두 가닥 섞인 까만 머리카락 덕분에 외할머니는 실제 나이보다 훨씬 더 젊어보였다. 약간 마른 편이었지만 손은 미끈하면서도 살이 도톰했다. 손바닥은 짧고 좁았고 손가락은 길고 동글동글했다. 탱탱한 손등 피부는 혈관도 보이지 않았다. 외할머니는 무심히 한 손으로 살짝 곱슬곱슬한 단발을 계속 훑어 내렸다. 외할머니가 다섯 살 메이메이를 보고 말했다.

"작진 않은데 좀 말랐네."

뭔 상관이야.

메이메이가 엄마에게 고개를 돌렸다.

엄마는 고개 돌린 메이메이를 보지 못했을 수도 있다. 엄마는 넓은 화장대 앞에 앉아 멍하니 거울을 비춰 보고 있었다. 화장대 앞에 벨벳 천이 덮인 자홍빛 쪽걸상이 하나 있었다.

거울을 보고 있을 때가 아닌데, 메이메이 옆에 서서 딸을 위해 뭔가 말을 해줘야 하는데. 꼭 메이메이에 대해서가 아니라 다른 이야기라도 좋다. 그래야 외할머니가 메이메이만 쳐다보지 않을 테니까.

엄마는 계속 거울만 비춰 봤다. 마치 거울에 비친 모습이 본래 자기 모습보다 예쁜 것처럼. 엄마가 머리를 뒤로 쓸어내렸다. 구불구불하진 않았지만 까맣고 숱이 많았다.

"메이메이, 찻잔 좀 다오."

외할머니가 심부름을 시켰다. 마치 메이메이가 얼마나 심부름을 잘하는지 시험이라도 하는 듯했다.

유아원에 갔을 때 선생님도 이런 식으로 메이메이를 시험했다. 네모, 동그라미, 빨강, 노랑, 파랑, 흰색, 까만색을 연달아 골라보라고 했다. 찻잔이 뭔지 알고 있는지 이번에는 외할머니가 메이메이를 시험하고 있었다.

메이메이가 자리에 앉았다. 엄마 옆 높은 쪽걸상에 앉은 메이메이의 두 다리가 대롱거렸다.

찻잔이 어느 것인지 굳이 메이메이가 나서 증명할 필요는 없었다.

"하루 종일 그렇게 꼼짝 않고 앉아 있으면 어른 귀찮게 할 일은 없겠구나."

외할머니는 메이메이가 시원찮다고 말했다.

메이메이가 자리에서 일어났다.

"외할머니라고 불러봐."

외할머니와 외손녀 사이에 흐르는 이상한 기류를 감지했는지 엄마가 거울에서 시선을 뗐다.

"외할머니."

메이메이가 외할머니를 불렀다. 소리가 기어들어갔다. 호칭이 어려웠다. 외할머니라고 부른 건 자기와 외할머니 사이에 문제가 없다는 것, 기분 나쁠 일이 없다는 걸 증명하기 위해서였다. 메이메이는 왜 자신이 이런 증명을 해야 하는지 이해할 수 없었다.

외할머니는 자기를 부르는 메이메이에게 대꾸도 하지 않고 메이메이의 발음을 가지고 비아냥거렸다.

"뭐야, 딩ᴛ 아줌마하고 말투가 비슷하잖아?"

외할머니가 키득거리며 웃음을 터트렸다. 엄마도 웃었다. 하지만 소리는 내지 않았다. 그냥 따라 웃었을 뿐이다.

메이메이가 울상이 되어 엄마가 앉았던 벨벳 쪽걸상에 다시 앉았다. 화장대에 있는 눈썹연필(그냥 연필인 줄 알았다)을 집어 벨벳 위에 박박 낙서를 했다. 벨벳을 짓이겨 구멍을 내고 싶었다. 두 사람은 왜 뜬금없이 자기를 딩 아줌마와 비교하는데? 딩 아줌마가 누구야? 어쨌거나 좋은 사람은 아닐 거야. 안 그러면 왜 비웃겠어? 메이메이는 눈썹연필을 슬쩍 쪽걸상 아래에 쑤셔 넣었다. 이렇게 하면 두 사람 모두 영원히 연필을 찾지 못하겠지.

딩 아줌마는 엄마 어릴 때의 유모다. 집은 쑤이청雎城 부근 농촌이다. 엄마가 대학에 들어가고 나서야 아줌마는 외할머니 집을 떠났다. 외할머니와 엄마의 화제가 갑자기 메이메이에서 딩 아줌마로 넘어갔다. 엄마는 몇 년 전 딩 아줌마를 만났는데 등이 심하게 굽어보였고, 두 손은 류머티즘을 앓고 있는 듯했다고 말했다. 아줌마가 큰마님(메이메이는 큰마님이 바로 외할머니란 사실을 몰랐다)에 대해 물었으며, 그 후론 다시 만난 적이 없다고 했다. 아마 세상을 떠났을지도 몰라요. 두 사람이 잠시 침묵했다. 두 사람 모두 아줌마를 그리워하는 것 같았다.

딩 아줌마 이야기를 해서인지 두 사람은 갑자기 점심때가 되었다는 생각이 들었다. 외할머니가 잠시 나가 시장을 봐왔다. 뤄쓰좐螺絲轉6)과 만터우饅頭7)도 사왔다. 고기와 햄이 장보기 주 품목이었다. 선홍빛의 고기 맛이 달짝지근했다. 메이메이는 나중에야 그 고기 이름이 차사오러우叉燒肉8)라는 것을 알았다. 외할머니는 그냥 '차사오'라고만 불렀다. 엄마가 탕을 끓였다. 외할머니는 엄마에게 먹어보라고 권하지도 않은 채 햄과 차사오를 열심히 많이 먹었다. 차사오를 먹으며 차사

---

6)   베이징 간식. 몽블랑 빵 모양과 비슷하다.
7)   속 없는 찐빵.
8)   광둥식 고기요리. 염제한 후 꼬치에 꿰어 굽는다.

장미의 문

오 맛이 정통이 아니라고 구시렁거렸다.

"'톈푸'天福9) 맛을 따라갈 수 있나."

외할머니가 말했다.

"아직도 '톈푸'가 있어요?"

엄마가 물었다.

"있지. 옛날만큼은 못하지만."

엄마는 외할머니 말에 별 대꾸를 하지 않고 메이메이의 만터우 안에 햄과 차사오 몇 덩이를 넣어주며 혼자 알아서 먹도록 했다. 메이메이는 별 맛이 느껴지지 않았다. 식탁에 놓인 '뤄쓰좐'에 시선이 쏠렸지만 아무도 먹으라는 말을 하지 않았다.

점심 식사 그리고 낮잠, 외할머니 집에서는 이 두 가지 일이 연이어진다. 커튼을 치면 순식간에 방이 어두컴컴해진다. 두 사람이 낮잠을 자기 전에 메이메이에게도 자라고 했다. 커다란 침대보 위, 메이메이는 엄마와 외할머니 사이에 끼여 폭신하고 커다란 침대에서 잠을 잤다. 난간이 높은 침대는 머리맡에 가늘고 긴 구리기둥이 있었고 기둥에는 복잡하고 기이한 꽃문양이 새겨져 있었다. 번쩍번쩍한 기둥에서 구리 냄새가 났다.

외할머니와 엄마는 구리 냄새를 맡으며 금세 잠이 들었지만 나는 잠이 오지 않았다. 얼굴을 엄마 쪽으로도 외할머니 쪽으로도 두고 싶지 않아 반듯하게 누워서 천장을 바라보았다. 천장에 볼록하게 작은 원을 감싼 큰 원 문양이 있었다. 동그라미 숫자를 셌다. 동그라미는

---

9)   톈푸하오天福號. 청대 건륭 3년에 창립한 육가공업체.

마치 호숫가에서 작은 돌멩이를 던져 물수제비를 뜰 때 자꾸만 밖으로 퍼져가는 파문같았다.

가장 작은 원 안에 샹들리에가 달려 있었다.

외할머니가 살며시 '크르크르륵' 이상야릇한 소리를 내며 코를 골기 시작했다. 불량 호루라기 소리 같았다. 코 고는 외할머니의 얼굴은 더 이상 아름답지 않았다. 아랫입술이 축 늘어지고 입가에서 침이 흘러나와 베개 한 귀퉁이를 적셨다. 엄마도 코를 골았다. 엄마 코고는 소리는 더 이상했다. 코를 골다가 잠시 숨이 멎은 후 다시 소리를 뿜어냈다.

메이메이가 구더기처럼 침대에서 꼼지락거렸다. 두 사람이 화들짝 깨어나길 바라며 일부러 꼼지락거렸다. 하지만 두 사람은 깨어나지 않았다. 두 사람은 메이메이의 작은 몸짓에 별 영향을 받지 않는 듯했다. 작심하고 낮잠에 든 사람들 같았다. 아마도 둘은 같은 꿈을 꾸고 있을지도 모른다. 밝은 세상이 펼쳐진 꿈을 꾸고 있을지도. 어둠 속에 있는 건 메이메이다.

어둠 속에서 낮잠을 자다니, 메이메이는 왜 그래야 하는지 의문이었다. 하지만 두 사람은 반드시 낮잠을 자야 했다. 메이메이는 그 이유가 궁금했지만 두 사람은 낮잠을 원했다.

낮잠을 자기 전에 두 사람은 작은 알약 두 알을 먹었다. 외할머니가 먼저 먹은 후 엄마에게 알약 두 알을 건넸다. 외할머니는 수월하게 약을 먹었다. 대충 입 안에 약을 넣고 물도 없이 삼켰다. 엄마는 약을 입 안에 '던진' 후 입 안 깊숙이 물 한 모금을 부어 알약을 밀어 넣었다.

메이메이는 엄마의 약 먹는 모습이 일종의 선언처럼 느껴졌다. 로

마에 가면 로마법을 따르라 했지. 집에 왔으면 약을 먹어야지. 외할머니가 먹으면 엄마도 반드시 먹어야 한다. 엄마는 충분히 물을 마셔야 약을 넘길 수 있었다.

메이메이는 수년이 지난 후에야 두 사람이 먹은 알약이 수면과는 전혀 관계없는 비타민 C라는 사실을 알았다. 하지만 메이메이에게는 두 사람의 알약 복용이 수면과 절대 분리될 수 없는 하나의 행위처럼 느껴졌다. 메이메이는 일체화된 그런 행위가 두려웠다.

매일 낮이 되면 메이메이는 언제나 같은 두려움을 느꼈다. 그 두려움에서 도망치고 싶었다. 하지만 또한 그 두려움 때문에 도망칠 수 없었다. 메이메이는 두 여자 사이에서 불안하게 꿈틀꿈틀 애써 시간을 넘기며 커튼이 열릴 때만을 기다렸다.

마침내 커튼이 열린다. 하지만 커튼이 열렸다고 해서 방이 환해지진 않는다. 날이 어두워지면 다시 커튼이 닫힌다.

낮에는 커튼이 빛을 가린다.

밤이 돼도 역시 마찬가지로 커튼이 빛을 가린다.

엄마와 외할머니는 토막 잠을 자고 일어난다. 서로 얼굴을 보지도 않고, 말도 나누지 않는다. 누군가 저녁을 먹어야 한다는 생각을 떠올리면 그제야 저녁으로 뭘 먹을까 의논하기 시작한다. 외할머니는 언제나 잠시 눈을 붙이고 일어나 생각한다. 밖에서 뭘 사다 먹어야 할까. 메이메이는 저녁 몇 시에 밥을 먹었는지 기억이 나지 않는다. 그저 매일 저녁 식사시간은 말짱하던 하루의 정신이 서서히 허물어지기 시작할 때라는 것만 기억날 뿐이다. 눈꺼풀과 전쟁을 하지 않으려 애를 썼다. 하지만 언제나 졸음이 밀려들었다. 잠은·세상을 끊임없이 돌아다니는 것 같다. 메이메이는 하늘에서 전해지는 소리를 듣는다. 이제 네 차례야.

대학 외국어수업 시간, 선생님은 쑤메이에게 일어나서 읽어보라고 할 때 항상 똑같이 말했다.

"쑤메이 씨, 읽어보십시오."

선생님은 왜 쑤메이에게만 항상 경어를 썼을까?

의문도 돌고 돈다.

잠도 돌고 돈다.

메이메이는 항상 사오빙燒餅[10]을 들고 잠이 들었다. 꿈속에 '차사오', '톈푸', '딩 아줌마'라고 말하는 외할머니와 엄마의 목소리가 들리는 듯했다.

2년이 지나 일곱 살이 되었다. 쑤이청의 유일한 기숙 소학교(초등학교)에 합격했다. 등굣길에 언제나 글자를 즐겨 읽었다. 거리를 걸어가며 책에서 봤던 여러 글자들을 읽었다.

'경적검지(경적금지)', '일툼 연못(일품 연못)', '탈국수(칼국수)'

메이메이는 자기가 엉터리로 읽는 글자가 많다는 사실을 알고 있었다. 하지만 '국수'는 확실하다. 국수는 잘 읽었을 거야.

아무도 고쳐주는 사람이 없었다. 속으로만 읽었으니까, 메이메이를 말릴 사람은 없었다.

첫 번째 겨울 방학. 메이메이는 또 외할머니 집에 가게 되었다. 지난번과 달라진 일이 있었다. 엄마 품에 만 두 돌이 안 된 여동생이 안겨 있었다. 그들은 다시 좁고 구불구불하고 긴 회색빛 골목으로 걸어

---

10)   밀가루로 만든 호떡 모양의 중국식 파이. 아침식사로 애용된다.

장미의 문

들어갔다. 메이메이가 골목 입구 파란 팻말을 보고 읽었다.

"샹사오후퉁響勺胡同!"

메이메이가 정확한 발음으로 여동생에게 골목 이름을 읽어줬다. 메이메이는 엄마에게 왜 골목 이름에 '사오(숟가락)'란 글자가 들어가는지 물었다. 엄마는 골목이 구불구불 커다란 숟가락처럼 생겨서라고 말했다. 메이메이는 외할머니 집이 숟가락의 머리 부분인지 아니면 밥 먹는 부분인지 물었다. 엄마는 숟가락 중간부분이라고 말했다.

숟가락 손잡이 중간에 이르기도 전에 메이메이는 그날 낮잠에 대해 생각하기 시작했다. 지금도 낮잠을 잘까, 얼마나 오래 잘까. 메이메이도 알 수 없었다. 2년 전 기억이 희미했지만 끝없는 낮잠만은 아무리 해도 잊히지 않았다. 심지어 그 시간이 다가오기도 전에 낮잠 시간의 느낌과 소리가 들리는 듯했다.

엄마와 외할머니는 정말 다시 낮잠을 잤다. 2년 전과 똑같았다. 커튼이 빛을 가렸다. 외할머니의 수면에 더 많은 색채가 더해졌다. 마치 무공 수련자가 신공新功을 선보이는 모습 같았다. 원래 '크르크르륵' 하던 소리에 '푸후푸후'가 더해졌다. 다행히 이번에는 샤오웨이小瑋가 메이메이 자리를 대신했다. 메이메이는 멀찌감치 긴 소파에 자리를 잡았지만 어른 둘의 숨소리가 계속해서 날아들었다. 멀어질수록 더 분명하게 들리는 것 같았다.

샤오웨이를 바라보았다. 두 여자 사이에서 꿈틀거리고 있었다. 2년 전 그 사이에서 꼼지락거리던 자신이 생각났다. 메이메이가 슬그머니 다가가 두 여자 사이에서 샤오웨이를 '파내' 소파로 데려갔다. 샤오웨이는 걱정스럽게 뒤를 돌아보면서도 언니가 고해의 바다에서 자신을 구해줘서 정말 기쁜 듯했다.

자매가 나란히 소파에 누웠다. 샤오웨이가 몸을 돌려 작고 가녀린 메이메이 품을 파고들었다. 하지만 그것도 잠시, 메이메이의 침묵이 거북했는지 다시 언니 품을 벗어나 일어나 앉았다.

샤오웨이는 낮의 어둠, 어둠 속의 낮을 도저히 받아들일 수 없었는지 다짜고짜 큰 소리로 떠들기 시작했다. 정확히 말하면 그건 '말'이 아니었다. 샤오웨이는 알고 있는 세상의 어휘가 별로 없었다. 그저 '부-울(불)', '와자(과자)' 정도였다. 아직 샤오웨이에게 필요한 건 세상의 빛과 음식뿐인 듯했다. 샤오웨이는 '과자'를 '와자'라고 말했다.

맞은편 커다란 침대 위 두 여자는 '부-울'과 '와자' 소리를 듣지 못했다. 어린 샤오웨이의 말소리가 오히려 그들에겐 최면제 같았다. 갑자기 두 사람의 코고는 소리가 요란하게 울려 퍼졌다.

메이메이도 일어나 앉았다. 둘이 그렇게 날이 밝을 때, 아니, 어두워질 때까지 나란히 앉아 있었다. 왜 그렇게 둘이 앉아 있었는지 모른다.

나중에 쑤메이는 당시 두 사람의 낮잠을 떠올릴 때마다 항상 자신에게 되물었다. 외할머니는 깨어 있을 이유가 없잖아? 그때 이 세상에는 외할머니를 필요로 하는 사람도, 외할머니를 귀찮게 하는 사람도 없었다. 외할머니는 시간이 너무 많았다. 하루하루가 너무 길었다. 잠으로라도 이런 하루하루를 가득 채워야 했다. 비록 외할머니가 이 세상을 필요로 할 때에도 이 커튼을 꼭 열어두어야 할 필요는 없었지만 말이다.

엄마도 깨어있을 이유가 없었어. 엄마의 엄마, 자주 만나지 못하는 엄마를 앞에 두고 있는데. 마치 엄마는 잠을 자야만 당시 만남이 정말 간절하고, 바로 그때 꼭 만나야 한다는 사실을 증명할 수 있는 사람 같았다. 잠을 자지 않으면 두 사람의 감정이 메마르며 낮잠이라는 행위를 통해 딸이 돌아왔다는 사실을 증명할 수 있는 것 같았다.

날이 다시 어두워졌다. 아예 커튼을 열지 않았다. 엄마와 외할머니가 마주한 채 다시 잠시 눈을 붙였을 때 허옇고 통통한 노부인이 방으로 들어왔다.

엄마가 먼저 반응했다. 엄마가 자리에서 일어나며 노부인을 '이모'라고 부르면서 불을 켰다.

불빛이 방안을 환하게 밝히고 공기가 흐르기 시작했다. 낯설고 은은한 향기가 났다. 메이메이는 불빛 아래 백발의 노부인이 똑똑히 보였다. 머리도 하얗고, 피부도 하얗다. 마치 어린 아가씨처럼 하얗다. 몸에 딱 맞는 까만 덧옷이 뚱뚱해 보이는 노부인의 몸을 감싸고 있었다. 노부인의 가슴이 펑퍼짐하고 튼실했다. 옷깃이 좁아보였다. 아마 목이 두꺼워서일 수도 있다. 메이메이는 옷깃 때문에 노부인이 숨을 쉬지 못할 것 같다고 느꼈다. 하지만 노부인의 음성은 낭랑하고 거침이 없었다.

외할머니의 여동생, 엄마의 이모, 메이메이와 샤오웨이의 이모할머니다.

엄마의 말대로 메이메이와 샤오웨이는 모두 '이모할머니'(샤오웨이는 '이모하미'라고 했다)라고 부르며 노부인에게 인사했다. 이모할머니가 환하게 웃는 얼굴로 허리를 굽혀 메이메이와 샤오웨이의 이마, 뺨, 코끝에 돌아가며 입을 맞췄다. 이모할머니가 중얼거렸다.

"아, 맞네. 딱 봐도 쟝천ᵗᵗ晨 딸이네. 봐봐……"

쟝천은 엄마 이름이다.

메이메이도 알고 있었다. 이모할머니가 쟝천 딸이라고 칭찬하고 있는 거야. 이모할머니는 '어휴, 착해'라고 말하진 않았지만 메이메이가 느끼기에는 '어휴, 착해'라고 말하는 것보다 더 진심으로 마음에와 닿았다. 메이메이는 이모할머니가 소나기 퍼붓듯 입을 맞추는 대로 자신의 몸을 내맡겼다. 낯설었지만 진심이 느껴지는 이모할머니 말에 메이메이의 마음은 생전 한 번도 느껴보지 못한 기쁨으로 충만했다. 이모할머니의 넓은 품에 기댔다. 따뜻한 살내에 왠지 모르게 마음이 정화되는 듯했다. 손등이 도독한 이모할머니의 부드러운 손길에 메이메이는 애교를 떨고 싶었다.

어린 시절 메이메이는 외할머니, 친할머니라는 말을 들으면 완벽한 은발에 피부가 뽀얗고 가슴이 평퍼짐한 노인을 떠올렸다. 심지어 유아원에서 어린 친구들이 자기 할머니를 묘사할 때도 메이메이는 눈앞의 이모할머니 같은 모습을 떠올렸다. 한 번도 만나본 적이 없는데도. 메이메이는 여러 가지 이야기도 꾸며냈다. 예를 들면 이제 막 새로 신은 신발을 보고 '이건 우리 할머니가 사주신 거야'랄지, 일요일 오후 유아원에서 돌아오면 사탕이 가득 든 비닐봉지를 들고 '우리 할머니가 베이징에서 보내줬어'…… 같은 이야기들이다.

메이메이는 아름답고 너그러운 모든 이야기는 자기 상상 속 할머니와 관련이 있길 바랐다.

그런데 정말 자기 상상 속의 이모할머니가 나타났다.

이모할머니가 초콜릿과 여러 가지 모양의 간식을 두 자매에게 나눠줬다. 자매는 더 이상 졸리지 않았다. 이제껏 전혀 졸린 적이 없었던 아이들 같았다.

밤이 깊었다. 이모할머니는 둥청東城 자기 집으로 돌아가지 않았다. 외할머니 제안에 어른들이 마작을 시작했다. 샤오웨이는 참다못

장미의 문

해 침대에 고꾸라졌다. 하지만 메이메이는 이 신비한 시간을 이모할머니와 같이 보내고 싶었다. 메이메이는 이모할머니에 품에 안겨 탁자 가득 펼쳐진 기이한 문양의 기물을 바라보았다. 아무것도 아는 것이 없었다. 이모할머니가 차분하게 메이메이에게 설명했다.

"이건 정말 사오빙 같지? 여기 위에 깨도 있잖아. 이건 안경이야. 이것도 봐, 이건 아기 새야. 이건 물고기 두 마리 같고……"

메이메이는 이모할머니가 오직 자신을 위해 이곳에 앉아 있는 것 같았다. 맞은편을 바라보았다. 맞은편 외할머니는 눈앞 광경에 집중하고 있었다. 열심히 손과 탁자 위를 뚫어져라 바라보고 있었다. 행여 무엇 하나라도 놓치지 않을까 걱정인 사람처럼. 외할머니가 계속 '훠러'和了[11]를 외치며 다른 사람 손 아래에 있는 알록달록한 칩을 얄짤없이 자기 앞으로 훑어왔다. 메이메이는 그 칩이 뭘 의미하는지 알았다. 그건 돈이었다.

외할머니는 다른 사람 칩을 거두며 연속 동작으로 몸을 천천히 일으켜 귀를 창문에 대고 바깥 움직임을 살폈다. 외할머니의 몸짓에 어른들의 마작놀이도, 방안 전체 분위기도 어쩐지 개운치 않은 분위기가 감돌았다.

이모할머니가 메이메이에게 주절주절 설명을 해주느라 한눈을 파는 사이 칩이 점점 줄어들었다. 메이메이는 이모할머니에게 정말 미안했다.

이모할머니는 점점 '가난해지면서도' 마작 탁자 앞에서 외할머니

---

11) 규칙에 따라 가지고 있는 패의 조합을 다 맞춰 승리하면 '훠러'和了라고 말한다.

의 좋은 마작 친구가 되었다.

　밤이 깊어졌다. 이모할머니 품에 안긴 행복한 메이메이는 몸이 나른해지며 슬슬 졸음이 밀려왔다. 모든 소리가 점점 더 멀어져갔다……

　　2

　당시 샤오웨이는 엄마 뱃속에 있었다. 엄마 배가 불룩했다. 메이메이는 엄마 배가 정말 무겁게 느껴졌다. 마치 커다란 솥을 엎어놓은 것 같았다.

　메이메이는 기분 나쁠 때가 있었다. 엄마 모습을 보면 볼수록 눈에 거슬렸다. 부글부글 화가 나서 커다란 엄마 배를 밀쳤다. 엄마가 분명히 침대 위로 엎어질 거라고 생각했다. 하지만 엄마는 넘어지지 않고 그냥 살짝 흔들리기만 했다.

　엄마는 화보를 보던 중이었다. 엄마 손에 들렸던 화보가 침대 위에 떨어졌다.

　"왜 그래, 너!"

　엄마가 놀라서 메이메이를 바라보았다. 메이메이 눈이 휘둥그레졌다.

　메이메이가 엄마 시선을 외면한 채 침대에 떨어진 화보에 집중하려고 애를 썼다. 끔찍한 장면이 눈에 들어왔다. 비쩍 마른 노인이 다 죽어가는 청년을 품에 안고 있었다. 청년의 얼굴에서 끈끈한 붉은 피가 흘러내렸다. 비쩍 마른 노인이 두 눈을 휘둥그레 뜬 채 경악과 공

장미의 문

포의 눈빛으로 눈앞을 바라보고 있었다. 마치 지금 엄마의 눈빛 같다. 청년 얼굴의 피 때문에 노인의 눈빛이 그랬는지, 아니면 노인의 공포와 경악 때문에 청년 얼굴에 피가 났는지 모른다. 여러 해가 지나고 나서야 쑤메이는 그림의 이름과 그림에 얽힌 이야기를 알게 되었다. 뇌제雷帝로도 불리는, 흥분한 러시아 차르 이반 4세가 자신의 아들인 황태자를 죽였다. 제정신으로 돌아온 그가 아들을 품에 꼭 안고 있는 그림, 그 그림은 그 유명한 일리야 레핀의 작품 〈이반 뇌제와 그의 아들〉이다.

메이메이가 눈물을 터트렸다. 피가 너무 무서웠다. 피와 엄마 배에 가한 충격이 같은 일처럼 느껴졌다. 자신이 왜 러시아 황태자와 엄마의 배를 함께 연결해 생각했는지 모른다.

메이메이는 자기 행동에 겁을 먹고 눈물이 나왔을 거라고, 피 때문에 그렇게 많이 울었을 거라고 생각했다.

아빠가 왜 엄마를 밀었는지 물었다. 이런 행동은 몰상식한 행동이라고 말했다. 처음에 메이메이는 아무 이유도 없다고 했지만 나중에는 엄마 배가 너무 크고 너무 보기 흉해서 그랬다고 했다. 자기는 이렇게 큰 엄마 배가 제일 싫다고 했다. 아빠와 엄마가 서로를 마주 바라보았다. 자기가 말한 이유를 믿는 것 같기도 하고, 안 믿는 것 같기도 했다. 두 사람은 메이메이를 용서했지만 메이메이는 더 서글프게 울었다. 메이메이가 울었다. 대성통곡했다. 아빠, 엄마가 자신을 용서하거나 말거나 상관없이 울어야 할 것처럼 엉엉 울었다. 아마 메이메이는 진짜 이유를 두 사람에게 말하지 않았기 때문에, 진짜 이유를 숨겼기 때문에 울었는지도 모른다. 사실 자기 자신도 확실히 그 이유를 모른다.

하지만 누군들 엄마의 커다란 배가 보기 좋겠는가.

메이메이의 분노 속에 마침내 엄마의 배가 줄어들었다. 메이메이는 신기한 기분으로 얼떨떨하게 샤오웨이의 탄생을 맞이했다. 자신은 세상에서 샤오웨이를 처음으로 학대한 사람이라 믿었다. 샤오웨이가 자신을 만나기도 전에 때렸으니까. 메이메이는 하루 종일 자신이 동생 어디를 때렸을까, 어깨일까, 등일까 생각했다.

샤오웨이가 유모차에 누워 있었다. 메이메이가 때린 일에 대해서는 아무 이야기도 하지 않았다. 동생이 반가운 듯 메이메이를 향해 팔을 들어올렸다. 언니를 향해 한없이 웃고, 떼를 쓰고, 세상에 대한 자신의 생각을 웅얼거렸다. 심지어 언니에게 세상 모든 것이 두렵지 않다고 했다. 마치 언니와 어깨를 나란히 하고 세상을 향해 돌진하겠다고 결심한 것처럼 보였다. 모든 것에 어떤 두려움도 없다는 사실을 증명하기 위해 메이메이에게 똥 먹는 모습까지 보여주었다.

메이메이는 샤오웨이가 보여준 남자들 사이의 의리 같은 충심에 감동했다. 엄마 뱃속에 자신에게 한없이 관대한 사람이 들어 있었다는 사실이 그 이유였다. 메이메이는 갈수록 자기 행동이 경솔했다고 생각했다. 이런 동생에게 감동하면서 앞으로 동생이 똥을 먹지 못하게 해야겠다고 결심했다. 마치 '나 알아, 우린 자매이자 형제야'라고 말하는 것 같았다. 메이메이는 샤오웨이가 먹는 그것을 가리키며 '구려'라고 말했다. 샤오웨이가 하는 일이라면 그 무엇도 '구린 일'이 되게 하고 싶지 않았다. 메이메이는 '구려'라고 말할 때마다 코를 찡긋거리는 바람에 코에 일찍부터 작은 주름 두 줄이 생겼다. 조금 과장되게 진짜 그런 것처럼 표정을 지었다. 덕분에 메이메이는 샤오웨이의 신뢰를 얻었다. 신뢰를 얻는다는 건 행복한 일이다. 샤오웨이가 다시

장미의 문

언니에게 옹알옹알 더 많은 문제에 대해 이야기하기 시작했다. 행복이 두 사람을 가득 채웠다.

어찌나 행복한지 메이메이는 기숙 소학교에 가는 일까지 귀찮아졌다. 교실에 있을 때 메이메이는 언제나 머릿속이 혼란스러웠다. 때로 생각이 엎치락뒤치락 엉망으로 꼬이는 바람에 순간적으로 머릿속이 하얘지기도 했다. 때로 메이메이는 선생님께 반항하기도 했다. 선생님이 칠판에 글씨를 쓰면 억지로 칠판을 보지 않았다. 선생님이 교과서를 읽으면 일부러 멀리서 들리는 청개구리 소리에 귀를 기울였다 (학교 부근에 못이 있었다). 선생님이 노래를 부를 때는 일부러 입을 벌리지 않았다. 선생님이 이런 메이메이를 발견하고 다른 친구들을 멈추게 한 다음 메이메이에게 물었다. 메이메이는 아무 대답도 하지 않았다. 선생님은 조금 전에 모두 무슨 노래를 불렀는지 물었다. 메이메이가 대답했다.

"아마 '공사公社의 착한 아이들'일 거예요."

사실 선생님이 부른 노래는 '레이펑의 좋은 점을 배우자'[12]였다. 메이메이는 생각했다. 어차피 무슨 노래든 마찬가지야, 난 다 부를 줄 알아.

메이메이는 할 줄 알았다. 다 할 줄 알았다. 교실에서 '못한다'라는 느낌이 어떤 건지 느껴본 적이 없었다. 전에 거리에서 마구잡이로 글자를 읽던 시절은 이미 과거가 되었다. 여전히 지금도 '경적금지'를 '경적검지'로 읽긴 하지만 그건 고의적이다. 그렇게 읽어야 지금은 읽

---

12) 1963년 노래. 레이펑雷鋒은 중국 인민해방군 모범병사다. 1960년 인민해방군에 입대, 1962년 8월 15일, 랴오닝성 푸순에서 트럭 사고로 순직했다.

을 줄 알고, 못 읽던 건 예전의 일임을 증명할 수 있다고 생각했다.

자신의 모든 주의력과 열정을 쏟을 수 있는 시간은 바로 매일 밤 불을 끈 후 어둠이 찾아들 때가 유일했다.

당시 모든 친구들에게 하루의 어둠은 정말 중요하고, 정말 매력적이었다. 그때야말로 우리가 상상하는 새로운 세계가 시작되었다. 우리는 이야기를 나누었다. 이야기에서 기쁨을 찾았다. 너도 나도 함께 이야기를 나누었다. 보고 들은 이야기들, 아름다운 공주부터 추악한 마녀, 여우에서 늑대, 동양 황제에서 외국의 농부, 가죽장인까지 우리는 서로 앞을 다투어 한도 끝도 없이 이야기꽃을 피웠다. 메이메이는 이야기를 하지 않았다. 그냥 넘어갈 수 없는 잘못된 내용이 나오면 그제야 메이메이가 나서서 거침없이 내용을 수정했다. 때로 아예 이야기 전체를 부정하기도 했다. 메이메이가 씩씩거리며 이불에서 빠져나와 팔을 쭉 뻗으며 말했다.

"마구 지어내지 마!"

부정을 당한 친구는 당연히 이를 받아들이지 못했다. '마구 지어낸다'는 지적에 반대하는 이들의 입씨름이 시작됐다. 창밖 청개구리 울음소리에 그들의 언성도 점점 더 높아졌다. 때로 기숙사 학생 모두 입씨름에 말려들어 논쟁이 더 격렬해지기도 했다.

논쟁은 사감선생님의 출현으로 끝을 맺었다. 그들은 구부정하게 이불속으로 파고들어 머리까지 이불을 덮어쓰고 자는 척했다. 하지만 사감선생님은 마치 스파이 같은 속도로 기숙사에 들어와 후다닥 불을 켜고 수사를 시작했다. 선생님은 하나씩 아이들의 눈꺼풀을 자세히 들여다보며 눈꺼풀이 움직이는 리듬을 통해 누가 주범이고, 누가 방조범인지 파악했다.

장미의 문

선생님이 메이메이를 깨웠다.

메이메이는 자신을 위한 항변을 하지 않았다. 메이메이가 이번 사건의 주모자가 아닌데도 선생님은 메이메이를 본보기 삼아 아이들 앞에서 메이메이의 이름을 들먹이며 비판을 가했다. 선생님은 등롱 모양의 조끼에 아래는 커다란 꽃무늬 바지를 입고 있었다. 화가 잔뜩 나서 혁명 후계자가 갖춰야 할 조건을 이론적 근거로 들이대면서 아이들의 행위가 얼마나 부당하고, 혁명의 수요에 부합하지 않는지 열거했다. 침대에 서 있던 메이메이가 손을 들고 침대에서 내려서며 소변을 보러 가야겠다고 말하고 나서야 선생님은 자신이 수사 해결한 사건을 종결지었다.

여학생들은 사감선생님이 갑자기 들이닥치는 것도 무서웠지만 갑자기 마려운 오줌을 참는 건 더 끔찍했다. 선생님은 오줌을 참느라 쩔쩔매는 아이들의 곤혹스러운 모습을 제일 즐기는 것 같았다. 아마도 그런 모습을 보기 위해 깊은 밤 기숙사 순찰을 도는 것일지도 모른다. 때로 아예 학생을 자기 숙소로 불러 훈화하고, 벌을 세우기도 했다. 벌을 서게 되면 아이들은 오줌을 참느라 꼭지가 돌 것 같았다. 얼굴이 벌겋게 달아올라 두 다리를 계속 동동거리거나 두 다리를 꼭 붙이고 한 발짝도 움직이지 못하고 참아야 했다. 오줌이 결국 대퇴부를 따라 종아리로 흘러내려야 선생님의 두 눈이 반짝였고, 그런 선생님의 성은을 입어 그 자리를 뜰 수 있었다. 학생은 감지덕지 걸음아 나 살려라 변소로 달려가지만 누가 알겠는가. 가는 길에 이미 다 줄줄이 샜을지도.

선생님은 축축한 학생의 바지 모습을 떠올렸을 테지.

쑤메이는 선생님 역시 어린 시절 난감했던 축축한 바지의 추억이 있었을 거라고, 아이들에게 그 경험을 재현하고 싶은 욕구가 꿈틀거렸을 거라고 확신했다.

사감선생은 여학생들의 공공의 적이었다. 여학생들은 어느 날 선생님도 오줌을 참는 기분이 어떤지 맛보게 하고 싶었다. 언제나 똑같은 방식으로 선생님을 응징하고 싶었다.

드디어 응징의 순간이 찾아왔다. 무슨 일인지 학교가 갑자기 소란스러워지기 시작했다. 선생님이 혁명후계자 이야기를 너무 많이 해서 혁명후계자가 끝내 혁명적인 반을 접수하러 온 것 같았다. 표어와 구호가 학생 편이 되어 교실로 밀려들었다. 메이메이는 더 이상 선생님에게 '내가 좀 전에 무슨 노래를 불렀지?'라는 질문을 받을 필요가 없었다. 이제 학생이 선생님에게 물어볼 차례이다. 학생들은 전체 사회를 흉내 내며 선생님의 목에 팻말을 걸고 무릎을 꿇려 복수를 단행했다. 학생들이 두 눈을 부릅뜨고 선생들에게 물었다.

"어록 제65쪽 둘째 단락이 뭐지? 외워 봐!"

여학생들의 관심은 역시 자신들의 사감선생이었다. 그들은 선생을 교실로 밀어 넣고 그 큰 꽃무늬바지와 등롱조끼를 입힌 채 교탁에 세웠다.

학생들이 질문했다.

"왜 지금 불을 켜러 가지 않지?"

"내 눈꺼풀 봐봐, 아직 뛰고 있어?"

"내가 이야기 하나 해주지. 전에 한 여선생이 혁명후계자에게 맞섰다가……"

여학생들은 아침부터 저녁까지 계속 돌아가며 사감선생에게 물었다. 때리지도, 욕을 퍼붓지도 않고 그저 묻기만 했다.

장미의 문

여학생들은 계획이 있었다. 질문이 목적이 아니었다. 목적은 사감의 오줌이었다. 사감선생 오줌이 꽃무늬 반바지에서 허벅지를 지나 종아리를 거쳐 교탁까지 흘러내리는 꼴을 보고 싶었다. 녹색 군복을 입은 고학년 여학생의 심보가 가장 사나웠다. 여학생들은 일부러 사감에게 물을 먹였다. 많이 먹일수록 좋았다. 한 사발을 다 먹인 후 누군가 다시 한 사발을 가져왔다. 사감은 마시고, 여학생들은 기다렸다. 학생들은 단 한순간을 위해 아무도 그 자리를 뜨지 않았다. 때로 어쩔 수 없이 자리를 비웠다 돌아온 학생은 재빨리 물었다.

"얘, 쌌어?"

결국은 오줌을 싸게 되어 있었다. 참는 것도 한계가 있었다.

학생이나 선생이나 다를 바 없었다.

선생이 오줌을 쌌다.

메이메이는 갑자기 눈앞에서 벌어진 모든 일에 흥미를 잃었다. 빨리 집에 가서 샤오웨이를 보고 싶었다. 차라리 샤오웨이가 똥 먹는 것을 보는 편이 나았다.

물론 샤오웨이는 더 이상 똥을 먹지 않았다. 벌써 두 살이다.

메이메이는 그냥 집으로 돌아왔다. 자기 요를 돌돌 말아 등에 메고 돌아왔다.

메이메이는 터덜터덜 집으로 돌아왔지만 엄마는 별다른 말을 하지 않았다. 엄마가 메이메이 요를 받아 되는대로 바닥에 던졌다. 침대나 바닥이나 별로 다를 바가 없었다. 집 모습이 크게 달라져 있었다. 가구도 죄다 엎어져 있고, 책도 사방에 어지럽게 널려 있었다. 두 살 샤오웨이는 책더미에 앉아 언니를 맞이했다.

지금은 메이메이가 사감 선생에 대한 복수로 오줌을 지리게 하는 일이 중요한 게 아니었다. 누군가 메이메이의 가족을 향해 한풀이를 하고 있었다. 아빠는 사감선생이 아니다. 여학생 기숙사를 뒤지며 불을 켜지 않는다. 아빠는 농과대학 교수다. 이제야 메이메이는 사감선생을 향한 자신들의 분풀이는 작은 소동에 불과하다는 사실을 깨달았다. 물론 큰 소동은 대학에서 벌어지고 있었다. 과거에 메이메이는 교수인 아빠가 자랑스러웠다. 이제 자괴감에 빠진 대상은 바로 자신이 되었다. 사감선생에 대한 처절한 복수는 자신에게 몰아칠 자괴감과는 상대도 되지 않았다.

아빠 쑤유셴蘇友憲은 소맥小麥 육종을 연구한다.

메이메이가 육종이란 단어를 이해하게 된 건 여러 해가 지나서이다. 아빠는 소맥 육종의 전문가다. 사람들은 소맥 전문가라 불렀다.

메이메이는 여러 해 동안 만터우, 빵을 먹었지만 이제야 막 이 음식과 소맥의 관계를 알았다. 수년이 지난 후 메이메이는 아빠와 허심탄회하게 소맥에 대한 이야기를 나누었다. 정말 잘 모르겠지만 왜 소맥 육종을 연구한다면서 낟알을 누에콩 크기만큼 크게 개량하지 않는지도 물어본 적이 있었다. 그건 매우 간단하게 유전자만 바꾸면 되는 일 아닌가. 아빠가 말했다.

"쑤메이, 흥미로운 질문이란 말밖에는 못하겠네. 내가 알기로 예술에는 낭만주의가 있지? 내게 이야기해줄래? 내 연구에 도움이 될지도 모르겠다."

쑤메이는 낭만주의에 대해 흥미진진하게 이야기를 늘어놓았고, 아빠 역시 쑤메이 이야기에 빠져들었다. 아빠는 낭만주의가 그렇게 훌륭하다면 화가들은 왜 모두 낭만주의 그림을 그리지 않고 다른 유파가 되었는지 물었다. 또한 세밀화를 그리는 화가들도 봤다고 말했다. 도자기, 금제품을 어찌나 사실적으로 묘사했는지 괜히 그림을 두드려보고 싶기도 하고, 여인이 입은 긴 치마의 질감은 마치 소리가 날 것처럼 느껴지기도 하고, 그들이 그린 과일을 보면 먹고 싶어 침이 나올 정도였어. 그건 왜 그렇지? 쑤메이는 그들이 세밀 화풍을 추구하며 있는 그대로 사실을 그리는 일이 그들의 목적이기 때문이라고 했다. 아빠는 소맥이 지금의 모습을 벗어나면 만터우는 더 이상 만터우 맛이 아닐 거라고 말했다. 아마 앞으로 누에콩만 한 낟알이 나올지도 모르지. 그럼 그건 더 이상 소맥이 아니야. 물론 그렇다고 과학에 낭만이 필요없다는 의미는 아니야. 아빠는 중국의 1무[13] 당 1백 근의 생산량이 매우 높은 수치라고 말했다. 지금의 약 천 근에 해당되는 수치다. 이건 낭만이다. 아빠는 낭만을 원했고, 소맥에서는 역시 소맥 맛이 나길 원했다.

쑤메이는 프랑스 생산라인에서 구운 '델리프랑스'DeliFrance[14] 빵을 먹으며 더 이상 밀의 낟알이 누에콩만큼 커지면 좋겠다는 낭만적인 생각은 하지 않았다. 쑤메이는 처음으로 밀가루 맛을 느낀 듯했다. 아, 진짜 제대로 밀 맛이네. 쑤메이가 청년이 된 1980년대의 이야기다.

하지만 메이메이가 요를 둘둘 메고 집에 돌아왔을 때 나라 전체는 낭만과 사실에 대한 지식 따위는 필요치 않았으며 오직 이념ism만 필요하던 시기다. 그때를 생각하면 여러 해가 지난 후 한 외국 기자가

---

13) 중국의 면적 단위. 1무는 약 666㎡.
14) 중국명 다모팡大磨坊 베이커리. 1987년 프랑스 파리 델리프랑스가 베이징식품연구소와 합자 회사를 설립해 주로 프랑스식 빵과 냉동 반죽을 생산했다.

쓴 말이 떠오른다.

"이런 상황이 벌어진 내재적 원인은 아마도 수천 년 전부터 나라를 다스리려면 전문지식이 아니라 먼저 이론을 세워야 한다는 의식이 있었기 때문일 것이다."

아빠가 가진 건 전문지식이다.

메이메이가 요를 돌돌 말아 등에 메고 집으로 돌아왔다. 탁자에 만터우 몇 개가 잡지, 책과 함께 널브러져 있었다. 엄마가 메이메이에게 만터우를 먹으라고 했지만 메이메이는 전혀 먹고 싶은 생각이 없었다. 메이메이는 그저 밀을 연구하는 아빠가 돌아오길 기다렸다.

아빠는 밤늦게 돌아왔다. 음양두$^{陰陽頭15)}$로 깎인 머리에 입가에는 피가 얼룩져 있었고, 먹물이 머리 정수리부터 얼굴을 따라 옷까지 흘러내려 있었다. 메이메이는 이런 아빠의 모습을 보고 싶지 않았다. 아빠 역시 이런 모습을 딸에게 보여주고 싶지 않을 거라고 생각했다. 하지만 아빠는 가족들이 눈에 들어오지 않는 듯했다. 탁자 앞에 앉은 아빠의 눈빛이 멍했다. 시간이 조금 흐른 후에야 아빠는 메이메이와 샤오웨이를 발견하고 주르르 눈물을 흘렸다. 아빠가 무심코 탁자에서 말라빠진 만터우를 집어 손에 쥐어보더니 만터우를 눌러 으깨버렸다. 만터우 부스러기가 꼬질꼬질하고 더러운 아빠 손에서 바닥으로 떨어졌다.

메이메이는 아빠가 얼굴을 씻도록 물 한 대야를 가져왔고, 엄마는 음양두를 가리도록 낡은 모자 하나를 찾아왔다.

---

15) 문학 대혁명 시기 비판대상이 되었던 사람들을 우롱하던 방식이다. 반쪽 머리를 모두 밀어버리는데 주로 왼쪽 머리를 밀고 오른쪽 머리를 남겼다. 우파주의를 상징.

장미의 문

메이메이는 사감선생이 자신을 혼낼 때 느꼈던 고통 그리고 사감
선생을 응징할 때 느꼈던 쾌감을 금세 잊어버렸다. 메이메이는 집에
서 고통도 기쁨도 없는 시간을 보냈다. 세상은 원래 이런 거였어, 이랬
어야 해. 기쁨이 사라지면 고통도 존재하지 않는다. 흘릴 눈물을 다
흘렸는데 무슨 눈물이 남아 있겠는가. 기운이 쏙 빠지도록 웃고 나면
웃음도 사라진다.

과거의 집은 사라져버렸다. 항상 두려움을 안기던 〈이반 뇌제와
그의 아들〉 그림이 있던 화첩도 사라져버렸다. 텅 빈 집에서 메이메이
와 샤오웨이는 더 이상 할 말이 없었다. 갓 태어난 샤오웨이가 세상을
마주할 때 보여줬던 용감한 모습도 더 이상 샤오웨이 얼굴에서 보이
지 않았다. 샤오웨이는 날마다 의문이 가득 담긴 눈빛으로 메이메이
를 바라보았다. 언니를 향해 우리는 어떻게 해야 하는지 묻고 있었다.

메이메이는 세상이 샤오웨이를 저버렸다고 생각했다.

어떻게 하지? 장보러 가야지.

메이메이가 샤오웨이를 데리고 장을 보러 갔다. 홍기紅旗, 표어, 음
양두 한가운데를 관통했다. 모든 것이 익숙했다. 문을 들어갈 때 그들
을 향한 도도하고 적대적인 시선도 자주 마주하다 보니 그런대로 익
숙해졌다.

하지만 아빠와 엄마는 여전히 이런 눈길이 불편한 듯했다. 아빠
는 메이메이가 자신의 음양두를 보면서도, 또한 사람들의 도도한 시
선을 받으면서도 그러면 그럴수록 눈빛이나 머릿속이 점점 더 멍해지
는 것을 보고 아이의 환경을 바꿔주기로 결정했다.

두 사람은 메이메이를 베이징에 보내기로 마음먹었다.

메이메이는 정말 가고 싶지 않았다. 정말 마음이 무거웠다. 우울

하고 무거운 심정으로 메이메이는 자신을 원망했다. 자신이 막돼먹어서 세상의 모든 사악한 일들이 벌어졌다고 느꼈다. 화첩에서 봤던 핏자국 때문에 세상에 진짜 핏자국이 나타났다고 생각했다. 어린 시절 메이메이는 언제나 한 가지 실험을 했었는데 세상이 마치 그 실험 같았다. 여름에 후- 하고 입으로 바람을 불면 언제나 실제로 솔솔 시원한 바람이 불었다. 거의 매번 성공이었다. 항상 아빠, 엄마가 모르게 두 분이 서늘한 바람을 느낄 수 있도록, 정말 신기하게 바람이 불어온다고 느끼도록 하기 위해서였다.

지금 이 모든 일은 자신이 경솔했기 때문에 벌어진 일이다. 메이메이는 자기 생각이 확실하다고 여겼다. 전혀 황당한 생각이 아니었다. 왜 자기는 시원한 바람을 불러올 수 있었을까? 그렇다면 지금 이 몰상식한 상황 역시 자신이 시작한 일이다.

집을 떠나던 날, 메이메이는 정말 창피하고 자괴감이 들고 부끄러웠다. 메이메이는 샤오웨이를 안고 자신이 '때렸던' 곳들을 쓰다듬었다. 눈물이 쏟아졌다.

아빠의 음양두가 까까머리로 바뀌었다. 아빠는 자기가 대머리가 되었다는 사실을 일찍부터 잊고 있었다. 아빠는 자기 머리 모습에 아랑곳하지 않고 한구석에 서서 오랫동안 딸을 빤히 바라보았다. 메이메이는 그 눈빛이 자신에게 뭘 의미하는지 영원히 알 수 없을 거라고 생각했다. 마치 '모두 너 때문이야', '네가 자초한 화야. 몰상식한 일을 네가 처음 시작한 것도 아니잖아? 가장 몰상식한 사람 역시 그 이반 뇌제는 아니야'라고 말하고 있는 것 같았다.

나치 강제수용소, 난징 대학살, 지금 세상의 난리를 생각해봐. 메이메이는 아주 오랫동안 아빠의 눈빛이 무엇을 의미하는지 생각했다.

엄마는 메이메이의 베이징 행을 준비하느라 분주했다. 어디서 찾았는지 범포帆布로 된 작은 상자를 꺼내(아빠가 대학 다닐 때 쓰던 상자로 마치 큰 서랍처럼 생겼다) 옷, 교과서를 꾹꾹 눌러 담았다. 엄마는 마치 메이메이에게 '어서 가, 잘 알잖아. 네가 잘 수 있는 커다란 침대가 있어. 외할머니 코골이를 듣는 편이 네 아빠 음양두를 보는 것보다 나을 거야'라고 말하는 듯했다.

엄마가 열심히 준비하는 모습이 원래 메이메이의 운명에 다 있는 일처럼 느껴졌다.

메이메이는 문득 배가 아팠다.

3

여러 해가 지난 후 쑤메이는 생각했다. 그날 배는 아프지 않았어. 그냥 꾸며낸 것뿐인데, 엄마는 이를 진짜로 받아들였다.

메이메이는 뎬체顚茄16)를 먹고 엄마와 기차를 네 시간 탄 후 함께 샹샤오후퉁으로 들어갔다.

뎬체를 복용한 메이메이는 가는 내내 입이 바짝바짝 말랐다. 기차에서 내려 3펀分17)짜리 아이스케이크를 하나 먹었다.

외할머니 집 대문은 큰길로 난 남향의 까만색 양문형이다. 예전에 메이메이는 엄마와 외할머니 집에 왔었다. 까만 문은 언제나 꼭 닫

---

16)   약 이름. 위장, 십이지장궤양 등에 복용.

17)   중국 화폐 단위. 1펀分= 0. 01위안元

혀 있었고 엄마가 힘껏 고리를 내리쳐야 누군가 문을 열어줬다. 그런데 지금은 대문이 활짝 열려 있다. 안에 들어가기 위해 문을 두드릴 필요가 없었다. 마당에서 그들을 맞이한 사람은 외삼촌 챵탄耕甲이었다.

외삼촌이 엄마를 불렀다.

"큰누나,"

외삼촌이 놀란 표정으로 두 사람과 작은 범포로 된 가방을 바라보았다. 마치 '왜 이럴 때 돌아다니고 그래?'라고 말하는 것 같았다.

메이메이는 외삼촌에게 별 신경을 쓰지 않았다. 전에 외삼촌은 대학을 다녔고, 그런 외삼촌이 외부인처럼 느껴졌는데 지금은 외삼촌이 주인 같았다. 메이메이와 엄마의 출현에 외삼촌은 기분이 좋지 않아 보였다.

엄마는 외삼촌을 대충 지나쳐 메이메이를 잡고 북채로 빠르게 걸어갔다. 외삼촌이 엄마를 부르며 말했다.

"남채."

엄마는 '남채'가 무슨 의미인지 금방 깨달았다. 엄마가 남채로 가서 문 앞에 멈춰 섰다. 마치 한 번도 본 적 없는 방 앞에 선 것 같았다. 사실 엄마는 남채를 정말 잘 알았다. 전에 엄마는 이곳에 산 적이 있었다. 통로는 없고 그냥 청석 계단 두 단을 올라서면 안으로 들어갈 수 있었다. 엄마가 남채를 낯설어한 이유는 집안의 변화를 느꼈기 때문이다. '남채'란 말이 모든 것을 의미했다. 마치 남편의 음양두, 메이메이가 메고 온 짐, 공허하고 어수선한 쑤이청의 방과 같은 의미였다.

챵탄이 챵천을 위해 남채 문을 열어주었다. 챵천이 메이메이를 데리고 안으로 들어섰다. 낯선 냄새가 메이메이의 얼굴을 덮쳤다. 습한 기운 같기도 하고, 나무 상자에서 나는 냄새 같기도 했다.

눈앞의 남채는 예전 북채보다 천장이 훨씬 낮았다. 큰 방 하나, 작은 방 하나가 있었다. 외할머니는 바깥쪽 커다란 방에, 외삼촌과 외숙모는 안쪽 작은 방에 살았고 그 사이에 칸막이 문이 있었다. 얇은 판으로 만든 문은 문의 역할을 할 만큼 견고하지도, 탄탄하지도 않았다. 그냥 상징적인 문에 불과했다.

텅 빈 남채는 어수선했다. 메이메이가 생각하는 가구들은 보이지 않았다. 그저 여전히 큰 거울이 달린 화장대가 있었고, 벨벳 쪽걸상은 멀찌감치 떨어져 있었다. 화장대의 작은 서랍 여러 칸은 반쯤 열려 있었다. 전처럼 신비롭거나 우아해 보이지 않았다.

침대는 예전 그대로 커다란 침대였지만 분위기 있는 침대보는 보이지 않았다. 침대 위에는 평범하고 썰렁한 이불과 요만 깔려 있었다. 이불깃이 다 더러웠다. 메이메이는 방안 냄새가 모두 침대 때문에 나는 것처럼 느껴졌다.

뜻밖에도 외할머니는 낮잠을 자고 있지 않았다. 침대머리 쪽에 비스듬하게 누워 허리에 베개 두 개를 끼고서 조용히 딸과 외손녀를 바라보았다. 엄마는 어느새 벨벳 쪽걸상에 앉아 있었다. 외할머니가 엄마를 향해 손짓하자 엄마가 일어나 할머니 침대로 가서 앉았다. 그들은 이미 서로의 상황을 이해하고 있었다. 물어볼 것도, 대답할 필요도 없이 구구절절 세세한 부분까지 서로를 이해했다. 외할머니는 심지어 그들이 온 목적도 환히 꿰뚫고 있었다.

엄마가 두서없이 쑤이청 이야기를 하며 이따금 메이메이를 바라보았다. 마치 쑤이청의 모든 것을 메이메이가 증명할 수 있을 것처럼 바라보았다. 아냐? 아침에 집에서 나올 때만 해도 불쌍하게 뎬체를 먹었잖아. 어떻게 해요? 지금은 메이메이와 그 애 상자를 베이징에 놓고 갈 수밖에 없어요. 어쨌거나 우린 아이들이 측은하잖아요. 위험에서 구해줘야 하지 않겠어요?

외할머니는 말없이 기대있었다.

외삼촌이 요란하게 안으로 들어오며 한마디를 던졌다.

"어디 가나 똑같아."

외삼촌이 이렇게 말하며 넌지시 자기 어머니를 바라보았다. 마치 어머니에게 이렇게 묻고 있는 것 같았다. 내 말이 맞지 않아요? 지금이 그럴 때예요? 중요한 때 아니에요? 어머니가 보기엔 어떠세요?

외할머니는 외삼촌의 태도에 침묵으로 일관했다. 메이메이는 그제야 확실히 깨달았다. 외할머니는 우리가 달갑지 않은 거야. 쑤이청에 있을 때 메이메이는 그저 외할머니에게 가기 싫다는 생각만 했을 뿐이다. 왜 베이징에서도 자신을 달갑게 여기지 않을 거라고 생각지 못했을까? 지금 자신은 마치 길을 잘못 든 어린 거지같았다. 자기 모습은 연대 불명의 너덜너덜한 작은 상자와 닮은꼴이었다. 보푸라기가 일어난 구닥다리 작은 상자는 더더욱 환영을 받지 못하는 것 같았다. 그건 두 다리를 꼭 붙이고 사감 선생 앞에 서 있는 것보다 더 고역이었다.

아직 약기운이 남아있는 듯 메이메이는 입안이 바짝 말랐다. 입술이 허옇게 들떴다. 메이메이가 자꾸 이로 입술을 뜯고 또 뜯었다. 원하는 건 오직 하나, 외할머니가 베개에서 몸을 일으켜 과감하게 엄마와 자신을 내쫓아줬으면 하고 바랐다. 그냥 솔직하게 거지라고 불러도 좋다.

장미의 문

엄마는 여전히 쑤이청에 대해 말하는 중이었다. 자신의 곤란한 처지를 강조하고 메이메이를 절대 다시 데리고 돌아갈 수 없는 현실을 증명하기 위해서였다. 엄마가 쑤이청의 상황을 말하면 할수록 외할머니와 쑤유셴은 기세가 더 등등했다. 어쨌거나 외할머니는 그냥 가정주부, ('운동'[18]에) 참가할 필요가 없었다.

엄마의 말에 결국 외할머가 베개에서 몸을 일으켰다. 별안간 외할머니가 신을 신고 좡천 앞에 서서 말했다.

"그 말 듣기 싫어. 평생 그 말이 듣기 싫었어. 가정주부가 너희를 이렇게까지 키울 수 있었겠어? 이제 와서 잘난 것도 너희들, 진보적인 것도 너희들이고, 난 여전히 가정주부란 말이지? 신문을 안 보는 거야, 방송을 안 보는 거야? 어떻게 내가 (운동에) 참가하지 않았다고 단언하는데? 최고지시[19]에서 뭐랬어? '국가 대사에 관심을 가져야 한다.'고 하지 않았어? 왜 유독 나만 관심을 가지면 안 되는데?"

외할머니는 엄마 들으라고 말하면서도 시선은 메이메이를 향하고 있었다.

"어머니는 내 말뜻을 이해 못하시는군요."

엄마가 외할머니에게 말했다.

"누가? 내가?"

외할머니가 말했다.

"곤란한 너희 처지 때문에 내가 그냥 가정주부로만 있는 것 아니

---

18) 이 책에서 '운동'은 모두 문화혁명운동을 의미한다.

19) 最高指示. 지시를 내린 자의 최고의 지위를 강조하기 위해 쓴 표현. 문화대혁명 당시 마오쩌둥은 국가주석이나 서기가 아니었지만 최고의 권력, 최후의 결정권을 가진 인물이었다.

야?"

엄마는 더 이상 말하지 않았다.

곤란하기 때문에 입을 다물었다.

곤란한 건 메이메이잖아. 메이메이가 골칫덩어리야. 그렇지 않다면 왜 외할머니가 말하면서 자꾸 메이메이를 쳐다보겠는가? 외할머니는 지금 눈앞의 골칫덩어리를 바라보고 있었다. 엄마가 자신의 처지 때문에 외할머니에게 구걸을 하고 있었다. 전에 메이메이는 자신의 존재는 그냥 자기라고 믿었고, 그래서 선생님의 칠판을 보지도, 선생님의 낭독에 귀를 기울이지도 않았다. 거리에서는 읽고 싶은 대로 글자를 읽을 수 있었다. 친구들이 멋대로 날조하는 이야기도 실컷 비웃을 수 있었고, 자기 요를 돌돌 말아 등에 지고 자유롭게 집으로 돌아올 수도 있었다. 집에는 자신을 맹목적으로 따르는 샤오웨이도 있었다. 그런데 이제 그런 자신이 골칫덩어리가 되었다.

더더욱 참을 수 없는 건 사람들이 이 골칫덩어리에 대해 논쟁을 벌이고 있다는 사실이었다.

메이메이의 체내에서는 여전히 덴체의 약효가 발휘 중이었다.

됐어요. 안녕히 계세요.

'골칫덩어리'가 힘겹게 골칫덩어리 상자를 들고 일어났다.

그때 메이메이 눈앞에 새로운 사람이 나타났다. 방에서 나온 새로운 사람이 메이메이의 상자를 낚아챘다.

엄마가 상대방을 주시舅母라고 불렀다.

주시는 외숙모다. 메이메이도 알고 있었다.

메이메이가 처음 만나는 외숙모를 올려다봤다. 먼저 외숙모의 팽팽한 커다란 가슴이 눈에 들어왔다. 하늘빛 셔츠 아래 가슴이 눌려

장미의 문

있었다. 셔츠 앞 두 곳이 약간 젖어 있었다. 마치 구름 두 점, 작게 기운 진한 색의 헝겊 두 조각 같았다.

메이메이는 그 이유를 알고 있었다. 샤오웨이가 젖을 먹을 때도 엄마 가슴 앞에 항상 저렇게 두 조각 '작은 헝겊'이 있었다. 하지만 엄마 가슴은 눈앞의 가슴처럼 볼록하지 않았다.

그때 새로운 목소리가 두 쪽 가슴에서 날아들었다. 차분하지만 누구의 의견을 묻는 말투가 아니었다. 도도하고 확고한 선언이었다.

큰형님이 메이메이를 데려오셨네요. 그냥 보내면 안 되죠.

외숙모가 자신의 이름을 알고 있었다. 자신이 외숙모 이름을 주시라고 알고 있는 것처럼.

"외숙모야."

엄마가 정식으로 메이메이에게 주시를 소개했다.

"외숙모."

메이메이가 불렀다. 메이메이는 외숙모의 커다란 가슴이 수줍었다. 하지만 두렵진 않았다.

그 후 아무도 말하는 사람이 없었다. 쾅탄과 쾅첸은 외할머니를 바라볼 뿐 주시나 메이메이는 바라보지 않았다.

주시가 외할머니를 바라보지 않자 메이메이는 마음이 든든했다. 조금 전 이곳을 떠나야겠다고 마음먹은 '골칫덩어리'가 갑자기 생각을 바꿨다. 외숙모의 선언, 외숙모의 도도한 선언에 메이메이는 자신이 이곳에 남아야 한다고 생각했다. 이곳에 남는다는 건 외숙모의 선언, 도도한 외숙모의 태도에 대한 지지의 표현이다.

외숙모가 메이메이를 안으로 안내했다.

안에 태어난 지 몇 달 안 된 사촌여동생이 있었다. 사촌여동생은 샤오웨이 같지 않았다. 침대에 누운 채 전혀 보채는 일이 없었다. 옹알이도 하지 않았다. 그냥 뚫어져라 한곳만 바라보고 있었다.

외숙모가 꽉 낀 셔츠를 풀고 가슴을 훤히 드러낸 채 커다란 가슴을 사촌 여동생 앞으로 내밀었다. 외숙모가 젖을 받쳐 들어 아이 입에 물렸다. 다른 쪽 가슴에서 젖이 뚝뚝 떨어졌다.

젖이 뽀얗다.

젖꼭지가 크고 자줏빛이다.

4

엄마가 떠났다.

엄마는 메이메이에게도 외할머니에게도 아무 당부도 하지 않았다. 엄마는 단 한 번도 누군가로 인해 걱정하는 일이 없었다. 이런 엄마의 모습은 뭔가 부족해보였다. 엄마다운 잔소리가 부족한 걸까. 메이메이가 태어날 때부터 뭐든지 알고 있는 듯 엄마는 메이메이에게 잔소리를 한 적이 없다.

사실 메이메이는 알 건 다 알고 있었고, 알아서는 안 되는 건 알지 못했다. 예를 들면 이런 것이다. 이제 엄마가 떠났고, 저녁 먹을 시간이 됐다. 그냥 앉아서 말없이 식사를 기다려야 하는지 아니면 누군가에게 배고프다고 말해야 할지 알지 못했다. 외할머니가 또 나가서 차사오와 뤼쓰좐을 사올지 아니면 이제 그런 습관이 바뀐 건지도 알수 없었다. 메이메이는 가만히 앉아서 동정을 살폈다. 하지만 안타깝게 아무것도 알아낼 수 없었다.

장미의 문

외할머니는 바깥방에 있고, 외삼촌과 외숙모는 안쪽 방에 있다. 외할머니는 바깥방에서 여전히 베개를 끼고 침대에 기대어 있었고, 외숙모는 방에서 계속 젖을 먹이고 있었다. 외숙모는 젖이 너무 많이 나왔다. 외삼촌이 안쪽 방과 바깥방을 오가며 외숙모에게 말했다.

"그냥 무턱대고 먹이지만 말고. 그렇게 먹이다가 복덩이 토하겠어."

'복덩이'란 사촌 여동생 아명이다.

저녁 먹을 기미가 보이지 않았다. 메이메이 뱃속에서 소리가 났다. 아무도 이 소리는 못 들었을 거야. 그냥 자기한테만 들릴 거야.

날이 완전히 어두워졌다. 커튼이 열리고, 다시 불이 켜졌다. 외할머니는 그제야 침대에서 내려왔다. 하지만 걸망을 들고 밖으로 먹을 것을 사러 나가지 않았다. 남채를 나와 동채로 들어갔다. 동채는 주방이다. 동채 창이 환하게 불을 밝혔다. 빛의 신호, 희망이 생겼다. 메이메이는 그제야 외할머니네 식사 습관이 바뀌었다는 사실을 알았다. 분명히 외삼촌과 외숙모가 함께 있기 때문에 사는 것보다 만들어 먹는 것이 경제적이라 생각했을 것이다.

외숙모도 주방으로 들어갔다. 메이메이는 이제 사오빙 하나도 다 못 먹고 잠이 들어버리던 과거의 메이메이가 아니다. 많이 자랐다. 식사시간을 기다리느라 눈꺼풀과 전쟁을 하지도 않았다. 외숙모와 외할머니가 음식을 들고 왔다. 제비콩볶음 한 접시와 갈비찜 한 그릇이다. 허여멀건 커다란 탕 한 그릇에 기름이 많이 떠 있었다. 쌀밥도 있었다. 주시가 밥을 미리 퍼놓았다. 이런 식사 분위기, 메이메이는 다시 집으로 돌아온 기분이 들었다. 서로 사양할 필요 없이 온 가족이 모두 함께 식사를 시작했다.

식탁에 젓가락 네 쌍이 있었다. 메이메이 것도 있는 게 분명했다. 메이메이가 자기 거라고 생각하는 젓가락을 들고 먼저 식탁 한쪽에 앉았다.

"안 돼."

외할머니가 말했다.

'안 돼'는 물론 메이메이를 겨냥해 한 말이었다.

뭐가 안 된다는 거야? 메이메이가 생각에 잠겼다.

"아이가 먼저 젓가락 드는 것 아니야."

외할머니가 '안 돼'에 대해 설명했다.

아이라면 당연히 메이메이일 것이다. 더 작은 아이는 복덩이지만 복덩이는 누워서 젖만 먹는다.

'안 돼'라는 외할머니 말에 메이메이는 젓가락을 내려놓고 앉아서 꼼짝하지 않았다.

"그럼 안 돼."

외할머니가 말했다.

메이메이는 어리둥절했다. 젓가락은 이미 내려놓았다. 눈앞에 있는 음식을 손으로 집어먹지도 않았고, 다시 젓가락을 들지도 않았다. 그럼 또 뭐가 '안 돼'?

"아이가 먼저 앉으면 안 돼."

외할머니가 다시 '안 돼'에 대해 설명했다.

앉아 있던 메이메이가 다시 자리에서 일어났다. 앞에는 식탁, 뒤는 쪽걸상. 메이메이는 식탁과 쪽걸상 사이에서 식탁 가장자리를 잡고 꼼짝하지 않았다.

"그럼 안 돼."

장미의 문

외할머니가 말했다.

이번 '안 돼' 소리에 메이메이는 더 어리둥절했다.

"아이는 식탁 앞에 앉아 있으면 안 돼."

이번에 외할머니가 한 말은 거의 들어본 적이 없었다. 전에 자주 그랬던 것처럼 머릿속이 텅 비면서 눈앞의 음식이 다 사라졌다.

그 후 어쨌거나 메이메이는 자리에 잡고 앉아 젓가락을 들었다. 분명히 외숙모가 쪽걸상을 놓아주고 젓가락을 메이메이에게 건네줬던 것 같다.

외숙모가 메이메이 그릇에 제비콩과 갈비를 집어줬다. 메이메이가 밥그릇을 들고 밥과 함께 반찬을 입으로 밀어 넣었다. 외할머니는 더 이상 '안 돼'라고 말하지 않았지만 외할머니 눈빛만으로도 '안 돼'의 뜻을 느낄 수 있었다. 아마 반찬과 밥을 한꺼번에 입에 밀어 넣으면 안 된다는 의미일지도 모르고, 밥그릇을 받쳐 들고 지나치게 게걸스럽게 먹어서도 안 된다는 경고였을지도 모른다. 메이메이 짐작이 맞았다. 그 후 외할머니는 식탁에서 다시 수많은 '안 돼'를 외쳤다. 외할머니는 '안 돼'라고 말하며 메이메이에게 '되는 것'에 대한 시범을 보여줬다. 지금 외할머니가 자기에게 '안 돼'라고 말하지 않는 건 주시의 존재 때문이다. 아마도 외할머니의 '안 돼'라는 말 때문에 주시는 외할머니의 '안 돼'가 대수롭지 않다는 사실을 몸소 보여주기 위해 일부러 음식을 메이메이 그릇에 집어주고 있을지 모른다.

주시와 외할머니 사이에는 단 한 번도 '돼', '안 돼'같은 건 존재한 적이 없지 않을까. 주시는 일부러 외할머니의 소위 그릇 잡는 기준, 젓가락 잡는 기준, 음식을 씹는 기준, 젓가락으로 음식을 집는 간격에 대한 기준(메이메이는 그건 분명히 기준이라고 생각했다)을 지키지 않았다.

주시는 일부러 반찬을 밥공기에 올려놓고 먹었고, 일부러 탕과 밥을 함께 먹었다. 특히 탕을 먹을 때는 마치 수저를 뱃속에 밀어 넣기라도 할 것처럼 땀을 찔찔 흘리며 허겁지겁 먹었다. 메이메이는 이러한 외숙모의 모든 행동이 고의적이라고 생각했다. 그 후 이런 생각은 사실로 증명이 되었다. 주시는 식사 예절의 기준을 누구보다도 잘 알았다. 중국식 식사예절뿐만 아니라 외국의 식사 방법에 대해서도 외할머니보다 더 잘 알았다.

여러 해가 지난 후 쑤메이는 외숙모와 한 식탁에서 처음으로 식사했던 광경을 떠올리고 나서야 외숙모의 남다른 뜻을 확실하게 알 수 있었다. 또한 외할머니가 지나치게 메이메이의 트집을 잡은 이유 역시 엄마가 외할머니에게 이 '골칫덩어리'를 던지고 갔고, '골칫덩어리'를 외숙모가 제멋대로 받아들였기 때문이란 사실을 깨달았다.

이제 그들은 각자 자기 기분에 따라, 각자 정한 식사 방식대로 얼굴을 마주하고 밥을 먹었다. 그때 누군가 문을 두드렸다.

급하지도 느긋하지도 않았다. 나름대로 분명한 박자가 있었다. 정확히 말해 그건 두드리는 것이 아니라 문을 긁는 소리였다. 다섯 손가락으로 빠르지도 느리지도 않게 문을 긁고 있었다. 소리를 통해 상대방 손톱이 아주 길고 단단할 거라고 생각했다. 단단한 손톱 때문에 도저히 참을 수 없는 기이한 소리가 들렸다. 머리가 쭈뼛 서고 온몸에 닭살이 돋는 그런 소리였다. 이처럼 역겨운 박자와 소리를 왜 아무도 신경 쓰지 않는 걸까. 그들에게는 이 소리가 매우 익숙해서 마치 누군가의 트림이나 방귀소리처럼 느껴지는 듯했다.

쫭탄은 트림을 잘한다.

외할머니는 자주 방귀를 뀐다.

장미의 문

문 긁는 소리가 계속 이어졌다.

사람들은 여전히 트림과 방귀소리를 듣는 것처럼 아무렇지도 않은 듯했다.

누군가 문을 밀었다.

아무도 입을 멈추지 않았고, 아무도 동작을 멈추지 않았으며, 아무도 들어온 사람과 인사할 마음이 없었다. 메이메이만 그릇과 젓가락을 내려놓았다.

한 사람이 문에 기대어 있었다. 남자, 아니, 여자다. 아니, 남자다. 상대방 나이를 쉽게 짐작할 수 없었다. 키는 큰 편이고, 등이 굽었고, 가슴이 없다. 귀도 가려지지 않을 정도의 머리 길이, 귓불이 두툼하다. 또렷하지 않지만 모든 것을 통찰하는 눈빛이다. 눈썹은 까맣지 않아도 넓고 눈에서 거리가 좀 멀다.

메이메이는 특히 상대방의 턱에 주목했다. 보기 드물게 듬직한 턱이다. 턱이 넓고 길었다. 마치 신발 밑바닥 반 토막 같았다. 색 바랜 주머니 세 개짜리 파란 교복 아랫자락이 골반에 꼭 꼈다. 메이메이는 넓적한 골반을 보며 상대방 성별에 대한 마지막 판단을 내렸다.

여자다. 젊지 않은 여자다.

여자는 문틀에 기대 꼼짝도 하지 않고 멍하니 사람들이 밥을 먹고, 그릇 정리하는 모습을 바라보았다. 주시가 식탁을 말끔히 치운 후에야 여자가 식탁 앞으로 다가와 앉았다. 그리고 퉁명스럽게 모든 사람을 향해, 남채 전체를 향해 투덜거렸다.

"사람이 왔는데 말 좀 하지. 온 거 알았는데."

여자 목소리가 건조하고 활기가 없었다. 칠판 앞에 서서 분필가루를 잔뜩 먹고 하루 종일 학생들을 향해 화를 내는 소학교 선생님

같았다.

"나 외부사람 아니야."

그녀가 메이메이에게 말했다.

메이메이가 의아한 눈초리로 사람들을 바라보았다. 마치 '누구예요? 왜 외부사람이 아니라는 거예요?'라고 묻고 있는 듯했다.

"저 사람들에게 물어볼 필요 없어."

여자는 메이메이의 마음을 아는 듯했다.

"알려주지 않을 테니까. 기다려. 조금 있다가 내 기분 좋아지면 알려주지. 아니면 네 엄마한테 물어봐. 네 엄마는 쫭천이나 저 사람들보다는 날 존중하니까."

그 여자가 이렇게 말하며 일어나 메이메이에게 다가왔다. 메이메이가 뒷걸음질을 쳤다. 여자 때문에 침대까지 뒷걸음질을 쳤다. 여자가 한 손으로 메이메이 어깨를 잡고 다른 한 손으로 머리카락을 잡으며 말했다.

"어디 좀 자세히 보자. 전에도 여기 왔었지? 처음에는 아주 어렸을 때라 기억이 잘 안 나고. 두 번째는 엄마와 같이 왔었지. 난 그때 둥청 둘째당숙 집에서 산후조리 중이었어. 그래, 좀 더 명확하게 말해줘야겠네. 고양이 산후조리. 여자고양이였어. 고양이더러 암컷, 수컷이라고 말하면 안 돼. 사람처럼 남자, 여자라고 해야 돼. 여자고양이였는데 난산을 했어, 얼마나 불쌍했는지! 꼬박 한 달 남짓 고양이를 돌보다가 집에 돌아왔지. 그때 넌 벌써 떠나고 없었고."

여자가 한 손으로 메이메이의 머리카락을 잡고 한 손으로 턱을 받친 채 이목구비를 뚫어져라 바라보았다. 마치 메이메이 얼굴에서 뭔가를 알아내려는 듯했다. 하지만 입으로는 고양이와 고양이의 성별

장미의 문

표현에 대해 말하고 있었다.

메이메이는 금방이라도 머리 뚜껑이 열릴 것 같았다. 머리 위에서 자신을 굽어보는 여자에게 두개골을 열어 보이고 싶은 욕망, 또한 그럴 만한 능력이 있는 것처럼 느껴졌다. 위로 들린 메이메이의 머리카락은 마치 두개골 뚜껑을 여는 손잡이처럼 힘을 주는 순간 그대로 머리가 벌어질 것 같았다. 당황한 메이메이는 두 눈을 꼭 감은 채 머리 뚜껑이 열리는 순간을 기다렸다.

"빌어먹을!"

여자가 갑자기 버럭 화를 내며 소리를 질렀다.

"한 가족인데 왜 날 정식으로 소개하지 않는 거야? 아이 놀란 것 좀 봐. 응?"

여전히 대답하는 사람이 없었다. 메이메이가 눈을 더 꼭 감았다. 이미 두개골의 틈이 벌어졌다.

"이원猗纹!"

여자가 소리쳤다. 목소리가 더 높아졌다. 쉰 목소리, 목이 금방이라도 갈라져버릴 것 같았다.

"왜 그래? 왜, 이원, 벙어리야?"

이원은 외할머니 이름이다. 성은 쓰ᄒ. 외할머니 이름은 쓰이원이다.

메이메이가 쓰이원을 바라보았다. 쓰이원이 다시 침대에 몸을 기대고 홱 고개를 돌렸다. 여자 눈에는 쓰이원의 등과 골반만 보였다.

여자가 메이메이를 '괴롭히자' 결국 또 주시가 등장했다. 주시는 주방 정리를 마친 후 방에서 들려오는 쩌렁쩌렁한 고함소리를 듣고 재빨리 방으로 돌아왔다. 주시가 앞으로 다가가 여자를 밀치고 메이메이를 옆으로 끌어당긴 후 여자에게 말했다.

"우선 앉으세요. 아직 식사 전이시죠?"

"끼어들지 마. 지금 여기 있는 사람들에게 내가 누군지 묻고 있잖아!"

여자가 말했다.

"먼저 화 좀 푸세요. 제가 소개할게요."

주시가 말했다.

"메이메이, 여긴 꾸빠姑爸20). 우리 가족이야."

주시의 표정과 말투가 정중했다.

'꾸빠'라고? 메이메이는 한 번도 들어보지 못한 호칭이었다. 꾸빠姑爸? 고모인데 아빠라고? 대체 고모야, 아빠야? 게다가 외숙모는 특별히 '우리 가족'임을 강조했다. 금방 확실하게 정리될 일이 아니었다. 확실하게 알라치면 오히려 모두 불편해질 것이다. 그렇다면 그냥 우리 가족인데 '꾸빠'라고만 기억하면 되겠지.

주시가 정중하게 소개하고 나서야 꾸빠는 겨우 마음이 진정되었다. 여자가 다시 원래자리로 돌아가 앉아 교복 주머니를 뒤져 쨍그랑 소리가 나는 작은 구리막대 꾸러미를 꺼냈다. 여자는 그중 하나를 빼내 이를 쑤시기 시작했다.

"나 밥 먹었어. 내일 아침까지 미리 먹었어."

여자가 이를 쑤시며 좀 전 주시 질문에 답했다.

---

20) 한자를 직역하면 고모아빠. 원래는 고모부란 말로도 쓰이지만 여기선 그 뜻이 아니다. 역자는 중국어 음을 된소리로 발음하여 '꾸빠'라고 번역하였다. 어떤 의미를 지니는지는 뒷부분에 나온다.

장미의 문

마치 이미 밥을 먹었다는 증거로 이를 쑤시는 듯했다. 절대 밥 먹으러 온 건 아니야. 갑자기 여자 목소리가 이상하리만치 평화로웠다. 평화로운 그녀의 목소리에서는 우월감까지 느껴질 정도였다.

"여기 사람들 밥 먹었는지 보러 온 거라고. 손님이 있네."

여자는 메이메이를 손님이라고 말했다.

"사실 손님도 아니지. 네 엄마가 날 꾸빠라고 부르며 나랑 한솥밥을 먹은 지 십수 년이야. 너도 날 꾸빠라고 불러야 해. 세대는 다르지만 상관없어. 아이 탓을 하는 건 어른이 아니지. 하지만 부르긴 불러야 해. 너, 왜 '꾸빠'라고 안 불러?"

꾸빠가 다시 화를 내려 했다.

"불러봐~"

쫭탄이 말했다. 안쪽 방에서 한참 동안 말이 없었던 쫭탄이 갑자기 밖으로 나와 길게 소리를 뽑으며 메이메이에게 '불러봐~'라고 말했다. 메이메이는 외삼촌의 말투가 별로 곱지 않게 느껴졌다. 마치 자기와 꾸빠 사이를 이간질하려는 것 같았다. 자기가 '꾸빠'라고 부르지 않으면 분명히 이 사악한 분위기를 즐길 것이다.

외할머니의 선동에 비하면 외삼촌의 이간질은 메이메이에게 효과가 덜했다. 한참동안 고개를 돌리고 있는 외할머니의 모습을 보아하니 외삼촌 이간질에 기운을 얻은 듯했다. 메이메이는 꾸빠 때문에 놀라긴 했지만 이런 상황에 처한 꾸빠가 왠지 조금 불쌍하게 느껴졌다. 지금이야말로 내가 입을 열어야 할 때야. 메이메이가 앞으로 살짝 한 걸음 나아가 정식으로 상대방을 불렀다.

"꾸빠."

조금 이상하긴 했지만 메이메이는 그래도 자신이 분명하게 상대방을 불렀다고 확신했다.

과연 꾸빠가 환하게 웃었다. 꾸빠는 웃는 얼굴로 이를 쑤시며 갑자기 또 다른 눈빛으로 메이메이를 관찰하기 시작했다. 조금 전처럼 사납거나 불만에 찬 얼굴이 아니었다. 자신을 감상하며 '잘 불렀어. 어쨌거나 우리 집 아이 맞네.'라고 말하는 듯했다. 꾸빠는 그것도 잠시, 이후 더 이상 메이메이라는 존재를 염두에 두지 않았다.

꾸빠가 메이메이를 제쳐두고 쓰이원에게 집중했다. 여자가 재빨리 침대 앞으로 다가가 몸을 굽혔다. 홀쭉 꺼진 배가 쓰이원의 골반에 거의 닿을 듯했다. 여자가 은근슬쩍 다행이라는 말투로 말했다.

"이원, 이것 봐. 은으로 된 세트, 구리로 바꿨어. 조심하는 게 좋잖아. 우리 집 조상대대로 내려온 걸 던져버릴 수 없으니까."

꾸빠가 말하며 작은 구리 기물을 쓰이원 얼굴 앞에 흔들었다. 기물들이 둔탁한 소리를 냈다. 메이메이가 기물들을 똑바로 바라보았다. 작은 숟가락, 작은 막대, 작은 삽이었다. 메이메이는 그 기물들의 용도를 알 수 있었다. 귀이개다.

댕그랑 부딪치는 귀이개 소리에 쓰이원이 몸을 돌렸다. 마치 소리만 알아듣는 동물 같았다. 사람들이 '꼬꼬' 하면 닭이 달려오고, 밥그릇을 두드리면 고양이나 개가 달려오고, 원숭이 쇼를 하는 사람들이 작은 징을 울리면 원숭이가 익살맞은 표정을 짓는다.

쓰이원은 혼탁한 댕그랑 소리가 무엇을 의미하는지 알았다.

쓰이원이 몸을 돌려 똑바로 앉은 다음, 정말 궁금하다는 말투로 꾸빠에게 말했다.

"은은?"

쓰이원의 목소리가 고모아빠보다 더 낮고, 더 쉬어 있었다.

장미의 문

"내가 숨겼어."

꾸빠가 말했다.

"그냥 내놓지 그랬어."

쓰이원의 소리가 더 은밀해졌다.

"내놓을 게 뭐 있어. 별 가치도 없는 걸."

"은이잖아. 그거 은이라고."

쓰이원이 강조했다.

"그래봤자 팔찌 하나 값도 안 돼."

꾸빠가 말했다.

"그럼 왜 숨겼어?"

쓰이원이 추궁했다.

"은 도금이잖아?"

꾸빠가 말했다.

"두렵다고 했다가 별 가치가 없다고 했다가, 도무지 종잡을 수가 없어."

쓰이원이 꾸빠를 타박했다.

"때가 그렇잖아."

꾸빠는 무안했는지 자기도 아리송한 결론을 내렸다.

무안한 상황을 대충 넘기려는 듯 꾸빠가 쓰이원은 제쳐둔 채 메이메이에게 다가왔다. 메이메이는 그때 식탁 앞에 앉아 멍하니 두 사람 이야기에 귀를 기울이고 있던 중이었다. 꾸빠가 메이메이 곁으로 다가와 갑자기 메이메이 머리를 잡고 말했다.

"움직이지 마! 네 귀 좀 보자."

어느새 꾸빠가 메이메이 귓불을 들어올렸다. 그녀가 메이메이를 불빛 아래로 데려가 반듯하게 세웠다. 메이메이는 꾸빠의 손아귀를 벗어나 그 자리를 피하고 싶었다. 꾸빠의 과한 친절을 피해 달아나고 싶었다. 꾸빠의 과한 친절로 인해 메이메이는 마치 자신이 결박당해 납치된 것 같은 기분이 들었다. 하지만 어느새 귀이개는 메이메이 귀를 후비고 있었다.

작디작은 귀이개지만 감히 이에 맞서 몸을 꿈틀거릴 사람은 없으리라.

순식간에 꾸빠는 아직 솜털도 빠지지 않은 메이메이의 작고 여린 귀에 모든 열정을 쏟았다. 완전히 새로운 자극, 무엇과도 대체할 수 없는 공포, 은근한 기대, 가슴 써늘한 재난이 메이메이를 향해 밀려들었다. 이어 산이 무너지고 땅이 갈라지는 것 같은 기분이 들었다.

꾸빠가 점점 더 깊숙이 메이메이의 귀를 탐사했다. 왼쪽 눈을 가늘게 뜨고 예리한 오른쪽 눈으로 귀이개를 따라 메이메이 귓속의 사냥감을 향해 맹렬하게 달려들었다. 꾸빠는 공격에 성공했다. 노획물은 풍성했다. 꾸빠는 그 순간 온 세상이 사라지고, 오직 귀, 귀 안에서 포획한 물건만이 자신의 전부인 듯했다. 혹은 자기 자신이 외이도로 들어간 그 작은 물건 자체이며, 인간의 외이도만이 영원히 탐사가 불가능한 기이한 곳이라고 느껴졌다. 그곳에서 좌충우돌 활개를 칠 수도, 발길 가는대로 유유자적할 수도 있었다. 걷다 달리기를 반복하며 인간세상 최고의 망아의 초월적 즐거움을 누릴 수 있었다. 그때 얻는 포획물은 미미하지만 탐사의 작은 기념물 같은 존재이다.

녹두알 크기만 한 귀지가 메이메이 귓속에서 굴러 나왔다. 꾸빠는 탐사의 성공을 증거하기 위해 귀지를 받쳐 들고 사람들에게 보여주었다. 설명도 필요 없었다. 그저 상대방 눈앞에 잠시 손바닥을 내밀

장미의 문

고 잠깐 동안 함께 욕망 끝자락에 얻은 기쁨을 함께 감상하고 음미하면 그뿐이었다.

얼얼한 귀를 움켜쥔 메이메이의 모습 역시 꾸빠에게 보내는 갈채였다. 외삼촌 쾅탄이 소리를 길게 내빼며 꾸빠에게 도발한 것 역시 또 하나의 갈채라는 생각이 들었다. 사실 자기도 모르게 고통을 참은 메이메이 역시 꾸빠의 힘이 되었다. 이미 자신을 헌납한 셈이다. 자신을 희생한 메이메이가 잔뜩 흥분해서 꾸빠를 바라보았다. 꾸빠가 허리춤에서 꽃무늬 쌈지를 꺼내 그 안에서 작은 유리병을 꺼냈다. 그리고 자신의 포획물을 병 안에 넣었다. 꾸빠의 관심은 바로 외할머니로 넘어갔다.

침대 위 외할머니는 어느새 꾸빠를 맞이할 준비를 하고 있었다. 오늘 밤 꾸빠를 대하던 냉랭한 태도는 사라지고 한껏 기대에 찬 표정이었다. 외할머니는 분명히 꾸빠에게 눈짓을 보내고 있었다. 메이메이는 외할머니의 눈빛을 이해할 수 없었지만 그들 사이에 묵계가 있다는 사실은 알 수 있었다. 외할머니는 진심으로 기대에 차 있었고 서둘러 자기 나이에 걸맞지 않은 자세를 취했다. 꾸빠는 유혹적인 자세를 향해 한 걸음 한 걸음 외할머니에게 다가갔다. 비쩍 말라 쪼글쪼글한 가슴이 할머니 골반에 닿고, 꾸빠의 그 작은 물건이 다시 익숙한 곳을 향해 현란하게 움직이면서 침대 위에서 동시에 외할머니와 꾸빠의 신음소리가……

외할머니가 꾸빠에게 "지긋지긋하네"라고 말했다. 외할머니가 그냥 하는 소리였다. 결코 책망의 소리가 아니었다.

외삼촌이 안쪽 방과 바깥 쪽 방을 들락거렸다. 외숙모의 커다란 가슴이 다시 복덩이 앞에서 춤을 췄다. 커다란 젖꼭지가 자줏빛이다.

5

나는 널 정말 정말 오랫동안 지켰어 메이메이, 마치 백 년은 된 것 같아. 계속 네게 말하고 싶었고, 네가 모르는 것을 네게 모두 알려주거나 내가 모르는 것을 죄다 네가 나에게 털어놓게 하고 싶었어. 네가 침묵했기에 난 영원히 널 좇고 싶은 욕망이 일었는데, 내가 널 좇기는 했던 건지 분명하게 말할 수가 없네.

넌 알겠지 내가 쑤메이라는 걸 말이야, 네가 묻고 말할 때 너의 아름답고 낭랑한 목소리를 생각하면 넌 분명히 노래에 천부적인 자질을 가졌을 거야. '나는 인민공사의 착한 아이'라고 노래 부르던 널 생각하면 도저히 네가 나처럼 저음의 목소리를 갖게 될 거라고는 생각할 수도 없어, 물론 우렁차긴 하지. 난 오랫동안 노래를 부르지 않아서 거의 노래를 부를 수가 없게 되었어, 외할머니가 그랬거든 내가 음치라고, 외할머니가 너무 확신에 차서 말했기 때문에 난 그 후로 내 목소리를 부끄러워했어, 그래서 입을 벌리는 순간 먼저 마음속으로 내 자신을 비웃었지 넌 알 거야. 그렇게 정말 나는 음치가 됐어, 내 노래는 도저히 들어줄 수가 없어. 내 노래의 가장 큰 장점은 바로 얽히고설킨 모든 것을 흩어놓는다는 것, 사람의 이목구비까지도 말이야. 사실 이건 진실은 아니야, 언젠가 여행을 할 때 기차에서 성악 교수와 함께 침대 위, 아래 칸을 쓰게 되었어, 여교수는 내가 무의식적으로 노래를 흥얼거리자 내게 소리 내서 노래를 불러보라고 했어, 난 노래를 불렀고 내가 음치라고 말했지. 교수는 내가 음치가 아니라 단지 자신 있게 노래를 부르지 못할 뿐이라고 했어. 언뜻 일리가 있는 것 같기도 했지만 난 교수의 말이 위선적으로 느껴졌어, 그냥 사탕발

장미의 문

림이야 우리는 서로 아무런 상관도 없는 스쳐지나가는 나그네니까. 교수의 위선적인 모습이 싫었어 교수가 전문가답게 내 문제는 믿음의 여부가 아니고, 내 자신의 느낌이 틀렸다는 데 있다고 말한 후에야 나는 그에 대한 증오심을 내려놓았어. 세상에는 아주 많은 것들이 사람들이 생각하는 것만큼 진실하지 않아. 그들은 자신들이 만들어 퍼트린 진실을 위해 우리를 층층이 두껍게 에워싸고 있어. 네가 엄마 배를 밀쳤던 기억이 나. 넌 그 배가 보기 흉해서 밀쳤다고 했지만 사실 그건 진실이 아니야, 아주 오랫동안 난 네게 그건 진실이 아니라고 말해주고 싶었어.

넌 날 따랐지만 나는 그보다는 네가 날 엿보고 있다는 느낌이 강했어, 쑤메이. 난 내가 그 배를 증오했던 건 진실이었다고 생각해, 만약 보기 흉하지 않았다면 내가 왜 그 배를 증오했겠어? 엄마를 밀었을 때 난 그저 그 배가 엎어지는 꼴을 보고 싶었고, 그 배가 눈앞에서 사라지길 바랐고, 그 배가 홀쭉해지길 원했어.

난 줄곧 겨우 다섯 살이던 네가 자신을 위해 그런 완벽한 진실을 찾아냈다는 사실이 놀라웠어, 메이메이. 넌 가장 중요한 부분을 은근슬쩍 넘어갔어 중요한 건 배가 보기 흉하다는 것이 아니라 그걸 증오한다는 거였는데, 그걸 증오했기 때문에 보기 흉했던 거야. 넌 그 안에 앞으로 너와 함께 지내야 하는 생명이 있다는 걸 알았어…… 성공적으로 그 배를 납작하게 만들었어도 넌 법적 책임을 질 필요가 없었지, 당연해 넌 다섯 살 때 법이 무엇인지도 몰랐고 또한 법이 인류에게 무슨 의미인지 몰랐으니까. 네 영혼 깊숙한 곳에 자리한 악랄함이 네 나이를 이용했어, 넌 세상 물정에 어두웠어 비록 모르는 일이 없었지만 말이야. 그래서 난 늘 세상 모든 메이메이들은 사실 모르는 일이 없다고 느끼지, 메이메이들은 쑤메이들의 집요하고도 천박한 추종을 무력하게, 가소롭게 만들어.

네가 샤오웨이를 사랑한 건 바로 네가 그 애를 미워했기 때문일지도 몰라. 절절한 미움만이 광적인 사랑으로 바뀔 수 있으니까. 난 눈에 보이지 않는 은밀한 동기 네가 나에게 알려주지 않은 것이 무엇인지 알고 싶었어. 넌 내 안정을 위해 도망쳤어, 그 어떤 것도 네 자신의 일사불란한 전횡과 방어를 바꿀 수는 없었지. 넌 나보다 더 악랄하고 난 그런 너보다 더 교활해. 하지만 넌 나보다 용감해 넌 밀치고 싶을 때 과감하게 손을 뻗어 밀었으니까, 너의 거친 모습을 사람들에게 그대로 보여줬으니까.

나와 너는 서로 아첨의 관계도, 참회의 관계도 아니야, 쑤메이. 내가 보인 거친 표현은 내 고의가 아니었어, 사전에 다른 사람이 이런 모습을 몰상식하다고 느낄 줄 알았다면 난 배를 밀지 않았을 거야 난 그러지 않았을 거야. 나의 몰상식한 행동은 내가 용감했기 때문이 아니라 내가 주도면밀하지 못했기 때문이야. 인간은 성숙하면 무시무시하게 주도면밀해지고 비열함을 감출 정도로 꼼꼼하고 창의성을 짓누를 정도로 교묘해. 난 아마 멀리 너를 떠나 달아났을 거야.

난 네 말을 믿어 네가 도망간 이유를 믿어. 이런 은밀한 본능은 타고나는 거야 넌 심지어 네 영혼도 감추고 있어, 비록 넌 아직 뭐가 은밀하다는 건지 정확히 모르지만, 넌 모르지만 메이메이. 푸른 풀은 무성하고 흰 구름은 하늘에 뭉게뭉게 떠 있고 초록빛 피는 식물의 혈관 속에 흐르고 있어. 과실은 왜 가지를 휘게 하지? 과실은 보류라는 걸 모르니까. 잘 익은 사과는 수줍어하면서도 거리낌없이 푹신한 땅을 향해 돌진해, 난 사과가 땅에 떨어질 때 울리는 생생한 소리를 들

장미의 문

었고 자신을 향해 돌진하는 사과를 품는 땅의 모습을 지켜봤어. 사과의 모습을 보면 한 번쯤 사과가 되고 싶다는 말도 안 되는 유치한 생각을 해 진짜 말도 안 되는 생각이지. 넌 어떻게 네 안을 엿볼 수 있어? 넌 어떻게 네 자신과 소통해? 꾸빠가 외이도에 대해 들이는 정성처럼 말이야.

전에 그런 시간이 있었어 너와 너의 어떤 부분이 소통했던, 네 속마음은 그 애가 널 향해 날개를 펼쳤을 때 결코 즐겁지 않았어, 넌 네 속마음에 화들짝 놀라 소리를 질렀어 넌 네 속마음보다 훨씬 약해, 네 속마음처럼 세월 그리고 삶과 죽음의 정처 없는 방황을 이겨내지 못해.

난 너와 마주한 채 배회하고 있고, 우리는 서로 손을 잡고 있는데도 난 널 쫓아갈 수 없어.

제3장

6

꾸빠는 쓰이원의 시누이, 이곳 서채에 살고 있다.

새벽, 꾸빠는 가족 중에 가장 먼저 잠에서 깬다.

꾸빠는 눈을 뜨고 나서도 침대에서 내려오지 않은 채 옷을 걸치고 따황ㅊ黃을 불렀다. 꾸빠의 고양이다. 고양이 성별에 대한 꾸빠의 설명에 따르면 따황은 남자다. 그해 꾸빠는 둥청 둘째 당숙 집에서 산후조리 중이었다. 산후조리 장본묘獚는 따황의 엄마, 바로 라오황老黃이다. 산후조리를 마친 후 꾸빠는 라오황의 아들 따황을 데리고 돌아왔다.

그때 꾸빠는 라오황의 출산 때문에 시간을 지체했다. 예정일이 다가오자 꾸빠는 라오황에게 갔고, 라오황은 난산을 했다. 따황과 그 자매들이 목이 졸려 눈을 부릅뜨고 줄줄이 태어났다. 꾸빠는 털실로 만든 공처럼 생긴 새끼고양이들 중에서 가장 사랑스러운 수컷 새끼고양이를 안고 돌아왔다. 아주 작은 새끼고양이, 꾸빠는 그 고양이에게 따황이란 이름을 지어줬다. 건장하고 잘생긴 수컷 고양이로 자랄 거야.

당시 산후조리를 해주느라 꾸빠는 시간은 물론이고 정신적 대가도 치렀다. 암컷고양이가 새끼를 낳는다는 것이 얼마나 힘든지 직접 목격했다. 꾸빠는 더 이상 그런 모습을 보지 않기로 결심했다. 더러워서 봐줄 수가 없었다. 인류에 대한 엄청난 자극이었다. 꾸빠는 자신과 고양이가 더 이상 힘들지 않도록 수컷 고양이를 키우기로 했다. 수컷 고양이야말로 깔끔하고 고상해. 세상 한자 가운데 '여女' 부수가 들어가는 것들은 전부 더럽고 천박해.

따황이 자랐다. 따황이 눈을 떴다. 따황은 아름다웠다.

꾸빠가 침대에 기대 몽롱한 목소리로 따황을 불렀다. 꾸빠가 불렀다. 세상에 존재하는 사랑스러운 표현을 총동원했다. 따황, 황황, 황순이, 황쭈쭈, 황빛나, 황보미, 황재롱, 황금보, 황도끼, 황왈패, 황군주, 황나리, 황여시, 황자, 황사랑……

꾸빠는 매일 불렀다. 매일 이렇게 부르다 보니 이상한 현상을 발견했다. 가장 사랑스러운 보석 같은 존재를 부를 때는 가장 역겹고 가증스럽고 가장 속 시원하게 화풀이할 수 있는 표현이 더 마음에 와닿았다. 이런 사랑이야말로 가장 지극하다.

따황이 꾸빠 다리 아래 웅크리고 앉아 조용히 자신을 부르는 소리를 들었다. 따황은 꾸빠가 부르는 각종 괴이한 이름을 듣는 데 익숙했다. 그리고 가장 마음에 드는 이름, 자기 이름이 되었으면 하는 표현을 매일 선택했다. 줄줄이 불려지는 이름이 무슨 의미인지 모르지만 모든 이름이 자기에게 맞는다고 느끼는 듯했다. 모든 이름에 자신에 대한 주인의 무한 사랑이 담겨 있기 때문이다.

따황은 꼼짝하지 않았다. 그냥 듣고 싶을 뿐이었다. 꾸빠가 다시 자신을 다른 이름으로 불렀다.

"안 오고 뭐해? 왜 멍하니 있어? 천생 바보야, 태어날 때부터 멍 때렸어. 왜 바보같이 그래? 왜 멍 때려? 멍 때리는 것밖에 몰라, 바보처럼. 자는 척하는 것 다 알아 자, 어서 자라. 누가 너 부른대?"

행여 자신을 아무도 부르지 않을까 봐 걱정이 되었을까, 따황이 눈을 떴다. 눈동자가 컸다. 진한 자줏빛 겹이불에 비친 따황의 눈이 유난히 밝게 반짝거렸다. 주위가 환해졌다. 따황의 눈빛이 꿈에서 깨어난 방과 막 깨어난 꾸빠를 비췄다. 따황 때문에 꾸빠의 마음이 풀렸다 다시 조여들었다.

꾸빠가 사랑스럽게 따황을 부르더니 이어 원망스럽고 놀랍고 두려운 마음에 자꾸만 따황을 부르자 마침내 꾸빠 발아래에 있던 따황이 자리에서 일어났다. 따황이 발길 닿는 대로 마치 웅덩이, 구릉이 이어져 있는 듯한 울퉁불퉁 꾸빠의 몸을 밟고 꾸빠 눈앞에 이르렀다. 꾸빠가 어깨에 걸친 교복 밖으로 팔을 뻗어 따황을 안았다. 맨살이 드러났다. 따황이 끊임없이 꾸빠의 얼굴, 가슴, 어깨에 몸을 비비다 꾸빠에게 기댔다. 잠시 그렇게 기대있던 따황이 꾸빠의 품으로 파고들어 다시 눈을 감았고 그 순간 바로 또 코를 골기 시작했다. 꾸빠는 숨을 죽인 채 자세를 바꾸지 않았다. 어깨가 시큰하고 숨이 차올랐지만 행여 따황이 깰까 봐 숨을 죽였다. 꾸빠는 잠시 따황을 보다가 누렇게 바랜 종이 천장을, 다시 창틈으로 비집고 들어온 빛을, 그리고 맞은편 네 쪽 짜리 쑤저우蘇州 자수 족자로 시선을 옮겼다.

족자마다 고양이 한 마리가 있었다. 꽃 아래, 달 아래 고양이가 있었다. 고양이가 졸고 있고, 고양이가 나비를 덮치고 있었다. 꾸빠는 자수 속 고양이를 보며 트집을 잡기 시작했다. 생리적인 문제, 정신적

장미의 문

인 문제까지 꼼꼼하게 매일 살폈고, 매일 새로운 발견을 했다. 꾸빠는 족자를 만든 사람에게 욕을 퍼부었다. 고양이에 대해 잘 알지도 못하면서 고양이 자수를 놓다니. 어른들은 왜 굳이 저 나무틀 족자를 자기에게 줬을까. 애당초 고물장수에게 던져버릴걸, 후회가 밀려왔다. 어디든지 당장 내다버리고 싶었다. 하지만 매일 아침 자리에서 일어나 따황 때문에 정신이 없을 때면 족자 생각이 나지 않았다. 따황이 자기 품에서 개잠에 빠질 때에야 다시 벽에 걸린 족자가 눈에 들어왔다. 멍청하게 생긴 고양이 네 마리가 미끄러지듯 도둑처럼 슬쩍 미끄러지는 모습이 고양이는 무슨! 족제비나 개새끼 같았다.

네 개의 족자는 왜 그렇게 오랫동안 그녀와 함께했을까? 꾸빠는 자세히 생각해보고 싶지 않았다. 사실 어찌된 일인지 꾸빠는 누구보다 더 잘 알고 있었다. 자신의 혼수품 중 하나였다. 그녀는 족자와 함께 신부가 되었다. 하지만 자신은 결혼한 적이 없었다. 신부가 된다는 것과 결혼은 같은 의미가 아니다.

꾸빠는 젊은 시절 옆 가르마를 타지 않았고, 대금對襟21)의 남자 복식도 하지 않았다. 치마를 입었고 칠흑 같은 까만 머리는 자기가 정말 좋아하는 양 갈래로 따고 다녔다. 가슴을 오그리고 다니지도 않았다. 풍만한 가슴이 사랑스러웠다. 하지만 여학교를 다녔기 때문에 남학생들 앞에 이런 풍만한 가슴을 드러낼 기회도 없었다. 남학생들이 자기 가슴을 싫어하지 않을 거라고 생각했다. 그리고 또 자신의 모습이 어땠더라? 뚱뚱하지도 마르지도 않은 몸매, 길지도 짧지도 않은

목, 굵지도 가늘지도 않은 허리, 넓지도 좁지도 않은 코…… 물론 전혀 결함이 없는 건 아니었다. 예를 들어 타고 난 넉넉한 턱이 그랬다. 그녀는 항상 쓸데없이 큰 턱 때문에 괴로웠다. 하지만 턱이 이렇다고 해서 꽃다운 시절을 보내는 데도, 집에서 혼처를 알아보는 데도 방해가 될 건 없었다. 알콩달콩 자유연애의 과정 대신 갑작스레 한 사람의 신부가 되길 원한 것도 아마 자기도 보기 싫고 남에게 드러내기도 싫은 커다란 턱 때문이었을지도 모른다. 집에서 혼처를 알아봤다고 했을 때 몰래 두세 번 상대를 흘끔 살펴보기도 했다. 좋았다. 만족스러웠다. 상대방의 아내가 될 충분한 준비가 되어 있었다.

그녀는 경건하게 자기 혼례를 맞이했고, 좡씨 집안에서는 번듯하게 이를 준비했다. 좡씨 나리는 딸을 위해 상대방 신분에 걸맞는 모든 것을 준비했다. 그중에는 멍한 고양이 네 마리가 그려진 네 쪽짜리 족자도 들어 있었다. 혼례식 예복을 준비할 때 쓰이원과 딩 아줌마가 출동했다. 화장에 능숙한 쓰이원은 자신의 경험을 살려 신부의 장점을 최대한 살리고, 단점을 최대한 가렸다. 예를 들어 커다란 턱은 목깃이 높은 중국식 비단윗옷으로 단점을 가려야 한다고 했다. 이미 구시대의 예복이었지만 어쨌거나 높은 목깃으로 턱을 감출 수 있었다. 그 정도는 굳이 말하지 않아도 당연히 파악 가능한 잔꾀다.

그녀는 올케언니인 쓰이원의 뜻을 따랐다.

그녀는 빨간 수구繡球가 달린 검은 자동차를 타고 서양 악대의 연주를 들으며 시청西城의 좡씨 가택을 떠나 베이청北城의 신랑 집으로 떠났다. 집을 떠나기 전에 친정, 딩 아줌마, 요리사, 조경사, 마부 그리고 길게 머리를 땋은 자신의 처녀 시절에 대한 작별의 의미로 진한 슬픔을 표현했다. 언니와 딩 아줌마가 자신의 마음을 달래주는 사이, 그녀

장미의 문

는 들러리의 부축을 받으며 자동차에 올랐다.

악대의 음악은 집을 떠나는 꾸빠의 모습에 기쁨과 더불어 비장한 느낌을 더했다.

사람이 떠나고 집이 비었다.

쫭씨 집안의 머리 땋은 아가씨가 집을 떠나자 집안 식구 모두 "그곳에 있던 사람은 보이지 않고 성城만 보이네[22]"라는 시구의 표현처럼 마음이 애잔했다. 쫭씨 집안에 다른 사람이 없는 것도 아니었지만 말이다. 지금 사람들에 비해 고대 시인들은 훨씬 더 매사에 감성적이었던 것 같다.

꾸빠는 사흘 동안 떠나 있었다. 사흘 동안 신부가 되었다. 셋째 날, 꾸빠가 친정으로 돌아왔다. 돌아온 꾸빠는 반쯤 얼이 나가 있다. 사람들이 봉두난발의 꾸빠를 자동차에서 내린 후 대문 안으로, 아가씨였던 시절 꾸빠의 방으로 실어 날랐다.

꾸빠는 비장하게 환희에 젖어 집을 떠났지만 처량하게 우수에 젖어 집으로 돌아왔다.

쫭씨 집안은 사돈댁에서 꾸빠가 기절한 이유를 알았다. 결혼 당일 밤, 신랑이 사라졌다. 신랑이 신방에 들어온 후 달아났다는 사람, 신랑이 빨간 머리덮개를 걷어 올린 후 신부를 보고 사라졌다는 사람도 있었다. 어쨌거나 그날 밤 신랑이 사라졌다. 그 후 하루, 이틀, 사흘, 1년, 2년, 3년…… 메이메이가 꾸빠를 만났을 때까지 신랑은 다시 나타나지 않았다.

---

22) 不見居人只見城. 소식蘇軾의 〈남향자南鄉子·송술고送述古〉의 한 구절. 소식이 그의 문우인 진양陳襄(진양의 字가 술고述古)을 전송하면서 지은 송별시.

신랑이 탄스퉁^{譚嗣同23)}, 리다자오^{李大釗24)} 같은 진보당^{進步黨}, 혁명가였다면 달아난 그를 이해할 수 있다. 인류의 해방을 위해 봉건을 거부하고 자유를 찾아 달아났겠지. 아니면 이와 정반대로 아편쟁이, 노름꾼, 오사리잡놈일 수도 있다. 이런 사람이 실종되었다면 별로 이상할것도 없다. 그들이 어떤 생각을 하는지 어찌 알겠는가? 하지만 신랑은 그런 자들의 유형이 아니다. 그는 그 어느 쪽도 아니다. 그는 평범한 가정의 평범한 사람, 달리 말하면 반듯한 가정의 반듯한 사람이라고 말할 수 있다.

그런 그가 사라졌다, 자취를 감췄다. 꾸빠는 네 쪽 족자를 포함한 혼수품을 가지고 친정으로 돌아왔다.

여러 가지 말이 돌았다. 심지어 기이한 기사거리를 찾아다니는 기자가 〈소소일보〉^{小小日報} 한 귀퉁이에 기사를 싣기도 했다. 베이청 역시 〈익세보〉^{益世報}에 '사람을 찾습니다'란 광고를 냈지만 무용지물이었다.

쓰이원이 몰래 딩 아줌마에게 말했다.

"턱 때문이라고 하는 말 믿어요?"

딩 아줌마가 고개를 저었다.

쓰이원은 그리 이상할 것도 없다고 했다. 남녀 사이의 일은 본디 묘해서 명확히 말할 수 있는 사람이 없다고 했다. 《삼언》^{三言}, 《이박》^{二拍25)}에 적힌 내용이 모두 남녀 사이의 괴이한 일들이라고 말했다. 딩 아줌마가 자신은 글자를 모른다고 했다. 쓰이원이 내일 그중 몇 가지

---

23) 1865~1898. 중국의 근대 정치가, 사상가. 무술유신운동 주도자 가운데 한 사람.

24) 1888~1927. 중국공산당 창당, 마르크스주의를 연구하여 중국 공산당의 사상적 근거를 마련하였다.

장미의 문

이야기를 해주겠다고 했다.

쓰이원이 딩 아줌마에게 《삼언》과 《이박》 이야기를 해주었다. 두 사람 모두 반신반의하며 기계적으로 다른 사람의 말을 옮기는 정도로는 이런 글이 나오지 않을 거라 생각했다.

친정으로 돌아와 여러 날을 지낸 후 꾸빠가 드디어 자리에서 일어났다. 꾸빠는 늘 머리를 산발한 채 마당 등나무 그늘 아래 한참 동안 앉아 있었다. 고개를 쳐든 채 등나무 넝쿨 틈으로 푸른 하늘을 뚫어져라 바라보는 꾸빠의 모습은 두려움과 공포 그 자체였다. 꾸빠는 때로 갑자기 누군가를 잡고 물어보기도 했다.

"〈익세보〉는?"

정신이 나간 상태에서도 〈익세보〉에 대해서는 들었나 보다. 결국 사람들이 꾸빠에게 신문을 가져다줬다.

신문에서 자기 이름을 본 꾸빠는 그날 무슨 일이 일어났는지 알았다. 아마도 그 신문, 신문 위 자기 이름 때문인지 꾸빠는 아버지 방으로 달려가 자기 대신 가족 전체에 더 이상 자신의 본명을 부르지 말아달라는 말을 전해달라고 했다. 자기 이름은 이미 꾸빠姑帕26)로 개명했다고 했다.

---

25) 중국 명나라 말기 통속 단편 소설. 《삼언》은 풍몽룡馮夢龍이 지은 《유세명언》喩世明言, 《경세통언》警世通言, 《성세항언》醒世恒言, 《이박》二拍은 능몽초凌濛初가 지은 《박안경기》拍案驚奇, 《이각二刻 박안경기》를 말한다.

26) 꾸빠姑帕의 고姑는 '고모', '시어미' 때로 '여자'를 통칭하며, 파帕는 아비의 뜻이다. 신혼 첫 날 밤, 신랑의 외도로 충격을 받고 친정으로 돌아온 그녀가 성性적 정체성에 혼란을 느끼고 스스로 지은 자신의 호칭이다. 작가 톄닝이 매우 고심한 끝에 이 두 글자를 선정한 것으로 보인다. 역자는 이 호칭의 기이한 느낌을 살리기 위해 외래어표기 규칙을 따르지 않고 된소리로 표기했다.

꾸^姑.

빠^쓸.

쟝씨 어른은 딸의 개명에 대해 고민했다. 갑자기 꾸빠가 마당에서 쟝씨 집안 인력거꾼인 마씨의 팔을 잡고 말했다.

"아저씨, 담뱃대 좀 빌려줘요. 꾸빠가 좀 피워볼게요."

꾸빠는 정식으로 자기 이름이 꾸빠임을 선언했다. 자발적인 성명^{聲明}, 자기 일생에 대해 자신이 성명을 발표한 셈이다. 이는 또한 성명을 넘어 자신에 대한 책봉이자, 선고^{宣告}이며, 경계를 사이에 둔 진입이자 탈출을 의미하는 슬픔의 노래다.

집안사람 모두 꾸빠의 성명을 들었다. 가족 모두 꾸빠를 바라보았다. 그의 손에 마씨의 담뱃대가 들려 있었다.

꾸빠는 마씨의 담뱃대와 쌈지를 달라고 했다. 마치 '골초'처럼 능수능란하게 담뱃대를 쌈지에 넣고 휘저어 대통에 담뱃잎을 가득 채운 후 입을 쭉 내밀어 담뱃대를 물었다. 놀랍게도 그녀는 부시도 쓸 줄 알았다. 착-착, 부시로 부싯깃을 비벼 연기가 몽글몽글 나기 시작한 부시를 대통에 붙인 후 쉭 담배를 피우기 시작했다.

대통이 헤벌레 벌어지는 느낌과 함께 푸른 연기가 공중으로 피어올랐다. 꾸빠가 공기 중에 흩어지는 연기를 빤히 바라보며 한 모금, 한 모금 계속 담배를 피웠다.

꾸빠가 마씨에게 말했다.

"아저씨, 담뱃대는 이제 내 거예요. 아저씨는 하나 더 사요. 아저씨 담뱃대가 편하네, 잘 피워져."

담배를 피우는 꾸빠를 바라보며 마씨는 아무 말도 하지 않았다.

꾸빠가 담뱃대를 받친 채 유유자적 담배를 피우며 마당과 회랑을

장미의 문

걸어다녔다. 마당 가득 살담배 냄새가 가득했다.

해를 거듭하면서 쾅씨 집안에는 죽는 사람도 드는 사람도 생겨났다. 해를 거듭하면서 마당의 나무와 화초가 생기를 되찾았다가 다시 동면에 들어갔다. 본명은 사라지고 그녀는 결국 꾸빠가 되었다. 아무도 누가 그 이름을 만들었는지 모른다. 꾸빠 자신이 만든 건지, 아니면 그녀가 어디서 주워들은 건지 알지 못했다. 어쨌거나 온 가족이 모두 이 이름을 인정하게 됐다. 어린 세대도, 같은 세대도 그녀를 꾸빠라고 불렀고, 쾅씨 어른이나 친척들까지도 그녀를 꾸빠라고 불렀다. 그녀는 꾸(고모)인 동시에 빠(아빠)가 되면서 청각적으로 일반 여성들이 느낄 수 없는 명예와 권리를 누렸다. 이 호칭에 걸맞도록 꾸빠는 자신의 외모를 바꾸기 시작했다. 윤기 흐르는 흑발의 땋은 머리를 댕강 잘라버리고 남자들처럼 옆 가르마를 탔다. 치파오와 긴 치마 대신 양복, 마고자를 입었다. 굽 낮은 구두를 신고 팔자걸음을 걸었고 항상 손에서 담뱃대가 떠나지 않았다. 무엇보다도 가장 이해 불가능한 부분은 꽃다운 청춘의 상징이었던 적당한 크기의 사랑스러운 젖가슴이 사라졌다는 사실이다. 어떻게 젖가슴을 평평하게 만들었을까. 아마 노련한 여자나 그 방법을 알겠지. 어쨌거나 그녀는 납작 가슴이 되었다. 이 가슴을 위해 일부러 등을 더 구부리고 다니는 바람에 납작 가슴을 넘어 구부정한 가슴이 되었다.

해를 거듭하는 사이 나뭇잎도 나고 지기를 반복하고 날씨도 변화가 이어졌지만 꾸빠의 분위기는 하나로 고정되었다. 예전 습관대로 베이핑北平27)에서 정평이 나 있던 중앙이발관의 샤오완小萬에게 머리를 맡겼다. 하지만 꾸빠의 요구는 전과 같지 않았다. 시간이 흐름에 따라 샤오완은 꾸빠가 뭘 원하는지 파악했다. 매번 그녀가 성큼성큼 '중앙'

의자에 앉으면 별다른 인사말도 주고받지 않고 샤오완의 바리캉과 가위가 바빠지기 시작한다. 한바탕 쓱싹쓱싹 머리를 매만지고 나면 샤오완이 어김없이 꾸빠 뒤통수에 거울을 비춘다. 꾸빠는 거울을 통해 자기 뒤통수와 깍듯하게 잘린 머리카락 단면을 바라보며 만족스러운 표정으로 샤오완을 향해 살짝 고개를 끄덕인다. 샤오완은 옆에 있는 이발사와 서로 회심의 눈빛을 교환한다.

……

따황이 드디어 잠에서 깨어나 작은 소리로 쿵쿵거리며 조그마한 발바닥으로 꾸빠의 어깨, 꾸빠의 얼굴을 때렸다. 따황이 완전히 잠에서 깨어나는 시간, 꾸빠도 알고 있다. 따황이 아침 먹을 시간이 다 되었다고 꾸빠를 쳤다. 꾸빠는 그제야 옷을 입고 침대에서 내려와 방문을 밀고 나가 문밖에 있는 연탄 난로 문을 떼어냈다. 따황은 벌써 난로 앞에 앉아 불씨가 붙길 기다리고 있었다. 둘의 눈가에 밤새 눈곱이 끼어 있었다. 둘이 하품을 했다. 둘은 매무새를 가다듬지 않았다. 꾸빠의 헝클어진 단발은 정수리까지 머리가 뻗쳐 있고, 따황의 긴 털 역시 혀로 핥을 새가 없어 잔뜩 헝클어져 있었다.

드디어 난로에서 불길이 솟았다. 마치 구공탄 구멍마다 촛불이 불을 밝힌 것 같다. 꾸빠가 따황의 밥솥을 난로에 올린 후 따황을 위해 생선이 들어간 쌀밥을 세심하게 끓이기 시작했다. 생선과 밥이 궁합이 맞는다고 생각하며 꾸빠가 찬찬히 개밥을 끓였다. 다 끓인 밥을

---

27) 베이징의 옛 이름. 시대에 따라 베이징과 베이핑의 이름이 반복 교체되었다. 위 내용의 베이핑은 1928년 난징 국민정부가 설립된 후 시기의 명칭. 이후 베이핑은 1949년 중화인민공화국이 성립된 후 다시 수도 베이징으로 명칭이 바뀐다.

장미의 문

적당한 온도까지 식힌 후에야 꾸빠가 따황 그릇에 밥을 붓고 따황을 불렀다. 따황이 꾸빠를 따라 방으로 들어가 정해진 자리에 앉은 후 게걸스럽게 밥을 먹기 시작했다. 따황이 머리를 그릇 깊숙이 묻었다. 그때 잘게 자른 돼지 간이 담긴 작은 접시가 따황의 눈앞에 등장했다. 식사 중간의 간식이다. 따황이 생선밥을 다 먹고 난 후 다시 간식을 먹었다. 둘의 묵계 속에 따황의 아침식사가 이렇게 끝을 맺었다. 그제야 꾸빠는 큰 컵에 맑은 물을 부어 입구에 서서 고개를 들고 양치질을 시작했다.

남채의 하루도 시작되었다.

주시와 쫭탄 모두 자전거를 밀고 가면서 꾸빠에게 인사하며 출근했다.

쓰이원은 꾸빠를 자연스럽게 대했다. 상황에 따라 적절하게 꾸빠에게 반응했다. 침대 위 쓰이원이 눈짓하면 꾸빠가 일어나 쓰이원을 향해 다가왔다. 꾸빠 역시 아무렇지도 않게 쓰이원 앞을 지나쳤다. 꾸빠가 쓰이원 앞을 지나 문을 나섰다. 아무 일도 없는 사람처럼.

메이메이가 일찍 방에서 여동생 기저귀가 든 대야를 들고 나왔다. 아이가 꾸빠를 부르며 인사한 후 기저귀를 빨기 시작했다.

메이메이는 외할머니 집에 살게 된 후 자신의 존재를 인식하기 시작했고 또한 많은 것을 '알게 되었다.' 어떻게 밥을 먹어야 하는지, 기저귀는 어떻게 빨아야 하는지 알게 되었다. 외할머니는 메이메이에게 '먹는 방법'을 알려줬고, 숙모는 '세탁 방법'을 알려줬다. 기저귀는 먼저 대야에 깨끗한 물을 붓고 담가뒀다가 비누칠을 하고 깨끗한 물로 헹군 후, 뜨거운 물에 살짝 담갔다가 손으로 곳곳을 평평하게 접어야 한다. 메이메이가 알게 된 기저귀 세탁의 전 과정이다. 메이메이는 빨래하면서 이런 자신을 격려하고 안타까워하면서도 또한 자신의 능력을 드러내고자 했다.

꾸빠의 물 뱉는 소리가 자신에게 몰두해 있던 메이메이의 주의를 환기시켰다. 꾸빠는 매우 꼼꼼하게 양치질을 했다. 물 한 모금을 머금은 후 입 속 세상을 모두 휩쓴 후에야 세차게 물을 뱉었다. 바닥에 부글부글 거품이 섞인 파도가 일었다.

메이메이는 꾸빠와 단 둘이 있고 싶지 않았다. 메이메이가 대야를 들고 방으로 들어가려는데 꾸빠가 불렀다.

"내게 인사했어?"

꾸빠가 메이메이에게 물었다.

"네."

메이메이가 말했다.

"왜 난 못 들었지?"

"양치하고 계셨으니까요."

"거짓말하지 마. 양치질 때문에 흘려 들었을 수도 있지만 그렇다고 소리가 전혀 안 들리는 건 아니야."

꾸빠가 힘껏 칫솔을 털었다.

"저…… 저 거짓말 안 해요. 인사한 거 맞아요."

"날 뭐라고 불렀는데?"

"꾸……빠."

메이메이는 여전히 꾸빠라는 호칭이 낯설었다.

꾸빠는 더 이상 아무 말도 하지 않고 다시 힘껏 칫솔을 털었다. 꾸빠는 메이메이가 자기를 불렀다고 믿는 것 같았다. 메이메이가 한숨을 돌린 후 대야를 들고 다시 걸음을 떼려 할 때였다. 꾸빠가 다시

장미의 문

메이메이를 불렀다.

"넌 이름이 뭐야?"

꾸빠가 메이메이 뒤에서 물었다.

"메이메이예요."

메이메이가 꾸빠를 등지고 말했다.

"성이 뭔데?"

"쑤蘇예요."

"그래, 쑤메이메이. 네 엄마 성은 쫭莊이지, 아빠가 쑤蘇고. 쑤메이메이, 이리 와 봐."

"방에 가서 할 일이 있어요."

메이메이가 다시 방으로 가려고 했다.

"이리 오라면 이리 와. 어디 좀 자세히 보자. 여기 사는데 좀 자세히 봐야 하지 않겠어?"

꾸빠가 자기 법랑 컵을 요란하게 창틀에 올려두었다.

메이메이가 허둥지둥 어쩔 줄을 몰랐다. 꾸빠가 분명히 귀를 보려고 할 텐데. 그날 밤 일이 생각났다.

"벌써 보셨는데요, 그날요."

메이메이가 용감하게 말했다.

"헛소리!"

꾸빠가 별안간 버럭 화를 냈다.

"내가 언제 네 귀를 봤다고 그래, 언제!"

이렇게 말하는 사이 꾸빠는 어느새 메이메이 앞으로 다가와 있었다. 꾸빠가 메이메이의 대야를 낚아채 바닥에 내려놓은 후 허리에 손을 얹고 메이메이를 노려보았다. 메이메이가 고개를 숙였다. 검푸른 벽돌^{靑磚} 바닥에 커다랗고 삐딱하게 기울어진 꾸빠 발밖에 보이지 않았다. 자기 발보다 훨씬 큰 남자 구두를 신고 있었다. 메이메이는 되도록 신발 속 발 모습을 상상하려고 애를 썼다.

"내가 언제 봤는지 묻고 있잖아."

꾸빠가 다시 매섭게 메이메이에게 물었다.

"제가 여기 온 날 밤에요. 작…… 작은 병도 가지고 계셨잖아요."

메이메이가 잔뜩 주눅이 들어 꾸빠에게 말했다.

메이메이가 작은 병 이야기를 하자 꾸빠는 갑자기 뭔가 깨달은 듯했다. 꾸빠가 허겁지겁 허리춤을 더듬어 청화 자수가 놓인 쌈지를 꺼냈다. 메이메이는 쌈지 색과 꽃문양을 자세히 살폈다. 다홍빛 글자 네 개가 수 놓여 있었다.

월화월우^{月花月友}

이후 메이메이는 그 네 글자가 '월화월유'^{越花越有28)}의 해음^{諧音29)}임을 알았다.

꾸빠가 쌈지를 열어 그 안에서 전에 봤던 조그만 유리병을 꺼내 눈앞에 들어올렸다. 그녀가 햇빛 아래 병을 흔들며 병 안에 담긴 물건을 자세히 살폈다. 병에 사람들의 귀지가 들어 있었다. 누렇거나 잿빛이 도는 납작한 모양이나 덩어리진 귀지가 보였다. 햇살 아래 자세히

---

28) 월화월우^{月花月友}와 '월화월유'^{越花越有}의 중국어 발음은 '위에 화 위에 유'^{yue hua yue you}로 동일하다. '越花越有'는 쓸수록 생긴다, 즉 쓸수록 돈이 더 많이 들어온다는 의미이다.
29) 음이 같거나 비슷한 한자로 원래의 글자를 대체하는 언어의 유희

장미의 문

병을 들여다보는 꾸빠의 모습을 보니, 대충 귀지 모양과 색을 보고 출처를 확인하는 듯했다.

대천세계의 인명부이자 인류의 박물관인 셈이다. 꾸빠는 사람의 정수를 채취한 것이다. 인간은 그냥 이거야. 사람과 그들이 생존하는 세계가 모두 이 작은 병 안에 들어 있었다.

드디어 꾸빠가 병에서 메이메이 귀지를 찾았다. 꾸빠가 환하게 웃었다. 그의 웃음에는 다소 미안한 마음도 담겨 있었다.

"찾았어. 너 여기 있네. 이것 봐, 어서."

꾸빠가 작은 병을 메이메이 눈앞에 들어올렸다.

"봤지? 여기 작고 허연 거 보여?"

메이메이가 작은 병을 바라보았다. 하지만 자기 귀지는 보지 못했다. 혹 보긴 봤어도 그 귀지가 자기 것인지 알아보지 못했을 수도 있다. 너무 비슷하게 생겼어. 메이메이는 생각했다.

꾸빠는 메이메이가 자기 것을 찾았다고 확신했다. 꾸빠가 편안한 표정으로 메이메이를 바라보며 조그만 병을 쌈지에 집어넣은 후 다시 쌈지를 바지춤에 넣었다. 그리고 미안한 듯 바지가 놓인 대야를 메이메이에게 줬다.

"어서 빨래 해, 여기 앉아서. 난 우리 가족이 좋아."

메이메이가 마당 철사줄 아래에서 바지를 널기 시작했다. 까치발을 하고 두 손으로 바지를 들고 폴짝폴짝 뛰었다. 늦여름 새벽바람에 빨래가 불룩해졌다. 빨래가 메이메이 정수리 위에서 너울거리며 희미한 열기를 뿜어냈다. 햇살이 빨래를 어루만지고, 발그레해진 메이메이의 두 손을 어루만졌다.

7

쓰이원이 아침을 사러 나왔다. 원래 아침을 사서 집에 돌아갈 생
각이었지만 가게에 도착한 그녀는 생각을 바꿨다.

이제 막 여덟 시가 지났을 뿐이지만 아침을 파는 가게는 이미 많
이 한가해진 상태였다. 매대에는 자초취안焦圈과 미마화蜜麻花30) 몇 개
밖에 남아 있지 않았다. 더우장豆漿31)도 있었다. 거의 바닥이 보일랑
말랑 했다. 눌어붙은 냄새가 났다. 그래도 쓰이원은 자오취안 한 개,
미마화 두 개에 달달한 더우장 한 그릇을 샀다. 그녀는 거리로 난 창
문 앞에서 탄 냄새를 참으며 조금씩 더우장을 마셨다.

예전에 쓰이원은 거리 음식점에서 아침을 먹지 않았다. 새벽 가게
에 아침을 먹으러 온 사람들이 들고나며 북적거리면 음식물이 목구
멍으로 넘어가지 않을 것 같았다. 또한 가게에 사람이 적으면 적은 대
로 그곳에 앉아 있기가 더 거북했다. 오늘 쓰이원의 행동은 자신이 느
끼기에도 조금 의외였다. 누군가를 피해, 누군가 몰래 이곳에 온 걸
까? 그 누군가가 아들 좡탄과 며느리 주시일까? 하지만 그들은 이미
알아서 갈비탕과 덮밥을 먹은 후 자전거를 밀고 나갔다.

메이메이가 함께 살게 되자 쓰이원은 어쨌거나 뭔가 바꿀 수밖에
없었다. 비록 먼저 메이메이를 변하게 해야겠지만. 주시의 반대에도
불구하고 쓰이원은 밥상머리에서 메이메이에게 '할 수 있는 것'과 '해

---

30) 자오취안, 미마화 모두 베이징의 먹거리다. 자오취안은 팔찌 모양, 미마화는 꽈배기 모양의
    튀김.

31) 콩국물, 중국의 대표 아침식사다.

장미의 문

서는 안 되는 것'에 대해 이야기했다. 세수하는 자세조차 간섭하려고 했다. 이 아이는 세수하는 모습도 엉망이야, 세차게 얼굴에 물을 끼얹으며 어푸어푸 집안을 온통 소란스럽게 하잖아. 양치하는 모습 역시 지저분했다. 치약거품이 얼굴에 가득 묻었다. 칠칠맞지 못한 메이메이를 고쳐줘야하기 때문에 쓰이원이 몰래 이곳에 앉아 더우장을 마시며 자오취안을 먹을 필요는 없었다. 그녀는 아침을 먹는 사이, 마침내 이유를 찾아냈다. 잠시 조용히 있고 싶었던 거야. 쓰이원은 베이징 전체, 중국 전체가 청정함을 잃었다고 느꼈다. 거리 곳곳, 상가, 거주지, 학교, 기관…… 모든 곳이 뒤집혔다. 언제나 조용하던 공원까지 반동을 비판하고 이에 대해 투쟁을 벌이는 장소가 되었다. 이발관에 앉아 있는 거울 속 당신도 당신 자신이 아니었다. 거울에는 '머리 잘 잘라, 네 대가리 조심해야 할 거야'라고 적힌 빨간 종이가 붙어 있었다. '퉁허쥐'同和居라는 식당조차 홍위병들이 팻말을 부수고 식당에서 배추찜과 '마이상수'螞蟻上樹[32]만 팔도록 제한했다. 이제 베이징이나 전 중국을 통틀어 이런 작은 가게나 사람들 시선에 들지 않은 듯하다. 아침에 여전히 유빙油餅, 탕빙糖餅[33], 자오취안, 더우장이 식탁에 오르고, 낮과 밤에는 훈툰餛飩[34]과 더우바오豆包[35]"를 볼 수 있다. 이렇게 작은 식당에서나 세상이 예나 지금이나 다름없다는 느낌을 받는다. 그러니 자연스럽게 이가 나간 그릇을 안고 여기 쪼그리고 앉아 있는 게지.

---

32) 고기당면볶음요리. 딩면을 집을 때 다진 고기가 당면에 붙어 올라오는 모습이 마치 개미가 나무를 타고 올라오는 모습 같다고 해서 붙여진 이름

33) 유빙, 탕빙 모두 납작호떡 같은 튀김음식. 탕빙에는 설탕이 첨가된다.

34) 다진 고기, 새우, 채소 등의 속을 넣어 만든 따위로 만든 중국식 만둣국. 피가 얇다.

35) 콩소를 넣은 찐빵

쓰이윈은 조용한 곳을 찾았지만 그렇다고 외손녀를 잊은 건 아니 었다. 외손녀를 위해 미마화 하나를 남겼다. 그래도 이 정도는 해줘야 지라는 생각이 들었다.

쓰이윈이 그릇을 받친 채 더우장을 홀짝홀짝 마셨다. 깜빡 잊고 숟가락으로 아래에 가라앉은 흰 설탕을 젓지 않았다. 흰 설탕이 그릇 바닥에 고여 있어도 여전히 탄내가 났다. 더우장을 거의 다 먹어갈 때 였다. 목이 컥 막힐 정도로 바닥이 달았다. 그제야 쓰이윈은 자신이 독점하고 있던 사각 탁자가 정말 더럽다는 사실을 발견했다. 탁자 위 에 깨, 사오빙 부스러기가 흩어져 있고, 누군가 사용한 그릇과 젓가락 도 그대로 놓여 있었다. 쓰이윈은 다른 사람이 음식을 남긴 그릇에 서 음식을 골라 먹고 있는 기분이 들었다. 그 순간 자신의 음식도 찌 꺼기처럼 느껴졌고 그 찌꺼기마저 누군가가 자신에게 윤허한 한 끼처 럼 느껴졌다. 작은 가게의 모습, 다른 사람들은 늘 그러려니 하는 광 경일지도 모른다. 하지만 쓰이윈은 참을 수가 없었다. 눈앞에 펼쳐진 이런 '윤허'의 느낌이 사람을 비참하게 했다. 조금 전 누렸던 평안이 또다시 엉망진창이 되었다.

그렇다면 아예 다시 한 그릇을 시키자.

수년 간 쓰이윈은 이런 식으로 자신을 단련했다. 자기 영혼이 무 엇인가에 대해 거부감을 느끼면 서둘러 다른 무엇에 관심을 돌렸다. 더러운 식탁에 혐오감을 느꼈다고 해서 바로 이곳을 떠날 수는 없었 다. 그건 마치 도주처럼 인사도 없는 작별처럼 느껴졌다. 이제 쓰이윈 은 이 식탁을 고수해야 한다. 난처한 상황을 지속하며 탄내 나는 더 우장을 계속 먹어야 한다. 이건 투쟁이다. 쓰이윈과 더러운 탁자, 눌러 붙은 더우장과의 투쟁이다. 쓰이윈이 마침내 그들을 이겼다. 이 투쟁

장미의 문

의 승리자가 되었다. 지나치게 많은 더우장을 들이킨 탓에 약간 구역질이 났다. 항상 건강했던 위장이 빵빵해졌다. 쓰이원은 긴장을 풀고 가슴을 들고 한껏 몸을 '곧추세워' 빨리 위장을 가득 채운 더우장을 내려 보내려고 애를 썼다. 이어 손수건을 꺼내 입과 손을 닦은 후 고개를 돌려 창밖으로 보이는 거리의 행인들을 바라보았다.

베이징 전체가 이제야 깨어나고 있었다. 언제나처럼 녹색 군복과 붉은 완장을 찬 젊은 사람들이 다시 갑자기 거리곳곳에 넘치기 시작했다. 모든 사람의 아름다운 꿈, 고요를 향한 바람을 무너뜨리고 있었다. 쓰이원 역시 깨달음을 얻었다. 세상과 단절된 외진 이 작은 식당이 다른 곳과 다르다고 여기면 안 돼. 더러우면서도 사랑스러운 탁자, 그 위에 놓인 당신의 자오취안과 미마화는 기껏해야 외부와 유리 한 겹을 사이에 두고 있다는 것, 이 유리는 그저 살짝 두드리기만 해도 그대로 깨져 외부와 한 세계를 이룬다.

지금 우리는 유리를 깨지 않는다. 그 존재에 대한 생각도 없다. 그 존재를 생각하지 않는다는 건 당신의 존재를 생각지 않는다는 것, 하지만 생각지 않는다고 해서 이곳에 당신이 없다는 의미는 아니다.

쓰이원은 분명 몇몇 어린 용사(홍위병)들이 경멸하듯 유리쪽을 흘끗 바라보는 모습을 봤다. 그들은 분명히 자신의 존재를 알고 있었다. 그들은 쓰이원이 곁에 아무도 없는 듯 손수건으로 입을 닦는 모습을 봤다. 쓰이원은 어린 용사들의 시선을 피해 재빨리 옆으로 몸을 돌렸다.

며칠 전 재산을 몰수하고 낡은 것들을 깨부수던 그들의 행동 앞에서 다만 공포와 경악 그리고 구차하게 위기를 모면하고 싶은 환상을 가졌을 뿐이라면 지금 그들의 눈빛은 곧이어 자신에게도 재난이

닥치리란 사실을 말해주고 있었다. 당신은 오늘 이곳에서 더우장을 마시며 더우장이 눌렀다, 탁자가 더럽다 구시렁대지만 내일이면 우리는 이 유리를 깨고 당신을 끄집어내서 우리와 함께 거리를 '산보'하게 만들 거야. 그때가 되면 당신은 더 이상 손수건이나 들고 입이나 닦는 존재는 아닐 거야. 깨진 유리가 당신 얼굴에 길길이 상처를 내겠지. 당신은 얼룩덜룩한 얼굴로 우리와 함께 갖은 수모를 겪으며 세상이 어떤지 체험을 할 거고.

쓰이원은 정신이 멍했다.

쓰이원은 갑작스럽게 깨달았다.

쓰이원이 탁자 앞에서 일어났다. 그녀는 녹색 군장, 붉은 완장의 사람들이 지나길 기다렸다가 그제야 메이메이 몫으로 챙겨둔 미마화를 싸서 가게를 나왔다. 앞에서 '혁명을 원하는 자 일어서서 나오고, 혁명을 원하지 않는 빌어먹을 인간들은 물러서라.'라는 구호소리가 들렸다. 구호가 섬뜩했다. 마치 홍위병들이 가산을 몰수하고 낡은 것을 파괴할 때 구타를 당한 사람들의 비명소리처럼 소름이 끼쳤다. 쓰이원은 그래도 '내공'이 있었다. 섬뜩한 구호 앞에서 그녀는 공손하게 구호에 귀를 기울이며 구호에 깃든 감정을 읽을 필요가 있었다. 계속해서 듣다보면 귀여운 구석도 느낄 수 있었다. 그들이 외친 구호는 바로 쓰이원이 밤낮으로 꾸던 꿈이었다. 아마 그건 꿈뿐만 아니라 쓰이원의 발명, 타인이 도용한 쓰이원의 발명일지도 모른다.

구 사회가 이제 막 끝을 알리고 새로운 사회가 열리는 시기, 쓰이원은 마음속으로 이 구호를 되뇐다. 쓰이원은 다른 사람의 눈에도 구 사회에서 사치스러운 부패의 삶을 살았던 좡씨 집안 큰며느리이다. 이치대로라면 새로운 사회에 의해 철저히 내팽개쳐지고 잊혀야 할 인물이다. 하지만 쓰이윈은 좡씨 집안을 증오했다. 그 집안의 이익을 옹호하던 사회를 증오했다. 언제나 빛을 기대했다. 빛을 얻기 위해, 자신의 해방을 쟁취하기 위해 쓰이윈은 심지어 모든 것이 파괴돼야 한다고 저주했다. 홍수와 화재, 지진…… 철저하게 파괴할수록 좋다. 이에 신 중국의 탄생은 쓰이윈과 약속이나 한 듯 합을 이루었다.

하지만 새 정권은 쓰이윈의 편이 아니었다. '압박을 받다', '해방을 원하다' 같은 개념은 쓰이윈과 관련이 없었다. 그렇다면 상황에 맞게 합리적으로 새로운 사회와 보조를 맞춰 생존하기 위해서는 새로운 길을 개척해야 했다. 이에 쓰이윈은 자신에게 가장 적합한 새로운 구호를 생각했다.

일어서 나오다.[36]

일어서 나오는 건 이 정권을 대하는 새로운 태도다. 일어서 나오는 건 과거 좡씨 집안에 대한 환골탈태의 몸짓이다. 일어서 나오는 건 또한 당신이 먼저 뭔가 바쳐야 함을 의미한다. 당시 신문에 실리고, 회의에서 말하고, 책에 기록되고, 노래를 통해 불리던 내용은 모두 노동이었던 것 같다. 노동생산, 생산노동, 노동은 영광이며, 노동은 신성하며, 인류의 해방은 노동에 의해 이루어지고, 노동은 인류를 해방시킨다 등이다. '기기가 그릉그릉 요란하게 소리를 내는 가운데 망치를 높이 들어 힘차게 내려치고, 쟁기와 괭이를 만들어 생산에 투입하고, 총포를 만들어 전방에 보내는……', 이 모든 것이 노동이었다. 노동하는 얼굴이 붉게 달아오르고 얼굴에 땀이 흐른다. 이에 완전히 새

---

36) 站出来. 문화대혁명 기간에는 비판 대상이었던 지도 간부들이 특정 조직에 참가할 것을 공개적으로 표시할 때 이와 같은 표현을 사용했다.

로운 인간, 완전히 새로운 형상이 출현한다. 쓰이원은 얼굴이 붉게 달아오르며 땀이 흐르는 사이 대오 가운데에서 자신을 발견한다.

그렇게 쓰이원이 '일어서 나왔다.'

사실 좡씨 집안 맏며느리에게 노동은 그리 낯선 일이 아니다. 쓰이원은 단 한 번도 노동 앞에서 몸을 사리지 않았다. 전에 쓰이원은 일하는 어멈이 하던 일도 제법 많이 했다. 수차례 몰락 위기의 좡씨 집안을 구하기 위해 쓰이원은 귀한 망아^{亡我}의 정신을 발휘했다. 물론 총명한 쓰이원은 당시에 했던 노동과 현재 새로운 정권의 외침을 동일시하지 않는다. 당시 당신이 노동을 했다고 해서 지금 명실상부한 노동자라고 여기지 않는다. 완전히 새로운 노동자로 변신하기 위해 '일어서 나와' 뭔가 표현해야 한다. 더 이상 그저 자신의 입이나 채울 그런 노동에 그쳐서는 안 된다. 그럼 뭘 위해? 그래, 인류를 해방하기 위해, 전체 인류의 해방을 위해 일해야지. 이제 집을 나선 당신은 어디서나 보통 노동자의 모습이어야 한다. 거리에 다니는 다른 여자들 같은 모습으로, 심지어 말하는 방식까지 그들을 따라야 한다.

"손이 모자라는 곳이 있으면 말해요. 신 중국을 위한 일이라면 뭐든지 하고 싶어요. 심심해서 죽을 것 같아요."

쓰이원이 일어서 나왔다.

신 중국은 쓰이원을 노동자로 받아들였다.

쓰이원은 종이상자를 붙였다. 쓰이원이 간식 상자, 성냥갑, 분필 상자, 신발 상자, 분통^{粉桶}을 만들었다. 못, 압정, 너트와 볼트, 똑딱단추 모두 상자가 필요하다.

단춧구멍을 만들었다. 캘리코, 카키천, 개버딘, 다롄융^{搭褳絨37)}, 인공면^棉 등으로 만든 옷은 모두 단춧구멍이 있어야 한다. 멜턴, 발리틴

valitin(평직 단색 모직물), 개버딘도 모두 옷으로 변신하기 위해서는 누군가 단춧구멍을 만들어줘야 한다.

신발 재단도 했다. 그녀에게 어른 신발, 아이 신발, 노인 신발, 전족 신발…… 신발 코가 뾰족한 모양, 둥근 모양, 천 역시 베니션venetian, 수자직 모직물, 캔버스 천도 있고, 신발 가운데 선이 있는 솽다오량雙道梁, 낙타 등처럼 등이 볼록 올라온 뤄터안駱駝鞍도 있었다. 신발을 만들려면 먼저 재단이 필요하기 마련이다.

갑자기, 쓰이원이 혁명 간부의 가정에 등장했다. 깊숙한 골목에 자리한 커다란 집. 쓰이원은 이 집 주인이 아니다. 쓰이원은 성姓도 쓰司가 아니라 우吳로 바꿔 우마吳媽가 되었다. 자신이 직접 성도 이름도 바꿨다. 반드시 바꿔야 했다. '우'吳의 음은 '없을 무'無자와 같다. 그 순간 쓰이원은 사라졌다. 언제나 신분 있는 집안에서 일하던 쓸 만한 하인으로 변신했다. 집안일하는 솜씨가 곧바로 이 집안 남녀 주인—남녀 간부의 인정을 받았다. 그들은 마음 놓고 이 집과 모든 방을 그녀에게 맡겼다. 여주인인 판㤴 동지가 그녀에게 집을 소개했다. 이 집이 얼마나 깊고 그윽한 곳인지 설명했다. 그녀는 공손하게 판 동지를 따라가며 '안목을 높였다.' 하지만 속으로는 상대방을 세상물정 어두운 '토팔로'土八路38)라고 생각했다. 그래봤자 마당 두 개 있는 사합원 아냐? 하지만 판 동지 부부는 그녀를 신뢰했다.

아쉽게도 얼마 후 판 동지는 그녀에게 얇고 커다란 봉투를 건넸

---

37) 장쑤성江蘇省 난통南通에서 생산되는 직물.

38) 비정규 팔로군八路軍의 의미. 팔로군은 항일전쟁 시기 일본군과 싸운 중국공산당의 두 주력 부대 중 하나를 말한다.

다. 더 이상 '출근'할 필요 없다는 뜻이었다. 그녀는 해고되었다. 봉투 속에 한 달 분 임금이 더 들어 있었다. 잘린 이유는 당연히 그녀의 업무능력 때문이 아니었다. 간부들은 모든 일에는 정해진 틀이 있다는 사실을 알았다. 그렇다면 그녀의 문제는 이곳에 적절하지 않다는 뜻이다. 우마, 아니, 이제 다시 쓰이원이 된 그녀는 혁명 진영에서 직급이 낮지 않은 간부에게 누군가를 채용할 때 중요한 건 일의 전문성보다는 정치적 성분이 더 중요하다는 것을 깨달았다.

이제 쓰이원은 칠판 앞, 교탁 뒤에 서 있다. 그녀 앞에 소학교 학생들이 뒷짐을 지고 단정하게 앉아 있다. 쓰이원이 아이들에게 한자의 필순을 가르치고 있다.

"가로, 세로, 삐침, 갈고리, 가로, 가로 접고 갈고리, 파임."

"삐침, 점, 세로, 세로 갈고리, 가로 접고 세로, 갈고리."

쓰이원이 연관도 없는 한자들을 나열하고 필순과 모양에 따라 한자 쓰는 방법을 고저장단에 맞춰 낭독했다. 지금도 쓰이원은 매번 아이들과 합을 이루었던 당시 낭독 광경을 떠올릴 때마다 그때가 평생 가장 순수하고 가장 아름다웠던 날들이었다고 느낀다. 비록 짧은 기간이었지만 인상이 깊게 남았다. 아이들의 눈빛, 수업을 듣는 그 눈빛에서 평생 느낀 위안을 합친 것보다 훨씬 더 많은 위안을 얻었다. 수업이 끝나면 숙제공책을 한가득 안고 돌아와 식탁에 펼쳐놓고 한 손에 펜을 들고 한 손에 손에 잡히는 대로 뭔가 집어먹으며 밤새도록 아이들의 숙제를 검사했다. 쓰이원의 글씨는 멋지고 반듯했고, 평가 의견은 정확했다. 쓰이원은 아이들에게 좋은 책을 읽으라고 권하기도 했다. 쓰이원이 교과서 이외 강력 추천한 도서는 《붉은 아이는 붉은 깃발을 사랑해》紅孩子愛紅旗다.

아마도 신뢰 가득한 아이들의 눈빛과 멋지고 반듯한 글자, 자신이 추천한《붉은 아이는 붉은 깃발을 사랑해》에서 쓰이원은 더 밝은 자신의 미래를 봤을지도 모른다. 그녀는 이미 철저하게 '일어서 나온' 자신을 느꼈다. 자신의 능력은 '가로, 삐침, 점, 파임'에나 머물 수 없었다. 자신은 손에 든 숙제공책이나 보고 있을 사람이 아니었다. 앳된 아이들의 작은 세계에서 자신은 담임이어야 했고, 지도주임이어야 했고, 교장이어야 했다. 그래, 아예 교장이 되자. 쓰이원은 이제 막 두 자 반짜리 군장을 벗고 교장으로 변신한, '건곤일척'乾坤一擲을 '간곤일정'이라고 읽는 교장과 겨루기 한판을 하기로 결심했다. 매력적인 도전이었다. 쓰이원 자신의 지도자다운 능력을 표현하기 위해 수시로 매사에 의아한 눈빛으로 교장 앞에 나서서 자기 '역할'에 심취했다. 하지만 쓰이원은 실패했다. 자신의 눈에 별것도 아닌 이 작은 세상을 점령하기는커녕 칠판 앞자리마저 사라져버렸다. 다시 한 번 쓰이원의 손에 커다란 봉투(지난번보다 더 두꺼운)가 쥐어졌고 그 길로 쓰이원은 상사 오후퉁으로 돌아갔다. 봉투에는 일 년 봉급이 들어 있었다. 일 년은 365일이다.

　쓰이원은 침묵했다. 아니 잠시 침묵하기로 자신의 마음을 가라앉혔다고 할 수도 있다. 현재 그녀는 예전의 그녀와 다름없었다. 전에 가정주부였으며 지금도 여전히 집에만 있는 여성이다. 전에도 혼자였고 지금도 역시 혼자다.

　대가정의 여성이었던 쓰이원은 큰며느리로 살고 있는 가정에서 '일어서 나오지' 않았다. 그 이유에서일까, 쓰이원이 가장 두려운 건 '가정주부'라는 네 글자였다.

　쫭천이 메이메이를 데려온 그 날, 쓰이원은 밑도 끝도 없이 화가 치밀었다.

이제 쓰이원은 다시 또 '일어서 나오라'는 구호와 마주했다. 구호를 마주하자 문득 깨달음이 밀려왔다. 이 운동과 가장 가까운 사람은 자신이라는 사실이었다. 운동의 대상은 자신에게 커다란 봉투를 내던진 판 동지의 남편과 판 동지, '건곤일척'을 '간곤일정'이라고 읽는 교장이다. 이제 그들을 뭐라고 부르지? 그들은 흑방黑幇이다. 자본주의의 길을 걷는 권력자다. 부르기 편하도록 최근에는 이를 주자파走資派라고 한다. 원래 쓰이원을 일어나 나오지 못하게 방해한 사람들은 다름이 아니라 바로 그들이다. 그들은 쓰이원이 노동자가 되는 것을 허락하지 않았으며 신사회에 열정을 바치도록 허락하지 않았다. 원래 세상의 모든 것은 고정불변의 존재가 아니다. 지금 반동분자, 주자파의 범위가 정해졌다면 판 동지, 그녀의 남편 및 '두 자 반'짜리 교장은 조금 전 지나쳤던 어린 용사들의 발에 짓밟혔을지도 모른다. 시대와 보조를 같이한 사람, 녹색 군장 붉은 완장과 보조를 같이 한 사람은 알고 보니 쓰이원 자신이다. 그녀는 자신에게 계시를 준 이 작은 가게, 이 더러운 탁자가 고마웠다.

며칠 전 쓰이원은 옆 마당에 사는 다躍씨의 참담한 비명소리를 들었다. 혼비백산한 쓰이원은 자신이 지내던 북채에서 남채로 자리를 옮겨 홍위병들이 자신의 가산을 몰수한 후 자신을 흙발로 짓밟을 순간을 기다렸다. 하지만 이 모두 자신의 착각이었다. 북채, 북채의 모든 가구는 더 이상 그녀의 소유가 아니었다. 그렇다면 쓰이원은 공명정대하게 이 모든 것을 가져가도록 내버려둬야 한다. 그것이야말로 '일어서 나와' 실천하는 자의 기개이자 패기이자 기백이다.

작은 식당에서 집으로 돌아가는 길, 쓰이원은 골목에 쌓인 채 거

장미의 문

두지 않은 수많은 가구들을 지나쳤다. 쓰이윈은 생각했다. 멍청하긴.

그녀는 가구를 향해 욕을 퍼부었고, 가구 주인들에게도 욕을 했다. 멍청이들. 홍위병들이 가구 주인에게 피비린내 나는 광풍을 선사한 후 죄다 몰수해 거리에 내놓은 가구들이다. 깊은 밤, 구타를 당해 아이고, 아이고 고함을 지르던 다 선생 집 앞에도 생칠을 한 팔선탁(八仙桌 39)과 홍목 태사의(太師椅40) 두 개가 보였다. 그녀는 생각했다. 멍청해.

쓰이윈은 가는 내내 사람, 가구를 향해 멍청하다고 욕을 했다. 마침내 쓰이윈은 자기 집 높은 문턱을 넘어 집으로 들어섰다. 마당에 서서 마지막으로 굳게 닫힌 북채를 바라보았다. 이렇게 보는 것도 이번이 마지막이란 생각이 들었다. 북채에 누가 들어온 건 아니지만 말이다. 쓰이윈은 든든한 남채로 돌아왔다.

메이메이는 여동생을 달래고 있었다. 쓰이윈이 메이메이를 불러 미마화를 건넸다.

쓰이윈은 자리에 앉아 두 가지 일을 시작했다. 먼저 부근에 있는 홍위병들에게 지극히 공손하고 겸허하고 간절한 말투로 편지를 썼다. 편할 때 샹사오후퉁에 와서 자기 방 몇 칸, 자기 조상들이 불로소득으로 얻은 재물을 걷어가 달라고 간절히 부탁했다. 그 방과 재물은 원래 마땅히 그들 계급이 소유했어야 되는 것들이지만 진짜 주인에게 돌려줄 기회가 없었다고 했다. 이 물건들은 자기 등을 짓누르는 부담이 되었다고 적었다. 이런 날이 오길 손꼽아 기다리고 있다고도 했다.

---

39) 중국 가구 명칭. 정사각형이며 한 면에 두 사람씩 앉을 수 있다.
40) 중국 전통 가구 명칭. 원래 관가의 의자로 권력과 지위를 상징한다. 일반 가정에 놓을 경우에도 주인의 지위를 보여준다.

편지를 다 쓴 후 쓰이원은 자신이 상납할 물건 목록을 종이 한 장에 자세히 작성했다. 집부터 가구에 이르기까지 세세하고 분명하게 적었다. 이런 자신의 행위가 시대를 앞서간다고 굳게 믿었다.

물건 명세서를 작성할 때 쓰이원은 일부러 꽤나 값나가는 금으로 만든 여의(如意[41])를 빼뜨렸다. 사실 고의적이었다. 그녀는 여의가 더욱 예상치 못한 효과를 낼 수 있도록 일부러 누락했다.

편지와 명세서를 발송한 후 쓰이원은 흥분과 불안 속에 반응을 기다리기 시작했다.

'혁명을 원하는 자 일어서서 나오고, 혁명을 원하지 않는 빌어먹을 인간들은 꺼져.'

거리에 다시 구호가 울려 퍼졌다.

8

쓰이원이 초조하게 사람을 기다렸다. 그녀는 자신이 기다리는 사람들을 '그자들'이라 했다.

"그자들 왔었어?"

쓰이원이 메이메이에게 물었다.

사실 쓰이원은 아침식사 한 번, 야채 한 번 사러 다녀온 것밖에 없었다. 그 사이에 사람들이 왔다갔을 리가 없다. 메이메이의 대답은

---

41) 중국 전통 공예품. 머리 부분의 모양이 영지와 비슷하다. 길상의 의미를 갖는다.

장미의 문

예상대로였다.

순간, 쓰이원은 실망했다.

원래 쓰이원은 가구들을 북채에 남겨둔 채 그들이 마음대로 골라서 가져가도록 하려고 했다. 그런데 갑자기 그런 상황이 애매하게 느껴졌다. 마땅히 갖춰야 할 그럴 듯한 체면과 무게감이 없는 것 같았다. 과일 파는 사람은 과일을 광주리에 높이 쌓아두고, 천 파는 사람은 보따리를 풀어 마구 헝클며 소리를 지른다. 모두 사람들에게 느낌을 선사하기 위해서이다. 느낌이 변하면 물건의 가치도 변한다. 이제 쓰이원의 북채는 마치 천 파는 사람이 보따리를 풀지 않고, 과일 파는 사람이 광주리에 과일을 쌓아두지 않은 모습처럼 느껴졌다.

쓰이원은 그들처럼 행동해야 경우에 맞는다고 생각했다. 그럴수록 더 늦지 않게 빨리 행동해야 한다고 느꼈다. 그들이 잠시 후 번개처럼 들이닥칠지 모른다. 그럼 보따리를 풀고, 광주리에 물건을 쌓을 시간적 여유가 없다. 그녀가 성큼성큼 북채로 달려갔다. 그리고 맨 처음 자단목으로 된 커다란 대리석 바탕의 책상으로 달려들었다. 환히 보이도록 실외로 옮겨놓을 생각이었다. 그녀가 두 손으로 책상 귀퉁이를 잡아 힘껏 위를 들어올렸다. 그제야 자기 힘으로는 역부족임을 깨달았다. 자기 계획을 실행에 옮기기 위해서는 자기 지휘를 들을 사람들이 필요했다.

쓰이원은 원래 한 부대 정도는 지휘할 기백이 있었다. 그녀는 늘 누군가 나타나 변화무쌍한 자신의 계책, 불꽃이 튀듯 떠오르는 기발한 생각을 실천에 옮겨주는 환상에 빠졌다. 과거 쓰이원은 몇 번이나 사회와 줄다리기를 했다. 자기 수중에 사람들이 있었다면 아마 크게 달라졌을지 모른다. 그때 그녀 곁에는 사람이 없었다. 사람들은 다른 사람 수중에 있었다. 그래서 쓰이원은 '교장이 되는' 꿈을 고작 며칠밖에 꾸지 못했다. 후에 다시 신발 재단과 단춧구멍을 만들러 갔을 때도 이런 기회는 주어지지 않았다. 신발 재단과 단춧구멍도 다른 사람 손에 있었다.

지금도 여전히 수중에 사람이 없다. 서채에는 꾸빠, 남채에는 메이메이와 복덩이밖에 없다. 그들은 눈앞에 놓인 자신의 계획을 실행에 옮겨줄 수 없다. 쓰이원은 조급했다. 예전에 쓰이원은 초조해지면 물건을 던졌다. 눈앞에 시아버지가 있든 남편이나 하인이 있든 상관없이 그저 손에 잡히는 대로 물건을 던졌다. 그런데 지금 자기가 가진 물건을 던질 수 없었다. 이미 모두 자기 삶을 지켜줄 밑천이 되었기 때문이다. 이 초조함을 어떻게 풀어야 한단 말인가?

그럼 기다려야지.

오전 내내 쓰이원은 방 안팎을 서성이면서 소식을 기다렸다. 촹탄과 주시를 기다렸고, 갑자기 들이닥칠 '그자들'을 기다렸다. 한 사람에게 닥칠 두 운명의 결전이었다. 누가 먼저 오느냐에 따라 두 가지 완전히 다른 결과가 이어지겠지.

정오가 되자 촹탄과 주시가 차례로 집에 돌아왔다. 쓰이원은 점심식사도 거르게 한 채 그들에게 자신의 새로운 계획을 말했다. 촹탄은 어머니의 의도를 이해하지 못했다. 계속 몇 번이나 쓰이원에게 왜 그런 쓸데없는 짓을 꼭 해야 하는지 물었다.

주시는 금세 이해했다. 그녀가 자전거를 세운 후 북채 계단에 올라 쓰이원에게 말했다.

"큰 것부터 옮길까요, 작은 것부터 옮길까요?"

주시는 일처리가 시원시원하고 실리적인 판단을 중요하게 생각했다. 쓰이원은 이런 주시의 모습이 오히려 조금 미덥지 않았다. 하지만 주시가 바로 소매를 걷어 올리며 쓰이원의 다음 말을 기다렸다. 주시의 태도는 흠잡을 데가 없었다.

오히려 아들 쾅탄은 일부러 뭉그적거렸다. 쾅탄은 어머니의 말에 따르고 싶지 않았고, 적극적으로 나서는 주시의 모습이 못마땅했다. 쓰이원이 쾅탄을 계단 위로 올라오라고, 북채로 들어오라고 했다. 쾅탄은 할 수 없이 찻상 하나를 들어 날랐다. 찻상을 나른 후 모자걸이를 나르고, 또다시 독일 괘종시계를 집었다. 어쨌거나 모두 가장 가벼운 것, 무거운 것을 피해 가벼운 것으로 날랐다.

주시와 쓰이원은 안간힘을 썼다. 녹나무로 제작한 장식함 두 개, 필리핀 흑단으로 만든 다섯 단짜리 서랍장, 영식寧式42)의 커다란 침대 하나, 자수 비단 덮개가 씌워진 소파 하나, 명明대 양식의 나무 의자 한 쌍, 자단목 책장 두 개, 골동품을 진열하는 칸막이 형태의 다보격多寶格, 장식용 탁자, 마작 탁자, 화분대, 찬장, 먼지떨이 꽂이, 침대식 의자…… 모두 두 여자가 힘을 합쳐 마치 개미가 산을 나르듯 방문을 나와 청석靑石 계단 다섯 개를 내려왔다. 마지막으로 방에 책상 하나가 남았다. 다시 젖 먹던 힘까지 짜내 책상을 나르려던 두 여자는 그제야 힘에 부친다는 생각이 들었다. 쓰이원이 다시 마당에 서 있는 쾅탄을 부르기 시작했다.

쾅탄이 방으로 들어와 책상 모서리를 붙든 채 난처한 표정을 지

---

42) 영식寧式이란 명, 청 시기 닝보寧波를 중심으로 유행했던 전통가구 양식을 나타낸다. 목기 표면에 동물 뼈를 상감해 장식하며 화려한 채칠彩漆이 특징이다. 영식 침대, 즉 닝보식 침대는 전체적으로 패루牌樓 안에 침대가 놓여 있는 형태이다.

었다. 피곤하기도 피곤했지만 또 다른 이유가 있었다. 모든 물건 가운데 그는 무엇보다도 이 책상이 가장 아쉬웠다. 예전에 이 책상은 그의 할아버지 것이었고, 할아버지가 돌아가신 후 그의 아버지를 거쳐 좡탄이 이 책상의 주인이었다. 책상은 계속 그의 신혼 방에 놓여 있었다. 그의 업무는 이 책상과 별 관련이 없었다. 그는 천문관의 평범한 자료조사원이다. 하지만 그는 이 책상이 좡씨 집안의 뿌리처럼 느껴졌다. 이 책상을 건드리는 건 좡씨 집안의 근간을 흔드는 느낌이다. 그가 두 여자 앞에 서서 그들을 원망했다. 그는 쓰이원의 독단적인 행위에 불만을 드러냈으며, 어머니에게 지나치게 '협조적인' 주시도 못마땅했다. 그는 여성의 나라에 남자로 산다는 것이 얼마나 괴로운지 생각했다.

"여기요, 여기,"

주시가 좡탄을 향해 소리쳤다. 마치 꿈속에 빠져 있는 그를 깨우는 듯했다.

"어서 와서 거들어요. 당신이랑 어머니랑 한쪽 들고, 내가 한쪽 들게요."

좡탄이 '정신을 가다듬고' 쓰이원 쪽과 한쪽에 서서 두 손으로 한쪽 모서리를 잡았고, 쓰이원은 나머지 한쪽 모서리를 잡았다. 주시가 팔을 벌려 혼자 책상 한 면을 잡았다. 폭넓은 책상을 주시가 감싸 안은 채 단단한 복근으로 책상 테두리를 받쳤다. 그녀가 "하나, 둘, 셋, 하나, 둘, 셋", 힘찬 구령으로 시어머니와 남편을 이끌었다. 시어머니와 남편이 구령에 맞춰 이를 악물고 주시처럼 한껏 뒤로 몸을 젖혔다. 하지만 책상은 여전히 옴짝달싹하지 않고 원래 자리에 박혀 있었다. 마치 좡탄의 마음을 알아주는 것 같았다. 좡탄이 그것보라는 듯

장미의 문

쓰이원과 주시를 바라보며 여자들이 계획을 포기하길 바랐다.

"사실 이것 하나 더 있으나마나 전체적으로 큰 영향은 없어요."

그가 말했다.

"대체 넌 언제나 야무지게 일을 끝까지 할래?"

쓰이원이 다시 좡탄을 나무랐다.

주시는 좡탄을 비난하는 쓰이원 편을 들지도, 그렇다고 좡탄이 일을 깔끔하게 하지 않는다고 비난하지도 않았다. 주시는 그저 현실에 집중할 뿐이었다.

"꾸빠를 불러와야겠어요."

주시의 말에 쓰이원은 그제야 서채에 있는 꾸빠를 떠올렸다. 쓰이원이 막 꾸빠를 부르려 할 때였다. 언제 왔는지 꾸빠가 이미 처마 밑에 서 있었다. 꾸빠의 눈은 아직 잠이 덜 깬 것 같았지만 생각은 다른 누구보다도 또렷했다.

"서랍 빼요. 먼저 서랍부터."

꾸빠가 문턱을 넘어서며 웬일로 현명한 판단을 내렸다.

"정말이네. 왜 그 생각을 못했지?"

주시가 이렇게 말하며 크고 작은 여덟 개의 서랍을 빼냈다.

서랍을 빼낸 책상은 거대한 텅 빈 선반이 되었다. 꾸빠가 눈치 빠르게 주시 옆으로 다가가 알아서 모서리를 잡았다. 주시가 다시 목소리를 높였다.

"하나, 둘, 셋"

여자 셋, 남자 하나의 합심에 결국 텅 빈 책상이 바닥에서 들렸다. 책상이 흔들흔들 방문을 나가 계단을 내려간 후 마당에 놓인 가구들의 세계에 합류했다.

마침내 쓰이원의 상상 속 모습처럼 모든 배열이 이루어졌다. 쾅탄과 주시는 매무새를 정리한 후 후다닥 점심을 먹고 출근했다. 쓰이원은 잠시 점심은 제쳐둔 채 마당에 놓인 가구들을 다시 한 번 점검했다. 이만하면 양은 찬 것 같은데 뭔가 구색을 맞출 만한 꼭 필요한 장식이 부족해보였다. 그녀가 다시 남채에서 한 자 좀 넘는 마노로 된 선도수仙桃樹 두 개를 내왔다. 쓰이원이 넓은 책상 위에 선도수 두 개를 반듯하게 올려둔 후 다시 먼지 한 톨 묻지 않은 유리덮개를 가만히 씌웠다. 그녀가 그제야 슬며시 한숨을 내쉬었다.

마노를 조각해 만든 선도는 쓰이원의 시아버지가 받은 생일선물이다. 작은 주먹 크기의 선도 십여 개가 한 자 정도 높이의 나무 두 그루에 달려 있었다. 쓰이원은 예전에 선도수를 무척 아꼈다. 시아버지가 세상을 떠난 후 쓰이원은 선도수를 자기 방으로 옮겼다. 며칠 전 북채에서 남채로 거처를 옮길 때에도 선도수를 잊지 않았다. 마지막에 선도수가 등장하고 나서야 육중한 물체들이 갑자기 쟁쟁하게 소리를 내기 시작했다. 마치 쓰이원이 지휘하는 악대에서 흘러나오는 다채로운 음악 같았다. 이 음악이 흐르고 나서야 쓰이원의 상납계획도 완벽한 틀을 갖춘 듯했다. 쓰이원은 흡족하게 닭털로 만든 먼지떨이로 가구 위의 먼지를 떨어냈다. 하지만 그녀의 독일 괘종시계가 보이지 않았다.

누가 가져갔지? 무슨 일이 일어났던 걸까? 누군가 어수선한 틈을 타 시계를 챙긴 거야. 그러고 보니 꾸빠가 보이지 않았다. 쓰이원이 부리나케 서채 입구에 이르러 유리문에 대고 소리쳤다.

"시계는?"

안에서는 아무런 인기척도 들리지 않았다.

쓰이원이 요란하게 문을 밀치고 들어갔다. 대번에 침대에 걸터앉은 꾸빠가 보였다. 조각 장식의 길쭉한 괘종시계가 꾸빠 품에 안겨 있었다. 균형을 잃어서인지 시계추 소리가 마치 부정맥 환자의 맥박처럼 들렸다.

"과연 내 짐작이 맞았어."

쓰이원이 꾸빠 앞에 섰다.

"어서 돌려놓지 못해!"

"누구더러 돌려놓으라는 거야?"

꾸빠가 당당히 쓰이원에게 맞섰다.

"내 시계를 가져간 사람이 돌려놓아야지."

"이게 왜 언니 시계야?"

꾸빠가 되물었다.

"내 거 아니라고 네 것이 될 수 있을 것 같아?"

"아버지 거잖아."

꾸빠가 딱 잘라 말했다.

"내가 하나쯤 기념으로 남기면 안 되는 거야? 언니 맘대로 그냥 내놓을 수 없어."

"그냥? 그게 왜 그냥이야?"

"그냥 아니면, 그럼 누가 언니한테 뭐라도 준대? 언니한테 좋은 게 뭔데?"

꾸빠의 갑작스러운 질문에 쓰이원은 당황했다. 답답했다. 순간 답이 떠오르지 않아서가 아니었다. 꾸빠의 말에서 허점이 보였기 때문이다. 그녀는 속으로 기뻤다. 꾸빠가 뭐 좋을 게 있냐고 외쳐서 다행스러웠다. 누구를 향해? 시대를 향해 부르짖고 있었다. 이건 분명히 허점이야. 쓰이원은 평소 누군가 자기 앞에서 허점을 드러내길 간절히 원했다. 정치적인 성향이 담긴 허점이면 더 좋다. 그럴 때면 쓰이원은 대번에 우위에 선다. 이론이라는 무기를 들어 정치적으로 너덜너덜 만신창이가 되도록 유치한 사람들을 비판하고 반박할 수 있다. 그 순간에나 쓰이원은 자신이 정말 유쾌하고, 젊고, 시대에 뒤처지지 않는다고 느꼈다. 꾸빠의 말은 쓰이원에게 무기를 운용할 기회를 선사했다. 조금 전만 해도 흥분해 날뛰던 쓰이원이 차분한 모습으로 의자를 당겨 꾸빠와 마주보고 앉았다.

"조금 전에 뭐라고 했어?"

쓰이원은 마치 꾸빠와 수다를 떠는 것처럼 말했다.

"그렇게 하면 뭐가 좋은지 물었어."

꾸빠는 여전히 천진난만하게 말했다.

"네가 생각하는 좋은 거란 대체 뭔데?"

쓰이원이 한층 더 다그치듯 물었다.

"좋은 거라는 말도 못 알아들어? 좋은 것 말이야, 나쁜 거 아니고."

꾸빠가 좋은 것의 의미를 설명했다.

"그러니까,"

쓰이원이 말했다.

"누구한테 좋은 걸 달라는 거야?"

"물건을 받는 사람이 줘야지."

"난 새로운 사회, 혁명, 당에 물건을 내주는 거야. 누가 새로운 사회에 좋은 것을 달라고 요구할 수 있어? 누가 혁명을 향해 뭘 요구할 수 있고, 누가 당에 뭘 달라고 요구할 수 있어? 어디 한번 말해봐."

장미의 문

쓰이원은 꾸빠와 잡담을 나누고 있지 않았다. 꾸빠는 그제야 자기가 올케언니 앞에서 실언했다는 사실을 깨달았다. 꾸빠는 말문이 막혔다. 꾸빠가 쓰이원을 훔쳐봤다. 주눅이 든 처량한 눈빛, 그녀의 눈빛이 애원하고 있었다. 하지만 쓰이원은 그 정도로 멈추지 않았다. 그녀가 주머니에서 홍서紅書43)를 꺼냈다.《최고지시》最高指示.

먼저 쓰이원이 자리에서 일어나자 꾸빠도 함께 일어났고, 괘종시계도 덩달아 절로 반듯하게 섰다. 괘종시계가 두려운 듯 파르르 몸을 떨었다. 쓰이원은 그러거나 말거나 어록을 펼쳐 그중 한 구절을 꾸빠를 향해 펼쳤다. 이기적인 개인주의를 비판하는 어록 구절이었다. 쓰이원이 내용을 다 읽은 후 도도한 눈빛으로 꾸빠를 내려다봤다. 꾸빠의 눈빛, 몸가짐이 더더욱 위축되었다. 쓰이원은 역시 달라. 전에는 아름답고, 박식하고, 말도 잘하는 언니였다. 그런데 지금…… 언니는 뭐지? 꾸빠는 아무리 생각해도 이해할 수가 없었다. 하루 종일 귀지를 파주는 꾸빠의 손길이나 기다리는 중년의 여인과 지금 이처럼 바짝 기운을 차리고, 새로운 각오로《최고지시》를 들고 자신을 비판하는 중년의 여인이 한 사람이라고 여길 수 없었다. 하지만 언니가 내세우는 건 확실히 현재 최고의 지시, 그렇다면 어떻게 설렁설렁 이 순간을 넘길 수 있겠는가?

'똑똑한 사람이라면 일단 앞에 닥친 어려움을 넘고 봐야지.'

결국 꾸빠는 자신을 북돋우는 동시에 지금 위기를 넘길 수 있는 가장 일반적인 격언을 떠올리며 올케의 반박을 무마했다. 그때 꾸빠

---

43) 넓은 의미에서 홍서는 중국혁명을 다룬 서적을 통칭한다. 여기서 말하는 홍서는 최고지시로 '마오쩌둥 어록', '마오쩌둥의 글 다섯 편'과 '그의 시사'詩詞'가 들어 있다.

품에 안겨 있던 시계가 울렸다. 박자가 빨라지며 계속 끊임없이 둔탁한 소리가 울렸다. 한바탕 어지럽게 두드리면 지지직 소리가 들리다가 다시 종이 흔들렸다. 그 소리는 마치 꾸빠에게 이제 그만 시계를 내줘야 할 때가 왔다고 말하는 것 같았다.

꾸빠가 졌다, 꾸빠가 시계를 내놓았다.

쓰이원이 자리에서 일어나 길고 가는 팔, 길고 가는 손을 내밀어 시계를 받았다. 그녀가 시계를 안고 뒤돌아 문을 나가려는 순간, 뒤에 있던 꾸빠가 입을 열었다. 여전히 마음이 내키지 않는 듯했다. 자기 올케가 이 세상의 최고지시를 들먹이며 자기 품에서 자기 시계를 가져가는 모습이 달갑지 않았다. 꾸빠는 여전히 얼떨떨했다. 그녀는 생각했다. 그래, 가. 하지만 나도 당신이 홀가분하게 나가도록 내버려둘 수는 없어. 당신이 대놓고 그런 무기를 들이댄다면 내게도 나름 숨겨둔 비장의 무기가 있어. 당신도 말을 잘 하지만 나도 말할 줄 알아.

"잠깐 거기 서!"

꾸빠가 말했다.

쓰이원이 걸음을 멈췄다. 꾸빠가 왜 그러는지 알지 못했다.

"나도 물어볼 말이 있어."

꾸빠가 다시 말했다.

"무슨 말인데?"

쓰이원이 고개도 돌리지 않고 자리에서 서서 말했다.

"그러니까 그 시계는 대체 누구 건데?"

꾸빠가 물었다.

"아버님께서 내게 물려준 거야. 처리할 권한이 내게 있어."

쓰이원이 말했다.

"아버지가 올케에게 또 뭘 남겼는데?"

쓰이원은 꾸빠의 말속에 숨겨진 뜻을 감지했다. 보아하니 도전을 받아들여야 할 것 같았다. 그녀가 뒤돌아 똑바로 꾸빠를 바라보았다. 꾸빠 역시 자신을 똑바로 바라보고 있었다. 두 여자의 눈빛이 교차했다.

"아버지가 또 뭘 올케에게 남겼는데, 말해봐."

꾸빠가 다시 물었다.

"집, 마당, 가구."

쓰이원이 답했다.

"또 뭐?"

꾸빠가 다시 물었다.

"그리고 너."

"나라고?"

"맞아. 그리고 너."

쓰이원이 더 바짝 꾸빠를 바라보았다. 그녀는 생각했다. 이건 네가 자초한 거야. 너 말이야, 반은 미치광이인 너, 언제나 너란 존재가 거치적거리지. 신발 재단을 할 때도 네 그 입을 먹여 살릴 생각을 해야 했으니까.

"너!"

쓰이원이 다시 한 번 꾸빠의 존재를 강조했다.

뜻밖에도 꾸빠에게도 대꾸할 말이 있었다. 오늘 꾸빠는 마치 생각이 트인 사랑스러운 어린 낭자, 아니 어린 도령 같았다. 번드르르한 말이 듣기에는 야멸찼지만 그렇다고 일리가 없는 것도 아니었다.

"그래, 나도 있지."

꾸빠가 말했다.

"내가 없으면 누가 올케의 '최고지시'를 들어주겠어? 잊지 마. 아버지가 왜 물건을 내겐 하나도 안 남기고 통째로 올케한테 넘겼을까?"

"네…… 네 생각은 뭔데?"

쓰이원이 되물었다.

"좀 긴데, 듣고 싶어?"

꾸빠가 말했다.

"들어서 뭐하게."

꾸빠가 입을 닫았다. 아마 자기 말에 자기가 놀란 모양이다. 입을 열다 말았지만 사뭇 도전적인 꾸빠의 말에 쓰이원은 가슴이 철렁했다. 이미 치유되었다고 생각했던 해묵은 기억이 다시 떠올랐다. 오랫동안 쓰이원은 마치 한순간을 기다려왔던 것 같았다. 두려운 기다림이다. 바로 꾸빠의 말 한마디이다. 설마 꾸빠의 그 말 한마디 때문에 평생 꾸빠가 두려웠던 걸까? 쓰이원은 언제나 이런 식으로 겁에 질려 살 수는 없었다. 이제 남자도 여자도 아닌 상대가 허연 얼굴[44]로 자신을 드러냈다면 쓰이원은 절대 여기서 상황을 접을 수 없었다. 그녀가 곧장 꾸빠 앞으로 다가가 말했다.

"그래, 그 장광설 한번 들어보지. 이왕 한평생 사는 거 좀 요란하게 살아봐야지. 어서 말해 봐, 말을 시작했으면 끝을 맺어야지."

하지만 꾸빠는 입을 열지 않았다. 이왕 악역을 맡았는데 이런 식

---

44) 대백검大白臉, 백검. 중국 전통극에서 하얀 가면은 주로 악역을 나타낸다.

장미의 문

으로 끝을 내다니. 아무런 감정 표현도 읽을 수가 없었다.

"내가 기다리잖아."

쓰이원이 다시 입을 열었다.

하지만 꾸빠는 여전히 말이 없었다.

꾸빠가 입을 열지 않으면 그 말을 할 권리는 당연히 그녀에게 남는다. 이에 비해 조바심을 낼 사람은 쓰이원이다. 이는 마치 누군가의 주머니에 금방이라도 터질 수 있는 폭죽을 넣고 있는 것과 마찬가지이다. 폭죽을 내던지지 않으면 영원히 소리를 담고 있는 셈이 된다. 이를 내던지면 소리가 터지고 끝이 난다. 꾸빠는 소리를 내지 않고 쓰이원을 마주볼 뿐이었다. 쓰이원은 섬뜩한 고요에 귀를 기울이며 고요 속에 자리한 불안을 끌어안았다.

시계가 다시 어지럽게 울리기 시작했다. 이어 다시 어지럽게 종을 쳤다. 이번에는 쓰이원 품이었다. 기괴한 소리, 기괴한 박자에 쓰이원은 눈앞의 현실을 떠올렸다.

'똑똑한 사람이라면 일단 앞에 닥친 어려움을 넘고 봐야지.'

쓰이원도 같은 생각을 했다.

앞날은 창창해. 지금 나는 '그들'을 기다려야 해. 앞으로…… 앞으로 내 귀지 파며 기뻐할 생각은 꿈도 꾸지 마, 허연 턱순이야!

쓰이원이 뒤돌아 서채를 나와 괘종시계를 책상 위에 올려둔 후 다시 뒤돌아 거만하게 서채를 바라보았다. 서채 문 안에 허연 얼굴이 자신을 흘끔거리고 있었다. 쓰이원이 허연 얼굴을 뒤로한 채 대문을 향해 걸어갔다. 골목에 '그들'은 보이지 않았다.

갑자기 하늘이 흐려졌다.

9

두꺼운 먹구름이 회색 기와와 용마루를 스치고 지나갔다.

비가 올 것 같아. 쓰이원은 생각했다.

가구들이 마당에 그대로 드러나 있었다. 어쨌거나 다시 안으로 옮길 수는 없었다. 그럼, 덮어야지.

방안 곳곳을 뒤지기 시작했다. 비를 가릴 만한 물건을 찾을 수 있을 거야. 복덩이가 안쪽 방에서 울고 있고, 바깥방의 메이메이는 어떻게 할머니를 도와야 할지 모른 채 멍한 얼굴이었다.

쓰이원이 식탁 위 비닐 깔개를 벗긴 후 다시 비옷 두 개, 우산 한 자루를 찾아냈다. 그녀는 복덩이가 울거나 말거나 안쪽 방으로 들어가 복덩이 두 다리를 들어 올린 후 복덩이의 비닐 침대보를 빼냈다.

빗방울이 떨어지기 시작했다. 빗방울은 컸지만 빗줄기는 듬성듬성했다. 빗줄기가 가구를 요란하게 때리며 물보라를 일으켰다. 쓰이원은 듬성듬성 내리는 커다란 빗방울 속에 여기저기 가구를 가렸다. 하지만 결국 그녀가 가릴 수 있는 것들은 많지 않았다. 대부분의 가구가 그대로 드러났다. 빗줄기가 점점 빽빽해지며 거세졌다. 세찬 빗줄기가 가구를 내리치고, 쓰이원의 정수리와 어깨를 때렸다. 내리치는 빗줄기에 몸 여기저기가 아팠지만 쓰이원은 비를 피하지 않고 두 팔을, 열 손가락을 활짝 벌려 가구를 가렸다. 허둥지둥 헛짓을 하며 뛰어다니는 그녀의 모습이 우스꽝스럽고도 처량했다. 쓰이원은 자신이 갑자기 훅 늙어버린 것 같았다. 꾸빠와 메이메이가 온몸이 축축하게 젖은 늙은이를 비웃고 있을지도 모른다. 울고 싶었다. 하지만 빗속에서 눈물은 나오지 않았다.

장미의 문

쓰이원은 이 하늘, 이 비, 이 가구들을 감당할 수가 없었다. 그녀가 비틀거리며 남채로 돌아왔다. 메이메이는 할머니가 불쌍했다. 세숫대야 거치대에서 마른 수건 하나를 걷어 할머니 손에 건넸다. 할머니가 금방이라도 눈물을 쏟을 것만 같았다.

쓰이원이 수건을 받아 머리와 얼굴을 닦았다. 외손녀 앞에서 슬픔을 드러내고 싶지 않았다. 하지만 결국 참지 못하고 눈물이 주르르 흘러내렸다. 처음에는 조금씩, 그러다 주르륵 흘러내렸다. 결국 쓰이원은 수건으로 얼굴을 가린 채 흐느꼈다. 축축하게 헝클어진 머리카락이 수건 속에서 자꾸만 흔들렸다.

깊은 밤이 되어서야 비는 멈췄다. 쓰이원이 옷을 걸치고 침대에서 내려와 커튼을 연 후 유리창에 바짝 얼굴을 댄 후 눈을 크게 뜨고 칠흑 같은 마당을 바라보았다. 하지만 아무것도 보이지 않았다. 눈앞에는 어슴푸레한 영벽影壁[45]밖에 보이지 않았다. 그제야 마당에 항상 영벽이 있었다는 생각이 났다. 남채는 영벽 바깥쪽에 있다. 북채만 영벽 안쪽에 있다. 북채에 기거할 때 영벽의 존재는 항상 그녀에게 든든한 안정감을 줬었다. 이제 그녀는 잠을 잘 수 없다.

쓰이원이 옷을 갖춰 입고 의자를 가져다 앉은 후 어두운 밤을, 영벽을 바라보았다. 보이지 않는 모든 것을 바라보았다. 정확히 실체를 알 수 없는 욕망이 점점 허물어져가는 몸을 다시 가득 채웠다. 나이에 맞지 않는 정신력으로 쓰이원은 그날 밤을, 영벽의 모든 것을 지켰다. 마치 잃어버린 자신의 날들을 지키는 것처럼.

---

[45] 대문 안이나 바깥채와 안채 사이에 설치된 가림벽.

쓰이원은 개인 신상명세에 자신을 구舊 관리라고 즐겨 적는다. 사실 쓰이원의 조상들은 관리보다 높았다. 관리라고 하면 일반적으로 하급관리를 가리킨다. '등급'으로 따지면 관리는 칠품 이하다. 쓰이원의 조상들은 이보다 훨씬 급이 높다. 청 왕조 당시 어전御前에서 활동하던 사람도 있었다고 들었다. 하지만 쓰司씨 집안 어느 대였는지는 모른다. 쓰이원이 아는 사람은 아버지뿐이었다. 그 위 조상들만큼 높지 않았지만 아버지의 관직은 칠품 이상이었다. 쓰 선생은 중년이 된 후 강남 한 성省에서 소금과 철 전매를 담당하는 관직에 있었다. 당시는 이미 군벌 할거 후기였다. 군벌이 줄줄이 세력에서 밀려나지 않았더라면 아마 쓰 선생은 더 높은 막료계층으로 진입했을지도 모른다. 그의 상사가 물러나면서 쓰 선생 역시 그 지역에 그대로 남아 타향살이를 하게 되었다. 당시 그의 자부심은 오직 외동딸 하나밖에 남지 않았다. 바로 쓰이원이다.

쓰이원은 화목한 가정에서 유쾌하고 즐거운 어린 시절, 소녀 시절을 보냈다. 덕분에 쓰이원은 영특하고 명랑한 천성을 한껏 발휘했다. 가정교사의 가르침을 받아 그 나이에 맞게 익혀야 하는 모든 것을 익혔다. 열여섯 살 건강하고 아름다운 소녀가 되었을 때 쓰이원은 사서오경을 모두 익히고 이어 이십사사二十四史46)를 읽기 시작했다. 쓰이원은 깨알 같은 해서체로 일기, 시를 즐겨 적었다. 시는 모두 새로운 백화시白話詩47)였다. 호반 시인湖畔詩人48)들의 신시新詩를 즐겨 적었다.

이후 딸의 의견에 따라 쓰 선생과 부인은 딸을 그 지역 명문인 성

---

46) 중국에서 정사正史로 인정받는 역사서 24종의 통칭.

장미의 문

신여중聖心女中이란 교회학교에 보냈다. 쓰 선생이 딸을 교회학교에 보낸 이유는 딸의 바람을 들어주기 위해서였다. 또한 당시 벌떼처럼 학생운동이 일어나던 분위기에서 교회학교가 비교적 조용했기 때문이다. 쓰 선생은 딸이 그런 흐름에 말려드는 걸 원하지 않았다. 그저 딸이 꾸준히 높은 학업성과를 거두길 바랐을 뿐이다.

쓰이원은 자녀의 성공을 바라는 양친의 기대 속에 서양식 학교가 주는 신선한 분위기와 더불어 당혹스럽고 두려운 마음으로 자신의 집, 수족 같은 하인, 자신을 애지중지 아끼는 부모를 떠나 낯선 세계로 들어섰다.

학교생활 2년 동안, 쓰이원은 현대 문명을 접하고, 많은 사람을 새로 사귀고, 전에 모르던 많은 일들을 알게 되었다. 세상에는 원래여러 계층이 있으며 자신 같은 가정은 그리 많지 않다는 사실도 깨달았다. 자기 친구들 가운데 많은 아이들이 평소 노동으로 생계를 꾸리고 학비를 조달했다. 그녀와 친구들 사이에는 빈부의 격차가 있었다. 폭풍처럼 거센 학생운동의 최종 목표는 바로 이런 격차의 해소다. 많은 학교가 들끓었고 세상과 단절되었다고 여겨왔던 성신여중까지 인근 남자학교의 영향을 받기 시작했다. 여학생들은 옆 학교 남학생들과 함께 국가 존망과 평등을 비롯해 그들이 흥미를 느끼는 모든 일에 대해 이야기를 나누었다. 쓰이원 역시 한 남학생으로부터 감화를 받고 이 대열에 참가했다. 그 남학생 이름은 화즈위안華致遠이다. 그는

---

47) 고문古文이 아닌 구어체로 쓰인 시.
48) 중국 현대문학사상 서구 시파의 영향을 받은 신시新詩 시인. 1922년 항저우杭州에서 처음으로 호반시사湖畔詩社가 설립, 이 모임에 참석한 시인들을 호반시인이라 칭했다.

학생운동 대열에 앞장 서 있었다.

이후 쓰이원의 활동이 부모의 귀에 전해졌다. 그들은 딸에게 권고도 하고, 딸의 행동을 가로막기도 했다. 하지만 그녀는 부모의 권고나 제지를 무시하고 사회의 커다란 흐름을 좇아 화즈위안과 함께 표어를 작성하고 시위와 파업 대열에 참가했다. 쓰이원은 화즈위안의 활동에 열중했다. 화즈위안의 일거수일투족, 심지어 그의 까무잡잡한 얼굴, 민첩한 중간 정도의 몸매, 예리한 눈매를 보며 생전 처음 느끼는 흥분에 휩싸였다.

쓰이원에 비하면 화즈위안은 진중했다. 그는 부잣집 아가씨 앞에서 일부러 절도 있게 행동했다. 하지만 결국 그녀를 향한 자신의 마음을 떨쳐버릴 수 없었다. 쓰이원은 명랑하고 지혜롭고 진솔하게 이야기를 털어놓았고, 이런 그녀의 모습은 화즈위안을 무장해제시켰다. 매번 작업이 끝난 후 그는 쓰이원과 함께 길을 걸으며 자신의 목표, 자신의 계획에 대해 말했다. 쓰이원은 화즈위안이 당장은 평범한 학생이지만 그보다 더 넓은 세계, 자신이 잘 모르지만 분명히 존재하는 어떤 세계에 속해 있다고 느꼈다. 쓰이원은 그와 함께 그 세계를 향하고 싶었다.

그들은 점점 더 가까워졌다.

그는 마침내 쓰이원의 손님 자격으로 쓰씨 집안에 들어갔다. 쓰 선생과 부인은 화즈위안의 집안을 물어본 후 어쩌면 당연한 태도를 취했다. 그들은 화즈위안을 차갑게 대했다. 화즈위안이 지금 벌이고 있는 일에 대해서는 더더욱 적의를 드러냈다. 화즈위안이 떠나자마자 쓰 선생은 딸에게 훈계를 늘어놓았다. 계속 화즈위안을 만나면 바로 퇴학시키겠다고 으름장을 놨다.

쓰이원은 아버지의 훈계를 받아들이는 것 같았다.

하지만 얼마 후 쓰 선생은 집사를 성신여중에 보내 딸의 자퇴수속을 밟았다. 누군가 쓰 선생에게 쓰이원이 여전히 화즈위안 대열에 참여하고 있다고 말했기 때문이다.

쓰이원은 부모에 의해 강제 자퇴를 당하자 더욱 강한 자주적 의식을 갖게 되었다. 그녀는 집에서 아버지에게 바락바락 대들었다. 그녀는 마치 자신이 자유의 세계에서 전제주의 왕국에 떨어진 것 같았다. 그제야 쓰이원은 자신이 열애에 빠졌다는 사실을 알았다. 열애에 빠진 소녀는 언제나 용감하다. 그녀는 여자 하인을 시켜 화즈위안에게 편지를 보냈다. 그녀가 간절히 그를 보고 싶고, 그가 오지 않으면 심지어 이 세상을 떠나겠다는 내용이었다.

그날 밤 자정에 그가 나타났다. 쓰이원은 자기 방에서 그를 맞이했다. 그는 자신도 마침 그녀를 만나러 오려고 했다고 말했다. 급변하는 시국 때문에 도시를 떠나 시골로 가겠다고 했다. 너무 갑작스러운 소식이었다. 그녀는 그저 울기만 했다. 울면서 계속 한마디 말만 반복했다. 세상 끝이라 해도 그를 따라가겠다고. 그는 자신도 그 깊이를 알 수 없는 밑 없는 구멍으로 여자를 데려갈 수는 없다고 생각했다. 그가 말했다. 언젠가 꼭 데리러 올게. 당신을 사랑하니까.

밖에 비가 내리고 있었다. 부슬부슬 한도 끝도 없이 가을비가 내렸다.

두 사람 모두 헤어질 수밖에 없는 운명을 직감했다. 그가 직접 방문을 열었다.

10

그가 문을 열었다. 하지만 떠날 수 없었다.

비가 왔기 때문이다.

부슬부슬 내리는 가을비, 피할 곳이 없어. 그가 생각했다.

쓰이윈이 문을 닫았다. 이 사람을 보내면 안 돼. 그녀가 생각했다.

비가 내리니까.

부슬부슬 내리는 가을비에 물에 빠진 생쥐가 될 테니까.

지금 쓰이윈 앞에도 비가 내린다. 지금 비가 촹씨 집안이 자신에게 남긴 끈질긴 인연을 씻어 내리고 있다고 한다면 열여덟 당시 부슬부슬 내리던 가을비는 그녀가 받은 모든 가정교육, 처녀로서 지켜야 하는 모든 정절을 씻어 내렸다.

당시 가을비에 흠뻑 젖은 문이 다시 열렸을 때(이번에는 그녀가 열었다), 그녀는 아직 문 앞에 서 있는 그를 발견했다.

그는 떠나지 않았다. 그는 문이 다시 열릴 거라고 짐작했다.

그녀는 그가 떠나지 않았을 거라고, 그를 쫓아가 데려올 거라고 생각했다.

두 사람은 아마도 자신들의 이별에 뭔가 빠진 부분이 있다고 느꼈을지도 모른다. 만약 화즈위안이 그녀를 데리러 시골에서 돌아오리라 결심했다면, 만약 쓰이윈이 그가 자신을 데리러 돌아올 거라고 굳게 믿었다면.

전에 둘이 함께 있을 때 그는 여러 번 그녀에게 키스했다. 그녀 역

장미의 문

시 그에게 수없이 키스했다. 그는 그녀를 수도 없이 안았고, 그녀 역시 그를 수도 없이 안았다. 그들은 모두 자신들에게 그때 키스를, 그때 포옹을 한 이유가 무엇인지 물었다. 그건 사랑이야.

사랑을 위해 지금 그는 다시 그녀에게 키스하고, 다시 그녀를 안았다. 이번 입맞춤과 포옹으로 두 사람은 모두 사랑의 바보가 되었다. 설마 지금은 더 이상 사랑이 아닌 거야? 물론 사랑이지. 하지만 그들은 이전의 사랑과 다름을 느낄 수 있었다.

전의 사랑이 천천히 가슴에 스미는 은근한 사랑이었다고 한다면 지금은 조급한 느낌이 든다.

전에는 여유로운 화즈위안이 여유로운 쓰이원에게 키스했다면 지금은 경직된 쓰이원이 경직된 화즈위안의 키스를 받아들이고 있다.

그들은 모두 딱딱하게 굳어 있는 자신들을 발견했다. 그들은 이처럼 절박하고 경직된 사랑이 무엇인지 몰랐다.

그들은 갑자기 이런 상대방이 낯설어졌다.

아마도 가장 낯설게 사랑에 다가갈 때 그때가 바로 가장 익숙할 때일 수도 있다. 그 익숙함은 낯선 모습을 대가로 치러야 한다.

그때 당신의 낯선 모습에 당신 자신조차 두려움을 느낄 수 있다.

그때 당신의 익숙한 모습에 가장 익숙한 것들이 사실 당신이 낯설어하는 모든 것이라고 느낄 수 있다.

바로 낯선 당신과 익숙한 당신의 결합이다.

그들의 결합, 그녀는 바보처럼 얼떨떨하게 이 무게를 받아들인다.

그들의 결합, 그는 어쩔 수 없이 어쩔 수 없는 순간을 만든다.

서로 상대를 기습하고 서로를 흡입하고 있다.

자신이 대한 연민이자 자신에 대한 혐오이기도 하다.

그는 그녀와 다르다. 그녀는 자신이 이미 변했다고 느끼지만 그는 자신이 변함이 없다고 느낀다.

그 뒤로 화즈위안이 쓰이윈 귓가에 혼란스러운 말을 늘어놓았다. 쓰이윈은 영원히 그 말을 잘 들을 수도, 똑똑히 기억할 수도 없었다. 그녀는 영원히 그 말이 무엇이었는지 생각했다. 거의 평생 생각했다. 때로 그 말이 언어가 아니라 그냥 생각이었을 뿐이라고 느끼기도 했다. 서로 사랑하는 사람이 서로를 허락한 후 속삭이는 쓸데없는 말에 불과했다고 느끼기도 했다. 하지만 그때의 생각 그리고 서로를 허락한 후 이어진 쓸데없는 말은 그녀의 혈액에 스며들어 그녀의 피와 영원히 함께하고 있다. 그것만은 분명하다. 원래 사람의 혈관 속에 피와 함께 흐르는 건 의사가 잘난 척 내미는 혈액화학검사표의 내용과는 거리가 멀다. 화학검사표에 적힌 항목은 자꾸만 늘어나지만 그래도 역시 거리가 멀다.

날이 밝아오고 있었다. 비도 그쳤다. 그는 더 이상 지체할 이유가 없었다. 그가 떠났다. 쓰이윈의 체온을 간직한 채 여명 직전 어둠으로 빨려들어갔다.

그는 그녀에게 시골 주소를 남겼다. 그녀는 그 주소를 움켜쥐고 날이 밝을 때까지 잤다.

그녀는 매우 경직된 상태임에도 불구하고 나른함이 몰려들었다. 자신이 흩뿌려져 있는 것 같으면서도 또한 옹골차게 느껴지기도 했다.

비는 벌써 그쳤고, 날이 밝아오고 있었다. 창문 앞에 앉은 쓰이윈은 무엇보다도 먼저 가구를 깨끗하게 닦고 '그들'을 기다리고 싶었다.

장미의 문

제4장

11

메이메이는 산에 가본 적이 없다.

메이메이가 들었던 이야기 안에 거의 다 산 이야기가 나온다. 귀신이 있는 산, 신선이 있는 산, 사원이 있는 산, 늑대와 벌레, 호랑이와 표범이 있는 산이다.

메이메이는 쑤이청에서는 멀리 떨어져 있는 산을 봤을 뿐이다. 날이 맑을 때 산은 푸른색으로 서쪽 하늘과 땅 사이에 가로놓여 있었다. 산은 가까워 보여도 며칠 동안 걸어도 닿지 못할 곳에 있다고 말해준 사람이 있었다.

이제 메이메이 눈앞에 산이 있다. 산이 무척 가까웠다. 손을 뻗으면 만질 수 있었다. 바로 마당에 쌓인 가구 산이다.

아침에 외할머니가 행주 하나를 줬다. 메이메이는 외할머니와 함께 마당에 나가 가구를 닦았다. 어제 한밤중에 비가 내려서 가구 위

곳곳이 물과 흙투성이다. 외할머니는 서서 가구를 닦고 메이메이는 쪼그려 앉아 가구 아래를 닦았다. 위는 가구 면이고, 아래는 가구 다리다. 메이메이 앞에 놓인 가구는 산골짜기이자 산 절벽이다. 아이는 산골짜기를 누볐다. 마치 산에서 길을 잃은 어린 동물 같았다. 이야기 속에 나오는 길 잃은 어린 동물은 대부분 산에서 길을 잃는다. 부모 말을 듣지 않고 함부로 행동한 아이, 부모가 자기만 챙기고 아이는 돌보지 않는 바람에 아이가 길을 잃고 산속을 헤매며 고함을 친다.

골짜기를 헤매는 메이메이는 소리를 지르지도 달리지도 않는다. 그저 헤어진 외할머니와 멀리 떨어져 있을 뿐이라고 느낀다. 메이메이는 자기가 어디에 있는지, 외할머니는 어디에 있는지 모른다.

저만치 떨어져 있는 외할머니를 떠올리고 나서야 메이메이는 자기가 아직 동물이 아니라 사람이라고 느꼈다. 앞에 보이는 것 역시 커다란 산이 아니라 단단한 나무로 만든 책상이다. 메이메이는 책상 다리에 묻은 흙을 닦았다. 아이는 이 신기한 책상을 닦으며 감상에 빠졌다. 세상에 이렇게 아름다운 탁자가 있으리라고 생각지 못했다. 진한 색 자단목에 아름다운 장식이 잔뜩 상감되어 있었다. 장식은 마치 수많은 색색의 나비가 날아올라 춤을 추고 있는 것 같았다. 메이메이는 '채색 나비'가 운모雲母석이란 사실을 몰랐다. 메이메이는 그건 보석, 탁자에 상감되어 빛을 내는 '채색 나비'라고 생각했다. 아이가 조심스럽게 손을 뻗어 나비를 어루만졌다. 서늘하고 매끄러웠다. 메이메이는 '보석'을 매만지다가 서랍의 청동 손잡이를 발견했다. 손잡이는 더욱 아름다웠다. 아름답게 휘어들어간 선, 섬세한 꽃무늬를 보며 손을 뗄 수가 없었다. 아이가 가만히 손잡이를 잡아당기자 서랍이 스르르 열렸다. 마치 손으로 서랍을 연 것이 아니라 서랍 자체가 미끄러져

장미의 문

흘러나온 것 같았다. 서랍 스스로 자신을 잡아당긴 듯했다. 메이메이는 서랍이 분명히 무거울 거라고 생각했다. 너무 무거워 자신이 열 수 없을 거라고 생각했다. 이렇게 가벼울 줄 몰랐다. 메이메이가 가만히 서랍을 끌어당겼다가 다시 가만히 서랍을 밀고, 또다시 잡아당겼다가 다시 가만히 밀어 넣었다. 외할머니가 이런 메이메이의 모습을 발견했다. 당겼다 밀었다 하는 메이메이 동작이 외할머니의 주의를 끌었다. 외할머니가 걸레질을 멈추고 메이메이를 향해 다가왔다. 메이메이도 외할머니를 발견했다.

쓰이원이 메이메이에게 다가와 손녀를 내려다보며 말했다.

"서랍 가지고 웬 장난이야? 일을 하려면 똑바로 집중해서 해야지. 엄마도 그렇게 말하지 않았어? 아이에게 가장 중요한 건 뭔가 할 때 한눈을 팔지 않는 거야."

메이메이 역시 자기가 산만했다는 것을 깨닫고 속도를 높였다. 아이가 다시 가구를 닦다가 일부러 외할머니가 볼 수 없는 곳으로 비집고 들어갔다. 외할머니와 등을 맞대고 일하고 싶었다. 외할머니에게 자기 일하는 과정보다는 일의 결과를 보여주고 싶었다. 외할머니가 전에 자기가 허푸허푸 교양 없이 세수한다고 말했는데 그건 외할머니가 자신이 세수하는 모습을 봤기 때문이다. 볼 수 없다면? 볼 수 없다면 어떻게 씻는지 어찌 알겠는가? 세수를 깨끗하게 하지 않는 것이야말로 교양 없는 행위다.

메이메이와 외할머니가 가구더미를 돌았다. 외할머니가 돌아오면 나는 반대로 돌아갔다. 외할머니 다리와 두 발을 계속 바라봤다. 외할머니는 앞코가 네모진 무명 벨벳 천 신발을 신고 있었다. 발이 날씬했다. 외할머니 신발만 보이면 피했다. 하지만 이번에는 미처 피하지 못했다. 외할머니가 메이메이를 향해 허리를 굽혔다. 허리를 푹 굽힌 채 메이메이 귓가에 얼굴을 붙이고 작은 소리로 말했다.

"애, 이따가 정말 그들이 나타나면 넌 방으로 숨어, 알았어?"

메이메이는 답답했다. 평소 외할머니는 손녀를 메이메이라고 불렀지만 이번에는 무슨 이유에서인지 '애'라고 불렀다. 소리도 낮추고 몸도 잔뜩 구부린 외할머니 모습에 메이메이는 조금 이상한 느낌이 들었다. 여기 살게 된 이상(곤란한 처지라 해도) 메이메이가 이곳에 사는 건 이제 비밀이 아니다. 왜 외할머니는 메이메이가 사람들 눈에 띠지 않게 방으로 숨으라는 걸까? 메이메이는 외할머니 말을 따르지 않기로 결심했다. 자기가 외할머니 말을 듣지 않을 거란 사실을 외할머니에게도 알리기로 결심했다.

"애, 내 말 들었어?"

외할머니는 가구를 닦는 척 눈살을 찌푸리고 말했다.

"아뇨."

메이메이 역시 가구를 닦는 척하고 입을 쭉 내밀었다.

"내 말을 못 들은 거야, 아니면 이해를 못한 거야?"

외할머니가 동작을 멈추고 똑바로 섰다.

"이해 못하겠어요, 몰라요. 난 안 숨을래요."

메이메이도 동작을 멈추고 쪼그려 앉았다.

메이메이가 까탈을 부리자 쓰이원은 문득 자신이 지나치게 긴장했다고 느꼈다. 너무 유치했다. 메이메이는 어쨌거나 어린애다. 그녀가 숨겨둔 악한 주자파도 아니다. 메이메이의 아버지는 머리를 밀렸다. 베이징 거리에 나가면 메이메이 아빠가 누군지 모두 알고 있다. 아이가 의심을 산다 해도 나중에 쓰이원이 데려가서 임시세대로 등록

장미의 문

하면 그뿐이다. 쓰이원은 수상쩍게 행동하지 말고 위험 앞에서도 당당한 태도를 취해야 한다. 메이메이 앞에서 지레 혼자 겁 먹은 모습을 보여주다니, 그녀는 후회가 됐다.

"그래."

쓰이원이 메이메이에게 말했다.

"조금 있다가 그들이 와도 넌 아무 말도 하지 마. 누군가 네 부모에 대해 물어봐도 입 열지 말고. 모든 건 내게 맡겨. 알아들었어?"

메이메이는 아무 말도 하지 않았다.

두 사람 일이 거의 끝나가고 있었다. 쓰이원은 갑자기 아직 오늘 아침을 사오지 않았다는 생각이 들었다. 그녀가 메이메이를 불러 방으로 들어갔다. 어디서 가져왔는지 간식을 두 덩이 가지고 나와 하나는 메이메이에게 주고, 하나는 자신이 먹었다. 메이메이는 간식을 받아 한쪽에서 외할머니를 등지고 먹었다. 외할머니와 얼굴을 마주하고 먹기 싫었다. 마치 둘이 한패가 되어 떳떳하지 못한 일을 하는 기분이 들었다.

두 사람이 간식을 다 먹기도 전에 마침내 '그들'이 마당으로 들어섰다. 쓰이원이 그리도 바라던 순간이, 쓰이원이 채 상황을 파악하기도 전에 그 순간이 다가왔다.

마당에서 갑자기 소란스러운 발소리가 들렸다. 알록달록한 그림자가 창밖으로 주마등처럼 흔들렸다. 쓰이원이 황급히 먹다 만 간식 반조각을 내려놓고 재빨리 수건으로 입과 이를 닦은 후 문을 밀고 나갔다.

"쓰이원이라고 합니다."

그녀가 이렇게 말하며 남채 계단에 섰다.

……

"여기 살아요."

……

"구 사회를 거친 사람이란 건 물어볼 필요 없어요."

……

"며칠 전 어린 용사들에게 편지를 한 통 보냈어요."

"그만 지껄여, 당신!"

"누가 당신이 여기 사는 거 몰라?"

"당신이 보낸 편지도 알아!"

긴장된 분위기가 감돌기 시작했다. 일촉즉발의 위기, 그들이 남채 입구에서 쓰이원을 끌어낼 것 같았다.

"그건 평범한 편지가 아니에요, 물건 몇 개 내놓자고 쓴 편지도 아니고요. 그건 사죄의 편지입니다."

쓰이원이 말했다.

일촉즉발 위기의 순간, 쓰이원은 자기 모든 계획이 물거품이 될 수도 있다고 생각했다. 그들이 자신을 계단에서 끌어내 사각 탁자에 끌어올린 후 대충 진열장 문 한쪽을 떼어내 팻말을 만들어 자기 목에 건 다음, 그녀가 수행해야 하는 역할을 부여할 수도 있었다. 쓰이원이 편지의 성격에 대해 몇 마디 하자 사람들이 걸음을 멈췄다. 그렇다면 시기를 놓치지 말고 차례대로 이 극(실황극)을 연기해야 한다. 이번 연기를 위해 며칠 동안 준비한 장편의 연설이 각별히 중요하다.

쓰이원은 여기저기 들썩이는 사람들의 모습에도 불구하고 자기 계획을 그대로 밀고나갔다.

보잘것없는 천박한 사죄의 서한이 혁명 용사, 혁명 간부, 혁명 부녀자를 움직였다니, 정말 생각지도 못했다고 말했다. 그녀는 영혼 깊은 곳에서 진심으로 그들이 자신을 처단하기 위해서가 아니라 봉건, 자본, 수정주의의 속박에서 자신을 해방시켜 환골탈태를 거쳐 새 사람을 만들어주러 왔다고 느꼈다. 아무도 그녀를 바닥에 내팽개치고 발로 밟지 않았기 때문이다.

그녀가 말했다. 자신은 구 사회를 지나온 사람이자 구 사회의 피해자라고 했다.

그녀는 자신이 구 사회를 지긋지긋하게 증오하고, 구 사회가 자신에게 남긴 가구도 증오한다고 말했다. 저 탁자, 그건 일반 탁자가 아니라 마작 탁자예요. 쓰이원은 마작 탁자 옆에 앉았던 그 밤들을 당시 탁자 사방에 앉았던 사람들을 몹시 증오한다고 했다. 물론 그녀 역시 그곳에 앉아 있었고 그래서 그녀는 자신도 증오한다고 말했다. 저기 저 긴 탁자를 봐요. 그건 자단목으로 만든 책상이에요. 누가 만들었냐고요? 솜씨 좋은 숙련공이 만들었어요. 숙련공은 노동자계급이에요. 그 위 운모雲母[49] 조각(메이메이는 그제야 그 '채색 나비'가 운모라는 사실을 알았다), 예쁘죠? 아름다워요. 누가 그걸 탁자에 상감했나요? 숙련공, 노동자계급이에요. 노동자계급이 만든 탁자가 왜 좡씨 집안에 있었을까요? 그건 착취예요. 착취는 추악한 것, 불로소득으로 다른 사람의 것을 자기가 가졌으니, 자기 것이 아니라 원래 다른 사람의 것입니다. 저 시계도 보세요. 저건 외국 시계예요. 어느 나라 거냐고요? 독일 거예요. 독일 물건이 왜 중국인 집에 걸려 있겠습니까? 외국이 침

---

[49] 철, 망간, 마그네슘 등으로 이루어진 규산염 광물의 한 가지.

략했기 때문이죠. 외국인이 당신을 침입했는데 당신은 그 사람 시계를 걸어놓고 있어요. 이런 걸 뭐라고 하는지 알아요? 양노洋奴, 외국의 노예예요. 바로 그녀의 시아버지, 그녀의 남편이 외국의 노예라는 말이었다. 그녀 역시 이 시계를 걸고, 이 시계 소리를 들었다. 그래서 외국 노예 사상과 무관하다고 말할 수 없다. 하지만 그녀는 여성이다. 여성은 예로부터 최하층이었다. 최하층이라면 해방을 염원한다. 그녀는 마작도 하고, 독일 시계소리도 들었다. 하지만 여성이기 때문에 그녀 역시 최하층이다. 역시 해방을 염원한다. 신 중국이 그녀를 해방시켰지만 철저하게 해방되지 못했다. 왜? 그녀 자신과 가정을 분명하게 구분 짓지 못했기 때문이다. 그렇기 때문에 사회봉사를 해도 조삼모사 식으로 꾸준하게 이어지지 못했고 그렇기 때문에 성심성의껏 인민을 위해 복무하는 혁명 간부가 되지 못했다. 그래서 또한 진리를 고수하지 못했고 과오를 수정하지 못했다. 눈앞 북채 몇 칸에 있는 가구가 평생 그녀의 뒷덜미를 잡는 바람에 하루 종일 이 옛 가구더미를 들락거리며 경계를 분명히 하지 못했다. 그래서 그녀는 가구들을 모두 끄집어내야 했다. 그녀는 가구들을 내놓을 기회를 준 붉은 시대에 감사했다. 그렇지 않다면 어디에 가구를 내놓겠는가? 내놓을 곳이 없으면 팔아야 한다. 팔면 돈이 들어온다. 돈은 또 착취가 된다. 돈은 온갖 악의 근원이다. 그렇다면 그녀는 상납할 기회를 준 붉은 시대에 다시한 번 감사해야 한다. 또한 이 집도 내놓아야 한다. 내놓으려면 물건도 좋은 물건을, 집도 좋은 집을 내놓아야 하다. 이 네 칸짜리 북채는 보잘것없다. 보잘것없는 것을 내놓으려니 손이 부끄럽다. 몇 가구가 살겠는가? 그래봤자 한 가구밖에 살 수 없다. 최고의 깨달음을 가지고, 멸공봉사하는 최고의 혁명정신으로 민중에 대한 최고의 관심과 그녀

134

가 사상을 개조하는데 가장 이로운 가정인 이곳으로 들어와 죽음과
도 같은 이 마당의 공기를 바꾸고, 죽음의 기운이 가득한 이곳을 항
상 활달하고 생동적이며, 의기충천한 곳으로 바꾸기를 희망한다. 그
녀는 벌써부터 이런 날이 오길 기다렸다. 오늘부터 그녀는 더욱 그 날
을 기다릴 것으로……

잠시 후 쓰이원의 말이 거의 끝나갈 무렵, 안타깝게도 누군가 다
시 그녀의 말을 끊었다. 어린 용사들이 그녀 앞으로 성큼 다가와 눈
을 부라리며 말했다.

"됐어, 됐어. 저리 비켜, 물건 날라야 하니까."

쓰이원은 그제야 촉촉한 눈빛으로 입을 다물며 옆으로 비켰다.
자신의 연설이 끊겨 조금 애석했지만 감정만은 고조에 달했다고 확신
했다.

그들이 행동을 개시, 쓰이원이 건넨 목록과 숫자를 세며 가구를
끌어냈다. 대문 밖으로 옮겨진 가구들이 삼륜차 몇 대에 나눠 실렸다.

쓰이원 역시 사람들 틈에서 분주하게 움직였다. 그녀가 때로 잡
다한 물건들을 그들에게 건넸다. 그들은 쓰이원에게 아무 말도 하지
않았지만 쓰이원은 계속 흥분한 상태였다. 그들이 자기 연설을 묵묵
히 받아들였다고 느꼈기 때문이다. 또한 자신이 그렇게 줄줄이 말을
할 거라고 자기도 미처 생각지 못했기 때문이기도 하다. 이유가 뭘까?
그건 당연히 자신의 감정이 자연스럽게, 수년 간 억눌렸던 감정이 자
연스럽게 표출되었기 때문이라고밖에 설명할 수 없었다.

자기 연설에 거짓이 들어 있다고 생각지 않았다. 붉은 시대를 향
한 자신의 진술한 감정, 진술한 이야기가 확실했다. 물론 '비켜'라는
말을 듣긴 했지만 그냥 그 한마디였다. 정말, 정말 점잖고 인정미 넘치

는 '비켜'라는 한마디였다.

물건은 금방 모두 옮겨졌다. 한 어린 용사가 차례대로 품목을 점검한 후 쓰이원에게 영수증을 건넸다. 마지막으로 지역 주임인 뤄^羅 아주머니가 커다란 까만 자물쇠를 가져다 북채 문을 잠갔고 또 누군가 나서 십자로 엇갈려 커다란 봉인 종이까지 붙였다. 사람들이 막 떠나려 할 때 쓰이원이 갑자기 그들을 불렀다.

마당에 있던 사람들 모두 어리둥절했다.

쓰이원은 그들에게 할 말이 하나 더 있었다. 원래 이것만은 숨기고 싶었다. 하지만 혁명 군중이 자신에게 보여준 우호적인 태도에 감화되어 철저하게 혁명하기로 결심했다. 쓰이원의 말에 흩어지려던 사람들이 다시 모였다.

쓰이원이 사람들을 향해 자기 시아버지가 죽기 전 북채 뒤쪽에 뭔가를 묻었다고 말했다. 무슨 물건인지 모르며 자기도 찾아보긴 했지만 아무것도 찾을 수 없었다고 했다. 지금 말해줄 수 있는 건 그 정도 단서밖에 없다고 덧붙였다.

건물 앞뒤에서 오래 전에 묻힌 물건을 발굴할 수 있다는 것보다 더 흥분되는 일은 없다. 쓰이원은 본능적으로 이 시대의 취향을 파악했고 이를 재치 있게 자신의 생존에 이용했다. 정신이 번쩍 들게 만드는 이런 벅찬 소식에 가구와 집 따위는 사람들의 관심을 벗어났다. 사합원이 다시 들썩거리기 시작했다. 사람들이 후다닥 철 삽과 곡괭이를 찾아왔고, 할머니들까지도 언제 그랬는지 각자 집으로 돌아가 부삽과 불쏘시개를 들고 왔다.

메이메이까지 덩달아 자기 처지도 잊은 채 사람들과 함께 들썩거리기 시작했다. 사람들이 담벼락 옆 좁은 길로 몰려 들어가자 메이메이도 그 뒤를 따랐다.

그곳은 북채의 인ㅅ자형 높은 벽과 창씨 집안 벽 사이에 난 깊고 좁은 길이다. 그 끝에 크지 않은 뒤뜰이 있었다. 뒤뜰에 자주 사용하지 않는 변소가 있었고, 기와 벽돌 조각, 잡초, 이름 모를 나무, 허리 높이의 도꼬마리와 그 위에 어지럽게 야생 나팔꽃들이 피어 있었다.

메이메이가 좁은 길을 따라 뒤뜰로 뛰어갔을 때 사람들은 벌써 땅을 파고 있었다. 여자들은 노련하게 널브러진 벽돌 조각 틈을 비집고 나온 잡초를 열심히 쥐어뜯고 있었다. 역시 그래도 뭐 아주머니 눈이 예리했다. 사람들이 거의 밭갈이만큼 뒤뜰을 파헤쳤을 때 뭐 아주머니가 담벼락 구석 깨진 기와조각더미를 발견했다. 아주머니가 사람들에게 알려주자 사람들이 깨진 기와조각을 헤치며 담벼락 구석을 향해 곡괭이를 내리쳤다. 역시 하늘은 노력하는 자에게 상을 주기 마련이다. 실한 기름종이로 꽁꽁 싸인 작은 뭉치가 모습을 드러냈다. 누군가 종이를 풀고 다시 그 안의 축축한 공단을 풀자 한 뼘이 채 안 되는 순금 여의如意 장식이 환히 모습을 드러냈다.

순금, 순금으로 만든 공예품이었다. 경이로운 사람들의 시선 속에 순금 여의가 칙칙하게 빛나고 있었다.

메이메이도 금은 처음이었다. 메이메이가 순금 여의를 자세히 살펴보기도 전에 사람들이 여의를 둘러쌌다. 사람들은 순금의 품질을 평가하면서 쓰이원이 얼마나 진정으로 철저하게 혁명을 이행하는지 칭찬했다. 그녀가 연거푸 고개를 끄덕였다. 드디어 이런 평가를 받다니, 정말 다행이야. 며칠 동안 계획을 하느라 들인 수고가 헛것은 아니었다. 이제 이 물건에 대한 남다른 처분이 빛을 발하고 있었다. 여의와 가구를 한꺼번에 내놓지 않아서 다행이었다. 순금 여의는 철저하게, 진심으로 '일어서 나온' 그녀의 혁명을 남김없이 보여주고 있었다. 두려움과 공포가 가득했던 자신의 운동에서 그녀는 패배하지 않았다. 패배한 건 그녀 앞에 서 있는 어두운 눈빛들이었다.

그들이 흩어졌다. 홀로 마당에 남은 쓰이원은 몸이 나른했다. 등도 조금 축축했다. 처음에 식은땀이 나서인지 아니면 후에 열이 올라 흘린 땀인지 모를 일이다. 피로가 몰려왔다. 마당은 다시 예전의 안정을 되찾았다. 그녀가 메이메이를 불렀다. 메이메이가 영벽 뒤에서 걸어왔다. 이틀 정도 지나 메이메이를 데리고 가서 임시세대로 신청을 해야겠다고 생각했다. 오늘 일을 치렀으니 더 이상 의심의 눈초리는 받을 필요가 없다. 메이메이도 숨어 지낼 필요가 없다.

쓰이원이 메이메이에게 담배 심부름을 시켰다. 메이메이에게 5마오를 주며 말했다.

"'홍웨이'紅衛에 가서 '광룽'光榮 한 갑 사 와."

12

메이메이는 쑤이청에서 살 때 아빠의 담배 심부름이 즐거웠다. 아빠 담배서랍에서 빨리 담배가 떨어지길 바랐다. 서랍이 텅 빌 때마다 메이메이는 아빠에게 빈 서랍을 열어보였다. 아빠는 금세 메이메이의 뜻을 알아차리고 돈을 내밀었다. 메이메이는 돈을 들고 밖으로 달려갔다. 아빠가 뒤에서 물었다.

"담배 종류는 알아?"

메이메이는 일부러 아무 대답도 하지 않았다. 아빠가 쓸 데 없는

장미의 문

질문을 한다는 무언의 표시였다. 메이메이가 달려가며 속으로 중얼거렸다.

자빈嘉賓, 자빈, 자빈, 녹색 담뱃갑, 갑에 큰 건물 그림이 있는.

하지만 메이메이는 안타깝게도 대문을 나서자마자 넘어졌고 다시 일어나 달려가기 시작하면 아무것도 생각나지 않았다.

길은 평평했다. 하지만 메이메이의 평형기관은 '평평'하지 않았다. 아이는 항상 평평한 길에서 넘어졌다. 여름이면 메이메이 무릎은 항상 피멍울이 들어있었다. 메이메이 무릎에 멍이 하나 들 때마다 꼭 필요한 기억이 하나씩 줄어들었다. 왜 넘어지면 기억도 따라 사라지는지 메이메이는 영원히 이해가 가지 않았다. 왜 나왔지? 손에 들고 있는 돈은 뭘까? 기억을 떠올리기 위해 메이메이는 두근거리는 가슴을 부여잡은 채 창피함을 무릅쓰고 집으로 향했다. 집 대문을 보면 갑자기 할 일이 생각날 수도 있어. 그래, 아빠 심부름으로 담배를 사러 왔었지, 담배 이름은 '자빈'이고. 담뱃갑에 높고 하얀 건물이 그려져 있어. 메이메이는 자기 기억을 꼭 붙들고 다시 거리로 나갔다. 이번에는 넘어지지 않도록 조심스럽게 길을 걸었다. 그리고 마침내 자기 키만 한 계산대에 서서 정확하게 한 치의 오차도 없이 자기가 사려던 물건을 샀다. 집에 돌아오면 되도록 밖에서 있었던 말은 하지 않았다. 그래도 아빠는 물었다.

"또 넘어졌지?"

아이는 "아니요."라고 말했다.

아빠는 아이의 무릎을 바라보았고, 아이는 더 이상 아무 말도 하지 않았다.

아빠와 엄마는 자꾸 넘어지는 딸에 대해 설전을 벌인 적이 있었다. 아이도 알고 있었다. 엄마는 병원에 가봐야 한다고 했고, 아빠는 아이가 똑똑하기 때문에 그럴 필요가 없다고 했다. 아이는 자기가 똑똑하다는 인정을 받고 싶었다.

메이메이는 총명하다. 그건 유아원 선생님도 아는 사실이었다. 메이메이는 기억력이 나쁘지 않다. 오히려 놀라울 정도로 뛰어나다. 당시 메이메이는 친구들에게 한 자도 빠트리지 않고 소인서小人書50)를 '읽어줬다.'

"아얼칭이 말했다. 바오얼, 너 또 어디 가는 거야? 바오얼이 말했다. 강가에 가보려고. 물고기가 또 낚였을 거야. 아얼칭이 말했다. 조심해야 돼, 독일새끼들이 올 거야."51)

"샤오둥무가 거리를 걷다가 식품점 한 곳을 발견했다. 가게 안에 맛있는 음식이 아주 많았다. 햄, 치즈, 초콜릿, 뭐든지 다 있었다."

"추쓰과가 한바탕 맞장 뜰 기세로 말했다. 내 소야. 몰든지 말든지 죽이든지 말든지 전부 내 마음대로야."

메이메이가 책장을 한 장 한 장 넘기며 손가락으로 그림 아래 글자를 천천히 짚었다. 친구들은 메이메이가 정말 글자를 많이 안다고 생각했다. 메이메이의 모습을 보면 선생님보다 더 많은 글자를 아는 것 같았다. 선생님도 이상한 생각이 들었다. 아이들과 선생님이 몰래 메이메이를 살폈다. 마침내 그들은 메이메이가 그림 아래 적힌 글자

---

50) 연환화連環畵를 말한다. 20세기 초기 중국에 나온 만화의 한 장르. 손바닥만 한 크기의 그림 책으로 한쪽에 삽화와 해설이 함께 들어간다.

51) 니콜라이 오스트롭스키의 자전적 소설인 《강철은 어떻게 단련되었는가》의 한 대목으로 보인다. 아얼칭은 파벨 안드레예비치 콜차긴, 바오얼은 아르툠 안드레예비치 콜차긴을 말한다.

장미의 문

를 모른다는 사실을 발견했다. 메이메이는 그냥 느낌대로, 놀라운 기억력과 복창 능력을 발휘하고 있었다. 알고 보니 메이메이 아빠가 딸에게 이 소인서를 한 글자도 빼놓지 않고 읽어줬었다. 여하간 선생님들은 메이메이의 머리가 좋다는 사실을 인정할 만한 충분한 근거가 있었다.

메이메이는 학교에 입학하고 글자를 익힌 후에 제멋대로 '경적 금지'를 '경적 검지'라고 읽었다.

하지만 메이메이는 여전히 고민이었다. 나쁜 기억력과 좋은 기억력이 동시에 자신을 괴롭혔다. 아이는 거리에 물건을 사러 나가는 것 자체가 두려웠다. 하지만 꼭 가야 했다. 자기가 왜 특별히 좋은 기억력과 특별히 나쁜 기억력을 동시에 가지고 있는지 이해가 되지 않았다.

메이메이는 샹사오후퉁의 좁고 긴 공간을 똑바로 앞을 쳐다보며 조심해서 걸었다. 아이는 '훙웨이'에 가서 외할머니 '광룽'을 사야 한다는 사실을 가슴에 새겼다. '훙웨이'는 며칠 전 개명한 이름이다. 전에 그 가게 이름은 '더성허우'德生厚였다. 이후 가게 정문 위 까만 편액에 빨간 종이가 대문짝만 하게 붙었다. 빨간 종이 위에 '훙웨이'라고 적혀 있었다.

메이메이가 골목을 걸어갔다. 전에는 문이 모두 굳게 닫혀 있었다. 문 하나를 지나면 다음 문은 무엇일까 생각하고, 문에 의해 가려진 모든 것을 생각했다. 이제 골목에 있는 모든 문이 메이메이를 향해 환하게 열려 있었다. 어떤 마당은 문턱까지 모두 허물어져 있었다. 이런 집 대문은 마치 쑥 자란 키 때문에 발목이 드러난 바지처럼 보였다. 골목이 환해졌다. 마당이 사람들 눈앞에 환하게 모습을 드러냈다. 아무 마당이나 불쑥 들어가 어떤 방이라도 들어갈 수 있을 것 같았다. 두께도 크기도 다른 문들이 한껏 몸을 비틀어 자신을 벽에 붙인 채 사람들에게 길을 내주는 것 같았다. 어서 오라고, 어서 들어와 집을 보라고 말하는 것 같았다. 얼마나 청백한 집인가, 안에 나쁜 사람은 아무도 없어. 모두 환하게 빨간 마음을 가지고 있어. 사람들은 대문을 활짝 열고 청백한 자신의 마음을 보여주려고 노력하고 있는 것 같았다.

메이메이가 왼쪽, 오른쪽을 두리번거렸다. 어떤 집은 속이 환히 들여다보이고, 어떤 집은 커다란 영벽이 가로막고 있었다. 그런 집은 뭔가 충분히 환해보이지 않았다. 외할머니 집도 영벽이 있는데, 영벽이 없으면 외할머니 집이 더 환하게 빛날 텐데. 물건을 내줬는데 마당도 환하게 끝까지 다 보이면……. 메이메이는 이런 생각에 빠져 걸어가며 주변을 살폈다.

'훙웨이'가 다시 단장했다. 지붕부터 표어가 늘어져 있고, 진열대에 대자보가 하나 가득 붙어 있었다. 흰 종이에 검은 글씨가 적힌 대자보에 혁명 군중이라면 뭘 사고, 뭘 사서는 안 되는지, 어떤 물건이 어떤 계급에 속하는지 적혀 있었다.

메이메이는 대자보를 읽으며 사도 되는 물건, 사서는 안 되는 물건이 무엇인지 기억하려고 애썼다. 외할머니 담배는? 그건 어떤 계급에 속하지? 이름이 뭐였더라? 메이메이는 생각이 나지 않았다. 또 넘어진 것 같았다. 계산대에 담배가 많았다. 첸먼前門, 헝다恒大, 모쥐墨菊, 페이마飛馬, 솽시雙喜, 다잉하이大嬰孩, 광룽光榮…… 외할머니가 사라고 했던 담배가 뭐였더라? 메이메이가 다시, 또다시 생각이 날 것처럼 담배를 훑어보며 생각했다. 하지만 이내 자괴감에 빠져 심장이 벌렁거렸다. 말을 하면 분명히 틀릴 거야. 메이메이는 계산대를 따라 빙빙

장미의 문

돌았다. 마치 계산대와 진열대가 메이메이를 에워싸고 도는 것 같았다. 물건들이 자기 오장육부를 돌아가며 자신에게 보여주는 것 같았다. 기름, 소금, 간장, 식초, 산초, 회향茴香, 원추리, 목이, 성냥, 더우즈표紙52), 말린 살구, 곶감, 타오쑤장미탸오桃酥江米條, 탕콰이샤오런쑤糖塊小人酥, 셴뤄보咸蘿卜와 셴거다터우咸疙瘩头頭53) 등등, 모두 돌아가며 메이메이를 향해 자신들을 감정하라고 보여주는 듯했다. 메이메이는 당황스러웠다. '훙웨이'를 나와 거리로 뛰어가 어딘가에 숨고 싶었다.

잠시 후 흰 종이에 까만 글씨로 적힌 팻말이 메이메이를 향해 멈춰 섰다. 붉고 뚱뚱한 얼굴 아래 목덜미에 팻말이 걸려 있었다. 팻말, 붉고 뚱뚱한 얼굴의 등장에 계산대와 물건들이 비로소 회전을 멈췄다. 붉고 뚱뚱한 얼굴이 고개를 숙여 메이메이를 굽어봤다. 웃지도, 화를 내지도 않았다. 팻말에 적힌 '프티 업주'54)라는 글씨가 그의 신분을 말해주고 있었다. 메이메이는 그를 안다. 며칠 전 메이메이에게 담배를 줬던 사람이다. 그때는 목에 팻말이 없었고, 평범하게 웃고 있었다. 깨끗한 손으로 손님에게 설탕간장무절임을 권하고, 능숙하게 산초를 싸주고 담배를 내줬었는데. 이제 팻말이 그와 사람들의 정상적인 관계를 차단하고 있는 듯했다. 그는 영원히 사람들에게 말을 걸지 않는 동물이 된 것 같았다. 메이메이가 자기도 모르게 그를 피하려고 하는데 그가 메이메이에게 물었다.

---

52) 종이공장에서 나오는 종이 중 가장 품질이 낮은 종이. 넝마장수들이 수거한 온갖 폐지로 만들어진다.
53) 타오쑤장미탸오, 탕콰이샤오런쑤는 베이징의 간식거리, 셴뤄보와 셴거다터우는 염장한 반찬류를 말한다.
54) 프티 부르주아의 프티.

"담배 사러 왔지?"

메이메이는 가타부타 아무 말도 하지 않았다.

"그렇겠지."

그가 다시 말했다.

메이메이는 여전히 아무 말도 하지 않았다.

"지난번에 '광룽' 사갔었지."

그가 메이메이에게 알려줬다.

아, '광룽'. 메이메이는 그제야 '광룽' 두 글자가 생각났다. 아이는 '프티 업주'에게, 자신을 일깨워준 그에게 감사했다. '광룽', 얼마나 평범하고도 영광스러운 글자인가, 어떻게 이런 이름을 잊어버릴 수가 있지? 가구를 내준 외할머니의 영광스러운 행위만 생각해도 이 두 글자가 생각날 텐데. 메이메이는 진심으로 프티 업주에게 감동했다. 하지만 이런 마음을 드러내진 않았다. 아이가 5마오를 계산대에 올려놓은 후 의젓하게 담배를 기다렸다. 의젓하게 행동해야지, 저 사람은 프티 업주잖아. 비록 프티 업주가 프티부르주아는 아니지만 그들은 아주 약간의 차이가 있을 뿐, 비슷한 사람들이야.

그가 메이메이에게 담배를 주고, 거스름돈도 줬다. 메이메이는 담배를 들고 가게 문을 나왔다. '훙웨이'에서 몇 년 만에 밖으로 나온 듯했다.

메이메이가 '훙웨이'를 나와 골목으로 달려갔다. 문을 들어서려는데 문 앞에 꾸빠가 나타났다. 꾸빠가 일부러 메이메이를 가로막았다. 꾸빠의 눈에 메이메이가 들고 있는 담배가 들어왔다. "담배 사러 갔었구나!"

꾸빠가 목소리를 깔고 말했다. 얼굴에 영문을 알 수 없는 분노가 가득했다.

메이메이가 말없이 등 뒤로 손을 돌렸다.

"말 안 해도 알아."

꾸빠가 말했다.

"담배는 무슨! 물건은 그렇게 적극적으로 내주고서."

꾸빠는 혼잣말처럼 중얼거렸지만 시선은 메이메이의 등을 향하고 있었다.

메이메이는 여전히 아무 말도 하지 않았다. 메이메이는 생각했다. 물건을 내준 것하고 흡연이 무슨 상관이야. 외할머니가 담배 피우는 모습이 좋아 보이진 않지만 물건을 내줄 수도 있었다. 외할머니가 물건을 내줄 때는 보이지도 않더니 이제 와서 비아냥대는 건 뭔데? 어제는 외할머니 시계도 훔치려고 해놓고서. 왜 당신 침대 가져가는 사람은 없지? 왜 사람들은 '고양이나 기르는 게으른 사람'이라는 팻말을 당신 목에 걸지 않는데?

메이메이는 꾸빠를 거들떠보지도 않았다. 꾸빠가 손을 뻗어 메이메이에게서 담배를 빼앗으려 했다. 메이메이가 이쪽저쪽으로 뛰어다니며 꾸빠를 피해 안으로 들어가려 했다. 하지만 꾸빠는 메이메이를 봐주지 않았다. 메이메이는 울고 싶었다. 소리치고 싶었다. 그런데 꾸빠가 먼저 소리를 질렀다.

"담배 이리 내!"

꾸빠가 말했다.

"난 그딴 것 안 피워. 전에는 살담배를 피웠지. 하지만 부러뜨려버렸어. 파사구破四舊55)를 부르짖는 시대야. 우리가 그거 없애야 해. 돌아가서 외할머니가 물어보면 꾸빠가 낡은 관습을 버려야 한다고 말했다고 해. 너 담배 나한테 주면 그게 '파사구' 행동이야. 내가 담배를 버리는 것도 '파사구'고. 네가 증인해. 내가 똥간에 그 담배 버려버릴 테니까."

꾸빠가 메이메이 담배를 빼앗으려고 성큼 메이메이 등 뒤로 향했다. 하지만 오히려 메이메이에게 도망갈 기회를 주고 말았다. 메이메이가 좁은 통로를 빠져나가 남채로 달려갔다. 침대에서 마음을 가다듬고 있던 외할머니 앞으로 달려가 손에 쥐고 있느라 쪼글쪼글해진 '광릉'을 외할머니에게 내던졌다.

쓰이원은 조금 전 광경을 모두 목격했다. 원래 대문으로 달려가 말도 안 되는 꾸빠의 소동을 제지하려 했다. 하지만 두 여자가 입구에서 다투면 오히려 조금 전 가구를 내준 쓰이원이 손해다. 그냥 가만히 꾸빠가 다가오길 기다리는 편이 낫다. 쓰이원은 꾸빠가 올 거라고 짐작했다. 수십 년 동안 쓰이원은 꾸빠에 대해 한 번도 틀린 짐작을 한 적이 없었다. 쓰이원이 작은 손가락 끝으로 '광릉' 은박지를 벗겼다. 조심스럽게 은박지를 벗긴 쓰이원은 담배 한 대를 집어 입에 물고 능숙하게 성냥을 그어 담배에 불을 붙인 후 깊숙이 한 모금을 피웠다. 한나절이나 기다렸다. 몹시 간절하게 담배를 한 모금, 한 모금 피웠다. 그제야 조금 전 거대한 감동과 흥분 후 몰려온 피로감이 잦아들었다. 쓰이원은 순간, 그런 상황을 견딘 사람은 더 이상 무서울 일이 없다는 생각이 들었다. 꾸빠, 그래 어서 덤벼보시지. 안 그러면 서운할 것 같아. 쓰이원이 호흡을 가다듬고 몸을 웅크린 채 담담하게

---

55) 문화대혁명 시기 슬로건 중 하나. 구 시대의 낡은 사상, 문화, 풍속, 관습을 척결하자는 운동.

장미의 문

담배연기를 내뿜었다.

꾸빠가 안으로 들어왔다.

쓰이원이 몸을 웅크린 채 계속 담배를 피우고 있었다.

꾸빠가 작은 쪽걸상을 보고 다가와 앉은 후 등을 꼿꼿하게 폈다. 역광에 비친 꾸빠의 모습은 마치 방안에 그루터기 하나가 있는 듯했다.

꾸빠 역시 침대에 비스듬히 누운 쓰이원을 흘끗 바라보았다. 꾸빠는 쓰이원이 아무렇게나 바닥에 내동댕이쳐진 흙덩이처럼 보였다.

"사람이 형세를 살필 줄 알아야지."

꾸빠가 입을 열었다. 말 속에 뼈가 있었다.

쓰이원은 꾸빠를 본체만체 담배만 피웠다.

"옛날 사람들은 풍수를 보고 집터를 고르고, 못자리를 골랐어. 지금 중요한 건 형세야."

꾸빠가 다시 자기 말을 보충했다.

쓰이원은 꾸빠의 창끝이 어디로 향하고 있는지 감을 잡지 못했다.

"하지만 전에 풍수를 보고 집터나 못자리를 골랐던 사람 가운데 결말이 좋은 사람은 별로 없어. 황제 못자리 중 최고는 붕어해야 할 때 붕어하는 것, 강산을 내려놓아야 할 때 내려놓는 거야."

꾸빠의 창끝이 더 분명하게 한 곳을 향하고 있었다. 쓰이원이 참다못해 말했다.

"꾸빠,"

쓰이원이 침대에서 일어나 앉았다.

"그 말 무슨 뜻이야?"

"그 사람들 말로가 좋지 않았다는 거야."

꾸빠가 표현을 바꿨다.

"그건 내 상관할 바 아니지만."

쓰이원이 말했다.

"말끝마다 형세 어쩌고 하는데 그게 무슨 뜻이야?"

"많은 뜻이 담겨 있지."

꾸빠는 쓰이원을 완벽히 격분시킬 작정이었다.

"똑바로 말해봐."

쓰이원이 반 토막 담배를 내던졌다.

"똑바로 말할 수 없는 일들이야. 똑바로 말할 수 있는 사람은 없어."

꾸빠가 몸을 돌려 쓰이원을 등졌다.

쓰이원이 격분했다.

"똑바로 말 못하겠으면 내가 똑바로 말해주지."

쓰이원이 말했다.

"내가 가구들과 방을 내놓은 것 보고 말하는 거잖아. 조금 전 사람들이 마당 가득할 때 그 시답잖은 말 좀 늘어놓지 그랬어? 왜! 마당 가득 놓인 물건들 잡고 늘어지지 않고! 사람들 다 떠나고 마당이 텅 비고 나니 이제야 메이메이에게 담배나 빼앗으며 파사구니 뭐니 떠들어대? 그것도 모자라 내 앞에 앉아 지금 풍수 운운하며 형세를 들먹거려? 나야말로 형세를 살핀 거야. 내가 형세를 살피지 않았다면 지금까지 살아 있을 수도 없어. 너도 지금까지 살아남지 못했고. 그럼 그때 신발 재단일 하러 가라고 했을 때 넌 왜 안 갔는데? 종이상자 풀칠하러 가라고 했을 때는 왜 안 갔고? 너 대신 내가 갔어. 넌 대갓

집 규수지, 하지만 나도 타다 남은 석탄 덩어리나 줍고 다니던 신분은 아니야. 내가 왜 나섰겠어? 날 위해, 그리고 널 위해서야. 너희 아버지도 내가 먹여 살렸어. 넌 그때 어디 갔었어? 네 오빠는? 네 남동생은 어디 있었고? 가구도, 집도 다 팔아서 먹고 살 수 있는데 넌 왜 한평생 그러고 살아? 왜 그 책상, 그 마작 탁자 잡고 날 부르지 않았어?"

숱한 세월 쌓이고 쌓인 쓰이원의 원망과 한과 분노가 꾸빠의 도전에 한꺼번에 터져 나왔다. 꾸빠 역시 쓰이원의 말도 어느 정도 일리가 있다고 느꼈다. 최근 몇 년, 올케는 자신의 버팀목이자 기둥이자 대들보이며 돈줄이었다. 올케에게서 나오는 돈은 겨우 자기 입에 풀칠하고, 따황을 먹일 정도였지만 어쨌거나 날마다 해마다 올케에게 기대어 살았다. 올케처럼 안면몰수하고 종이상자를 붙이러 가거나 신발 재단을 하러 가지 않았다. 남의 밑에서 일한 적이 없지만 그렇다고 입는 것, 먹는 것이 부족한 적은 없었다. 그런데도 꾸빠는 계산에 밝고 말 잘하는 올케의 모습이 눈에 거슬렸다. 순금 여의는? 뒤뜰 어디에 순금 여의가 있었단 말인가. 그곳에는 깨진 벽돌, 기와와 측간 하나뿐이었다. 순금 여의는 분명히 아버지가 숨을 거둘 때 직접 쓰이원에게 남긴 물건이다. 그걸 아버지가 뒤뜰에 묻었다고? 꾸빠는 답답했다. 나중에 한참 생각하고 나서야 꾸빠는 깨달았다. 그건 쓰이원이 꾸민 영특한 계략이었다. 혁명 영웅이니, 혁명 간부니, 혁명 군중이니 하는 사람들 모두 쓰이원 손에 놀아났다. 순금 여의 한 쌍을 이용해 쓰이원은 마당 가득한 사람들에게 사기를 쳤다. 쓰이원은 샹사오후통에서 가장 철저하게 혁명적인 여인이 되었다. 그에 비해 꾸빠는 그자들 눈에 그저 고양이나 기르며 가르마를 타고 다니는 반 미치광이, 남자도 여자도 아닌…… 아무것도 아닌 사람이 되었다. 마당 가득 쌓여 있던 물건들은 사실 모두 쨩씨 집안 건데, 그걸 바치려면 쓰이원 당신은 나와 어깨를 나란히 하고 마당에서 서서 함께 영광스러운 여성이 되었어야 한다. 그런데 지금…….

"그럼 순금 여의는?"

꾸빠가 애써 점잖게 입을 열었다. 쓰이원의 화풀이에 머리를 숙이고 싶지 않았다. 역공을 할 수 없을 만큼 공격을 퍼부어야 한다.

꾸빠의 질문에 과연 쓰이원이 주춤했다. 시누이가 저렇게 세세한 것까지 들고 나올 거라 생각지 못했다. 순금 여의에 관해 사실대로 말해줘도 뭐 별것 없지 않나? 하지만 쓰이원은 그러고 싶지 않았다. 자기 두뇌회전이나 상황파악이 꾸빠와 같은 수준이라고 인정하고 싶지 않았다. 그렇게 되면 마치 꾸빠의 손아귀에 옴짝달싹 못하고 잡히는 기분이 들었다. 쓰이원은 수세에 몰린 눈앞의 상황을 역전시켜야 한다. 그녀가 다시 '광릉' 한 대에 불을 붙였다.

"여의에 관해 알아?"

쓰이원이 꾸빠에게 물었다. 웬일로 말투가 차분했다.

"알아."

꾸빠가 허리를 더 꼿꼿하게 폈다.

"그럼 어떻게 된 건지 말해봐."

"올케가 꾸민 일이잖아. 올케가 묻었지? 아버지는 그런 일 하지 않았어."

꾸빠는 두 눈이 시뻘겋게 충혈되고, 길게 뺀 목에 힘줄이 툭 불거졌다.

"봤어?"

쓰이원이 여전히 차분하게 말했다.

"봤어."

"내가 다시 한 쌍을 보여준다면?"

"나, 난 못 믿어. 그건 쫭씨 집안에 한 쌍뿐이었어."

"넌 한 쌍만 알기 때문이야. 또 한 쌍이 있을 거라고 생각하지 않는 거지."

"그게 무슨 말이야?"

꾸빠는 의심이 들기 시작했다. 그녀가 쓰이원을 향해 돌아섰다.

"아버님이 나에게 한 쌍을 주고, 다시 한 쌍을 묻었을 리가 없다는 거야?"

꾸빠는 입을 꼭 다문 채 의심 가득한 눈으로 쓰이원을 바라보았다. 쓰이원이 다시 몸을 웅크린 채 자리에 누웠다. '광룽'이 거의 다 타들어갔다. 여전히 긴 담뱃재가 끝에 매달려 있었다. 꾸빠는 담뱃재가 침대나 쓰이원 몸에 떨어질 것 같았다. 쓰이원 목에 떨어져 쓰이원이 온몸을 부르르 떨었으면 제일 좋겠다고 생각했다. 하지만 쓰이원이 침대 밖으로 손을 뻗었다. 그녀가 슬쩍 거의 꽁초가 된 담배를 털자 담뱃재가 침대 앞에 떨어졌다. 꾸빠는 심히 유감이었다. 꾸빠는 침대에 몸을 웅크리고 앉아 있는 여인이 요괴, 언제나 자신의 입을 틀어막는 요괴처럼 느껴졌다. 그런데 그녀가 필요로 하는 사람은 바로 이런 요괴였다. 언제 어디서나 무슨 일이 일어나거나 모두 이 요괴가 필요했다. 꾸빠는 이 요괴를 증오하면서도 어느새 손으로 자기 허리춤을 더듬기 시작했다.

꾸빠가 허리춤을 더듬자 '월화월우'라 적힌 작은 쌈지가 짤랑거리며 모습을 드러냈다. 그녀가 쌈지를 열고 물건을 꺼냈다. 새끼손가락을 치켜 올린 채 물건을 꼭 쥐고 살금살금 쓰이원에게 다가갔다. 작은 물건이 짤랑짤랑거렸다. 그녀가 쓰이원에게 허리를 굽히며 말했다.

"자, 파볼까!"

쓰이원이 꾸빠의 커다란 손 쪽으로 귀를 댔다.

메이메이는 어두침침한 방구석에 서서 그들을 바라보았다. 자기 귀에서 윙윙 바람소리가 들렸다.

13

사람은 때로 정적을 원하고, 때로 소리를 듣고 싶어 한다.

작은 식당에서 정적을 찾았던 쓰이원은 가구를 내놓은 후 다시 소리에 귀를 기울이고 있었다. '그들'이 오길 기다릴 때보다 마음이 더 조급했다. 이제 그녀는 어떤 소리라도 듣고 싶었다. 너무 허기가 져서 음식을 가리지 않는 상황과 흡사했다. 마당 가득 사람이 들끓다가 찾아든 정적, 더 이상 아무도 찾아주지 않는 고요가 가장 싫었다. 견딜 수가 없었다. 정적이란 사회운동보다 더 끔찍하다는 사실을 깨달았다.

지금 샹사오후퉁의 주민들은 각자 자기 일에 바쁘다. 가두에서 열리는 독보학습회讀報學習會(독서보고학습회)에 참가하라는 통지를 받은 사람도 있고, 팔자걸음으로 쪽걸상, 접이식 의자를 준비해 주민위원회에 도도하게 참가한 여성들도 있다. 그들은 입을 여는 순간 비밀이 새어나갈까 봐 머리를 맞대고 소곤거리지도, 학습내용에 대해 의견을 주고받지도 않았다. 초연하고 도도한 여자들의 모습에 그들의 깊이를 헤아릴 수 없었다. 팻말을 목에 걸고 조리돌림을 한 후 골목에 있는 측간 청소를 통지받은 사람도 있다. 다^薄 선생과 독일 할머니는 각자 측간 한 칸을 맡았다. 다 선생은 남자 측간, 독일 할머니는 여자 측간을 담당했다.

독일 할머니는 중국 카펫업자 아내다. 남편은 지나치게 일찍 세상을 떠났다. 하지만 할머니는 베이징을 떠나지 않았다. 후손도 친척도 없다.

다 선생과 독일 할머니가 맡은 골목과 측간은 엄청나게 깔끔했다. 쓰이원은 매번 독보학습회 모습이나 골목과 측간을 청소하는 남녀들을 보면 오직 자기 혼자만 아무것도 아니라고 느꼈다. 그녀는 쪽걸상이나 접이식 의자를 든 우월한 사람도, 빗자루와 쓰레받기를 들고 측간을 청소하는 우월하지 못한 사람도 아니다. 이에 그녀는 다시 새로운 희망을 갖게 되었다. 이 골목에 측간보다 더 저급한 막노동이 있고 그 일을 하는 사람이 그녀라고 해도 이보다 괴롭진 않을 것이다. 설마 꾸빠의 말이 맞았던 걸까. 풍수(형세)를 중요하게 생각하는 그 수많은 사람들 모두 말로가 좋지 않았다. 상대해주는 사람이 없었다. 내버려진, 던져진 신세가 되었다. 이보다 더 끔찍한 말로가 있을까? 마치 '우선 저기 내버려둬', '우선 저기 던져둬.'라는 말을 듣는 처지가 된 듯했다. 쓰이원은 '내버려진', '던져진' 느낌을 되새기며 움직임을 기다렸다.

좡탄이 움직였다. 어느 날 그가 네모난 붉은 색 완장을 가져와 쓰이원에게 그 완장이 자기 거라고 말했다. 좡탄의 조직에서 당당한 명분으로 좡탄에게 발급했다고 말했다. 쓰이원이 완장을 받아(거의 빼앗다시피 했다) 분석이라도 하듯 꼼꼼히 살폈다. 확실히 다른 완장과 똑같았다. 붉은 천에 노란 글씨가 적혀 있었다. 서체 역시 지금 시대의 느낌이 가장 잘 들어 있는 마오체毛體(마오쩌둥의 서체), 흘려 쓴 초서로 호방하고 시원시원했다. 배치도 합리적이며 비범했다. 모든 것의 이모저모가 쓰이원에게 완장이 진짜라는 사실을 말해주고 있었다. 완장이 진짜인 이유는 바로 색과 글자가 있고, 혁명이 용납하고, 혁명에 의해 검수된 표식이 있었기 때문이다. 붉은 천을 살피던 쓰이원이 질투심으로 인해 쟝탄에게 속으로 욕을 퍼부었다. 이 자식, 전혀 눈에 띄지 않았는데, 어떻게 제 엄마를 뛰어넘었는지 모르겠군. 네 일자리에서는 집에서처럼 굴진 않았다는 이야기네. 내가 너한테 가구를 나르라고 했을 때처럼 무거운 건 피해 가벼운 것을 고르진 않았을 거란 말이지.

쓰이원이 두 손으로 완장을 벌려 밝은 곳에 비추며 완장의 초서체를 살폈다.

완장은 특수한 시대의 특별한 상징이다. 처음 나올 때는 내용이 단순하고 형식이 일정했다. 붉은 천에 까만 글씨로 세 글자가 적혀 있었다. 처음 글자는 '홍'紅, 가운데 글자는 '위'衛, 마지막 글자는 '병'兵이었다. '병'의 아랫부분 획이 양쪽으로 너무 많이 벌어져 있어 마치 두 다리가 달려가는 것 같았다.

이제 완장의 모습은 점점 더 다양해졌다. 글자 세 개에 적잖은 장식이 들어갔다. '팔·일팔'八·一八56)은 말할 필요도 없다. 그건 정통에 속한다. '팔·일팔' 이후에 이 세 글자 앞에 '주의'主義, '사상'思想을 덧붙이는 새로운 양식이 나타났다. 즉 사람들이 늘 말하는 '주의병'主義兵,

---

56) 1966년 8월 18일을 의미한다. 마오쩌둥이 톈안먼天安門에서 처음으로 홍위병을 접견하였다.

장미의 문

'사상병'思想兵을 말한다. 이 정도 완장은 새로운 표식이 생기긴 했지만 그래도 역시 정통에 속한다. 이런 완장을 차는 이들은 여전히 '아버지가 영웅이면 아들은 호걸이다'老子英雄兒好漢에서 말하는 '호걸'들이다.

최근 발전하는 혁명 형세의 필요에 적응하기 위해 붉은 천 위의 내용도 점점 더 복잡해졌다. 당당하고 커다란 세 글자 아래 단춧구멍 크기의 작은 글자 '외위'外圍가 등장했다. 이를 연결해 읽으면 '홍위병 외위'紅衛兵外圍, 간단하게 줄이면 '홍외위'紅外圍가 된다. 물론 이는 정통을 벗어나는 것이고, 작은 글자 두 개는 다소 거짓과 진실이 뒤섞인 느낌이 든다. 이런 물건은 자연히 '아들 호걸'들의 눈에 차지 않지만 그렇다고 여기에 딴지를 거는 사람들도 없다. 혁명 형세가 여전히 발전 중이란 사실을 알기 때문이다. 지도자는 여전히 계속 손을 흔들고 있다. 형세가 발전하면 완장의 형식도 더 많아진다. 최근 일부 붉은 천에는 있어야 할 커다란 초서체는 사라지고 단춧구멍만 한 두 개의 작은 글자도 보이지 않는다. 마오체의 큰 글씨는 여전하지만 새로운 명칭이나 내용이 등장했다.

'종두월'從頭越, '호산행'虎山行, '서풍열'西風烈, '남비안'南飛雁, '박창룡'縛蒼龍, '징부악'懲腐惡, '위동표'衛東彪, '험봉'險峰, '감봉'敢峰, '위동'衛東, '홍혁'紅革 및 '오상설'傲霜雪 등이다.

쓰이원 손에 들린 완장에는 '오상설'傲霜雪57)이 적혀 있었다. 쓰이원이 자세히 살펴본 후에야 이를 확인했다.

'오상설' 완장을 본 쓰이원은 기분이 축 처졌다. 하지만 이어 '오상

설'이 인지상정이라고 느꼈다. 쓰이원의 아들이 가장 반듯하고, '아들 호걸'만이 찰 수 있는 물건을 손에 넣었지 않은가. 그녀는 만족해야 마땅하다. 어디 만족하다뿐인가, 기뻐 날뛰어야 한다. 죽음처럼 적막했던 작은 마당이 '오상설'의 왕림으로 이미 환희에 넘실거리고 있지 않은가.

쓰이원은 다시 자신의 짧은 식견을 조롱하기 시작했다. 조금 전에는 독일 할머니와 측간을 청소하러 가겠다고 나섰고 심지어 측간보다 더 열악한 일도 하겠다고 생각했다. 이제 상황이 좋아졌다. 그녀는 푸른 하늘 아래 완장을 들어 올리며 하늘을 향해 소리쳤다. 이제 필요 없어. 그녀 손에 붉은 완장이 있었다. 높은 고함소리 속에서 그녀는 당연히 이처럼 전환된 시운^{時運} 역시 그녀가 내놓은 방, 가구, 신기한 한 쌍의 순금 여의와 연결되 있다는 사실을 잊지 않았다. 그는 아들이 다니는 천문관^{天文館}이 그 어머니의 정치적 성향도 조사하지 않고 이 붉은 천을 아들 팔에 핀으로 꽂아줬을 리가 없다고 생각했다. 이제 이 네모진 물건은 아들의 것이라기보다는 그녀의 것이라고 말하는 편이 옳다.

쓰이원이 완장을 들고 마당으로 나가 하늘을 향해, 문과 창문이 봉쇄된 북채와 검푸른 벽돌이 깔린 마당에 완장을 소개했다. 가구들이 괜히 쓰이원의 손을 떠나지 않았다는 것, 쓰이원이 가구들을 허무하게 보내지 않았다는 것, 그 역시 쓰이원과 마찬가지로 영광의 존재임을 알려주고 싶었다.

쓰이원은 또 뭘 해야 하지? 그래, 무엇보다도 꾸빠에게 보여줘야지. 그 앞에 살짝 흔들어 보이기만 해도 괜찮아(또한 그렇게 살짝 흔들어 보일 수밖에 없었다). 붉은 천이 언제나 가느다랗게 실눈을 뜬 꾸빠의 두

장미의 문

눈을 활짝 열게 만들면 돼. 난 너한테 '말로'니 뭐니 하는 말을 할 때 이 붉은 천이야말로 바로 말로라고 말하게 할 거야. 어서 보라니까, 말로가 어떻게 됐는지 보라고. 황제의 능묘에 이런 거 있어?

꾸빠는 서채 문 앞에서 난로를 쑤시고 있었다. 난로재가 사방에 흩어졌다. 꾸빠는 자기 뒤에 누가 서 있는지, 손에 뭘 들고 서 있는지, 재가 어디로 날아갔는지 모른다.

쓰이원이 꾸빠 머리 꼭대기에서 완장을 높이 들어 흔들었다. 봤으면 됐어, 그녀가 바로 완장을 거두었다.

꾸빠는 자기 정수리 위에서 붉은 빛이 번뜩이는 것 같았다. 난로 불씨가 머리 위로 날아갔다고 생각했다. 하지만 뜻밖에 종종 걸음으로 사라지는 쓰이원이 눈에 들어왔다. 쓰이원 손에 붉은 색 물건이 들려 있었네. 쓰이원이 일부러 자기가 붉은 물건을 볼 수 있도록 뒷짐을 지고 가고 있었다. 마치 경극 무대에서 계집종이나 말괄량이 배역의 여자애가 손에 쥐고 있는 비단수건 같았다. 징소리만 빠졌네, 쟁쟁 쟁쟁……. 꾸빠는 생각했다. 하지만 꾸빠는 그 물건이 손수건이 아니라고 확신했다. 그건 수건처럼 부드럽지 않았다. 위에 화려하게 커다랗고 노란 글씨 몇 개가 적혀 있었다. 설마 쓰이원이 가구를 상납했다고 상을 내린 거야? 앞으로 어딜 가나 저걸 차고 뛰어다닐 건가? 그럴 리가 없어. 지금 직책 없는 여자들이 완장을 차고 다니진 않는데, 그런 건 아직 본 적이 없어. 그럼, 저 엄청난 영광이 쓰이원에서 시작되었을 리가 없다. 저건 분명히 아들 좡탄이나 며느리 주시 것이겠지, 그럼 말이 돼. 하지만 그들이? 그들 것이라고? 꾸빠는 다시 자기 생각을 부정했다. 어느 집 사람인지 모르는 사람 있나? 그 애들에게 저 물건이 생겼다면 베이징 사람 누구나 가지고 있게? 그럼 저건 주운 거야. 자전거 타고 지나가다가 길에서 주운 거야. 그러니까 너희 남채에 저 물건이 나타났지.

쓰이원 뒤로 나풀거리던 붉은 천이 남채 문 입구로 사라지려 했다. 꾸빠가 단호하게 물건의 출처를 외쳤다.

"주웠지, 길에서 주웠어!"

꾸빠는 물건이나 사람 이름을 구체적으로 말하지 않고 그냥 이런 식으로 표현했다. 쓰이원에 대한 부정이었다. 쓰이원은 일처리가 철저하고, 꾸빠 역시 철저한 일처리를 중요하게 생각했다.

쓰이원은 꾸빠의 단호한 말에 한숨이 나왔다. 하지만 다시 꾸빠와 논쟁을 벌이고 싶은 마음이 없었다. 방안의 쾅탄을 바라봤다. 주시도 바라봤다. 그들 역시 붉은 천에 대한 꾸빠의 비아냥을 들었을 거라고 확신했다. 쓰이원은 붉은 천에 대해 두 사람이 입바른 말을 하게 내버려둘 생각이었다.

쓰이원이 안채 입구에 서서 붉은 천을 힘껏 흔들었다.

쾅탄은 침대에서 졸고 있느라 어머니의 행동을 보지 못했다. 주시는 복덩이 대변을 누이던 중이라 붉은 천을 그냥 힐끗 바라봤을 뿐이었다. 주시의 반응에 쓰이원은 안쪽 방에 있는 둘에게 걸었던 희망을 포기했다. 자기 손에 들린 물건에 대한 주시의 생각을 알 것 같았다. 너희 일이라는 거지. 쓰이원이 이렇게 생각하며 붉은 천을 탁자에 내던졌다. 눈앞에 다시 '오상설'이란 세 글자가 나타났다. 말 그대로 '오상설'이다. 쓰이원은 뜻밖에 그 세 글자가 번듯하게 인쇄된 글자가 아니란 사실을 발견했다. 마치 누군가 붓에 노란 물감을 찍어 마오체를 모사해 내갈긴 것 같았다. 절대 정통 초서가 아니었다. 그녀가 되는대로 갈긴다 해도 이렇게 쓰진 않을 것이다. 그렇다면 '오상설'도 어떻게

장미의 문

나왔는지 뻔히 알 것 같았다. 이걸 차고 룽푸사^{隆福寺58)}에 가서 대충 한 바퀴 돌면 그 정도로 만족이다. 그곳에 몰려든 사람들은 대부분 물건을 사러 나온 이들이라 누군가 팔에 글자가 있거나 말거나 관심이 없다. 쓰이원은 아들이 어떻게 그걸 차고 출근할 건지 상상할 수가 없었다.

"어휴~."

쓰이원이 길게 한숨을 내쉬었다. 여러 날 만에 처음으로 자신의 한심한 처지에 대해 내뱉는 탄식이었다.

그때 쓰이원은 안쪽 방에서 문 쪽을 향한 채 복덩이 대변을 누이는 주시를 발견했다. 복덩이 똥구멍이 바깥방에 있는 자신을 향하고 있었다.

복덩이는 태어날 때부터 시원하게 대변을 보지 못했다. 처음에는 종종 며칠 동안 대변을 보지 못했고, 한 번 볼라치면 벌렁 나자빠져 밤을 새웠다. 소아용 변비 완화제를 종류별로 써봤고, 어른용 산화마그네슘을 써도 소용이 없었다. 후에 주시는 글리세린 좌약을 삽입해보려 했다. 좌약을 삽입하면 임시방편으로 문제를 해결할 수 있었다. 하지만 매번 삽입할 때마다 난리도 그런 난리가 없었다. 새끼손가락만 한 좌약을 어린애 항문에 집어넣는 일은 이 세상 비인간적인 일 중 하나가 틀림없다. 하지만 어린애 항문의 인간적인 행사를 위해 비인간적인 일을 행할 수밖에 없다.

---

58) 베이징 둥청東城에 위치한 사원. 1452년 건립. 명대 도성 내 유일하게 라마와 스님이 함께 기거했던 사원이다. 정기적으로 묘회廟會가 열렸으며 다양한 특산품과 베이징 먹거리, 베이징의 전통극을 볼 수 있었다.

메이메이가 베이징에 오기 전까지 주시는 항상 쓰이원에게 좌약을 넣어달라고 했다. 당시 그때만 되면 쓰이원은 이름 모를 화가 치밀었다. 쓰이원은 주시가 일부러 자신에게 이 희귀한 책임을 맡긴다고 생각했다. 복덩이의 엉덩이를 대체 언제까지 주물러야 하는 거야? 후에 메이메이가 왔다. 그 후 좌약을 밀어 넣는 임무는 메이메이의 몫이 되었다.

이제 주시가 접이식 의자에 앉아 복덩이를 잡고 있다. 그녀가 아이의 두 다리를 벌리고, 메이메이가 좌약을 집어넣었다.

복덩이는 계속 주시의 품에서 울고 있었다. 땀과 눈물이 성긴 머리카락을 적셨다. 하지만 뻑뻑한 그곳에 좌약이 잘 들어가지 않았다. 복덩이를 마주한 메이메이 얼굴에도 땀이 흘렀다. 메이메이는 마음이 여렸다. 매번 이 순간이 올 때마다 메이메이는 좌약이 항문 안으로 들어갈 가능성이 없다고 생각했다. 그러면서도 아이는 눈을 질끈 감고 모진 마음으로 좌약을 밀어 넣었다.

"집어넣어. 힘껏."

주시가 재촉했다.

마치 항문의 주인공이 사람이 아니라 모형인 것처럼 말했다.

모든 것을 갖춘 이 '모형' 앞에서 메이메이는 그래도 마음이 약해졌다.

"자, 내가 벌릴 테니까 집어넣어."

주시는 메이메이의 수고를 덜어주기 위해 다시 새로운 구상을 했다.

주시가 마침내 메이메이의 작업을 위해 먼저 해결해야 할 상황을 하나 만들었고, 결국 메이메이 손에 들렸던 작은 물건도 사라졌다. 메

장미의 문

이메이는 성공을 축하하면서도 자신이 잔인하다고 생각했다. 숙모가 사용한 어휘가 귀에 거슬렸고, 행동도 너무 지독했다는 생각이 들었다. 하지만 숙모의 과감한 결단으로 복덩이도 결국 울음을 멈췄다. 주시가 다시 능숙하게 조금 전 그 물건이 인체 내에서 머물 수 있도록 복덩이의 두 다리를 꼭 붙였다. 잠시 후, 복덩이의 뻑뻑했던 기관 내부가 부드럽게 돌기 시작했다. 안에 쌓여 있던 인체가 내다버린 고체가 그제야 밖으로 튀어나왔다. 마치 구슬처럼 피식 변기통 안에 떨어졌다. 전투와 전투의 단합이 이제야 일단락된 셈이다.

잠시 후 주시는 언제나 메이메이가 사전에 말을 맞춘 듯 협조를 잘했다고 칭찬했다. 메이메이는 두려우면서도 또 그 다음 단합의 기회가 다시 찾아오길 기대했다. 숙모의 칭찬 때문이다.

쾅탄의 '오상설'이 쓰이원의 흥을 깼다면 조금 전 안방에서 벌어진 모든 광경은 쓰이원의 생활에 새로운 동기와 생기를 불어넣었다. 그녀는 생각했다. 원래 사람 사는 것 자체가 힘들어. 어린애도 저런데 그녀는 어떻겠는가. 만약 사람의 모든 삶을 '좌약 밀어 넣기'에 비유해야 한다면 밀어 넣을 것은 밀어 넣어야 한다. 가구를 내놓은 것 역시 한 걸음 앞서 '밀어 넣은' 행위이다. 그렇다면 이제 왜 꼭 그 움직임을, 첫 번째 똥이 항문을 통해 쏟아질 움직임을 기다려야 하는가? 지금 그녀는 자신을 직접 의심스러운 거리로 '밀어 넣어' 꽉 막힌 부위에 윤활유를 넣어야 한다.

이에 쓰이원은 다시 거리로 자신을 밀어 넣기로 했다. 그 행위의 핑계도 찾아냈다. 쓰이원은 메이메이를 데리고 세대 보고를 하러 가기로 결정했다. 어차피 세대 신고도 해야 한다. 매달 식량도 타야 하고, 그 진귀한 땅콩기름도 얻을 수 있다. 싼값에 반 근이나 구입이 가능하기 때문에 사람들 모두 부러워하는 부분이다.

얼마 후 쓰이원과 메이메이가 동시에 지역 사무실에 나타났다. 그곳에 가기 전 쓰이원은 창탄의 '오상설'을 접어 호적부를 감싸쥐었다.

그날 사무실에는 책임자는 없고 직원 둘만 '사무를 보고' 있었다. 쓰이원은 붉은 완장과 호적부를 탁자 위에 놓고 공손하게 자신의 방문 목적을 말했다. 두 직원은 말없이 임시 세대 카드 한 장을 작성해줬다. 쓰이원은 붉은 천 아래서 호적부를 꺼냈고, 직원은 다시 호적부에 임시거주 세대에 대한 내용을 기록한 후 카드와 함께 쓰이원에게 건넸다. 한 직원이 무심코 쓰이원의 붉은 천을 힐끗거렸다. 쓰이원이 그 새를 놓칠세라 그건 창탄 것이며 조금 전에 창탄이 놓고 나가서 그에게 주려고 쫓아갔지만 따라잡지 못했다고 말했다. 직원은 쓰이원의 말을 들은 것도 같고, 아예 듣지 않는 것도 같았다. 하지만 메이메이가 보기에 쓰이원이 완장에 대해 말할 때 두 직원은 다른 대화를 나누고 있었다.

쓰이원은 주민위원회를 나오며 조금 전 일들이 모두 곱씹을 만하다고 여겼다. 자기가 한 말을 되새기고, 자기 말에 대한 직원의 눈빛 하나하나, 표정 하나하나를 되새겼다. 역시 '오상설'을 제대로 가져왔어. 적절하게 '밀어 넣기'를 해서 시원하게 '튀어나온' 것도 '오상설'과 관계가 있다고 생각했다. 그러고 보니 '오상설'이 글리세린 좌약이었네. 그게 있었으니까 빽빽한 부분에 걸리지 않았던 거야. 어쨌거나 붉은 색이잖아. 지금은 붉은 색이 윤활제 맞아.

그러자 쓰이원은 또 다른 생각이 들었다. 이 작은 임시 세대카드는 그냥 평범한 카드가 아냐. 고작 땅콩기름 반 근 가치가 아니라고. 그건 메이메이가 임시 세대임을 증명하는 용도가 아니라 바로 쓰이원

장미의 문

본인의 '양민증'良民證이었다. 그건 샹샤오 안에서 쓰이원의 신분을 완벽하게 증명하는 물건이다. 그러고 보니 쓰이원은 독일 할머니가 아니다. 어쨌거나 다 선생도 아니다. 굳이 왜 그들이 되려고 하는가? 독일 할머니와 다 선생, 당신 둘도 '양민증'을 발급해서 내게 보여줘 보시지.

쓰이원의 생각은 여기서 그치지 않았다. 그녀는 문제를 엄밀히 분석하다 보니 갈팡질팡 길을 걸었다. '오상설'이 글리세린 좌약이라면 누가 마른 똥 덩어리지? 한순간 그녀는 똥 덩어리가 자기라고 생각했다. 자기가 순조롭게 '튀어나왔기' 때문이다. 하지만 왜 이런 식으로 자기 자신을 무례하게 대해야 하는 걸까 생각했다. 마른 똥 덩어리는 그 두 직원이어야 해. 그녀가 '밀어내니까' 그 두 직원이 풀어진 거야. 그들이 풀어져서 '양민증'이 순조롭게 발급이 된 거지. 그러니까 마른 똥 덩어리는 그들이야. 하지만 그들은 결코 누군가에 의해 '튀어나온 것'이 아니다. 그렇기 때문에 그녀는 반드시 새로운 가설을 세워야 했다. 그렇다면 쓰이원의 '양민증'이야말로 마른 똥 덩어리가 되어야 한다. 그녀는 그곳에서 '튀어나온' 것, 그 작은 종잇조각 '양민증'이 필요했다. 그래, 그 작은 종이조각이 마른 똥 덩어리야. 자신의 생각이 정확했다. 정확한 선택이었어.

메이메이의 호적 카드는 어쨌거나 메이메이에게도 즐거운 일이었다. 이제야 아이는 베이징 사람이 됐다. 임시 발부된 증명이긴 하지만 그래도 어설픈 붉은 완장 덕분에 메이메이는 베이징 사람이 되었다. 외할머니가 그 애를 베이징 사람이 되게 해서는 안 된다고 말할 수는 없는 일이다.

골목 공중변소를 지나려다가 쓰이원과 메이메이가 안으로 들어갔다. 둘은 멀리 떨어져 쪼그리고 앉았다. 외할머니 오줌 줄기가 자꾸만 끊어지면서 사방으로 어지럽게 흩어졌다. 배설할 것이 별로 없는 것 같기도 하고, 이 일에 정신을 집중하지 않는 것 같기도 했다. 외할머니는 사방 구석구석을 예리하게 훑어봤다. 메이메이는 재빨리 볼일을 보고 먼저 나와 입구에서 외할머니를 기다렸다.

쓰이원은 독일 사람이 청소한 변소를 휙 둘러봤다. 정확하게 말하면 휙 둘러봤다기보다는 심사, 검사를 했다고 말할 수 있다. 깨끗하긴 깨끗하네. 노동개조를 성실히 이행하고 있군. 너희 노동은 역시 우리들을 위한 거였어. 나, '양민증'이 있는 사람 말이야. 날 위해서라면 여기서 나만의 자유를 누려야지. 여기서 당신을 귀찮게 할 행동을 한다 해도 그리 지나치진 않겠지. 이런 생각이 들자 조금 전까지만 해도 배설의 욕망이 없었던 그녀는 좀 전에 비해 다소 복잡한 욕망이 일었다. 쓰이원은 욕망을 품고 두 다리를 약간 옆으로 옮겼다. 아주 약간이다. 쓰이원은 자기 엉덩이 위치가 변소 구멍 밖을 겨냥했다고 느끼며……

쓰이원은 변소를 나와 머리카락을 쓸어 올리며 꼼꼼하게 옷을 잡아당긴 후 메이메이와 함께 집으로 돌아갔다.

14

쓰이원의 어록(마오쩌둥 어록)은 대부분 침대 머리맡에 놓여 있었다. 이후 그녀는 갑자기 어록 위치를 문 맞은편 식탁 위로 바꿨다. 그리고 메이메이에게 건드리지 말라고 재차 당부했다.

장미의 문

두 사람이 거리 사무실에서 돌아온 후의 일이다.

쓰이원 어록은 203×140mm판이다. 어록이 아직 크게 유행하지 않을 때 촹탄이 그가 다니는 천문관에서 가져왔다. 쓰이원은 어록의 미래에 대해 주목했다. 얼마 후 어록은 사회 전체에 퍼지면서 판본 형식이 점점 더 다양해졌다. 금박을 하기도 하고, 코팅을 하기도 하고…… 하지만 쓰이원은 이 낡은 판을 고집했다. 비록 '재판再版 서언'도 없었지만.

쓰이원이 그 판본을 고집한 이유는 낡았기 때문이다. 모서리가 해지고 너덜너덜해졌다. 매 장마다 쓰이원의 기운이 남아 있었다. 이제 그녀는 이 어록을 전보다 더 애지중지한다. 앞으로 어록을 사용할 날이 더 많아질 테니까. 그날부터 쓰이원은 이미 자신이 지역에서 인증받은 존재라고 자신했다.

쓰이원은 어록을 낭독하고, 외우고, 대조하는 데만 이용하지 않았다. 이를 언어의 보조도구로 삼아 계속 꾸빠를 실험했다. 또한 운용을 위한 여러 가지 다른 방법도 연구했다. 예를 들면 맞은편 문에 진열하는 것도 그 중 한 형식이다. 외부 사람들이 문을 들어서면 한눈에 어록이 보였다. 이 역시 운용 방법 가운데 하나다. 앞으로 절대 빠질 수 없는 어록의 용도다. 이미 지역에서 인증을 받은 몸이기 때문이다.

"누구 있어요?"

정오, 낯선 소리가 마당으로 날아들었다.

어록을 운용할 기회가 왔다.

낮잠을 자던 쓰이원이 침대에서 벌떡 일어나 잽싼 두 다리, 두 발로 정확하게 침대 앞에 비스듬히 세워진 슬리퍼를 신고 온몸에 힘을 실어 민첩하게 문 앞 탁자로 향했다. 예전 같으면 어록을 들고 손님을 맞이했을 것이다. 하지만 가늠을 해본 후 어록을 거리낌없이 탁자에 배치했다. 아무렇게나 둔 건 아니다. 대낮부터 어록을 받쳐 들고 타인을 맞이하는 행위는 너무나 가식적이다. '내버려두는 것'이 당연하다. 돋보기를 어록과 함께 둘 필요도 있다. 그리고 때맞춰 당신의 맞은편 문 앞 식탁을 본다. 그 광경은 이미 완벽한 한 폭의 그림이다. 언제나 국가대사에 관심을 갖는 주인의 모습을 보여주는 그림이다.

"누구 있어요?"

여전히 같은 목소리가 들렸다.

"네, 네. 안으로 들어오세요."

그냥 말뿐이 아니었다. 그녀는 한사코 상대방을 안으로 들이려 했다.

상대방은 안으로 들어오지도 않았고, 그런 요구도 하지 않았다. 쓰이원이 할 수 없이 상대방을 맞이하러 나갔다.

구공탄 배달부다.

한 번도 본 적이 없는 새로운 얼굴이다. 쓰이원은 예전 구공탄 배달부 목소리를 알고 있었다.

"어디에 쌓아둘까요?"

그가 쓰이원에게 물어보며 장갑 낀 두 손을 펼쳤다.

쓰이원이 그에게 한 곳을 가리킨 후 다른 대답을 하지 않고 방으로 돌아갔다. 쓰이원이 거실에 있는 메이메이를 향해 웃으려고 애를 썼다. 웃는 모습이 쓸쓸했다. 어쩔 수 없이 웃고 있었다. 마치 스스로에게 정말 따분해라고 말하는 것 같았다. 따분하긴 해도 메이메이 앞에서는 이런 따분함이 별것 아니라는 시늉, 이건 아주 사소한 착각이

장미의 문

었다는 시늉을 해야 했다. 그렇다면 이 웃음으로 따분한 상황을 만회할 수 있을지도 모른다. 이런 따분한 착각을 만회하기 위해서는 가벼운 웃음이 더더욱 필요하다.

메이메이는 외할머니 웃음이 쓴웃음인지 미소인지, 가벼운 웃음인지 진심 웃고 있는 건지 똑바로 보지 않았다. 메이메이는 외할머니가 침대에서 내려올 때부터 계속해서 이어지는 동작에 집중했다. 그 일련의 동작을 자기가 봐서는 안 되는 거라고 생각했다. 마치 자기가 읽어서는 안 되는 한 편의 이야기를 잘못 읽은 듯했다. 하지만 그러면서도 얼떨결에 그 행위에 끼어들었다. 아이는 사람마다 불편할 때가 있고 외할머니의 조금 전 동작은 이런 불편함에 속한다고 생각했다. 외할머니의 편치 못한 마음을 봤으니 메이메이는 그 떨떠름함까지 껴안아야 했다.

메이메이는 떨떠름하게 밖으로 나갔다. 구공탄 나르는 모습을 보고 싶었다. 뭐 볼 게 있을까? 메이메이도 알 수 없었지만 딱히 볼거리가 없다고 해도 봐야 했다. 그래야 잠시 외할머니를 벗어날 수 있었다. 잠시 떠나 있으면 두 사람 모두 조금 전 불편함을 잊을 수 있을지도 모른다. 사람은 때로 조금 떨어져 있는 일이 얼마나 중요한지 알고 있다. 아주 잠깐, 아주 잠깐만이라도, 담배 한 대 피울 만한 시간, 하품 한 번 할 시간만 주어져도 그 불편함을 해소할 수 있다.

메이메이는 아저씨가 구공탄 나르는 모습을 바라보았다. 다부진 중년 아저씨였다. 그가 외할머니가 가리킨 곳에 구공탄을 층층이 나르고 있었다. 층층이 쌓인 구공탄은 아저씨에게는 매우 가벼워보였다. 새 장갑이 새카매졌다. 메이메이도 아저씨를 돕고 싶었지만 손을 댈 수가 없었다. 아저씨 손과 자기 손을 번갈아 바라보았다. 그때 외할머니 손도 눈에 들어왔다. 외할머니가 발을 반쯤 걷어 올린 후 메이메이를 향해 손을 흔들었다. 아저씨가 허리를 굽힐 때마다 손을 흔들었다. 손을 흔든다는 건 상대방에 대한 일종의 암시이자 권고이다. 상대방에게 지금 하는 행위를 멈추고 바로 손을 흔든 사람에게 돌아오라는 뜻이다. 외할머니의 손짓이 갖는 의미는 분명했다. 절대 그 사람을 도와주면 안 돼. 조금 전 일은 모두 그 사람 탓이야. 돌아와, 돌아와.

아마 메이메이는 외할머니 손짓 때문에 오히려 아저씨를 도와 구공탄 두세 개를 나르기로 결심한 듯하다. 메이메이가 손을 뻗었다. 외할머니가 더 힘차게 손을 흔들었고, 메이메이도 더 힘차게 구공탄을 날랐다. 그래서 오히려 동작에 방해가 될 정도였다.

누가 손짓했다고 그래? 그런 것 못 봤는데. 메이메이가 자신에게 말했다.

구공탄을 다 나르고 아저씨가 떠났다. 메이메이가 손과 얼굴을 씻기 시작했다. 까만 물이 몇 대야나 나왔다. 까만 물을 수챗구멍에 계속 부었다. 얼마 전 세수할 때 모습으로 되돌아간 듯했다. 물을 퍼서 허푸허푸 소리를 내며 씻었다. 까만 손, 허푸허푸 소리에 외할머니가 다시 화를 내면 좋겠다고 생각했다.

하지만 외할머니는 더 이상 화를 내지 않았다. 메이메이가 손을 다 씻고 방으로 들어갔을 때 외할머니는 이미 침대에 올라가 있었다. 침대에 누운 외할머니는 메이메이를 바라보지 않았다. 생각에 잠긴 듯했다. 아마도 메이메이가 메이메이지, 어디로 가나, 일할 때는 산만하고, 손짓하면 보지도 않고. 어린애가 다 그렇지,라고 생각할지도 모른다. 아니, 메이메이 생각이 아니라 조금 전 일들을 곰곰이 되새기고

장미의 문

있을지도 모른다. 대낮, 흥이 깨진 대낮이다. 구공탄 배달부 때문에 쓰이원은 그 '웃음'을 메이메이에게 들켜버렸다. 그 웃음, 자신조차 어떤 웃음이었는지 모르는 그 웃음 말이다. 쓰이원은 잊을 수 있어도 메이메이는 영원히 잊지 못할지도 모른다. 산만한 사람들이 절대 잊어버리지 않고 잘 기억하는 일들이 있다.

외손녀와 영원히 맺지 못할 묵계가 있다. 신이 나서 함께 변소에 들어가 똥통에 쪼그리고 앉았던 건 순간에 지나지 않는다.

메이메이는 주시와 묵계를 맺고 싶었다. 아마 메이메이가 범포 가방을 들고 샹사오후통에 들어온 그날부터 시작되었을 것이다. 그렇지 않다면 숙모가 왜 자신을 이곳에 살게 하자고 주장했겠는가? 메이메이는 숙모가 자신을 이곳에 살게 한 이유는 절대 자기에게 일을 시키기 위해서가 아니라고 생각했다. 그래도 메이메이는 숙모를 위해 뭔가 하고 싶었고, 숙모가 있는 곳에 있고 싶었다. 숙모와 함께 외출하고 싶었고, 함께 주방에 가고 싶었고, 복덩이 옆에서 복덩이를 돌봐주고 싶었다. 숙모의 말투가 좋았다.

"그래, 그거야", "그래, 그렇게 하는 거야", "그래, 그렇게 넣어야지." 아니면 "아니야, 틀렸어", "그거 아니라니까, 힘껏 밀어 넣어야지." 같은 말이다. 부드럽다거나 알아듣기 쉬운 말은 아니었지만 그래도 메이메이는 한번에 숙모 말을 듣고 이해했다.

주시 역시 메이메이와 함께 많은 일을 하고 싶어 했다. 예를 들어 주시는 문을 닫고 방안에서 메이메이에게 자기 목욕을 도와달라고 했다.

정오에 주시는 잠을 자지 않고 커다란 양은 대야를 들고 방으로 들어왔다. 그곳에 따뜻한 물 반 정도를 붓고 안에 쪼그려 앉아 몸에 물을 끼얹은 후 메이메이에게 등을 밀어달라고 했다.

메이메이는 숙모 등을 마주하면 때로 그 등이 등처럼 느껴지지 않았다. 그건 분명히 산이었다. 전에 메이메이는 가구더미를 산에 비유했다. 그 산 앞에서 메이메이는 존재의 상실이 몰고 오는 두려움을 느꼈다. 지금 눈앞에 있는 건 믿음직한 산이다. 이 산은 널 위해 모든 공포, 심지어 비바람을 막아줄 수 있어. 메이메이는 기꺼이 자신의 존재를 잊을 수 있었다.

이 산은 또한 환락의 산이다. 메이메이는 성심성의껏 이 '산'에 물을 끼얹었다. 물은 산꼭대기에서 산 밑으로 흐르는 금색의 시냇물이 되었다. 산꼭대기는 숙모의 목, 산 아래는 물에 잠기지 않은 숙모의 엉덩이다. 다른 사람은 이런 금빛 시냇물이 없다. 하지만 숙모는 목부터 허리까지 금빛 솜털이 있다.

쑤이청에 있을 때 메이메이는 엄마를 따라 농학원(농업대학)에 있는 목욕탕에 갔고, 그곳에서 수많은 여자들의 등을 봤다. 허공까지 차오르는 수증기 속에 메이메이는 사람들과 부딪쳤다. 메이메이의 키 높이에서 메이메이 눈에 정면으로 들어오는 건 까만 삼각 부분과 허연 반구 모양의 물체였다. 그곳에 묻은 더러운 물과 비누거품이 메이메이 눈앞에 어른거렸다. 때로 비누거품이 얼굴에 튀기도 했다. 메이메이가 그럴 때마다 가장 화가 나는 건 그 더러운 거품이 얼굴에 묻을 때다. 메이메이는 울상이 되어 엄마 옆자리를 비집고 들어가 자꾸만 거품을 씻었다. 집으로 돌아와서도 오랫동안 거품이 얼굴에 묻어 있는 것 같았다.

당시 다른 사람 등을 볼 여유가 없었다. 때로 등이 메이메이를 찾아들기도 했다. 언젠가 곱사등이 할머니가 메이메이 눈앞을 가로막았

장미의 문

다. 등을 뒤덮고 있는 건 금빛 솜털이 아니라 검버섯이 난 헐겁고 얇은 피부였다. 피부가 정말 헐렁하고 얇았다. 얇기 때문에 헐거울 수도, 헐겁기 때문에 얇게 느껴졌을 수도 있다. 다만 그 등이 정말 흉해서 다른 사람에게 대놓고 보여줄 수 없다고 느꼈을 뿐이다.

남에게 보여서는 안 되는 사람은 보이면 안 된다.

메이메이는 남에게 보여줘서는 안 되는 배, 팔, 다리, 젖가슴……을 기억하고 있다. 그리고 또, 또 말할 수 없는 것도 있다.

금빛 시냇물 존재에 메이메이는 기쁨을 느꼈다. 계속 끝없이 숙모 등에 물을 끼얹었다. 두 사람 모두 당시 도움을 주거나 받는 일이 매우 중요하다는 사실을 마음 깊이 알고 있었다. 서로 이해하고 서로 소통했기 때문이며 이런 이해와 소통은 말로는 정확히 표현할 수 없다.

숙모는 메이메이에게만 자기 등에 물을 뿌려달라고 했다. 메이메이가 원한다면 말이다. 메이메이도 그것을 알고 있었다.

숙모가 목욕을 한다. 숙모의 등이 깨끗해진다. 메이메이는 더 이상 물을 뿌릴 필요가 없어지고, 시냇물도 더 이상 흐르지 않는다. 그때야 숙모는 벌떡 대야에서 일어난다. 그리고 아무렇지도 않게 메이메이를 향해 몸을 돌린다. 숙모의 몸을 마주한 메이메이는 그제야 얼굴이 벌게지며 심장이 쿵쾅거린다. 메이메이가 수줍게 숙모의 몸을 맞이한다. 정말 건장하고, 풍만하고, 위압적이다. 메이메이는 자신이 보잘것없이 작다는 느낌을 받았다. 어찌 메이메이뿐이겠는가. 이 방도 함께 작아보였다. 심지어 그렇게 자기 발아래 그렇게 작은 대야에 어떻게 사람이 쪼그려 앉을 수 있을까 의심스러울 정도다. 마치 마술사가 갑자기 산 사람을 작은 상자에 집어넣는 것이 불가능해보일 때와 같다.

숙모가 목욕대야에서 나와 메이메이를 마주하며 무심하게 목욕 뒤처리를 한다. 마른 수건으로 온몸을 닦는다. 차분하고 침착하게 몸을 돌린다. 구석구석 모든 부분이 메이메이 눈앞을 지나간다. 더 이상 메이메이 눈앞에 어른거리던 엉망진창 덩어리들이 아니다. 몸 구석구석을 보며 메이메이는 숙모의 몸은 구석 하나하나 모두 사람들에게 보여져야 한다고, 숙모 자체가 사람들에게 보여져야 하는 사람이라고 생각했다. 당시 쑤메이는 인체구조를 알지 못했으며, 더더욱 인체와 아름다움이 무슨 관련이 있는지, 왜 사람들에게 남다른 흥분을 느끼게 하는지 이해하지 못했다. 그저 숙모는 사람들이 봐야 할 가장 합당한 사람이라는 것, 몸의 모든 부분을 사람들에게 보여줘야 하는 존재라고 느꼈을 뿐이다.

젖가슴, 복덩이가 젖을 먹을 때 그곳은 마치 아기에게 꼭 필요한 젖이 담긴 그릇 같았다. 하지만 지금은 그것과 거리가 멀다. 그건 공이다. 그곳이 펄쩍 뛰어오르면 당신도 덩달아 뛰게 만드는 두 개의 공이다. 숙모가 팔을 들어 등을 닦을 때마다 그 공은 끊임없이 뛰어오른다.

엉덩이, 숙모가 접이식 의자에 앉아 복덩이의 두 다리를 받쳐들면 그건 자리에 앉기 위해 인체에 달린 두툼한 방석에 불과하다. 이제 엉덩이는 더 이상 앉기 위해 존재하지 않는다. 그건 당신의 마음을 전율하게 만드는, 마음을 가누기 힘들게 만드는 두 덩어리 생명이다. 숙모가 몸을 비틀 때마다 두 생명은 참을 수 없는 외침을 터트린다.

목과 어깨, 당신은 목과 어깨를 단순히 세로와 가로 뼈를 잇는 존재로만 생각하는가? 이러한 연결 자체가 오묘한 선을 이루고 있다. 그건 소리, 우아하고 아름다운 소리이다. 시각보다는 청각을 충족시키

장미의 문

는 존재다.

허리, 허리는 왜 골반보다 얇을까, 골반은 왜 발보다 두꺼울까? 그건 마치 인간이 허리띠를 매면 바지가 흘러내리지 않도록 존재하는 것 같다. 당신은 그곳을 보며 흥분하지 않을 수도 있다. 가장 흥분하는 사람은 아마도 가장 위대한 화가들이지 않을까. 당신이 그에게 이유를 물어보면 그는 이렇게 말하겠지. 영원히 그 아름다움에 저항할 수 없으며, 영원히 완벽하게 그곳을 그릴 수 없기 때문이라고.

사람의 복근은 여덟 조각이다. 하지만 당신이 복근을 여덟 조각으로 그리고 나면 자신이 얼마나 서툰 사람인지 깨닫게 된다. 그건 여덟 조각, 훌륭한 여덟 조각, 음표 여덟 개의 조화로운 구성이다.

쑤메이는 사람에 관한 수많은 것들을 아주, 아주 많은 해가 지나서야 이해했다. 지금 숙모를 마주한 메이메이의 가슴속에는 오직 하나의 생각뿐이다. 숙모야말로 사람들에게 보여져야 하는 사람이며, 누구든지 선의의 눈빛으로 똑바로 자기 숙모를 바라봐야 한다는 생각뿐이다.

하지만 숙모의 몸에도 메이메이가 똑바로 바라보지 못하는 부분이 있었다. 똑바로 바라보면 어색하고 불안했다. 시선을 어디에 둬야 할지 모를 정도였다. 그건 숙모의 풍만한 아랫배 그리고 아랫배 아래 작지도 적지도 않을 만큼 영롱하게 어지러이 빛나는 작은 물방울이다. 쥐구멍이라도 들어가고 싶을 정도로 부끄러워하며 그곳을 바라보면서도 또한 골똘히 자신에 대해 생각했다. 영원히 숙모처럼 되진 못할 거야. 영원히 눈앞에 보이는 모습처럼 자라진 못할 것 같았다.

여러 해가 지난 후 쑤메이는 사람들이 아름답다고 하는 인체를 많이 보게 되었다. 예쁘다고도 하고, 아름답다고도 하고 또한 완벽한

미의 화신이라 말하기도 했다. 하지만 벌거벗은 주시와 같은 모습은 더 이상 등장하지 않았다. 메이메이는 숙모의 나신에 대해 적절한 비유를 찾을 수 없었다.

쑤메이는 작가들이 인체의 아름다움을 표현하지 못한다고 느꼈다. 그건 인체에 대한 가장 적절한 비유를 생각하지 못하고 그저 대부분 겉으로 드러난 모습을 단순하게 표현하기 때문이다.

인체를 표현한 성공작이라고 평가되는 몇 안 되는 역대 화가들의 작품은 인체 이외의 비유를 들고 있지 않을까. 진정한 비유란 쉽지 않다고 쑤메이는 생각했다.

안쪽 방에서 물을 끼얹으면 바깥방에 있는 쓰이원은 잠을 이루지 못했다. 쓰이원은 안쪽 방에서 들리는 경쾌하고 흥겨운 물소리가 정말 제일 듣기 싫었다. 두 사람의 합작 자체가 자신에 대한 경멸이었다. 주시가 환한 모습으로 대야를 받쳐 들고 방을 나올 때마다 쓰이원은 메이메이를 불렀다.

쓰이원은 메이메이를 불러 잠을 자라고 했다. 사실 쓰이원 역시 메이메이가 낮잠을 자지 않는다는 사실을 알고 있었다. 그녀가 메이메이를 부른 이유는 항상 거르지 않고 행해지는 주시의 목욕이 다른 사람의 낮잠을 방해한다고 말해주고 싶었기 때문이다. 주시가 매일 낮에 집에 돌아오는 건 아니다. 하지만 쓰이원은 일단 주시가 집에 돌아오면 모든 것이 뒤집힌다고 느꼈다. 대야와 물, 눈앞의 메이메이에 관한 모든 것까지……

주시가 곧 출근한다. 이제야 쓰이원이 정식으로 낮잠을 잘 시간이다.

쓰이원이 자리에 누우면 메이메이는 작은 의자를 가지고 마당으로 나온다. 메이메이는 대추나무 아래 앉아 무릎에 헝클어진 털실을 펼치고 별 필요도 없는 뜨개질을 시작한다. 대바늘이 손에서 서툴게 몸을 비비 틀었다. 메이메이 역시 대체 자기가 뭘 짜고 있는지 모른다. 그저 대추나무 아래 앉아 대추나무를 보며 자기가 떠올리고 싶은 일을 생각하고 싶을 뿐이다. 아마 어느 정도는 외할머니를 위해서일지도 모른다. 외할머니가 바라는 약간의 움직임만 보여도, 대추나무 아래 메이메이만 있어도 외할머니는 더 이상 당황하지 않기 때문이다. 외할머니는 신발을 찾아 신고 어록을 들고서 허겁지겁 행동할 필요가 없다.

초록 대추가 나뭇가지에 묵직하게 매달려 나뭇가지가 축 늘어졌다. 어떤 건 지붕까지, 어떤 건 처마 아래까지 처져 있다.

때로 초록 대추가 검푸른 벽돌 위에 소리를 내며 떨어지기도 한다.

15

내 말을 들어줄 사람으로 너만 한 사람은 없어. 하지만 내 앞의 넌 언제나 흐릿해서 종잡을 수가 없고, 너에 대해서는 그저 추측만 난무할 뿐이야 네 곁에 가까이 다가갈 수가 없거든. 넌 내게서 멀지도 가깝지도 않은 곳에서 언제나 묵묵히 존재해, 그래서 넌 내게 영원히 매혹적인 존재고. 때로 난 '메이메이는 그때 정말 바보 같았어.'라는 식의 네 말을 잘 이해할 것 같아, 하지만 정말 모르는 일들이 있어. 마치 때로 나도 내 자신을 전혀 모르는 것처럼.

대충 다섯 살 때 일인데, 너도 아마 기억할 거야, 아빠가 내게 알람시계 보는 법을 알려줬는데 너무 어려웠어 난 태어날 때부터 수치에 어두웠던 것 같아, 시침, 분침, 초침 뭐가 어떻게 돌아가는지 아무리 해도 이해할 수가 없었거든. 아빠가 수도 없이 가르쳐주었는데도 전혀 이해가 되지 않았어, 이런 자신에게 나도 머쓱할 정도였지, 그때 난 그런 감정을 머쓱하다고 한다는 걸 몰랐지.

쑤메이 네가 말한 거 나 기억해.

넌 당시 네 심정을 표현할 방법이 없었어, 어쨌거나 넌 더 이상 모르겠다고 말하고 싶지 않아서 그냥 안다고 했어. 그런데 넌 네 퇴로를 마련해두지 않았었어 어떻게 퇴로를 마련해야 하는지도 몰랐고, 그래서 난 종종 널 질투하면서도 또한 부러워하기도 해. 넌 아빠가 바로 시험을 보리라 생각하지 못했지. 아빠는 침 하나를 돌린 후 네게 물었는데 넌 대답을 못했고. 대답할 수 없었기 때문에 마치 다 안다는 척 대충 얼버무리며 중얼거렸어 아빠에게 똑바로 말을 하지 않은 거지. 아빠는 한눈에 그런 널 간파했어, 아빠가 탁자를 내리치며 네가 거짓말을 했다고 넌 시계를 읽을 줄 모른다고 말했어. 혼돈에 휩싸인 네 작은 머리가 그 순간 충격을 받아 갑자기 깨달음을 얻었지, 넌 훌쩍훌쩍 울면서 뜻밖에 정확하게 시간을 말했고 그 순간부터 시간이 네 삶으로 들어가게 되었어.

메이메이 내가 네 단점을 들췄다고 상심하지는 마, 이건 네 잘못이 아니야 아마도 인류의 잘못일 거야. 인류는 큰 소리로 소리를 지르고 영혼의 엔지니어들은 큰 소리로 진실을 외치지, 그건 이 세상에 거짓말이 너무 많고 사기가 너무 많고 술수가 너무 많다는 반증이야. 난 인류가 부르짖는 무언가는 이미 세상에서 사라졌다고 생각해, 또

장미의 문

종종 그렇게 부르짖는 자의 진정성이 어느 정도인지 의심이 들어. 난 정말 그런 일이 있는 것처럼 아이들에게 속을까 봐 두려워하는 어른들을 본 것 같아, 넌 다른 사람들의 진의가 그 진심 위에서 너의 거짓을 그럴듯하게 완성시켜줄 것을 기대했어. 특히 널 헤아릴 때면 메이메이, 난 거짓말이야말로 돌이킬 수 없는 인류의 후천적인 본성이라고 느낄 수밖에 없어, 혹은 인류가 자신을 방어하는 무기라고, 인류의 영혼이 인류 앞에 친 영원한 장벽이라고 말할 수도 있고.

어른이 한사코 아이에게 거짓말을 하지 말라고 하는 이유의 대부분은 자신이 아이에게 속을까 봐 걱정이 되어서야. 아이들은 때로 거짓말을 하지 않을 경우 자신에게 참담한 결과가 다가오리라고 예상하지 못해. 네가 '여러 해' 동안 '훙웨이'紅衛 부식가게에 서서 기억을 잃고 시간을 지체했을 때 너는 먼저 외할머니에게 정말 정말 많은 상점을 뛰어다녔다고 말하고 싶었어. 이건 거짓말이라기보다는 보통사람들은 모르는 네 '기억의 공백'이라는 장벽을 굳이 사람들에게 내보일 필요가 없는 것이었다고 말하는 편이 나아.

너 분명히 거짓말하고 있어 쑤메이.

긍정인지 부정인지는 거짓말 자체에 결코 의미가 없어, 난 그저 거짓말이 인류의 후천적인 행동이며 인류의 혈맥에 흐르는 영원히 닳아 없어지지 않는 피라고 말할 뿐이야. 지나치게 오랫동안 이어지다 보니 사람들은 종종 자신이 진실을 말하는지 아니면 거짓을 말하는지 구분을 하지 못해, 때로 사람들이 사회를 향해 친구를 향해 필사적으로 끝까지 해명할 때가 바로 그가 더 은밀하게 더 깊이 거짓말을 하는 순간이야. 그 투명한 거짓과 거침없는 조작과 진실을 우롱하는 혼돈이 모여 거짓을 이어가고 있어, 마치 종이꽃과 밀랍으로 만든 과일, 과학기술이 고도로 발달한 오늘 탄생한 가짜 코 가짜 머리카락 가짜 얼굴 가짜 눈썹, 정말 정말 맑고 아름다운, 다양한 거리의 모습을 만들어주는 행인과 차량, 문과 창문, 거리의 강화유리 건축물들. 넌 환하게 탁 트인 문으로 걸어갔는데 그만 강화유리에 부딪치고 말았어, 아픔을 느낀 후에야 그곳이 문이 아니라는 걸 알았지. 만약 네가 유리에 부딪치지 않고 '솜처럼 폭신한 유리'[59]에 부딪치는 바람에 전혀 아프지 않았다면 그래도 필사적으로 안으로 들어가려 했을까?

만약 네 촉각이 마비돼서 유리에 부딪치고도 아픔을 느끼지 못했다면, 넌 문으로 들어갈 수 없었던 이유에 대해 눈앞의 '문'을 탓하지 않고 그저 널 탓할지도 몰라, 그냥 너만 탓하는 거야. 네 자세가 잘못되었다거나, 첫걸음을 잘못 디뎠다거나, 문을 들어서는 요령을 파악하지 못했다는 식으로 말이야. 어쨌거나 결함이 너에게 있다고 생각하지 눈앞의 문이 문이 아니라고 의심하지 않는 거지. 넌 흰 서리가 하얗게 낀 진짜와 똑같이 생긴 밀랍 감을 들고 한 입을 깨물고서 정말 밀랍 맛이라고 느끼면서, 그래도 감 탓을 하지 않고 그저 네 자신을 탓해, 분명히 네가 실수로 이상한 부분을 깨물어서, 요령 없이 맛없는 곳을 깨물어서라고 여기며 네 입에 문제가 있다는 식으로, 설태가 너무 두껍게 낀 건 아닐까 살피면서, 미각과 후각이 이미 노화된 건 아닌가, 치아가 부실해서 그런 건 아닌가 생각하며 제대로 씹지도 않고 감을 삼켜버릴지도 몰라. 어떤 음식물도 대충 꿀꺽 삼켜버리면 맛을 느낄 수 없어. 자, 잘 생각해봐, 네가 네 자신으로부터 이미 상

---

59) 원문은 '玻璃棉花', 글라스울이란 뜻이나 여기서는 비유적으로 쓰임을 감안해 '솜처럼 폭신한 유리'라고 번역하였다.

장미의 문

당히 철저하게 원인을 찾았다고 해도 네 말에는 치명적인 결함이 있어, 바로 밀랍 감을 밀랍 감이라고 한 거야. 문제가 네 입에 있다고 했으면서 감이 밀랍으로 만든 거라고 말할 수는 없는 거잖아. 그럼 바로 내 말실수를 수정하지, 그건 밀랍 감일 리가 없어, 더 이상 밀랍 감이 아니야. 그건 마치 유리벽이 맞은편 문이 비쳐서 그렇게 보인 게 아니라 그것 자체가 맞은편 문이라고 하는 거나 마찬가지야. 정말 가짜도 너무 그럴듯하니까, 그렇게 거짓으로 만들어진 진실이 너무 진실 같고 견고하니까 네게 더 이상 다른 길이 없다는 데 의심을 하지 않아. 너의 모든 참회, 죄책감과 자책은 정말 너무 진짜 같은 가짜의 진실을 지키기 위해서 이루어질 수 있을 뿐이야. 그래서 네가 밀랍 감을 밀랍 감이라고 하는 건 거짓말이야, 넌 언제나 수시로 너의 미각을 단련시켜야 돼.

쑤메이 너 우리에게 밀랍 감을 진짜 감이라 여기라고 말했어, 그럼 진짜 감은 누가 먹었어? 만약 내 배에 밀랍이 가득 찼다면 나는 감히 국이나 뜨거운 탕을 먹지 못할 거야. 열을 가하면 밀랍이 녹는다는 사실을 아니까. 촛농이 내 위와 장에 흐르기 시작해 죽과 탕이 냉각되면 또 굳어버리겠지. 그렇게 밀랍이 굳어 틈이 없으면 난 어떻게 숨을 쉬어!

넌 거짓말을 해도 돼 이 때가 네가 거짓말을 할 수 있을 때야. 촛농이 굳으려 할 때 너의 숨 쉬는 틈을 막아버리려고 할 때 그 순간조차 왜 거짓말을 못해? 모든 사람이 네게 말했잖아 거짓말은 세상에서 가장 죄질이 나쁜 거라고, 하지만 촛농이 너의 숨을 막으려 하고 네 생존의 터전인 오장육부를 막으려고 하면, 넌 꼭 몰래 조금 먹어봐야 해, 우린 우선 그걸 진짜 감이라고 하지 말고, 감 맛이 나는 감

또는 아예 가짜 감이라고 부르는 거야. 넌 반드시 몰래 조금만 이런 가짜 감을 먹어봐야 해 이렇게 몰래 먹는 것이 바로 거짓이야. 하지만 이런 거짓말은 너의 내장을 시원하게 뚫어주지, 이렇게 몰래 맛보는 건 정말 혐오스러우면서 또한 매력적이야. 또한 그렇게 매력을 느끼는 건 더더욱 혐오스럽지, 혐오하면서 그럴수록 더 매력을 느끼게 돼. 넌 널 숨겨서 너의 영혼에 아주 약간의 틈을 남겨줘, 그 틈이 존재할 권리를 보호하기 위해 넌 반드시 그 밀랍을 너무 소중하게 생각한다는 표시로 수많은 대중들 아래 필사적으로 밀랍 감을 먹어야 해. 네 위가 견디지 못해 팽팽해지고 횡경막이 경련을 일으키면, 넌 그것이 밀랍이라고 직시하지 않고 그게 바로 거짓말이 네게 주는 벌이라고 여겨. 그럼 넌 다시 이를 받아들이고 마음이 편해지지. 밀랍 감으로 인한 벌과 진짜 감을 몰래 먹은 '거짓'이 서로 상쇄하면서 누구도 누구에게 빚을 지지 않은 셈이 되니까.

네 자신은 이 모든 것이 이해되지 않을 거야, 보통 너의 그건 네 자신이 모르니까.

2학년 때 항일 아동단장이 일본괴뢰들을 무찌른 이야기를 들려줬던 기억이 나, 단장은 그들이 도로에서 8리 떨어진 곳에 나타나면 망원경 없이도 냄새만으로 괴뢰의 차가 도로를 통해 오고 있다는 사실을 안다고 했어. 차가 지나가면 기름 냄새가 나니까, 기름 냄새가 7, 8리를 지나 마을까지 풍겨 한참 동안 흩어지지 않는다고. 그건 정말 시골의 후각이야. 지금은 크고 작은 차량 크고 작은 트랙터가 하루 종일 마을을 달려, 진심으로 그 단장한테 지금도 무슨 냄새가 나냐고 물어보고 싶어. 정보화시대는 사람을 정말 영특하게 만들었지만 이런 영특한 사람의 후각은 예민하지 않아. 하지만 그렇게 말할 수 없을

장미의 문

수도 있어, 정보화시대의 후각은 이미 아동단장 같은 구닥다리에 의존하지 않게 된 지 오래 되었으니까, 8리 밖에 서서 냄새를 맡는 그런 원시적이고, 우매하고, 바보스럽고, 우스꽝스러운 경험담에 의지하지 않으니까.

　짧았던 네 소학교 시절은 나쁜 사람을 발견하고, 경찰에 악당을 잡아가라고 신고하던 시대였음을 아직도 기억하고 있어, 수많은 소년 선봉대원들과 악당이 투쟁한 이야기는 네게 큰 힘이 되어 거리에서 보이는 의심스러운 행인들을 주의 깊게 살펴보게 됐어. 뭐가 의심스러운 거야? 네가 보기에 가장 의심스러운 사람은 바로 금니를 박은 사람들이었지, 영화나 소설에 금니를 박은 사람은 모두 나쁜 사람들이었으니까, 좋은 사람이 어떻게 금니를 박아, 좋은 사람의 치아는 완전무결한데. 언젠가 엄마가 널 데리고 베이징 기차를 탔을 때야, 넌 내내 고개를 외로 돌리고 맞은편에 앉은 어른이 묻는 말에 대답을 하지 않았는데 그건 그 사람 입 안의 금니를 봤기 때문이야. 넌 하마터면 승무원에게 그 사람을 고발할 뻔했지만 기차에서 내릴 때까지 찍소리도 하지 않아, 넌 금니를 박은 사람과 헤어지고 나서 정말 겁에 질려 그 사람을 신고하지 않은 네 자신이 싫었어? 그 사람을 신고하지 않았기 때문에 그 사람이 베이징에서 또 뭔가 나쁜 일을 했을지도 모르는데. 어린 넌 커다란 베이징에 대해 정말 걱정이 많았어, 하지만 그런 걱정 뒤에는 경찰에게 신고하고 칭찬을 받고 싶은 갈망이 숨어 있었을지도 몰라, 하지만 넌 몰랐지. 넌 신고를 하고 싶은 마음이 진실인지 아니면 칭찬을 받고 싶은 마음이 진실인지 몰랐어, 아마도 그 금니 박은 사람이 정말 네게 두려움과 불쾌감을 가져다줬는지도 몰라. 인류는 자신을 정확히 알 수 없을 뿐이야, 어떤 시대에도 사람은 자기 자신을 명확하게 알 수 없어.

다시 금니 이야기를 해볼까 해. 언젠가 농촌에 사는 딩 아줌마가 쑤이청 집에 와서(그때 나는 딩 아줌마가 누군지 알게 된 후야) 여러 날을 묵었어. 아줌마는 시골에서 대추, 호도, 작은 옥수수들을 가져왔었어, 모두 네가 좋아하던 거야 딩 아줌마는 부지런하게 이불도 요도 뜯어 빨아주고 솜저고리도 만들어주고, 너희에게 옥수수도 삶아주고 호도도 깨줬어. 그 딩 아줌마도 금니를 박았는데 그때 넌 아줌마가 나쁜 사람일수도 있다고 생각하지 않았어?

아니, 난 딩 아줌마를 좋아했기 때문에 나쁜 사람이라고 생각지 않았어. 난 그저 아줌마가 그 금니를 드러내질 않길 바랐을 뿐이야 예를 들면 웃을 때 입을 크게 벌리지 않았으면 했어, 그리고 또 그때 집에 온 친구들이 아줌마 치아를 보지 않길 바랐어, 그 애들이 아줌마를 꼭 좋아하란 법도 없었고 그럼 아줌마를 신고할 수도 있으니까. 그때마다 난 내가 나쁜 아이일 수도 있다고 생각했어, 그렇게 쉽게 금니가 있는 사람은 나쁜 사람이라는 생각에 어긋나는 짓을 했으니까. 심지어 아줌마가 웃을 때 입을 크게 벌리지 않길 바랐다면 그건 나쁜 사람을 비호해준 거잖아? 왜 난 그 아줌마를 좋아했을까? 난 아줌마를 좋아하니까 사람들에게 아줌마를 좋아하지 않는다고 말해야 했고 탐이 나는 물건들을 부정해야 했어.

결국 네 영혼은 네 정신을 기만 했어 메이메이, 네 영혼이 그래도 네 정신을 속일 수 있어서 다행이야. 어떤 유명인이 말했지 만약 우리가 어릴 때 콩을 고기라고 배우면 우리가 끊임없이 콩을 먹으면서도 고기를 먹고 있다고 여길 수 있다고. 하지만 콩은 네 위장을 팽창시킬 뿐 네게 영양을 줄 수는 없어. 넌 위장이 팽창된 상태로 다니면서도

장미의 문

여전히 허기를 느껴, 넌 네 위에 줄 영양이 필요하고 그러면 네 영혼은 결국 진짜 고기를 찾게 되어 있어, 여기서 문제는 네가 진짜 영양을 갈망하는 마음이 사라지지 않는다는 거야, 이 욕망은 네 영혼의 갈망이야. 난 네가 원래 그렇게 팽만해져 있는 위가 정상이라고 여기지 않아 다행이라고 생각해, 게다가 슬그머니 팽만감을 해소할 방법을 찾아다녀서 다행이고. 그렇게 몰래 찾아다닌 이유는 '콩은 고기다'가 당시의 진리였기 때문이야. 넌 진리에서 떨어져 나왔기에 슬그머니 의뭉스럽게 몰래 진리를 거부했어. 영혼이 정신에 부합하려면 고통을 참고 견뎌야 해, 사람은 정신력이 강하긴 하지만 종종 영혼의 어두운 그림자가 드리워져 있어, 영혼은 정신의 어두운 그림자 확실히 어두운 그림자야.

네 말은 정말 혼란스럽고 심지어 앞뒤가 모순적이야. 넌 내게 거짓말을 하라고 격려하지만 난 거짓말이 좋은 거라고 느낀 적이 없어, 때로 내가 거짓말을 했던 건 어쩔 수 없어서야, 쑤메이.

하지만 너한테 거짓말을 하라고 격려하고 강요한 사람은 없었어, 오히려 사람들이 수없이 네게 경고한 건 '사람을 속이지 말라'였어, 이런 뜨뜻미지근한 규칙 또는 금지령이라 말할 수 있는 이런 말이 왜 네게 어쩔 수 없다는 느낌을 줬을까? 나는 거짓말과 거짓말 사이에는 확실히 본질적인 차이가 있다는 식의, 위대한 거짓말과 저급한 거짓에 대한 분석 따위 듣고 싶지 않아. 내가 말하고 싶은 건 영혼을 숨기는 거짓말, 영혼의 자유를 지키기 위한 거짓말은 원래 거짓말이라고 하면 안 된다는 것 그건 영혼의 용감한 호위무사라고 말해야 한다는 거야, 그것이야말로 더도 덜도 아닌 가장 순수하고 가장 진실한 거짓말일 수 있어, 모든 것을 숨기려면 때로 겁에 질려 정말 조심스러울 수 있는데 그럼 영혼을 숨기는 일은 언제나 실패할 수도 있어, 그건 영혼의 적수가 아니야. 영혼이 그렇게 완고한 이유는 스스로를 너무 사랑하기 때문이지, 그건 세상의 존재를 무시하기 때문에 넌 반드시 네 영혼을 억눌러야 해. 그 노랫말이 어떻게 되더라?

과거 모든 것을 더 이상 입에 올리지 않을 수 있어,
하지만 영원히 잊을 수는 없어.

장미의 문

제5장

16

어느 날 정오, 대추나무 아래 있던 메이메이가 안으로 뛰어 들어 왔다.

메이메이는 대추나무 아래 그냥 앉아 있던 것이 아니다.

초록 대추가 반쯤 익었다.

메이메이가 외할머니를 향해 손짓했다. 손을 좌우로 흔든 것이 아니라 파닥파닥, 떨리는 작은 손으로 침대에 누운 외할머니를 쳤다.

메이메이가 외할머니를 부르며 손으로 내리쳤다. 목소리는 작았지만 초조함이 느껴졌다.

정신이 몽롱한 쓰이원은 자신을 치는 손길을 느꼈고, 초조하게 외할머니를 부르는 작은 소리도 들었다.

"말해, 우리 집 배달 아니라고."

쓰이원은 눈도 뜨지 않고, 움직이지도 않은 채 말했다. 분명히 건장한 구공탄 배달부일 거라고 생각했다.

"아뇨."

메이메이가 쓰이원 귀에 바짝 대고 말했다.

"그래, 아니라고 말하라고."

"그게……"

"우리가 구공탄 안 불렀다고, 아직 땔 것 있다고 그래."

"그게 아니고."

"그게 아니고 뭐, 내보내라니까."

"이미 집으로 들어왔다고요."

"들어왔거나 말거나 필요 없다고, 아직 다 안 땠다고."

"그러니까……"

두 사람은 소통이 되지 않았다.

잠시 후 메이메이는 할 수 없이 쓰이원을 깨운 이유를 말했다. 쓰이원은 잽싸게 침대에서 내려오지 않았다. 대신 벌떡 일어나 자꾸만 뒤로 몸을 움츠렸다. 놀랐을 때 사람들이 습관적으로 보이는 행동이다.

쓰이원이 겁에 질렸다.

집에 온 사람은 연탄 배달부가 아니었다.

지역 주임 뤄 아주머니가 마당으로 들어왔다.

메이메이의 손이 남채 맞은편을 가리켰다.

남채 맞은편이 북채다.

쓰이원은 육중한 발소리를 들었다. 해방을 알리는 발걸음처럼 유난히 요란한 소리였다. 발뒤꿈치가 땅에 닿는 소리에서 탄력 넘치는 발가락, 발바닥을 느낄 수 있었다. X-Ray로 그런 발을 살펴보면 뒤

장미의 문

꿈치 뼈가 특별히 발달되어 있을 것이다. 마치 굽은 망치처럼 말이다. '굽은 망치'가 검푸른 벽돌이 깔린 바닥을 내리찍고 있었다. 소리가 유난히 둔탁하고 육중했다.

탁! 탁!

쓰이원이 창가로 다가가 북채로 향하는 육중한 뤄 아주머니, 뤄 아주머니의 발이 계단을 내리찍으며 통로로 올라가는 모습을 바라보았다.

뤄 아주머니가 통로에 서서 꽃무늬 장식이 있는 처마를 올려다봤다. 그녀가 녹색 칠이 된 사각 기둥을 툭툭 쳤다. 발을 들어 올려 커다란 사각 벽돌로 이루어진 통로 바닥을 힘껏 밟았다. 마치 이 집을 감정이라고 할 듯, 처마가 무너지진 않을 건지, 기둥이 기울어지진 않을 건지, 바닥이 함몰되진 않을 건지 살피는 듯했다.

후에 뤄 아주머니가 문에 붙어 있는 봉인 종이를 뜯어내고 허리춤에서 열쇠를 꺼내 문을 연 후 문틀을 잡고 문턱을 넘었다. 뤄 아주머니에게는 평생 낯선 높이였다. 아주머니가 발을 높이 들어올렸다. 마치 국민체조 가운데 발을 들어 올리는 동작처럼 보였다. 허벅지를 높이 들어 올리면 종아리는 아래로 축 늘어지며 허벅지와 종아리의 각도가 90도가 된다. 바로 국민체조 할 때의 요령이다. 뤄 아주머니가 연속동작으로 발을 들어 올리며 북채 안으로 들어섰다.

저 아주머니가 바로 쓰이원이 온종일 생각하던, 연설에서 사회 전체를 향해 호소했다던, 자신보다 깨달음이 크고, 자신의 개조에 도움이 되었다는 한울타리 사람인가?

맞아.

쓰이원은 긍정형으로 대답했다. 뤄 아주머니가 북채를 나왔다. 아주머니가 복도에 서서 중얼거렸다. 마치 남채를 향해 말하는 것 같았다.

"넓고 환한 건 맞다야. 근데 천장이 너무 높다. 한눈에 위가 아이 보인다. 겨울에 난로를 피우면 따뜻하개?"

이것저것 트집을 잡는 사람은 구매자요, 좋다고 말하는 사람은 구경꾼이라고 하지 않았던가.

뤄 아주머니는 구경꾼이 아니다. 아주머니는 겨울을 생각하고 있었다. 집이 너무 높고 크다고 걱정하고 있었다.

쓰이원은 집의 새 주인이 옛 주인에게 묻고 있다고 가정하면 옛 주인이 다가가 답을 해줘야 할 책임이 있다고 생각했다. 하지만 새 주인은 누구에게 답을 기대하지 않았다. 뤄 아주머니가 재빨리 뒤돌아 창틀로 다가가 대충 바닥에서 낡은 빗자루를 잡아 창틀의 먼지를 털었다.

쓰이원은 방에서 나가지 않았다.

뤄 아주머니는 쓰이원에게 대답할 틈을 주지 않았다.

쓰이원은 대답할 기회가 올 수도 있다고 생각했다.

경망스러운 사람은 언제나 다른 사람을 살피지 않는다.

난관에 부딪치는 사람은 언제나 경망스러운 사람이다.

뤄 아주머니는 쓰이원에게 질문에 대답할 틈을 주지 않았다. 그녀가 방을 살펴본 후 문을 닫고 좀 전처럼 발꿈치로 계단을 찍듯이 내딛으며 통로를 내려와 그대로 남채 창문 앞을 지나쳤다.

그녀가 사라졌다, 입아귀가 약간 아래로 처져 있었다.

장미의 문

17

쓰이원은 이제껏 외부 사람과 한집에 살아본 적이 없다. 지금 쓰이원이 사는 사합원四合院60)에 새로운 사람이 들어온다고 한다. 당신을 송두리째 타인에게 내보여야 한다. 그냥 내보이는 것뿐만 아니라 얼씨구나 신이 나서, 정말 그런 시간이 오길 갈망했다는 듯, 언제나 그리워한 듯, 한없이 행복한 것처럼 꾸며야 한다. 그 여자는 다른 사람이 아닌, 골목 몇 곳을 관리하고 있는 뤼 주임이다. 지금 사람들은 누구나 당신에게서 가장 가까운 권력자야말로 가장 권위 있고 위협적인 존재임을 잘 알고 있다. 기껏해야 몇몇 골목을 책임지고 있을 뿐이다. 골목 밖 세상으로 나가면 널린 게 높은 인물이지만, 원래 하늘은 높고 황제는 멀리 있다고 하지 않았던가, 쓰이원은 오히려 그런 자들에게는 별 감각이 없었다.

이사 행렬이 등장했다.

뤼씨 집안은 대식구다. 뤼 아주머니 이외에 건축 일을 하는 그 집안의 '가장' 뤼 아저씨, 그들의 두 딸과 세 아들이 있다. 큰아들은 뤼다치羅大旗, 쓰이원도 아는 사이다. 가구를 내가던 날 홍위병인 그 애도 사합원에 왔었다. 둘째 아들은 뤼얼치羅二旗, 그 애도 그날 왔었다. 그들은 모두 낡은 것을 파괴하고 다니는 중학교 어린 용사들이다. 다치와 얼치 모두 어깨가 넓고 체격이 듬직하다. 뒤에서 보면 엄마를 닮았다. 뤼싼치는 날씬하다. 소학교에 다니지만 두 형보다 키가 크고 눈빛이

---

60) 중국 허베이河北, 베이징의 전통적인 건축 양식. 가운데에 있는 마당을 담장과 건물이 사각형으로 둘러싼 형태이다.

사납고 날카롭다. 딸 둘은 이미 출가했는데 지금은 친정 이사를 도와주러 왔다.

뤄씨 집안은 식구가 많지만 이삿짐은 간단했다. 쓰이원이 내놓은 물건과 선명한 대비를 이루었다. 식구들의 요와 이불 외에 닳아서 반질반질해진 침대용 널판, 무슨 나무인지 가늠이 잘 안 되는 여기저기 그을린 나무 상자 두 개, 네 모퉁이가 갈라진 팔선탁 하나와 황칠을 한 나무 의자 몇 개, 크기가 다양한 무쇠 솥 몇 개, 만능 난로 한 개, 대접과 접시 두 더미, 넓은 버드나무 도마와 신발 만들 때 쓰는 다양한 색의 천 몇 장이었다. 뤄 아주머니가 천을 들고 있는 모습이 마치 추상파 화가의 그림 같기도 하고 고대 전투에서 봄직한 방패 같기도 했다.

뤄 아주머니가 잽싸게 먼저 마당 그리고 집안으로 들어서 구석구석을 상세히 살폈다. 그녀가 복도에 서서 '천'을 휘두르며 커다란 목소리로 온 가족을 진두지휘했다. 세 아들은 아주머니 말을 듣지 않고 제멋대로 행동했다. 게다가 얼치는 이따금 아주머니에게 소리를 지르기도 했다.

"뭘 안다고 함부로 이래라저래라 해요!"

뤄 아주머니는 그래도 화를 내지 않고 계속해서 지시를 내렸다.

두 딸은 아주머니의 지시와 이런 지시를 들어야 하는 상황에 별로 개의치 않았다. 둘은 눈이 잘 돌아가지 않는 사람마냥 커다란 사합원과 넓은 마당을 바라보며 나무에 주렁주렁 달린 대추를 보고 탄복했다. 그들은 손에 모기장 장대를 들고 대추를 두드렸다. 대추가 바닥에 떨어지자 두 사람을 시시덕거리며 이리저리 대추를 따라 뛰어다녔다.

장미의 문

뤄 아저씨는 비쩍 마른 노인네다. 아저씨는 일찌감치 자신이 들고 온 범포 간이 침대 의자를 통로에 두고 누워 한껏 가장의 위엄을 드러냈다. 마치 직접 이 집의 온도, 습도, 풍량을 체험해보려는 듯했다. 이처럼 흥분이 될 때일수록 아들과 딸 앞에서 침착하게 자신의 견식을 드러내야 한다고 느끼는 것 같았다.

뤄 아주머니는 한참 진두지휘를 하다가 감이 안 잡힐 때면 아저씨에게 물었다. 뤄 아저씨는 그저 대충 허허거리며 그깟 널판 몇 개 어디 둬도 괜찮다는 식이었다. 어디 둬도 자기 집이 아니겠는가. 이런 자질구레한 일은 따질 가치가 없는 것, 그저 여자나 아이들 일이라는 식이었다.

원래 뤄씨 가족은 인근 또 다른 골목에 살았다. 전형적인 대잡원大雜院[61]이었다. 보잘것없는 작은 집에 거의 백 명이 함께 살았다. 뤄 아주머니는 고향 시골에서 베이징에 온 후 계속 8평방미터도 안 되는 작은 곁채에 온 식구가 옹기종기 모여 살았다. 갑작스런 주거 환경의 변화는 꿈에도 생각지 못하던 일이었다. 뤄 아주머니의 흥분, 설렘, 뤄 아저씨의 침착하고 편안한 모습 모두 과분한 변화와 소유 후에 찾아든 기쁨, 놀람의 반응이었다.

대가족이 일제히 움직이자 그렇지 않아도 단순한 이삿짐 가구들이 순식간에 제자리를 찾았다. 그리고 이사 후 절대 빠질 수 없는 청소가 이어졌다. 더러운 물이 연거푸 마당에 쏟아졌다. 검푸른 벽돌 바닥이 깔린 마당에 더러운 물과 비누거품이 흥건했다. 마치 더러운 물

---

[61] 전형적인 서민주택으로, 쪽방을 여러 개 두어 여러 세대가 함께 사는 집.

이 저장하고 있던 수문이 열린 것 같았다.

쓰이원은 뤄씨 가족의 이사에 이미 충분한 마음의 준비를 한 듯했다. 말과 달리 마음으로 받아들이는 건 많은 차이가 있지만 그 차이는 순식간에 좁혀졌다. 한바탕 심한 마음의 갈등을 겪었다. 그 결과 쓰이원은 유쾌하게 뤄씨 가족을 한마당 안으로 받아들였다. 정치적 개방이었다.

정책적 개방에 따라 흔쾌히 그들을 받아들이는 건 세상물정에 어두운 것보다 훨씬 더 현명한 처사다. 이제 그녀는 시대의 요구에 순응하여 자신의 마음을 평온하게 가라앉혔다. 물론 마음을 가라앉혔다고 해서 더 이상 짜증이 나지 않는다는 의미는 아니다. 사상개조를 끊임없이 반복해야 하는 것과 마찬가지다. 마당 가득 흩뿌려진 더러운 물로 인해 쓰이원의 생각이 자꾸만 넘나드는 것과 같다.

쓰이원은 원래 그들에게 메이메이를 보내 알려주려 했다. 여기 하수도 있어요. 하지만 잠시 망설이던 그녀는 이런 '알림'을 포기했다. 아예 자신이 시범을 보이는 것만 못하다는 생각이 들었다. 때로 그렇게 하면 '알림'보다 더 큰 영향을 줄 때도 있다. 먼저 몸소 시범을 보여야 한다.

쓰이원은 일부러 뤄 아주머니가 마당에 있을 때 맑은 물 한 대야를 가득 퍼서 남채에서 나왔다. 쓰이원은 수챗구멍 옆으로 가서 대야를 높이 들어 올려 요란하게 수챗구멍에 물을 부었다. 지나치게 높은 곳에서 떨어지는 물소리는 확실히 뤄 아주머니의 주의를 끌었다.

"어디 이런 데 수챗구멍이 있었구나."

뤄 아주머니가 쓰이원의 등 뒤에서 물었다. 이 부분에 대한 조사가 소홀했군, 뤄 아주머니가 생각했다.

장미의 문

"네. 다만 북채에서 조금 멀 뿐이에요."

쓰이원이 말했다. 정식으로 새 이웃과 대화를 주고받은 셈이다.

"이런 수챗구멍 만들어서 뭐하니? 물 버릴 때 얼마나 불편하야?"

쓰이원이 바로 말을 받았다. 새 이웃과 수챗구멍부터 이야기를 시작하니 분위기가 매우 자연스러웠다. 별스런 요구도, 암시도 없어 마치 오랜 이웃 두 사람이 사이좋게 이야기를 나누는 듯했다.

"어휴, 우리 저쪽은 더 심했다. 저쪽에서는 물 버릴 때 다 아무 데나 휙휙 버렸다야."

뤼 아주머니와 쓰이원이 얼굴을 맞대고 서 있었다. '저쪽'이란 원래 그들이 살았던 곳을 말한다.

뤼 아주머니의 두 딸 역시 아주머니 뒤에 서 있었다. 두 사람은 마치 희귀동물을 바라보듯 쓰이원을 빤히 바라보았다. 그들은 쓰이원한테 뭔가 캐내려는 것처럼 그녀를 바라보았다. 마치 거대한 집, 넓은 마당, 과실이 주렁주렁 열린 대추나무를 바라보던 시선 같았다

쓰이원은 그들의 노골적인 눈빛이 곤혹스러웠다. 그녀는 재빨리 대야를 들고 집안으로 들어가고 싶었다. 맞은편 여자 셋이 여전히 쓰이원을 바라보고 있었다. 주인이 먼저 자리를 뜨지 않는 바람에 대야를 든 채 제자리에 좀 더 서 있어야 하는 여자 하인이 된 듯한 기분이 들었다. 혁명이 일어난 이후 처음 느껴보는 압박감이었다. 뭐라 말로 표현하기 어려운 느낌이다. 쓰이원은 눈앞의 압박감에서 벗어나 자연스럽게 행동하려고 애썼다. 더러운 물, 연탄재, 변소 이야기까지 풀어놓았다. 하지만 웬일인지 여전히 그곳에서 더 이상 발을 뗄 수가 없었다. 북채에서 어느 아들인지가 뤼 아주머니에게 밥 때가 됐다고 소리를 치고 나서야 쓰이원은 한숨을 돌릴 수 있었다. 뤼 아주머니가 아

들 소리에 대답한 후 뒤돌아 북채로 향했고, 두 딸도 경쟁이라도 하 듯 북채 계단을 향해 달려갔다. 쓰이원은 북채로 올라가는 세 모녀를 눈으로 배웅한 후 그제야 남채로 향했다. 그 순간 문득 어릴 때 아버 지가 처음으로 가르쳐준 교과서《제자규》^{弟子規62)}의 구절이 떠올랐다.

"말에서 내리거나 마차에서 내려, 어른이 멀리 백 보 이상 떨어질 때까지 기다린다."⁶³⁾

쓰이원은 마치 말을 타거나 마차에 타고 있던 아이가 어른을 만 난 양 행동한 자신에게 울화가 치밀었다. 쓰이원이 남채의 청석 계단 두 단 중 첫 번째 계단에 발을 내딛었다.

뤄 아주머니는 사실 아무 느낌도 없었다. 자연스럽다느니, 주인과 하인의 관계라느니, 말을 타거나 마차를 탔다느니 그게 다 무슨 귀신 씻나락 까먹는 소린가. 뤄 아주머니는 그저 이 집에 쓰이원이 있고, 수챗구멍이 있다는 것만 생각했을 뿐이다. 아주머니에게 쓰이원은 수 챗구멍만도 못한 존재다. 자기 방으로 돌아온 후 아주머니는 쓰이원 도 수챗구멍도 머릿속에서 사라져버렸다. 가구도 별로 없는 썰렁한 방에서 뤄 아주머니는 매우 그럴듯한 쑤이청 발음으로 쩌렁쩌렁하게 자기 아이들과 밥 이야기를 했다. 마지막에 그중 딸 하나가 말했다.

"뭘 해요? 지금 벌써 몇 신데, 오늘 근무 점심 반이라고요. 골목 입구에 가서 훠사오^{火燒64)} 안 사오고, 당신도 참!"

---

62) 청나라 강희^{康熙} 연간 이육수^{李毓秀}가 쓴 3언 운문. 원래 이름은《훈몽문》^{訓蒙文}이다. 공자의 일 부 가르침을 인용해 어린이를 위한 생활규범 내용을 담았다.

63) "騎下馬, 乘下車, 過尤待, 百步餘"

64) 안에 계란, 절임고기, 말린 두부 등을 넣은 호떡 모양 빵.

장미의 문

딸이 말한 '당신'이란 당연히 뤼 아주머니를 가리킨다. 뤼씨 집 사람들은 말할 때 모두 목청을 높여 상대방을 '거신'이라 불렀다.

과연 정말, 뤼 아주머니가 바구니를 들고 허연 단발머리를 흔들며 북채를 나와 대문으로 향했다. 아들들이 다시 돼지머리고기 사오는 것도 잊지 말라고 소리쳤다. 뤼 아주머니는 이미 대문을 나선 뒤였다.

돼지머리고기, 아줌마는 그 말을 들었다.

뤼 아주머니 두 내외를 제외하면 아이들은 모두 매우 정확한 베이징 말을 구사했다. 뤼 아주머니는 사투리를 고치지 않고 수년 간 계속 쑤이청 사투리를 고수했다. 해방 초기, 아이들을 데리고 쑤이청 시골에서 베이징으로 이사해 건축 일을 하는 남편과 살게 된 후 한때 자기 발음을 창피하게 생각한 적도 있었다. 당시 뤼 아주머니는 사람들을 만나면 별로 입을 열고 싶지 않았다. 물건을 살 때도 손가락으로만 가리켰다. 그 후 지역위원회 일을 하기 시작해 발언을 하며 집집을 돌기 시작했다. 말을 안 할 수가 없었고, 그렇게 말문이 트였다. 말이란 원래 연습을 통해 늘게 되어 있다. 뤼 아주머니도 이렇게 말문이 트였다. 이후 그녀는 그간 고치지 못했던 쑤이청 사투리를 당당하게 생각했다. 그 발음은 오히려 자신이 먼 시골 농촌에서 왔다는 증명이 됐기 때문이다. 농촌에서 와서 시대의 신임을 얻는 사람, 빈하중농[65]이다. 뤼 아주머니는 서서히 하나의 진리도 깨우쳤다. 지금 빈하중농이 노동자 아래 계급이긴 하지만 그들보다 훨씬 순수한 집단이

---

65) 중국 농촌계급획분표준에 따라 생긴 계급의 한 종류. 1955년 중공중앙의 당내 마오쩌둥 지시의 한 표제어에 처음 등장한 표현.

다. 당신이 노동자라고 한들 당신 아버지가 무슨 일을 한 사람인지 누가 알겠어? 당신 아버지가 노동자라고 해도 당신 할아버지는 말을 타고, 가마를 탔던 반혁명분자일 수도 있고, 행랑어멈이 먹여 키운 도련님일 수도 있어. 베이징이 이렇게 큰데 시청西城 사람들이 둥청東城 사람들 일을 어떻게 알아? 하지만 빈하중농은 3대의 신분을 보장할 수 있어. 그게 아니라면 왜 걸핏하면 '3대를 조사해야 한다.'고 하는데? 이제 뭐 아주머니는 자신의 쑤이청 발음을 대단히 자랑스럽게 생각한다. 그 후 아주머니는 깊고 구불구불한 골목길에서 거침없이 목청껏 소리를 내질렀다. 아줌마의 신민臣民들은 그 목소리가 누구 목소리인지 헤아릴 필요도 없었다. 누구나 자기들의 뤄 주임이 등장했다는 사실을 알 수 있었으니까.

뤄 주임은 두 냥兩66)짜리 훠사오 두 개와 돼지머리고기를 사가지고 돌아왔다. 통로를 중심으로 온 가족이 앉아 식사를 시작했다. 사람들이 바구니를 에워싼 채 앉거나 서서 훠사오를 손으로 찢은 후 두껍게 썬 돼지머리고기 두 점을 집어 그 안에 넣어 먹었다. 그들은 열심히 먹었고 순식간에 바구니 안의 훠사오와 종이봉지 안에 들어 있던 돼지머리고기가 바닥났다. 뤄 아주머니가 끓인 물을 준비하지 않았다고 투덜거리는 사람도 있었고, 그러거나 말거나 별로 신경을 쓰지 않는 사람도 있었다. 다 먹은 후 딸, 아들은 각자 자기 갈 곳으로 향했다.

북채가 그제야 조용해졌다.

---

66) 1兩=50그램

장미의 문

쓰이원은 처음으로 누군가와 한마당에 산다는 것이 무엇인지 경험했다. 북채가 열심히 식사를 하는 내내 그녀는 마음이 조마조마했다. 낮잠시간인데 감히 잘 수가 없었다. 뤄씨 가족 중 누군가 불쑥 자기 방으로 들어올지 모른다. 일이 있어서, 예를 들어 뜨거운 물을 달라고 올 수도 있다. 별일이 아니라 그냥 둘러보러 올 수도 있다. 둘러보는 건 모두의 권리이다. 둘러본다는 건 당신에 대한 관심일 수도 있다. 당신을 알고 싶어서일 수도 있다. 일종의 관심의 표현일 수도 있고, 이해를 목적으로 한 관심일 수도 있다. 어쨌거나 당신은 수시로 이에 대비해야 한다.

이해를 하고 싶다는데 뭐가 나빠? 상황을 이해하고, 군중에게 관심을 갖는다잖아. 이미 이 거리에서 인정을 받았다고 자신하고 있지 않았어?

쓰이원의 이런 불안 상태는 메이메이에게도 영향을 줬다. 쓰이원은 메이메이에게 복덩이를 태운 대나무 유모차를 문 안에 가로세워 놓고 흔들도록 했다. 그리고 자기 커다란 《어록》 옆에 작은 《어록》도 한 권 두도록 했다. 쓰이원은 남채에서 초조하게 서성이다가 가끔 각도를 잡아 북쪽을 바라보기도 하고, 메이메이에게 졸지 말라고 말하기도 했다. 메이메이는 서성이는 외할머니에게 박자를 맞춰 대나무 유모차를 흔들었다. 외할머니 박자에 동작을 맞춰야 외할머니의 계획대로 움직이는 느낌이 들었다. 그 계획이 뭔지 모르지만 일종의 창조 행위라는 것만 알 뿐이었다.

하늘은 스스로 돕는 자를 돕는다고 했다. 늘어져라 잠을 잘 수 없다면 경계를 높여야 함이 마땅하다. 지도자는 그저 적 앞에서 숙면을 취하지 말라고 했을 뿐이지만 쓰이원은 친구 앞에서도 쉽게 잠을 자서는 안 된다고 느꼈다. 정말 누군가 방문을 두드렸다. 전족纏足이 아닌 뤄 아주머니의 해방각解放脚의 발 한쪽이 먼저 눈에 들어왔다. 쓰이원이 《어록》을 쥐었다. 메이메이도 쓰이원을 따라하려고 했지만 어정쩡한 동작 때문에 《어록》을 잡는데 실패했다. 다시 한 번 시도한다면 너무 꾸민 티가 난다. 메이메이 생각이 그랬다.

외할머니는 책자를 잡았고, 메이메이는 잡지 못했다.

뤄 아주머니는 두 사람 행동의 결과 따윈 관심이 없었다. 쓰이원에게 물건을 가지러 왔다. 뤄 아주머니는 뜨거운 물이 아니라 종이 몇 장을 요구했다. 창문을 바르다보니 종이가 모자란다고 했다.

"네. 있어요."

쓰이원이 사방을 뒤졌다. 서랍도 열고, 장 위쪽도 살폈다.

"여긴 있겠는가 했다. 옛날에 우리 저기 살 때도 있었는데 애들이 다 써버렸다. 이게 누기야?"

뤄 아주머니가 메이메이를 발견했다. 아마도 처음으로 메이메이 존재가 눈에 들어온 듯했다.

"외손녀예요. 메이메이예요."

쓰이원이 말했다.

"부모는?"

뤄 아주머니가 그제야 아이에게 관심을 두며 물었다.

"지금…… 모두 '운동' 중이잖아요. 복덩이도 있고, 학습도 해야 하는데."

쓰이원이 커다란 《어록》을 가슴에 댔다. 될 수 있는 한 메이메이를 곁에 두고 싶지 않았다는 뜻을 전달하려 했다.

"하긴 그렇다."

뭐 아주머니가 쓰이원의 말에 동조했다.

"집에 식구 늘면 쉽지 않다. 우리 집 봐라, 온 하루 정신없다."

"거긴 다 컸잖아요."

쓰이원이 말했다.

"크면 큰 대로 힘들재요. 발이 크면 신발도 크재쿠 뭐요. 한 사람 발이 두 갠데 한집식구 몇 명인가 생각해 보우."

뭐 아주머니가 말했다.

"그것도 걱정스럽겠네요."

쓰이원은 신발 천을 떠올렸다.

"누기 걱정 없겠소."

쓰이원이 붉은 선이 쳐진 편지지 몇 장을 뭐 아주머니에게 건네며 미안한 듯 말했다. 편지지는 창호를 바르기에 너무 얇지만 지금 수중에 적당한 종이가 없다고 했다. 뭐 아주머니는 종이의 질에는 별로 개의치 않았다. 아주머니가 엄지와 식지로 종이를 집고 뒤돌아 밖으로 나갔다. 아주머니가 문을 나서고 나서야 뒤돌아 쓰이원에게 말했다.

"우리 집 아이 가보겠소?"

뭐 주임의 초대는 그냥 형식적인 것일 수도 있고, 진심으로 초대하는 말일 수도 있었다. 사실 둘 중 어느 쪽이라고 해도 뭐 주임에게는 분명한 선이 없었다. '집'이라고 해봤자 봐서는 안 되는 비밀이라도 있나? 나도 당신네 봐도 되고, 당신도 와서 우리 둘러봐도 돼. 모든 마을 사람, 이웃, 대문, 방문이 온종일 당신을 향해 활짝 열려 있으니 그냥 성큼 들어오면 될 일이다. 무슨 일이 있으면 창문에 대고 소리 한 번 지르면 그만이다. 쌀이나 국수를 빌린다든가, 되나 쇠스랑, 갈

퀴, 비 같은 걸 빌릴 수도 있고, 천 신발 견본을 빌리러 올 수도 있고, 당신 대신 아이를 잠깐 봐달라고 할 수도 있다. 집에 들어가고 싶으면 소리를 지를 필요도 없다. 그냥 문으로 들어와 구들 가장자리에 앉으면 그뿐이다. 여자가 웃통을 벗고 있는데 남자가 들어가면 그건 남자가 알아서 조심하면 될 일이고, 여자가 웃통을 벗고 있는 남자를 마주치면 아예 시선을 돌리면 그뿐이다. 불편한 광경과 마주치면 못 본 척 하면 그뿐, 아무도 상대방을 탓하지 않는다.

하지만 뤄 주임의 초청에 쓰이원은 가슴이 뜨끔했다. 뤄 주임이 뭔가 자신에게 태도를 보였다고 생각했다. 무슨 태도? 우호적인 태도다. 조금 전 뤄 주임이 자신에게 종이를 달라고 했던 모습이 첫 번째 우호적인 태도라면, 지금 초청은 한 발 더 나아간 태도다. 그날 지역 주민회에서 인정을 받은 것과 연결하면 이건 거절할 수 없는…… 직책? 임무? 의무? '우리 집'이라고 지칭했던 그 방에 볼 것도 없다는 걸 알고 있었지만 직책이나 의무라면 마땅히 다 해야 하고, 임무라면 완성해야 한다.

쓰이원이 바로 뤄 아주머니 뒤를 따라갔다. 옷매무새나 머리를 단정히 다듬는 일은 빠트릴 수 없었다. 그건 전부 뤄 아주머니를 따라가는 도중에 이루어졌다. 뤄 주임이 계단을 오르자 쓰이원도 따라 올라갔다. 뤄 주임이 문턱을 넘어가면 쓰이원도 넘어갔다. 전에 느낄 수 없었던 휑한 공간이 쓰이원을 에워쌌다.

쓰이원의 예상대로 뤄씨네 조촐한 가구는 텅 빈 방 몇 개를 도저히 채울 수 없었다. 초입에 널판을 놓았지만 널판 위쪽도 그냥 텅 빈 벽이었다. 예전에 초입 정중앙에는 근대 톈진의 유명한 서예가인 화스쿠이[67]의 〈운운상의상화상용〉运雲想衣裳花想容[68] 족자와 '제갈일생유근

장미의 문

신'諸葛一生惟勤愼', '여단대사불호도'呂端大事不糊涂69)라 적힌 대련이 걸려 있었다. 가운데 걸린 족자 대련은 속되지도, 그렇다고 그리 썩 우아하지도 않았지만 어쨌거나 좡씨 집안에서 이사를 다니는 동안 줄곧 함께했던 작품이다. 지금은 벽에 족자가 붙어 있던 흔적만 남아 있었다.

널판 아래에 녹색 기와 몇 조각과 대야, 텅 빈 유리병 몇 개가 보였다. 쓰이원도 봤던 나무 의자는 서쪽 방 입구에 아무렇게나 널브러져 있고, 문미門楣에는 반듯한 마오쩌둥의 초상화 액자가 걸려 있었다. 나머지 어쭙잖은 마오쩌둥 목판 몇 점은 대충 편한 곳에 달려 있었다.

뤄 아주머니는 쓰이원을 초청해놓고서 집으로 들어가자마자 쓰이원이란 존재를 잊은 듯했다. 쓰이원이 창문 앞자리에 서서 창호를 바르기 시작했다. 창에 대충 편지지 몇 장을 붙이자 방이 오히려 더 어설퍼보였다. 막 간이 침대 의자에서 일어난 뤄 아저씨가 커다란 법랑 찻잔에 차를 마시고 있었다. 그가 쌀쌀맞게 쓰이원을 힐끗 쳐다봤다. 쓰이원은 그 순간 좌불안석이었다. 뤄 아저씨의 눈빛만 아니었다면 뤄 주임 뒤에서 계속 같이 창호 붙이는 일에 대해 이야기를 나눴을 것이다. 하지만 이제 더 이상 서 있기가 불편했다. 쓰이원이 간단하게 방 배치에 이어 식구들 손이 빠르다고 칭찬한 후 인사하고 나서 멋쩍은 모습으로 북채를 나왔다.

남채로 돌아온 쓰이원이 재빨리 침대로 다가가 털썩 누웠다. 한

---

67) 華世奎(1863~1941).

68) 이백李白 〈청평조〉淸平調 첫 수의 첫 구절. 하늘의 구름을 보니 양귀비의 옷이 떠오르고, 아름다운 꽃을 보니 양귀비의 얼굴이 떠오른다는 의미.

69) 제갈량은 평생 조신하였지만, 여단呂端은 대사에 흐릿함이 없었다.

참 만에 겨우 온몸의 긴장이 풀렸다. 쓰이원이 살짝 숨을 내쉬며 메이메이를 불렀다.

메이메이를 부른 건 아이에게 물어볼 말이 있어서였다.

"조금 전 뤄 주임 봤을 때 왜 할머니라고 부르며 인사 안 했어?"

쓰이원이 말했다.

"외지 아이들은 베이징 사람들과 다르긴 해. 하지만 대체 아빠, 엄마가 뭘 가르쳤는지 모르겠네. 여기선 사람을 보면 호칭을 부르며 인사를 해야 돼."

메이메이는 사람들을 호칭하며 인사하는 습관이 없었다. 더더구나 뤄 주임은 뭐라고 불러야 할지 몰랐다. 뤄 주임이 지역주임이라는 것, 외할머니 집에 산다는 것밖에 몰랐다. 주임이 외할머니를 찾아와 종이를 달라고 하자 외할머니는 두 말 않고 종이를 찾았다. 주임이 외할머니에게 자기 집을 와보라고 하자 외할머니는 바로 그 뒤를 따라갔다. 그것밖에 아는 바가 없었다. 메이메이는 외할머니 질문에 대해 대답하지 않고 복덩이 대나무 유모차를 몰고 안방으로 들어가 아기에게 귤 즙을 먹였다.

외할머니는 메이메이를 탓하지 않았다. 아마 '탓할' 기운조차 없을지도 모른다.

메이메이는 외할머니가 점점 더 지쳐보였다. 외할머니가 점점 더 신중하게 행동했기 때문이다. 쓰이원은 확실히 점점 더 신중해졌다. 식구들과 말할 때도 온종일 목소리를 깔았다. 별로 목소리를 깔 만한 내용도 아니었다. 의식주에 행동거지까지 매사에 맞은편 존재를 의식했다. 예를 들면 불을 켤 때마다 북채 창문을 살폈다. 북채 창이 컴컴하면 남채 창도 불을 밝히지 않았다. 밤에 북채 창이 어두우면 남채

장미의 문

창도 후다닥 불을 껐다. 쓰이원은 원래 일찍 자는 습관이 없었는데도 말이다. 전력계를 함께 썼기 때문에 쓰이원은 뤄 아주머니가 이처럼 눈치껏 행동하는 자신을 눈여겨봐주길 원했다. 쓰이원은 참기 힘들 만큼 북 치고 장구 치고 혼자 신중에 신중을 기했다. 예를 들어 더러운 물을 버릴 때는 소리를 내지 않았고, 라디오를 틀 때도 뤄씨네 취향을 맞췄으며 먹는 것도 되도록 자제했다. 뤄씨네가 사지 않는 물건은 쓰이원도 더 이상 사지 않았다.

쓰이원은 눈치껏 행동함으로써 뤄 아주머니에게 주인이 될 기회를 주고자 했다.

집안에서 뤄 아주머니 존재를 무시하는 건 딱 한 사람뿐이었다. 바로 서채의 꾸빠다. 꾸빠는 여전히 고양이를 키우고, 늦게 일어나고, 일찍 불을 켜고, 주위에 아무도 없는 것처럼 마당을 걸어다니고, 남의 귀를 파고, 요란하게 더러운 물을 버렸다. 결국 꾸빠의 귀이개가 뤄 주임의 귀를 정조준하는 일이 발생했다.

그날, 뤄 아주머니는 통로에 앉아 신발 천을 자르고 있었다. 꾸빠가 팔자걸음으로 다가가 뤄 아주머니에게 뜻밖의 일을 선사했다. 꾸빠의 숨소리가 들렸다. 뤄 아주머니가 이를 눈치챘을 때는 이미 자기 얼굴에 허연 얼굴이 바짝 다가와 있었다. 뤄 아주머니가 놀라 비명을 지르려는 순간, 이미 꾸빠는 측면을 공략해 뤄 아주머니의 머리를 잡아챈 뒤였다. 꾸빠의 크고 강력한 손에 잡힌 뤄 아주머니는 머리를 옴짝달싹할 수 없었다. 뤄 아주머니가 다시 '사람 살려' 비명을 지르려 할 때였다. 꾸빠가 어느새 뤄 아주머니의 한쪽 귀를 잡아당겼다. 뤄 아주머니는 비명을 지를 새도 없이 꾸빠의 손짓에 부들부들 떨며 물었다.

"다…… 당신, 지금……"

"나, 나 말입니까? 당신 귀 파 주려고."

꾸빠가 말했다.

"뭐…… 뭔 짓이여?"

"귀, 먼저 한쪽부터."

"당신……"

뤄 아주머니가 부들부들 떠는 바람에 꾸빠는 귀를 팔 수가 없었다.

"왜 떨고 그래요? 어?"

꾸빠가 말했다.

"당신 귀를 자르려는 게 아니고 파주겠다고. 그냥 귀 파주겠다고."

뤄 아주머니는 그제야 꾸빠의 말뜻을 알아들었다. 하지만 그래도 두려웠다. 사람이 귀를 파주는 일이야 일상다반사다. 뤄 아주머니 역시 남이 귀를 파준 적이 있었다. 하지만 이런 반미치광이에게 귀를 맡기면 누구라도 겁이 날 수밖에 없다. 꾸빠의 귀이개가 마치 칼집에서 나온 칼처럼 뤄 아주머니 눈앞에 번뜩였다. 뤄 아주머니는 꾸빠의 손길을 더 이상 피할 수 없었다. 귀의 구조를 훤히 꿰뚫고 있는 꾸빠가 잽싸게 자신의 무기를 뤄 아주머니 귓속으로 들이밀었다. 뤄 아주머니는 공포와 불안에 휩싸인 채 무기의 공격을 받았다.

꾸빠가 뤄 아주머니를 지휘했다.

뤄 아주머니는 해방각을 들어 통로를 향해 꾸빠를 냅다 걷어차고 싶었다. 하지만 아주머니 역시 귀라는 존재가 얼마나 연약한 곳인지 잘 알았다.

장미의 문

감히 그 작은 귀이개 앞에서 몸부림칠 용기가 있는 사람은 없다.

그 순간, 뤄 아주머니는 저항할 힘이 사라져버렸다. 그저 속으로 습관처럼 나오는 고향 욕을 씨부렁거릴 뿐이었다. 뭐라고 했더라 이 여자 이름이? 그래 꾸빠였지.

"꾸빠, 씨팔 빌어먹을!"

속에 묻어둔 욕은 욕을 하지 않는 거나 마찬가지다.

예로부터 황제를 상대로 욕을 할 때는 모두 이런 식이었다.

꾸빠가 햇빛 아래 실눈을 뜨고 오랫동안 끈질기게 귀를 팠다. 수확의 풍성함에 즐거워하며 깊고 어두운 길에서 더 이상 파낼 것이 사라지고 나서야 탐색을 멈췄다. 꾸빠가 드디어 손을 놓고 쌀쌀맞게, 소름이 돋을 때까지 쌀쌀맞게 뤄 아주머니의 얼굴, 그녀의 귀를 빤히 오랫동안 바라보았다. 그건 승리의 눈빛이었다.

뤄 아주머니는 승리를 거두고 집을 빤히 오랫동안 바라보았다.

꾸빠는 승리를 거두고 뤄 아주머니의 귀를 빤히 오랫동안 바라보았다.

뤄 아주머니가 마침내 꾸빠의 손을 벗어나 자기 신발 천과 종이 견본, 가위를 들고 안으로 들어가 빗장을 걸었다. 이제 그녀는 아들이나 남편이 빨리 돌아오길 간절히 바랄 뿐이었다.

남채에 있던 쓰이원은 조금 전 광경을 모두 목격하고 속으로 쾌재를 불렀다. 뤄 주임, 당신을 두려워하지 않는 사람도 있었네. 꾸빠가 당신 귀를 파는데 당신은 꼼짝도 못했어. 내일은 커다란 법랑 찻잔을 든 아저씨 귀를 판다고 해도 아저씨 역시 참고 견뎌야겠지.

따황도 조금 전 광경을 모두 목격했다. 주인의 위엄은 따황에게도 도전의 동기를 부여했다. 따황은 한시도 거대한 통로를 잊지 않았다. 그곳은 원래 자신의 천하였다. 따황은 전에 자유자재로 그곳을 거닐고 햇볕을 쪼였다. 이제 그곳에 적군이 있다. 그날 따황이 자기 터전을 누비는데 해방각이 자기 꼬리를 질끈 밟았다. 그 후 그곳에 다시 갔지만 그 집 사람들 모두 따황만 봤다 하면 한결같이 따황을 쫓아냈다. 따황은 이 모든 것을 기억하고 있었지만 지금까지 복수할 기회를 찾지 못했다. 이제 주인이 그들의 귀를 팼으니 따황 역시 더 이상 기다릴 필요가 없다.

그 후 따황은 제멋대로 옛 터전을 들락거리며 관찰을 시작했다. 역시 노력하는 자만이 수확의 기쁨을 얻는다. 어쩌다 보니 따황은 통로 아래 찬장에서 손바닥만 한 고기 한 점을 발견했다. 고요한 밤, 따황이 찬장 문을 열고 돼지고기가 든 작은 그릇을 뒤져 재빨리 고기를 문 채 쥐도 새도 모르게 서채로 돌아왔다. 꾸빠의 눈을 피해 따황은 고기를 잠시 침대 아래 숨겼다.

새벽녘, 뤄 아주머니는 어젯밤 찬장에서 벌어진 일을 발견했다. 대충 감을 잡은 아주머니가 한참 동안 씩씩거렸다. 화를 내던 아주머니는 은근히 속으로 쾌재를 불렀다. 드디어 서채에 가서 청산을 할 기회가 생겼어. 아줌마가 다치, 얼치, 싼치를 외쳐 불렀다.

18

다치는 나오지 않았다. 어젯밤 학교에서 돌아오지 않았다. 소리를 듣고 나온 아이는 얼치와 싼치다. 아이들이 이유를 묻더니 통로에서 뛰어내려 그대로 서채를 향해 내달렸다. 뤄 아주머니가 뒤에서 아이

장미의 문

들을 지휘했다.

쌘치가 앞서 달려가 문을 냅다 걷어차고 안으로 들어갔다. 그 뒤를 이어 얼치가 쌘치 옆에 섰다. 뤄 아주머니의 커다란 몸이 문을 막았다.

꾸빠가 쌘치 발길질에 놀라서 잠에서 깼다. 꾸빠는 옷도 제대로 입지 못한 채 침대에서 일어났다. 반바지 차림의 두 다리가 침대 앞에 대롱거렸다. 꾸빠는 순간적으로 눈앞에서 무슨 일이 벌어졌는지 파악하지 못했다. 그저 어렴풋이 이틀 전에 뤄 아주머니 귀를 팠던 기억만 날 뿐이었다. 설마 귀 좀 파줬다고 저 난리를 치는 거야? 전에 이런 일이 없었던 것도 아니다. 귀지를 파준 사람이 화를 냈었다. 귀이개로 귓속을 찌르자 꼼짝도 못하다가 나중에야 파렴치하게 욕을 퍼부으며 사납게 눈을 희번덕거렸다…… 이렇게 떼로 몰려온 건 이번이 처음이다.

얼치와 쌘치가 눈을 부릅떴다. 커튼도 젖히지 않은 방에 복수의 눈빛이 날아들었다.

따황도 분위기를 짐작했는지 얼치와 쌘치를 빤히 바라보았다.

얼치, 쌘치가 꾸빠를 오랫동안 노려봤다. 마치 꾸빠를 향해 상황을 똑바로 보고 자진해서 귀를 후빈 이유를 대라고 경고하는 듯했다.

"귀 없는 사람은 없어."

잠시 생각하던 꾸빠가 말했다.

"귀라니 무슨 귀신 씻나락 까먹는 소리야!"

얼치가 말했다.

"귀가 없으면 좋긴 하지. 내 일이 줄어들 테니, 굳이 파지 않아도 되고."

꾸빠가 말했다.

얼치와 싼치가 서로를 마주 바라보았다. 꾸빠가 무슨 말을 하는지 이해가 되지 않았다.

"헛소리 말고, 당신!"

얼치가 말했다.

"누가 아니래."

꾸빠가 말했다.

"귀 파는 일이 그렇게 간단한 줄 알아? 진찰도 등록을 해야 되고, 식량이나 장을 보려고 해도 줄을 서야 하잖아."

"어디서 시치미를 떼는 거야!"

얼치가 말했다.

"고기 찾으러 왔어."

"고기라니, 무슨 고기?"

꾸빠는 의아했다.

"돼지고기, 돼지고기, 등갈비 한 덩어리."

입구에 있던 뤄 아주머니가 끼어들었다.

"갈수록 기가 차네. 고기를 사달라는 거야? 등갈비로? 나 그렇게 한가하지 않아. 따황 줄 생선도 못 챙기는데. 게다가 고기는 만지작거리지도 못하게 하잖아. 만지면 사야 한다고."

꾸빠가 시큰둥하게 앉아 있었다.

"우리 등갈비 없어졌다재요!"

뤄 아주머니가 꾸빠에게 일렀다.

"당신네 등갈비?"

꾸빠는 여전히 어안이 벙벙했다.

장미의 문

"우리 거, 돼지고기."

뤄 아주머니가 말했다.

보아하니 꾸빠는 뤄씨네가 자기를 찾아온 이유를 모르는 듯했다. 쌴치의 날카로운 두 눈이 벌써 사방을 검색하기 시작했다.

"뒤져!"

얼치가 말했다. 얼치가 꾸빠의 커튼을 젖혔다. 방이 환해지며 정식으로 수색이 시작되었다.

꾸빠는 옷은 다 챙겨 입었지만 여전히 침대 가장자리에 앉아 있었다. 어쨌거나 사람들이 왜 왔는지 이유를 알 수 없었다. 가산을 몰수하러 온 것 같지도, 낡은 것을 부수려는 것도 그렇다고 뤄 아주머니 귀를 팠다고 들이닥친 것 같진 않았다.

분위기 감지능력은 언제나 따황이 꾸빠보다 한 수 위다. 따황은 이 모든 상황이 자신을 겨냥하고 있음을 깨달았다. 따황은 처음부터 구원을 요청하듯 꾸빠 품을 파고들며 꾸빠를 올려다봤다. 마치 아이처럼 꾸빠에게 엉겨 붙어 앞발로 꾸빠의 목을 꼭 안고 뒷발로 꾸빠의 허리를 안았다. 따황은 감히 사람들을 보지 못하고 눈을 꼭 감은 채 자는 척했다.

놀란 거야, 꾸빠는 생각했다.

얼치와 쌴치가 방을 뒤지더니 결국 침대 아래에서 장물을 찾아냈다. 바로 등갈비 덩어리였다. 말랑말랑한 덩어리에 시커멓게 흙이 묻어 있었다. 얼치가 불쏘시개로 땅에 있는 고기를 찔러 꾸빠 앞에 보란 듯이 들이밀었다.

"보라고! 누가 생사람 잡는다고 그래?"

뤄 아주머니는 아들이 고기를 들어 올리자 한껏 흥분했다.

꾸빠는 그제야 상황을 파악했다.

"고기네."

꾸빠가 말했다.

"내가 가서 사올게, 등갈비 사줄게."

꾸빠는 당황하지 않고 따황을 꼭 안은 채 사람들 반응을 기다렸다.

"누가 당신이 주는 등갈비 먹는데? 당신 대신 그 고양이 좀 손봐야겠어."

얼치가 말했다.

"가만히 놔두지 말라. 오늘 우리 돼지고기 물어갔으면 내일은 또 생선 물어갈시도 모르재. 이제 우리 머리 꼭대기까지 기어올라가겠캐?"

뤄 아주머니의 목소리가 점점 더 높아졌다. 그녀가 서채로 들어와 아들 손에서 고기를 빼앗은 후 마당에서 아들들의 다음 행동을 기다렸다.

꾸빠는 상황의 심각성을 깨달았는지 따황을 꼭 껴안았다.

따황 역시 위기를 직감했다. 이건 한밤중에 발정이 난 고양이가 여기저기 돌아다니며 사람들 단잠을 방해하는 것과는 차원이 달랐다. 사람들이 나와 지붕을 향해 소리치면 그냥 연인을 포기하고 슬며시 도망가면 그뿐이다. 하지만 이번에는 도망갈 수가 없었다. 따황이 힘껏 꾸빠를 안았다.

얼치와 싼치가 후다닥 다가왔다. 싼치가 따황을 잡고, 얼치는 꾸빠의 어깨를 움켜쥐었다. 빼앗고 빼앗기는 상황이 이어진 후 드디어 따황이 그들 손에 넘어갔다. 마치 따황을 꾸빠 몸에서 뜯어내고, 찢어

장미의 문

낸 듯 따황이 울부짖으며 허공에서 네 다리를 허우적거렸다. 싼치는 그러거나 말거나 따황을 데리고 서채를 나왔다.

따황을 처단하기 위한 소동이 시작되었다. 뤄 아주머니는 완벽한 처벌 방식을 생각해낼 수는 없었지만 어쨌거나 흠씬 한번 두들겨 패 줘야 한다고 생각했다. 통로로 되돌아온 뤄 아주머니는 따황을 내려다보며 고함을 질렀다.

"매달아라, 매달아서 콱 때려라, 썩어지게 때려라. 여기 줄 있재! 괘씸한 저 고얘 새끼 죽게 때려라."

뤄 아주머니가 밧줄을 마당에 던졌다. 얼치와 싼치는 어머니 의중을 파악했다. 그들은 밧줄로 따황의 네 다리를 한데 모아 마치 돼지처럼 묶은 후 밧줄 끝을 대추나무 가장귀에 걸었다. 싼치가 밧줄을 잡아당기자 따황이 허공에 매달렸다.

따황이 공중에서 계속 울면서 목을 비틀어 꾸빠를 바라보았다. 하지만 나무 아래 꾸빠는 없었다. 따황이 계속 목을 비틀며 꾸빠를 찾았다. 꾸빠가 없어도 쓰이원이라도 있으면 위안이 될 것 같다고 느꼈을지도 모른다. 쓰이원이 없으면 메이메이라도 괜찮다.

따황은 꾸빠와 쓰이원이 보고 싶었고, 뤄 아주머니 역시 꾸빠와 쓰이원이 마당으로 나오길 바랐다. 주인과 증인이 자리에 있어야 고양이 구타의 의미가 구타 이상의 의미를 가질 것이다. 뤄씨네가 이사온 후 첫 번째 정식 등장이다. 너희들 쪽에 가서 창호 붙일 종이를 달라고 한 건 너희 올케를 존중해서야, 하지만 네년이 요란하게 들이닥쳐 내 귀를 들쑤셨잖아. 고양이조차 세상이 너무 태평하다고, 계급투쟁의 불이 꺼졌다고 여기는 것 같군.

"다 나와 보시오!"

뤄 아주머니가 남채와 서채에 대고 고함을 쳤다.

"나와 보라니까! 우리가 고얘 한 마리 괴롭히자고 이라겠쇼? 고얘 새끼 너무 무서운 게 없이 사람 무시하니까 그렇지. 이거 보우. 이게 그 고기요, 기름과 살이 붙은 등갈비, 빨리 나와 보라니까!"

뤄 아주머니가 고기를 들고 계속해서 흔들었다.

뤄 아주머니가 전에 있던 문제까지 함께 들춰내자 쓰이원은 그대로 앉아 있을 수가 없었다. 꾸빠는 나오지 않았다. 먼저 밖으로 나온 사람은 쓰이원이었다. 그녀가 남채를 나왔다. 대추나무 아래 상황을 본 쓰이원은 앞으로 더 다가갈 수도, 감히 다시 들어갈 수도 없었다. 쓰이원이 그 자리에서 옴짝달싹하지 못했다.

따황은 가족이 나타나자 더 소리를 높여 비명을 질렀다. 뤄 아주머니가 쓰이원 앞으로 단걸음에 달려가 고기를 흔들며 조금 전 말을 되풀이했다.

"보우. 이게 그 고기요, 기름과 살이 붙은 등갈비, 빨리 보우!"

뤄 아주머니 말은 되풀이가 아니었다. 그녀는 쓰이원을 향해, 이 고기, 고양이에 대한 입장을 말하라고 재촉하고 있었다.

"맞네요. 정말 귀한 고기네요. 그럼 혼 좀 내줘야겠네요."

쓰이원이 처음으로 자기 태도를 분명히 했다.

제삼자의 표현이야말로 더욱 합리적인 의식儀式의 시작을 의미한다. 군중의 외침 같은 것이다.

군중이 외치자 얼치가 혁대를 풀었고, 싼치도 혁대를 풀었다. 그들이 각자 양편에 서서 따황을 향해 혁대를 휘둘렀다.

따황은 처음에는 살이 찢어지는 고통을 참다못해 구슬프게 울다가 나중에는 소리가 갈라져 더 이상 비명도 지르지 못할 것 같았다.

장미의 문

하지만 얼치와 쌴치는 매질을 그치지 않았다. 그들의 자세나 혁대를 휘두를 때 나는 소리는 그들이 흉내만 내고 있는 것이 아니라 철저하게 따황을 응징하고 있다는 증거였다.

쓰이원은 가능한 한 눈앞에 어른거리는 혁대를 보지 않고 서채를 곁눈질했다.

서채에는 꾸빠의 모습도, 꾸빠의 목소리도 들리지 않았다. 문과 창문 쪽도 모두 조용했다.

한바탕 매질이 끝난 후 얼치와 쌴치가 따황 앞으로 바짝 다가갔다. 따황의 몸 구멍마다 피가 흐르고 있었다. 눈동자도 뒤집어졌다.

"죽었어?"

쌴치가 말했다.

"빌어먹을, 겨우 이 정도 가지고!"

얼치가 말했다.

"이래도 고기 먹을 거야?"

얼치가 따황 귀에 대고 따황에게 물었다.

"먹어, 먹어보라니까?"

쌴치도 물었다.

"내려놔, 밧줄 내려놔."

얼치가 말했다.

쌴치는 더 이상 따황에게 헛소리를 하지 않았다. 통로로 돌아온 쌴치가 부엌칼을 가져다 밧줄을 끊었다. 따황이 땅에 털썩 떨어졌다. 마치 높은 곳에서 썩은 배추가 떨어지는 것처럼 휑뎅그렁하면서도 묵직한 소리였다. 고양이 배 속의 오장육부가 다 문드러진 느낌이 들었다.

뤄 아주머니가 다가가 따황을 걷어찼다. 따황이 맥없이 굴러갔다. 싼치가 발로 차자 따황이 다시 굴러갔다. 따황 뱃가죽이 위를 향했다. 네 다리가 굽어 있는 모습이 마치 곤하게 잠이 든 아기 같았다

"정말 죽었어."

얼치가 말했다.

"정말 죽었어. 빨리 집에 가자."

싼치가 밧줄을 풀고 서채 입구까지 따황을 발로 차며 걸어갔다.

그들이 따황을 꾸빠에게 돌려줬다.

따황은 죽지 않았다.

얼치, 싼치가 막 뒤로 돌았을 때였다. 따황이 바닥에서 벌떡 일어났다. 시뻘건 눈을 뜨고 피범벅인 귀를 쫑긋 세운 후 그들을 따라갔다. 따황은 소리를 지르지 않고 그저 비틀비틀 둘을 따라갈 뿐이었다. 따황이 두 형제를 지나쳐 먼저 통로로 뛰어올라가 그들을 향해 쪼그려 앉았다.

뤄 아주머니가 놀라 비명을 지르며 얼치, 싼치 뒤로 물러났다.

얼치와 싼치는 비명을 지르지 않았다. 따황의 등장은 그들에게 아무런 위협이 되지 않는 듯했다. 얼치가 먼저 따황을 잡고 말했다.

"목숨 한번 질기네. 이번에는 방법을 바꿔보지."

얼치가 다시 밧줄을 들어 따황 앞다리를 묶어 대추나무에 묶었다. 그리고 다시 밧줄 두 개로 각기 따황의 뒷다리를 묶었다. 다 묶고 난 후 그와 싼치가 각기 밧줄 하나씩을 잡고 힘껏 잡아당겼다.

그들이 서로 반대쪽으로 온힘을 다해 따황을 잡아당겼다. 그들이 서로 격려하며 구호를 외쳤다.

"어이어차, 세게 당겨, 어이어차, 놓치지 말고, 당겨라 당겨! 어이어

장미의 문

차, 어이어차, 어이어차, 고양이 고기를 먹자! 빌어먹을, 포기하지 말고, 토막을 쳐서……"

구령을 따라 서서히 따황의 몸이 찢어졌다. 따황 다리가 각기 다른 방향을 향했다.

따황이 죽었다.

얼치가 해체된 따황을 보며 말했다.

"또 달려보시지. 왜, 이제 다리 필요 없어?"

그들은 밧줄도 풀지 않고 연달아 집으로 돌아갔다.

뤄 아주머니가 다가가 겁에 질려 다시 한 번 갈가리 찢어진 따황을 살펴본 후 확실히 죽은 것을 확인하고 나서야 자리를 떴다.

마당에 쓰이원만 남았다. 조금 전 '첸푸^{纖夫70)}의 구령'을 듣고 놀란 쓰이원은 이미 남채 입구까지 도망가 있었다. 고대 '거열'^{車裂}이라는 참형이 생각났다. 사람의 팔과 다리를 각기 네 개의 수레에 묶고 수레 네 대가 각자 다른 방향을 향해 달리도록 하는……

따황은 온몸이 찢겨져 죽었다. 마치 쓰레기처럼 나무 아래 따황의 몸이 흩어져 있었다. 쓰이원은 될 수 있는 한 따황의 시신을 피해 남채로 도망갔다.

마당이 텅 비고 나서야 꾸빠가 문을 열고 나왔다. 그녀가 쓰레기 더미를 향해 달려가 쪼그려 앉은 후 밧줄을 풀고 시신을 거두었다. 꾸빠가 따황의 다리, 팔을 제자리에 꽂았다. 따황의 몸이 완전체가 되었다고 확인한 후에야 꾸빠는 따황을 받쳐 들고 방으로 돌아갔다. 쓰

---

70) 밧줄로 배를 끌던 노동자. 고대부터 있었던 첸푸는 20세기 싼샤^{三峽} 댐이 건설되기 전까지 그 수가 2천 명에 달했다고 한다.

이원은 아무 곳도 보지 않고, 아무 것도 말하지 않았다.

누구도 따황이 없는 꾸빠의 생활이 어떨지 알지 못했다. 전에 따황은 꾸빠의 소망이었고, 그녀의 모든 것이었다. 그녀가 꾸빠라고 불린 후, 따황을 통해 그녀는 다시 삶의 기회를 가질 수 있었다. 관심을 갖고, 생각하며, 사랑할 수 있는 기회를 가졌다. 줄 수 있었고, 주면 또한 받을 수 있었다. 꾸빠는 고양이를 길렀고 귀를 팠다. 그건 주는 행위이자 받는 행위였다.

주고받는 행위는 인류에게 마치 저울 같은 일상으로, 어느 한쪽으로 기울 수 없는 일이다. 꾸빠 역시 예외가 아니었다. 따황이 없었다면 아마 얼마나 많은 사람의 고막을 터트렸을지 모른다. 따황을 사랑했기에 많은 사람들이 고막을 지킬 수 있었다. 그녀는 따황에게 사랑을 줬고, 따황 또한 그녀에게 사랑을 줬다.

꾸빠가 따황을 받친 채 방으로 들어갔다. 주고받는 건 여전히 그 둘의 것이었다.

황혼 무렵, 쓰이원은 꾸빠가 불을 피우고 따황에게 줄 생선 넣은 밥을 끓이는 모습을 봤다. 생선 비린내, 밥 냄새가 예전처럼 마당을 가득 메웠다. 비린 밥 냄새에 쓰이원은 슬픔이 밀려들었다. 마음이 괴로웠다. 몇 번이나 밖으로 나가 시누이를 위로하고 싶었다. 하지만 통로 앞을 지나가는 뤄 아주머니를 보고 그녀는 행동을 자제했다.

밤이 되었다. 서채 창문이 컴컴했다. 남채 창문도 컴컴했다. 쓰이원의 온 가족은 모두 묵계나 한 듯 어둠 속에 밥을 먹었다. 어둠을 더듬으며 조용히 앉아 식사를 했고, 어둠 속에 더듬더듬 침대로 가서 잠을 청했다.

쓰이원이 칠흑 같은 어둠 속에 누워 있었다. 시끄러운 소리가 들렸다. 소리는 크기도 하고 작기도 하고 멀리서 나기도 하고 가까운 곳에서 들리기도 했다. 어이어차, 세게 당겨, 어이어차, 놓치지 말고, 당겨라 당겨! 어이어차, 어이어차, 어이어차……

19

쓰이원은 열여덟 가을 비오는 밤, 화즈위안과 헤어진 후 다시 그를 만나지 못했다. 매번 두 사람이 함께했던 순간을 떠올릴 때마다 아름다운 그날이 허망한 꿈처럼 느껴졌다.

쓰 선생과 부인은 곧바로 두 사람 사이에 일어난 일을 모두 알았다. 쓰 부인은 충격을 받았는지 당시 병상에 누운 후 다시는 일어나지 못했다. 쓰 선생 역시 그 후 딸과의 사이에 벽을 쌓은 듯했다. 쓰이원은 어머니를 간호하면서 어머니 몰래 화즈위안에게 편지를 썼다. 하지만 답장은 오지 않았다. 화즈위안은 마치 지구에서 사라진 듯했다. 전혀 흔적이 없었다. 쓰이원은 심지어 두 사람이 서로 알긴 했는지, 그날 밤 그가 자신과 작별을 하긴 했는지 의심스러울 정도였다.

후에 쓰 선생이 딸에게 화즈위안의 상황을 알렸다. 그가 딸에게 신문 한 장을 던졌다. 쓰이원은 대번에 신문 하단 소식이 눈에 들어왔다. 대충 보도의 내용은 모 성^省 모 현^縣의 주민들이 모여 소동이 벌어졌고 반민^{反民} 지도자 화즈위안이 체포되었다는 소식이었다.

쓰이원도 대충 예상한 내용이었다. 신문이 갖가지 가십거리와 소문으로 가득 차 있는데도 쓰이원은 유독 이 소식만은 진실일 거라고 믿었다. 아버지가 딸에게 이 소식을 알렸다면 이 모든 것은 공개적인 비밀인 셈이다. 이제 쓰이원 역시 아버지를 찾아갈 용기가 생겼다. 쓰이원은 아버지에게 모 성 모 현에 가서 반민 지도자를 만나겠다고 했다. 아버지가 그녀를 돌려보냈다. 쓰이원이 울고불고 난리를 피우자 아버지는 딸이 미쳐 날뛰고 있다고 고함을 지르며 정신병원에 집어넣겠다고 말했다. 그러자 쓰이원은 다 필요없으니 차라리 미치광이가 되어 평생 그를 기다리겠다고 했다.

쓰 선생이 대책을 강구했다. 그는 다른 사람들도 늘 떠올리는 방법, 바로 관심을 돌리는 방법을 떠올렸다. 쓰이원의 정신 상태를 가라앉히기 위해 시집을 보내기로 결심했다.

며칠 만에 그는 사윗감으로 옛 친구의 부하인 난징南京 전정電政71) 감독 좡莊 영감의 큰 아들 좡사오젠莊紹儉을 선택했다.

쓰 선생은 재빨리 이 선택을 쓰이원에게 알렸다. 아버지의 말에 쓰이원은 더 길길이 날뛰며 아버지에게 반항했다.

부녀의 대치 상태에 쓰 부인의 병은 날로 더 위중해지는 듯했다. 쓰 부인에게 죽음이 다가왔다. 죽기 직전 쓰 부인은 한 가지 소원이 있다고 했다. 바로 딸이 안정을 찾는 모습을 보고 떠나고 싶다고 했다. 쓰 부인의 태도는 강경했다. 마치 예전에 쓰 선생에게 첩을 들이라고 고집할 때와 마찬가지였다.

당시 쓰 부인은 몇몇 첩 후보자 가운데 집요하게 가장 못생긴 여인을 골라줬다. 쓰 부인은 그래야 양심이나 허영심 모두를 만족시킬 수 있다고 했다. 첩 후보자는 구천에 가서도 질투심을 갖지 않을 정

---

71) 전신 및 기타 전기 영리사업 담당부문

장미의 문

도로 외모가 떨어졌다. 쓰 선생은 아내의 선택을 묵묵히 받아들였다. 이후 '댜오ㄱ 낭자'라 불리던 첩은 쓰 선생과 사이에 쓰이원의 동생인 쓰이핀司猗頻을 낳았다. 아버지는 같고 어머니는 다른 셈이다.

쓰 선생이 사윗감을 고르자 쓰 부인도 그런대로 만족했다. 좡씨 집안 큰아들을 만나보진 못했지만 지식인으로 훌륭한 인재라고 들었다. 이런 사람이 딸과 평생 함께한다면 쓰 부인은 지하에서나마 편안하게 눈을 감을 수 있을 것 같았다. 쓰 부인은 딸에게 아버지 명령에 따라 이제 갈 날이 얼마 남지 않은 자신을 위해 이 혼사를 받아들여 달라고 부탁했다.

쓰이원이 받은 가정교육대로라면 죽어가는 사람의 소원은 거부할 수 없었다. 쓰 부인은 병상에 누운 지 반 년 만에 세상을 떠났다. 쓰이원은 더더욱 자신이 화근이라고 생각했다. 그녀는 집에 큰 죄를 지었다고 생각했다. 집을 뛰쳐나가 세상을 떠돌던 아이가 세상의 즐거움과 고통을 모두 맛본 후 집으로 다시 돌아온 것 같았다. 쓰이원은 시집가는 걸로 가족의 용서를 구하기로 결심했다. 이 같은 결정과 함께 심지어 미래의 남편에게 미안한 마음이 들어 참회를 하기도 했다.

좡 영감의 큰아들 좡사오젠은 영특하고 활달한 사람이다. 그는 언제나 새로운 유행을 좇았다. 좡 영감은 큰아들에게 거는 기대가 컸다. 그는 아들을 진링金陵대학 토목과에 입학시켰고 그 후 상하이上海 푸단復旦대학에서 경제학을 공부하도록 했다. 한데 좡사오젠은 학문을 연마하는 대신 총명한 두뇌로 학문 이외의 '학문' 바로 승마, 댄스, 음주, 롤러스케이트 등……에 능숙해졌고 테니스도 곧잘 쳤다. 푸단대학 테니스장에서 그는 톈진天津의 명문세가 규수인 치齊 낭자를 사귀었다. 쟝샤오젠과 치 낭자는 수일을 찰떡처럼 함께 붙어 다니더니 그 새 둘이서 몰래 평생을 함께하기로 약속했다. 치 낭자는 쟝샤오젠보 다 1년 앞서 졸업한 후 톈진에 돌아가게 되었고, 쟝샤오젠은 제멋대로 학업을 포기하고 치 낭자를 쫓아 톈진으로 갔다. 그런데 뜻밖에도 치 낭자 집에서는 이미 유능한 사윗감을 골라놓은 상태였다. 그들의 꿈 같은 미래는 물거품이 되었다. 쟝샤오젠은 억장이 무너지는 심정으로 홀로 외로운 기러기처럼 난징으로 돌아왔다. 하지만 둘의 열애는 평 생 계속되었다.

열애를 하는 사람은 대부분 외로운 기러기이다.

쟝샤오젠은 아버지가 결정한 혼사를 증오했다. 특히 쓰이윈과 화 즈위안의 소문을 들은 후 더더욱 울분이 치밀었다.

그는 아버지의 명령을 거역할 수 없었지만 속으로 아버지를 증오 했다. 그 후로 그는 약삭빠르게 밤에 집에 돌아가지 않고 그렇고 그런 곳을 들락거리며 타인과 자신을 모두 짓밟았다. 승마, 스케이트에 기 교가 필요하듯 그는 그곳에서도 남녀 사이의 여러 가지 기교를 배웠 다.

얼마 후 쟝 영감은 연이은 사업의 실패와 아들의 무능력으로 인 해 북쪽 이주를 결정했다. 옛 친구인 베이핑北平 동창의 도움을 받아 베이핑에 온 쟝씨는 둥청 쪽에 마당 두 개짜리 주택을 구입해 자리를 잡았다. 쟝 영감은 베이핑에 오자마자 먼저 아들의 혼사를 치르기로 결정했다.

쟝샤오젠이 웬일로 흔쾌히 이를 받아들였다. 쟝 영감은 조금 의아 했다. 의심이 가긴 했지만 쟝샤오젠의 혼례가 서둘러 이루어졌다.

쓰이윈은 당시 혼례를 떠올리면 지금도 조금 흥분이 된다. 혼례

장미의 문

는 중국과 서양의 장점을 살려 현대적인 방법을 선택했다. 황도회黃道會 관악대의 연주 아래 신부와 신랑이 자동차를 타고 교회당에 와서 신부神父가 묻는 말에 대답하고 반지를 교환했다. 쓰이원의 손이 신랑 손에 닿았다. 신랑의 손이 건조하고 딱딱했다. 하지만 그 순간 쓰이원은 그가 크고 건장한 인물이라고 느꼈다. 눈앞의 건장한 남자에게 감동을 받았다. 감동과 함께 처음으로 불결한 자신의 과거가 후회스러웠다. 처음으로 자신을 불결하다고 생각했다.

당시 쓰이원의 나이 스무 살이었다.

그들은 교회당을 나와 자동차를 타고 마당 두 개짜리 둥청 집으로 돌아왔다. 그제야 쓰이원은 자신이 이미 다른 집 사람이 되었다는 느낌이 들었다. 그녀는 붉은 촛불, 붉은 휘장에 휩싸였다. 온통 붉은 주위의 모습에 도취되어 자신에게 찾아온 운명이 합당하다고 믿었다. 밤에 손님들이 흩어지자 그녀는 조용히 침대 가장자리에 앉아 기다리기 시작했다. 뭘 기다리는지 정확하진 않았지만 기다림이 자신의 본분이라고 느끼며 비 오던 그날 밤을 후회했다.

쓰이원은 좡사오젠을 기다렸다. 좡사오젠이 멀리 등나무 흔들의자에 앉아 흔들거리고 있었다. 그는 흔들며 쓰이원을 바라보았다. 쓰이원은 아득한 그의 눈빛이 무례하게 느껴졌다. 적의가 있는 것 같기도 하고, 음흉하게 다른 생각이 있는 것 같기도 했다. 아마도 여자들은 모두 음흉한 생각을 기대할지도 모른다. 쓰이원의 생각이 그랬다.

여자들을 겪어본 좡사오젠의 눈에 쓰이원은 그리 못난 얼굴이 아니었다. 오히려 수려한 편에 속했다. 쓰이원의 얼굴과 눈매를 보고 있으려니 당시 인기 있는 영화배우가 떠올랐다. 그 영화배우보다 더 청아한 것 같기도 했다. 수려하고 청아할수록 그는 더 화가 났다. 수려한 얼굴이라고 해서 원망스러움이 생기지 않는 것은 아니다. 수려하고 아름다운 얼굴을 보고도 그저 원망밖에 들지 않는다면 그건 기껏해야 하룻밤의 정사one night stand 정도에 그칠 뿐이다.

이런 만남은 한 사람을 포로로 만들 수 없다.

그저 한 번의 염문에 불과하다.

무례한 그의 눈빛이 미치광이처럼 변했고 아득하던 모습이 가까워졌다. 한번 하지. 그는 생각했다, 이건 보복이야. 누구한테? 그는 구체적으로 생각하지 않았다. 아마 그의 아버지일 수도 있고, 그와 치 낭자를 갈라놓은 그 가정일 수도 있고, 그가 공부한 경제학과 토목공학일 수도 있고, 그가 배운 승마, 댄스와 테니스일 수도 있다. 어쨌거나 그의 치 낭자 이외의 모든 것이었다. 그는 이미 수려한 저 여인을 다른 남자가 차지했었다는 소문을 들었다. 그것도 좋군. 그럼 처녀에 대한 연민 같은 것도 필요 없을 테니. 그의 눈이 쓰이원의 몸을 사정없이 훑기 시작했다. 얇은 옷에 가려진 모든 것을 상상하며 생각했다. 꼭 필요한 발효 과정 같은 것이다. 가장 실질적인 발효 과정이다.

드디어 좡사오젠이 꿈틀거리기 시작했다. 그가 등나무 의자에서 일어나 넥타이를 풀고 양복을 벗은 후 과감한 눈빛으로 쓰이원을 향해 다가왔다. 코를 찌르는 향수 냄새가 쓰이원을 감쌌다. 왜 이제야 향수 냄새를 맡았는지 이유를 알 수 없었다. 이런 자신이 놀라웠다. 쓰이원이 마음을 진정시키기 위해 앞에 서 있는 커다란 몸에서 시선을 떼며 그가 다가오길 기다렸다.

어둠이 날 묻히게 하리라. 쓰이원이 이렇게 생각하며 불을 끄러 갔다. 그런데 좡사오젠이 퉁명스럽게 쓰이원의 손을 낚아챘다.

좡사오젠은 쓰이원의 손을 낚아챈 것도 모자라 방을 돌며 신혼방

장미의 문

의 모든 불을 켰다. 대낮처럼 환한 불빛 아래 그는 애써 마음을 진정시키고 있는 그녀의 옷을 능수능란하게 벗겼다. 쓰이원은 갑작스러운 쾅사오젠의 동작에 어쩔 바를 몰랐다. 하지만 그녀는 반항하지 않았다. 자기 남편이기 때문이다. 남녀 사이에 벌어질 수 있는 또 다른 그림일지도 몰라. 세상에는 같은 사람도 없고, 같은 화면도 없어. 남자가 화즈위안 하나뿐인가? 이런 일을 하는데 꼭 불을 꺼야 하고, 비가 와야 하는 것도 아니야.

쓰이원은 대낮같은 불빛에 적응했다. 불빛 아래 그와 자신의 알몸에 적응했다. 적응한 것이 아니라 앞으로 적응해나가야 하는 것일지도 모른다. 하지만 아직 적응하고 싶은 마음은 들지 않았다. 적응과 부적응 사이의 갈등, 자신을 가리려고 옷을 잡아당긴 행위가 바로 그 증거였다.

하지만 그는 이를 용납하지 않았다. 그가 쓰이원의 옷을 바닥에 내동댕이쳤다.

불길한 예감이 쓰이원을 엄습했다. 쓰이원은 더 이상 지금상황이 정상적이란 느낌이 들지 않았다. 그가 왜 그러는지 알 수 없었다. 그녀는 뒤로 물러날 수밖에 없었다. 침대 가장자리까지 뒷걸음질을 쳤다. 그가 다가왔다. 그녀가 침대로 올라갔다. 그가 침대로 바짝 다가왔다. 그녀가 침대 모서리로 몸을 움츠렸다. 그가 침대 모서리를 막았다. 그녀는 더 이상 물러날 곳이 없었다. 그가 재빨리 거칠게 두 손을 뻗어 그녀의 몸을 받친 채 침대에 여자의 자리를 만들었다. 이어서 그가 그녀의 복사뼈를 잡아 다리를 벌렸다.

그녀는 침대에서 눈을 감았다.

그는 침대 아래서 눈을 떴다. 이제 그가 원하는 건 그저 쓰이원을 위해 자세를 취하는 것뿐이다.

잠시 지켜보자.

쓰이원은 그건 지켜보는 거라고 생각했다. 하지만 감상인지 연구인지, 광적인 기쁨인지 아니면 혐오의 끝인지 알 수 없었다. 그녀는 눈앞의 모든 것이 대체 무엇인지, 스무 살 그녀가 인생의 어느 '고비'에 이르렀는지 정확히 알 길이 없었다.

후에 계속해야 하는 일이 계속되었다.

쓰이원이 깨어났다. 좡사오젠은 이미 곁에 없었다. 조금 전 일을 떠올렸다. 그건 자연스러운 열정이 아니라 실험적인 몸짓, 함께 즐긴 일이 아니라 자신을 성토하는 행위였다. 쓰이원이 알 수 있는 건 그것뿐이었다.

그는 나갔고, 밤새도록 돌아오지 않았다.

후에 그녀는 그가 어디에 갔는지 알게 되었다. 그는 재빨리 지름길로 바이순후퉁百順胡同에 있는 '스춘위안'蒔春院이라는 기생집을 찾아갔다. 또 그 후 그날 밤 '스춘위안'에 전화로 예약을 했었다는 사실도 알게 되었다. 난쥐南局 1383. 지금은 화대가 8위안에서 10위안으로 올랐다.

그가 그녀를 내팽개친 이유는 다시 그곳에 가서 또 다른 모습을 체험하기 위해서였다. 그곳에서 그는 긴장을 풀고 통쾌하게 남김없이 실력을 발휘했다.

식은 죽 먹기였다.

그는 쓰이원에 대한 성토 후 휴식과 정돈이 필요했다.

쓰이원이 멍하니 모든 불을 껐다. 하지만 서둘러 옷을 입진 않았다. 벌거벗은 채 그냥 누워 있었다.

장미의 문

그것 역시 휴식과 정돈이었다. 인생의 한 문턱을 넘어선 후의 휴식과 정돈이었다.

쓰이윈은 휴식과 정돈의 시간을 보내며 작은 소리로 울먹였다. 그녀는 모든것을 자기 탓으로 돌리고 싶었다. 아마 조금 전 그가 자신에 대해 그런 식으로 행동했기에 마음을 짓눌렀던 부담, 바로 2년 전 비오는 날 밤의 그 부담을 내려놓을 수 있을지도 모른다.

그 사람은 알고 있어. 그녀는 생각했다. 타고 난 피가 다시 그녀의 혈관에 자연스럽게 흐르기 시작했다.

또다시 밤이 찾아왔다. 쓰이윈이 다시 좡사오젠의 행위를 받아들일 준비를 하고 있을 때였다. 좡사오젠은 완전히 다른 사람이 되어 있었다. 따뜻하게 자신을 애무하는 과분한 그의 총애가 그저 놀랍고 두려울 뿐이었다. 감정에 북받친 그녀 역시 대담하게 자신을 내려놓고 그에게 온몸을 바친 채 그의 귓속말에 빠져들었다. 그는 나긋나긋하게 오직 한 사람의 이름을 부르고 있었다. 한참 후에야 그녀는 그가 부르는 사람이 자신이 아니라는 것, 또 다른 여인이라는 사실을 알았다. 쓰이윈은 바로 그 사람이 누군지 떠올렸다.

나도 알아. 그녀는 생각했다.

여자도 남자를 성토할 방법이 있을까?

쓰이윈은 자신을 익숙하게 또한 낯설게 대하는 좡사오젠을 참고 받아들이며 긴 나날을 보냈다. 이듬 해 쓰이윈은 아들을 낳았다. 그리고 다시 2년이 지나 딸 하나를 낳았다.

20

많은 여자들이 사랑의 결실로 아이를 낳는다.

많은 여자들이 다시 사랑이 샘솟도록 아이를 낳는다.

때로 당신은 얼떨결에 아이를 낳지만 그 덕분에 사랑이 더욱 튼실해지고, 완벽해지며, 가족이란 느낌이 강해지고, 천륜의 즐거움도 깊어진다. 낳고 기르는 행위를 통해 당신에게 운이 찾아드는 것 같다.

때로 얼떨결에 아이를 낳은 후 사랑이 철저하게 무너지기도 한다. 당신은 아이를 낳은 여인, 배까지 헐렁한 여인이 된다.

마치 아이를 낳아 큰 불운이 찾아든 것 같다.

당신이 이 모든 것을 파악하기까지는 두고두고 체험의 시간이 필요하다.

쓰이원 역시 아들과 딸을 낳았다. 그녀는 둘 중 아무것도 아니다. 좡사오젠이 떠났기 때문이다. 그는 체험할 기회도 주지 않았다. 그녀에 대한 그의 모든 행위는 신혼 후 짧았던 시간처럼 낯설고도 익숙했다.

좡사오젠은 지금 양저우^{揚州}에 있다. 그는 양저우에 염운사공서^{鹽運使公署} 과장 자리를 찾았다. 좡사오젠은 떠난 후 쓰이원과 편지 왕래를 하지 않았다. 그의 주소나 업무도 좡 나리에게 보낸 편지를 통해 알게 되었다. 얼마 되지도 않는 편지에 그는 쓰이원에 대한 언급이 없었다. 그저 말미에 간단하게 꾸빠, 그리고 자신의 아들, 딸에 대해 물었을 뿐이다.

쓰이원은 그래도 앞으로 겪을 삶에 대한 환상을 가지고 있었다. 결혼 후 생활, 어머니로서의 고단한 삶과 기쁨을 상상하며 가정에 대한 기대를 품게 되었을뿐만 아니라 대담한 행동, 용기와 지혜가 넘치던 소녀 시절 품성도 되살아났다. 그녀는 좡사오젠에게 자신이 기른

장미의 문

아이들의 모습을 보여주고 가족적 분위기가 물씬 풍기는 천륜을 느끼게 하고 싶었다.

쓰이원은 아이들을 데리고 양저우에 가기로 결정했다.

양저우에 가기 위해 쓰이원은 꼼꼼하게 짐을 꾸렸다. 또한 아버지가 자기를 위해 완궈저축萬國儲蓄에 저금한 돈을 찾아 여비를 마련했다. 그녀는 현재 좡씨 집안에 수입이 없다는 사실을 알고 있었다. 가족들은 좡 나리가 난징에 남긴 약간의 저축을 갉아먹고 있었다. 쓰이원은 돈을 인출한 후 쳰먼前門 역으로 사람을 보내 급행 기차표를 사도록 하는 한편, 좡 나리에게 통 크게 약간의 돈을 남겼다. 쓰이원은 자신들이 떠나면 언제 돌아올지 모르기 때문에 그간 시부모를 모실 수 없는 상황을 고려해 효심의 표현으로 약간의 용돈을 남긴다고 말했다. 좡 나리는 잠시 이를 거절한 후 결국 쓰이원의 '기부금'을 받았다. 속으로 기뻐했을 것은 말할 필요가 없다.

쓰이원 일행은 모두 넷이었다. 다섯 살 난 아들 좡싱莊星, 두 살 난 딸 좡천莊晨 외에 딩 아줌마가 있었다.

딩 아줌마는 쑤이청 시골 사람이다. 좡씨 집안은 쑤이청과 인연이 깊은 듯하다. 쓰이원이 좡씨 집안에 들어온 후로 지금까지 평생 쑤이청 말투를 들었다. 당시 쑤이청 말투의 딩 아줌마는 비록 뤄 아주머니처럼 목청이 크진 않았지만 말투나 끝부분은 거의 같았다. 쑤이청은 베이징에서 백여 킬로미터밖에 떨어져 있지 않았지만 베이징 말과 말투가 많이 달랐다.

쓰이원은 메이메이의 발성이 딩 아줌마를 닮았다고 말한 적이 있다. 이 역시 그녀가 쑤이청 말에 너무 익숙하기 때문이다. 당시 메이메이는 딩 아줌마가 좋은 사람이라고 여기지 않을 때였는데 그건 오해였다.

당시 두 살밖에 안 된 메이메이의 엄마 촹천과 젊은 외할머니 쓰이원은 전적으로 딩 아줌마에 의지해 양저우로 향했다.

촹천은 어릴 적 딩 아줌마와 정말 가까웠다. 딩 아줌마는 촹천을 아끼고 사랑했다. 오직 촹천을 위해 주방에서 촹천이 좋아하는 기름진 러우쓰사오빙肉絲炒餅[72]을 만들어주기도 했고, 자기 쌈짓돈을 들여 재료를 구입한 후 쉽게 먹기 힘든 만인의 간식 '궈즈깐'果子軒[73]을 만들어주기도 했다. 또한 쑤이청 말로 촹천을 '개똥이'라고 놀리기도 했다. 촹천은 딩 아줌마를 어찌나 좋아했는지 언제나 그녀를 '엄마'라고 불렀다. 엄마 품에 안겨 애교를 부리기도 하고, 몰래 엄마 신발 안에 침을 뱉기도 했다. 촹천은 사랑의 표시였지만 어쨌거나 침을 뱉는 건 무례한 행위다. 딩 아줌마가 '개똥이'라고 욕을 한 건 당시의 일이다. 침을 뱉은 일로 쓰이원뿐만 아니라 촹 나리까지 깜짝 놀랐다. 쓰이원이 촹천을 때리려고 하자 딩 아줌마가 먼저 울음을 터트렸다. 아이가 장난친 걸 가지고 아이랑 똑같이 행동하면 안 된다고 말했다. 쓰이원이 촹천더러 딩 아줌마에게 고개 숙여 절을 하라고 했다.

양저우에 가는데 딩 아줌마가 빠질 수 없었다. 쓰이원과 아이들 모두 그렇게 생각했다.

쓰이원 일행 네 명이 차와 배를 갈아타며 고생 끝에 사흘 만에 양저우에 도착했다. 저녁 무렵에 양저우에 배가 닿았다. 인력거를 타고 수많은 청석판 길을 달리고, 수많은 청석판 돌다리를 건너 날이

---

72) 채 썬 고기가 들어간 호떡 모양의 전병.
73) 베이징 겨울철 간식. 살구, 곶감, 포도알, 연근 등으로 만든다.

장미의 문

완전히 어두컴컴해진 후에야 염운사공서 입구에 이르렀다. 까만 문에 담이 하얀 건물로 세죽細竹이 담장 밖으로 삐져나와 있었다. 세죽 아래로 염운사공서 팻말이 보였다. 딩 아줌마가 다가가 문을 두드렸다. 하급 관리인 수위가 나와 그들을 맞이하며 물었다.

"뉘신지요?"

딩 아줌마가 말했다.

"이 분은 쾅사오젠 과장님 부인인디요."

수위가 대답 후 허리를 굽힌 채 그들을 쾅사오젠 침실로 안내했다. 쓰이원이 주위를 둘러봤다. 침실 배치는 단출했지만 정갈했다. 공무용 가구 몇 점 이외에 다탁에 순은으로 된 흡연도구들이 보였다. 쓰이원이 의자를 찾아 다탁 옆에 앉아 흡연도구를 자세히 살폈다. 섬세하고 장식이 뛰어난 도구가 눈에 띄자 쓰이원은 채 편안하게 자리를 잡고 앉기도 전에 흡연 도구를 들어올렸다. 다시 자세히 보니 바닥에 작은 시 한 수가 새겨져 있었다.

한 연못의 해오라기와 원앙, 서로 화목하게 날갯짓을 하지 못하네.
그대 꽃이 피어나게 보듬지 않으니, 어찌 연리지로 이어지겠는가[74]

시 끝에 작은 영문 자모가 있었다. q.

쓰이원은 이 시가 원래 《고금소설》古今小說에 나오며, q는 텐진 여자의 이름일 거라고 생각했다. 이 물건의 내력을 알 것 같았다. 쓰이원이

---

[74] 鷗鷺鴛鴦作一池, 須知羽翼不相宜. 東君不與花爲主, 何似休生連理. 송대 여류 시인 주숙진 朱淑眞(약1135~ 약1180)의 작품 〈수회〉愁懷

도구를 내려놓고 수위에게 쟝 과장의 행방을 물었다. 수위가 답한 내용은 간단했다. 쟝 선생은 업무시간에만 기관에 있고 업무가 끝나면 외출한 후 밤이 깊어서야 돌아온다고 했다. 저녁식사 역시 항상 밖에서 먹는다고 했다. 쓰이윈은 수위의 대답과 흡연도구에서 이미 남편의 양저우 생활을 대충을 알 것 같았다. 그녀는 문득 자신이 장회소설章回小說75) 속 인물처럼 느껴졌다. 소설 속 이야기의 배경이 대부분 쑤저우蘇州, 양저우이기 때문이다. 까만 대문, 흰 벽, 담장 안 세죽, 수위와 시가 적힌 흡연 도구가 한층 더 소설 속 분위기를 떠올리게 만들었다.

수위는 그들이 세수를 하도록 도와준 후 밖에서 음식점 심부름꾼을 불렀다. 음식점 심부름꾼이 찬합에 채소반찬 몇 가지와 밥, 황주黃酒를 가지고 왔다. 가족 넷이 쟝 과장 방에서 저녁식사를 했다. 식사 후 딩 아줌마가 쟝싱과 쟝천을 잠재우려고 다른 방으로 데려갔다. 쓰이윈은 흡연도구에도 아랑곳하지 않고 거울 앞에 앉아 자신을 치장했다. 천리 길을 달려 남편을 찾아왔으니 아름다운 부인이나 아가씨처럼 자신을 꾸미고 밖에 나가 돌아오지 않는 남편을 기다려야 한다. 그녀는 과거를 잊고 싶었다. 그러기 위해서는 그저 자신의 용모를 가꾸며 위안을 얻을 수밖에 없었다. 원앙이니 꾀꼬리니 하는 말도 안되는 말로 남편과 자신에게 다가올 다음 순간을 묘사하고 싶지 않았다.

쟝사오젠은 자정이 되어서야 돌아왔다. 그렇고 그런 곳에서 돌아

---

75) 중국 고전 장편소설의 일종. 쟝章을 나누어 내용을 서술하는 백화白話소설.

장미의 문

왔다. 지금 갈증이 나는데 먼 곳의 물은 도움이 되지 않는다. 순은의 흡연도구가 실제 q의 존재를 입증할 수는 없다. 예로부터 난징^{南京} 친화이허^{秦淮河}와 견줄 만한 부두가 있는 양저우, 쾅사오젠은 지금 바로 이곳에서 '샤오훙셰'^{小紅鞋}라는 명기와 열애 중이었다. 비록 더 이상 이향군^{李香君76)}이나 소소소^{蘇小小77)} 시대처럼 석류군^{石榴裙78)}을 입지는 않았고 그 역시 석류군 아래 엎드릴 필요는 없었지만[79] 그는 돌아오는 내내 샤오훙셰의 부드러운 다리, 둥글고도 깊은 배꼽을 잊지 않았다. 방을 들어서자 낯선 분 냄새가 그의 머릿속에 자리한 그 깊은 구멍에 대한 생각을 흩어놓았다.

등불 아래 쓰이윈이 있었다. 그의 정수리 백회혈^{百會穴}을 열리게 하는, 자신을 열불 나게 만드는 존재다.

조금 전 쓰이윈은 고심하며 자신을 꾸몄건만 쾅사오젠은 그런 그녀를 보자마자 대뜸 질문공세를 펴부었다.

그는 쓰이윈에게 왜 한마디 의논도 없이 갑자기 양저우에 나타났는지, 베이핑의 시부모를 내팽개친 채 왜 이곳에 왔는지 물었다. 쾅사오젠은 여기에 쓰이윈 말고 아이들까지 데려왔다는 말에 더욱 화가 치밀었다. 그는 쓰이윈을 따라 먼 길을 오느라 왜 아이들까지 고생을 시켰는지 물었다. 그밖에도 쾅사오젠은 여러 가지 질문을 던졌지만 쓰이윈에게 대답할 기회는 주지 않았다.

---

76) 명대 쑤저우^{蘇州}의 교방의 명기^{名妓}.

77) 남북조^{南北朝} 남제^{南齊} 시기, 첸당^{錢塘}에 살던 유명한 가기^{歌妓}.

78) 석류로 물들인 치마 또는 석류처럼 붉은 치마를 말한다.

79) 당 현종^{玄宗}이 양귀비^{楊貴妃}에 대한 존중의 표시로 신하들에게 석류군을 입은 양귀비 아래 고개를 숙이고 엎드리도록 했다는 이야기가 전해진다.

쓰이원은 원래 이번 여정의 가장 적극적인 지지자가 시부모였다고 말하고 싶었다. 무엇보다 아이들이 아버지를 제일 보고 싶어 한다고 말하고 싶었다. 편지를 쓰지 않은 건 그에게 기쁨의 순간을 선사하기 위해서였다고 말하고 싶었다.

쓰이원은 원래 말하고 싶은 이야기가 정말 많았다.

하지만 좡사오젠이 그럴 기회를 주지 않았기 때문에 쓰이원은 아무것도 말할 수 없었다.

그녀는 입을 열지 못했다. 그가 말했다.

이는 그녀를 대신한 대답이자 그녀에게 모욕과 수치를 안겨줬다. 그는 그녀 대신 자신의 모든 질문에 대답했다. 마지막으로 그는 그녀가 이곳에 온 가장, 최고로 중요한 이유가 바로 그녀가 '참고 견디지 못해서'라고 말했다. 그는 최고로 가장 통속적이며 자신의 경험과 생각을 바탕으로 이끌어낸 논리에 근거해 자문자답을 마쳤다.

어떤 사람들은 원래 최고로 가장 일반적인 논리에 기겁을 한다.

어떤 사람들은 원래 최고로 가장 논리적인 깨달음을 얻고, 강인해진다.

그렇다고 해두지. 쓰이원이 생각했다. 그녀는 문득 깨달았고, 그 순간 강해졌다.

참고 견디지 못했다고? 한데 그게 뭐가 창피한 일이지? 또 당신에겐 그게 뭐 그리 놀랄 일이지? 당신이 누군데? 난 누구고? 우리가 결혼할 때 문미에 '하늘이 맺어준 인연天作之合'이라고 적혀 있지 않았나? 그건 당신과 내가 이 세상을 향해 선언한 거야. 지금 양저우에 나타난 쓰이원을 향해 좡사오젠은 기묘한 자문자답을 했다. 쓰이원은 어쨌거나 베이핑에서는 알지 못했을 체험을 하게 되었다. 그 순간 쓰이

장미의 문

원은 용기가 생겼고, 계속 당당하게 그의 방에 앉아 있을 이유가 생겼고, 심지어 그를 어느 정도 용서하게 되었다. 당신 그 순은의 흡연도구, 당신의 일상에 대한 수위의 이야기…… 난 당신을 받아들이기로 결정했어. 난 당신 아내니까. 아내, 그것도 현명한 아내니까.

현명한 아내야말로 가장 너그럽다.

이제 현명한 아내가 된 쓰이원은 쟝사오젠을 똑바로 바라보았다.

쟝사오젠이 고개를 숙이고 풀이 죽어 앉아 아이들에게 대해 물었다. 쓰이원은 그에게 아이들은 이미 딩 아줌마와 잠이 들었다고 말했다. 그가 재빨리 딩 아줌마 방문을 두드린 후 쟝싱, 쟝천을 보고 아이들 뺨에 입을 맞췄다.

쟝사오젠은 방으로 돌아온 후 쓰이원은 거들떠 보지도 않고 옷을 입은 채 침대에 털썩 누웠다. 그는 불을 껐다. 그는 그렇게 쓰이원을 사면이 먹물처럼 어두운 깊은 골짜기에 내팽개쳤다.

신혼 첫날밤은 대낮처럼 환했다.

결혼 후 오랜 이별은 먹물처럼 어두운 깊은 골짜기다.

사람은 깊은 골짜기에 버려지면 깊은 골짜기에서 들려오는 시끄러운 소리를 듣는다. 이제 쓰이원은 더 이상 누군가 자신을 살피고 연구할까 봐 걱정하는 쓰이원이 아니다. 그녀는 깊은 골짜기에 있을수록 깊은 골짜기에서 피어오르는 욕망에 사로잡힌다. 조금 전에 남편이 뭐라고 했지? 그래, 참고 견디지 못했다고 했지. 참고 견디지 못해 피어오르는 달뜬 욕망을 견딜 수 없었어. 그녀는 마치 그 말로 자신에게 저주를 퍼붓는 것 같기도 하고, 그 말로 자신을 격려하는 것 같기도 했다. 누가 당신더러 그따위 말을 하랬어? 그 말을 하지 않았다면 나는 곧바로 이 시커먼 문, 흰 벽, 세죽細竹을 떠날 수 있었을지도 몰

라. 바로 그 말 때문에 여기 남은 거야. 당당하게 당신 아내 노릇을 해야 하지 않겠어?

아내가 되자.

쓰이윈이 먼저 옷을 하나, 하나 벗었다. 어둠을 더듬으며 침대 앞으로 다가가 침대로 뛰어든 후 그의 단추를 풀었다. 옷을 풀어헤칠 힘은 없었다. 그냥 풀기만 했다.

그녀가 풀었다.

그의 행위를 이끌었다.

그가 그녀의 행위를 받아들였다.

그녀는 이번에는 뭔가 다르다고 느꼈다.

자신에게 최고의 대접을 해주고 있는 것 같았다.

진짜 부부, 진짜 오랜 이별 후에 만난 부부 같았다.

잠시 후 그가 벌러덩 누워 무뚝뚝하게 말했다.

"조금 전 샤오훙셰하고 자고 왔는데."

그녀를 향한 도발이었다. 그는 이런 상처만이 그녀를 내칠 수 있을 거라고 생각했다.

쓰이윈은 샤오훙셰가 어떤지 알지 못했지만 남편이 무슨 말을 하는지는 알고 있었다.

쓰이윈은 잘 알고 있었다. 그 말은 진실이었다. 그가 일부러 자신을 자극하며 자신을 거부하고 있었다. 내가(창사오젠) '평소와 달리' 널(쓰이윈) 기꺼이 '받아들였어.' 널 깊은 골짜기에서 흥분하게 만들었지. 넌 정말 참을 수가 없었던 거로군……천한 것, 넌 더러워. 세상에 너보다 더 더러운 건 없어.

이번에 양저우에 올 때 쓰이윈은 길가에서 구걸하는 거지들을

장미의 문

많이 목격했다. 그들은 일부러 더러운 몸으로 당신에게 접근했고 당신은 두려움 때문에 거지에게 시주를 했다. 몇 푼 안 되는 돈이나 건조식품이라도 개의치 않았다. 그들 중에는 젖가슴을 드러낸 자도, 신발 밑창으로 자기 가슴을 내리치며 사람들에게 남은 밥, 반찬을 얻어가는 사람도 있었다. 당시 쓰이원은 그들은 불쌍하고, 자신은 그들보다 훨씬 더 우월하다고 느꼈다. 자신은 은행 저축도 있고, 아들과 딸도 있고 쫭사오젠도 있었다. 이제 그녀는 문득 자신이 바로 구걸을 하는 길가의 거지 같다는 느낌이 들었다. 자신이 가슴을 두드리며 사람들을 향해 소리치고 있었다.

"난 가난해. 난 배고파, 난 견딜 수가 없어!"

견디다 못한 쓰이원은 이미 깊은 잠에 빠진 쫭사오젠을 넘어 침대에서 뛰어내렸다. 그리고 뒤돌아 자신의 몸을 벅벅 씻었다. 그가 자신에게 남긴 모든 것을 씻어냈다. 구토가 나오려 했다. 영원히 깨끗하게 씻을 수가 없을 것 같았다. 그녀는 다음 날 베이핑으로 돌아가기로 결심했다.

날이 밝기도 전에 쓰이원이 딩 아줌마를 깨워 자기 계획을 말했다. 딩 아줌마는 여자가 이런 결정을 내렸다는 건 예삿일이 아님을 잘 알았다. 아줌마가 바로 쫭싱과 쫭천을 깨웠다. 물건을 정리할 새도 없이 그들은 바로 양저우 거리로 나갔다. 잠에 빠져 있던 쫭사오젠은 그들이 떠나는지도 몰랐다.

가는 내내 쓰이원은 정신이 나간 듯했다. 딩 아줌마가 쫭사오젠에게 욕을 퍼부었다.

"닝간버러지가 따로 없제라."

화가 난 딩 아줌마는 쑤이청 발음에 더 힘이 들어갔다. '인간'이란 말도 '닝간'이라고 말했다.

그들은 배와 기차를 번갈아 타며 길을 서둘렀다. 차가 지난濟南을 지나는데 쟝싱이 갑자기 고열이 나기 시작했다. 기차에 동승한 서양 의사가 아마 급성폐렴일 거라고 했다. 이미 병이 난 지 며칠이나 됐을 거라고 했다. 하지만 당장 약이 없으니 베이핑까지 참을 수밖에 없었다. 기차가 베이핑에 도착했을 때 쟝싱은 쓰이원 품에서 죽었다.

기차가 멈췄다. 쓰이원은 눈앞에 보이는 베이핑이 자신의 목적지가 아닌 것 같았다. 아직 살아 있는 것 같은 어린 쟝싱을 품에 꼭 안고 어디로 가야 할지 갈피를 잡지 못했다. 기진맥진 온몸에서 힘이 빠졌다. 그녀는 왜 살아야 하는가? 그녀는 누구인가?

딩 아줌마가 대신 인력거를 불렀다.

제6장

21

한밤중, 메이메이는 날카롭고 처참한 비명소리에 놀라서 잠에서 깼다. 무슨 소리인지 감이 오지 않았다. 어디서 나는 소리인지는 더더욱 알 수 없었다. 야수 소리 같기도 했다. 하지만 야수가 왜 민간에 나타나지?

외할머니가 옷을 입고 침대에서 내려와 신발을 직직 끌고 다가오는 소리가 들렸다. 외할머니가 자기 침대 옆에서 뭉그적대다가 황급히 입구에 대고 쾅탄, 주시를 불렀다. 주시는 그새 안방에서 달려 나오고 있었다. 쓰이원 맞은편이었다. 쾅탄도 이어서 밖으로 나왔다. 가족 모두 비명소리를 들었음이 분명하다. 그들이 말없이 약속이나 한 듯 창문 앞으로 다가가 조용히 다시 소리가 들리길 기다렸다.

과연 다시 비명이 들렸다. 이번에는 좀 더 날카롭고 더 처참했다. 모두 소리의 출처를 알 것 같았다. 서채의 꾸빠다. 꾸빠의 창문이 밝아졌다. 환한 창문이 대추나무를 비쳤다. 대추나무 반쪽이 눈처럼 하얗게 흰해지자 마당이 더욱 을씨년스럽게 느껴졌다. 꾸빠가 실내등을 모두 켠 것 같았다. 계속해서 갈수록 높아지는 비명소리는 마치 마당을 향한 욕지거리처럼 느껴졌다. 잔뜩 쉰 목소리, 격렬한 언사가 끊임없이 쏟아져 나왔다. 온종일 이어졌던 꾸빠의 침묵은 지금 이 순간을 위해 힘을 비축하기 위한 것처럼 느껴졌다.

메이메이도 침대에서 일어나 앉았다. 메이메이 침대는 창문에 붙어 있었다. 침대에서 내려오지 않아도 마당이 보였다. 외할머니, 삼촌, 숙모가 얼굴을 창에 대고 있었다. 메이메이는 자기도 커튼을 열고 창문에 얼굴을 붙였다. 거대하고 기이한 모습이 서채 창문에서 꿈틀거리고 있었다. 구부정한 가슴, 약간 굽은 등이 마치 굿을 하는 무당 같기도 하고, 마법을 부리는 요괴 같기도 했다. 이 기이한 그림자가 욕을 해대며 입에 뭔가 쑤셔 넣고 있었다. 마치 비명과 저주가 그녀를 갉아먹고, 입안에 쑤셔 넣고 씹는 것들이 그녀를 채우고 있는 것 같았다.

"뤄씨 집안 대대손손 모두 저주할 거야!"

꾸빠는 분명히 북채 뤄씨네에게 욕을 퍼붓고 있었다.

"당신이 주임이라고 누가 인정했는데? 당신이 주임이라고? 당신은 아니야 당신은 사람도 아니야 당신네 식구 나이든 것 어린 것 모두 아냐 당신네가 뭐야 당신네가 뭔데 아무것도 아닌 것들이 이 구린 요괴 할멈 남도 아니고 북도 아니고 억양이 뒤죽박죽인 주제에 대파도 톈몐장甜麵醬[80] 찍어먹는 것들 귓불도 없고 귀도 없을 거야. 당신, 당신들……"

꾸빠의 욕은 격렬하긴 했지만 안타깝게도 세상의 욕들을 섭렵하지 못한 까닭에 욕답지 않았다. 욕 좀 한다 하는 사람들이 들으면 이도저도 아닌 뒤죽박죽 욕이었다. 연이어지는 인칭과 뜻도 없는 단어의 나열은 기껏해야 '썩어빠진 여편네가 대파를 톈멘장에 찍어먹을 줄밖에 모르고 귓불이 없다는 정도'밖에 없었다. 쓰이원조차도 꾸빠의 욕이 영 형편없다고 생각했다. 따황 때문에, 자기 자신 때문에 또한 쓰이원과 이 집 때문에 화가 났다면 여기서 욕을 멈춰서는 안 된다고 생각했다. 욕에 별 내용이 없는 건 상관없다. 조금 있다가 자체적으로 욕에 무게감이 더해질 수도 있을 테니까. 다만 여기서 그쳐서는 안 된다. '욕지거리 속에 성장한다.'는 요즘 말이 있다. 성장하려면 욕을 하는 자와 욕을 먹는 자까지 같이 성장해야 한다. 꾸빠는 성장하기 시작할 것이다.

꾸빠는 올케의 마음을 읽은 듯 잠시 침묵(또는 사색)하더니 과연 다시 계속 욕을 퍼붓기 시작했다. 서툰 욕의 연속이었다. 이번에는 욕의 원래 면모를 살려 먼저 뤄 주임에게 나가죽으라고 저주를 퍼부었다. 어떻게 죽을 것인가. 꾸빠가 말했다. 십팔층 지옥에 떨어져 기름에 튀겨져 죽고 귀신이 머리부터 발끝까지 톱질해서 피부를 벗길 거야. 집이 무너져 깔려서 죽고 홍수가 나서 물에 빠져 죽고 큰불이 나서 불에 타 죽고 하늘에서 폭탄이 떨어져 터져 죽고 자동차에 치여 죽고 무궤전차 궤도전차 인력거에 부딪혀 죽고 밧줄로 팔과 다리를 묶어 대추나무에 매단 다음 몸을 여덟 조각으로 조각조각 나도록 잡아당기고 사람고기 먹으러 와 어디가 먹고 싶어 골라봐 비계가 좋으면 비

---

80) 밀가루와 콩을 발효시켜 만든 중국 장.

계도 있고 삼겹살 등갈비도 있고 엉덩이도 있어 뇌도 있고 심장과 간 폐도 있고 손가락은 무절임처럼 먹어 아삭아삭해 늙은 것도 젊은 것 도 있어 먼저 젊은 걸 먹어봐 연하잖아 늙은 것 먹으면 잘 안 씹어져 잘 안 씹히면 밧줄로 갈기갈기 찢어 하늘 아래 함께하지 못할 백 년 동안 만 년 동안……

꾸빠의 욕이 잠시 멈췄다, 아마 잠시일 것이다. 욕의 수준, 무게, 깊이를 감지할 수 있었다.

이치대로라면 이어 북채의 반격이 있어야 한다. 그런데 북채가 고요하다. 정적이 흘렀다. 계속 침묵이 이어졌다. 계속해서 이어지는 정적이 무슨 의미인지 아무도 알 길이 없었다. 마음을 졸이는 사람도 있고 욕을 먹어 정신이 멍해서 미처 입이 벌어지지 않고 말이 떨어지지 않는 사람도 있었다.

쓰이원은 입도 열지 못하고 말도 내뱉지 못하는 뤄씨네를 보고 신이 났다. 쓰이원은 생각했다. 역시 좡씨 집안 후손이야, 적진에 깊숙이 들어가 적을 함락시킨 용사, 뤄씨 집안을 공격해 옴짝달싹 못하게 만들었어. 좡씨 집안사람이 드디어 좡씨 집안을 위해 복수했어. 복수야, 너희들에게 '도전'한 거야, 이건 어쩔 수 없이 '핍박을 받아서', 부득이 '도전'한 거야. 보복을 위해 도전했고, 그 도전 가운데 기쁨을 찾았어. 게다가 그 도전은 쓰이원, 좡씨 집안, 기둥과 통로가 있는 이 집, 대추나무와 정향丁香이 있는 이 마당만을 위해서가 아니야, 샹사오 후퉁, 베이징 성 전체(전체가 아니면 반이라도)를 위해 너희에게 도전한 거야. 게다가 도전을 받은 사람이 뤄 주임 하나일까? 당연히 아니지. 누구일까? 쓰이원은 자기 집 마당부터 베이징의 절반까지 점차 계속해서 범위를 확대했다. 그런데 이렇게 '확대'하기 시작하던 쓰이원은

장미의 문

다시 '수그러들기' 시작했다. 지금 누가 누구를 대표하는지, 누가 어디로 가야 하는지 모든 사람이 알고 있다고 생각하자 그녀는 두려움이 몰려왔다. 얼마 전 가산을 몰수당한 둥청의 한 할머니가 어린 홍위병이 한눈을 파는 사이 식칼로 홍위병을 죽였다고 한다. 할머니는 바로 엄청난 화를 당했다. 하지만 쓰이원은 이 세상에 그런 할머니도 있어야 하고, 꾸빠도 있어야 한다고 생각했다. 특히 꾸빠는 그냥 욕만 했을 뿐, 식칼을 가지고 덤비진 않았다. 누가 꾸빠를 어떻게 하겠는가?

한참 동안 신바람이 나던 쓰이원은 다시 두려움이 몰려왔다. 그녀가 침대로 돌아와 성냥을 켠 다음 두 손으로 움켜쥐고 담뱃불을 붙였다. 심지어 쾅탄이 주시를 끌고 가는 모습에도 신경을 쓰지 않았다.

메이메이는 일찌감치 수건으로 머리를 감싸고 수건 속에서 다시 손가락으로 귀를 막았다. 그저 무서울 뿐이었다. 자기도 무섭고 꾸빠 때문에도 무서웠다. 꾸바가 더 이상 욕을 하지 말았으면 좋겠다고 생각했다.

꾸빠는 더 이상 욕을 하지 않았다. 하늘이 천천히 밝아오고 불안과 초조 속에 마당이 깨어났다.

남채에 있는 사람들은 북채 사람들이 꾸빠의 욕을 듣고도 어떻게 잠을 잤는지 아무리 해도 이해가 가지 않았다.

꾸빠가 뤄씨네를 욕할 때 뤄씨 집안사람들은 잠들지 못했다. 뤄 아주머니가 제일 먼저 욕을 듣고 깨어났다. 아주머니는 먼저 남편을 흔들어 깨운 후 아들을 깨웠다. 가족 모두 들썩거리기 시작했다. 처음에는 그들도 무슨 일인지 몰랐다. 욕의 근원지가 꾸빠이고, 점점 더 욕의 수위가 높아가자 가장 먼저 반격을 준비한 건 얼치였다. 그가 단번에 자리에서 뛰어내려 옷도 채 입지 않고 나무 몽둥이를 집은 채 문을 열러 갔다. 쌴치도 그 뒤를 따랐고, 뤄 아주머니도 따라갔다.

그냥 욕이잖아? 뤄 아주머니는 생각했다. 욕이라면 넌 상대가 안 되지. 난 어릴 때 우리 집 꼭대기에 서서 거리를 향해 욕을 퍼부었던 몸이야. 아마 넌 태어나지도 않았을 때일걸? 어디 솜씨 좀 들어볼까? 희한한 구경 좀 해보자. 다 듣고 나면 내가 문을 열고 통로에 서서 네 대가리를 뽀개주지. 너야말로 아직도 처녀인 데다 남자를 만난 적도 없잖아? 준비 잘하고 있어. 내 욕이 더 맛깔스러울 테니. 그리고 이건 그저 재미를 위해서가 아니야. 난 주임이야. 넌 욕 먹고 교육을 좀 받아야 해. 이건 너희들에 대한 개조와 비슷해. 널 망신을 줘도 과도하지 않아. 널 '개도'하는 것도 수확의 하나지. 내 욕을 듣고 지금껏 느껴보지 못했던 맛을 좀 느껴봐. 앞으로 숫처녀와 거리가 멀게 만들어주지. 뤄 아주머니는 생각을 정리하며 욕을 다듬었다. 그래, 나도 그럴싸하게 한바탕 욕을 퍼부어야지. 뤄 아주머니는 점점 더 완벽하게 욕을 다듬었다. 내가 대파를 톈몐장에 찍어먹을 줄밖에 모른다고? 난 그럼 네가 죽은 쥐고기만 먹는다고 할 거야. 네 그 노란 눈의 노란 고양이가 열심히 쥐를 잡아다줘서 먹었잖아. 넌 매일 먼저 고양이에게 생선을 끓여주고 널 위해 쥐를 끓였어. 내 귓불이 자라다 말았다고? 그럼 난 네 귓불이 너무 크다고 욕할 거야. 어디 귓불만 커? 눈만 빼놓고 다 크잖아. 입도 얼굴도 허벅지도 손도 턱도 크고 거기도 다 크잖아. 크면 무슨 소용이 있는데, 남자는 너 거기 큰 거 싫어해 그거 상대할 사람은 없다고! 그냥 비웠다가 말렸다가 햇볕에 쪼였다가 긁고만 있어. 날더러 냄새 나는 요괴라고? 넌 향기로운 여자라고 욕을 해주지, 향이 풀풀 나서 코를 찌르는 바람에 널 통째로 향으로 만들어

장미의 문

버릴 거야. 넌 온몸에서 향이 나, 몸에서 얼굴에서 입에서 심지어 사타구니조차 향긋해 넌 온종일 사타구니에 향유를 바르지! 날더러 죽으라고 욕을 퍼붓더군, 온갖 다양한 방법으로 죽으라고. 그렇다면 난 네게 살라고 욕을 해주지, 살아서 기다려보라고, 각양각색의 나리들이 모두 널 찾아오길 기다려보라고, 절름발이, 귀먹은 사람, 눈 먼 사람, 피부병이 있는 사람, 다리가 썩은 사람 모두 향을 따라 널 찾아오는 거야, 널 희롱하고 널 찔러서 갈기갈기 여덟 조각으로 찢어주게, 아니 여덟 조각이 아니라 열두 조각, 아니 열두 조각보다 더 많이…… 넌 크고, 넌·향긋해, 그래 너 잘났다!

뤄 아주머니는 욕을 정리한 다음 두 아들 사이로 비집고 들어가 문을 열려고 했다. 그런데 뜻밖에 뤄 아저씨가 아내를 가로막았다. 그가 한 손으로 그녀의 속바지를 끌어당기며 다른 손으로 그녀의 팔을 잡아당긴 후 널판 쪽으로 밀었다. 이어 두 아들도 잡아당겼다. 뤄 아주머니가 다시 수탉이 일어나 울려는 듯 문을 뛰쳐나가려 할 때였다. 뤄 아저씨가 다시 그녀를 널판에 눌러 앉혔다. 뤄 아저씨가 한 손으로 뤄 아주머니를 누르며 그녀의 입을 막고서 두 아들을 향해 계속 눈짓을 보냈다. 결국 뤄 아저씨는 이렇게 해서 발동을 걸던 아들과 아내의 반격을 가라앉혔다.

뤄 아주머니는 뤄 아저씨의 의도를 이해하지 못했을 수도 있지만 뤄 아저씨는 다 생각이 있었다. 그는 자기 손에 눌린 아내 머릿속에 무슨 생각이 들어 있는지 잘 알았다. 골목 몇 곳을 관리하고 있는 주임이 속바지만 입고 나가면 평범한 지역 주민이나 다를 것이 뭐 있겠는가? 설사 혁명이 식사대접이나 하는 행위[81], 그런 우아한 행위는 아니라고 해도《어록》에 보면 '우리는 전국 각지에서 온 사람'이라고 적혀 있다. 어록이 꾸빠에게는 적합하지 않다 해도 뤄 주임은 주임이니 주변사람에게 피해를 줘서는 안 된다. 게다가 그는 커다란 대추나무와 흰 정향나무, 바닥 가득한 검푸른 벽돌과 계단을 다섯 칸이나 올라가야 방에 들어갈 수 있는, 통로와 바람막이 문과 꽃무늬 문양의 미닫이문이 있는 커다란 북채에 들어왔고 이곳에서 영원히 살 생각이다. '작은 손해를 보는 대신 큰 이득을 얻는다.'는 말이 최근 엄청난 비판의 대상이 되고 있긴 하다. 하지만 뤄 아저씨는 여전히 속으로 이런 말은 절대불변의 진리라고 굳게 믿고 있었다.

꾸빠에게서 쏟아진 욕은 '작은 손해', 그런 것쯤 당하면 그만이다.

그는 손의 힘 그리고 눈짓으로 자기 아내와 아이들의 경거망동을 저지했다. 뤄 아주머니는 여명 전까지 속으로 계속 열이 치받고, 두 아들 역시 아버지를 향해 눈을 부릅뜨고 발을 동동 굴렀지만 뤄 아저씨는 언제나 그렇듯 일관된 가장의 위엄으로 가족들의 행동을 저지했다.

하지만 뤄 아저씨는 아저씨 나름대로 전투 위치가 있었다. 날이 희미하게 밝아오자마자 그는 대충 아침을 먹은 후(오늘 뤄 아주머니는 더 이상 그의 밥을 해주지 않았다) '페이거飛鴿 자중加重'82)을 밀고 대문을 나서 골목을 지나 서쪽으로 50분 아스팔트길을 달려 그의 자리에 도착했다. 한 시대에 미력이나마 힘을 보탠 것이다. 뤄 아저씨가 나가고

---

81) 革命不是請客吃飯. 마오쩌둥의 〈후난 농민운동 답사보고서〉湖南農民運動考察報告에서 나온 표현이다. 농민 혁명 투쟁의 어려움에 대해 혁명은 식사접대 또는 자수나 글을 쓰는 그런 우아한 행동이 아니고 혁명은 폭동이며, 한 계급이 다른 계급을 뒤엎는 거친 행동이라고 말했다.

82) 자전거 브랜드. 자중加重은 추가 중량 및 가능한 적재량이 더 많은 버전을 말한다.

장미의 문

나자 그의 아내와 아이들은 복수를 하기 위해 굳이 말하지 않아도 모두 알고 있는 필수 행동을 개시했다. 아마도 뤄 아저씨의 침착한 태도가 조금은 뤄 아주머니에게 영향을 준 것 같았다. 그녀는 완벽하게 준비한 욕을 애써 참으며 묵묵히 얼치와 싼치에게 임무를 맡겼다. 다치는 최근 집에 돌아오지 않았다. 한 대학의 '홍기'紅旗와 함께 전투하고 함께 승리를 거두느라 분주했다.

얼치는 어머니의 묵인하에 꾸빠에게 본때를 보여주기로 결심했다. 그러기 위해서는 될 수 있는 한 합법적인 행동으로 조반遣反의 색채를 더해야 하고 그렇게 하기 위해서는 반드시 전우와 함께 행동해야 한다. 전우와 함께 행동하면 더 이상 사적인 복수가 아니다. 이는 그들이 '새로운 동향'을 발견한 후 취해야 하는 필요한 반응이다. 설사 행위가 치나칠 가능성이 있어도 큰 방향은 언제나 정확하다. 얼치는 시대적 특징을 가장 잘 드러내는 옷차림으로 변신했다. 넓고 큰 완장으로 팔을 감싸고 싼치에게 서채를 감시하도록 한 후 혼자 집을 나갔다.

얼마 후 곤봉을 든 대여섯 명의 홍위병이 얼치를 따라 집으로 들어왔다. 그들은 이미 얼치의 보고를 듣고 이 집에서 한밤중에 발생한 새로운 동향을 알고 있었다. 그건 당연히 계급보복에 해당하는 상황이었다. '호위를 위한' 뜨거운 피가 가슴에 용솟음쳤다. 뜨거운 피, 발설할 곳 없는 청춘의 불길이 도도한 물결이 되어 이 마당을 향해, 꾸빠를 향해 몰아쳤다.

그들이 서채로 난입했다. 그 순간 서채에서 낡은 것을 부수는 조반 특유의 소리가 들렸다. 꾸빠는 아무 소리도 지르지 않았다. 그저 날카롭고, 둔탁하고, 영롱하고, 쟁쟁하고, 아득한 파괴의 소리가 뒤섞

여 울려 퍼졌다. 소리들이 지나간 후 비로소 정식으로 꾸빠 차례가
왔다.

꾸빠가 집에서 끌려나왔다. 웃통이 벗겨진 채 맨발로 검푸른 벽
돌 바닥에 무릎을 꿇었다. 누군가 그녀 목에 벽돌을 걸었다. 벽돌 무
게에 꾸빠의 고개가 고꾸라졌다. 누군가 어젯밤 그녀의 행위가 무엇
이었는지 물었다. 꾸빠는 고개도 들지 않고 말도 하지 않았다. 누군가
그건 계급적 보복행위가 아닌지 말했다. 꾸빠는 여전히 고개도 들지
않고 말도 하지 않았다.

다시 누가 물었다.

"지금 우리가 하는 건 무슨 행동이지?"

꾸빠가 더 깊숙하게 고개를 숙였다.

꾸빠의 침묵은 당연히 사람들의 분노를 샀다. 혁대와 곤봉이 비
오듯이 꾸빠에게 쏟아졌다. 맨살을 드러낸 꾸빠의 등이 붉으락푸르락
해졌다. 그 후 그들은 닥치는 대로 꾸빠를 내리쳤다. 누군가 발을 들
어 그녀의 등을 내리쳤다. 쉴 새 없이 몽둥이와 혁대가 날아들었다.
심심풀이 장난을 하듯 그녀를 후려쳤다. 한 번 후려칠 때마다 한 번
도 깨어난 적이 없는 비쩍 말라붙은 꾸빠의 젖가슴과 젖가슴 앞의
푸른 벽돌이 일정하게 흔들렸다.

아무도 그녀의 얼굴을 볼 수 없었다. 아무도 그녀의 눈빛을 볼 수
없었다. 마당에는 붉으락푸르락 상처 난 그녀의 등과 흔들리는 두 젖
가슴밖에 보이지 않았다.

'심심풀이' 같던 시간이 지나자 폭풍우가 몰아쳤다. 꾸빠가 바닥
에 고꾸라졌다. 그들이 다시 꾸빠를 끌어올렸다. 꾸빠의 눈이 핏빛이
었다. 입에서도 피가 흘렀다. 그녀는 단 한마디 말만 되풀이했다.

장미의 문

"토막 내! 토막!"

"그 여자한테 물어봐, 누굴 토막 낸다는 건지!"

얼치가 말했다.

꾸빠는 얼치의 말에는 대답하지 않은 채 그저 이따금 계속 누구라는 말없이 같은 말만 중얼거릴 뿐이었다.

"토막 내 토막, 토막을 치란 말이야 토막 내!"

중얼거리는 꾸빠의 모습에 신경이 쓰였는지 그들이 귓속말을 한 후 그녀를 방으로 질질 끌고 갔다. 방에서 논의를 벌인 그들은 새로운 방안을 마련했다. 때리고, 욕하고, 무릎을 꿇리고, 벽돌을 목에 거는 건 구닥다리 방법이야. 그들은 새로운 방법으로 자신들의 행동에 내실을 기해야 한다고 생각했다. 사람에 따라, 장소에 따라 적절한 처리방법을 찾아야 한다. 사람은 중년의 꾸빠, 장소는 서채 침대. 그들이 '사람'을 침대로 옮겨 이미 헐거워진 바지를 벗긴 후 천장을 보도록 사람을 눕혔다. 누군가 다시 꾸빠에게 올라타 손에 든 불쏘시개를 들어올렸다. 그들은 먼저 그녀의 하체를 무자비하게 공격한 후 불쏘시개를 높이 쳐들어 꾸빠의 두 다리 사이에……

꾸빠가 처참한 비명을 질렀다. 어제에 비하면 절망의 색채만 한층 더 드리워진 비명소리다.

그들 가운데 아마 아무도 이런 모습의 사람을 본 자는 없을 것이다. 그들의 표정이 멍했다. 본능적인 반응이었다. 지금 상황이 보통 일이 아니라고 느낀 누군가가 이미 문을 뛰쳐나갔다. 이어 몇 사람이 그 뒤를 따라 달려 나갔다.

얼치와 싼치도 도망쳤다.

고요한 오전,

고요한 오후.

꼬박 하루 동안 북채, 남채에서는 아무도 밖으로 나오는 사람이 없었다. 주시와 쾅탄조차 출근을 하지 않았다. 아무도 서채에서 대체 무슨 일이 벌어졌는지 몰랐다.

쓰이원과 쾅탄은 하루 종일 각자 침대에 누워 있었다.

주시와 메이메에는 복덩이를 보며 울적하게 앉아 있었다.

서채의 문은 하루 종일 활짝 열려 있었다.

저녁 무렵, 주시가 작은 소리로 메이메이에게 말했다.

"메이메이, 가자, 나랑 같이 서채에 가보자."

메이메이는 주시를 보고 아무 말도 하지 않았다. 하지만 주시를 따라갔다.

주시가 메이메이 손을 잡았다.

메이메이가 주시 손을 잡았다.

그들이 남채를 나와 서채로 들어갔다. 날이 아직 완전히 어두워지지 않아 한 눈에 침대에 누운 꾸빠가 보였다. 벌거벗은 몸으로 위를 보고 누워 있었고, 두 다리 사이에 손가락 굵기만 한 불쏘시개가 그대로 그곳에 꽂혀……

메이메이가 주시 손을 벗어나 덜덜 떨며 서채에서 달려 나왔다. 메이메이는 단숨에 남채로 가서 자기 침대에 엎어져 얼굴을 베개에 묻었다. 자신이 뭘 봤는지 알 수 없었다. 그냥 쇠가 자신을 세차게 공격한 것만 같았고, 공격을 받아 머리가 부서진 것 같았다.

놀란 쓰이원이 침대에서 내려와 메이메이 앞으로 다가가 뭘 봤는지 다그쳐 물었다. 메이메이는 아무것도 말하지 않았다. 아무것도 말할 수가 없었다. 눈앞이 그냥 암흑처럼 컴컴했다. 머리가 부서졌으니

장미의 문

더 이상 자신이란 존재할 수 없었다.

잠시 후 주시가 손이 피로 시뻘겋게 물들어 돌아왔다. 쓰이원은 꾸빠에게 일어난 일을 짐작했다. 주시가 쓰이원에게 상세한 상황을 알렸다. 또한 꾸빠에게 꽂힌 물건을 어떻게 빼냈는지, 어떻게 옷을 입히고 이불을 덮어줬는지 말했다.

쓰이원이 깨끗한 물 한 바가지를 퍼서 세숫대야 앞에서 주시의 두 손을 씻겼다. 핏물이 대야에 흘러내렸다. 녹슨 쇠 냄새가 났다. 조금 전 광경이 주시 눈앞에서 지워지질 않았다. 그녀는 물건의 깊이와 각도를 분석한 후 바로 쾅탄을 깨워 꾸빠를 병원에 데려가야 한다고 생각했다.

이미 황혼이다. 서채 입구에 헝클어진 옷차림의 꾸빠가 나타났다. 얼굴이 시퍼렇게 퉁퉁 부어 있었다. 손에 피로 흥건한 뭔가를 잡고 질겅거리고 있었다. 따황의 다리였다. 그녀가 힘껏 따황의 다리를 씹으며 마당 가운데를 향해 힘겹게 걸음을 떼고 있었다.

그녀가 질질 몸을 끌며 모든 사람에게 사죄하고 처분을 바랐다. 따황이 물건을 훔쳤으니 따황을 먹어야 해. 이제 됐어, 따황을 먹었으니 북채 대신 처분을 내린 셈이야. 남채에도 사죄를 한 셈이고. 따황이 사고를 내는 바람에 남채도 연루가 되었다. 남채는 한가족이다. 이제 그녀가 따황을 먹었으니 자기 죄도 경감이 됐다. 그녀는 《성경》에 요한이 요르단강에서 메뚜기와 석청(야생 꿀)만 먹었다는 구절이 나온다고 했다. 왜? 역시 속죄를 위해서이다. 그녀는 또한 자신의 죄는 돈이 많기 때문이라고 했다. 돈이 있으면서도 따황에게 돼지고기를 사주기 아까워 결국 배고픈 따황이 물건을 훔쳤다고 했다.

"모두 내가 돈이 있다는 것 믿어 안 믿어, 믿어 안 믿어?"

꾸빠가 피로 흥건한 입을 벌리며 텅 빈 마당에 대고 소리쳤다.

아무도 대답하는 사람이 없었다.

"아무도 말을 안 하는 건 믿는 사람이 없다는 거네. 좋아, 못 믿겠으면 보여주지, 구경해."

꾸빠가 소리를 지르며 창문 아래로 간 다음 창틀에서 낡은 닭털 먼지떨이를 들어 거세게 흔들기 시작했다.

낡은 먼지떨이는 모두 알고 있었다. 아무도 먼지떨이가 창틀에 얼마나 버려져 있었는지 모른다. 쓰이원도 몰랐다.

꾸빠가 먼지떨이를 흔든 후 마당 한가운데 먼지떨이를 들고 서서 말했다.

"날이 어둡기 전에 모두에게 끝내주는 공연을 보여주지."

그녀가 위에서 아래로 먼지떨이를 훑었다. 샛노란 물건이 그녀의 손에서 떨어졌다. 물건이 네모진 벽돌 바닥에서 제멋대로 굴러다녔다.

북채에 숨어 있던 뤄씨 집안사람들이 의아해하고 있을 때 쓰이원은 한 눈에 땅에 떨어진 물건을 알아봤다. 그건 순금 반지였다.

반지들이 또르르 한참을 굴러 마침내 하나씩 동작을 멈췄다.

꾸빠가 반지를 털어낸 후 다시 허리춤에서 쌈지를 꺼내 그 안에서 귀이개 두 세트(구리 하나, 은 하나)를 꺼내 바닥에 던지며 말했다.

"이것도 보태지."

마지막으로 그녀가 텅 빈 쌈지를 들고 마당을 한 바퀴 빙 돌며 말했다.

"이것만으로는 부족해, 이건 당신들 같은 보통 사람들에게 줄 수는 없지. 딩 아줌마에게 가야겠어. 딩 아줌마가 내게 만들어준 쌈지야. 위에화위에유月花月友, 쓸수록 더 생긴다잖아!"

꾸빠가 갑자기 말을 멈췄다. 마치 갑자기 할 일이 생각난 듯 서채로 뛰어 들어가 힘껏 문을 닫았다.

22

황혼이 찾아들고 무기력한 분위기가 마당을 감쌌다. 검푸른 벽돌 위에 여기저기 금빛이 반짝였다. 마치 여명 무렵 하늘의 별을 보는 것 같았다.

금반지에 대해 제일 잘 아는 사람은 쓰이원이다. 그건 원래 시어머니 물건이었다. 창 부인이 불쑥 금반지를 꾸빠에게 줬다. 쓰이원은 재물에 욕심이 없었지만 시어머니 결정이 옳지 않다고 느꼈다. 시어머니가 죽게 되면 시아버지는 집안 살림에 능력이 없으니 그 부담은 일찌감치 쓰이원에게 돌아간다. 그렇다면 저 물건은 당연히 쓰이원에게 줘야 한다. 그런데도 노부인은 쓰이원을 등진 채 딸에게 반지를 줬다. 쓰이원은 그 일을 생각할 때마다 불쾌했다. 매번 집안 상황이 좋지 않아 수입이 지출보다 적을 때면 꾸빠에게 말하고 싶었다.

아둔한 꾸빠는 처음에 쓰이원의 말뜻을 알아듣지 못했다. 당연히 어리둥절한 표정을 지을 뿐이었다. 이후 쓰이원이 좀 더 노골적으로 노부인이 남긴 반지에 대해 말하자 꾸빠는 그제야 얼굴을 붉혔다. 꾸빠가 얼굴이 벌겋게 달아올라 쓰이원에게 말했다.

"구체적으로 말을 안 하면 난 정말 몰라, 어머니가 남긴 그거 물어보는 거야? 바로 가서 가져다줄게."

잠시 후 꾸빠는 정말 두 손으로 구리 장식이 되어 있는 작은 상자를 받쳐 들고 나왔다.

"모두 여기 있어."

꾸빠가 말했다.

"직접 봐. 나한테 두면 아무 소용도 없어."

그녀는 언제나 침착하고 대범했다.

꾸빠가 나간 후 쓰이원은 상자를 들고 한참동안 열지 않았다. 속으로 쾌재를 부르면서도 조금 창피했다. 꾸빠가 마침내 자기 말을 알아듣고 쨩씨 집안 '유산'을 내놓은 건 기쁜 일이다. 다만 대갓집 출신인 올케가 시누이에게 물건을 내놓으라고 하다니 기분이 조금 찝찝했다. 누가 그녀에게 이 집을 책임지라고 했던가, 그녀 자신의 재산까지 계속 쨩씨 집안에 털어넣은 마당에 시누도 집안 살림에 기여를 해야 하지 않나? 쓰이원은 이런 자신을 용서하기로 했다.

쓰이원은 홍목 상자를 받아든 자신을 용서했다. 꾸빠는 그녀답지 않게 상자 열쇠까지 쓰이원에게 챙겨줬다. 쓰이원은 성냥만 한 작은 열쇠로 자물쇠를 열었다. 하지만 상자 안에는 노부인의 수산석壽山石 83)으로 된 도장 두 개와 은으로 된 골무 하나뿐, 금반지는 없었다. 상자 속 물건을 살펴본 쓰이원은 어느새 수치심은 사라지고 화가 치밀었다. 그녀는 상자를 꾸빠에게 돌려주기로 결정했다. 그녀는 좀스러운 자신의 모습에 화가 났고, 교활한 꾸빠에게 화가 났다. 그녀가 상자를 들고 갔다. 쓰이원이 꾸빠 앞에서 상자를 열었다.

---

83) 푸젠성福建省 서우산壽山에서 나는 옥

장미의 문

"너희 쾅씨 집안이 가난한 건 참을 수 있어. 하지만 나에 대한 야유는 도저히 참을 수가 없어. 내일부터 네가 집안 살림을 책임져. 행랑어멈 네게 보낼 테니 쌀, 밀가루 주고, 연탄배달부, 물 배달부도 네게 보낼 테니까 계산해주고."

문 앞에 앉아 있던 꾸빠는 얼굴이 붉어졌다. 조롱을 당한 쓰이원의 얼굴이 허옇게 질렸다.

"너 정말 바보야?"

그녀가 꾸빠에게 물었다.

'멍한' 꾸빠의 얼굴이 더 붉어졌다.

"일부러 그런 척하는 거지."

쓰이원이 말했다.

"바보면 왜 어머니 금반지를 동전처럼 내게 내주지 않는데?"

"무슨 금반지?"

꾸빠가 처음으로 놀란 표정을 지었다.

"어머니 금반지, 네 손에 들어간 금반지 말이야."

쓰이원이 말했다.

얼굴을 붉힌 꾸빠의 두 뺨이 축 처졌다. 그녀가 살짝 눈을 감고 명상을 시작했다. 질문에 신경쓰지 않겠다는 표시였다. 쓰이원은 이런 반응을 가장 잘 알았다. 매번 그럴 때마다 이런 표시에 대한 세상의 숱한 표현을 떠올렸다. 하지만 모두 인신공격 느낌이 드는 표현이었다. 예를 들면 '지랄', '지랄하고 있네' 같은 것이다. 이런 말을 차마 어린 시누이에게 할 수 없었다. 그녀는 꾸빠를 내버려둔 채 꾸빠의 방을 훑어보며 물건을 숨길 만한 장소를 살폈다. 낮고 넓은 구식 옷장, 위에 깃털 두 개가 달린 가죽가방, 조금 비뚤어진 빈랑나무 화장대 모두 반지를 숨길 수 있는 장소처럼 보였다. 잠시 방을 둘러본 그녀는 꾸빠 방에서 나왔다. 가장 증오스러운 건 자신의 남편과 이런 시누이를 낳은 쫭씨네 노부인이었다. 어린 시누이는 그냥 내버려두기로 하지. 쓰이원은 그녀를 용서했다. '지랄하고 있네' 같은 말은 여전히 할 수 없었다.

이제 쓰이원 눈앞에 닭털로 만든 먼지떨이가 있다. 먼지떨이가 언제부터 창틀에 세워져 있었는지 기억을 더듬었다. 꾸빠의 지혜에 탄복했다. 또한 속으로 안목 없는 자신을 원망했다. 하루 종일 다른 사람에게 안목이 없다고 욕을 했는데. 원래 안목이란 영원히 가질 수 없는 아득한 것일지도 모른다. 안목이 가장 뛰어난 사람이 속는 이유는 안목이 가장 없는 사람이 그 코앞에서 사기극을 펼치기 때문이다. 또는 누구를 속이고자 하는 사람 대부분이 기만적인 행위를 바로 상대방 코앞에서 벌이기 때문일 수도 있다. 원래 정상 가운데 항상 비정상이 있고, 비정상 가운데 정상이 가득하다. 쓰이원은 그저 꾸빠의 커다란 장과 낡은 상자만 볼 줄 알았지 눈앞에 놓인 먼지떨이는 보지 못했다. 그곳에 있는 걸 알았다면 그냥 그렇게 내버려두는 편이 꾸빠가 발작하듯 마당에 던져버리는 것보다 나았을 텐데. 이제 마당에 서 있는 바로 당신 발밑에 반지가 있지만 그 반지는 이미 쫭씨 집안의 것이 아니다.

황혼 내내 쓰이원은 마당을 노려보았다. 하지만 마당에는 아무도 나오지 않았다. 날이 완전히 어두워지고 나서야 마당에서 인기척이 느껴졌다. 손전등 불빛 아래 드디어 뤼씨 집안사람들이 출동했다. 그들이 허리를 굽히고 불빛 아래 물건을 줍기 시작했다. 마치 참빗으로 머리를 빗듯 그렇게 철저하게 수색을 시작했다. 한바탕 마당을 수색

장미의 문

한 후 그들이 속닥거리며 집으로 돌아갔다. 잠시 후 통로에 뤄 아저씨가 등장했다. 그는 일부러 목청을 높여 얼치를 부른 후 다시 얼치를 시켜 뤄 아주머니를 나오도록 했다. 그가 말했다. 내일 가서 상납해야지, 지역도 아니고, 얼치 학교도 아니고, 믿을 만한 곳에. 하지만 그는 대체 어디가 믿을 만한 곳인지는 말하지 않았다.

쓰이원은 뤄 아저씨의 의도를 알았다. 남채 들으라고 하는 말이지? 그렇지 않다면 안에서 해결해도 될 일을 왜 통로까지 달려 나와 고함을 지르겠어? 눈 가리고 아웅하는 짓거리, 어리석은 수작에 불과하다. 이런 짓거리를 볼 시간이 있으면 차라리 가족인 꾸빠 생각을 해야지.

조금 전 주시가 꾸빠를 병원에 데려가기로 했다. 쓰이원이 좡탄에게 차를 불러오라고 했다. 좡탄은 매사에 꾸물거린다. 나간 지 한참이 지났는데도 돌아올 기미가 보이지 않았다. 쓰이원은 열불이 났다. 그녀가 주시에게 좡탄에 대한 원망을 털어놓았다.

"차 하나도 제대로 부르지 못하고, 이럴 줄 알았으면 내가 나가 볼 걸 그랬어."

주시는 골목 입구 호출전화가 고장 나서 전화로 차를 부르려면 시단西單까지 가야 된다고 했다.

"둥단東單에도 다녀오고도 남을 시간이네!"

쓰이원이 말했다.

"그 애한테 뭘 기대해! 메이메이!"

그녀가 메이메이를 불렀다.

언뜻 듣기에 메이메이에게 좡탄이 오는지 나가보라는 뜻 같았다. 하지만 쓰이원이 메이메이를 부른 진짜 목적은 주시가 눈치껏 바로 쨍탄을 찾아보러 나가라는 뜻이었다.

쓰이원은 무슨 일이든 직접 주시에게 시키는 적이 없었다. 그녀는 대개 '계면쩍게' 돌려서 언질을 주는 식이었다. 주시가 스스로 깨닫고 행동하길 바랐다. 주시는 때로 '계면쩍은' 말을 알아챌 때도 있고 그냥 모르는 척할 때도 있었다.

실내에 있어야 할 메이메이가 한참 동안 보이지 않았다. 조금 전 주시도 뤄씨네 움직임만 살폈을 뿐, 메이메이에게 신경을 쓰지 않았다. 쓰이원의 말에 주시는 그제야 메이메이 생각이 났다. 메이메이가 꾸빠 방에서 뛰어나간 후 본 적이 없었다. 조금 전 메이메이가 봐서는 안 되는 장면을 보게 했다는 생각이 들었다. 그런 장면은 의사라면 혹 모를까 아직 크지도 않은 여자애에게 도저히 받아들일 수 없는 잔인한 광경이었다. 주시는 자신을 탓하며 어둠 속에 메이메이를 찾아다녔다. 그녀는 더듬더듬 메이메이 침대에서 메이메이를 찾았다. 주시가 불을 켰다. 메이메이가 눈을 휘둥그레 뜨고 있었다. 아이의 두 눈에 핏발이 잔뜩 서 있었다. 주시가 메이메이 이마를 만졌다. 열이 나고 있었다. 물을 먹을까, 아니면 뭘 좀 먹을까 물었지만 메이메이는 고개만 저을 뿐이었다. 결국 주시는 메이메이에게 뜨거운 물을 따라다줬다.

메이메이는 부서진 머리를 감싸 안고 세상모르고 녹아떨어졌다. 자기가 하염없이 달리고 있는 것 같았다. 발이 가벼웠다. 마치 솜이나 구름을 밟고 있는 것 같았다. 아무도 없는 황막한 곳에 이르렀다. 천지사방에 모두 사람 시체가 가득했다. 뭉텅이로 피와 살이 범벅이 되어 있었다. 이어 한 할머니가 자신에게 다가왔다. 할머니는 빨간 눈에 흰 손톱을 가지고 있었다. 얼굴은 회색앵무 머리 같기도 하고, 백마의

장미의 문

갈기 같기도 했다. 할머니가 바닥에서 피로 범벅된 살덩이를 들어 메이메이 입안에 쑤셔 넣었다. 메이메이는 먹지 않았지만 할머니는 화를 내지 않았다. 그녀가 손을 뻗어 메이메이를 간지럽혔다. 메이메이는 웃음이 터졌다. 아이가 웃으며 바닥에 뒹굴었다. 일어나서도 웃었다. 할머니의 손이 계속 메이메이의 양 옆구리와 겨드랑이를 간지럽혔기 때문이다. 메이메이가 가까스로 할머니 손을 벗어났다. 자세히 보니 그 할머니는 꾸빠였다. 원래의 그 꾸빠였다. 꾸빠가 메이메이에게 친하게 지내고 싶다고 했다. 메이메이가 공포에 질려 마침내 잠에서 깼다. 메이메이는 조금 전 꿈을 떠올리자 꾸빠에게 너무 미안한 마음이 들었다. 자신을 간지럽힌 사람은 꾸빠보다는 할머니였어야 한다고 느꼈다. 다시 생각하니 상대방이 할머니여도 안 된다는 생각이 들었지만 계속 머릿속에 떠다니는 집요한 생각을 떨쳐버릴 수 없었다.

메이메이는 다시 잠이 들었다. 이번에는 더 깊이 잠에 빠져 아무 꿈도 꾸지 않았다. 아마 머리가 더 잘게 부서져버렸기 때문일 수도 있다.

쾅탄은 여전히 돌아오지 않았다. 긴 밤이 찾아오고 있었다. 북채는 일찍 불이 꺼졌다. 아마도 빨리 오늘이 어제가 되길, 끔찍하고 상상조차 하지 못한 수확을 거두었던 어제가 되길 바랐을지도 모른다.

꾸빠는 목이 말랐다. 하룻밤 내내 방에서 따황만 먹었다. 드디어 따황을 모두 먹어치웠다. 꾸빠는 따황을 먹으며 자신에 대해 곰곰이 생각했다. 인생의 반을 산 그녀는 정상적인 인간일까, 아니면 비정상적인 인간일까. 후에 꾸빠는 자신에 대해 결론을 내렸다. 정상이야. 따황을 먹어치운 행동이 바로 정상임을 증명하고 있어. 그녀는 따황을 자기 위장에 집어넣었다. 자신의 결핍을 이용해 따황을 완성시켰다. 완성을 위해 따황을 먹을 때 행여 조금이라도 빠트릴까 걱정했다. 따황의 심장, 간, 장, 따황의 눈알, 따황의 꼬리, 따황의 방광, 고환까지…… 머리조차 깨끗하게 파먹었다. 세상에 따황의 모든 것을 남겨두고 싶지 않았다. 조금이라도 세상에 남겨두면 따황을 완벽하게 보존할 수 없기 때문이다.

따황을 먹었다. 따황을 완벽하게 보존했다. 그녀는 정상이다.

마지막에 따황의 털과 가죽을 먹으려니 잘 삼켜지지 않았다. 털이 목구멍에 끼고, 이에 꼈다. 더 이상 꾸빠는 입을 오물거릴 수가 없었다. 물 한 대접이 있으면 모든 털과 가죽을 먹을 수 있을 것 같았다. 하지만 눈앞에 물이 없었다. 주시나 메이메이를 부르고 싶었다(유독 쓰이원은 생각이 나지 않았다). 하지만 고양이털이 목에 걸려 소리가 나오지 않았다. 침대에서 내려와 물을 가지러 가려고 했지만 두 다리가 말을 듣지 않았다. 그렇게 목이 메이고, 목이 마른 채 누워 있었다.

하지만 여전히 꾸빠는 따황이 완전하게 보존되었다고 느꼈다. 따황의 영혼이 자신의 피와 살에 녹아들었다. 가죽과 털은 그저 장식일 뿐이야.

이제 꾸빠는 따황을 보존한 다음 자신을 보존할 생각이었다. 그렇다면 자신도 먹어치워야 한다. 자기가 직접 자기를 먹어야 철저하게 자신을 보존하고, 따황 역시 영원히 보존할 수 있다. 그녀의 위장에 그녀의 신체를 담는다, 그녀의 몸에 그녀의 위장을 담는다…… 그렇다면 자신의 몸과 자신이 먹어치운 위장까지 함께 먹어버릴 방법이 필요하다. 꾸빠는 자신을 받아들일 수 있는 문, 붉은 칠을 한 육중한 문을 바라보았다. 구리 못과 철판으로 만들어진 문, 어떤 날카로운 도구로도 뚫을 수 없는 문이다. 그 문은 바로 꾸빠 어머니의 배다. 문은 바로 배이며, 배는 바로 자궁이다. 자궁 주변에 구리 못과 철판이 둘러쳐져 있으면 좋다. 그녀는 자신을 태아처럼 웅크려 그 안으로 들어갈 수 있다. 그녀가 문을 향해 날듯이 달려갔다. 그리고 그렇게 날듯이 달려들어……

황탄이 차를 불러왔다. 하얀색 구급차였다. 알고 보니 그 역시 한껏 머리를 썼다. 그는 아무리 둘러봐도 차를 찾지 못하자 갑자기 머리를 굴려 주시 병원에 전화를 걸었다. '응급구조'라고 적힌 구급차가 드디어 그의 눈앞에 나타났다. 황탄이 길을 안내해 샹사오후퉁으로 들어왔다. 그가 주시를 불렀고 온 가족이 서채로 달려갔다.

주시가 불을 켰다.

꾸빠가 죽어 있었다.

꾸빠의 입에 고양이털이 잔뜩 들어 있고 손에는 고양이 가죽을 움켜쥐고 있었다.

그 후 쓰이원은 꾸빠의 죽음을 떠올릴 때마다 미안한 생각이 들었다. 자신이 뤄 주임을 불러들였기 때문이다. 잽싸게 가구와 집을 바치고 주절주절 연설을 늘어놓아 그녀의 영혼을 불안하게 만들었기 때문이다.

하지만 꾸빠의 죽음으로 쓰이원의 영혼이 조금 밝아진 부분도 있었다. 쓰이원 생각에는 세상에서 자신을 가장 잘 이해하는 사람은 꾸빠다. 꾸빠만이 자신의 영혼을 발가벗길 수 있었다. 그래서 쓰이원은 편안할 수 없었다. 왜 자신의 영혼을 불안하게 하는 사람에게 관용을 베풀어야 하는가? 꾸빠가 쓰이원의 그럴듯한 연설을 봤다는 이유만으로? 쓰이원의 영혼이 적나라하게 발가벗겨지는 이유는 결코 그것만이 아니다. 예전에 좡씨 집안에서 일어났던, 꾸빠만이 알고 있는 크지도 작지도 않은 일들 때문이기도 했다. 물론 꾸빠는 이를 빌미로 쓰이원을 위협한 적이 없다. 하지만 꾸빠라는 존재 자체만으로 쓰이원은 자기가 자신을 위협했고 이 때문에 항상 가슴이 두근거렸다. 꾸빠의 죽음은 그녀의 마음을 가라앉힐 수 있을지도 모른다. 다시 두근거린다 해도 그저 자기만 알뿐이다.

쓰이원은 꾸빠를 생각하면 그리 잘 흘리지도 않는 눈물이 핑 돌았다. 자주 남몰래 오열했다. 깊은 밤 그녀의 오열에 메이메이가 놀라서 잠에서 깼다. 그녀는 꾸빠의 애처로운 처지 때문에 오열했고, 이 애처로운 사람을 동정한 자신의 모습에 오열했다. 그 둘은 쟝씨 집안에서 고난을 함께한 전우다. 그녀는 꾸빠를 위해 신발을 재단했고 종이상자를 붙였다. 꾸빠가 가지고 있던 금반지가 바로 그 증명이다. 쓰이원은 노동을 했고, 꾸빠는 금반지를 지켰다.

여자는 대부분 겉으로 의리를 내세우면서도 한편으로 억울하다고 생각한다. 억울해하면서도 또한 의리를 생각한다.

쓰이원은 꾸빠를 생각하면 오열했고 두 사람이 욕망을 가질 수 있었던 시절 그들 사이의 묵계를 그리워하기도 한다. 당시 귀이개를 든 꾸빠의 손은 이 세상 너머 존재하는 기운이 담긴 듯했다. 쓰이원의 귓속은 꾸빠에게 마치 익숙한 골목 같았다. 꾸빠의 귀이개는 쓰이원에게 영혼이 담긴 살아 있는 익숙한 물건이었다. 서로에게 가장 적합한 존재였다.

꾸빠는 사람 귀를 고르는 데 까다로웠다. 하지만 유독 쓰이원에게는 까다롭지 않았다. 자기 귀 역시 완벽하지 않다고 믿고 있으면서도.

이제 쓰이원은 욕망이 찾아들 때마다 침대에 비스듬히 누워 하

장미의 문

품을 하며 기지개를 켤 수밖에 없다. 메이메이가 그 자리를 대신해주
길 바랐다. 몇 번이나 메이메이에게 꾸빠처럼 해보라고 일렀다. 하지
만 메이메이는 언제나 고개를 저으며 이를 사양했다. 쓰이원은 그럴
수록 메이메이가 평생 자신과 묵계를 맺을 수는 없겠다는 아쉬움이
깊어졌다. 만약 균열이란 말로 묵계를 할 수 없는 아쉬움을 표현한다
면 균열의 시작 역시 아마 여기서부터였을 것이다.

차가 꾸빠를 싣고 간 다음 날 아침, 북채에서 이따금 소리가 들려
왔다. 펑! 누군가 사발을 내던지는 듯했다. 탁! 누군가 세숫대야를 바
닥에 내팽개친 듯했다. 탕! 조금 전보다 좀 더 요란하다. 누군가 보온
병을 던진 듯하다.

이따금 소리가 이어진 후 다치가 씩씩거리며 문을 밀고 나왔다.
뤄 아주머니가 바짝 그 뒤를 쫓아서 나왔다. 그녀는 마당에서 다치
옷을 잡아당겼다. 다치의 몸이 소가 수레를 끌 듯 앞으로 푹 기울어
졌다. 뤄 아주머니가 뒤에서 다치를 잡아당겼다. 뤄 아주머니는 몸이
육중하다. 다치가 아무리 발버둥을 쳐도 뤄 아주머니의 손아귀를 벗
어날 수 없었다.

뤄 아저씨가 통로에 서서 발을 동동거리며 그들에게 소리쳤다.

"모두 이리 오지 못해!"

다치와 뤄 아주머니 모두 그 말을 무시하고 계속 마당에서 대치
했다.

"이리 안 오고 뭐해! 제멋대로 뭐하는 짓들이야!"

뤄 아저씨가 다시 고함을 질렀다.

다치가 뤄 아주머니 손아귀를 벗어나려 했다. 하지만 뤄 아주머
니가 바로 바닥에 꿇어앉으며 다치의 다리를 꼭 잡았다.

"오늘 그냥 여기서 죽자!"

그녀가 말했다.

"어쨌거나 내가 가야 해. 물건이 나한테 있으니 내가 가서 제출해야지!"

다치가 말했다.

"니? 내 살아 있으무 너는 이 문밖으로 나갈 생각도 하지 말라!"

뤄 아주머니가 완전히 바닥에 엎어졌다.

얼치, 싼치가 달려 나와 다치 앞으로 돌아갔다.

"형, 빌어먹을 그거 엄마한테 줘, 형이 뭔 상관이야!"

얼치가 말했다.

"엄마에게 못 줘, 안심할 수 없어."

다치가 말했다.

"그럼 나한테 줘. 내가 마당에서 주웠으니까."

얼치가 다치에게 손을 내밀었다.

"너한테도 못 줘."

다치가 말했다.

"이리 내놔! 너희 아무도 필요 없어. 내가 가마."

뤄 아저씨가 빙 돌아 가족들을 가로막았다.

다치가 윗옷 주머니를 꼭 움켜쥐었다.

"이리 못 내놔?"

뤄 아저씨가 다치에게 손을 내밀었다.

다치가 주머니를 더 꼭 움켜쥐었다.

뤄 아저씨가 다치의 멱살을 잡았다.

"주지 말라고 했지, 내가 말했잖아!"

장미의 문

뤄 아저씨가 힘껏 다치 멱살을 틀어쥐었다. 다치가 휘청거렸다. 다치를 붙들고 늘어진 뤄 아주머니도 바닥에 엎어졌다.

마침내 뤄 아저씨가 다치를 집으로 데리고 들어갔다. 뤄 아주머니도 뛰어 들어갔다.

뤄 아저씨가 안에서 뭔가 들고 다치를 내리쳤다. 다치가 계속 대들었다.

"이 물건 제출해야 한다고요. 모두 무슨 생각하고 있는지 내가 다 알아요."

"제출해도 넌 아냐. 네 엄마에게 가라고 해야지."

뤄 아저씨가 말했다.

뒤이어 속닥거리는 소리들이 들렸다.

오전에 뤄 아저씨와 아들들이 나가고 나서 뤄 아주머니가 집에서 나왔다. 아주머니가 수건으로 싼 조그만 뭉치를 들고 남채로 왔다. 그녀가 작은 뭉치를 쓰이원 앞에 내밀었다.

"이게 그게요. 애들을 어떻게 믿소? 그래서 내가 직접 제출하려고 했소. 꾸빠가 혁명을 위해 공헌했다 하고."

쓰이원 앞에 뤄 아주머니가 손을 흔들다가 다시 쑥 집어넣었다. 쓰이원은 확실하게 느낄 수 있었다. 원래 있어야 할 분량이 아니었다. 훨씬 더 가벼워 보였다. 순금이라면 쓰이원도 문외한은 아니다. 그녀는 속으로 생각했다. 휘두르긴! 한 치, 사방 한 치면 한 근이군. 그녀는 '사방 한 치'를 떠올리면서도 뤄 아주머니를 향해 미소를 지었다.

"물건을 제출하려면 어른이 가야죠."

뤄 아주머니는 쓰이원의 웃음이 기괴하게 느껴졌다.

23

골목 사람들은 꾸빠가 사라졌고, 따황도 함께 사라졌다는 사실을 알았다. 하지만 아무도 꾸빠의 죽음에 대해 묻지 않았다. 뤄 아주머니 앞에서 사인^{死因}을 묻는 건 시기적절하지 않다고 모두 알고 있었다.

지역 여성들이 뤄 아주머니를 따라 집으로 들어와 꾸빠의 유품을 정리했다. 정리하는 사람, 지켜보는 사람들이 뒤섞여 마당이 북적거렸다. 높이가 낮고 옆으로 비대한 커다란 장, 깃털이 달린 흰 가죽 상자 두 개, 모양이 틀어진 빈랑나무 화장대와 고양이를 주제로 한 쑤저우 자수 병풍 네 쪽이 모두 마당으로 나왔다. 썰렁했지만 일목요연했다.

쌈지를 발견한 사람이 몽둥이에 쌈지를 걸어 마당에서 사람들을 깜짝깜짝 놀라게 했다.

"어이! 위에화위에유^{月花月友}, 위에화위에유!"

사람들은 쌈지가 자기 앞을 지나가면 소리를 지르며 쌈지를 따라 마당을 빙글빙글 달려갔다. 뤄 주임이 실내를 정리한 후 마당으로 나왔다. 사람들이 그제야 어정쩡한 장난을 멈췄다. 그들이 차분히 마음을 가라앉히고 뤄 주임을 에워싼 채 밖으로 물건을 옮기기 시작했다.

물건은 금방 옮겨졌고 마땅히 귀속돼야 하는 곳으로 실려 갔다. 이제 마당에는 꾸빠의 잡동사니만 남았다. 코가 치켜 올라간 커다란 구두 두 짝, 남녀 구분이 가지 않는 낙타 등 모양의 검은 벨벳 신발 한 짝, 주머니가 세 개 달린 남빛 학생복 한 벌, 라틴 자모가 수놓인 반질반질 닳아빠진 프릴 장식의 베개 하나, 군데군데 찢어진 장헌수이張恨水[84)의 《베이징 아가씨》北京小姐 한 권, 기독교 석판 인쇄 포스터 한 장 등이었다. 포스터는 보존상태가 완벽했다. 천당과 이승, 지옥 그림이 그려져 있었다. 찬란한 성당, 담담한 이승, 고통의 지옥 그림이 합리적으로 배치되어 있었다.

뤼 주임은 물건을 따라가지 않았다. 대나무 비를 들고 있는 것을 보니 청소를 하려나 보다 생각했지만 청소는 하지 않고 계속 중얼거리기만 했다.

"쓸데없이 자살은 해가지고 사람들한테 애만 먹이고 시간만 낭비하게 만들었재요."

쓰이원은 구시렁거리는 뤼 아주머니 소리를 들었다. 그저 혼자 중얼거리는 소리가 아니었다. 쓰이원을 향한 호소, 와서 자기 빗자루를 받으라는 호소였다. 사실 쓰이원은 뤼 아주머니 호소를 들어주고 싶었다. 조금 전 바로 뛰어나가 지역 여성들과 함께 장단을 맞추고 싶었다. 하지만 용기도 없고 그럴 마음의 준비도 되어 있지 않았다. 그곳에 서서 아무 일도 없었던 것처럼 환한 모습으로 있어야 하는지 아니면 응당 슬픔과 긍지를 보여야 할지 알지 못했다. 슬픔이나 긍지, 환한 모습이나 태연한 모습 모두 쓰이원이 보여야 할 태도가 아닐지도 모른다. 그녀는 특수한 존재다. 좌우 어디로도 움직이지 않는 특수한 존재, 차라리 방에 앉아 침묵하고 있는 편이 나았다. 사람들이 모두 떠났다. 뤼 아주머니가 마당에서 자신을 향해 호소하고 있다. 시기가 무르익었다. 이제 나서서 뭔가 태도를 보여야 옳다, 그래야 이 시간을

---

84) 1895~1967. 중국 장회소설 작가. 원앙호접파 대표작가로 현대문학사에서 장회소설대가로 불린다.

넘길 수 있다. 여자들이 떠나고 그들을 통솔하던 뤄 아주머니가 남았다. 물건이 옮겨지고, 꾸빠의 잡동사니가 아직 남아 있다. 뤄 아주머니가 빗자루로 물건들을 쿡쿡 찌르고 있었다.

쓰이원이 마당으로 나왔다.

"조금 전에는 지역에서 조직한 거라고 생각했어요."

쓰이원이 이렇게 말하며 뤄 아주머니 빗자루를 받았다.

"어휴, 조직을 했든 말든 눈앞에 일이 벌어지니까 벌떼처럼 몰려와 가지고. 이 물건들 쌓아놓은 거 좀 보우, 청소도 안 하고……."

뤄 아주머니가 마당을 가리켰다.

마무리 청소도 없이 꾸빠의 잡동사니 쓰레기가 흩어져 있었다.

이제 빗자루가 등장했으니 빗자루는 당연히 쓰이원이 잡아야 한다. 쓰이원이 뤄 아주머니 빗자루를 잡아 서채 입구부터 시작해 꾸빠의 쓰레기를 힘껏 한쪽으로 몰았다. 깔끔……하게 밀어버렸다. 쓰이원이 말끔하게, 제법 그럴듯하게 비질을 했다. 쓰이원은 빗자루, 마당비, 삽, 쓰레받기 사용에 능하다. 좡씨 집안의 거친 일을 안 해 본 것이 없다. 밥하고 불 피울 때 쓰는 무연탄까지 남자가 없는 상황에서 쓰이원은 마치 우공愚公이 산을 옮기듯 대야크기만 한, 사발크기만 한 무연탄을 창고까지 날랐다. 좡천의 친구 하나가 쓰이원이 이 집안의 행랑어멈인 줄 오해한 적도 있었다. 이후 좡천은 농담처럼 쓰이원에게 힘이 세다는 뜻으로 '쓰다리'司大力라는 별명을 지어주기도 했다. 쓰이원이 빗자루를 휘둘러 꾸빠의 쓰레기를 청소하면서 때맞춰 뤄 아주머니에게 말을 걸었다.

"'파사구'破四舊하던 때 내가 말했는데. 이것 봐요, 지금이 어느 땐데 아직도 이런 걸 가지고 있었는지."

쓰이윈이 바람이 구름을 몰고 가듯 포스터,《베이징 아가씨》,《신구약전서》新舊約全書를 쓸어버렸다.

"이건 뭐고?"

뤼 아주머니가 바닥에서《신구약전서》를 들어올렸다.

"모두 남채 물건이에요."

쓰이윈이 일고의 가치도 없다는 듯 책에 대해 반감을 드러냈다.

"남채?"

뤼 아주머니가 물었다.

"쉬안우문宣武門 밖 북쪽."

뤼 아주머니는 대충 짐작이 갔다. 회색 벽돌 건물, 뾰족한 첨탑이 두 개 있는 건물이다.

꾸빠는 사실 종교를 믿지 않았다. 종교 이야기를 알고 싶었을 뿐이다. 그녀는《성경》에 나오는 이야기가 현실과 더 진실하고 가깝다고 생각했다.

쓰이윈은 후다닥 꾸빠 잡동사니를 모아 쓰레받기에 받친 후 몇 번에 나눠 밖으로 날라 인근 쓰레기더미에 버렸다.

뤼 아주머니가 꾸빠 자물쇠를 찾아 꾸빠 문을 잠갔다.

쓰이윈이 비와 쓰레받기 사용을 마쳤다. 전에 없이 마음이 홀가분했다. 마치 뤼 아주머니에 대한 정식 탐색을 끝낸 것 같은 기분이었다. 가구를 내놓고 연설을 한 일이 그저 자신의 존재를 알렸던 자리였다면 경극의 순서를 아는 쓰이윈은 무대 위 입장과 퇴장 시 잠시 멈춰 자신을 부각시킨 후 한 걸음씩 무대 앞으로 나가야 철저하게 관중이 자신의 얼굴을 인식할 수 있다는 사실을 잘 알고 있었다. 쓰이윈은 늘 새로운 사회가 마치 거대한 무대 같다고 생각했다. 수시로 존재를 드러내고 아니면 수시로 한 걸음씩 무대 앞으로 나가야 한다. 때로 무대 앞으로 나가려 해도 누가 나와 당신을 막고 돌려보낼지 모른다. 다시 존재감을 부각시키려면 또다시 앞으로 나가야 한다. 때로 당신을 가로막는 사람이 없어도 무대가 갑자기 무너질 수도 있다. 옛 무대가 무너지고 당신 눈앞에 새 무대가 나타난다. 당신은 다시 모습을 드러내고 또 앞으로 나아가야 한다.

어쨌거나 이제 무대 앞으로 한 걸음 나아갔다. 당신의 얼굴이 관중인 뤄 아주머니에게 한 걸음 다가갔다. 두 사람이 같은 문제에 같은 견해를 낸 건 이번이 처음이다.

뤄 아주머니가 자기 비를 들고 통로로 돌아가 툭툭 몸을 털고 안으로 들어간 후에야 쓰이원은 자기 쓰레받기를 가지고 주방으로 들어가 몸을 털고 방으로 돌아갔다.

그날 쓰이원은 기분이 좋았다. 씻고 정리한 후 거리에 나가 장을 보고 돌아와 홍사오다이위紅燒帶魚(갈치간장조림)를 만들었다.

밤에 메이메이는 또 붉은 눈에 흰 손톱을 가진 할머니 꿈을 꿨다. 회색앵무 얼굴이 메이메이에게 바짝 붙어 소란을 떨자 메이메이는 깔깔 웃기 시작했다. 메이메이는 필사적으로 웃으며 필사적으로 깨어나려 애를 썼다. 그런데 아무리 애써도 잠이 깨지 않았다. 외할머니가 메이메이를 깨우며 무슨 일인지 물었다. 메이메이는 꿈을 꿨다고 말했다. 외할머니는 무슨 꿈이기에 울다가 웃다가 난리를 쳤냐고 물었다. 메이메이는 외할머니에게 꿈 내용을 말하고 싶지 않았다.

얼마 후 외할머니가 다시 코를 골기 시작했다.

얼마 후 메이메이는 오줌이 마려웠다.

메이메이는 어둠 속에 발을 뻗어 자기 신발을 찾아 신고서 신발

장미의 문

을 질질 끌며 앞으로 걸어갔다. 메이메이가 외할머니와 함께 쓰는 법랑 요강으로 갔다.

메이메이는 밤에 요강을 사용하지 않았었다. 사용하지 않았었기 때문일까 지금 자신의 모습이 추잡하게 느껴졌다. 마치 다른 사람 물건을 훔치는 것 같았다. 각별히 조심스럽게 행동했다. 그러면 그럴수록 더더욱 좀도둑이 되어 물건을 훔치는 것 같았다. 메이메이가 조심스럽게 요강 뚜껑을 바닥에 놓고 조심스럽게 자리를 잡아 조심스럽게 오줌 누는 소리가 나지 않도록 볼일을 봤다. 마침내 일을 마쳤다. 다만 '좀도둑질'을 끝내고 뚜껑을 닫을 때 뜻밖의 실수로 뚜껑이 요강 옆에 세게 부딪쳤고 그 소리에 쓰이원이 깨어났다.

쓰이원은 별 말 없이 그냥 몸만 뒤척였다.

메이메이가 더듬더듬 자기 침대로 돌아와 누웠다. 하지만 차마 다시 잠들지 못한 채 눈을 멍하니 뜨고 꿈을 생각했다. 자신을 간지럽혔던 할머니 모습이 생각나자 겨드랑이가 다시 간질거렸다. 침대에서 내려가고 싶은 생각이 간절해지면서 한 곳이 치솟기 시작했다. 이번에는 참고 다시 침대에서 내려오지 않으려 했지만 도저히 참을 수가 없었다. 다시 발로 신발을 더듬어 찾은 후 어둠을 헤치고 자기와 외할머니가 함께 쓰는 요강 쪽으로 가서 다시 한 번 좀 전의 동작을 반복했다. 그런데 이번에는 막 뚜껑을 열자마자 뚜껑으로 요강을 쳐서 쩽그랑 소리가 났다. 쓰이원이 결국 완전히 잠에서 깼다. 메이메이가 요강에 앉자마자 쓰이원이 줄을 잡아당겨 불을 켰다. 눈부신 불빛 아래 메이메이 모습이 그대로 드러났다.

쓰이원의 갑작스런 동작에 메이메이는 어찌할 바를 몰랐다. 순식간에 자신이 전시품이 된 것 같았다. 자신이 사람들의 구경거리가 된 듯했다. 자신을 구경하는 사람이 외할머니 하나뿐만이 아니라 사방에 눈이 있는 듯했다. 외할머니는 왜 꼭 불을 켜서 자기 행위를 확인하려는 걸까, 메이메이는 감히 일어날 수가 없었다. 메이메이가 금방이라도 요강에 자신을 구겨 넣을 것처럼 아래로 몸을 움츠렸다.

"오늘 왜 그래?"

외할머니가 팔꿈치로 몸을 괴며 물었다.

"저…… 저도 모르겠어요."

메이메이가 말했다.

"평소에는 이런 습관이 없잖아, 어디 불편해?"

외할머니가 다시 물었다.

"아뇨. 불편한 데 없어요."

메이메이가 말했다.

"자꾸 오줌을 누잖아."

외할머니가 짜증을 냈다.

메이메이가 허리를 굽힌 채 요강에서 일어난 후 다시 굽신굽신 침대로 달려가 이불을 뒤집어쓰고 눈을 감았다.

잠이 달아난 쓰이원은 담배를 피우기 시작했다.

불빛이 환했다. 메이메이는 눈을 감았다. 눈앞이 빨갛다. 너무 빨개 눈꺼풀이 계속해서 뛰었다. 잠들고 싶었지만 잠이 오지 않았다. 아빠가 알려줬던 빨리 잠드는 방법을 생각했다. 살며시 눈을 감아, 그리고 앞에 양떼가 있다고 생각해. 양이 울타리에서 밖으로 나오고 있어. 울타리 문으로는 매번 양이 한 마리씩밖에 나오지 못해. 그럴 때 양의 모습을 떠올리며 어떻게 울타리를 넘어가는지 봐. 매번 한 마리씩 뛰어나올 때마다 수를 세는 거야, 구체적일수록 좋아. 검은 양, 하

장미의 문

얀 양, 수컷, 암컷. 자세히 셀수록 좋아, 한 마리, 두 마리, 세 마리……
그럼 잠이 들 거야.

예전에 메이메이는 항상 아빠가 알려준 방법으로 실험을 했다.
눈을 감으면 정말 양떼, 울타리, 문이 보였다. 하지만 매번 수를 세기
도 전에 잠이 들었다. 아침에 일어나면 아빠가 물었다.

"양은 셌어?"

메이메이는 언제나 아니라고 말했다. 아빠가 말했다.

"지금은 필요가 없네. 아마 언젠가 셀 날이 올 거야."

이제 메이메이는 눈을 감고 열심히 자기 양떼, 울타리, 울타리 문
을 찾았다. 문을 찾자 양이 한 마리씩 줄지어 폴짝폴짝 뛰어나왔다.
뿔이 없는 암양, 폴짝 뛰자 귀가 반짝였다. 뾰족한 뿔에 긴 수염, 짧은
꼬리의 까만 염소, 정말 높이 뛰었다. 구부러진 뿔에 흰 양, 뛰는 모습
이 둔했다…… 계속 수를 세다가 실패했다. 몇 번째지? 자신에게 물어
봤지만 답이 나오지 않았다. 그래서 처음부터 다시 세기 시작했다. 그
래서 눈앞에 모든 것이 사라지고 여전히 밝은 불빛, 자신의 붉은 눈
꺼풀만 보였다. 눈꺼풀이 아직도 뛰고 있었다.

외할머니가 불을 껐다. 좋아, 조금 전 수를 세다가 끊긴 것도 눈
앞의 불빛 때문이었어. 어둠으로 들어가면 분명히 양떼를 세며 잠이
들 수 있을 거야. 이에 다시 양과 양의 도약이…… 하지만 또 무슨 소
리에 숫자가 끊겼다. 무슨 소리지? 외할머니가 침대 협탁을 열었다.

작은 문이 한 짝 있는 짙은 갈색의 구식 협탁이다. 메이메이 침대
머리맡에도 협탁이 하나 있다. 외할머니 것과 나란히 있었다. 메이메
이의 작은 침대와 외할머니의 큰 침대를 협탁이 가르고 있었다. 막 베
이징에 왔을 때 메이메이는 침대에 눕자마자 병원에 입원한 것 같은

느낌이 들었다. 병원에나 가야 이런 식의 문이 달린 협탁이 있다고 생각했다. 그해 엄마는 샤오웨이를 낳았다. 메이메이와 아빠가 엄마를 보러 병원에 갔다. 엄마 침대 머리맡에 협탁이 하나 있었다. 막 샤오웨이를 낳은 엄마가 몸을 뒤집어 협탁 문을 열고 복숭아 하나를 꺼내줬다(엄마가 샤오웨이를 낳았을 때 거리에 복숭아가 있었다. 엄마 복숭아는 첫날 메이메이와 아빠가 사다 준 것이다). 엄마가 몸을 돌리는데 많이 힘들어 보였다. 샤오웨이가 나온 엄마 배 속의 구멍이 아직 채워지지 않아서일 거라고 생각했다. 친구가 그랬다. 여자 배 속에 직선이 하나 있는데 아이를 낳을 때 그 선이 갈라져야 아이가 나올 수 있댔어. 후에 메이메이는 엄마가 준 복숭아를 먹지 않았다. 엄마가 미처 반응하지 못하는 틈을 타서 복숭아를 협탁 안에 돌려놓았다. 복숭아는 엄마가 많이 먹어야 한다고 생각했다. 복숭아를 먹어야 그 구멍이 빨리 메워질 것 같았다.

이제 메이메이와 외할머니 모두 이런 작은 협탁이 있다.

막 외할머니 집에 왔을 때 메이메이는 협탁이 자기 거란 사실을 몰랐다. 자신이 가지고 온 책가방, 홍링진紅領巾[85]과 옷 몇 벌을 침대 머리에 두고 범포로 된 작은 상자는 침대 아래에 뒀다. 외할머니는 무슨 물건이든 침대 머리맡에 두는 메이메이를 보고 시골사람 같다고 했다. 메이메이는 얼굴이 벌겋게 달아올랐다. 외할머니 눈에는 대체 시골사람이 뭐가 얼마나 안 좋게 보이는 걸까, 어쨌거나 메이메이는 침대 머리맡에 물건을 두는 습관이 좋은 건 아니라는 걸 알게 되었다. 그럼 어디에 둬야 하는 걸까? 자기 작은 상자는 너무 작았다. 메이

---

85) 1949년 창설된 중국 소년선봉대의 표시이다. 초등학생들이 이 스카프를 매고 등교한다.

장미의 문

메이가 쩔쩔매고 있을 때 다행히 외할머니가 협탁을 알려줬다.

외할머니가 협탁 문을 열었다. 메이메이는 늘 봐오던 모습이다. 외할머니가 뭘 먹으려는 거야. 밤에 외할머니는 자주 협탁 문을 열어 간식을 꺼내 먹었다. 외할머니가 가장 좋아하는 건 미궁蜜供86), 때로 쑤피酥皮87), 싸치마薩其瑪88)같은 것도 먹었다. 외할머니 간식은 외할머니 자신이 직접 샀다.

어디에 간식을 두는가? 바로 이 협탁에 뒀다. 처음에 메이메이는 외할머니가 간식을 사는 것만 봤을 뿐 먹는 모습은 보지 못했다. 하지만 외할머니는 계속해서 간식을 샀다. 메이메이는 나중에야 그 비밀을 발견했다. 외할머니는 간식을 밤에 먹었다. 매번 외할머니가 협탁 문을 열고 종이봉지를 만질 때마다 메이메이는 먼저 창피한 생각이 들었다. 이어 외할머니는 쩝쩝거리며 간식을 먹기 시작했다. 메이메이는 소리만 듣고도 외할머니가 뭘 먹는지 알았다.

지금은 외할머니가 쑤피를 먹는다. 소리가 부드럽다.

이제 미궁을 먹는다. 딱딱한 소리가 난다.

외할머니 씹는 소리가 멈췄다. 외할머니가 침대 밖으로 손을 뻗어 툭툭 쳤다. 손에 묻은 부스러기가 떨어졌다. 손을 다 털고 나서 외할머니가 식은 차 몇 입을 마신 후 그제야 자리에 누웠다. 그리고 얼마 후 다시 코를 골기 시작했다.

"후······푸······."

---

86) 연말 상에 올리는 튀김과자.

87) 중국식 페스트리.

88) 중국식 강정.

"후……푸……".

외할머니 숨소리에 메이메이의 가슴이 조여들었다. 마치 코를 고는 사람이 외할머니가 아니라 자기 같았다. 낮에 이 소리를 들었다면 계속 외할머니 가슴이 떨리는 모습을 봤을 텐데. 외할머니가 분명히 괴로울 거라고 생각했다. 메이메이는 외할머니를 깨우고 싶었지만 다가갈 수가 없었다. 메이메이는 늘 누군가 아무 제약도 받지 않고 한 사람을 깨우는 건 쉽지 않다고 생각한다. 당신이 누군가를 맘껏 깨울 수 있으려면 상대는 반드시 당신 가족이어야 한다. 집에서는 아무 제약도 없이 엄마를 깨울 수 있었다. 메이메이는 엄마를 부르며 엄마를 밀어서 깨웠다. 엄마는 잠에서 깨면 왜 더 일찍 깨우지 않았냐고 말했다. 메이메이는 어쨌거나 감히 외할머니를 부를 수 없었다. 메이메이를 주저하게 만드는 건 외할머니의 협탁이었다. 협탁이 가까이 있는 외할머니와 자신을 멀리 갈라놓고 있었다.

외할머니가 코를 고는 사이 메이메이는 눈을 감고 양을 셌다. 양 떼가 어지럽게 얽혀 있었다. 양떼가 엉키자 메이메이는 다시 침대에서 내려가고 싶었다……

메이메이는 밤새도록 잠을 설쳤다. 아침에 잠에서 깬 메이메이는 밤새 있었던 일을 모두 잊고 싶었다. 자신을 간지럽히던 꿈속의 할머니, 계속해서 침대에서 내려왔던 일, 일어나 간식을 먹던 외할머니의 쩝쩝거리던 소리와 잠든 후 코 고는 소리까지 모두 잊고 싶었다. 이 모든 일이 일어나지 않았을 수도 있잖아? 하지만 머리를 빗고 세수한 후 방을 정리할 때 외할머니 협탁을 만졌고, 바닥에 떨어진 간식 부스러기가 눈에 들어왔다. 외할머니와 함께 쓰는 법랑 요강이 전보다 훨씬 무거웠다. 그렇다면 모든 일이 다 일어난 일 맞다.

장미의 문

오전에 메이메이는 집배원에게서 편지 한 통을 받았다. 엄마가 외할머니에게 보낸 편지였다. 편지 안에 메이메이에게 보낸 편지도 있었다. 메이메이는 신이 났다. 편지를 받고 나서야 어젯밤 일을 모두 잊었다. 메이메이가 흥분해서 편지를 펼쳤다. 정말 엄마 편지를 읽고 싶었다. 매번 자기 국어 실력으로 엄마 편지에서 여러 군데 비문과 잘못된 문장부호를 찾아냈다. 이런 비문과 표점부호 때문에 엄마의 편지가 각별히 더 친근하게 느껴졌다. 엄마가 정말 능력이 없어서가 아니라 데면데면하게 편지를 썼기 때문이란 걸 알았다. 어른들은 '펜을 들면 글자가 생각나지 않는다.'란 말을 즐겨 한다. 엄마가 때로 그렇게 말했다.

"사랑하는 메이메이, 안녕."

메이메이는 생각했다. '안녕'은 줄을 바꿔 써야 하는데. 엄마가 딸에게 편지 쓸 때는 '안녕'이란 말을 꼭 써야 하는 건 아냐.

"우리는 여전히 농장에서 작물을 베고 면화를 따. 매번 일을 할 때마다 샤오웨이를 데리고 간단다 앞에서 면화를 따고 있으면 샤오웨이는 다른 아이들과 밭고랑 주변에서 놀아 언젠가 신발을 신고 진흙탕 고랑에 xian 해서 꼼짝도 못하자 다른 꼬마친구들이 놀라서 다 달아나버렸어. 샤오웨이는 울지 않았어. 혼자 고랑을 기어 올라왔는데 몸이 온통 진흙투성이였지."

여기서 엄마는 문장 부호 두 개를 빠트렸고, 하나는 잘못 찍었으며 옛날 발음표시를 이용했다. 엄마는 그 발음이 xiàn일 거라고 생각했다. 그 글자도 엄마는 쓸 줄 몰랐다.

"또 한번은 샤오웨이가 다섯 살 난 남자아이와 둘이 한 번에 20리 떨어진 장거리버스 정류장을 찾아갔어. 정거장은 찾았는데 집으로 돌아오는 길을 몰랐지. 밥 먹을 때가 되었는데 샤오웨이가 안 보여서 농장 사람들이 다 출동했어. 사람들이 대거 자전거를 타고 찾으러 나갔다가 결국 정거장에 있는 남자애를 찾았어. 남자애가 울고 샤오웨이는 울지 않았어 어릿광대 같은 얼굴이 되어 돌아와서 내가 때리니까 그제야 울기 시작하더라."

이 단락에서 엄마는 더 틀린 곳이 많았어. 마지막에는 아예 문장 부호도 찍지 않았고. 하지만 이제 메이메이는 더 이상 엄마가 잘못 쓴 부분을 잡아내는 일은 하지 않았다. 메이메이 눈앞에는 그저 샤오웨이가 뛰어가는 것, 샤오웨이가 돌아온 것밖에 보이지 않았다.

마지막에야 엄마는 평소처럼 그제야 아빠를 자주 만나지 못한다는 것, 아빠가 멀리 떨어져 있다고 적었다. 샤오웨이를 찾은 건 어쨌거나 모두 흡족한 결과였다.

정말 어젯밤에 있었던 모든 일이 메이메이 머릿속에서 씻은 듯이 사라졌다. 아이는 어지럽게 일을 하면서 다자이大寨[89] 노래를 불렀다.

> 줄줄이 맑은 샘물清泉水,
> 겹겹이 후터우산虎頭山
> 다자이(그건) 산 아래 있네
> ......

외할머니 역시 편지를 모두 읽었다. 외할머니는 기뻐하지도, 그렇다고 기분나빠하지도 않았다. 외할머니는 그저 메이메이에게 복덩이

---

89) 다자이는 산시성에 있는 한 대대로 1963년 마오쩌둥은 이들의 성공적인 생태환경 개조를 본받아 '농업은 다자이를 따르자'는 정치운동을 벌인다.

장미의 문

가 똥을 눠야 할 시간이라고 말했을 뿐이다.

24

뤄 아주머니가 꾸빠의 서채 문을 잠갔다. 마치 꾸빠를 쓰이원의 남채와 영원히 단절시켜버릴 것처럼.

북채에서 이곳은 공^公의 공간.

남채에서 이곳은 백^白의 공간.

쓰이원과 뤄 아주머니는 마치 대국을 벌이고 있는 기사^{棋士} 같았다. 벽돌이 깔린 사각의 마당이 바둑판이다. 계속 수세에 몰려 있던 쓰이원은 눈앞의 공백으로 인해 마치 처음으로 무승부를 거둔 느낌이 들었다.

쓰이원은 무승부의 대국을 유지하기로 결심했다. 기사가 무승부를 지키려면 마냥 공격에만 의존할 수 없다. 때로는 '한 보 양보'를 해야 할 때도 있다. 쓰이원이 양보하려면 그녀와 뤄 아주머니 사이에 왕래가 있어야 한다. 기름, 소금, 간장, 식초 같은 일상의 흔한 이야기, 밀가루, 연탄, 워터우^{窝頭}(옥수수 떡) 같은 것에 대한 이야기도 주고받아야 한다. 쓰이원이 주방 입구에서 채소를 다듬으며 뤄 아주머니에게 워터우 찌는 요령을 물어봤다.

"그거 쉽지."

뤄 아주머니가 쓰이원 앞에 서서 말했다.

쓰이원이 채소를 모두 다듬은 후 옥수수가루를 양푼에 쏟았다.

"안 해본 건 아니죠. 하지만 주임님 만든 것처럼 맛있게 안 되네요."

쓰이원은 워터우를 쪄본 적도 없고 더더구나 뤄 아주머니의 워터우는 먹어본 적도 없다.

"안에 소금 넣었고?"

뤄 아주머니가 물었다.

"넣었죠."

쓰이원은 소금을 넣지 않았다. 워터우 안에 소금을 넣어야 하는지도 몰랐다.

"물 끓여서 반죽하고, 물 펄펄 끓이고."

뤄 아주머니가 다시 말했다.

쓰이원이 다소곳이 난로 앞 주전자를 지키고 앉아 있었다. 그리고 물이 펄펄 끓어 뚜껑이 들썩거리고 난 후에야 주전자를 내려놓고 젓가락을 든 채 양푼에 물을 부어가며 반죽을 시작했다.

"저래 그라지 말고, 물 다 부은 담에 저어야지."

뤄 아주머니가 반죽 요령을 알려줬다.

쓰이원은 뤄 아주머니 방법대로 끓인 물을 충분히 양푼에 부은 후 젓가락으로 반죽을 휘저었다. 그리고 다시 두 손에 찬물을 묻혀 면을 반죽하기 시작했다. 상대방에게 자신의 겸허한 마음가짐이 그대로 전달될 수 있도록 한껏 열심히 자연스럽게 움직이려 했다. 겸허하면서도 너무 서툴지 않게 움직여야 했다. 쪄보지 않은 것이 아니라 자주 쪄보지 않은 사람처럼.

"벨것두 아닌 음식인데 뭐 배울 게 있다고."

쓰이원에 대한 뤄 아주머니의 평가였다. 워터우에 대한 '비하'의 발언 같기도 했다.

"그래도 다 솜씨가 드러나죠."

쓰이원은 워터우 역시 쉬운 것은 아니라는 듯 겸손하게 말했다.

쓰이원이 난로에 찜통을 앉히고 손으로 워터우를 빚어 되는 대로 통에 넣었다. 워터우 크기나 모양이 여전히 제각각이었다. 하지만 더 이상 뤼 아주머니에게 물어보고 싶지 않았다. 더 이상 주눅 든 모습을 보여주고 싶지 않았다. 그저 뤼 아주머니가 빨리 가줬으면 하는 바람뿐이었다. 잠시 후 북채 통로에 놓인 솥에서 끓고 있는 음식 때문에 결국 뤼 아주머니가 자리를 떴다. 뤼 아주머니 역시 통로로 돌아가 점심을 준비하기 시작했다.

쓰이원은 아무 의미도 없는 이런 일도, 바보같이 진심인 뤼 아주머니도 우스꽝스러웠다. 물을 부으며 휘젓지 말라고? 그래봤자 뜨거운 물과 밀가루 아냐? 단순한 재료를 떠올리며 쓰이원은 대중적인 워터우에 신선함을 불어넣기로 마음먹었다. 개량을 통해 대중적인 모습도 유지하면서 가능한 한 자신의 식습관에 맞는 음식을 만들기로 결정했다. 그녀가 찬장을 뒤졌다. 흑설탕 반 캔이 눈에 들어왔다. 흑설탕을 양푼에 부은 후 다시 뤼 아주머니가 말한 소금 친 밀가루도 넣었다. 찜통에 워터우를 올렸다. 김이 오르고 워터우가 익었다. 쓰이원은 기대에 가득 차 뚜껑을 열었다. 하지만 워터우의 특징도, 모습도 보이지 않았다. 소금과 흑설탕을 넣은 반죽이 뒤섞여 비틀어지고 찌그러진 워터우에서 괴이한 냄새가 났다. 모든 상황이 쓰이원의 실패를 알리고 있었다. 실패한 워터우 한 솥, 실험의 결과는 꼴불견이었다. 통로에서 밥을 하고 있는 뤼 아주머니에게 보여줘서는 안 될 것 같았다. 쓰이원이 워터우를 꺼낸 후 시루밑을 찾아 워터우를 덮은 후 메이메이에게 슬쩍 가지고 들어가라고 했다.

뤄 아주머니는 워터우에서는 날 법 하지 않은 이상한 냄새를 맡았다. 그녀가 통로에 서서 소리 높여 쓰이원에게 물었다.

"냄새가 이상한가?"

"아마 소금을 너무 많이 넣어서 그런가 봐요. 뭘 하든지 역시 경험이 있어야 하네요."

쓰이원이 채소를 볶으며 조금 전 일을 자기 경험부족 탓으로 돌렸다.

뤄 아주머니는 쓰이원의 경험부족을 탓하지 않았다.

쓰이원이 음식을 볶아 남채로 들어간 후 메이메이와 탁자에 마주 앉아 점심을 먹었다. 좡탄과 주시는 낮에 집에 돌아오지 않았다.

두 사람 앞에 진한 갈색의 워터우와 유채볶음 한 접시가 놓여 있었다.

메이메이는 최근 갑자기 조촐해진 식탁이 정말 이해가 가지 않았다. 식사 시간 분위기가 정말 침울했다. 외할머니는 메이메이 마음을 알고 고난과 검소한 삶의 진리로 손녀를 개도하려 했다. 또한 자신의 체험을 통해 사람은 검소해야 하고 고난도 겪어봐야 한다고 했다. 쓰이원은 자신의 위가 보통사람보다 큰 이유는 어릴 적 좁쌀죽만 먹었기 때문이라고 했다. 오직 좁쌀죽만 먹어야 했기 때문이 아니라 절약을 위한 친정집의 식사 방식이자 가정교육의 일환이었다고 말했다. 쓰이원이 이렇게 말하며 찌그러진 워터우를 갈라서 과감하게 덥석 한 입을 깨물었다. 외할머니가 절약에 대한 교육을 몸소 실천으로 보여주자 메이메이는 눈앞에 놓인 워터우를 보며 용기를 냈다. 메이메이가 외할머니의 과감한 행동을 따라 힘껏 워터우를 찢어 씹기 시작했다. 하지만 워터우를 삼키는 건 쉽지 않았다. 워터우 냄새에 자꾸만

장미의 문

머리가 어지럽고 구역질이 나왔다. 그래도 메이메이는 자신이 맛있게 먹고 있다고, 외할머니가 말과 행동으로 모범을 보인 것처럼 자신이 달콤하게 먹고 있다고 외할머니가 느끼리라 자신했다. 게다가 외할머니가 말해주진 않았지만 그 안에는 분명히 흑설탕이 들어 있었다.

뤄 아주머니는 쓰이원이 워터우 먹는 모습을 보러 오지 않았다. 얼마 후 마침내 쓰이원의 워터우 한 솥이 완성되었다. 아니, 맛있는 워터우 한 솥을 쪘다고 말해야 할지 모른다. 그제야 쓰이원은 본격적으로 뤄 아주머니를 초청했다. 뤄 아주머니가 워터우 하나를 집어 맛을 보더니 쓰이원이 똑똑하다고, 정말 맛있게 워터우를 쪘다고 칭찬했다. 쓰이원은 뤄 아주머니가 한번에 뜨거운 물을 다 부으라고 알려준 덕분이라고 했다. 핵심만 말해주면 일을 실패할 리가 없다고 했다.

하지만 식탁에 앉은 쓰이원은 그래도 자기 스스로 자신을 기만하고 있다는 느낌이 들었다. 때로 그녀는 자신의 정신이 자신의 위장을, 또는 때로 자기 위장이 자기 정신을 기만하고 있다고 느끼기도 했다. 특히 맞은편에 앉은 메이메이가 그토록 열심히 그토록 결연하게 먹는 모습을 보고 외손녀조차 함께 기만당하고 있다고 느꼈다. 메이메이가 결연한 자세로 워터우를 먹을수록 마음이 더 시큰했다.

쓰이원은 마음이 시큰하긴 했지만 이런 식의 기만이 필요하다고 느꼈다. 외손녀에게 먹을 것, 입을 것을 신경써줄 수 있을까? 어쨌거나 그건 불가능한 이야기이다. 전례를 찾아볼 수 없는 이번 대파대립 大破大立90) 역시 그녀가 줄곧 희망하던 일, 제창하던 일이었다. 쓰이원

---

90) 철저하게 낡은 것, 전통사상 및 제도를 파괴한 후 새로운 사상과 제도를 수립한다.

이 자신의 생활방식을 바꿔 드센 북채 여자 앞에서 비굴하게 알맹이도 없는 부엌일을 배운 이유가 다만 그 여자에게 영합하기 위해서겠는가? 영합하려면 이 시대에 필수적인 영합이어야 한다. 사람들이 남녀 할 것 없이 모두 녹색 군장을 입었던 것처럼, 오직 바지의 앞이 터졌는지 옆이 터졌는지, 주머니가 속주머니인지 아니면 겉주머니인지만 보고 남녀를 구분하는 것과 마찬가지다. 또한 이는 영합과는 거리가 멀다. 사람들은 진실한 감정으로 실재 느낌을 만들어간다. 감정이 없는 진실이라면 아무리 진실한 감정이라고 해도 거짓이 된다.

외롭고 적막한 밤이 되고 나서야 쓰이원은 갑작스런 공허가 끝없이 밀려들었다. 참으려 했지만 참을 수가 없었다. 침대 협탁 속에 비축해둔 주전부리로 낮에 기만했던 위장을 채워보려 했지만 그럴수록 공허한 마음은 더욱 깊어졌다. 간식을 씹느라 태양혈이 움찔거리자 어두운 이 밤, 공포와 두려움이 밀려왔다. 씹는 동작을 멈추고 천천히 사방의 어둠을, 맞은편 어둠 속의 어린애를 주시했다. 어린애를 보며 쓰이원은 갑자기 그 애를 깨워, 뭔가 말을 해야겠다는 생각이 들었다. 과거든 현재든 자신은 그저 워터우나 찔 줄 아는, 사람들이 가정주부라고 부르는 그런 인물이 절대 아니라고 말해주고 싶었다. 취사炊事에 화려한 솜씨를 보인 적도 있지만 말이다.

쓰이원은 연회를 위한 정식 한 상도 거뜬히 만들 수 있었다. 상어지느러미와 해삼을 불리는 일처럼 최고의 난도를 가진 기술 앞에서도 위축되지 않았다. 한 치의 오차도 없이 완벽하게 손질했다. 실처럼 가늘게 괘장挂桨91), 발색을 할 때면 외부에서 초청한 주방장들까지 그녀에게 가르침을 청할 정도였다. 하지만 쓰이원은 이처럼 사소한 취사를 위해 살지 않는다. 그녀는 아이에게 자신은 매일 이 어두운 밤을

장미의 문

위해, 어두운 밤 침대 협탁 문을 열기 위해 사는 것이 아니라고 말하고 싶었다. 원래 자신은 당당한 존재다. 설마 한 근에 9마오 하는 손가락 크기만 한 미궁蜜供, 입에 넣을 때 부스러기가 떨어지는 쑤피酥皮를 위해 살겠는가? 예전에는 조상들 제사상에도 이런 간식은 올리지 않았다. 간식이라니, 기껏해야 중력밀가루와 약간의 설탕, 기름이 들어간 것뿐이다. 중국식 간식의 정교함도 더더욱 서양식 간식의 영양도 없다. 때로 먹는 사람 속만 쓰릴 뿐이다. 이런 간식을 만드는 공장 지도자들은 솽위雙魚92)표 밀가루가 뭔지도 모를 것이다. 고급 간식이라면 무엇보다 '솽위' 밀가루가 있어야 한다. 여기에 butter, 우유, 최상의 과일 가공물이…… 누가 이런 것들을 아낌없이 넣겠는가? 지금 쓰이원은 간식을 먹고, 씹고 있다. 옆에 있는 저 아이가 깊은 밤 자신이 협탁을 여는 모습을 지켜본다. 이건 자기 삶의 정말 하찮은, 보잘 것 없는 어두운 모습이다. 옹졸하고 비참하게 적막하게 간식을 씹는다. 어두운 밤 협탁 문, 흑설탕이 들어간 워터우와 흑설탕이 들어가지 않은 워터우는 지금 대천세계가 그녀에게 남긴 최초의 업적이다. 메이메이가 이런 이치를 이해하길, 더 이상 자신을 낮에는 찐 워터우, 저녁에는 간식을 먹으며 흐느적거리는 죽은 영혼으로 보지 않길 얼마나 간절히 바라고 있는가.

쓰이원이 아이를 깨우러 가려고 했다. 하지만 아이에게 이런 이야기를 들려주면 분명히 아이는 하루 종일 자신에게 고난과 검소함

---

91) 조리방법 중 하나로 시럽을 만드는 일. 기름과 물, 설탕을 적절히 배합해 윤기 있는 시럽을 만든다. 맛탕을 만들 때 바쓰拔絲도 이런 조리방법의 일종이다.

92) 밀가루 생산업체 솽위몐예雙魚麵業를 말한다. 1914년이평益豐밀가루회사와 1918년 톈펑天豐밀가루회사의 합병으로 탄생했다.

을 말하던 외할머니가 구사회의 기생충이었다고 생각할 것이 틀림없다. 쌍위표 밀가루라느니 해삼과 상어지느러미를 불린다느니 이 모든 것이 사실 노동인민의 피와 땀이 아닌가. 바로 자신이 자주 지껄이는 말이다. 그러느니 해삼과 상어지느러미가 없는 붉은 시대, 그저 겉주머니, 속주머니 중요하게 생각하는 시대로 아이를 잡아끌고 들어가는 편이 낫다. 이것이야말로 자신의 본분이다.

쓰이원은 어둠 속에서 자신을 긍정하고 또한 자신을 부정했다. 그녀가 방귀를 뀌었다. 냄새가 났다. 이불을 젖혔다, 새로운 하루를 맞이했다.

그날 쓰이원은 자신의 의지에 반하는 행동으로 시단西單 시장에서 쏘가리 두 마리를 사서 돌아왔다. 아마도 완전히 외할머니 된 입장에서 한 행동이리라 외손녀에게 뭔가 해줘야 한다는 걸 잊지 않았을지도 모른다. 게다가 최근 용맹한 어린 용사들은 내전을 치르느라 신이 나 있고 뭐 아주머니는 하루 종일 오직 가산 몰수 기회를 건지느라 여념이 없었다. 쓰이원이 한 근에 2.5마오의 3급 갈치, 한 근에 1.8위안인 국가 연회 상에나 오를 쏘가리를 사는 데 관심이나 가지겠는가?

메이메이는 쏘가리를 본 적이 없다. 외할머니가 입이 크고 얼룩덜룩한 물고기가 얼마나 귀한지 설명하며 직접 쏘가리를 손질했다. 그리고 평소 자주 사용하지 않는 용 문양 청화접시를 꺼내 쏘가리를 올려놓고 파, 생강을 쌓아올린 후 조미료를 뿌린 후 찜통에 찌기 시작했다. 메이메이는 외할머니에게 왜 요리법이 평소와 다른지 물었다. 쓰이원은 맑게 쪄야 쏘가리 원래 맛을 유지할 수 있다고 했다. 아무 생선이나 간장양념을 할 수 없었다. 부득이할 때나 간장, 기름을 넣었다.

장미의 문

쏘가리를 얹은 지 얼마 안 돼 마당에 생선찜 특유의 향이 퍼지기 시작했다. 흔하지 않은 냄새에 드디어 뤄 아주머니도 반응을 보였다.

"이게 무슨 냄새야? 이상한 냄샌데?"

뤄 아주머니가 쓰이원 주방을 막고 말했다.

"생선 두 마리예요. 오전에 장보러 갔다가 사왔어요."

쓰이원이 답했다.

"왜 나가는 거 못 봤니?"

뤄 아주머니가 물었다.

"안에서 일하느라 바쁘시던데요, 조용히 나갔다 왔죠."

최근 쓰이원은 장을 보러 나갈 때 뤄 아주머니에게 사다 줄 물건이 없는지 항상 물었었다.

"무슨 생선인데 이렇게 요리하니?"

뤄 아주머니가 추측하는 사이 찜통에서 김이 올랐다.

뤄 아주머니의 갑작스런 질문에 쓰이원은 바짝 경계하기 시작했다. 원래 찜통에 들어 있으니 대충 얼버무리고 넘어갈 수 있었다. 하지만 일단 물어본 이상 해답을 얻지 않으면 뤄 아주머니는 아마도 물러서지 않을 것이다. 쓰이원은 하는 수 없이 생선 이름과 요리법을 뤄 아주머니에게 알려줬다. 호기심이 커진 뤄 아주머니가 주방으로 들어와 걸리적거리게 난로 앞에 서서 찜통 뚜껑이 열리길 기다렸다.

쏘가리를 찔 때는 화력에 주의해야 한다. 김이 올라오는 시간, 찜통에서 꺼내는 시간 모두 한 치의 오차도 있어서는 안 된다. 쓰이원은 뤄 아주머니 존재로 인해 요리 시간을 연장할 수 없었다. 이제 뚜껑을 열어야 하는 시간이다. 바로 열기가 뤄 아주머니를 향해 덮쳤다. 뤄 아주머니가 재빨리 김이 나는 솥으로 고개를 들이밀었다.

"음마, 이 머이 이렇게 생겼소? 주둥이 쩍 벌어진 게 붕어 같은데, 붕어보다 입이 크구나."

뤄 아주머니가 많이 놀란 눈치였다.

쓰이원은 신기해하는 뤄 아주머니를 보고 상황을 가늠하기 시작했다. '지금이 바로 그때'라고 했어. 뤄 아주머니가 나타났다, 하필 이때, 그리고 놀라고 있다! 그렇다면 이 갑작스러운 방문, 이상하게 느끼고 있는 저 상황을 단번에 해소시켜야 한다. 쓰이원이 솥에서 생선을 꺼낸 후 다시 접시 하나를 찾아 그 위에 쏘가리 한 마리를 올려 뤄 아주머니 앞에 들이밀었다.

"마침 잘 오셨어요. 그렇지 않아도 가져다 드리려 했는데. 어느 집이나 자주 먹는 건 아니잖아요. 평소 안 먹는 것도 맛을 봐야죠."

뤄 아주머니는 잠시 거절하다가 바로 생선을 가지고 간 후 눈 깜짝할 사이에 다시 씻지도 않은 빈 접시를 가져왔다.

쓰이원은 이런 뤄 아주머니에게 짜증이 나면서도 적절하게 대응한 자신을 다독였다.

메이메이조차 생선을 먹을 때 조금 기분이 좋지 않아 보였다. 둘은 휑한 접시 반쪽을 바라보고 있으려니 왠지 쏘가리가 훨씬 맛이 없이 느껴졌다.

25

그 후 난 다시는 그런 꿈을 꾸지 않았어, 공포의 회색 얼굴을 한 늙은 부인은 다시 내 꿈에 나타나지 않았어, 쑤메이.

장미의 문

난 그 꿈이 네가 네 행위를 벌하기 위한 거라고 믿었어, 네가 무서 위할수록, 그건 너에 대한 처벌이 더 살벌해지고 너에 대한 처벌이 더욱 효과가 있다는 뜻이야. 넌 공포를 느끼긴 했지만 그로부터 벗어날 수 있었다면 그건 네가 네 자신을 그만큼 고통스럽게 했다는 뜻이지.

내가 꿈을 꾸는 건 정말 날 벌하기 위한 건 아니야, 쑤메이. 게다가 꿈을 어떻게 조작해? 만약 그렇다면 왜 그때 난 한 번도 꿈에서 아빠와 엄마 샤오웨이를 보지 못했지? 난 언제나 그들을 생각했어 죽도록 생각했어 꿈에서라도 가족을 만나고, 이야기를 나누고 싶었어, 하지만 매번 실패했어, 우리 학교, 학교 친구, 내 작은 침대, 내 소인서와 아빠에게 담배를 사주러 가던 그 길까지 어느 것 하나도 꿈에 나타나지 않았어.

넌 그저 네가 꾸고 싶지 않던 모든 꿈을 꿨을 뿐이고 그 꿈 때문에 모질게 입을 씻었던 기억만 나, 마치 결벽증에 걸린 것처럼 입을 씻었어. 넌 네가 꿈에서 먹어서는 안 될 것, 따황의 고기를 먹었다고 믿고 있었어, 때로 그건 따황이 아니라 뭐였는지 갑자기 똑바로 기억이 나지 않을 때도 있었어, 아마도 그건 사람의 일부분일 수도 있어 어쨌거나 혐오스러운 냄새가 계속 네 입에서 가시질 않았어. 아마도 그건 오래된 가구 냄새일 수도 있고 낡은 방 냄새일수도 있어, 그 때 넌 일종의 수확을 거둔 듯했어, 네가 닦았던 옛 가구에서 네가 조석으로 함께하며 네가 몸을 맡겼던 낡은 방의 냄새 말이야 그게 수확이야, 그 냄새는 장뇌 같기도 하고 단향 같기도 하고 변질된 메이린梅林표 매운 액체 장醬 같기도 했어. 아마 이도 저도 다 아닐 수도 있어, 그냥 간식 냄새, '홍웨이' 계산대에서 자꾸만 네 발길을 잡던 외할머니가 들고 온 종이봉투 안 반짝거리는 포장 속 미궁, 빨간 인장이 찍

흰 쑤피, 끈적끈적한 싸치마, 네가 먹고 싶어 군침이 돌던 그 간식 냄새였는지도 몰라. 그런데 어느 해 어느 달 어떤 변화 때문에 그 냄새가 네 입에서 가시질 않게 되었는지, 그 냄새가 바로 장뇌, 단향과 변질된 메이린표 매운 액체 소스 냄새로 바뀌었는지 몰라. 냄새가 바뀌는 건 사람 힘으로는 어쩔 수 없어, 사람들 모두 알다시피 산모는 계란으로 몸의 텅 빈 손실을 보충해, 이는 허리 부분이 긴 구닥다리 바지[93]를 입는 산모든 항아리 모양의 신 사회의 신식 워싱 몸빼 바지[94]를 입는 산모든 모두 필요해 달걀 냄새 역시 절대 변하지 않는 건 아냐, 소문에 한 산모가 삶은 계란 열한 개를 먹고 그 후 매번 계란을 볼 때마다 흰 천, 닭똥, 하수구 악취 세 가지 냄새가 났다고 했어. 흰 천 냄새는 그런대로 참을 수 있어, 그럼 닭똥과 하수구 악취는? 그야말로 세상에서 적응 안 되는 고약한 냄새야, 만일 강제로 그 냄새를 맡게 했다면 혹형이 따로 없지 혹형이란 목이 잘리고, 눈이 파이고, 혀를 잘리고, 수레에 찢기는 것만 의미하진 않는다는 사실을 알게 돼.

그게 바로 네가 꿈을 꾸는 이유야. 물론 시각과 사유가 주가 되는 사람에게 후각은 그렇게 중요하지 않을 수도 있어, 사람이 직립보행을 하고 자유롭게 머리를 180도로 돌려 뒤를 돌아보게 되면서 코의 가치는 점점 더 떨어졌으니까. 하지만 살면서 꾸는 꿈까지 포함해 인간의 삶은 단순하게 시각만 주가 되진 않아, 때로 네 감정과 영혼의 '내장'에 침투하는 건 공중에서 흩어지는 휘발성 분자, 바로 기운氣雲이지. 그 냄새는 네 코로 들어가, 좁고 긴 두 개의 통로를 지나 콧마루

---

93) 抿腰褲
94) 蘿蔔褲

장미의 문

에 이른 후 대뇌 아래에 이르러 단추만 한 크기로 점막을 덮고 있는 피부 두 덩이에 걸음을 멈춰, 하나의 과정이야. 그 냄새 분자는 후각 신경 말단에 위치한 말초 수용체에 닿아, 정보를 대뇌 기억저장소에 넣어. 원래 삶의 후각이란 가장 쉽게 대뇌로 들어가지, 그렇게 네 의식에 들어가면 별다른 전환은 필요하지 않아, 아마도 냄새에 대해 네가 느끼는 혐오는 꿈에서 앵무 얼굴을 보고 혐오를 느꼈을 때보다 훨씬 더 전일 거야. 그래서 네가 꿈을 꾼 거야, 꿈에서 냄새분자가 형체도 소리도 살도 피도 있는 사람이 되었어, 그 회색 얼굴의 무시무시한 늙은 여자는 네가 알고 있는 사람이 됐고, 그건 네가 듣고 목격하고 냄새 맡고 접촉했던 일체의 추악함이 만들어낸 그 여자, 그 여자에게 놀라고 있어.

난 그렇게 생각해본 적 없어. 쑤메이. 그 여자는 꾸빠가 아니고 더더욱 외할머니도 아니고 그 여자는 정말 요괴 그 자체야.

전에 내가 너에게 말한 적 있어, 보통 너의 그것 말이야 넌 네 자신을 이해하지 못해. 넌 그 늙은 여자가 바로 꾸빠라고, 그 여자가 너와 하루 종일 함께 사는 외할머니라고 인정하고 싶어 하지 않았어, 음침하고 교활한 계략 더럽고 비열한 모든 것을 한 사람에게 귀결시키고 싶어 했어, 그걸 위해 넌 심지어 그 여자와 온종일 함께 있음을 부정하고 그 여자와 동일한 작은 협탁을 가지고 있었다는 사실을 부정해. 꾸빠, 뤄 주임 그리고 마당에 서서 금반지를 국가에 돌려줘야 한다고 소리치던 뤄 영감, 그들에 대한 너의 여러 가지 거부감을 잊어버렸어. 또한 그 여러 가지 냄새 가운데는 네가 가장 완벽하게 잊어버린 파와 생강을 넣고 '천냥자판'陳釀加飯95)으로 맛술을 넣어 쏘가리를 요리했지. 넌 행복을 선사했던 그 냄새를 네 외할머니가 만들었다는 사실을 부인할 수 없어, 그때 수많은 냄새의 소용돌이에서도 넌 너 때문에 또 다른 냄새의 꿈을 꾼 거야. 흑설탕에 소금을 친 워터우의 냄새는 그저 외할머니의 잠깐의 실수, 자기를 완전한 사람처럼 꾸미려다가 빚어진 불쌍한 여인의 실수에 불과해, 그때 넌 외할머니와 함께 오명을 뒤집어쓰지 않았어.

누구를 미워하느라 그렇게 신경을 쓸 만한 가치가 있어? 아마 넌 사실을 말할 수 없을지도 몰라, 외할머니를 향한 가장 절절한 느낌을 정확히 말할 수 없을 테니까 하지만 가장 명확하게 말할 수 없는 것이 아마도 가장 진실에 가깝고 정확한 것일지 몰라. 네가 자괴감을 느낀 건 예전에 꾸빠를 보고 놀라서 겁에 질려 열이 났던 것 때문이야. 넌 열이 나는 식으로 자신이 본 것에 대한 처벌을 하고 싶었던 거야, 그건 정말 네가 네 자신을 용서하는 방식이었지. 그래서 네 영혼은 절박하게 한 사람을 선택해 증오한 거야, 넌 회색앵무의 더러운 눈 시뻘겋게 핏대가 올라온 두 눈 눈▧처럼 하얀 긴 손톱을 가졌다고 상대방 얼굴을 상상하면서 그 결과 네 마음이 너무 여려서 그런 공포를 받아들이지 못했던 거라고. 넌 집요하게 이를 너의 어린 시절 그 늙은 여인 때문에 겁에 질린 어린 시절이라고 생각했어, 마치 세상에 더 이상 어린 시절이 없는 생물은 사람을 붉은 눈에 흰 손톱을 가졌다고 생각하는 것처럼.

아직 기억해, 메이메이? 오래 전에 이웃이 우리에게 까만 새끼 고양이를 줬어 고양이가 항상 엄마 찻잔에 와서 물을 마셨으니까 난 하

---

95) 여러 해 동안 저장 숙성된 자판주加飯酒를 의미한다. 발효주로 샤오싱주紹興酒가 유명하다.

장미의 문

마터면 높은 계단에서 고양이를 떨어뜨려 죽일 뻔했어, 당시 고양이가 깨갱거리며 계속 계단을 올라와 집으로 돌아오고 싶어 했지 전혀 흉악한 날 미워하지 않고, 난 계단 입구에 서서 속으로 고양이가 마지막 계단을 올라올 수 없길 바랐어. 나이가 든 후 언젠가 샤오웨이가 얼떨결에 그 이야기를 꺼내는 바람에 난 화가 나서 얼굴이 일그러졌었어. 까만 새끼 고양이가 계단을 올라오는 모습을 지켜보는 모습은 어떤 모습일까.

아이들이란 가장 착하고 순진하잖아, 그래서 아이들 엄마, 할머니, 언니와 누나는 아이들에게서 나는 젖내 비린내를 맡고 강아지니 고양이니 토끼니 하며 아이를 불러, 그런데 왜 아이들은 아무렇지도 않게 독하게 개미 한 마리 나비 한 마리 무당벌레를 눌러 죽일까, 그 개미, 나비, 무당벌레들이 아이들 몸에서 나는 젖, 비린내 때문에 아이들을 귀엽다고 여길까? 그 생물들은 아이들 몸에서 나는 그 '사랑스러운' 냄새에 하늘을 받치고 우뚝 서 있는 회색 얼굴의 늙은 할멈 꿈을 꿀 수도 있어.

나이가 든 후 매번 고양이가 고개를 들이밀고 밥 먹는 모습을 보곤 해, 밥그릇이 바닥에서 덜컹덜컹 움직이면 난 밥그릇을 잡아주지 못해 마음이 짠하지. 난 식탁에서 바닥에 쪼그리고 있는 고양이에게 뼈다귀를 던져줄 수가 없어 동물에 대한 인간의 불공평한 모습 가운데 날아오는 뼈다귀를 받는 고양이의 모습보다 더 찡한 모습은 없다고 생각하게 되거든. 그런데도 난 기꺼이 고양이에게 뼈다귀를 던져, 난 던지고 고양이는 받고, 뼈다귀에 냄새가 있잖아, 그 냄새에 나는 기꺼이 마음을 풀고 고양이는 그 냄새에 궁상맞은 신세가 돼, 만약 그 냄새가 고양이를 유혹하지 못한다고 생각했다면 그 고양이에게 선심을 썼을까? 고양이가 내 앞에서 초라한 모습을 보였을까? 후각은 사람과 동물의 등급을 나눠 고양이가 널 선하게 보든 악하게 보든 모두 그건 냄새 때문이야.

후각이 대뇌에 가장 영향을 주기 쉽다고 인정하는 메이메이야 내게 알려줘, 넌 네가 지금 내 모습이길 원해? 난 마치 네가 여전히 교실의 쇠 냄새를 묻힌 소학교 2학년으로 내 곁에 있는 것 같아. 난 수천 킬로미터 바다를 헤엄친 후 다시 유년시절에 놀던 강으로 돌아오는, 수년 전 남긴 냄새를 따라 물길을 거슬러 올라 태어난 고향으로 돌아와서 그 강에서 부화하는 연어 같을까?

장미의 문

제7장

26

모두 신문을 읽는다. 대보大報(대형 신문)도 있고, 소보小報(타블로이드 판 신문)도 있다.

법 규정에 따라 발행되는 대보는 법 규정의 형세를 이끌어 사람들의 법적 의식을 향상시킨다.

제한을 받지 않는 소보는 사람들이 잘 모르는 소식을 전달한다. 사람들은 이 소식을 근거로 얼굴을 붉히며 새로운 전쟁을 시작, 다시 다른 사람의 얼굴을 붉히러 간다.

이 밖에 더 색채가 자유로운 신문이 바로 대자보大字報다. 대자보는 어디에나 있다. 샹사오후퉁에도 있다. 후퉁(골목) 주민들은 대자보 앞에서 수도꼭지를 틀고 물을 받고, 대자보 앞에서 가위를 갈고 식칼을 간다. 대자보 앞을 지나 출퇴근하며 물건을 사고 변소에 간다. 대자보는 후퉁의 한 경관이자 장식으로 때로 사람들의 정신이 번쩍 들게 만들기도 한다. 그 내용이 중난하이^{中南海96)}, 칭화위안^{清華園97)}만은 못하지
만 그래도 마치 사건을 직접 보고 있는 것처럼 이해하기 쉽게 적혀 있
기도 하다.

독일 할머니도 대자보에 올랐다. 누군가 독일 할머니 남편의 죽음
이 수상하다고 고발했다. 남편이 죽었는데 독일 사람인 할머니가 계
속 중국에 남아 있다니 더욱 의심스럽다고 했다. 게다가 할머니 목에
걸린 십자가 목걸이는 소형 사진기로 어딜 가나 달고 다닌다고 했다.
후에 그 물건이 사라지자 대자보는 사람들에게 이를 추적 조사하라
고 부추기는 내용을 싣기도 했다.

골목에 살고 있는 한 여자 간부의 이름이 대자보에 올랐다. 그녀
가 집에서 병을 가장해 출근하지 않는다고 고발했다. 여자의 딸이 병
원에게 가짜 증명서를 발급해줬으니 이러한 둘의 행위를 '용서해주면
용서받지 못할 사람은 아무도 없는' 행위로 규정, 출근도 하지 않고
임금을 받는다고 비난했다. "정말 천하에 '수치'라는 두 글자를 모르
는……"

다^華 선생도 대자보에 실렸다. 구체적인 내용은 없고 연달아 의문
만 제기되었다. 운동 전에 샹사오후퉁으로 이사한 의도가 무엇인가,
해방 전에는 대체 뭘 하던 인간인가, 얼마나 직업을 바꿨는가, 목적이
무엇인가, 왜 하루 종일 호금^{胡琴}을 연주하는가, 호금으로 '봉건주의,
자본주의, 수정주의'를 살포하고 있다는 등이었다.

---

96) 베이징 중심부에 있는 옛 황실 정원, 현재는 중국 공산당의 최고 집무실이자 중국의 최고
　　지도자가 거주하는 곳으로 중국 정치 및 정책 수렴의 최종 결정이 이루어지는 곳.
97) 청대 왕립 정원. 1909년 청대 말기에 유미학무처^{游美學務處}가 설립되었고 1911년 대학 교육을
　　위한 칭화학당이 세워졌다.

장미의 문

또 한 사람, 별명이 '얼간이'인 퇴직자 후^侯 씨도 대자보에 올랐다. 그는 문제가 많진 않지만 심각했다. 며칠 전 그가 신문 낭독 책임을 맡았다. 대자보에서는 그가 신문 글자를 잘못 읽었다고 비판했다. '계급투쟁의 화약 냄새'를 '계급투쟁의 환약 냄새'로 잘못 읽었다고 했다. 사악한 저의가 느껴진다며 이는 보통 문제가 아니라고 했다.

쓰이원도 자기 이름이 벽보에 오를 날을 기다리는 중이다. 쓰이원은 심지어 이미 대자보에 오를 내용을 앞서 공개된 몇 명과 비교해보기도 했다. 생각해보니 상사오에서 가장 문제가 심각한 사람은 역시 자신이었다. 그때가 되면 쓰이원이 앞서 걸을 때 누군가 뒤에서 자신을 손가락질하며 말할 거라고 생각했다. 봐봐, 저 여자야. 그런데 벽에 붙어 있는 내용이 겨우 그 정도라니, 실제로는 엄청 많을 거야. 전에 둥청의 마당 두 개짜리 대저택에 살았잖아. 누군가는 이렇게 말할 수도 있다. 차를 타고 경극 구경이나 다니던 여자야, 대자보에 왜 양저우에 갔던 일은 적지 않았는데? 왜 남편을 버렸고, 양저우에서 베이핑으로 돌아올 때 중간에 아이까지 버렸는지 물어봐. 그런가 하면 이런 사람도 나타날지 모른다. 몇 번이나 이사했는지 물어봐, 왜 남편이 저 여자를 싫다고 한대? 지금은 장보기도 모두 자기가 하지만 어멈을 서너 명이나 부리던 사람이잖아.

쓰이원은 대자보 앞을 지나갈 때마다 마음을 졸였다. 감히 벽보에 자신에 관한 말이 적혀 있는지 살펴보지 못했다. 흰 종이, 검은 글씨를 힐끗 곁눈질로 훑어볼 뿐이었다. 매번 그곳에 자신의 이름이 없다고 느낄 때마다 차라리 자기 이름이 적혀 있길 바랐다.

자기 이름이 없으면 마음을 졸여야 하기 때문이다.

세상에 불행은 언제나 쌍으로 오고 운이 트이면 생각도 영민해진다고 한다. 대자보에 이름이 실리기도 전, 뤄 아주머니가 쓰이원더러 주민위원회에 참가해 신문을 읽으라고 통지했다.

"내가 회의할 때 말한 게 벨루 반대하는 사람 없던데. 가지요!"

뤄 아주머니가 말했다.

뜻밖의 소식에 쓰이원은 얼떨떨했다. 믿을 수가 없었다. 이건 올가미일 수도 있어. 거리로 꼬여낸 후에 자신에게 필요한 조치를 취할지도 몰라. 변소 청소 시킬 때도 먼저 거리로 불러내 임무를 맡기잖아. 이후 뤄 아주머니가 설명을 덧붙였다. 얼간이가 거리에 나가 며칠 동안 신문을 읽었는데 이제 더 이상 갈 수 없게 되었다고 했다. 골목에 글을 읽을 줄 아는 사람이 없어서 쓰이원을 추천했다고 했다. 쓰이원은 그제야 잠시 마음을 내려놓았다.

"생각이 정말 깊으시네요. 국가대사에 관심을 가지고 싶어도 누군가 도와줘야지요."

쓰이원이 감격했다.

"그렇지, 서로 도와야지. 댁은 글자도 알고 마음 씀도 세심하고."

뤄 아주머니가 말했다.

"어쨌거나 저한테 신문이 있어요. 평소 가족들에게 함부로 만지작거리지 못하게 해요. 언제 필요할지 모르니까요. 때로 문장 하나만 찾으려고 해도 신문을 다 뒤져야 해서요."

쓰이원이 말했다.

"그거 보우, 내 눈이 틀림없재. 한두 편 준비하오. 오후에 사람들에게 읽어줘야 하오. 지금 이 골목에 제 아니무 누가 글을 읽겠소."

뤄 아주머니가 말했다.

뤄 아주머니가 쓰이원이 신문 읽는 것을 허락하면서 '별로 반대

장미의 문

하는 사람이 없다'는 식으로 언질을 줬다. 별로 반대하는 사람이 없다는 건 누군가 반대하는 사람이 있긴 있다는 이야기이고 뤄 아주머니가 소동을 잠재우고 나서야 쓰이원에게 신문을 읽는 지위를 부여했다는 뜻이다.

이치대로라면 쓰이원은 격하게 감동한 후 다시 뤄 아주머니에게 지극한 감사의 표시를 했어야 옳다. 하지만 격한 감동을 표한 후 쓰이원은 뤄 아주머니에게 일단 자신의 입장을 분명하게 밝혔다. 당신이 신문을 읽으라고 하면 신문더미를 뒤져야 해요. 글 한 편 읽자고 한참을 뒤져야 한다고요, 이 골목에서 다시 한 번 찾아보세요, 글자 아는 사람, 신문이 있는 사람도 신문을 다 뒤져 읽을 내용을 찾아야 한다고요. 다 선생이 글자 좀 안다고 했지만 활동에 참가할 수 있는가? 독일 할머니도 글자를 알긴 하지만 그건 외국어다. 얼간이도 얼핏 글자를 안다고 하는데 그는 신문 구독을 할 돈이 없다. 며칠 전에도 비굴하게 쓰이원에게 신문을 빌리러 왔었다. 그렇다면 쓰이원은 자신의 지식, 자신이 가진 신문 덕에 샹사오후퉁의 무시하지 못할 인재가 되었다. 지난번 지역사무실에 가서 메이메이를 등록했던 일은 그저 지역의 인증을 받았을 뿐이라고 한다면 이번에 다시 지역위원회에 갈 경우 그저 '인가'認可라는 말만으로 해석할 수 없는 문제다. 이제 쓰이원은 뤄 아주머니가 자신을 추천한 의도를 파악했고 그 안에서 세 부분을 확신했다. 첫째, 뤄 아주머니는 쓰이원을 부를 때 처음으로 '자네'라는 말을 사용했다. 둘째, 지역위원회에서 자신에게 신문을 읽게 했을 뿐만 아니라 이로써 접의자, 걸상을 들고 온 여자들과 자신의 신분은 분명하게 구분이 된다. 모두 신문 읽는 시간에 참가하지만 그들은 다른 사람이 '읽는' 것을 듣는 존재이며 자신이야말로 신문을 '읽는'

존재다. 셋째, 읽기 위해서는 반드시 읽을 내용을 선택해야 한다. 누가 선택하는가? 쓰이원이다. 내용을 선택하는 것과 단순하게 읽는 행위는 또한 분명한 차이가 있다. 내용을 선택하는 건 일종의 권한이다. 권한은 아무리 작아도 권한이다. 선택의 자유가 있다. 이걸 뭐라고 하는가? 쓰이원조차 기분이 얼떨떨하다. 이건 단번에 세 등급이 올라간 거잖아? 원래 쓰이원과 뭐 아주머니의 무승부 대국에서 마침내 쓰이원이 두 발 더 앞으로 나아갔다. 그녀는 그냥 괜히 '한 발 양보해' 채소를 다듬고, 워터우를 찌고, 쏘가리 한 마리를 내준 것이 아니다……

　오전 내내 쓰이원은 보기 드물게 흥분에 휩싸였다. 먼저 신문을 준비한 후 복장에 대해 궁리하기 시작했다. 메이메이도 이런 외할머니를 보며 기뻐하면서 녹색 군장을 입으라고 건의했다. 쓰이원은 메이메이 건의를 받아들였다. 쓰이원이 안방에서 주시의 옷 한 벌을 가져와 입고 거울에 자신을 비춰봤다. 하지만 모습이 이도저도 아니었다. 다시 하늘빛 폴리에스테르 긴팔 셔츠 하나를 찾아왔다. 하지만 이번 복장은 나이와 맞지 않았다. 마지막으로 낡은 옷을 수선한 청자색의 안으로 주머니가 달리고 목 라인이 일자인 제복을 찾아냈다(이 부분에 관한 한 회의에 참석하는 사람 모두 눈썰미가 좋다). 소박한 차림이라 절약 정신도 느낄 수 있고 눈썰미가 있는 사람이라면 낡은 옷을 수선해 만들었다는 사실을 알 것이다. 또한 쓰이원이 늙수그레하게 보이지도 않을 것이다.

　쓰이원에게는 성자聖咖표 재봉틀이 한 대 있다. 그녀는 언제나 시대의 유행에 뒤처지지 않도록 옷을 수선했다. 낡은 '성자' 역시 그녀와 함께한 지 수십 년이다.

　쓰이원은 자신이 직접 수선한 옷을 입었다. 메이메이는 그 옷이 외할머니에게 제일 잘 어울린다고 생각했다. 조금 전 외할머니에게 군복을 입으라고 했던 건 일시적인 충동 때문이었다. 다만 화장을 할 건지에 대해서는 영원히 외할머니와 의견일치를 볼 수 없었다.

쓰이원은 이미 예순이 넘었는데도 항상 자기 용모에 관심이 많다. 쓰이원은 사람의 풍격은 시대에 뒤처지지 않는 옷을 입어서가 아니라 바로 영원히 혈색 좋은 얼굴에 의해 판가름이 된다고 생각했다. 이 얼굴을 위해 '운동' 전에 쓰이원은 채소를 얼굴에 붙여 피부 보양에 힘썼다. 이 방법은 어떤 화장품으로도 대체불가하다. 밤이 되면 쓰이원은 정성껏 오이, 당근 또는 감자를 얇게 썰어 얼굴에 붙였다. 그리고 조용히 20분 동안 누워 야채 안의 각종 비타민을 흡수시켰다. 전에 둥청에 살 때 둥단東單광장에서 노점을 열고 비누를 팔던 벨라루스 할머니가 알려준 방법이다. 당시 이런 원시적인 미용술을 아는 사람은 극히 드물었다. 하지만 쓰이원은 이 방법으로 많은 효과를 봤다.

전에는 조용한 여름날 밤, 매번 이 얇은 채소 팩을 얼굴에 붙이고 조용히 마당에 있는 안락의자에 앉아 꾸빠와 이런저런 이야기를 나눴다. 이유는 모르겠지만 얇은 조각들을 얼굴에 붙이면 덩달아 할 말이 풍부해졌다. 상샤오윈尚小雲98)에서 경극 소품을 챙기던 건바오딩跟包99) 아줌마와 쑤이청의 칭전루주지清真鹵煮鷄99)에 이어 서태후西太后100)가 왜 태감을 시켜 허우먼교後門橋101)에 가서 젠관창煎灌腸102)을 사오라고

98) 1900~1976. 중국 경극 배우.
99) 닭을 주재료로 텐멘장으로 양념한 간단한 가정식.
100) 1835~1908. 청나라 함풍제咸豐帝의 비. 함풍제 사후 아들 동치제同治帝가 어린 나이로 등극하자 수렴청정을 하며 정권을 장악했다.
101) 완닝교萬寧橋를 말한다. 베이징 중추선에 있으면 디안문 북쪽 구러우鼓樓 남쪽에 위치한다.

했는지, 탕화이추^{唐槐秋103)}의 여행극단이 왕런메이^{王人美104)}를 흡수……
못하는 이야기가 없었다. 꾸빠는 그저 응응거리며 옆에서 장단을 맞
출 뿐이었다. 쫭천과 쫭탄은 두 사람 옆에서 이불 홑청을 두르고 문명
희^{文明戱105)} 무대를 흉내냈다.

부득이한 상황이 된 후에야 쓰이원의 이런 일과는 막을 내렸다.
하지만 그래도 여전히 용모에 대한 쓰이원의 관심은 끊이지 않았다.
그녀는 메이메이에게 한 상자에 5펀^{分106)} 하는 하리유^{蛤蜊油107)}만 쓰라
고 경고하면서도 자신은 시장에서 아직 사구^{四舊} 타파 대상이 아니었
던 화장품을 사용했다. 이는 가장 대중적인 '유이'^{友誼} 크림, 남녀 공용
의 '야쌍'^{雅霜} 같은 것들로, 이름은 그럴싸하게 들리지만 실제로는 바셀
린이나 마찬가지인 '하리유'를 바르는 것보다 훨씬 더 피부에 좋았다.

매일 새벽 쓰이원은 이런 화장품 적당량을 취해 얼굴에 부드럽게
균일하게 펴 발랐다. 될 수 있는 한 자기가 얼굴에 신경 쓰고 있다는
사실을 남에게 보여주지 않았다. 유일하게 유감스러운 부분이 있다면
자기 눈썹이었다. 태아일 때 발육이 덜 된 이런 표식은 쓰이원을 반평
생 따라다녔고 할 수 없이 이 부분은 눈썹연필의 도움을 받을 수밖
에 없었다.

---

102) 베이징 먹거리. 소시지 구이.

103) 1898~1954. 중국 경극 연기자, 감독

104) 1914~1987. 중국 배우

105) 신문화운동 영향으로 전통 희곡이 문명희라는 새로운 형태로 전환, 시민 계몽의 도구로 사용되었다.

106) 중국 화폐단위. 1펀=0.01위안

107) 보습 오일 브랜드명. 조개껍질을 용기로 사용했기 때문에 브랜드명에 조개란 의미의 단어 하리^{蛤蜊}를 사용하였다.

🌹 장미의 문

메이메이는 언제나 외할머니가 눈썹연필로 화장한 가느다란 눈썹이 꼴 보기 싫었다. 구 사회의 가장 상징적인 흔적이 그 거짓 눈썹이라고 생각했다. 어려서부터 메이메이는 지주의 마누라, 첩과 거짓 눈썹을 연결해서 생각했다. 당시 '예쁜 척하는 외국인 아내'라는 말을 들으면 메이메이는 이상한 분騷과 가늘게 휘어진 거짓 눈썹을 연상했다. 또한 '외국인 아내'는 메이메이에게 못된 여자에 대한 혼합적인 견해이기도 했다. 메이메이는 애초 거짓 눈썹을 무엇으로 그리는지 몰랐다. 처음 외할머니 집에 왔을 때 메이메이는 눈썹연필이 그냥 연필이라고 생각했다. 나중에 매일 새벽, 외할머니가 화장대 앞에서 이 연필로 눈썹을 그리자 그제야 눈썹연필의 용도를 알았다. 외할머니가 없을 때 메이메이는 눈썹연필을 자세히 살펴봤다. 연필보다 부드러우면서 은근한 향이 났다. 눈썹연필의 존재가 짜증났다. 외할머니가 자신을 데리고 밖에 나갈 때마다 될 수 있는 한 멀리 떨어져 걸었고 그럴 때마다 앞서 가던 외할머니는 행동이 느리다고 메이메이를 타박했다.

오후가 되자 외할머니가 옷을 차려입고 눈썹연필로 눈썹을 그린 다음, 선별한 신문과 어록을 들고 탁자 앞에 앉아 뤄 아주머니 호출을 기다렸다. 메이메이는 오늘 외할머니 화장은 두 눈썹만 제외하면 제격이라고 생각했다. 메이메이는 항상 그 눈썹이 외할머니에게 액운을 몰고 올 거란 느낌이 들었다.

뤄 아주머니가 마당에 서서 쓰이원을 불렀다.

이전에 뤄 아주머니는 쓰이원에게 볼일이 있으면 그냥 본론으로 들어갔지 이름을 부른 적이 없었다. 아마도 뭐라고 불러야 할지 몰라서 그런 듯하다. 가정주부가 다른 가정주부를 부를 때처럼 상대방을

3인칭으로 '누구 댁'이라거나 '아주머니'라고 부를 수 없었다. 그렇다고 국가 간부를 부를 때처럼 '쓰 동지'라고 부를 수도 없고 더더욱 동창이나 전우, 친구를 부를 때처럼 '이원'이라고 이름만 부를 수도 없었다. '자매'라거나, '동생'이란 말은 더더욱 걸맞지 않았다. 할 수 없이 뤄 아주머니는 모든 호칭을 생략한 후 곧장 본론으로 들어갔다.

오늘 뤄 주임이 마당에 서서 웬일로 소리 높여 외할머니를 '쓰 선생'이라고 불렀다.

"쓰 선생, 갈 때 됐재요!"

뤄 아주머니가 말했다.

전에 쓰이원을 선생이라 부르는 사람이 없었던 것도 아니다. 이후 그 위치에서 탈락된 후 그래도 가끔 선생이라 부르는 사람도 있었다. 쓰이원 기억에 신분이 있는 사람일수록 자신을 쓰 선생이라 부르는 듯했다. 다 선생 같은 경우가 그렇다. 독일 할머니 역시 괴상한 말투와 목소리로 쓰이원을 그렇게 불렀다. 하지만 이제 더 이상 자신을 선생이라고 부르는 사람은 없었다. 뤄 아주머니의 호칭에 쓰이원은 흠칫했다. 그녀가 황급히 탁자 앞에서 일어나 민첩하게 밖으로 나갔다.

"세상에, 제가 모시러 가야 되는데."

쓰이원이 웃으며 황공한 듯 웃었다. 사실 쓰이원은 속으로 '내가 당신 부르러 갈 줄 알았어? 빤히 당신이 무슨 꿍꿍이속인 줄 아는데?'라고 생각했다.

"무슨 말하오! 공부 아임까. 누가 누구를 부르러 가든지 모두 같은 게 아이요?"

뤄 아주머니가 이렇게 말하며 쓰이원과 차례로 문을 나섰다.

지역주민위원회에서 뤄 아주머니는 쓰이원을 정중하게 사람들에

장미의 문

게 소개하지도, 다시 그녀를 쓰 선생이라고 부르지도 않았다. 심지어 사람들 앞에서 쓰이원을 건성으로 대하는 눈치였다. 뤄 아주머니가 먼저 지역에서 일어난 자질구레한 몇 가지 사건을 열거하자 사람들 사이에 이러쿵저러쿵 논의가 이어졌다. 그 후에야 뤄 아주머니는 신문 읽기 시간을 정식으로 알렸다. 쓰이원이 신문을 펼쳤다.

사람들은 쓰이원을 보고 별로 의외로 생각하지 않는 눈치였다. 아마 지역에서 이미 행사 배정을 해뒀기 때문인 것 같았다. 여자들은 그저 호기심어린 눈으로 쓰이원을 살폈다. 마치 어디 보자, 신문에 적힌 글자가 저 여자 입에서는 어떤 느낌으로 나오는지 지켜보자는 분위기였다. 가구를 내놓던 날 여자들은 모두 쓰이원의 연설을 들은 적이 있다. 하지만 나이 많은 여자가 신문을 읽는 일은 어쨌거나 지역 부녀자들에게 신선한 일이었다.

쓰이원은 신문을 읽을 때 잊지 않고 먼저 신문 오른쪽 상단 최고지시를 정중하게 쭉 한 번 읽었다. 그 부분의 최고지시는 매일 내용이 바뀌었다. 신문의 그 날 방향과 관련이 있었다. 쓰이원이 정중하게 최고지시를 읽은 후 다시 유창하게 1면 주요 기사를 읽었다. 한 지방의 권력 쟁탈에 관한 기사였다. 그 지역 '공조사'工造司라는 조반造反 조직이 당내 자본주의 노선을 걷는 실권파 손에서 '전면적으로 철저하게' 권력을 쟁탈했다는 내용이었다. 또한 지금 권력을 쟁탈한다는 건 왕조의 교체를 의미한다고 적고 있었다. "우리는 모든 권력을 쟁탈해야 한다."고 하면서 마지막으로 "혁명의 역량이 결집했다, 전국에 희망이 생겼다."라는 영도자의 말을 직접적으로 인용했다.

쓰이원이 신문읽기를 끝낸 후 이어서 토론이 벌어졌다. 사람들은 내용에 대해 응당한 분노와 기쁨을 표현했다. 권력은 쟁탈해야 한다,

당무黨務과 정무政務, 재정, 교육의 권한을 내내 소수의 주자파 손에 내줄 수 없다고 했다. 주자파 관리들은 의기양양해보이지만 사실 모든 일을 서슴지 않으니 우리 백성들처럼 깨끗하지 않다고 했다. 누군가 한 성省의 서기가 휴양을 하러 가는데 매번 담요 한 장을 훔쳐가고, 떠날 때는 그 마누라가 주방에 있는 국화, 목이버섯, 말린 새우를 모두 버리고 가니 이런 사람이 권력을 잡으면 그건 자산계급이 권력을 장악하는 거라고 했다.

그러자 누군가 그까짓 담요가 대수냐고 말했다. 담요 한 장이라 해봐야 수십 위안 정도이다. 그 여자가 아는 지도자 간부 하나는 차가 빨강, 노랑, 파랑, 하양, 검정 모두 다섯 대라고 했다. 이런 색색의 차를 가진 이유는 의도가 분명하다, 만주국 국기를 상징한다, 못 믿겠으면 생각해보라는 식이었다. 이런 차량 다섯 대를 몇 년 동안 써도 사람들이 이에 대해 전혀 신경을 쓰지 않았다고 했다. 이것이야말로 호랑이가 당신 옆에서 잠을 자는 격이 아닌가?

한 관리가 자기 고향에 유리 기와로 집을 지었다고 고발하는 이도 있었다. 유리라니, 그런 건 황제나 사용할 수 있는 건데 그렇다면 이건 복벽復辟의 야심이 있다는 의미 아닐까?

또 어떤 이는 주자파들의 황당함으로 이 권력 쟁탈의 필요를 실증하기도 했다. 하지만 풍문으로 들은 이야기들은 점점 갈수록 기이해지면서 주제를 벗어났다. 주자파가 물고기 혀를 먹고, 사람 뇌를 먹는다는 이야기까지 나왔다. 결국 뤄 아주머니가 학습태도를 바로 잡은 후 쓰이윈이 다시 나서 중국이 마치 밝은 등불처럼 사회주의 국가의 방직공장 건설을 원조한다는 내용을 읽고 학습회는 종회를 선언했다.

장미의 문

회의를 마친 후 기본 성원은 바로 자리를 뜨지 않았다. 그들이 서로 눈짓을 주고받았다. 마치 무슨 순간을 기다리는 것 같았다. 쓰이원이 그 눈짓을 감지하고 뭐 아주머니에게 인사한 후 주민위원회를 나왔다.

쓰이원은 눈치가 빨랐다. 지역주민위원회의 기본 군중과 핵심들이 정말 기다리던 순간이 있었다. 최근 상부에서는 수시로 지역에 빈농표貧農票를 발급했다. 검증을 거친 3대 빈농에게만 발급되는 표다. 빈농표가 있으면 지정한 장소에 가서 가산을 몰수할 수 있었다. 가격은 정말 저렴했다. 그냥 상징적으로 돈을 받을 뿐이었다. 때로 2위안이면 3인용 소파를 살 수 있고, 10위안이면 최신 시몬스 큰 침대를 살 수 있고, 20위안이면 명나라 식 경목 가구 구입이 가능하다. 별 볼 일 없는 탁자, 의자, 장 같은 건 막대 아이스크림 몇 개 정도 가격이다. 사람들은 이 표의 가치에 대해 의론이 분분했다. 불필요한 다툼을 없애기 위해 지역주민위원회는 제비뽑기 방식을 실행했지만 경쟁과 마찰이 끊이지 않았다. 이후 일부 풍문이 이 문제를 해결했다. 알고 보니 빈농표 소지자의 행운은 당신이 거둔 물자의 고유 가치에 의해 판가름나지 않았다. 때로 보잘것없어 보이는 물건 안에서 뜻밖에 엄청난 수확을 거둘 수 있었다. 수확은 입이 떡 벌어질 정도로 엄청났다. 평범한 베개 안에 유행의 첨단을 상징하는 스타킹이 수없이 들어 있을 때도 있었다. 베이징의 한 영악한 인물의 집에서는 교묘하게 침대 머릿장 이중문을 비틀어 열자 그 안에서 스위스 시계 에니카Eenicar, 오메가Omega 수십 개가 나왔다…… 옷장 이중문 안에 장신구가 쑤셔 박혀 있고, 소파 등받이에 나일론 반바지도 발견되었다. 성 전체 빈농이 가장 흥분한 일은 누군가 우연히 사람들이 버린 빈농표 한 장을 주워 그것으로 4위안을 지불, 중고 시몬스 매트 한 장을 샀는데 집에 돌아와 살펴보니 그 안에 10위안 종이돈 한 다발이 들어 있었다는 소식이었다. 상대방의 골목 주소와 성명까지 모든 정보가 전해졌다. 사람들을 잔뜩 흥분시킨 발 빠른 소문에 결국 더 이상 빈농표 자체의 가치를 따지는 일은 일어나지 않았다. 여자들은 그저 자기 주임 손에서 보물을 낚아채듯 제비를 뽑은 후 자기 남편들 삼륜차에 올라 지정된 장소에 가서 물건을 가져왔다.

샹사오후퉁에 내막을 알 수 없는 빈농표가 발급되었다. 삼륜차가 골목을 누비고 때로 수많은 집에서 문 두드리는 소리가 울려 퍼졌다. 의심스러운 목재가구는 모두 해체되었다. 마치 귀가가 목적이 아니라 귀가 후 가구 해체가 목적인 듯했다. 베개 안의 오리털이, 솜들이 골목을 날아다녔다. 시몬스 침대 매트가 엉망진창으로 틀어지면서 스프링이 신경질적으로 몸을 떨었다. 다만 아직까지 우리 골목의 소득은 미미했다. 한 집에서 서랍을 비틀자 은팔찌 한 점이 나온 걸 제외하면 별다른 큰 발견은 없었다.

사람들은 자신이 거대한 다음 행운의 주인공이 되길 손꼽아 기대했다.

뤄 아주머니도 표 한 장을 집었다. 겉으로 보기에 아주머니의 뽑기 실력은 그리 좋아 보이지 않았다. 탁자 한 장이 적힌 표를 뽑았다. 뤄 아주머니는 이로써 사심이 없는 자신의 공정함을 증명했다. 그녀가 제비를 들고 팔선탁보다 더 작은 경목 사각 탁자 하나를 사서 돌아갔다. 다치가 탁자를 삼륜차에서 내려 짊어지고 마당으로 들어섰다. 쓰이원은 그 즉시 탁자의 출처를 알 수 있었다. 마치 이별한 지 오래된 지인을 알아본 듯했다.

쫭씨 집안의 마작 탁자다.

얼마 전 쓰이원은 직접 자기 손으로 가구를 내놓았다. 탁자는 쫭씨 집안의 떠돌이인 양 밖에서 세상 모진 냉대를 겪고 집으로 돌아온 느낌이 들었다. 사상思想은 없지만 사람들의 궁금증을 불러일으키는 목재가구들이 세상을 떠돌아다녔다. 쓰이원은 쫭씨 집안 '친숙한 상대'를 보고 별다른 슬픔은 느끼지 않았다. 그저 소문에 들은 다른 사람들처럼 뤄씨네가 세상 진귀한 보석을 찾느라 탁자를 조각조각 뜯고, 매일 아침 해체된 조각부스러기로 불을 지펴 연기를 피워주길, 그래서 더 이상 그 탁자를 볼 수 없게 되길 바랄뿐이었다.

뤄씨네가 통로에서 마작 탁자를 에워싸고 열띤 토론을 벌였다. 그들은 탁자를 부수지 않았다. 뤄 영감은 탁자를 뒤집어 다리가 하늘로 향하도록 한 후 마치 전문가처럼 탁자를 두드리며 두께와 용적을 가늠했다. 그러더니 마작 패를 넣어두는 책 크기만 한 서랍을 꺼내 꼼꼼하게 살폈다. 그들은 더 이상 의외의 소득이 있을 수 없다고 확신하고 나자 축 처져서 탁자를 실내로 옮겼다.

쌴치가 뤄 주임을 폐물이라고 욕했다. 쌴치는 작은 서랍을 발로 찼고 뤄 아주머니가 쌴치 발 아래 떨어진 서랍을 주웠다.

27

쓰이원은 자신의 과거가 흔적 없이 희미해지길, 과거가 없는 쓰이원이란 존재가 되길 원했다. 그건 허상이나 공상이 아니다. 쓰이원은 이미 일자무식한 주민들에게 권력 쟁탈에 대해 연설했다. 지금 마작 탁자가 집으로 들어오자 쓰이윈은 다시 과거의 쓰이윈이 되었다. 사방 곳곳에 작은 서랍이 있는 경목 탁자는 마치 과거 쓰이윈의 모든 것을 증명하는 존재 같았다. 가구를 내놓던 그날, 쓰이윈은 과거를 송두리째 내놓고 싶었다. 그런데 탁자가 다시 돌아왔다. 증인이 또다시 돌아왔다.

쓰이윈이 양저우에서 숨을 거둔 촹싱을 안고 집에 돌아왔다. 시부모는 당시 바로 이 마작 탁자를 에워싸고 앉아 있었다. 그들은 불빛 아래 촹싱의 창백한 얼굴, 멍한 쓰이윈의 눈빛을 보고 바로 무슨 일이 일어났는지 깨달았다. 촹 영감이 탁자를 덮고 있던 융단을 잡아챘다. 이제 막 바닥에 깔아놓은 마작패가 바닥에 흩어졌다. 그는 대뜸 쓰이윈에게 욕을 퍼부었다. 천리 길을 달려 남편을 찾아갔으면 왜 남편 곁에 있지 않고 병이 든 장손을 데리고 베이핑으로 돌아왔냐고 욕을 퍼부었다. 여자가 변덕이 심해 장손을 죽게 만들었다고 했다. 쓰이윈은 모든 상황을 일일이 설명할 수 없었다. 그저 촹싱을 품에 안고 나지막이 흐느낄 뿐이었다. 딩 아줌마가 그간 일어난 일을 모두 말했다. 아이가 오는 길에 갑자기 병이 나서 숨을 거뒀으며 쓰이윈이 양저우를 떠나온 건 그녀의 잘못이 아니라고 설명했다.

촹사오젠 역시 아들의 죽음을 알고 베이핑으로 돌아왔고, 아버지에게 더 이상 집을 멀리 떠나지 않겠다고, 톈진에서 일을 찾아야겠다고 말했다. 촹 영감은 일부러 쓰이윈을 괴롭게 하려는 듯 곧바로 톈진으로 가겠다는 아들의 말을 받아들였다.

촹사오젠은 마치 손님처럼 며칠 집에서 머문 후 톈진으로 떠났다.

쓰이윈은 당시 촹사오젠이 집에 있던 날들을 떠올릴 때마다 생각나는 건 언제나 그가 했던 두 가지뿐이었다. 하나는 친구들과 저

장미의 문

마작 탁자에 둘러앉아 마작을 뒀던 일, 그리고 마작이 끝난 후 쓰이원에게 치근댔던 일이다. 쓰이원이 '그 일'을 치근댔다고 표현한 이유는 그를 거부하고 싶었기 때문이다. 하지만 쓰이원은 결국 그를 받아들였다. 좡탄은 당시 좡사오젠이 그녀에게 치근댄 결과물이었다. 좡탄의 모든 성격이 바로 당시 쓰이원이 자신에게 달라붙은 좡사오젠을 얼마나 싫어했는지 입증하고 있었다.

그 해 쓰이원의 아버지 쓰 선생은 업무에 변화가 생겨 베이핑으로 온 가족과 함께 이주했다. 그는 샹사오후퉁의 '숟가락 둥근' 부분에 꽤나 있어 보이는 집을 구매했고, 일을 그만두고 집에 있는 좡 영감에게 물질적인 도움을 줬다. 좡탄도 태어나고 쓰씨 집안에서도 도움을 주자 쓰이원을 보는 좡 영감의 눈빛도 달라졌다. 좡씨 집안 생활도 생기가 돌기 시작했다. 하지만 좡씨 집안 노부인이 얼마 후 병으로 세상을 떠나고 둘째 아들 좡사오안莊紹安도 결혼한 후 유학을 떠나자 좡씨 집안은 다시 궁색해졌다.

쓰씨네는 사돈댁 궁핍한 상황을 보고 좡 영감에게 집을 팔고 아예 샹사오후퉁으로 와서 자기네와 함께 살자고 했다. 쓰 선생은 규모가 꽤나 있는 안채 쪽 작은 뜰을 좡씨에게 내주겠다고 했다.

쓰이원은 아버지의 뜻을 시아버지에게 전달했다. 좡 영감은 고민하다가 결국 궁핍한 처지를 고려해 사돈의 요청을 받아들였다. 하지만 막상 쓰씨네 집에 들어오자 그는 남의 집에 처량하게 더부살이를 하는 느낌이 들었다. 그에 비하면 쓰이원은 훨씬 자유롭게 활기가 넘쳤다. 친정 차량으로 아버지와 함께 공연을 보러 가거나 연회에 참가하고 아니면 배다른 여동생과 나들이를 다녔다. 이처럼 우월한 쓰이원의 모습은 일부러 시아버지에게 과시하려는 행동 같고 스스로 고

고하다 여기는 그에 대한 무언의 반격처럼 느껴졌다. 쾅 나리는 쓰씨 네 생활이 답답하고 화가 났다. 수치스러웠다. 그는 이 모든 상황의 이유가 자기가 시대를 잘못 만났고, 쓰씨 집안이 베이핑으로 이주했기 때문이라고 생각했다. 사돈이 사람들을 불러 그의 환갑잔치를 해주자 부끄럽다 못해 화가 난 그는 쓰이원을 증오하기 시작했다. 그는 일기에 스스로를 한탄하면서 쓰이원을 저주하기 시작했다. 그는 쓰 성의 영문자인 s로 며느리를 표시했다.

쓰이원은 무심코 s에 대한 저주가 적힌 쾅 영감의 일기를 보게 되었다. 그녀는 발끈했다. 그리고 체면을 중요하게 생각하면서 가난하게 살고 싶진 않고, 자존감은 높으면서 허영심은 이기지 못하는 시아버지의 나약한 모습을 비웃기 시작했다. 전에 쓰이원은 확실히 진심으로 쾅씨 집안 살림을 걱정했다. 하지만 시아버지 일기를 읽고 처음으로 왜 자신이 이런 나쁜 사람들을 위해 애를 써야 하는지 의문이 들었다. 저 사람이 뭔데? 그냥 쓸모없는 집안의 장식품 같은 존재일 뿐이야, 그냥 장식처럼 버티고 있잖아. 쓰이원은 그를 얕잡아 볼 수밖에 없었다.

얼마 후 쓰 선생이 병으로 사망했다. 쓰이원과 댜오ㄱ 사이에 유산을 둘러싼 분쟁이 벌어졌다. 알고 보니 댜오는 음흉한 여자였다. 집으로 들어오고 얼마 후 쓰 선생 필체의 행서를 똑같이 연습했다. 그녀는 추ㅍ 자도 추하지 않게 아름다운 글씨체로 유서를 조작했다. 유서에 따르면 쓰이원은 이미 출가한 몸이므로 쓰 선생 사후 모든 재산은 부인과 차녀인 쓰이핀에게 상속한다고 적혀 있었다.

허점이 분명하게 보이는 유서를 보고 쓰이원은 격노했다. 그녀는 혼자 사방을 뛰어다니며 변호사를 구해 재판을 했다. 그 결과 쓰이원이 이겼고 그녀는 마침내 제법 많은 재산을 상속받았다. 쓰이원은 쓰 선생은 없고 댜오만 남은 쓰씨 집안을 떠나기로 했다. 차를 타고 성 곳곳을 뒤진 쓰이원은 마지막에 둥청에서 그리 넓진 않지만 그런대로 만족스러운 마당 두 개짜리 집을 발견했다. 쓰이원은 어쨌거나 다시 짐 덩어리 같은 시아버지를 '걸머지고' 쓰씨 집안 문턱을 나와 둥청으 로 이주했다.

쟝 영감은 다시 그 마작 탁자와 함께 쓰이원을 따라 새집으로 이 사했다. 원래 여자가 나서기는 마땅치 않은 일인데도 불구하고 쓰이 원 혼자 모든 일을 해결했다. 쟝 영감은 대꾸도 못하고 며느리의 지 휘에 따라 움직였다. 그는 쓰이원의 일처리 능력을 인정할 수밖에 없 자 질투와 분노가 다시 꿈틀대기 시작했다. 그 후 쟝 나리는 쓰이원 이 돈을 내고, 성 곳곳을 누벼 구입한 집에서 그럴듯한 나리 시늉을 했다. 둥청 새집에서 그는 아랫사람을 닦달하며 호통을 치고 더욱 차 갑게 쓰이원을 대했다. 그는 지독하고 야멸찬 태도로 나리라는 지위 를 유지하기로 결심했다. 그는 집안사람들 앞에서 딩 아줌마가 그에 게 가져다 준 음식을 엎었고, 두 어린 아이들 앞에서 쓰이원에게 억지 를 부렸다. 그의 일기 중 s에 대한 표현은 더욱 심해졌다. 심지어 이따 금 자기 대변 상태가 심상치 않으면 그 이유를 쓰이원이 자기에게 문 제가 있는 식사를 제공했기 때문이라고 했다.

"오늘 세 번 대변을 봤는데 신통치 않은 대변 모양이 s가 마련한 음식과 직접적인 관련이 있다."

쟝 나리가 쓰이원에게 여러 가지로 시비를 걸수록 쓰이원은 시아 버지를 더욱 무시했다. 쓰이원은 쟝씨 집안을 잘 이끌어가려고 노력 했다. 지출을 세심하게 계산하고 환한 낯으로 아랫사람들을 대했다.

그들은 쓰이원과 마음을 함께하게 되었다.

  쟝 나리의 유약함, 가정과 자녀에 대한 쟝사오젠의 무책임과 대비가 되자 쓰이원의 뛰어난 집안 운영은 더더욱 사람들의 눈길을 끌었다. 이런 현격한 대비는 쟝 나리에게 가장 큰 타격이었다. 그는 정말 입장이 난처했다. 그는 쟝천과 쟝탄의 비위를 맞추며 아이들의 어머니를 헐뜯기 시작했다. 이를 위해 그는 자신조차 코웃음을 치던 《여아경》女兒經을 늘어놓으며 그 '경전' 속의 '도덕'으로 쓰이원의 모든 행위를 비난했다. 그는 또한 얼마 되지도 않는 저금을 털어 쟝천과 쟝탄에게 연신 새 옷을 사줬다. 그는 쟝탄에게 나이에 맞지도 않는 고급 천으로 양복을 맞춰주고, 쟝천에게는 반질반질 얼굴이 비칠 정도로 윤이 나는 에나멜 구두와 긴 스타킹을 사주며 아이들 앞에서 자신의 존재를 부각시키려 했다.

  쓰이원은 속으로 이런 시아버지를 비웃었지만 아이들 앞에서는 일부러 대범한 시아버지를 칭찬했다.

  그 해 음력 설, 쟝사오젠이 톈진에서 돌아왔다. 그는 텅 빈 두 손에 암담한 낯빛으로 얼빠진 사람처럼 마작 탁자 앞에 앉았다.

28

  쟝사오젠이 톈진에서 베이핑으로 돌아와 설을 보냈다. 쓰이원이 그를 받아들였다.

  섣달그믐이 지난 후 깊은 밤, 쟝사오젠이 마당을 배회하자 쓰이원은 침실 불을 밝히고 자주 함께 사용하지 않았던 커다란 침대에 정성

장미의 문

껏 잠자리를 마련했다. 그녀는 목욕을 한 후 좡사오젠을 기다렸다.

좡사오젠은 이런 쓰이원이 오히려 더 당당하고 도도해 보였다. 쓰이원이 기염을 토하고 있었다. 양복과 구두 차림의 좡사오젠이 마침내 쓰이원 방으로 들어갔다. 하지만 그는 방안을 서성이며 어색한 모습으로 쓰이원과 거리를 유지했다.

쓰이원은 태연하게 침대 앞 화로에 탄을 얹었다. 숯을 넣자 불길이 타닥타닥 튀어 오르며 방안이 훈훈해졌다.

방이 훈훈해지자 마침내 좡사오젠이 침대로 올라왔다. 쓰이원이 그와 자신을 위해 마련한 이 세상에서 그는 여전히 쓰이원과 거리를 유지했다. 쓰이원은 이런 거리가 낯설지 않았다. 거만하고, 짜증스럽고, 답답하고, 고의적이며, 도도하고, 화가 머리끝까지 나 있는…… 때로 쓰이원은 이런 거리감을 극복했고, 또한 때로 이런 거리감이 그녀를 압도했다. 그런데 오늘 쓰이원이 느끼는 이 거리는 뭔가 심상치 않았다. 보기 드물게 분위기가 위축되어 있었다. 이런 분위기 때문일까, 오히려 쓰이원은 전과 다르게 너그럽게, 전에 없이 그를 필요로 했다. 좡탄의 탄생이 당시 자신에게 치근댄 그와의 결과물이라면 이번에는 쓰이원이 그에게 치근대는 듯했다. 결국 당시 그녀가 치근대는 그를 받아들인 것처럼 그 역시 치근대는 그녀를 마지못해 받아들였다.

좡사오젠이 치근대는 그녀에게 복종했다. 하지만 그녀는 아무런 소득도 거둘 수 없었다. 쓰이원은 그를 포기했다. 좡사오젠은 이미 몸을 돌린 상태였다. 쓰이원은 그가 등으로 자신을 거부하고 있다고 느꼈다.

쓰이원은 아무리 변해도 본질은 달라지지 않는다고 생각했다. 느낌은 새로웠지만 이유는 여전히 마찬가지다. 잠자리를 하려면 순수해야 한다. 순수하지 않다면 그냥 적나라한 육욕만 있으면 된다. 지금 챵사오젠은 그 어느 것도 가지고 있지 않다. 당신, 위축되고 자괴감에 빠져 있네. 긴장하고 겁에 질린 것처럼 보여. 그건 나에 대한 표현의 일종일 뿐이야. 그녀는 더 이상 그에게 치근대지 않았다. 그저 계속 그를 관찰할 뿐이었다. 그는 매일 눈빛이 멍하고 정신이 나간 사람처럼 보였다. 쓰이원은 그에게 무슨 일이 있는 거라고 추측했다.

며칠 후, 챵사오젠은 갑자기 돌아왔던 것처럼 다시 갑자기 떠났다. 이런 갑작스러운 행동을 보면 사람들은 도피를 연상하기 쉽다. 그는 예상했던 일에서 도망쳐 나온 것처럼 이미 자신이 예상한 뭔가에서 다시 도망친 것 같았다. 그 예상이 이미 사실이 되었을지도 모른다.

얼마 후 쓰이원을 통해 그 사실이 입증되었다. 쓰이원은 갑자기 전에 느껴보지 못한 몸의 변화를 느꼈다. 소변을 눌 때의 이질감, 그후 대퇴부 사타구니 양쪽에 붉은 반점이 나타났다. 전기충격을 받은 것 같았다. 그녀는 머리가 어찔했다. 답을 찾았다. 양저우에서 챵사오젠이 말한 '샤오훙셰'와 그녀의 그곳이 생각났다. 8대 후퉁胡同의 '스춘위안' 생각도 났다. 톈진에도 위더리裕德里가 유명한 지역 아니던가? 쓰이원은 생각했다. 베이핑 골목 구석진 곳에 붙어 있는 광고들이 생각났다. 꺼림칙한 병증에 대한 꺼림칙한 광고였다. 더러운 병증은 '화류'花柳니 '양매'楊梅 같은 가장 아름다운 표현으로 그런 질환을 통칭하고 있었다.

쓰이원은 챵사오젠의 불결함을 욕하지 않았다. 그보다는 자신이 원망스러웠다. 순결하고 깨끗한 육체로 그에게 치근댔던 자신이 원망스러웠다. 이 육체가 요구했던 것이 불결한 그 사람이었다고? 그 후

장미의 문

쓰이윈은 마치 자신을 벌하듯 하체를 벗고 두 다리를 벌린 후 침대에 조용히 앉아서 기다렸다. 그녀는 한 순간을 기다렸다. 깨끗한 자신의 영혼이 불결한 육체의 불결한 질을 넘어 빠져나올 수 있길, 그래서 자신의 영혼이 근심걱정 없이 승천할 수 있길, 사람도 물건도 없는 곳으로 올라갈 수 있길 바랐다.

쓰이윈이 누워 있었다. 방탕하게 자유롭게 거리낌 없이 볼썽사나운 자세로 정성껏 자신이 마련한 침실, 정성껏 꾸민 가정을 모독하고 있었다. 쓰이윈은 자신을 잊고 싶었다. 망아 속에 자신이 썩어 문드러지길 원했다. 완벽하게 썩을수록 더 아름다울 것 같았다.

어느 날, 세숫대야를 들고 방으로 들어오던 딩 아줌마가 그 모습을 보고 깜짝 놀랐다. 딩 아줌마는 자신이 받들던 마님이 어떻게 그런 자세를 자신에게 보여줄 수 있는지 상상조차 할 수 없었다. 딩 아줌마가 세숫대야를 내팽개친 채 쿵쿵 뛰는 가슴을 안고 한참 동안 아무 말도 하지 못했다. 아줌마는 평생 벌거벗은 여자를 본 적이 없었다. 심지어 자기 자신도 그런 모습을 한 적이 없었다. 놀랐다고 해야 할까 신기하다고 해야 할까, 둘 다일까. 딩 아줌마도 알 수 없었다. 딩 아줌마가 침대 앞에 우두커니 서서 감히 입을 열지도, 자리를 뜨지도 못했다. 후에 아줌마는 모질게 마음을 먹고 그 자리를 벗어나기로 결심했다. 하지만 쓰이윈이 딩 아줌마를 불렀고 모든 사실을 딩 아줌마에게 말했다.

쓰이윈은 딩 아줌마에게 하소연을 하고 나자 또다시 구원이란 단어가 생각났다. 자신의 영혼이 차마 이 육체를 포기하지 못한다고 생각하자 자신을 구원할 신념과 힘이 생겼다. 쓰이윈은 딩 아줌마에게 부탁해 어두운 구석 지린내가 진동하는 변소 벽이나 구석진 전봇대에서 치유의 광고를 알아봐달라고 했다.

그들은 마침내 환자를 기사회생시킨다는 약품 '606'을 발견했다. 그들은 그 약을 사용했다.

몇 달 후, 쓰이원은 증상이 사라졌다. 아무도 모르게 발병했다가 아무도 모르게 건강을 회복했다. 쓰이원은 자기 체내에서 철저하게 마지막 바이러스가 사라졌다는 사실을 확인하고 딩 아줌마 품에 안겨 울기 시작했다. 오랫동안 쓰이원은 마음껏 울 수 있는 곳을 찾았지만 찾을 수 없었다. 세상은 거대하지만 사람이 눈물을 흘릴 수 있는 곳은 정말 별로 없다고 느꼈다. 쓰이원은 구체적인 땅이나 방, 나무 그늘이 아니라 이제 딩 아줌마의 담담하고 수수한 품에서 영혼이 자유롭게 노닐 수 있는 공간을 찾았다. 글자도 몇 개 모르고 그저 쓰이원을 위해 '606'이란 숫자나 겨우 분별하는 무식한 시골사람 딩 아줌마는 자기 품에서 떨고 있는 이 여인의 두개골 안에 대체 뭐가 담겨 있는지 알지 못했다. 딩 아줌마는 그저 자기 영혼의 느낌으로 이 두개골 안의 슬픔과 기쁨을 보듬어주고 있었다.

쓰이원은 마흔 살이다. 쓰이원은 한바탕 통곡으로 과거 40년을 마무리했다.

쓰이원은 모진 학대와 눈물범벅의 세월을 겪고 더 이상 생각하는 것도, 추구하는 것도 없는 여자처럼 보이진 않았다. 기이하리만치 요염한 자태로 쓰이원이 다시 가족들 앞에 나타났다. 좡 나리는 아들이 쓰이원에게 재난을 안긴 것도, 쓰이원이 이미 그 엄청난 병을 극복하고 완쾌한 것도 끝까지 알지 못했다. 그는 그저 며느리가 전보다 더 상큼해졌다고 느낄 뿐이었다. 꾸빠조차 쓰이원의 온몸에서 광채가 난다고 느꼈다.

장미의 문

독이 든 물에 빠졌던 쓰이윈은 마치 독즙이 스민 양귀비꽃처럼 쩡씨 집안에서 활짝 꽃을 피웠다. 그 후 쓰이윈은 더 이상 반듯하게 예절바른 모습으로 자신을 꾸미지 않았다. 그녀는 늘 익숙해진 그 자세로 침대에 쩍 벌리고 누웠다. 쓰이윈은 그 자세야말로 세상에서 가장 자연스러운 자세라고 생각했다. 그 자세는 두려워할 것이 없는 기백, 사람의 혼백을 빨아들이는 위협적인 힘을 가지고 있었다. 이런 모습은 사랑을 나눌 때도 언제나 일부러 단정한 척 아름다운 자세를 취하려는 여인들을 무색하게 만들었다. 이런 여성들에는 과거의 쓰이윈 자신도 포함된다.

병이 났을 때 아이들을 소홀히 해서일까, 아니면 병이 난 후 요염해져서일까, 최근 들어 쓰이윈은 쩡천과 쩡탄의 존재를 자주 잊어버렸다. 그 때문에 아이들은 쩡 나리를 더욱 가까이했다. 그들은 학교에서 돌아오면 늘 할아버지 방으로 들어가 할아버지가 들려주는 '제자규弟子規, 성인훈聖人訓', '여명에 일어나 물을 뿌리고 마당을 청소한다.'는 식의 이야기를 들었다. 쓰이윈은 이에 대해 별로 진지하게 생각하지 않았다. 지금 그녀는 마치 만사에 통달한 너그러운 며느리, 성격 좋은 올케, 관용적인 어머니처럼 보였다. 하지만 온몸이 독에 절었던 쓰이윈은 위험한 계략을 꾸미고 있었다. 쓰이윈은 이 계략을 떠올리며 흥분하고 숨이 찼지만 무척 즐거웠다. 그녀는 자신의 육체로 인생을 모독하는 망상에 빠졌다. 그건 사랑도 증오도 아니었다. 그건 다만 세상을 비웃는 작은 흉계에 불과했다. 그녀는 자신의 시아버지인 쩡 나리를 선택했다.

달빛이 좋고 바람도 살랑거리던 밤이었다. 하지만 쓰이윈은 달빛이나 미풍 따윈 필요 없었다. 그녀가 가장 원하는 건 먹구름과 광풍이었다. 자신이 행동하는 데는 먹구름과 광풍이 도움이 되었다. 그녀는 먼저 침실에서 옷을 다 벗고 거울에 비친 자신의 나신을 확인한 후 잠시 뒤 그 순간이 되었을 때 취할 첫 번째 자세를 설계했다. 이어 그녀가 잠옷으로 몸을 감싸고 밖으로 나갔다.

시아버지 마당, 방의 스탠드가 켜져 있었다. 그가 침대에 누워 기침을 하며 타구에 가래를 뱉었다.

가래 뱉는 소리에 쓰이원은 언제나 그의 침대 머리맡 탁자에 놓인 법랑 타구를 떠올렸다. 그녀는 안에 쌓여 있는 구토물을 상상했다. 누런 가래가 섞인 시퍼런 액체를 떠올리자 쓰이원은 구역질을 참을 수 없었다. 아마도 참을 수 없는 이런 구역질이 더더욱 단호하게 그다음 행동을 취하게 만들었을지도 모른다.

그런 역겨움이 없었다면 그 다음 행동을 취할 수 없을 수도 있었을 것이다.

쓰이원이 침착하게 창 나리 방의 문을 밀고 들어갔다. 매일 아침 시아버지에게 문안인사를 할 때처럼 자연스럽고 다소곳했다. 그녀가 시아버지 침대 앞에 섰다.

쓰이원의 갑작스러운 출현에 창 나리는 놀랄 사이도 없이 침대에서 약간 앞으로 몸을 숙였다. 그는 잠잘 때 쓰는 흰 모자 때문에 조금 우스꽝스럽게 보이는 고개를 비틀어 어안이 벙벙한 표정으로 침대 앞 여인을 바라보았다. 눈앞의 여자가 자기 며느리라는 사실을 그가 알아채기도 전에 쓰이원의 잠옷이 어깨에서 흘러내렸다. 그녀가 적나라하게 자기 몸을 드러낸 후 자신의 검은 신체 부분을 그의 눈에 조준했다. 쓰이원이 보인 첫 번째 자세였다.

쓰이원이 보인 자세에 창 나리는 경악했다. 그가 깜짝 놀랐다.

장미의 문

미美란 원래 언제나 공포스러운 것이다. 사람은 커서도 이 '미'의 공포를 이겨낼 수 없다. 쟝 나리가 공포에 몸서리를 치며 본능적으로 탁자 위 타구를 잡았다. 그가 타구로 눈앞의 신체를 공격하려 했다. 하지만 맑은 향이 나는 묵직한 신체가 그를 덮쳤다.

그녀가 그를 덮친 후 제멋대로 상대를 누르고 압박했다. 경악한 쟝 나리가 자신을 밀어낼 힘조차 없는 것을 보고 쓰이원은 과감하게 그에게 도발했다. 이미 오랫동안 준비한 계획이었다. 악전고투의 행위였다. 이를 위해 쓰이원은 심지어 자신이 뒤적였던 장회소설에 나오는, 여자가 남자를 깨울 때 쓰는 오래된 저속한 방법을 그대로 흉내 냈다. 비록 힘줄이 훤히 비치는 쪼글쪼글한 쟝 나리의 목과 불거진 목의 힘줄밖에 보지 못했지만 쓰이원은 힘겨운 전투를 위해 여전히 장회소설 묘사대로 열심히……

한참 후 그녀는 더 이상 아쉽지 않을 만큼 자신의 목적을 달성했다고 여긴 후에야 침대에서 내려와 조롱하듯 시아버지를 바라보았다. 그녀는 액운에서 도망치듯 그 방을 벗어났다. 그건 도주가 아니라 개선이었을지도 모른다.

쓰이원은 시아버지 방에서 나오다가 밤에 돌아다니던 꾸빠와 마주쳤다. 꾸빠는 반쯤 몸을 가린 눈앞의 육체를 바라보았다. 반쯤 가린 육체가 꾸빠를 위협했다. 순간 두 사람은 말이 없었다. 두 사람 사이에 꾸빠의 의아한 눈초리, 쓰이원의 위협적인 시선이 한참 동안 교차되었다. 쓰이원은 하늘이 무너져도 눈 한 번 깜빡하지 않을 기세로 달빛과 끈적끈적한 가래, 꾸빠의 경이로운 눈빛을 안고 잠을 자러 방으로 돌아갔다. 그녀가 침대에 누웠다.

쓰이원은 여전히 매일 아침 일찍 쟝 나리에게 문안인사를 드리러 갔다. 여전히 온순하고 공손했다. 쫭 나리는 수줍은 듯 며느리의 공손한 모습을 맞이했다. 그저 밤에 자주 놀라서 깨어나(비록 쓰이원이 다시 나타난 적이 없지만) 온몸을 흥건하게 적신 땀을 훔칠 뿐이었다. 그는 늘 세상 최대의 적은 바로 쓰이원이라고 생각했다.

29

쫭씨 집안 마작 탁자가 다시 집으로 돌아와 뤄씨네 문 바로 앞에 놓였다. 탁자에 차반, 다호茶壺와 다완, 루샤장鹵蝦醬108), 설탕 종지와 홍보서紅寶書109)가 놓여 있었다. 형광 스티로폼으로 만든 영도자의 모습이 탁자에서 빛나고 있었다.

가구에는 계급적 속성이 없다. 가구를 만드는 원료는 나무다. 나무는 여인의 자궁이 아니라 흙에서 자란다. 자궁은 계급 속성이 있다. 여자는 속성이 있는 사람을 만들고, 사람은 다시 계급 속성이 있는 자궁을 만든다. 사람이 자궁을 벗어날 수 없는 한 계급 속성을 벗어날 수 없다. 나무는 행운이다. 녹나무, 자단나무를 가리키며 아무리 귀한 나무라고 해도 그들이 지주라고 할 수 없다. 또한 참죽나무, 버드나무가 아무리 귀하지 않다 해도 이를 빈농이라고 말할 수 없다. 하지만 한 여인의 배를 가리키며 비록 마음으로 말하는 것이긴 해도 그 안에 자산계급이 있다고, 다른 여인의 배를 가리키며 그 안에 무산계

---

108) 새우를 소금에 절여 담근 장.
109) 문화대혁명 기간 중 마오쩌둥 어록 또는 선집.

장미의 문

급이 있다고 말할 수 있다. 마음으로 말하는 것이긴 하지만 말이다.

자궁이 사람과 나무를 갈라놓는 바람에 사람과 나무가 만들어낸 만물조차 정상적으로 함께할 수 없다. 그래서 탁자, 걸상, 쏘가리, 하리유에 모두 계급적 색채를 부여한다. 당신은 처음에는 별 느낌 없이 이건 자산계급, 이건 무산계급이라고 말한다. 사물들이 생각할 수 있다면 그들은 어떻게 말할까? 당신은 사물들에게 생각하는 능력이 없다고 여길 수도 없다. 꽃이 봉오리를 밤에 활짝 피었다가 오므리고, 옥수수가 밤에 빠지직빠지직 쑥쑥 성장하며, 죽순이 비온 뒤 찰나에 땅을 뚫고 나오고, 걸상이 말없이 차분하게 놓여 있는 모습은 모두 일종의 언어이며 일종의 사상이다. 당신의 엉덩이가 걸상에 앉았을 때 걸상은 계급 속성에 따라 당신을 구분한 후 당신을 받아들이거나 그러지 않을 수 있다. 그들이 그렇게 하지 않는다고 해서 자산계급의 엉덩이인지 무산계급의 엉덩이인지 가릴 줄 모른다는 의미는 아니다. 그들이 사람을 내치지 않는 것은 생각에 잠겨 묵묵히 인류의 평화를 기도하기 때문이다.

평화는 결코 이 시대의 총아가 아니다. 이 시대는 의심과 질시를 숭상한다. 의심이 진실임을 증명하기 위해, 강한 의심으로 상대방을 더욱 질시하기 위해 사람들은 절박한 심정으로 의심의 모든 증거를 찾아낸다. 이에 사람들은 '내사'內查와 '외부조사'라는 자매 같은 표현을 발명했다. 사람들은 이 한 쌍의 '자매'를 이끌고 세상을 하염없이 돌아다닌다.

쓰이원에게 이제 '외부조사'를 맞이할 시간이 다가오고 있었다.

뤄 아주머니가 여자 간부 두 명을 데리고 왔다. 그들이 문을 넘어 겸손과는 거리가 먼 모습으로 쓰이원의 쪽걸상에 앉았다. 쪽걸상이 두 사람의 엉덩이를 바라보며 그들의 계급 속성이 뭐 아주머니와 비슷하다는 사실을 발견했다. 그들은 베이징 둥청에서 왔다.

쓰이원은 그들의 다리와 발, 입을 살폈다. 다리와 발을 보니 대기관 대 부서에서 온 것 같진 않았다. 입은 아래로 축 처져 있었다. 축 처진 입, 쓰이원에게 가장 익숙한 입이다. 오랫동안 격렬하게 분노하며, 지적하고, 질책하며, 무시하면서 득의양양해하는 가운데 자연스럽게 만들어진 모습이다. 아래로 처진 입술은 영원히 그 모습으로 남는다.

뭐 아주머니 입가가 항상 이런 모습이다. 그렇다면 저 여자들도 뭐 아주머니와 신분이 같다. 그럼 그들은 지역 간부일 테지 쓰이원과 쪽걸상의 관찰 결과가 일치했다. 두 간부 중 하나는 늙고 하나는 젊다.

쓰이원의 커다란 어록 위에 다시 어록과 짝인 돋보기가 놓여 있었다. 어록과 안경의 조화는 자기 집에 모든 외부인들을 맞이했을 때와 마찬가지다. 이런 조합은 종종 심하게 뛰는 그녀의 심장을 평온하게 해준다. 이제 쓰이원의 심장박동도 차분해졌다. 그렇다면 그들에게 차를 끓여줄 수 있다. 하지만 쓰이원은 그들이 누구를 대상으로 외부 조사를 나왔는지 몰랐다. 자신인지 아니면 자기와 관련된 어떤 사람인지 알지 못했다.

방문자는 서둘러 입을 열지 않았다. 그저 안경을 쓰고 방과 쓰이원을 살펴볼 뿐이었다. 이런 수색의 눈초리는 마치 외부조사의 한 절차 같았다. 이 절차를 거쳐야 외부조사자와 조사를 당하는 사람 사이에 차등을 둘 수 있다. 당신이 차를 끓이든 말든 누가 신경을 쓰겠는가(그들이 목이 마른 상태라고 해도). 한쪽에서 차를 끓이고 다른 한쪽이 그 차를 마시면서 차등을 줄일 수 있지만 그들은 그럴 필요가 없었다.

장미의 문

쓰이원은 이번에 다호茶壺와 다완을 사용해 가루 화차花茶를 탔다. 가루가 어때서? 가루도 귀하다, 다호 안에 있는데 가루라는 걸 아나?

황금빛 찻물이 다완에서 빙글빙글 돌고, 방문자의 눈도 방안을 빙글빙글 돌았다. 늙어 보이는 쪽이 젊어 보이는 사람보다 더 빨리 눈동자를 굴렸다. 빨리 도는 눈동자, 관절이 큼직한 두 손, 그 손을 탁자에 올린 채 다섯 손가락을 벌리고 있다. 쓰이원은 생각했다. 아이가 많은 노동하는 여자네. 관절이 큰 이유는 손의 과도한 노동 때문이다.

젊어 보이는 쪽의 눈동자는 움직임이 은밀했다. 상대방이 잘 느끼지 못하게 은근히 움직였다. 단발에 얼굴이 동그랗고 손에 까만 인조 피혁 책가방 하나를 들고 있었다. 쓰이원은 생각했다. 나이는 서른이 넘었고 중간 정도 지식인, 가방에 공책과 필기구가 들어 있겠네.

두 방문자가 눈앞의 사람과 사물, 사물과 사람을 살핀 후 서로 눈짓했다.

수색 절차가 끝났다.

젊어 보이는 쪽에서 검은 가방을 열어 빨간 공책과 만년필을 꺼냈다.

"때가 됐어 천국이 가까워졌어."

꾸빠가 생전에 항상 중얼거리던 노래다. 쓰이원도 흥얼거릴 수 있을 정도다.

정말 때가 됐다. 외부조사가 정식으로 시작되었음을 먼저 알린 사람은 늙어 보이는 쪽이었다. 그 사람이 묻고 쓰이원이 답했다.

"당신이 쓰이원이오?"

"네, 접니다."

"여기 삽니까?"

상대방이 물었다.

"네. 여기 삽니다."

쓰이원이 답했다. 쓸데없는 말, 그녀는 생각했다.

"띠가 뭡니까?"

상대방이 물었다.

"양띠입니다."

쓰이원이 답했다. 이런 것도 외부조사야? 사주보는 것 같잖아.

"호랑이띠 여동생이 있습니까?"

상대방이 물었다.

"있습니다. 저보다 일곱 살 아래입니다."

쓰이원이 대답했다.

"쓰이핀인가?"

상대방이 물었다.

"네. 쓰이핀입니다."

쓰이원이 답했다.

쓰이원이 다소 긴장을 풀었다. 저자들이 조사하러 나온 건 내가 아니라 동생이었어. 그와 동시에 쓰이원은 뛰어난 감각, 빠른 직감으로 다음 답할 내용을 생각했다. 눈앞에 있는 외부조사를 나온 사람을 상대하는 일은 그리 어려울 것 같지 않았다.

"서로 왕래가 있나?"

나이 든 쪽이 다시 물었다.

"몇 년 전까지는 왕래했는데 최근 몇 년 동안은 많이 줄었습니다."

쓰이원이 답했다.

장미의 문

"이유가 뭐죠?"

"자매라고는 하지만 사실 이야기가 잘 통하지 않습니다. 게다가 모든 부분에 차이가 많고요."

"어떤 부분입니까?"

"경제적인 부분이나 개인 성격, 품성, 취미……"

"좀 더 자세하게 말해주겠소?"

젊은 쪽이 끼어들어 기록할 준비를 했다.

"생각 좀 해보겠습니다."

쓰이원이 말했다.

쓰이원은 잠시 '생각한' 후 상대방이 질문을 하기도 전에 입을 열었다.

"예를 들면 옷차림 같은 겁니다. 제 동생 쓰이펀은 치장을 좋아합니다."

"그냥 그 정도?"

상대가 물었다.

"또 뭐 마작 같은 걸 좋아합니다. 한번 쳤다 하면 밤을 샙니다. 해방 후 누구나 진보를 추구해야 하는 것 아닙니까? 구 사회를 살았던 사람들은 구 사회와 경계를 분명히 해야 한다고 생각합니다."

쓰이원의 대답이다.

외부조사자가 서로를 마주 바라보았다. 앞에 앉아 밝은 얼굴로 말하는 양띠 여자 쓰이원의 대답이 남다르다고 느끼고 있는 것이 분명했다. 하지만 그들은 경계를 풀지 않았다. 이번에는 젊은 쪽이 묻기 시작했다. 그녀가 질문을 던지며 기록했다.

"쓰이펀은 경제적으로 누구에게 의지합니까?"

"자기 남편입니다."

"이미 오래 전에 죽지 않았습니까?"

"네. 오래 되었습니다. 하지만 유산을 남겼습니다."

"그 남편은 해방 전에 뭘 했습니까?"

"카이롼開灤 광산[110]의 고급 원사員司였습니다."

"그게 뭐지?"

나이 든 쪽이 경계의 눈초리로 끼어들었다.

"음, 고위급 직원을 말하는 겁니다."

쓰이원이 말했다.

"자본가라고 할 수 있다는 건가?"

나이 든 쪽이 다시 물었다.

"……"

쓰이원은 웃고 싶었지만 웃지 않았다.

"카이롼은 어디에 있소?"

나이 든 쪽이 물었다.

"탕산唐山에 있습니다."

쓰이원이 답했다.

쓰이원이 막힘없이 대답한 덕분에 외부조사자의 질의가 빨리 끝났다.

"당신네 일가 가운데 타이완에 있는 사람이 있다고 들었는데?"

다시 젊은 쪽이 물었다.

---

110) 중국 허베이성河北省 탕산시唐山市에 위치.

예상치 못하던 질문이었다. 이것이야말로 외부조사를 나온 핵심 이유일지 모른다. 이 질문을 듣자 쓰이원은 심장이 조여들었다.

하지만 자기 가족 중 타이완에 있는 사람은 없다.

타이완에 가족이 없다고 해서 가족 중 타이완에 있는 사람은 없다고 대꾸해야하는 것은 아니다. 때로 존재하지 않는 것을 완강히 부인할수록 오히려 더 거짓말을 날조한다는 느낌을 줄 수 있다. '날조'는 때로 앞서 이룬 당신의 모든 공을 물거품으로 만들 수도 있다. 조금 전 막힘없이 쏟아냈던 대답이 모두 날조된 거짓이 될 수 있었다.

쓰이원이 생각에 잠겼다.

"해방 후 이력서 작성할 때 모두 적었습니다."

쓰이원이 말했다.

"저희 집에는 타이완에 가족이 없습니다. 제 부모, 시어머니, 남편은 이미 모두 죽었습니다. 그들 모두 구 사회에 살던 사람들이고 착취도 했고, 잘못도 저질렀지만 타이완에 있는 사람은 없습니다."

"쓰이핀 쪽은?"

나이 든 쪽이 물었다.

쓰이원이 잠시 침묵했다. 그녀는 생각했다. 질문의 핵심을 알았으니 바로 대답할 수 있다. 쓰이핀 쪽에도 타이완에 있는 사람은 없다. 하지만 상대방에게 자신이 대충 대답한다는 느낌을 주지 않기 위해서는 진지한 인상을 줘야 한다. 쓰이원은 애써 생각했다. 쓰 선생이 죽은 후 댜오는 국민당 군관과 재혼했다. 그 군관이 쓰이핀의 새아버지가 되었다. 그 군관은 분명히 해방 직전에 전사했다. 댜오는 그제야 샹사오후퉁의 집을 팔고 그 돈으로 해방 때까지 생활했다. 저 사람들이 말하는 대상이 쓰이핀의 계부, 전사한 그 군관일까?

아마 모든 외부조사자와 조사대상자는 작은 단서를 따라 상상을 펼칠지도 모른다. 예를 들어 지금 그들이 약속이나 한 듯 군관이 전사戰死가 아니라 타이완에 갔다고 생각하는 것과 같다. 만약 좀 더 깊이 생각하면 쓰이핀이 원래 계부를 따라 가려고 했는데 여러 가지 이유로 성사 되지 않았다는 식으로 내용이 바뀔 수 있다. 지금 타이완 및 모든 해외와의 관계는 시대적으로 매우 자극적이고 민감한 사안이다. 그렇다면 양측 모두 이 자극을 받은 후 더 큰 자극을 위해 머리를 써야 한다.

쓰이원은 전사한 군관이 타이완에 있다고 설정하기로 했다.

"그렇게 말씀하시니 생각이 나네요."

쓰이원이 한참 고심한 후 말했다.

"전에는 그 일이 저와 전혀 상관없다고 생각했는데 이제는 말씀드리는 게 제 책임이라고 생각합니다."

자극적인 주제에서 뭔가 기대를 걸 수 있는 이야기가 나오자 외부조사를 나온 두 사람의 눈이 반짝였다. 젊어 보이는 사람이 덮었던 공책을 다시 펼쳤다.

쓰이원이 계속해서 말했다.

"쓰이핀의 계부는 국민당 군관입니다. 해방 직전에 갑자기 실종되었습니다. 생각해보십시오. 그 자가 그곳에 있지 않으면 어디 있겠습니까?"

쓰이원은 여기서 '그곳'이란 표현을 썼다. 마치 직접 '타이완'이라고 말함으로써 동생에 대한 죄책감을 덜 수 있는 것처럼 보였다.

쓰이원 말에 흥분한 두 사람은 계속 서로 의미심장한 눈짓을 교환했다. 마치 시청西城까지 원정을 나온 보람이 있다고 말하는 듯했다.

"조금 전에 한 말 적어줄 수 있습니까?"

나이 젊은 쪽이 물었다.

"네."

쓰이원이 말했다.

쓰이원은 원래 자세를 잡고 깨알 같은 해서체로 증언을 적을 생각이었다. 이건 증언이자 그들에게 서체를 자랑할 수 있는 기회였다. 하지만 다시 생각해 본 그녀는 방식을 바꿨다. 자랑해서는 안 되는 자랑거리는 때로 일을 망칠 수 있다. 쓰이원은 낡은 만년필을 잡아 일부러 천천히 애써 서툴게 그들이 건넨 종이 한 장에 기록을 남긴 후 손도장을 찍었다.

쓰이원은 손님들을 보낸 후 계속 집안일을 했다. 탁자와 의자를 닦고, 유리를 닦고, 다호와 다완을 씻고, 차반을 씻었다. 평소 잘 닦지 않는 돋보기까지 깨끗하게 닦았다. 그래야만 둥청에 있는 배다른 여동생 생각을 떨칠 수 있을 것 같고, 오후 내내 자신은 이것저것을 닦았을 뿐 집에 누가 온 적이 없으며 조금 전 모든 것이 그저 자신의 상상에 불과했던 일이 될 듯했다. 게다가 곰곰이 생각해보면 자기 상상에는 큰 잘못도 없었다. 만약 쓰이핀의 계부가 전사하지 않았다면 분명히 타이완에 갔을 것이다. 그렇다면 굳이 전사했다고 할 필요도 없다. 쓰이원이 두 손에 인민의 선혈을 잔뜩 묻힌 반동파를 어디 보낸들 무슨 상관인가? 꼭 죽었다고 해야 할 필요가 있을까?

쪽걸상, 안 그래? 쓰이원이 쪽걸상을 닦았다.

그 후 다시 외부조사를 위해 몇 무리가 쓰이원에게 더 다녀갔다. 외부조사를 자주 당하면서 쓰이원의 접대 기교도 날로 좋아졌다. 상대방에 따라 그들의 요구가 무엇이고 어떻게 다르게 대접해야 하는지 알게 되었다. 사람들은 각기 취향이 다르다. 운무가 낀 산은 운무가 끼게 해야 한다. 필요할 경우 우스갯소리도 준비해야 한다. 맹세와 통곡, 결연한 태도, 철저한 의도 심지어 얼떨결에 온 사람까지 모두 상대방의 수요와 취향에 맞춰야 한다. 때로 활력을 더하기 위해 자신의 과거를 타인에게 덧붙이기도 했다. 만약 조사를 나온 사람이 남자라면 남편과 시아버지 이야기를 이용한다. 때로 사슴을 말이라 하고 일부러 융딩문水定門을 동물원이라고 말하는 격이다.

예를 들어 보자. 멀리서 온 조사자 두 명이 쓰이원의 쪽걸상에 앉았다. 그들은 정신없이 쓰이원에게 이것저것 물었고, 쓰이원 역시 정신없이 그들에게 대충 대답했다. 몇 마디가 오고간 후 그중 한 사람이 쓰이원에게 물었다.

"완서우산萬壽山을 가려면 어찌 가야 하나?"

쓰이원은 그들을 놀려주기로 작정했다.

"골목을 나가 102번 무궤전차를 타고 융딩문에서 335로 갈아타세요."

두 사람은 쓰이원이 말한 대로 융딩문까지 가서 335(기차)를 탔다. 하지만 그 기차는 융딩문에서 정저우鄭州로 간다.

어쨌거나 쓰이원이 말하는 신선한 사례들은 대다수 조사자들의 시야를 넓혔고 그들은 대부분 만족한 모습으로 자리를 떴다. 그들과 함께 동행한 뤄 아주머니도 쓰이원 말에 푹 빠졌다.

조사자들에 대한 접대를 통해 쓰이원은 다시 '무대'에서 한 걸음, 아니 여러 걸음 앞으로 나아갔다. 얼마 후 국경일 밤 정치적으로 가장 신뢰할 만한 사람에게나 부여하는 골목 순시 임무도 맡았다. 쓰이원에게도 그 자리가 돌아왔다. 쓰이원은 마음을 놓기 시작했다.

장미의 문

하지만 어느 날 황혼 무렵, 자칭 무슨 부서에서 왔다는 중년 남자 두 사람이 나타나 쓰이원의 쪽걸상에 앉았다.

갑작스런 두 남자의 등장, 지난번 조사자들과는 완전히 다른 분위기에 쓰이원은 모든 것이 심상치 않았다. 쪽걸상은 상대방 엉덩이를 통해 그들의 신분을 알아차리지 못했다. 쓰이원 역시 그들의 발, 다리, 이목구비를 통해 아무것도 알아낼 수 없었다. 그저 그들이 중요치 않은 인물들의 중요치 않은 사소한 일 때문에 오진 않았다는 예감만 들 뿐이었다. 쓰이원은 그들과 그들의 목적이 갑자기 모두 하늘에서 뚝 떨어진 것 같은 기분이 들었다.

과연 그들의 입에서 화즈위안 이야기가 나왔다. '중화'中華의 '화'華, '이즈'一致의 '즈'致, '융위안'永遠의 '위안'遠.

화즈위안이란 말에 쓰이원은 그간 선보였던 접대의 기교가 엉망으로 꼬이고 말았다. 그녀는 운무가 낀 듯 앞이 희뿌연해서 생각을 짜낼 엄두를 내지 못했고, 머리가 뒤죽박죽이 되었다. 자신이 뭘 하려고 하는지, 그들이 자신에게 뭘 요구할지 감이 잡히지 않았다. 쓰이원은 완전히 무지한 상태가 되었다.

그들은 화즈위안이란 사람을 아는지 물었다.

"저, 기억이 잘 안 나는데요."

그녀가 말했다.

"당신 학우였소."

방문자가 그녀를 일깨웠다.

"학우요? 어, 생각해보겠습니다."

그녀는 당황하지 않고 정말 생각에 잠겼다.

"우선 제가 남쪽에서 학교 다닐 때……"

쓰이원이 말했다.

"화즈위안이란 남자 학우가 있었지."

한 사람이 대신 대답했다.

"당시 당신은 성신여고에 다녔고, 화즈위안은 남자학교였고."

그중 하나가 다시 쓰이원 대신 답했다. 그 말뜻은 자기들도 사실 전부 알고 있으며 지금은 다만 당신 말을 들으려온 것뿐이란 의미였다.

쓰이원은 더 이상 생각해 보겠다고 말하지 않았다. 그녀는 그들에게 그를 안다고 말했다.

"그 사람은 어땠지?"

상대방이 물었다.

"그…… 그 사람은 당시 매우 혁명적이었습니다. 수업 거부, 시위……"

쓰이원이 이렇게 말하며 방문자가 무슨 생각을 하는지 넌지시 살폈다.

"그런 건 대답할 필요 없소. 우린 외부조사를 나온 사람들이 아니오. 그 사람이 어떤지 물었소."

상대방의 질문이 이상했다.

"그 사람……"

쓰이원은 무슨 말을 해야 할지 몰랐다.

"수업 거부나 시위할 때에 어떻게 했는지 말해도 되오."

방문자가 다시 명확하게 지시를 내렸다.

"그는 적극적이었어요."

쓰이원은 화즈위안을 긍정적으로 회고하며 그의 목소리, 그의 손

장미의 문

짓, 걸음걸이를 생각했다.

"그 말은 그가 결연한 혁명가라는 건가?"

상대방이 물었다.

"전 그렇게 봤습니다."

쓰이원이 대답했다.

"그런 그가 혁명의 중요한 순간에 왜 도주 했지?"

방문자가 쓰이원에게 물었다.

"도주요?"

쓰이원이 반문했다.

"맞아. 게다가 당신 집에서 도망 쳤소. 그의 도주, 변절행위를 당신이 직접 엄호해줬다고 말할 수도 있소. 부인하진 않겠지?"

"문제는……"

쓰이원의 사유는 엉망이 되었다. 그녀는 '문제는'이란 말로 사유를 정리하고 다시 할 말을 구성하기 시작했다.

사유의 혼란은 방문자 질문에 할 말이 없어서가 아니었다. 방문자의 질문을 통해 화즈위안이 아직, 그것도 자신과 함께 베이징에 살고 있다는 사실을 알았기 때문이다. 사람들 말투에서 그의 지금 처치를 알 수 있었다. 하지만 자기 입으로 떳떳치 못한 죄명을 증명하지 않기로 결심했다. 불꽃같던 그들의 시절, 비 오던 그날 밤을 위해……후에 그는 방문자들에게 당시 자신은 그와 사이가 좋았지만 혁명에 관한 한 자신은 열외였다고 말했다. 화즈위안이 떠났던 건 시국의 발전을 위해 그랬다는 것만 알고 있으며, 당시 많은 학생 지도자들이 모두 지하로 잠입한 것 같다고 했다.

방문자들은 더 이상 쓰이원에게 화즈위안의 도주가 변절인지 아넌지 증명하란 요구는 하지 않았다. 오히려 매우 흥미로운 말투로 더욱 대답하기 곤란한 질문을 했다.

"그렇다면 그가 당신 방에서 나왔다는 건 부인하지 않는 건가?"

상대가 물었다.

"우리 집에 온 적은 있어요. 제게 작별 인사하겠다고요."

쓰이원이 말했다.

"그저 작별인사를 하러?"

조사자 두 명이 의미심장하게 서로 눈짓을 교환했고(신분이 다른 사람이 상대방을 대하는 눈길로), 또다시 함께 쓰이원에게 눈길을 돌렸다.

"작별인사였습니다."

쓰이원이 말했다.

"다른 건 없었고?"

"네."

"화즈위안 본인이 자신과 당신의 그 일을 인정했다면?"

"누구요? 누가 인정했다고요?"

"화즈위안."

"그 사람 함부로 그런 말을 하면 안 되죠. 그건 불가능한 일입니다. 우린 신분이 달라요, 전 출신이 좋지 않습니다."

"그럼 화즈위안의 말을 인정하지 않겠다는 뜻이오?"

"전 인정할 수 없습니다. 그건 진실이 아니니까요."

"화즈위안이 거짓 진술을 했다는 건가?"

"그렇다고 생각합니다. 우리는 결백합니다."

"당신이 말한 내용에 책임질 수 있나?"

"네."

장미의 문

"그럼 그 말을 쓰고 손도장 찍으시오."

"좋습니다."

쓰이원은 자기 말을 기록했다. 손도장을 찍었다.

조사자는 떠날 때 전에 왔던 사람들처럼 흥분하지 않았다.

유도심문 같은 조사자의 날카로운 질문에 쓰이원은 자신조차 이상하게 느낄 정도로 용감하고 과감했다. 화즈위안을 따르던 그 시절로 되돌아간 것 같았다. 그때만 생각하면 화즈위안이 떠오르고 그녀의 영혼은 그제야 씻은 듯이 순수하고 깨끗해졌다. 그녀는 이번 접대가 그녀의 영혼에도, 화즈위안에게도 부끄럼이 없다고 믿었다. 화즈위안은 자신과 관련한 모든 것을 말했음에도 불구하고. 아마 화즈위안이 자신과 관련된 모든 것을 남김없이 불었기 때문에 자신의 입장을 생각해 더 용감하고 과감해져야 했을지도 모른다.

쪽걸상이 이를 증명했다.

영혼이 씻은 듯이 순수하고 깨끗해지자 쓰이원은 지난번 외부조사를 떠올렸고 둥청에 사는 동생 쓰이펀에게 미안한 생각이 들었다. 그녀는 둥청에 가보기로 결정했다.

쓰이원은 아주, 아주 오랫동안 누구를 생각해본 적이 없었다.

30

쓰이원의 자유로운 행동을 제약하는 사람은 없다. 하지만 항상 누군가에게 제어를 당하고 있다는 느낌이 들었다. 언제나 영원히 자기 뒤에 보이지 않는 눈이 있는 것 같았다. 둥청에 가기 위해 먼저 집안 여론을 형성해서 자신의 행동을 뒷받침해 줄 '인지상정'의 상황을 만들어야 했다.

"진료카드 가져와."

쓰이원이 마당에서 방안에 있는 메이메이에게 말했다. 뤄 아주머니가 통로에서 꼼지락대고 있었다.

뤄 아주머니는 쓰이원이 외출하려는 낌새만 차렸을 뿐, 채 쓰이원의 동향을 파악하진 못했다.

"안 나오고 뭐해? 접수 마감된 말이야."

쓰이원이 동작이 굼뜬 메이메이를 나무랐다.

메이메이가 밖으로 나오지 않자 쓰이원이 더 심하게 툴툴거렸다.

"복덩이도 참! 하루가 멀다 하고 병원에 가야 하니."

"복덩이가 왜?"

뤄 아주머니는 그제야 쓰이원이 뭘 하려는지 알았다.

"또 사흘 동안 변을 못 봐서 둥청에 가보려고요. 이 아이……"

쓰이원이 말했다.

"왜 아동병원에 가지 않고."

뤄 아주머니가 물었다. 아동병원은 시청西城에 있었다. 집에서 가까웠다.

"수도 없이 가봤죠. 쟤 엄마가 그러는데 둥청에 잘 고치는 한의가 있대요."

쓰이원이 말했다.

메이메이가 그제야 복덩이를 데리고 방에서 나왔다. 마치 외할머니를 위해 일부러 뤄 아주머니와 이야기할 기회를 주려는 것 같았다. 하지만 사실 메이메이는 방금 전에 복덩이의 진료카드를 찾았다.

장미의 문

복덩이는 메이메이에게 끌려 메이메이가 이끄는 대로 행동했다. 마당으로 나오자 메이메이가 그제야 복덩이를 업었다.

쓰이원이 메이메이와 복덩이를 데리고 둥청으로 갔다. 깊숙한 골목에서 쓰이원은 정말 한 진료소로 들어갔다. 진료소는 크지 않았지만 진찰을 받으러 온 어린이가 적지 않았다. 어른들이 순서대로 자칭 소아과 전문이라는 한의사 앞에서 차례대로 입을 벌리고 혀를 내밀었다. 두 의사는 혀 색을 보고 아동의 처방전을 발급하는 것 같았다.

복덩이 역시 한의사 앞에서 입을 벌리고 혀를 내밀었다. 쓰이원도 처방전 하나를 얻었다. 하지만 약을 타러 다시 줄을 서지 않은 채 메이메이와 복덩이를 데리고 진료소를 나왔다.

쓰이원은 진료소를 나오자 직접 복덩이를 안고 빠른 걸음으로 골목 깊숙이 들어갔다. 메이메이는 민첩하면서도 어딘가 모르게 당황스러운 외할머니 발걸음이 평소답지 않다고 느꼈다. 메이메이는 뒤에서 외할머니를 쫓아가려고 애를 썼지만 그래도 많이 뒤쳐졌다. 오늘 복덩이 치료가 외출의 진짜 목적이 아니라는 생각이 들었다. 이 골목에 오려고 했던 거야. 골목 깊숙한 곳에 이모할머니 쓰이펀이 살고 있어. 메이메이는 전에 이곳에 왔던 생각이 났다.

메이메이 역시 이모할머니를 보고 싶었다. 오랫동안 이모할머니를 보지 못했지만 이모할머니 마당, 집, 이모할머니는 똑똑히 기억하고 있었다. 그리 크지 않은 길고 좁은 마당은 마치 칼자루 모양 같았다. 하지만 집은 매우 높고 방은 하얗고 깔끔했다. 들어가자마자 빨리 깊게 숨을 들이마시고 싶었다. 하얀 피부에 볼그레한 이모할머니 얼굴, 은발, 말랑말랑하고 넉넉한 가슴, 맑은 목소리, 통통한 손, 살짝 굴곡진 손등까지 메이메이는 모두 똑똑히 기억하고 있었다. 쑤이청에 있을 때 메이메이는 자주 이모할머니 꿈을 꿨다. 메이메이는 자신을 이모할머니 품에 쏙 집어넣었다. 누가 아무리 자신을 끌어당겨도 떼 어낼 수 없었다. 요즘은 더 이상 꿈에 이모할머니가 나타나지 않았다. 하지만 때로 이모할머니를 떠올릴 수 있었다.

가는 내내 메이메이는 외할머니와 말을 섞지 않은 채 그 뒤를 꼭 붙어 따라가며 외부조사원 둘이 외할머니와 나누던 대화를 생각했 다. 당시 메이메이는 안쪽 방에 있었다. 자꾸만 뛰어나가 외할머니 말 은 사실이 아니라고, 마작을 좋아하는 사람은 이모할머니가 아니라 외할머니라고 말하고 싶었다. 이모할머니는 그저 외할머니를 맞춰졌 을 뿐이다. 하지만 후에 외할머니가 다시 이모할머니 가족 중 누군가 타이완에 있다고 했다. 메이메이는 모르는 일이었다. 메이메이는 안쪽 방에서 꼭 참고 있었다. 하지만 마음속에 간직한 이모할머니에 대한 생각은 변함이 없었다. 설사 이모할머니 가족 누군가 타이완에 있다 고 해도 메이메이는 이모할머니가 불쌍하고 재수가 없는 것일 뿐, 그 건 이모할머니 잘못이 아니라고 느꼈다.

골목은 크고 깊었다. 한참을 걸어간 후에야 그들은 이모할머니 집 입구에 도착했다. 문에서 멀지 않은 곳에 부식가게가 하나 있었다. 쓰이원이 가게 앞에서 걸음을 멈춘 후 메이메이에게 복덩이를 보도록 하고 가게로 들어가 미궁 한 근을 샀다. 쓰이원이 미궁을 메이메이에 게 주며 소리를 낮게 깔고 말했다.

"오늘 우리는 이모할머니를 보러 온 거야. 너 먼저 들어가서 이모 할머니 집에 외부사람들이 있는지 살펴봐. 외부 사람이 있으면 미궁 을 내려놓고 바로 나오고 외부사람이 없으면 가게로 와서 날 불러. 난 여기서 기다릴게."

메이메이는 앞으로 가고, 외할머니와 복덩이는 다시 가게로 들어
갔다.

메이메이는 기꺼이 이 임무를 맡고 싶었다. 그 순간 마치 영화를
찍는 것 같았다. 접선을 하는 지하공작자 같았다.

메이메이는 쉽게 이모할머니 집을 찾았다. 두 손으로 검붉은 한
쪽짜리 목재 대문을 열었다. 메이메이가 마당으로 들어가 대나무 발
이 쳐진 입구에 섰다.

"이모할머니."

메이메이가 작은 소리로 불렀다. 조금 긴장이 됐다.

안에서 아무도 대답하지 않았다.

메이메이가 다시 한 번 부르자 누군가 대나무 발을 젖혔고 이어
늙은 여인이 머리를 밖으로 내밀었다.

"누구 찾아?"

그녀가 메이메이에게 물었다.

"전⋯⋯"

메이메이는 이모할머니를 알아봤다. 하지만 이모할머니는 더 이
상 메이메이 마음속의 이모할머니가 아니었다. 뽀얗고 볼그레했던 얼
굴이 누렇게 떠 있었다. 바람에 말린 육포 같은 얼굴, 두 뺨에 흘러내
리는 흰 머리, 잔뜩 쉰 목소리는 정말 늙은 할머니 같았다.

"이모할머니."

메이메이가 유심히 상대방을 뜯어보며 진지하게 이모할머니를 불
렀다.

"메이메이구나."

이모할머니도 메이메이를 알아봤다.

"무슨 일이야?"

이모할머니 모습에서 놀라움과 공포가 느껴졌다. 메이메이의 방문이 의외인 듯했다. 메이메이에게 왜 이곳에 왔는지 묻는 것 같았다. 아마 누가 와도 이모할머니는 모두 이렇게 물었을 것이다.

메이메이는 이모할머니 물음에 대답할 수 없었지만 이모할머니에게서 눈을 뗄 수 없었다. 이모할머니의 옛날 모습을 찾아보고 싶었다. 분명히 예전의 모습을 발견할 수 있을 거라고 생각했다.

"몇 년 못 본 사이에 많이 자랐네. 세상에. 이모할머니가 못 알아볼 뻔했어."

이모할머니는 자신의 품에 기대 '사오빙'과 '안경'을 구분하던 메이메이를 알아봤다. 당시 그녀는 매번 팔을 벌려 메이메이를 품에 안고 쓰다듬으며 칭찬했다. 얌전하다고 칭찬하고, 예쁘다고 칭찬하고, 얌전하면서도 예쁘다고 칭찬하고, 예쁘면서 얌전하다고 칭찬했다. 풍성한 머리카락조차도 계속 칭찬의 대상이 되었다.

이제 이모할머니가 또 메이메이를 칭찬했다. 그냥 많이 자랐다고 칭찬만 할 뿐, 두 팔을 벌려 메이메이를 안아주진 않았다. 메이메이를 향해 펼쳤던 이모할머니의 두 팔이 축 늘어졌다.

메이메이 역시 이모할머니 품으로 달려들고 싶었던 마음이 사라졌다. 메이메이는 스스로 부끄러워하는 이모할머니를 발견했고, 이모할머니 품을 그리워하는 마음이 사라진 자신도 발견했다.

이모할머니가 메이메이를 위해 발을 걷었고 메이메이는 발 너머 방으로 들어갔다. 외할머니 당부대로 방에, 마당에 다른 사람이 없는 것을 확인한 후에야 메이메이가 들고 있던 종이봉투를 커다란 쪽걸 상에 내려놓았다. 메이메이는 이모할머니에게 문밖에 외할머니가 와

장미의 문

있다고 말한 후 밖으로 달려갔다.

쓰이원이 복덩이를 안고 쓰이펀의 작은 마당으로 들어서 잽싸게 쓰이펀 대신 마당 문을 잠갔다.

방에서 자매 둘은 서로 지긋이 상대방을 바라보았다. 둘이 마치 오랫동안 떨어져 있던 사람들처럼. '오랜' 세월이 지난 지금, 쓰이원의 혈색은 여전히 좋았지만 쓰이펀은 많이 초췌해졌다. 언니는 언니 같지 않고 동생은 더욱 동생 같지 않아 보였다.

"내 꼴이 말이 아니지? 언니는 여전히 귀티가 나네."

이모할머니가 자신에 대해 말하며 쓰이원을 칭찬했다.

쓰이원은 동생이 꼴이 말이 아니라는 말, 자신이 여전히 귀티가 난다는 말에 아무 대꾸도 하지 않았다. 동생이 자신을 귀티난다고 표현하자 마치 자신이 시대의 도주범처럼 느껴졌다. 원래 자신도 눈앞에 있는 동생 모습 같아야 정상이다. 그런데 그녀는 도망쳐 버렸다. 쓰이원은 운동으로 인해 쓰이펀이 대체 얼마나 큰 타격을 받았는지 느껴보려고 애를 썼다.

눈앞에 있는 초췌한 동생 이외에 이 집 역시 유난히 텅 비어 보였다. 방에는 커다란 침대 하나와 금이 간 커다란 의자 하나뿐이었다. 밥그릇 몇 개와 녹색의 철주전자가 창틀과 벽 아래 흩어져 있었다. 탁자도 없었다. 이건 집이라 할 수가 없었다. 오히려 이제 막 죄수들을 석방한 여자감방 같았다. 이 '감옥'의 안방 문에 넓은 봉쇄 종이가 붙어 있고 그 위에 봉쇄한 연월일과 함께 "함부로 종이를 건드리면 죽을 줄 알아"라고 적혀 있었다. 그저 방구석 구리 장식이 달린 구식 양피 상자만 변함이 없었다. 옛날처럼 나란히 반듯하게 모두 여덟 개 상자가 놓여 있었다.

"왜 저 상자들은 안 건드렸대?"

쓰이원이 대뜸 동생에게 물었다.

"그걸 아직도 상자라고 할 수 있겠어?"

쓰이핀이 말했다.

"두드려 봐."

쓰이원이 다가가 양피 상자를 몇 번 능숙하게 두드렸다. 텅 빈 소리가 났을 뿐만 아니라 전혀 무게감이 없이 흔들리기 시작했다.

"알겠지?"

쓰이핀이 말했다.

"멀쩡해 보이지만 이미 누군가 뒤를 갈랐어. 그 안에 있던 물건 알잖아."

쓰이원은 그 안에 뭐가 들어 있었는지 안다. 쓰이핀은 그녀를 속인 적이 없었다. 쓰이핀이 평생 모은 것이었다. 휴대가 간편한 귀금속과 비싼 모피만은 절대 가격이 떨어지지 않는다고 믿고 상자에 가득 넣어두었다.

"그러지 말고 일찍 내놓지 그랬어. 나도 네게 연락할 방법이 없고."

쓰이원이 말했다.

"난 일찍 내놨어."

쓰이원은 유감스럽다는 듯 조금 애석한 표정을 지었다. 그런 감정은 어떤 식으로 해석하든지 상관없었다.

"외부사람이 그랬다고 생각하는군, 누구나 그렇게 생각하겠지."

쓰이핀이 말했다.

쓰이원이 의아한 눈초리로 쓰이핀을 바라보았다.

장미의 문

"외부 사람이 아니라 예웨이業偉와 그 아내야. 몇 년 동안 내가 열쇠를 가지고 이 상자 여덟 개를 지켰는데. 운명, 모든 게 운명이지. 가산을 몰수당했어, 내 아들이 벌써 내 가산을 몰수했어."

쓰이핀이 쓰이원의 의혹을 풀어줬다.

예웨이는 쓰이핀의 외아들이다. 결혼 후 얼마 안 돼 분가했다. 아들이 며느리와 내통해 어머니의 허점을 노린 것이다. 쓰이원은 중국 역사의 내우외환을 떠올렸다. 지금 여동생의 처지가 딱 그 꼴이었다. 여동생이 내우와 외환을 모두 당했다.

"하지만 가산 몰수하는 사람들은 이런 사실을 믿지 않아."

쓰이핀이 말했다.

"내게 상자 속 물건을 어디로 옮겼는지 자꾸만 캐물어. 내가 뭐라고 해도 믿지 않고 날 온종일 패고 욕을 퍼부었어. 후에 빈 상자 하나를 아연 도금한 철사로 묶어서 내 목에 건 다음 조리돌림을 했어. 철사 때문에 목에서 피가 났지만 사람들에게 예웨이한테 가보라고 할 수가 없었어. 예웨이 부부도 왔지만 진실을 털어놓기는커녕 내가 그들을 모함했다고 하더군. 애들은 나와 선을 긋기 위해……"

쓰이핀이 말을 멈췄다. 갑자기 눈빛이 허망해 보였다. 멍한 눈빛이 쓰이원과 메이메이를 번갈아봤다. 마치 아들 부부가 자신을 어떻게 대했는지 맞춰보라는 것처럼 느껴졌다.

쓰이원과 메이메이가 묵묵히 생각에 잠겼다. 외부사람들과 합동으로 학대하고, 구타하고, 욕하고……

쓰이핀은 막 생각이 난 듯 침대 가장자리를 가리키며 둘에게 앉으라는 시늉을 했다. 외할머니와 이모할머니, 메이메이가 일자로 침대 가장자리에 앉았다. 그들 앞에 쪽걸상과 종이봉투가 있었다. 복덩이가 메이메이에게 기대어 주위를 두리번거렸다. 쓰이펀은 계속 그들에게 자기에 대해 말했다.

"그들은 내 계부가 타이완에 있다고 했어. 난 전쟁터에서 전사했다고, 해방군에게 맞아죽었다고 했지. 그들이 누가 그 증명을 할 수 있냐고 해서 언니가 생각났어. 난 언니 쓰이원이 증명을 해줄 거라고 했어. 시신 머리가 베이핑에 온 걸 언니가 직접 봤으니까. 그들이 언니가 어디 사는지 물어서 내가 샹사오후퉁이라고 알려줬어."

"그건 사람들 모두 아는 사실이잖아. 게다가 상여가 나갈 때 사람들이 동원됐고. 그 사람 죽은……"

"쉬저우徐州."

쓰이펀이 말했다.

"하지만 그들이 내사나 외부조사는 다음의 일이고 우선 나부터 조사한다고 했어. 내가 그 사람 정말 죽었다고 하니까 날더러 죽어서도 회개하지 않는 반동계급의 현손이자 자본가의 사악한 여편네라고 했어. 난 내 남편이 카이롼에서 일한 건 자본가여서가 아니라고 했지만 그들은 믿지 않았어. 그들은 날더러 홑저고리를 벗으라고 한 후 그걸로 다리를 돌돌 말아 마당 난로 재 위에 꿇어앉으라고 했어. 난 나중에 전부 다 인정했어. 사실 나도 바보지. 그땐 인정하거나 말거나 별 차이가 없는데. 인정하면 마음이 홀가분하지, 인정하지 않으면 고생만 할 뿐이고. 당시 그들이 사람을 죽였냐고 물어봐도 난 인정 해야 했어. 내가 사람을 죽였는지 아닌지에 대해서는 그들이 내게 알려주는 거야. 내가 살인을 했는지 안 했는지 어떻게 알아?"

이모할머니가 이렇게 말하며 자리에서 일어나 보온병을 흔들었다. 보온병은 비어 있었다. 벽 아래 있던 녹색 철 주전자를 난로에 올

장미의 문

려 물을 끓이기 시작했다. 이모할머니는 주전자를 화로에 얹고 방으로 돌아와 창틀에서 밥그릇 두 개를 꺼냈다.

"다완도 없어."

그녀가 텅 빈 밥그릇을 걸상에 올렸다.

쓰이원이 텅 빈 밥공기를 보고 자신이 사온 미궁 한 봉지를 떠올렸다. 그녀가 봉투를 열어 메이메이에게 한 덩어리를 내밀었다.

"못 씹어, 나 이제 못 씹어."

이모할머니가 이렇게 말하며 치아라고 몇 개밖에 남지 않은 입을 벌려 쓰이원과 메이메이에게 보여줬다. 하지만 그러면서도 미궁을 손에 쥐었다.

"맞았어?"

쓰이원이 물었다.

"맞기도 하고, 그냥 빠진 것도 있고, 이제 빠질 때가 됐지."

쓰이펀은 치아에 대해 대충, 아무렇게나 말했다.

"그리고 여기, 여기도 봐."

쓰이펀이 옷자락을 들어올렸다.

이모할머니의 상처투성이 가슴이 보였다. 진한 자줏빛 멍이 든 피부가 쪼글쪼글했다. 마치 손으로 아무렇게나 쥐어짠 듯했다. 왼쪽 젖가슴은 유두가 없었다. 식육점의 반질반질한 돼지 방광 같았다.

"조금 전 내가 자기를 모함했다는 사실을 증명하기 위해 예웨이가 그랬어, 나와 선을 분명하게 긋겠다는 듯 솥 반쯤 차 있던 뜨거운 기름을 내 가슴에 뿌리더군. 그날 가지 꼭지 튀김을 해먹을 거였거든. 그래서 솥에 기름을 반쯤 넣어 난로에 올려뒀었지. 예웨이는 어릴 때 유모 젖을 먹이지 않고 몇 살 때까지 내 젖꼭지를 물렸어. 그런데 그 애가 내 유두를 이렇게 만들어놓았네."

가을이 오면 나뭇잎이 떨어지고, 비바람 불고 우박이 떨어지면 화초가 망가지는 자연의 현상처럼 모든 것이 자연스러운 일이라는 듯, 이모할머니가 아무렇지도 않게 말했다. 그녀가 손에 든 미궁을 종이봉투에 다시 넣은 다음, 메이메이 앞으로 내밀며 먹으라는 시늉을 했다.

메이메이가 고개를 저었다. 커다란 미궁 봉지가 마치 한데 엉겨 붙은 젖꼭지처럼 느껴졌다. 메이메이는 미궁도, 이모할머니도, 쓰이원도 보지 않고 대나무 발 너머만 주시했다. 메이메이는 문밖에 있는 난로와 난로 위 주전자만 바라보았다. 난로 불길이 아직 올라오지 않았다. 아마 조금 전 이모할머니가 주전자를 올려둔 후 그릇 찾는 데만 신경을 쓰느라 아궁이 여는 걸 잊은 거라고 생각했다. 메이메이가 이모할머니 대신 가서 아궁이를 열 수도 있었다. 하지만 일어나지 않았다. 물이 끓길 원하지 않았다. 물이 끓으면 쓰이원은 오래 앉아 차를 마시겠지, 그럴수록 이모할머니는 더 불쌍해 보일 테고, 그럴수록 외할머니는 이모할머니보다 귀해 보일 거야. 메이메이는 외할머니가 이모할머니에게 준 미궁 봉투는 더더욱 보고 싶지 않았다. 이모할머니의 모든 액운이 그 봉지 속에 모여 있는 것 같았고, 그 봉지가 이모할머니 집에 1백 년 동안 놓여 있을 듯했다.

메이메이는 초조해지며 짜증이 밀려왔다. 자기 옆에 기대앉은 복덩이에게 전혀 신경을 쓰지 않자 복덩이가 먼저 집에 가자고 입을 열었다. 메이메이도 자리에서 일어났다. 복덩이와 메이메이가 들썩거리자 쓰이원 역시 더 이상 앉아 있을 수 없었다. 쓰이원이 지갑에서 20위안을 꺼내 이모할머니 손에 쥐어주며 말했다.

장미의 문

"틀니 해, 먹을 때 불편하지 않게."

"그냥 불편한 대로 살아도 돼, 언니도 넉넉하지 않잖아."

이모할머니가 말했다.

"거절하지 말고."

쓰이원이 말했다.

이모할머니는 그제야 돈을 돌돌 말아 스스럼없이 옷자락을 들고 허리 주머니에 쑤셔 넣었다.

쓰이펀이 쓰이원을 문까지 배웅한 후 작별인사도 제대로 나누기 전에 대문을 닫았다.

쓰이원은 동생 집 방문을 마친 후 마치 큰 짐이라도 내려놓은 것처럼 집으로 되돌아갔다. 텅 빈 쓰이펀의 커다란 방, 일자로 나란히 손님을 맞이하는 속이 텅 빈 상자, 그리고 기름에 타버린 젖꼭지 모두 쓰이원에게는 별다른 충격을 주지 않은 듯했다. 그저 이번 둥청 방문을 통해 여동생을 배신했다는 죄책감에서 벗어난 것 같았다. "틀니 해!" 쓰이원은 무엇보다 가장 진심이었던 그 말을 떠올렸다. 그 말과 옷자락을 젖히며 돈을 챙기던 여동생의 동작이 홀가분한 그녀의 마음을 증거하고 있었다.

차가 창안가長安街를 달렸다. 쓰이원은 처음으로 창안가가 이미 더 이상 그 옛날 창안가가 아니라는 느낌을 받았다. 옛날 창안가보다 몇 배는 더 넓어 보였다. 또한 이 거리에서 구식 궤도전차가 사라졌다는 사실을 처음으로 발견했다. 예전에는 궤도전차가 창안가 극장 앞을 통과할 때면 전차 기사는 모여 있는 사람들이 비키도록 죽을힘을 다해 페달을 밟아 방울을 울렸다. 이제 그곳에 수많은 정거장 표지판이 서 있었다. 쓰이원이 한 표지판 앞에서 내렸다. 쓰이원이 메이메이를 찾으려고 뒤로 돌았다. 그런데 메이메이는 이미 빠른 걸음으로 앞서 걸어가고 있었다. 메이메이가 쓰이원과 복덩이를 멀찌감치 따돌리고 앞에 가고 있었다.

쓰이원이 뒤에서 메이메이를 불렀다. 복덩이 역시 갑자기 자기를 내팽개친 언니를 불렀다. 하지만 메이메이는 여전히 빠른 걸음으로 사거리 건널목까지 간 다음에야 걸음을 멈췄다. 쓰이원이 재빨리 발걸음을 재촉하며 메이메이를 부르기 시작했지만 메이메이는 이런 쓰이원을 힐끗 한 번 돌아볼 뿐이었다. 쓰이원은 분명하게 느꼈다. 한 번도 보지 못한 외손녀 눈빛, 인간의 눈이 아니라 분노한 고양이 눈 같았다. 고양이가 인간에게서 도망치며 인간을 멸시하듯 바라보는 그런 눈빛이었다.

메이메이는 인간으로부터 도망치려 하고 있었다. 외할머니의 미궁과 이모할머니의 그을린 젖꼭지를 보며 메이메이는 더 이상 꾸빠 하체에 쇠꼬챙이가 꽂혀 있을 때처럼 놀라고 두려워하지 않았다. 메이메이의 영혼은 전율을 느낄 뿐이었다. 인간이 자기에게 선사한 전율 때문에 메이메이는 인간으로부터 도망갈 수밖에 없었다. 도망을 가기 위해서는 혼자 앞으로 가야 한다. 이렇게 가면 날 수 있을 거라고, 건널목을 날아 넘어가 전광석화처럼 지나가는 차들 너머로 날아갈 수 있을 거라고 굳게 믿었다. 그렇다면 반드시 인간 쓰이원을 뒤로 젖혀야 도주도 가능하고 날아가는 것도 가능할 것 같았다. 설사 그렇게 흉내만 내는 거라고 해도 말이다.

쓰이원은 무슨 일이 일어날 것 같은 예감이 들었다. 그녀가 복덩이를 안고 메이메이에게 달려가 한 손으로 메이메이 어깨를 움켜쥐었다. 하지만 메이메이는 쓰이원의 손아귀를 빠져나갔다. 쓰이원의 날카

장미의 문

로운 외침이 들렸다. 아마 복덩이와 함께 길에 넘어진 듯했다.

메이메이는 도주와 날갯짓 실험을 마쳤다. 아마 그건 실험이 아니었을지도 모른다. 어쩌다 전광석화처럼 내달리는 차와 부딪칠 때 공중으로 떠올랐을까? 외할머니를 포함한 모든 사람을 뒤로 따돌릴 수 있었다는 건 설마 허공으로 붕 날아올라 인간으로부터 도망쳤다는 의미는 아닐까?

하지만 메이메이는 또다시 샹사오후퉁 대추나무 아래 떨어졌다. 떨어지자마자 사람 하나가 보였다. 눈앞에 키가 크고 마르며 팔이 긴 중년 남자 하나가 서 있었다. 누굴 닮았지? 책에 나오는 안데르센 같았다.

인간이 나타났으면 숨어야 한다.

메이메이가 방으로 들어갔다. 그 사람이 아직도 마당에서 자신을 지켜보고 있는 것 같았다.

제8장

31

그해 봄은 특별히 장미 같았다.

특별하게 장미 같았던 봄날, 메이메이는 언제나 서로 전혀 관련 없는 명사를 연결했다. 예를 들면 양말 표 보온병, 수건 표 칫솔, 치약 표 비누 또는 알람시계 표 손목시계, 안경 표 만년필 같은…… 이런 식으로 상품 이름을 명명하는 사람은 없다.

메이메이는 미친 듯이 내달려 서쪽 창안가를 넘어 열두 살로 날아간 듯하다. 열두 살 봄날, 메이메이는 엄마가 자기에게 보낸 작은 소포 하나를 받았다. 소포 안에 엄마가 직접 뜬 털모자가 들어 있었다. 엄마는 늘 이 계절에 할 일을 다음 계절로 넘겼다. 겨울이 지나고 엄마는 겨울 모자를 보냈다.

메이메이는 서둘러 소포를 풀지 않았다. 우체국의 축축한 곰팡내가 잔뜩 묻은 보자기 속 물건을 추측했다. 그 색과 바느질법, 빨간색

장미의 문

일까 녹색일까, 겉뜨기일까 고무뜨기일까. 고무뜨기로 짠 빨간 모자라고 추측하고 나서야 메이메이는 가위로 엄마가 대충 꿰맨 바늘땀을 뜯었다. 대충 짐작이 맞았다. 고무뜨기로 짠 긴 끈이 두 개 달린 털모자였지만 색은 아니었다. 모자는 빨간 색이었지만 상상 속의 홍링진이나 홍기, 붉은 완장의 빨간 색이 아니었다…… 뭐라고 이름 하기 힘든 빨간색이었다. 메이메이는 세상에 대체 얼마나 많은 색이 있는지 몰랐다. 빨간색만 해도 다 알지 못했다. 눈앞의 빨간 색을 보며 메이메이는 생명이 깃든 아름다운 색이라고 생각했다. 그 색이 빨간색인 이유는 빨간 액체가 잔뜩 스며 있었기 때문이다. 메이메이가 힘껏 움켜쥐면 모자에서 즙이 나올 것 같았다. 수년 후 쑤메이가 정말 색과 씨름을 한 후에야 당시 빨간색의 명칭을 알았다. 그 후 줄곧 색에 매우 민감하고 색을 사랑하게 된 이유가 당시 그 모자와 관련이 있다고 느꼈다. 모자는 딱딱하게 굳은 메이메이의 영혼을 풀어줬고 그 색의 즙은 헝클어지기 시작한 메이메이의 몸을 흠뻑 적셔줬다. 메이메이가 조심스럽게 모자에 손을 얹었다. 손바닥이 뜨거워지며 간질거렸다. 메이메이가 조심스럽게 모자를 머리에 쓰자 몸이 살짝 부풀었다. 알고 보니 봄은 늘 메이메이가 봐온 것처럼 나무에서 싹이 나고 풀밭이 푸릇푸릇해지고 꽃무리 사이로 나비가 나는 계절이 아니었다. 주말 기숙학교에서 돌아와 엄마가 솜옷을 벗고 스웨터만 입으라고 하는 날도 아니었다. 봄은 엄마가 어설프게 겨울 선물을 미루다보면 다가오는 계절이었다.

메이메이는 밀가루 발효 냄새가 좋았다. 자주 혼자 주방으로 달려가 반죽이 발효 중인 그릇 뚜껑을 열고 새콤달콤한 반죽 냄새를 맡았다. 냄새에 알딸딸해지며 자꾸만 버둥거렸다. 손을 뻗어 반죽을 쥐었다. 부풀며 터지기 시작하는 반죽덩어리 안의 기포들을 가늘고 길게 잡아당겼다. 마치 이른 봄에 내리는 빗줄기 같기도 하고, 면발이 가느다란 룽쉬몐龍鬚麵111) 같기도 했다. 메이메이가 반죽덩어리를 그릇에 내팽개치고 반죽이 끈끈하게 달라붙은 손을 씻으러 갔다. 칠칠치 못한 행동처럼 느껴졌다.

메이메이는 밤에 침대에 반듯하게 누워 두 다리에 꼭 힘을 주고 두 팔을 곧게 뻗었다. 찾아드는 변화를 엄숙하게 맞이하는 순간 같았다. 살그머니 기다리던 일이 이루어졌다. 가슴이 부풀기 시작했다. 어둠 속에 싹이 트는 걸 느꼈다. 그 변화가 있어야 여자가 되고 어머니가 될 수 있다는 걸 알았다. 이제 메이메이가 바로 그들의 어머니이다. 그들이 싹을 트는 건 메이메이의 피가 그들 체내에 흐르기 때문이다. 메이메이는 언제나 변화하는 그들을 보고 싶었다. 아마 두 눈 빤히 뜨고 일종의 죄악이라고 느끼면서도 그런 죄악을 바라고 있었을지도 모른다. 낮에 혼자 집에 있을 때면 자기 옷 앞깃을 잡아당겨 벌어진 옷깃 속으로 눈을 내리깔아 안을 들여다봤다. 그곳이 솟아오르며 커지고 있었다. 솟아오르며 커지고 있는 모습을 보면 당황스러우면서도 만족스러웠다. 가슴을 쑥 내밀고 거울 앞으로 다가가 흥미롭게 자기 옆모습을 비춰봤다. 옆에서 본 가슴은 낯설고 신기한 작은 호선을 그리고 있었다. 그대로 마당을 나가 거리로 나가서 걷고 싶었다.

메이메이는 마당을, 골목을 달려 나갈 여러 가지 이유를 찾았다. 약간의 흥분과 약간의 자만과 약간의 당황스러움과 약간의 수치심을

---

111)   용의 수염처럼 가늘게 빼낸 면 요리

장미의 문

품고 밖으로 나가 걷고 싶었다. 사람들의 시선을 끌고 싶었고, 이미 누군가 시선을 보내고 있다고 느꼈다. 사람들의 시선을 끌고 싶을 때면 메이메이는 이제 막 부풀어 오른 가슴을 과도하게 쭉 내밀었다. 사람들이 자신에게 시선을 보낸다고 느꼈을 때 다시 긴장을 풀고 자세를 풀었다. 메이메이는 자신이 매우 나쁘다고, 조금 가식적이라고 생각했다. 하지만 이처럼 사악하고 가식적인 행동을 억제할 수 없었다. 가식적으로 행동한 이유는 앞으로 어떤 모습으로 걸어야 할지 갈피를 잡지 못했기 때문이다. 거리에서 마당에서 방에서 이처럼 낯선 자신을 발견할 때마다 당황스러웠다. 메이메이는 악한 존재이다. 자신을 숨기면서도 자신을 드러내려 하기 때문이다. 갈피를 잡지 못해 자신을 숨기면서도 자신을 드러내기 위해 메이메이는 자주 혼자 방에서 초조하고 불안한 마음으로 새로운 뭔가를 발견하려 했다. 신기한 뭔가란 아마도 자신이 예전에 봐도 별로 신경을 쓰지 않았던 존재일 수도 있다. 예를 들면 바로 앞에 여러 해 동안 놓여 있던《맨발의 의사수첩》赤脚醫生手冊[112)같은 것이다. 메이메이는 숙모의 서가 앞에서 녹색 표지에 누런 글씨가 적힌 이 두꺼운 책을 꺼내 받쳐 들면 귀까지 벌겋게 달아오르며 가슴이 콩닥거렸다. 자신이 보려고 하는 부분이 뭔지 알기 때문이다. 머릿속에 떠오른 생각 때문에 메이메이는 고개를 들지 못했다. 하지만 이 책이 세상에 나온 이유는 결코 그렇게 부끄러운 것이 아닐 거라고 굳게 믿었다. 메이메이는 자신을 위해 그 이

---

112) 상하이 중의中醫학원, 저장浙江 중의학원이 공동 편찬한 책. 1969년 출간. 의료시설이 열악하던 당시 거의 모든 가정마다 한 권씩 비치되어 있던 백과전서 같은 책. 흔한 기침, 구토부터 심혈관 질병이나 침, 약초부터 양약까지 모든 지식이 간략하게 적혀 있다.

유를 찾으며 커튼을 꼭 닫고 무심한 듯 책을 펼쳐 대번에 남자와 여자의 부위가 나오는 부분을 펼쳤다. 부위마다 밖으로 선이 그어져 있고 그 선 끝에 신체부위 명칭이 적혀 있었다. 어지럽게 뻗어 있는 선을 보며 추하다고 느끼면서 입이 떡 벌어졌고 더 깊고 더 새로운 욕망, 더 깊고 더 새로운 실망을 느꼈다. 각 부위의 명칭은 마치 멀리 세상 끝에서 울리는 우레 소리처럼 메이메이 귓가에서 하나씩 폭발했다. 메이메이는 차마 각 부위를 똑바로 쳐다볼 수 없었다. 똑바로 보고 싶지 않았다. 귓가에 소리가 울리지만 들리지 않고 기억도 못하는 사람 같았다. 메이메이는 이것 자체가 이미 죄를 범한 거라고 굳게 믿었다. 마치 전에 신문에 한 청년이 유이상점友誼商店113) 입구에서 이유도 없이 외국인 두 명을 살해했다거나 누군가 시단西單상가에 시한폭탄을 설치했다는 것처럼 말이다. 메이메이는 한쪽에 책을 내팽개쳤다. 책을 한쪽에 버려두고 싶었다.

여러 해가 지난 후 어른이 된 쑤메이는 당시 왜 자신이 그 해부도를 똑바로 보려 하지 않았는지 이해가 되지 않았다. 대체 이유가 뭐였을까. 기형적인 시대가 기형적인 심리를 갖게 했을까? 그 시대에 태어난 메이메이는 원래 사람이 모두 알아야 할 사실을 받아들일 힘과 용기가 없었을까? 아닐 수도 있다. 그건 메이메이가 진짜 자신과 진짜 인간을 봤기 때문일 수도 있다. 진실이야말로 두려운 것이라고 말할 수 있다. 사실에 가깝긴 하지만 또한 완전하지 않은, 영혼의 소환과 직감에 이끌린 것일 수도 있다. 메이메이를 위해 또 다른 길, 메이메이

---

113) 국영상점. 예전에는 외국인 고객만 출입할 수 있는 면세점 형식이었지만 지금은 제한이 없다.

장미의 문

에게만 적합한 길을 개척해줬을 수도 있다. 정확하게 말할 수 없을 수도 있다. 인류는 자신을 정확히 밝힐 수 없다. 어느 시대에도 인류는 자신을 정확하게 파악할 수 없다. 그건 어느 시대에도 마찬가지이다.

그 신체부위, 헝클어진 선을 똑바로 바라볼 수 있게 된 건 아주, 아주 이후의 일이다. 열두 살 봄, 메이메이는 스스로 시선을 돌려 똑바로 쳐다볼 수 있는 신기한 것들을 찾아냈다. 언젠가 헌책 파는 곳에서 영화 연환화 한 권을 들어올렸다. 무심코 책을 뒤적이던 메이메이는 한 남자와 한 여자가 포옹하고 있는 장면이 눈에 들어왔다. 메이메이는 책을 챙겨 집으로 돌아와 후다닥 앞에서 뒤까지 훑어봤다. 가슴이 미친 듯이 뛰고 손바닥이 후끈거렸다. 마치 처음으로 헝클어진 영롱한, 손이 간질거리는 털모자를 만졌을 때 기분 같았다. 하지만 메이메이 귓가에 더 이상 우레 같은 소리는 나지 않았고 갑자기 번뜩이는 탐조등도, 경악할 만큼 추한 것도 없었다. 그건 그저 감동적인 화면이었을 뿐이다. 이름 없는 연환화, 외국인들과 그들의 이야기였다. 용맹한 남자 그레고리, 간절한 눈빛의 여인 아크시냐, 불행한 여자 나탈리아의 이야기였다. 나타샤는 불행한 결혼생활로 자살을 시도한다. 하지만 그녀는 죽지는 못하고 목이 비뚤어진다. 나타샤의 비뚤어진 목에 메이메이는 깊은 전율을 느꼈다. 그건 《맨발의 의사 수첩》과는 전혀 다른 경지였다. 왜 멀고 낯선 생활에 자신이 충격을 받아야 하는지 알 수 없었지만 어쨌거나 충격적이었다. 메이메이는 나타샤를 숭배했다. 숭배할 여인이 필요했다.

나타샤를 숭배하기 시작한 후 메이메이는 나탈리아의 비뚤어진 목을 흉내 내기 시작했다. 비뚤어진 목이야말로 나탈리아의 모든 비애, 모든 매력, 모든 빛의 근원이라고 생각했다. 메이메이가 부자연스럽게 목을 비틀었다. 숭배를 하게 되자 사람들이 결함이라고 생각하는 모습이 아름답게 느껴졌다. 외할머니는 이런 메이메이의 모습이 눈에 거슬렸다. 외할머니는 메이메이가 잘 때 베개를 잘못 베서 목에 담이 걸렸다고 생각했다. 메이메이는 외할머니 말을 묵인할 수밖에 없었다. 외할머니가 뜨거운 밀대로 메이메이 목을 눌렀다. 밀대에 눌린 목이 화끈거렸다. 외할머니가 뒤에서 메이메이의 모습을 살폈다.

메이메이는 마치 시대의 커다란 그물을 벗어나려고 발버둥을 치며 자신을 늘려가는 것 같았다. 또한 자신을 사람에게 보이지 않는 작은 그물 안으로 들이밀어 초조한 모습으로 전전긍긍 자신을 엮어가는 것 같았다. 메이메이는 목이 아파서 결국 더 이상 목을 비틀 수 없었다. 하지만 '하느님은 이곳의 문을 닫으면 다른 곳에 창문을 열어둔다'고 한다. 당신이 그녀의 모습을 엿볼 때 그녀는 다시 다른 곳에 빠지기 시작했다. 아마도 그건 누군가의 입, 귀, 턱, 거친 손, 짙게 이어진 눈썹 두 줄일지도 모른다. 긴 다리, 짧은 다리, 높이 솟은 가슴, 평평한 가슴…… 아마 그녀가 빠진 부분은 더 이상 사람 혹은 사람의 신체 부위가 아닐지 모른다. 그건 모자, 신발, 저고리, 모래언덕, 먹구름, 풀덤불, 해바라기일 수도 있다. 메이메이는 뭔가 잡고 뭔가에 기대길 갈망했다. 마음이 넓지만 복덩이를 안아주긴 싫었다. 메이메이는 신경이 약한 네 살짜리 아이를 안아주느니 차라리 생명이 없는 물체를 안아주고 싶었다. 때로 메이메이는 자신의 몸을 얼음처럼 차갑고 딱딱한 검은색 병풍에 기댔다. 손을 뻗어 병풍의 검푸른 공단을 매만지면 병풍이 살아나고 그건 그레고리의 옷이 되었다. 이후 성인이 된 메이메이는 그제야 연환화의 제목이 《고요한 돈강》[114]이란 사실을 알았다. 메이메이가 《고요한 돈강》 원서를 완독했을 때 과거 병풍의

장미의 문

녹색 주단을 만졌을 때의 감촉, 뻐딱하게 고개를 꺾고 다녔던 자신의 모습이 눈앞에 생생히 떠오르며 메이메이는 뭐라고 형용할 수 없는 행복을 느꼈다. 오랜 지인을 만난 것이다.

메이메이는 조용한 대낮이면 자주 혼자 밖으로 나와 마당에 섰다. 아무도 없는 마당, 메이메이는 대담해지면서 피가 끓었다. 뭔가 얻었다는 생각이 들었다. 메이메이는 대붕이 날개를 펼친 것 같은 회색빛 기와지붕을 주시하며 기왓고랑에 비뚤비뚤 자라난 말라빠진 여린 풀들을 바라보았다. 메이메이가 고개를 들어 하늘을 바라보았다. 파랗고 투명한 하늘은 너무 투명해서 터질 것 같았다. 대문 쪽 오래된 대추나무 가장귀가 활짝 벌어져 있었다. 마치 푸른 하늘을 감싸 안고 이를 가를 것 같았다. 마치 날아오르려는 지붕을 쓰다듬고, 지붕을 덮으려는 것처럼 보였다. 이건 대추나무야, 그녀가 생각했다.

봄날 어느 날 정오, 메이메이는 처음으로 그건 대추나무라는 사실을 받아들였다. 마치 전에 한 번도 본 적이 없는 것처럼 그렇게 놀랐다. 대추나무에서 싹이 돋고 있었다. 세상에 대추나무 새싹보다 더 맑은 새싹은 없다고 느꼈다. 사람들이 말하는 푸른 나뭇가지, 초록 잎이 아니었다. 그건 찬란한 담황색, 이제 막 내리기 시작한 새 빗방울이었다. 담황색 새로운 빗방울이 바로 굵은 흑갈색 나무에 기대 침착하게 땅을 향해 꽂혀 있었다. 뿌리는 땅 깊숙한 곳에 얼기설기 얽혀 있어야 비로소 미래를 꿈꿀 수 있고 영원히 불패의 땅에 우뚝 설 수 있다. 전에도 메이메이는 매일 흑갈색 나무를 마주했지만 생생하게

---

114) 러시아 작가 미하일 숄로호프(1905-1984)의 장편소설.

자라고 있다고 느끼지 못했다. 이제야 온전한 나무 한 그루의 생명이 왕성한 기운에 기대 살아 있는 생명이 된 듯했다. 메이메이의 생명조차 나무로 인해 혈기왕성해지는 듯했다.

그건 나무가 아니라 사람일지도 모른다. 사람이 아니라 나무, 메이메이의 모든 갈망을 실현시켜줄 나무일지도 모른다. 나무는 메이메이에게 인간은 줄 수 없는 신뢰감과 안식을 줬고, 그로 인해 메이메이는 생활이 이렇게 아름답다고, 금방이라도 떨어질 듯한 새로운 담황색의 비라고 느껴졌다.

메이메이는 정오부터 밤까지 시간을 보냈다. 사람들이 보이지 않는 밤, 대추나무 고목 아래로 달려가 두 팔을 벌려 나무를 껴안았다. 거대한 나무는 메이메이 팔로 다 감싸 안을 수 없었다. 나무 전부를 차지할 수 없었다. 메이메이가 마치 거북이 등껍질 같은 까만 수피에 얼굴을 댔다. 태양의 냄새가 맑고 쌉쌀한 나무 냄새와 섞여 메이메이 폐부를 파고들었다. 메이메이는 실컷 냄새를 맡았고 있는 힘을 다해 품에 안긴 나무가 자신을 껴안도록 했다. 아니, 나무를 송두리째 뽑으려 했다. 나무가 자기 몸을 파고드는 듯했다. 나무의 진액이 자신의 마음을 촉촉이 적셨다. 메이메이가 고개를 들어 나무를 올려다봤다. 한껏 뻗고 있는 가장귀가 마치 메이메이를 위해 자라난 거대한 날개, 메이메이에게 자라난 거대한 날개 같았다. 메이메이는 나무 품에서 날개를 활짝 펴고 날아오르고 있었다. 그리고 울었다. 그건 상심이나 슬픔의 눈물이 아니다. 나무에 대한 감동, 사는 나날에 대한 감동이다. 속이 후련하게 울었다. 따뜻한 눈물이 서서히 뺨을 달려 나뭇가지에 떨어졌다. 나무는 분명히 메이메이를 이해할 것이다. 메이메이의 감동은 오직 나무만 이해할 수 있다.

장미의 문

메이메이는 속마음을 터놓고 싶은 심정이 간절했다. 무슨 말을 하게 될지 모르긴 했지만. 그런 느낌이 메이메이의 가슴속에 좌충우돌하면서 메이메이는 사람들 앞에서 오히려 전보다 백배는 더 침묵했다. 새로 사귄 친구 마샤오쓰馬小思 와 있을 때도 대부분 마샤오쓰 말만 들었다.

마샤오쓰는 메이메이보다 두 살이 많다. 다 선생의 외손녀다. 침묵하는 메이메이 앞에서 마샤오쓰는 더 활달하고 영민해 보였다. 마샤오쓰는 웃을 때면 항상 입꼬리가 올라갔고, 말을 시작하면 마치 무당처럼 손짓을 하는 모습이 메이메이보다 우월하게 보였다. 메이메이역시 그녀가 우월한 이유는 자기보다 더 빨리 '그게' 왔기 때문이라고 생각했다. 매달 그때가 되면 그 애는 특별히 메이메이랑 같이 변소에가려고 했다. 메이메이가 어디 가냐고 물으면 마샤오쓰가 '너 알잖아'라는 식으로 눈짓을 보냈다. 메이메이는 알고 있었다. 마샤오쓰가 뒤뜰의 변소를 가리켰다. 그곳이 조용하다고 했다. 조용한 곳에서 제멋대로 시간을 질질 끌며 자신이 생리대 바꾸는 모습을 마치 공연처럼메이메이에게 보여줄 수 있었다. 그곳에서 마샤오쓰는 그 일을 처리하는 '고수'가 된다. 그럴 때마다 메이메이는 정말 어리고 유치한 사람이 된다.

마샤오쓰가 일부러 다리를 꼬며 길을 걸었고 볼록한 호주머니를더듬었다. 마샤오쓰의 걷는 자세, 볼록한 호주머니는 메이메이의 무한한 동경의 대상이었다. 여자란 '그것이 시작되어야만' 진짜 여자라고부를 수 있다고 생각했다. 여자가 되는 얼마나 중요한 관문인가. 아무리 부풀어 오른 가슴을 아끼고 자랑한다 해도 여전히 여자가 되기엔역부족이다. 메이메이는 마샤오쓰를 따라 뒤뜰 좁은 길로 들어섰다.

날로 풍만해지는 마샤오쓰의 엉덩이가 보였다.

메이메이는 마샤오쓰의 공연 앞에서 입을 다물었다. 자신을 표현할 방법이, 자신이 받은 모든 감동을 분명하게 말할 방법이 없었다. 그곳은 그녀 자신의 영지, 그녀 자신의 공백, 그녀 자신의 세계, 어느 누구도 침범할 수 없는 세계였다. 그녀가 털어놓은 갈망은 평생 그녀의 갈망이 되었다. 이 갈망을 깨고 싶지 않았다. 그러고 싶지 않아서가 아니라 아득한 곳에서 전해진 암시였기 때문이다. 마치 어스름한 구름층에서 내려온 항거할 수 없는 손가락처럼 그녀의 영혼을 가리키고 있었고 그녀는 그 지시를 따라야 했다.

메이메이는 반죽덩어리의 새콤하고 달콤한 발효 냄새에 취해 열두 살 봄을 보냈다. 마치 아주 먼 천지에서 돌아온 것 같았다. 맞은편에 앉은 어른이 신이 나서 그녀에게 뭐라고 말하고 있었다. 메이메이는 한참 애를 쓴 후에야 맞은 편 어른이 바로 자기 외할머니란 사실을 깨달았다. 그래, 외할머니, 자신을 울상이 되게 만드는 이름, 거절할 수 없는 존재, 도망칠 수 없는 어두운 그림자. 메이메이는 뒤죽박죽이 된 자기 생각을 주섬주섬 애써 정리한 후 외할머니의 아름다운 입을 주시하려고 애썼다. "조청시"早請示115) 어쩌고 하는 외할머니 소리밖에 들리지 않았다.

32

---

115) '아침에 지시를 받고 저녁에 보고하다'早請示, 晚匯報에서 나온 말. 1960년대 문화대혁명 기간 처음 등장한 표현이다..

장미의 문

전국의 '조청시'는 새로운 하루의 시작을 알리는 의식이다. 동쪽이 붉게 물들 때 〈동방홍〉東方紅 노랫소리가 전국에 울려 퍼졌다. 노랫소리가 지나고 나면 새로운 것, 지난 것, 반쯤은 새롭고 반쯤은 과거의 '최고지시'를 암송했다. 사람들은 이 노랫소리, 이 암송이 끝나야 마음의 균형을 잡은 사람은 잡은 대로 그렇지 못한 사람은 그렇지 못한 대로, 또한 마음이 두둑한 사람, 그렇지 못한 사람 모두 나름대로 새로운 하루를 시작했다.

　　상사오후통에서 역시 이 의식은 예외가 아니다. 의식에는 당연히 노래와 경축과 '최고지시'를 이끄는 사람이 있어야 한다. 쓰이원과 뤄 아주머니가 사는 사합원에서 메이메이는 뜻밖에 이 의식의 선두주자가 되었다. 메이메이와 쓰이원 모두 이 일로 인해 기쁘고 놀랍고 또한 불안했다.

　　쓰이원은 어쩌다 이렇게 됐는지 도무지 이해할 수가 없었다. 그녀는 메이메이가 갑자기 부각된 일이 계속된 정치 표현의 결과라고 생각했다. 정치적 표현은 자신과 뤄 아주머니 사이에 일어난 모든 것을 통해 구현되었다. 예를 들면 워터우 찌는 법을 배운 것 같은 일이다. 쓰이원은 모든 일에는 꽃이 피고 열매가 맺힐 날이 있다고 생각했다. 기쁘고 놀라우면서도 마음 한편으로는 불안했다. 꽃이 피지 않는 것은 시간이 무르익지 않았기 때문이다. 뤄 아주머니가 대추나무 아래에 서서 대추를 먹으면서 "복숭아 3년, 살구 4년, 배 5년"이라고 하지 않았는가. 나무가 그럴진대 혁명의 꽃이 피려면 더 많은 시간이 필요하다. 이제 꽃이 피었다. 그녀와 외손녀의 명치에 꽃이 피었다. 수많은 노래에서 그렇게 말하고 있었다.

　　쓰이원이 거리에서 신문을 읽고, 메이메이는 마당에서 선두로 '조청시'를 했다.

메이메이는 생각이 달랐다. 이 모든 것이 그 특별한 장미의 봄날 때문이라고 생각했다. 그 장미의 봄날이 자신에게 갈망을 선사했다. 이 모든 것은 갈망의 실현이다. 그 갈망과 갈망의 실현은 그냥 털모자가 아니다. 그건 한 사람의 존재에 기인한 것 같다. 그 존재 때문에 비로소 메이메이는 항상 자제할 수 없을 정도로 흥분하고, 끊임없이 자신을 탐색하고, 스스로 만족을 느끼고, 또…… 애써 참으며 폭발하듯 《맨발의 의사 수첩》을 넘기고 그런 후에 가슴을 벌렁거리며 대추나무 아래에 서서 알맞게 소리를 다듬어 마당 전체를 선도하면서 그날의 선택을 낭독한다. 그러고 보니 이건 모두 공허한 것도, 혼자 흥분한 것도 아니었다. 이 모든 것을 통해 메이메이는 한 사람을 떠올렸다. 매일 아침 제일 먼저 세수를 마치고 어록을 든 채 대추나무 아래에 서면 한 사람이 재빨리 메이메이 뒤에 섰다. 바로 다치^{大旗}다.

"어, 메이메이, 오늘은 어디 읽을 거야?"

다치가 메이메이에게 물었다. 무심코 그냥 물어보는 것처럼 보였다. 사실 어디를 읽든지 읽는 건 마찬가지 아닌가? 메이메이가 첫 구절을 읽기 시작하면 사람들이 따라 읽지 않는가? 여기에 단 한 사람도 의문을 제기한 적이 없었다. 다치는 그래도 물어봤다.

메이메이는 다치의 질문에 대답하고 싶었다. 비록 대답 여부가 중요하진 않았지만. 어느 부분을 읽는지 내가 입을 열면 알 것 아냐? 하지만 그래도 메이메이는 다치에게 자기 선택을 알려줬다. 메이메이의 대답에는 무심한 듯 대수롭지 않은 느낌도, 눈치 채지 못할 정도로 은밀하게 상의하는 것 같은 정중한 느낌도 들어 있었다. 비록 당시 메이메이는 상의라는 것 자체가 이 세상 아름다운 구성의 시작이라는

장미의 문

것을 알지 못했지만, 새로운 하루가 시작될 때 메이메이가 가장 완벽하게 이루고 싶은 일이 바로 이런 식의 상의였다.

메이메이의 선택에 대해 다치는 언제나 만족했다.

"좋아, 내가 보기에도 이 단락 좋아."

다치가 말했다. 때로 한마디를 덧붙이기도 했다.

"우리 공장에서도 이 부분만 읽어, 이 부분이 적당해."

이따금 다치는 메이메이의 선택을 부정하기도 했다. 최신 지시가 하달되어 메이메이가 제때 파악하지 못했을 때다. 이때 다치는 '특대 희소식'特大喜訊이라 적힌 전단을 주머니에서 꺼내 펼친 후 투박한 손으로 글자를 가리키며 메이메이에게 그 구절을 읽도록 했다. 그리고 마지막으로 전단을 메이메이에게 줬다. 메이메이가 화들짝 기뻐하며 이를 받아 자기 원래 계획을 수정했다. 그 '특대 희소식'에는 어젯밤 방송에 나온 최신 지시가 찍혀 있었다. 어젯밤 메이메이도 방송을 보긴 했지만 글을 보지는 못했다. 문자를 봐야만 한 글자도 틀림없이 읽고 운용할 수 있었다. 정식 문자는 다음 날 아침 집배원이 그날 신문을 가져와야 볼 수 있었다.

다치는 제때 그 문자를 접했다. 그는 지역 인쇄공장 노동자다. '특대 희소식'이 찍힌 호외 전단이 그의 기기에서 인쇄된다. 그는 공장에서 사전辭典 종이로 된 양장본 어록, 양판희樣板116) 선전화를 인쇄하면서 리톄메이李鐵梅117), 바이마오뉘118)가 하루 종일 눈앞에 어른거렸다. '특대 희소식'이란 인쇄는 그들 야근의 성과물이었다. 그는 하루 종일

---

116) 문화대혁명 기간 유행했던 모범극.

공장에서 발급한 깃이 곧은 직령直領의 파란 작업복을 입고 다녔기 때문에 몸에 밴 인쇄 잉크냄새가 마당을 가득 메웠다. 짧고 반듯한 옷깃이 여드름이 난 목을 자꾸만 스쳤다.

메이메이가 다치를 기다리기 시작했다. 매일 '특대 희소식'이 오면 제일 좋았다.

언제부터 이 의식이 다치에 대한 기다림으로 변했는지 모른다. 하지만 메이메이는 그를 기다리는 거라고 생각하지 않았다. 그건 원래 하루 한 번 있는 가장 장엄하고 엄격한 의식이었다. 그 시각에 메이메이는 마당 전체의 영도자였다. 1만 마디에 상응하는 한마디 말을 메이메이가 마당 전체에 전하고 메이메이의 한마디에 모든 사람이 반응한다. 우렁찬 언어가 모든 사람의 행동이 된다. 기다림이라니, 이는 그 시간에 대한 불손한 표현이 아닌가? 매일 아침, 메이메이는 그래도 여전히 가장 먼저 대추나무 아래에서 기다렸다. 대추가 나무에 주렁주렁 달렸다. 초록 대추알이 무겁다. 메이메이가 바라보고 얼싸안고 눈물을 흘렸던 그 오래된 나무, 마치 이를 배반한 느낌이 들었다. 나무 가득 달린 새 대추가 메이메이 머리 위에 달려 있었다. 마치 언제라도 메이메이를 습격할 그런 배반이다.

다치가 와서 메이메이의 불안을 위로했다.

메이메이가 갑작스레 등장하게 된 이유는 쓰이원이 생각하는 그런 건 아니었다. 메이메이의 갑작스러운 등장은 사실 다치가 뤄 주임

---

117) 1892~1941. 생전에 팔로군八路軍 산둥 종대 1여대 정치부주임이었으며, 1941년 산둥에서 사망.

118) 구 사회에서 박해를 받아 어려서 백발이 되었다고 해서 붙여진 이름. 1945년 항일전쟁 말기 중국 공산당이 이끌던 해방구에서 가극 〈백모녀〉白毛女를 발표했다.

장미의 문

에게 강력 추천했기 때문이다. 처음에 이 영도자 역할은 다치에게 떨어질 예정이었다. 하지만 다치는 어머니에게 메이메이를 추천했다. 그가 뤄 아주머니에게 말했다.

"저 성가시게 하지 마세요. 매일 문장을 준비해야 하는데 내가 어디 그럴 시간이 있어요!"

그는 '문장' 준비할 시간이 없다는 핑계로 어머니 제안을 거절했다. 이후 뤄 아주머니가 누가 적임자인지 묻자 다치가 잠시 생각한 후 말했다.

"메이메이가 적합한 것 같아요. 문화 수준도 나보다 많이 낮지 않고. 침착해서 분위기도 제압할 수 있을 것 같고."

아마 메이메이에 대한 다치의 인상이 그런 것 같았다. 이후 뤄 아주머니는 메이메이가 부적합하다는 이유를 여러 개 댔고 그때마다 다치는 이를 반박했다.

뤄 아주머니가 다치의 추천을 받아들였다. 뤄 아주머니는 시험 삼아 메이메이를 세워본 후 아마 다치의 추천이 적절했다고 여긴 듯했다. 정치적 각도에서 보면 계급투쟁은 매일 외친다 해도 '95퍼센트 이상을 단결시켜야 하는' 문제가 있다. 게다가 시험기간 동안 영도자 자리에 선 메이메이의 장중한 태도, 문장을 낭독하는 달콤한 목소리를 듣고 뤄 아주머니는 속으로 다치의 안목에 감탄했다.

다치는 이런 건 생각지 못했다. 메이메이를 추천한 데는 남채에서 고개 숙이고 일만 하는 어린 여자애에 대한 그의 바람이 컸던 것 같다. 그 바람을 실현할 수 있었던 건 그 여자애를 관찰했기 때문이다. 언제부터 그렇게 지켜봤는지 생각해본 적이 없다. 그저 여자애의 능력이 복덩이 대변을 처리하고 쓰이웬의 지시를 실행하는 데만 그치진 않을 거라고, 이 마당을 제압할 수 있는 힘이 있다고 느꼈을 뿐이다. 다치는 특히 아버지, 형제 앞에서 자기 평가가 검증되길 원했다. 이 어린 여자애에 비해 그는 자기 집 식구 전체의 무게가 너무 가볍다고 생각할 뿐이었다.

다치는 그 해 봄날 '특별한 장미'를 느끼지 못했지만 그 특별한 장미가 피어난 봄날, 그는 메이메이가 돌연 성인 다운 성인이 되었다는 사실을 발견했다. 이런 성인 다운 성인 앞에서 다치는 인쇄 잉크 때로 범벅인 자신의 작업복 안에 입을 흰 셔츠 한 벌이 필요하다고 느꼈다. 그는 흰 바탕의 천 신발이 자연스러울지 아니면 빨간 바탕의 천 신발이 세련될지 고민하기 시작했다.

세 번째로 문을 나서는 사람은 언제나 주시였다. 주시 위치는 언제나 다치 뒤, 다른 사람들 앞이었다. 이 세 사람은 마당에 모인 사람들 앞에서 먼저 작은 종대를 이루었다. 그 후에 온 사람들은 방만하게 흩어져 섰지만 그래도 모두 자연스럽게 위치가 정해졌다. 모두 자기 나름대로 규칙이 있는 듯했다.

주시는 다치에게 인사하지 않았다. 그저 우호적인 낯빛을 하고 정력이 충만한 몸과 정갈한 복장과 그 나이 여자들이 갖는 특유의 분위기로 그의 뒤에 섰다. 다치는 냄새로 주시의 존재를 알 수 있었다. 주시의 시선은 여드름이 난 굵은 다치의 목을 향했다. 다치는 자꾸만 기분이 어색했다. 자기 뒤에 선 주시가 마치 팽창하는 뜨거운 공기덩어리 같고, 그 공기덩어리가 자신을 포위해 자신을 삼켜버릴 것만 같았다.

그 뒤를 이어 쓰이원, 뤄 아주머니, 뤄 아저씨가 나왔다. 이 세 사람은 누가 먼저랄 것 없이 마치 방안에서 대기하고 있다가 일제히 한

장미의 문

꺼번에 나온 사람처럼 밖으로 나와 대추나무 아래 섰다. 좡탄은 한 걸음 늦게 도착한다. 그는 일부러 어머니 뒤에 나오는 것 같았다. 마지막으로 얼치와 싼치는 늘어져라 하품을 하며 제멋대로 흐트러진 복장으로 등장했다. 사람들은 그 두 애가 어쩔 수 없이 분위기에 밀려 아침 행사에 참가했다는 사실을 알았다. 이 의식이 그들의 아침잠을 방해했기 때문이다.

새벽바람이 사람들의 피곤을 몰아내고, 격앙된 영혼을 한껏 더 부풀리고, 모든 염원은 더욱 강렬하게, 모든 후각과 눈빛은 더욱 영민하고 예리하게 만들었다. 하지만 메이메이의 첫 번째 '경축'에 사람들의 갖가지 생각은 잦아들고, 두 번째 '경축'에 사람들은 이미 그들이 이곳에 모여 장엄한 시각을 완성하고 있음을 의식하기 시작했다. 대추나무 가지 위에 높이 매단 양철의 영도자(마오쩌둥) 상이 바로 그 증거다. 처음에 그건 북채 통로에 매달려 있었다. 후에 누가 그랬는지 이 고목 나뭇가지로 자리를 옮겼다. 쇠못 두 개를 이용해 그 아래를 단단하게 받치고 위는 가느다란 아연 입힌 철사를 연결해 경사면이 마당의 혁명 군중을 향하도록 했다.

날이 하루하루 지나가고, 의식이 하루하루 완성되었다. 사람들은 꼼짝하지 않고 의식에 참가했다. 어쩌다 중단될 때가 있었다. 예를 들어 거센 비바람이 불 때, 예를 들면 누구 집에 큰 불이 났을 때, 예를 들어 혁명 군중을 굽어보고 있는 철사에 '장수쐐기나방 유충' 한 마리가 기어 올라왔을 때다.

'장수쐐기나방 유충'은 대추나무에 기생하는 작은 애벌레로 대추나무 잎과 색이 비슷하다. 평소 잎 아래 몸을 숨겨 사람의 시선을 피한다. 하지만 일단 사람 몸에 기어오르면 예상 밖의 견딜 수 없는 자극을 준다. 애벌레에 피부가 쏘이는 순간, 극심한 통증이 밀려들었다.

한참 행사가 고조에 달했을 때 '장수쐐기나방 유충' 한 마리가 인쇄 도안으로 기어 올라와 멈췄다. 사람들의 시선을 끄는 위치였다. 사람들이 술렁거리기 시작했다. 할 수 없이 메이메이가 낭독을 멈추고 난처한 표정으로 고개를 돌려 뒤를 살폈다. 얼치가 빗자루를 들고 냅다 도안을 내리치기 일보 직전, 뤄 아저씨가 빗자루를 낚아채며 말했다.

"너…… 여기가 어디라고 내리쳐?"

얼치는 그 순간 크게 깨달았다. 벌레가 기어 올라간 곳은 그냥 양철판이 아니라 사람들 마음속의 붉은 태양이었다. 얼치가 목을 움츠렸다. 심각한 자신의 실책을 깨닫고 있음이 분명했다. 뤄 아저씨의 얼굴에서 얼치를 향한 격분과 함께 정치적 사건을 막아냈다는 자부심이 엿보였다.

애벌레가 여전히 양철판 위를 멋대로 기어 다니며 멋대로 장엄하고도 자상한 영도자의 얼굴을 모독했다. 초조해진 사람들이 나무 아래서 갖가지 손짓과 몸짓을 취했다. 그들은 애벌레의 행동을 막을 수도 없었고 그렇다고 내버려두고 흩어질 수도 없었다. 사람들의 손짓과 몸짓은 격렬했지만 실제 있어야 할 동작은 이루어지지 않았다. 주시가 남채로 돌아가 쪽걸상을 내왔다. 그녀가 쪽걸상 위에 올라가 침착하고 조심스럽게 엄지와 둘째손가락으로 양철판 위의 애벌레를 집었다. 사람들은 주시가 과감하고 씩씩하다고 느꼈다. 사람이 어떻게 저리 애벌레를 집을까? 인류와 불구대천의 애벌레를 잡은 저 물체가 살도 피도 있는 인간의 손 맞아?

주시가 침착하게 사람들 앞에 서서 인체의 생리 지식을 이용해

장미의 문

사람들에게 원리를 설명했다.

"장수쐐기나방 유충이 손바닥에 닿는 건 괜찮아요. 손바닥에는 땀구멍이 없으니까요."

주시가 애벌레 잡은 손을 높이 처들었다. 그 순간 다치는 주시의 손등에 주의했다. 맑은 아침 태양이 비치는 가운데 다치는 처음으로 주시의 손등에서 다른 여자보다 훨씬 더 큰 모공을 발견했다. 다른 여자보다 더 빽빽하게 난 모공의 털이 금빛 찬란했다. 모공, 모공에 난 털로 인한 충격 때문인지 다치의 심장이 자꾸 쪼그라들면서 그의 얼굴에 지나치게 많은 피가 몰렸다. 다치는 왜 자신이 여자 손의 모공과 털에만 집중하게 되는지 분노가 치솟았다. 그는 그 순간 모공에 집중했던 자신 때문에 자기 앞에 서 있는 메이메이에게 정말 미안했다. 한편 주시가 애벌레를 잡은 이유가 양철판 때문이 아니라는 사실을 분명히 알 것 같았다. 그녀는 분명히 누군가에게 털이 많은 자기 손등을 보여주고 싶었을 거야.

주시는 더 이상 자기의 용맹함을 드러내지도, 그 '장수쐐기나방 유충'을 집고 사람들에게 자기 손을 전시하는 데 집착하지도 않았다. 그녀는 애벌레를 땅에 버리고 한 발로 짓밟아 죽이고 나서 담담하게 남채로 돌아갔다. 그 뒷모습은 마치 사람들에게 '이건 대수롭지 않은 상식이야, 체험해 보려면 그래도 용기를 좀 내야지.'라고 말하는 듯했다.

닭 한 마리가 후다닥 달려와 그 애벌레를 쪼아 먹었다.

사람들이 투덜대기 시작했다.

"저 놈의 대추나무."

"저 놈의 대추나무."

"저 놈의 대추나무."

……

대추나무와 애벌레 또는 애벌레와 대추나무, 어쨌거나 만족스럽
지 않았다.

33

서채에 다시 사람이 들어왔다. 마당에 닭도 생겼다. 까만 닭 몇 마
리와 흰 닭 몇 마리다.

서채에는 닭이 사람보다 훨씬 더 우월했다. 자유자재로 마당에서
꼬꼬댁 꼬꼬 시끄럽게 울면서 똥을 싸고 돌아다녔다. 자유자재로 붉
은 볏을 흔들며 북채 통로를 비행하고 다녔다. 자유자재로 새벽 장엄
한 시각에 사람들 앞에서 모이를 쪼아 먹고 짝짓기를 했다. 북채와 남
채 모두 닭에 대해 참기 힘든 적의가 무르익었다. 그들은 내키는 대로
닭들을 쫓아내고 닭을 들먹거리며 닭 주인을 욕했다. 하지만 닭들을
어찌할 수 있는 사람은 없었다. 지금까지 닭과 어떻게 면대면 투쟁을
벌이라는 지시가 하달되지 않았기 때문이다. 닭 주인은 자기 닭으로
사람의 빈틈을 파고들었다. 마치 주인이 이 집, 이 생존공간에 사소하
지만 짓궂은 장난을 치는 듯했다.

주인은 엄숙했다. 그는 닭에게 가금류는 누리기 황송한 정을 쏟
고 있었다. 그가 마당에서 허리를 잔뜩 굽히고 채소를 잘게 썰어 겨
와 섞어줄 때, 닭장에서 닭이 먹이를 먹고 생산해 준 눈처럼 하얀 달
걀을 꺼낼 때 그의 낯빛을 보면 그의 생존이 신성한 이유가 바로 양

장미의 문

계에 있는 것 같았다. 만약 꾸빠가 고양이를 지나치게 사랑하며 서로 의존했다면 그와 닭은 마치 함께 정의로운 사업을 완성하는 것 같았다. 그의 닭들 역시 이 세상에서 주인의 기개에 힘입어 매우 의기양양하게 주인에게 응당 해야 하는 협조를 하고 있었다.

닭에 대한 것 이외에 주인의 기타 활동을 아는 사람은 없었다. 심지어 그가 어쩌다 까만 닭과 흰 닭을 데리고 갑자기 이 집에 나타났는지 정확히 아는 사람도 없었다.

매일 주인이 닭에 관한 모든 일을 끝내고 나면 서채는 정적에 잠겼다. 이따금 산발적인 소리가 들렸다. 그 소리는 또한 대부분 사람들의 평범한 일상과 거리가 멀었다. 장작을 쪼개나? 불을 쑤시나? 채소를 자르는 걸까? 솥을 씻나…… 모두 아니었다. 목공작업을 하는 것도 같고, 대장장이가 뭘 두드리는 것 같기도 했다. 때로 하루 종일 조용할 때도 있었다. 그럼 사람들은 호기심에 가슴을 졸이며 대체 무슨 일인지 궁금증이 일었다. 결국 뤄 아주머니가 서채 창문에 얼굴을 바짝 붙인다. 바짝 긴장해 조심스럽게 정탐을 하고 나면 뤄 아주머니는 흥분을 가라앉히지 못한 채 그대로 남채로 와서 당시 쓰이원이 뭘 하고 있던지 개의치 않고 다짜고짜 커다란 입을 쓰이원 귀에 바짝 붙이며 말한다.

"내가 잘 봤다. 천 신발 깔창을 깔았더라. 어린애 신발이다."

뤄 아주머니가 쓰이원에게 손으로 크기 시늉을 한다. 일고여덟 살 된 아이 발이다. 수년 간 신발을 만든 경험으로 뤄 아주머니는 깔창 크기에 대한 감이 뛰어났다. 얼마 후 뤄 아주머니가 다시 새로운 소식을 몰고 온다.

"그게 뭔가 하면, 걸상을 만들고 있다. 쪽걸상 있재."

뤄 아주머니가 쓰이원에게 높이를 손짓으로 알려준다. 일반 쪽걸상보다는 낮고 작은 쪽걸상보다는 높은, 높지도 낮지도 않은 쪽걸상이다.

어느 날 주인이 그 쪽걸상에 앉아 마당에서 자기 까만 닭과 흰 닭을 유심히 관찰했다. 쓰이원은 쪽걸상 실물을 보게 되었다. 나뭇가지 두 개가 삐뚤고 두꺼운 목판을 받치고 있었다. 두 가장귀가 아무렇게나 대충 볼품없는 판자에 꽂혀 있었다. 판자와 사람의 둔부가 닿는 부위는 뜻밖에 유행하는 주홍색 인조피혁이었다. 피혁 아래 둔부가 편안하도록 이제 막 세상에 나온 지 얼마 되지 않은 스티로폼이 깔려 있었다. 쓰이원은 주인의 둔부 아래 새로운 인조피혁 특유의 냄새, 약간 시큰하고, 조금 구리면서도 약간은 향긋한 냄새가 나는 듯했다.

사합원에 사는 사람들은 한참 후에야 그의 이름을 알았다. 그의 이름은 예룽베이葉龍北다. 사실 예룽베이가 이 사합원에 들어온 날 관련 부서에서 그의 이름과 그가 다니는 직장을 뤄 아주머니에게 통지했다. 상대방 이름이 이상했는지 뤄 아주머니는 아무리 해도 그의 이름을 정확하게 기억할 수 없었다. 그의 성을 '룽'이라고 했다가 또 '베이'라고 하기도 했다. 그의 소속은 더 아리송했다. 무슨 연구소라고 한 것 같은데 그렇다고 자기가 자주 듣는 무슨 공업, 농업 또는 무선전신 같은 건 아니었다. 예룽베이가 왜 꼭 이 사합원으로 이사해야 했는지에 대해 뤄 아주머니는 별로 기억할 필요가 없다고 느꼈다. 꾸빠가 죽고 집이 비었는데 마침 누가 집을 찾고 있었다. 그게 바로 이유였다. 당시 뤄 아주머니가 북채에 이주를 한 것과 마찬가지다. 운동의 필요로 북채 사람들이 남채로 들어갔고 그렇게 북채가 비자 자신이

장미의 문

이곳으로 이사한 것과 마찬가지다. 차이가 있다면 좋은 사람은 좋은 집에 살고, 나쁜 사람은 나쁜 집에 살며, 좋지도 나쁘지도 않은 사람은 좋지도 나쁘지도 않은 집에 사는 것뿐이다. 그녀는 이 사합원이 매우 전형적으로 세 유형의 예를 보여주고 있다고 느낄 뿐이었다.

새로운 사람이 사합원에 들어왔다면 마땅히 예외 없이 '조청시'에 참가해야 한다. 뤄 아주머니는 새 사람이 대추나무 아래에서 열리는 '조청시' 의식에 별로 관심을 보이지 않자 주임의 신분으로 적극 그에게 통지했다.

"그건 적합하지 않습니다."

크고 비쩍 마른 예룽베이가 서채 입구에 서서 말했다.

"사합원에서 규정했재, 왜 안 되니? 다 참가하는 게 아이야?"

예룽베이의 대답은 정말 뜻밖이었다. 뤄 아주머니가 분개하며 얼굴이 벌겋게 달아올라 자기 발 아래 얼굴이 붉은 예룽베이의 닭을 바라보았다.

언제 나타났는지 뤄 아주머니 뒤에 서 있던 쓰이원 역시 이 뜻밖의 대답을 들었다.

"이건 적합성의 문제가 아닙니다. 그런 문제가 아니고 혁명 군중이 가져야 할 최소한의 깨달음이지요."

예룽베이는 뤄 아주머니 뒤에 새로 등장한 사람을 보는 순간, 바로 두 사람의 차이를 알 것 같았다. 그는 쓰이원은 뤄 아주머니 계층이 아님을 알아차렸다. 말끔하고 뽀얀 얼굴, 빨간 입술의 나이 든 여자가 얼굴이 까맣고 발이 큰 여자 뒤에서 힘을 보태고 있는 걸 보면 확실히 목적이 있는 출현이었다. 쓰이원을 바라보던 그가 다시 뤄 아주머니에게 시선을 돌렸다.

"이건 적합하지 않습니다."

예룽베이가 다시 똑같은 말을 반복했다.

쓰이원이 적합하지 않다는 예룽베이의 대답이 무슨 의미인지 추궁하려 할 때다. 예룽베이가 어느새 뒤돌아 안으로 들어가 서채의 낡은 바람막이 문을 닫았다. 쓰이원은 문 가장자리 손잡이 주위 손이 닿는 움푹 파인 부분을 바라봤다. 움푹 파인 곳에 소나무 문양이 그대로 드러났다. 꾸빠의 손톱이 생각났다. 예룽베이의 눈빛이 꾸빠보다도 더 자신을 무시하고 있다는 느낌이 강하게 솟구쳤다. 꾸빠는 때로 그녀를 무시하듯 바라보았지만 시선을 돌리진 않았다. 그건 두 여인 사이에 있을 수 있는 그저 서로를 똑바로 바라보는 시선, 양측이 평등한 시선이었다.

후에 뤄 아주머니는 다른 쪽을 통해 예룽베이가 말한 '적합하지 않다'는 표현의 정확한 의미를 파악했다. 현재 벌어지고 있는 여러 가지 상황 때문에 그는 아침 의식에 참가하기가 불편했다. 하지만 그렇다고 5%에 해당하는 사람도 아니었다. 현재 그는 잠시 '우붕'牛棚[119])에서 벗어났지만 직장에서 잠시 잊힌 그런 종류의 사람이었다. 현재 '운동'이 복잡해질수록 직장에서 잊힌 사람이 더 많아졌다. 이런 사람들은 병원에 가서 허위 증명서를 발급해 요양을 할 수 있었고, 외지로 장기간 친척 방문을 하러 간다는 핑계를 댈 수도 있었고, 외진 곳 누추하고 작은 집을 찾아 기거할 수도 있었다.

예룽베이의 작은 집은 자신에게 우월감을 선사했다. 예를 들어

---

119) 소외양간을 뜻한다. 문화대혁명 당시 지식인을 외양간에 가두고 박해했다. 지식인에 대한 박해를 상징.

장미의 문

그는 자기 기분 내키는 대로 다른 사람과 대화는 나누지 않으면서도 닭과 나무에게 문턱이나 날씨 등에 관한 이야기를 할 수도 있었다. 자신의 시선, 자신의 생각을 아껴 그저 단순한 목적을 위해 관찰하고 생각했다. 예를 들어 바느질할 때 땀은 어떻게 해야 보통 크기가 되는지, 닭 모이용 겨나 현미는 어디 가서 사야 하는지 심지어 밤에 물은 몇 잔을 마셔야 자다가 일어나지 않고 그래서 다른 사람들처럼 골목 공중변소에 가서 '요강을 비우지 않아도 되는지'만 생각할 뿐이었다. 그는 요강을 들고 가다가 다른 사람과 마주치는 일이 세상에서 가장 난감한 일이라고 생각했다. 이는 음양두陰陽頭로 머리를 잘리거나 제트기 자세를 취하거나坐噴氣式120), 비판투쟁을 받는 것보다 더 힘든 일이었다.

예룽베이는 자기 붉은 쪽걸상에 가늘고 긴 다리를 '꽈배기'처럼 꼬고 앉아 마당에서 닭과 대화를 나누었다.

"어이어이, 너 말이야, 왜 그래?"

그가 까만 암탉에게 따졌다. 까만 암탉은 확실히 먹고 마시는 것에 대장질을 했다. 혼자 탐욕스럽게 자기 그릇의 모이를 먹은 후 막무가내로 다른 '사람' 것에 들이댔다.

"너 내 말 안 듣고 있지? 좋아, 너 꼼짝 말고 기다려."

예룽베이는 조금 흥분한 것이 분명했다. 금방이라도 까만 닭에 대해 무슨 조치를 취할 것처럼 보였지만 계속 그냥 앉아서 꼼짝도 하지

---

120) 문화대혁명 당시 비판을 받을 때 자세 중 하나. 단상을 올라간 후 몸을 90도 각도로 굽히고 두 다리는 뻣뻣하게 세운 후 두 팔을 반듯하게 펼친다. 아무리 오래 서 있어도 물을 마시거나 손을 내려서도 몸을 일으켜서도 안 된다.

않았다.

"너도 주눅 들지 말고."

그가 다시 그릇에서 밀려난 흰 닭을 비난했다.

"너도 좀 용감해져야지. 마냥 앉아만 있으면 당하잖아. 앙 그려?"

그는 '안 그래'를 '앙 그려'라고 말했다. 그는 의문형으로 겁 많은 흰 닭을 격려했다. 흰 닭은 정말 격려가 되었는지 과연 바로 성큼성큼 밥그릇을 향해 돌진했다. 흰 닭은 일단 먹기 시작하자 용맹하게 모이를 먹었다.

"그렇지, 앙 그려?"

예룽베이가 말했다.

메이메이가 예룽베이에게 주의를 하게 된 건 이모할머니 집에서 돌아와 마당으로 들어서다가 그와 처음 마주쳤을 때도, 남채와 북채 사람들이 예룽베이를 지켜보며 이러쿵저러쿵 비평을 늘어놓았을 때도 아니다. 메이메이는 예룽베이가 닭과 여러 가지 이야기를 나누는 모습을 보고 그에게 주의하기 시작했다. 세상에는 사람도 나무도 집도 담배꽁초도 있으니 이런 교류도 있을 수 있겠지. 그 모습을 본 메이메이는 왠지 몰라도 어린 시절이 생각났고, 멀리 타지에 있는 아빠와 엄마가 생각났다. 어린 시절 메이메이의 아빠와 엄마가 닭을 기른적은 없지만 말이다. 그 모습을 보고 메이메이는 문득 자기 열세 살이너무 단조롭게 끝났다고 생각했다. 메이메이는 열세 살이다. 마치 사람들이 모두 언제나 '좋아', '그래'라고만 말할 뿐, '안 돼', '아니야'라고말하는 사람은 없는 것 같았다. 메이메이는 어느 날인가 당신이 '그래'라고 말할 때 누군가는 '아니야'라고 말하고, 당신이 '돼'라고 말할 때 누군가는 '안 돼'라고 말하는 세상은 어때야 하는 건지 상상했다.

장미의 문

지금 예룽베이와 그의 닭이 화음을 맞추는 건 이 사합원에서는 일종의 불협화음이며, 그들이 함께 이 사합원에 대해 온종일 '아니', '안돼'라는 성명을 발표하는 것이나 마찬가지다.

메이메이는 마르고 키 큰 이 남자를 보고 두려움을 느꼈지만 또한 자신과 그는 지울 수 없는 내적 연관이 있는 듯했다. 때로 그녀는 문득 이런 느낌이 발칙하다고 느끼며 이런 발칙한 생각 때문에 수치스러웠다. 이런 수치스러움에 '조청시' 시간에 양철판을 향해 사죄하며, 자신이 이끄는 '조청시' 의식을 통해 용서를 구했다. 그러나 의식이 끝나고 대추나무 아래가 다시 그 남자의 세계, 그의 까만 닭, 흰 닭의 세계가 되면 의식의 모든 것이 희미해졌다. 예룽베이가 닭과 대화를 나누기 시작하면 메이메이는 그의 눈앞에 나타났다. 예룽베이의 눈앞에 나타난 이유를 떠올리면 메이메이 자신도 당황스러웠다. 탄을 더 넣지 않아도 될 때 괜히 주방에 들어가기도 하고, 나무 아래에 뭘 말리기도 하고 어제 빨았던 손수건을 다시 적셔 널기도 했다.

"어이어이, 너 또 막 나가네? 왜 또 이래?"

예룽베이가 닭에게 말했다.

메이메이는 까만 닭이 흰 닭을 쫓아가 쪼아대는 모습을 봤다. 까만 닭이 쫓아가는 모습이 분명히 흰 닭을 무리에서 쫓아내려는 것 같았다. 흰 닭이 놀라서 도망가며 소리를 질렀다.

"저것 봐, 쟤가 분명히 쟤를 못살게 굴려는 거야."

예룽베이가 메이메이에게 말했다. 그가 처음으로 앞에 있는 여자애에게 말했다.

메이메이는 전혀 준비가 되어 있지 않았다. 메이메이가 의아하면서도 진지한 모습으로 발밑에 있는 닭과 닭의 추격전에 주의했다.

"쟤들이 쟤를 저렇게 대하는 건 쟤가 한 번도 알을 낳지 못했기 때문이야."

예룽베이가 말하며 메이메이를 주시했다.

"설마 이게 다 쟤 탓이야? 어떻게 쟤를 탓할 수 있어? 쟤는 잠깐 자신의 약점을 생각하며 쟤들하고 함께 먹이를 다투고 싶지 않았을 뿐이야. 다른 애가 알을 낳았을 때 쟤는 매번 수줍은 듯 얼굴을 붉혔어. 닭이 얼굴 붉히는 것 본 적 있어?"

예룽베이가 메이메이에게 물었다.

"본 적 없어요."

마침내 메이메이가 대답했다. 메이메이가 예룽베이에게 한 첫 번째 대답이었다.

"닭도 얼굴을 붉혀. 쟤들 얼굴이 모두 빨갛다고 여기지 마. 붉은 정도가 달라. 쟤들은 알을 낳고, 수줍어하고, 흥분할 때 모두 얼굴을 붉혀. 봐, 쟤가 알 낳는 닭이야."

예룽베이는 둥지에서 알을 낳는 닭을 가리키며 메이메이에게 보라고 했다. 낡은 목판에 못을 박아 만든 둥지였다.

낡은 포장 상자에 못을 박아 만든 둥지는 모두 세 개였다. 둥지가 일자로 서채 처마 아래 나란히 놓여 있었다. 전에 꾸빠는 여기에 연탄을 쌓아두었다. 닭 둥지 위가 창문이다. 금반지를 숨겨둔 먼지떨이를 그곳에 찔러뒀었다. 한 둥지에는 예룽베이의 이름도 있었다. 마치 뭔가 물건을 부칠 때 사용했던 상자인 듯 위에 "예룽베이 동지에게"라고 적혀 있었다. 수신자의 주소는 잘라져 있고 발신자 주소는 땅에 붙어 있어 어렴풋했다. 오직 '예룽베이'라는 글자만 정확하게 보였다. 메이메이는 그 흰 닭이 바로 그 둥지에서 알을 낳고 있는 모습을

장미의 문

봤다. 그 닭이 안에 반쯤 쪼그리고 앉아 힘껏 머리를 옆으로 기울이고 알을 낳으려고 낑낑 대며 얼굴을 붉히고 있었다. 메이메이는 알을 낳는 닭의 얼굴과 유유자적 한가한 닭의 얼굴을 비교했다. 과연 예룽베이의 분석과 관찰이 정확하다고 느꼈다. 하지만 닭이 달걀을 생산하느라 붉어졌다고 생각하는 찰나 메이메이는 자기 얼굴도 붉어지는 것 같았다. 닭이 알을 낳는 모습을 훔쳐보는 행위가 마치 몰래 한 사람의 분만을 훔쳐보는 것 같은 기분이 들었다.

닭과 메이메이 얼굴이 모두 붉어진 그 순간 달걀 하나가 떨어졌다. 메이메이는 직접 둥지에서 백색의 반질반질한 탄생을 목격했다.

흰 닭이 환호를 지르며 둥지에서 뛰어나와 예룽베이 앞에서 전공戰功을 보고라도 하듯 소리 높여 닭의 '분만의 노래'를 불렀다. 그런데 그 순간 뜻밖에도 예룽베이는 닭에 대한 흥미를 잃었다.

"됐어, 됐어. 알았어. 뭐 대단한 일이라고. 정상적인 생산 활동이지."

그가 말했다.

과연 닭은 더 이상 소리 높여 노래 부르지 않았다.

"닭은 귀가 있어요?"

메이메이가 궁금한 듯 물었다.

"당연하지. 없을 리가 없지 않아? 내가 보여주지."

예룽베이가 닭을 안아 올려 눈 옆의 짧은 털을 쓸었다. 콩알만 한 작은 구멍이 드러났다. 메이메이가 다가가 그 작은 구멍을 확실하게 살폈다.

"잘 알아둬. 닭 귀는 은밀하게 숨겨져 있어."

예룽베이가 말했다.

"하지만 그렇다고 귀가 어둡다는 의미는 아니야. 마치 도체와 반도체에 대해 처음에 사람들이 반도체는 절대 도체의 민감도를 쫓아갈 수 없다고 생각했던 것과 같아. 결과는 어땠지? 난 자연과학을 연구하는 사람은 아니야. 자연과학은 재미는 있지만 예쁘진 않지. 아마 어느 날 넌 내게 그럼 뭐가 예쁘냐고 물어볼 수 있어. 안타깝게도 지금 인류학에서조차 이 질문을 설명하지 못해. 아주, 아주 많아. 예를 들면 비행 같은 일, 날아간다는 건 정말 아름다워."

예룽베이가 닭 무리에 있는 참새 몇 마리를 쫓아냈다.

"저것 봐,"

그가 공중을 가리켰다.

"저 날개를 잘 살펴봐, 얼마나 예쁜지. 일종의 고도의 평형을 이루는 움직임 중 하나야. 비상飛翔이기 때문이지. 비상은 아름다워. 새 날개 자체의 아름다움도 비상 못지않지만 그래도 난 비상이 아름다워."

예룽베이의 말은 메이메이에게 마치 수수께끼 같았다. 거의 헛소리에 가까웠다. 하지만 이 수수께끼 헛소리 때문에 메이메이는 마음이 편하지 못했다. 이것과 메이메이가 매일 어록을 선택하는 것과 대비가 됐다. 어록을 선택할 때는 눈앞의 모든 것이 선명했다. 세상의 시비가 손바닥만 한 작은 책자에 적혀 있었다. 작은 책자는 당신에게 누가 적인지, 누가 친구인지, 언제 '꽃을 수놓듯' 해야 하는지, 언제 '폭동'을 일으켜야 하는지 명확하게 알려줬다. 그런데 예룽베이의 헛소리가 순식간에 메이메이 마음속의 명료함에 혼란을 몰고 왔다. 밤에 눈을 감으면 까만 닭과 흰 닭의 비상이 떠올랐다. 닭 한 마리, 한 마리의 모습을 떠올리며 때마다 다른 낯빛을 보이는 그들의 모습을

장미의 문

대비해보고 닭들에게도 귀가 있다는 생각을 했다. 메이메이는 알을 낳지 못하는 닭이 빨리 다른 닭들처럼 자세를 취할 수 있었으면 했다. 왜 알을 낳을 수 없는데? 그 닭은 분명히 할 수 있을 거야, 알이 뱃속에서 만들어지고 있을 거야.

"그래, 틀림없어. 그 닭은 지금 뱃속에서 알이 만들어지고 있을 거야."

어느 날 메이메이가 마당에서 몰래 알을 낳지 못하는 닭을 관찰하는데 예룽베이가 갑자기 메이메이 뒤에서 말했다. 메이메이가 화들짝 놀랐다. 예룽베이가 자기 속마음을 그대로 말했기 때문이다. 그가 나지막한 목소리로 메이메이 귀에 바짝 대고 말했다. 메이메이는 마음을 진정시켰다.

"세상에 일직선은 없어."

예룽베이가 말했다.

"닭이 알 안 낳는 것 말씀하시는 거예요?"

메이메이가 물었다.

"같아, 모든 것이 같아. 닭이 알을 안 낳는 것도 그런 거야. 모든 자연현상이 다 그래."

예룽베이가 말했다.

"그, 벽돌 틈은 직선 아니에요?"

메이메이가 네모난 벽돌 마당을 가리키며 말했다.

"크게 잘못 알고 있어. 벽돌 틈마다 수없이 많은 자연스러운 곡선이 있어."

예룽베이가 말했다.

"그럼 자로 그린 선은요?"

메이메이가 물었다.

"문제가 더 크지. 한 치의 오차도 없는 반듯한 자를 만들 수 있는 절대적인 직선이 어디 있겠어?"

"가장 반듯하고 가장 직선인 종이 가장자리는요?"

"확대경 가져다 관찰해 봐도 좋아."

예룽베이가 과감하고 확실하게 손짓하며 말했다.

"직선은 관념 속에만 존재하는 거야. 예를 들어 네가 오늘 상하이에 갈 거라고 해봐. 또 예를 들어 어떤 행성에 날아간다고 할 경우 그거야말로 관념 속의 직선이야. 이해가 돼?"

메이메이가 고개를 저었다.

메이메이에게 '관념'이란 너무 어려운 말이었다. 예룽베이가 잠시 설명을 멈췄다. 하지만 며칠 지나지 않아 그는 다시 메이메이에게 곡선에 관한 모든 것을 이야기하기 시작했다.

예룽베이는 아마 메이메이가 자기 말을 듣고 이해할 거라고 생각해서 이 모든 것을 설명해준 것은 아닐 것이다. 그냥 말을 해준 것뿐이다. 후에 그는 메이메이 역시 자기 말을 들은 건 이해하기 위해서가 아니라 그냥 들은 것뿐이란 사실을 발견하고 마음이 놓였다. 그는 여기서 그간 한참 잊고 지냈던 말 폭탄이 쏟아진 듯했다.

모든 말은 사람들이 이를 듣고 이해하도록 함이 목적이다. 하지만 세상 모든 말을 알아듣는 사람이 얼마나 되겠는가? 만약 말이 바다라면 '이해'는 바다 속 좁쌀 한 알이다. 하지만 사람들은 여전히 말하고, 여전히 듣는다. 말하고 듣는 것 모두 자기 영혼을 채우기 위해서이고, 말하고 듣는 것 모두 일종의 상징이다.

예룽베이의 말 역시 일종의 상징이다. 자신이 자신의 영혼에 대고

장미의 문

하는 말이다. 손에 항상 상처가 나 있고 우주를 호흡하고 있는 남채의 어린 소녀는 그가 육안으로 볼 수 있는 뼈와 피가 가득한 영혼과 같다.

쓰이원은 매일 예룽베이가 메이메이에게 떠벌리는 여러 가지 기이한 이야기를 들으며 자기 몸을 훑고 지나가던 그 눈빛이 떠올랐다. 그 순간 쓰이원은 더욱 화가 치밀었다. 쓰이원은 예룽베이가 메이메이를 향해 과감하게 입을 열어 의젓하게 말하지만 실은 이 모든 것이 쓰이원에 대한 매우 무례한 행동이라고 느꼈다. 무례한 그에 대해 쓰이원은 굳이 표현을 가릴할 필요 없이 어떤 말도 퍼부을 수 있었다. 쓰이원은 다른 것에 빗대어 '조청시'조차 참가할 자격이 없으면서 닭엉덩이 연구밖에 모르는 비쩍 마른 평범한 남자를 반격했다. 이에 쓰이원의 눈에는 그의 닭까지도 세상의 사악한 존재가 되었다. 뱀의 독, 호랑이와 표범의 날카로운 발톱처럼 예룽베이가 연구하는 닭도 말이다.

"메이메이!"

쓰이원이 방에서 높이 외쳤다.

"거기서 뭐해! 유행성 뇌염 유행하고 있다는 말 못 들었어!"

때로 쓰이원은 일부러 뤄 아주머니와 걸어가며 말했다.

"최고지시 말이 맞아요. 총을 든 적이 사라진 후에는 총을 들지 않은 적이 여전히 존재한다는 것 말이에요."

때로 쓰이원은 일부러 빙빙 돌려 쌍스런 말투를 쓰기도 했다. 그럼 더 속이 시원해지는 것 같았다.

"빌어먹을!"

쓰이원이 서채 창문에 대고 말했다.

"번드르르 말은 잘해."

예룽베이는 쓰이윈이 퍼붓는 말에 대해 전혀 평을 달지 않았다. 그는 생각했다. 일종의 자기 방어지, 반격이 필요 없는 자기 방어.

얼굴을 붉히며 방으로 돌아간 메이메이가 침대에 앉아 꼼짝하지 않았다. 쓰이윈은 메이메이 얼굴이 붉어진 까닭이 부끄러워서가 아니라 자신보다 더 화가 치밀었기 때문이란 사실을 분명하게 느꼈다. 쓰이윈은 어느 날 결국 그 분노가 수습 불가능한 지경에 이를 거라고 예감했다.

34

메이메이는 매일 열심히 어록을 선별하고, 열심히 다치를 기다렸다. 새벽녘, 메이메이가 대추나무 아래에 서서 되도록 발 아래로 쫓아와 모이를 쪼는 닭을 보지 않고, 마치 모든 것이 지나간 일처럼 직선과 곡선을 생각지 않은 채 사람들을 영도했다. 다치가 메이메이 뒤에서 인쇄 잉크 냄새를 가득 풍기고 있다. 그는 때로 메이메이에게 '특대 희소식'을 날라 왔다.

그저 단순히 '특대 희소식' 한 장이라면 아마 쓰이윈의 주의를 끌지 못했을 수도 있다. 주목을 끈 건 그 '특대 희소식'과 함께 메이메이가 계속 다치에게서 다른 선물을 받았다는 것이다. '희소식'이 전해질 경우 그랬다는 말이다. 그건 붉은 등을 높게 든 리톄메이李鐵梅와 리李씨 할머니[121]일 때도 있고, 호랑이를 잡고 산에 올라간 양쯔룽楊子榮[122]일 때도, 다호를 들고 차를 따르는 아칭阿慶[123] 아주머니일 때

장미의 문

도……이런 이들은 이미 사람들이 익히 알고 있는 인물로 별로 진귀할 것도 없었다. 그들은 모든 인민의 모범이자 그들이 두루 애용하는 장식 같은 존재이다. 다치와 메이메이 사이에 이런 소식을 주고받는 데는 모범이나 장식보다 훨씬 더 넓은 의미가 있었다. 이는 평범한 선사가 아니라 증정이었다. 만약 예전 책 소장자들이 고본孤本(유일본)이니 희귀한 선본善本을 중요하게 생각했다면 메이메이가 얻은 것들을 고본이나 선본이라고 말할 수 있다.

다치가 메이메이에게 말했다.

"이거 인쇄기에서 첫 번째 나온 거 가져왔어.", "이거 자세히 봐. 수천 장 가운데 고른 거야.", "이건 진짜 붉은 색이 제대로 나왔어, 내가 보기에 색이 제대로야."……마치 해외 명화 소장가들 같았다. 그들은 이런 조건을 갖춘 인쇄물에 최고의 가치를 부여하며 이를 목표로 삼았다. 일부 인쇄물 소장자들은 인쇄기에서 나온 첫 번째 렘브란트Rembrandt 작품을 사기 위해 가산을 기꺼이 탕진했다. 절판된 루벤스Rubens 작품은 중세기 별장과 맞바꿀 정도라 한다. 한 박물관에서 채색 인쇄에 실수가 있었던 프란시스코 고야의 〈누드의 마야〉는 언제나 고야의 원작과 함께 거론된다. 메이메이는 몇 년이 지난 후에야 소장에 관한 이런 이야기를 들었지만 어쨌거나 다치가 아쉬워하며 그 첫

---

121) 중국 경극예술영화인 〈홍등기〉紅燈記의 주인공들. 항일전쟁 당시 지하공작을 펼치던 사람들의 이야기로 중국 당원, 중국 혁명 군중의 전형적인 인물들을 그리고 있다. 문화대혁명 당시 양판희樣板戲(모범극) 중 하나.

122) 1917~1947. 둥베이東北 인민해방군 군관. 당을 대표하는 인물로 극화하여 민간에 널리 알려져 있다.

123) 경극 〈사가빈〉沙家濱의 주인공. 다관의 주인이자 지하연락원.

번째 한 장, 홍판을 내밀자 메이메이는 본능적으로 그 인쇄물의 엄청난 가치를 느꼈다. 첫 번째 장이자 또한 한 사람만 가진 거라면 그 가치가 어마어마하지 않겠는가.

메이메이는 조심스럽게 두 손으로 증정품을 받쳐 들고 방으로 돌아갔다. 메이메이는 이에 대해 떠들지도 이를 벽에 붙이지도 않았다. 그저 조심스럽게 접어 반듯하게 정리한 후 자기 침대 협탁에 넣고 그 위에 다시 옷을 덮었다. 메이메이의 협탁 안에 서서히 '특대 희소식' 다발과 가치가 더 높은 증정품들이 쌓였다. 쓰이원의 주의를 끈 건 메이메이가 조심스럽게 보존할 정도로 흥분한 증정품이었다.

처음에 쓰이원은 그저 주의만 했을 뿐, 이를 둘러싸고 자신과 메이메이 사이에 파란이 일어날 거라고는 생각지 못했다. 그런데 뜻밖에 예룽베이가 사합원에 살게 되었고, 예룽베이가 쓰이원을 훑어봤고, 예룽베이가 메이메이에게 헛소리를 늘어놓는 일이 이어졌다. 이 모든 일들로 인해 메이메이는 퉁퉁 부은 붉은 얼굴로 거리낌없이 쓰이원을 바라보았다. 쓰이원이 예룽베이 닭들 사이에 있는 메이메이를 방으로 불렀다. 쓰이원은 메이메이를 혼내기로 결심했다. 이왕 혼내기로 했다면 이것저것 싸잡아 모두 따져야 한다. 쓰이원은 메이메이를 우회공격하기로 결심했다. 메이메이가 쓰이원이 마련한 우회적 상황을 통해 자신을 인식하길 바랐다. 좀 더 구체적으로 전술을 짜면 바로 영도자가 말한 '적을 깊숙이 유인하는' 방법이 된다. 적을 깊숙이 유인하는 우회공격에 대해서는 홍보서에도 그 정의가 나와 있었다.

메이메이가 침대 가장자리에 앉았다. 얼굴은 그리 붉지 않았지만 냉철하고 엄숙한 분위기는 쓰이원이 평소 보지 못하던 모습이었다. 그래도 무슨 상관이야? 쓰이원은 생각했다. 사람들은 뜻을 이루기 전

장미의 문

에는 포기를 하지 않는 법이야. 일단 널 포위 틀로 유인한 다음 분명하게 처리해주겠어. 뭐라고 해야 할까, 왕야王爺라 해도 일단 조정에 나오면 무릎을 꿇을 수밖에 없다는 말과 같은 것 아닐까.

"지금 몇 시야!"

쓰이원이 메이메이에게 물었다.

하지만 메이메이는 자기 발을 보고 있었다.

"어른이 말하는데 어린애가 뭐하는 거야? 몇 시냐고 물었잖아!"

쓰이원의 질문에 가시가 돋쳐 있었다.

메이메이가 시선을 올려 탁자 위 알람시계를 쓱 훑어봤다. 시침이 막 11을 지나고, 분침은 정확하게 2를 가리키고 있었다. 11시 10분, 메이메이는 생각했다.

"아궁이도 안 열고, 장도 안 봐오고, 복덩이도 안 보고."

쓰이원은 메이메이가 시침, 분침이 가리키는 방향을 분명히 봤을 거라고 생각하며 먼저 시간적인 부분부터 메이메이에게 요구하는 것이 합리적이라고 굳게 믿었다.

메이메이가 침대 가장자리에서 일어나 고개를 숙이고 밖으로 나갔다. 아궁이를 열어야겠다고 생각했다. 매일 아궁이를 열어야 한다. 게다가 불씨가 피어나려면 시간이 필요하다. 그래서 밥하기 전에 아궁이를 여는 건 밥 먹은 후에 솥을 닦고 설거지를 하는 것처럼 중요하다. 게다가 지금 아궁이를 열어 불이 붙어야 외할머니 마음의 불이 꺼질 것 같았다. 장보는 일은 대부분 외할머니 일이다. 가게에 가면 외할머니는 재빨리 눈치껏 생각을 바꾼다. 외출하기 전에는 피망을 사려고 했지만 가격부터 상태까지 가지가 피망보다 훨씬 낫다고 판단하면 가지를 사기로 생각을 바꾼다. 이런 지혜를 갖춘 가정주부의 임기

응변 능력이 메이메이에게는 없었다. 아궁이를 열고, 불을 붙이고, 화로의 재를 버리고, 설거지까지 이 모든 것이 막일이라고 한다면 장보기는 섬세한 일이다. 외할머니는 섬세한 일을 하고, 메이메이는 막일을 한다. 두 사람 사이에 이런 불문의 규정이 이어지고 있었다. 그런데 지금 외할머니가 메이메이를 향해 두 유형의 일을 한꺼번에 추궁하고 있다. 지금 메이메이가 이해한 바에 따르면 외할머니는 아궁이문을 열지 않았다고 나무란 후 다시 메이메이에게 장을 보라고 한다. 지금 집안일이 쌓여 있다는 사실을 알려주기 위해서다. 정말 밥을 할 때가 되면 각자 맡을 일이 있다.

메이메이가 고개를 숙이고 주방으로 가서 다시 고개를 숙이고 남채로 돌아왔다. 메이메이의 걸음걸이부터 표정까지 모두 외할머니를 향해 확실하게 말하고 있었다. 아궁이문 여는 일이 많이 어려운 줄 아세요? 아궁이문 열었어요. 이렇게 간단하게, 이렇게 빨리, 어서 빨리 보세요. 메이메이가 일부러 다시 외할머니 앞에 앉았다.

"조금 전 내가 뭐라고 했어? 네가 가서 아궁이 열고 온 거 다 알아, 내 앞에서 우쭐대지 마."

쓰이원이 이렇게 말하며 소학교 학생 연습장에 글씨를 썼다. 가게부다.

메이메이는 그제야 조금 이해가 갔다. 외할머니가 조금 전에 늘어놓은 일들 자체가 중요한 건 아니다. 외할머니는 메이메이를 들쑤시고 싶었다. 메이메이는 베이징 사람들의 '몽니'라는 말을 떠올렸다. '몽니'는 소동을 벌이기 위한 첫 번째 걸음이다.

"매일 외할머니가 장보기 하시잖아요."

메이메이는 외할머니 트집을 반박할 이유를 찾고 있었다.

장미의 문

"그거야 상황 따라 다르지."

쓰이원이 다시 좀 더 눈앞의 공책에 집중했다. 마치 자기가 뭘 하고 있는지 보라는 식이었다. 이건 장부야, 집안 지출 장부라고.

메이메이는 외할머니가 이 탁자, 이 공책에서 벗어날 생각이 없다는 느낌을 받았다. 그렇다면 장보기 임무는 자기 차지가 될 것이다. 눈앞의 상황을 바꿀 수 없다면 그렇다면, 사러 가지, 그게 뭐 대단하다고. 힘들어봤자 그저 망 들고 나가 구불구불 300미터 떨어진 채소가게에 들어간 후 점원한테 구매할 물품과 숫자만 말하면 된다. 점원이 좋은 물건을 골라주면 점원한테 돈을 지불하면 돼. 그럼 거래가 끝나는 거 아냐? 수년 전 난 그렇게 어릴 때도 '홍웨이'에 가서 당신을 위해 '광릉'을 사왔어. 하물며 지금 왜 이런 심부름을 못하겠어. 물론 이 모든 것을 완성하려면 반드시 먼저 지시가 필요해. '조청시'를 한 후 다시 장 볼 물품 종류와 수량에 대한 지시가 내려지면 메이메이는 그제야 지시에 따라 행동을 취할 수 있었다.

메이메이가 문 뒤에서 장볼 때 쓰는 나일론 망태기를 잡고 쓰이원 앞에 섰다.

"오늘 뭐 사야 하는지 말해보세요."

메이메이가 쓰이원에게 물었다.

쓰이원의 눈과 펜이 여전히 공책을 향하고 있었다. 계산을 해서 지출 항목란 빨간 선 앞뒤 숫자를 열심히 더한 후 자세히 입력했다.

메이메이는 지시를 청한 다음 더 이상 쓰이원에게 묻지 않은 채 가만히 서서 쓰이원의 대답을 기다렸다. 한참 후 쓰이원은 계산이 끝난 후에야 틈을 내서 메이메이에게 답했다.

"상황에 따라 다르지, 내가 매번 상황을 봐야 한다고 했잖아."

쓰이원이 말했다.

"하지만 외할머니가……"

"내가 뭐?"

쓰이원이 펜을 내려놓고 메이메이에게 얼굴을 돌렸다.

"외할머니시잖아요, 어른이시잖아요!"

"그래, 나 어른이야. 그러는 넌? 네가 아직도 어린애인 줄 알아? 네 하는 짓을 봐, 어딜 봐서 네가 어린애야?"

쓰이원이 마침내 메이메이를 겨냥해 쳐둔 틀의 틈을 벌렸다. 쓰이원은 메이메이가 이 틈을 따라 안으로 들어오길 바랐다. 틈을 비집고 들어와야 정식으로 겨루기가 시작된다.

하지만 메이메이는 그 틈으로 들어가지 않았다. 아마 그 틈의 존재, 외할머니의 '깊숙한 유인작전'을 알아채고 일부러 어리숙한 모습을 보였을 수도 있고, 아무것도 모른 채 그저 심술궂은 외할머니 앞에서 성질을 꾹 누르고 식료품가게에 가는 모험에 나섰을 수도 있다. 만약 그 모험을 트집 잡아 외할머니가 더 모질게 더 다채롭게 계속 '몽니'를 부린다면 차라리 빨리 모험을 끝내는 편이 낫다. 더 이상 부추, 가지, 토마토, 팔각 따윈 의미가 없다.

"돈 주세요."

메이메이는 외할머니라는 호칭을 하지 않은 채 쓰이원에게 손을 내밀었다.

쓰이원이 지갑을 뒤져 안에서 단자오^{單角124)}짜리 몇 장을 꺼내 메

---

124) 1962년에 발행된 자오^角(마오^毛 동일 단위. =0.1위안) 지폐의 속칭^{俗称青绿水印单角}

장미의 문

이메이에게 건넸다.

메이메이가 돈을 움켜쥐고 급히 뒤돌아 문을 나섰다. 쓰이원이 메이메이를 불렀다.

"이리 와 봐!"

쓰이원이 소리쳤다.

쓰이원은 선전포고는 하지 않았지만 애써 설계한 이번 전투가 메이메이의 발 빠른 외출로 종결되는 건 원하지 않았다. 쓰이원이 손녀를 불렀다. 손녀가 다시 돌아와야 전투를 계속 이어갈 수 있었다. 그 순간 쓰이원은 귀가 간지러울 때 꾸빠가 필요한 것처럼 손녀가 필요했다. 손녀 얼굴이 더 시뻘겋게 달아올라야 하고, 손녀가 더 예리한 눈빛으로 자신을 바라봐야 하고, 손녀가 더 꼿꼿하게 목을 세우며 자신에게 맞서야 한다. 아니, 그런 걸 원하는 것이 아닐지도 모른다. 쓰이원은 손녀가 예룽베이처럼 자신을 쓱 훑어보길 원할지도 모른다. 애의 시선이 자신에게 머물든 말든 그런 건 별 상관이 없다. 쓰이원은 차라리 손녀가 자기에게 삿대질을 하며 이름을 대놓고 부르면서 고함을 쳐주길 바랐다.

'쓰이원, 당신 지금 뭐 하자는 거야?'

그거야말로 쓰이원이 듣고 싶은 말이다. 그래야 쓰이원은 새로운 느낌과 욕망으로 눈앞의 꼬맹이를 피도 눈물도 없이 혼내줄 것이다. 그래야 쓰이원의 모든 증거는 증거가 될 수 있고, 그녀가 사방팔방에서 눈빛으로 수거한 모든 사냥물이 진정한 노획물이 될 수 있으며, 감으로 얻은 모든 느낌이 가치 있는 느낌이 된다.

메이메이가 고함소리를 듣고 입구에 멈춰 섰다.

"다시 이리 와 봐!"

쓰이윈이 말했다.

메이메이가 뒤돌아 문턱을 넘어와 다시 쓰이윈 맞은편에 섰다. 메이메이는 쓰이윈의 몸을 훑지도, 쓰이윈의 얼굴을 바라보지도, 더욱 팔을 뻗어 그녀에게 삿대질을 하며 물어보지도 않았다. 메이메이는 바닥을, 울퉁불퉁한 벽돌을 바라보고 있었다. 그중 벽돌 몇 개는 가마에서 구워질 때 어설프게 구워진 데다 사람들이 수없이 밟고 다니는 바람에 네모난 웅덩이가 패여 있었다. 개미 몇 마리가 자기보다 몇 배나 큰 밥알을 등에 지고 한 방향을 향해 용맹하게 나아가고 있었다. 개미들은 넘어지면 다시 일어나 커다란 밥알을 등에 졌다.

메이메이가 벽돌 바닥을 빤히 바라보자 쓰이윈의 두 번째 공격에 차질이 생겼다. 할 수 없이 쓰이윈은 할 말을 다시 궁리한 다음 중단했던 일을 재시도했다.

"뭐하러 나가는데?"

메이메이에게 질문을 던지는 쓰이윈의 목소리에는 자신감이 부족했다.

"장보러 가잖아요."

메이메이가 말했다.

"그냥 이렇게 가려고?"

"장보러 가요, 외할머니."

메이메이가 쓰이윈에 대한 호칭을 붙여 말했다.

원래 예절대로라면 메이메이는 집을 출입할 때나 질문을 할 때 반드시 쓰이윈을 호칭해야 한다. 이는 쓰이윈이 메이메이를 비롯한 모든 손아랫사람에게 요구하는 규칙이었다. 넓게 말하면 이는 쓰이윈의 규칙이 아니라 베이징의 규칙, 민족의 규칙이다. 이런 규칙을 등한시하는 지역이나 사람들이 있다. 이는 민족을 등한시하는 것이나 마찬가지이다. 쓰이원이 메이메이를 부르자 메이메이는 조금 전 자신이 소홀했던 부분이 생각났고, 그래서 다시 호칭을 더해 외할머니에게 대답했다.

"호칭하지 않아서 그랬다고 생각해? 내가 말한 건 그게 아니야."

쓰이원이 말했다.

"부르든 말든 그건 네 맘이야. 상관없어. 부르면 더 좋긴 하지. 안 불러도 뭐 새로운 사회니까 어른이라고 꼭 트집을 잡을 건 없어."

바닥에 또 뭐가 있지? 메이메이가 생각했다. 개미 몇 마리가 더 눈에 들어왔다.

"왜 북채에 있는 할머니에게 뭐 필요한 건 없는지 안 물어봐?"

쓰이원은 북채의 뤄 아주머니를 할머니라고 부르도록 했다.

그제야 메이메이는 외할머니가 자신을 다시 부른 이유를 알 것 같았다. 진짜 이유는 쓰이원이 손녀를 부르고 손녀가 되돌아오면 그로부터 희열을 느낄 수 있기 때문이다. 메이메이 역시 이런 과정이 필요했다. 외할머니가 부르면 장보기 임무를 완수하지 않을 수도 있기 때문이다. 그런데 쓰이원이 메이메이에게 '북채 할머니' 이야기를 꺼냈다.

메이메이는 쓰이원이 아니다. 쓰이원은 외출하기 전에 대추나무 아래에 서서 밝은 표정으로 자진해서 뤄 주임에게 뭐 사다줄 건 없는지 물어봤다. 하지만 메이메이는 그럴 생각도, 그렇게 행동한 적도 없었다. 수년 전 쓰이원이 메이메이에게 일러줬었지만 메이메이는 한사코 쓰이원의 말을 무시했다. 이제 와서 메이메이가 어떻게 북채에 대고 하지도 않던 짓을 하겠는가? 메이메이는 이건 분명히 외할머니가 자신을 자극하고 있는 거고, 외할머니 자신에게 대들도록 자신을 자극하는 거라고 생각했다. 반항해야만 메이메이가 꼼짝 않고 쓰이원 앞에 서 있을 테니까. 쓰이원은 메이메이가 이렇게 서 있어주길 바랐다.

"안 물어볼 거예요. 제가 물어보지 않을 거라는 거 아시잖아요."

메이메이가 말했다.

"안 갈 거야?"

쓰이원이 말했다.

"안 가요!"

메이메이가 대답했다.

"정말 안 갈 거야?"

"당연히 정말 안 가요."

"왜?"

"그냥요."

메이메이가 입에서 나오는 대로 아무렇게나 '그냥'이라고 말했다. 메이메이는 소학교 때 친구들과 말다툼할 때 다른 사람이 왜 싸웠냐고 물어보면 '그냥'이라고 대충 대답했다. 이런 무성의한 대답은 마치 일부로 '남을 약 올리려고' 하는 말 같기도 하다. 메이메이가 지어낸 말이 아닐지도 모른다. 친구들은 다른 사람 약을 올릴 때도 '그냥!'이라고 말했다. 지금 메이메이의 '그냥'이라는 답변에 쓰이원은 메이메이의 '그냥'이라는 말이 갖는 의미, 묘한 느낌, 사람 속을 부글거리게 만드는 그런 위력을 느낄 수 있었다. 지금 눈앞의 메이메이와 쓰이원은 더 이상 외할머니와 외손녀, 손윗사람과 손아랫사람이 아닌 함께 '사방치기'나 '좌양과이'抓羊拐125)를 하는 소학교 친구 같았다. 쓰이원

장미의 문

은 '그냥'이라는 말에 다시 권유의 의미를 담은 새로운 표현을 떠올렸다. '예의 있게 사람을 대하라', '어른을 존경해라', '인민을 위해 좋은 일을 해야지', '영광스러운 일을 보면 양보하고, 어려운 일을 보면 다가가라' 같은 말이나 레이펑雷鋒, 왕제王杰, 마이셴더麥賢得126) 같은 이름을 떠올렸지만 문득 이런 것들 모두 메이메이에게는 전혀 소용이 없을 거란 생각이 들었다. 쓰이원은 반드시 '알짜'를 꺼내야 그제야 쑤이청 억양을 고치고, 가슴이 봉긋하게 솟기 시작했으며 상대방의 '증표'도 받고 서채의 비쩍 마른 남자와 까만 닭과 흰 닭을 관찰하는 외손녀를 길들일 수 있다.

쓰이원의 분위기가 돌연 차분해졌다.

"자, 앉아 봐, 메이메이."

쓰이원이 메이메이 팔을 툭 치며 문을 닫은 후 침대에 기댔다.

메이메이는 앉지 않고 그냥 한두 걸음 앞으로 다가갔다. 다시 태도를 바꾼 외할머니의 말투가 약간 들뜨고 신랄해졌다. 메이메이를 놀려주려고 하는 강한 의도가 느껴졌다.

메이메이는 불길한 예감이 엄습했다.

"너 몇 살이야?"

쓰이원이 물었다.

메이메이는 외할머니 말에서 더 강한 도발을 느꼈다. 마치 곧 팔아버리려고 하거나 이제 막 사온 사람을 대하는 듯했다.

"열세 살요. 아시잖아요."

---

125) 양의 복사뼈를 이용한 공기놀이.

126) 세 명 모두 중국의 유명한 혁명열사이다.

메이메이가 말했다.

"그러니까."

쓰이원이 메이메이에게 살짝 눈썹을 찡긋했다.

메이메이는 누군가가 자기 옷을 벗기는 느낌을 받았다.

"너도 그 나이가 됐고."

쓰이원의 말에 한숨이 섞였다.

메이메이는 입고 있는 옷이 이미 다 홀라당 벗겨진 것 같았다.

"그 날 일, 네 탓이 아니야. 그거 나도 알아."

쓰이원이 잠시 침묵한 후 말했다.

"언제요?"

메이메이가 물었다. 뭔가 목구멍을 옥죄는 듯했다.

"그날 밤 일은 마샤오쓰가 증인이지."

메이메이는 쓰이원이 뭘 말하려고 하는지 알았다. 얼마 전의 일이다. 그날 밤, 복덩이에게 글리세린 좌약이 갑자기 필요했다. 외할머니가 메이메이에게 시단 약국에 가서 좌약을 사오라고 하자 메이메이가 마샤오쓰를 불렀다. 약을 사가지고 돌아오던 길, 복잡한 골목, 가로등이 잘 비치지 않는 사각지대에서 한 남자가 둘에게 길을 물었다. 둘이 남자에서 길을 알려줬다. 하지만 그 남자는 이 골목이 너무 이상하게 생겨서 빠져나가지 못할 것 같다며 굳이 둘에게 길을 안내해 달라고 했다. 둘이 서슴지 않고 대답한 후 좋은 마음으로 남자를 안내했다. 그들이 다시 사각지대를 지날 때였다. 남자가 걸음을 멈추고 꼼짝하지 않았다. 두 아이가 그에게 왜 그러는지 묻자 그가 보여줄 것이 있다고 했다. 아이 둘이 서로를 마주본 후 다시 함께 남자에게 시선을 옮겼을 때다. 남자가 어두침침한 가로등 불빛 아래 아이들이 경

장미의 문

악할 만한 자기 신체의 일부분을 드러냈다. 처음에 아이들은 눈앞에서 무슨 일이 벌어졌는지 몰랐다. 이어 세상에서 가장 잔인하고 가장 추악한 일이라는 사실을 깨달은 후 조금 전 일을 애써 머리에서 지우며 멍한 모습으로 단숨에 각자의 집으로 달려갔다. 메이메이는 가족들 앞에 이르자 그대로 침대에 엎어지며 엉엉 울면서 나쁜 사람을 만났다고 말했다. 후에 메이메이는 주시에게 먼저 모든 것을 말했고 주시가 다시 이 일을 쓰이원에게 말했다.

당시 흐릿하면서도 분명했던 그 밤이 메이메이 마음에 어떤 일로 남았든 어쨌거나 그 일은 전혀 예상 밖의 일이었다. 쓰이원이 그 일로 자신을 희롱하다니, 메이메이는 정말 뜻밖이었다. '네 탓도 아니고', '마샤오쓰가 증인'이라고 말하면서 외할머니는 왜 세상 비참한 이야기를 다시 꺼내는 걸까, 메이메이는 이해가 되지 않았다. 외할머니가 그 이야기를 다시 꺼내자 메이메이는 머리가 땡땡하고 태양혈이 욱신거리고, 온몸의 뜨거운 피가 태양혈에서 뿜어져 나오는 것 같았다.

"왜 외할머니가 그 이야기를 다시 꺼내시는지 모르겠어요."

메이메이가 물었다.

"내 말은 세상에는 나쁜 사람이 있다는 거야."

쓰이원이 말했다.

"그게 나란 말씀이에요?"

메이메이는 태양혈이 더 심하게 뛰었다.

"나쁜 사람은 네가 아니야. 하지만 너 역시 항상 날 속이고 행동하면 안 돼."

"속이다뇨? 외할머니가 말해 봐!"

쓰이원에게 질문을 던지는 메이메이의 목소리가 꽉 막혀 있었다.

메이메이가 자기도 모르게 갑자기 반말로 말했다.

"왜 땍땍거려?"

"그래서 뭐가 어때서요!"

"됐다."

"되긴 뭐가 돼요?"

메이메이가 다짜고짜 말했다.

"요즘 일기는 쓰니?"

"신경 꺼요!"

"어떻게 신경을 꺼?"

쓰이원이 침대에 몸을 똑바로 세우고 앉았다.

"그냥 신경 꺼요!"

"그래, 그건 나중에 다시 이야기하자."

쓰이원이 말했다.

"일기도 안 쓰면서 정치적 열정은 있어?"

"안 쓰면 어쩔 건데요?"

"그럼, 너 그 협탁에는 뭐가 들어 있어?"

쓰이원이 결국 '알짜'를 꺼냈다. 확실히 '알짜'가 나오자 메이메이
는 머리를 몽둥이로 한 대 얻어맞은 것 같았다. 이유는 모르겠지만
외할머니가 자기 협탁 이야기를 꺼내자 말문이 막혔다. 메이메이는
줄곧 자신의 비밀이라고 여겼던 그 작은 협탁이 이미 외할머니에게
활짝 열린 전시장이 되어버렸다는 사실을 알았다. 아무리 서랍을 매
일 꼭 닫는다 해도 다른 사람에게 같은 열쇠가 있다면 비밀을 지킬
수 없었다. 지금 메이메이는 이대로 달려들어 외할머니를 물어뜯고
싶었다. 선혈이 바닥에 낭자할 정도로 물어뜯고 싶었다. 이 방, 이 침

장미의 문

대에 이반 4세가 아들을 죽이는 그 끔찍한 광경이 다시 연출되도록, 너무 끔찍해 사람들이 모두 사방으로 도망가버릴 정도로 물어뜯고 싶었다. 하지만 메이메이는 걸음을 떼지도, 팔을 들어 올리지도, 입을 벌릴 수도 없었다.

낭패한 메이메이의 모습에 쓰이원은 완전히 마음이 홀가분해졌다. 눈앞의 아이를 바라보며 마음이 상쾌해졌다. 완전히 올가미에서 벗어난 기분이었다. 쓰이원이 몸을 옆으로 틀어 침대 협탁에서 담배한 대를 꺼내 한껏 편안해진 모습으로 담배를 피기 시작했다. 담배를 들어 올린 쓰이원의 손이 무척 우아했다. 그녀가 손을 높이 들어올렸다.

"무서워할 필요 없어."

쓰이원이 가볍게 담배 연기를 뿜었다.

"난 네 외할머니잖아. 알면 아는 거지. 너만 한 나이에 너무 복잡하게 배우려 하지 마."

'복잡하다'는 건 그 시대 사람을 대할 때 가장 심각한 비하였다. 복잡하다는 건 한 사람의 모든 오점, 모든 의문점, 모든 난제, 모든 어둠, 남이 알길 원하지 않는 모든 것이었다. 복잡하다는 건 일종의 상징, 구제불능인 사람을 상징하는 말이었다. 복잡하다는 건 사람 머리 위에 드리운 먹구름, 일종의 재난이다.

하지만 모두 습관적으로 이 표현을 이용해 세상의 사악함을 묘사하고 복잡한 인류를 위협할 때 또 누군가 나서서 간단하다고 무조건 좋은 건가라는 가장 간단한 이치를 증명할 수 있겠는가? 간단한 것에 인류의 진선미 모든 것이 들어갈 수 있을가? 간단한 수도관에 복잡한 수도꼭지가 연결되어 있기 때문에 때로 물이 나올 수도, 물을 막을 수도 있다. 복잡한 전등 스위치가 있기 때문에 간단한 전선을 끊기도, 연결하기도 한다. 그 덕분에 사람들은 마음대로 불을 끄기도 켜기도 하고, 수도관의 물을 틀어 세수도 하고, 마시기도 한다. 변기의 수조, 자동차 소음기, 시계의 분, 초의 눈금, 자전거 브레이크 고무, 비행기 랜딩 기어, 화로 피울 때 쓰는 파초선, 인류 의복의 단추, 허리띠…… 모두 원래 간단함 위에 복잡함을 더한 것이다. 바로 이런 복잡한 물건을 발명했기에 과거의 간단했던 것들이 인류에게 비로소 진정한 의미를 가지고 쓰이게 되었다.

복잡하다는 것 또한 인간의 굴레다. 그건 사람에게 무겁고 치명적인 타격을 준다. 외할머니가 '복잡함'을 무기로 여자애에게 타격을 주면 그 여자애는 이런 우회 전투에서 철저하게 패배할 운명이다. 여자애는 외할머니 앞에서 옴짝달싹할 수 없다. 침대에 비스듬히 누운 여인이 담배 한 대를 들어 올릴 때 그 앞에 서 있는 여자애 눈에서 눈물이 솟구쳤다. 그건 '복잡함'에서 비롯된 공포와 두려움의 눈물이다.

남은 문제는 매우 간단하면서도 복잡하게 보인다. 쓰이원은 메이메이가 철저하게 자신에게 순종하도록 만들기 위해 그 작은 협탁 안에 들어 있는 비밀에 대해 메이메이 엄마에게 편지를 쓰겠다고 고집했다. 메이메이는 감정이 북받쳐 눈물을 쏟으며 그렇게 하지 말아달라고 부탁했다. 쓰이원은 너그럽게 메이메이의 부탁을 들어주는 대신 북채 할머니에게 가서 필요한 물건이 있는지 물어보라고 했다.

메이메이가 북채로 갔다. 남채에서 북채까지는 힘겹고 긴 길이다. 그건 직선이 아니다. 세상에 진정한 직선은 없다. 그녀는 문득 예룽베이가 말한 헛소리가 생각났다. 하지만 얼마 지나지 않아 메이메이는 엄마로부터 긴 편지 한 통을 받았다. 편지의 요점 역시 메이메이 나이에는 혁명에 관한 책을 읽도록 하고 외할머니 말을 잘 듣길 바란다고 적혀 있었다. 함부로 다른 사람에게 물건을 받지 말 것이고 만약 그렇게 되면 점점 더 '복잡'해진다고 했다.

메이메이는 문득 큰 깨달음을 얻었다. 알고 보니 누군가 메이메이를 배반했고 메이메이는 그 배반자 앞에서 가볍게 눈물을 흘렸다. 알고 보니 배반자는 메이메이 자신보다 훨씬 더 복잡했다. 그날 저녁식사시간, 메이메이가 갑자기 젓가락을 내려놓고 가족 전체에 대고 말했다.

"다 타버린 젖꼭지 누가 본 적 있어요? 난 봤어요! 커다랗게 다 엉겨붙어 있었어요."

메이메이가 두 손을 뻗어 주시, 쫭탄, 쓰이원을 향해 제법 크게 선을 그렸다.

메이메이 손짓에 가족 모두 젓가락을 내려놓았다. 주시가 메이메이 이마를 짚었다. 열감이 느껴졌다. 주시가 경험에 근거해 마치 성적을 매기듯 체온을 짐쳤다. 별로 낮지 않았다. 사람들이 메이메이를 침대에 눕힌 후 주시가 아스피린과 디아제팜을 먹였다. 주시는 메이메이가 아직 진정제로 진정시킬 나이가 되지 않았다는 걸 알면서도 성인 용량을 먹였다.

의사들은 병자 처방전을 작성할 때 '연령' 칸에 어른의 경우 일반적으로 대개 '성'城자를 쓴다. 대부분 그 '성'자를 갈겨쓰기 때문에 때로 '아'孩처럼 보이기도 하고, 어떤 글씨인지 도통 알아볼 수 없을 때가 있다.

PS: 이따금 메이메이가 적은 일기

x년 x월 x일

한 사람이 붉으면 한 점만 붉지만 모두 붉으면 전체가 붉다. 이 말은 혁명가가 혁명을 하려면 반드시 수많은 혁명 군중을 단결해야 한다는 뜻이다. 한 사람이 붉어 한 점만 붉은 건 소용이 없다. 혁명이 승리를 거둘수 없다. 꽃 한 송이가 홀로 피었다고 봄은 아니며 온갖 꽃이 만발해야봄 정원이 가득하다.
한 사람의 혁명가, 마오쩌둥 시대의 청년은 모든 꽃 가운데 있는 한 가지 꽃이 되어 공산주의 일원이 되어야 한다. 나는 내 자신에 대한 요구를 높여 혁명 군중을 단결, 전진해야 한다.

x년 x월 x일

무산계급의 '공'公과 자산계급의 '사'私의 투쟁은 매 시각 존재한다.
두뇌라는 진지를 무산계급이 점령하지 않으면 자산계급사상이 점령한다. 이 부분에는 전혀 협상의 여지가 없다. 나는 백전백승의 마오쩌둥사상으로 내 자신의 두뇌를 점령하여 끊임없이 이기주의와 투쟁하고 수정주의를 비판하며 계속 전진한다.

x년 x월 x일

우리는 새로운 사회주의 시대의 중국 청년이다. 미 제국주의와 소련 수

장미의 문

정주의가 우리에게 복벽의 기대를 걸고 있다. 흥! 꿈 깨! 자산계급사상에 의한 변질 모두 갈아엎을 수 있다. 전면 무장한 종이호랑이가 뭐 두렵단 말인가!

미 제국주의를 타도하라!

사회 제국주의를 타도하라!

35

때로 나는 깊은 밤 두 시에 갑자기 잠에서 깨. 난 내가 뭣 때문에 놀라 깨었는지 몰라. 난 한 사람의 성장은 깊은 밤 놀라서 깨어나는 그 순간에 이루어진다고 믿어. 내 생명은 내 생명에 놀라서 잠에서 깨고, 그렇게 깨어나면 나는 직접 내 눈으로 내 성장을 목격해, 그건 확실히 내 육안으로 볼 수 있고 몸과 마음이 모두 느낄 수 있는 성장이야, 마치 밤에 실한 옥수수 마디가 쑥 자라는 것처럼, 이슬을 달고 요란한 소리를 내며 마디가 쑥 자라는 것처럼, 한 과정이 진행되고 있거나 아니면 한 과정이 완성되었다고 말할 수 있어.

난 자주 이렇게 놀라 잠에서 깨고 나면 그 후 더 편안하게 잠을 자, 마치 놀라서 깨어나지 않으면 편안하게 잘 수 없는 것처럼 말이야. 편안한 꿈속에서 나는 초저녁 거리를 걸어, 등황색의 매혹적인 불빛이 무성한 회화나무 수관을 에워싸고 살짝 술에 취한 듯 금홍빛을 내는데, 나는 왜 나뭇가지 위로 올라갈 수 없는 걸까? 메이메이, 난 네가 나뭇가지 위를 걷고 심지어 날 수도 있다는 환상을 가지고 있었다는 걸 알아.

틀림없어 쑤메이, 난 일찍 그렇게 생각했어.

나는 줄곧 네가 처음 놀라서 깨어났던 그날 밤을 좇았어, 메이메이, 처음으로 나뭇가지 위를 걸어가는 네 환상을 좇았어. 비록 넌 일찍 날 떠났지만 난 언제나 그런 널 좇아갔어 마치 내 자신을 좇아가는 것처럼, 내가 내 자신을 좇아갈 수 있는 날이 있을지도 모르니까.

난 꿈속에서 걸었어, 통통 튀며 밤하늘과 하나가 되어 걸었어, 그 바람에 내가 길을 가고 있는 건지, 길이 나를 걷고 있는 건지 모르겠더라고, 아마 길이 내 위를, 나를 걸어가고 있었던 건지도 모르지.

골목은 나무가 정말 적어, 아마 그 골목 자체가 마치 햇살에 비친 나뭇잎의 잎맥 같기 때문일지도 몰라. 난 기분이 좋을 때면 마치 햇살 아래 잎맥처럼 골목길에 마음이 흔들려, 하지만 기분이 나쁠 때면 수도首都의 복잡하게 얽히고설킨 골목들이 마치 미끌미끌한 회색 창자 같아서 그곳에서 꿈틀거리고 싶지 않아, 마치 창자 벽에 붙은 기생충 같거든. 넌 내게 그날 밤을 잊었다고 했지 가로등 아래 자지러지게 놀랐던 경악의 순간을 잊었다고 했어. 엄마가 된 마샤오쓰는 웃으며 그건 완전히 골목의 특산물이라고 했어, 그런 짓거리를 하기에 골목보다 적합한 장소는 없다는 거야. 구불구불한 골목, 골목의 사잇길, 골목의 사각지대, 골목의 가로등, 절대 빠질 수 없는 가로등 그 모든 것이 그들에게 무궁무진한 편의를 제공한다는 거지. 후에 마샤오쓰는 언제나 주머니에 작은 돌을 넣고 다녔고, 그자들을 만나면 돌을 던지며 욕을 퍼부었어. 모든 일에 침착한 마샤오쓰, 마샤오쓰는 화끈해.

난 잊을 수가 없어. '골목의 특산물' 때문에 난 정말 정말 오랫동안 그건 추악하고, 가증스럽고, 더럽고, 음험한 거라고 생각했고, 그것만 떠올리면 속이 울렁거렸고 손발이 얼음처럼 차가워졌어 난 얼마나

장미의 문

나약했는지 몰라. 후에 나는 때로 그런 내 자신을 비웃었어. 내가 뭘 알았겠어? 내가 뭘 이해할 수 있었겠어? 난 내가 세상의 모든 것 세상의 마지막 장벽을 봤다고 생각했어, 난 내가 유달리 복잡하고 유달리 종잡을 수 없다고 생각했어 한데 그렇게 늦게 남자와 여자가 함께 있다는 것이 무엇인지 이해한 거야. 갑작스럽게 내 앞에 드러난 그것 때문에 견고한 내 '순결'이 허물어지는 일은 추호도 없었어. 오랜 시간이 흐른 후 난 중학생이던 샤오웨이가 집에 돌아와 태연하게 정자와 난자가 서로 만나면 어쩌고 하는 이야기를 하자 문득 내가 우롱당하고 있다는 느낌을 받았어, 그 기괴하고 끔찍한 단어는 내가 그 애 나이 때는 듣도 보도 못했어 나는 왜 그 해부도 보기를 거부하며 그걸로 인해 줄줄이 이어질 생각들을 두려워했을까? 그건 내가 거부하려던 게 아니야 그건 나에게 거부하라던 내 순결이야, 내가 수천 년 동안 지켜온 순결, 슬프고 처량한 순결, 자신 있게 내게 손짓발짓을 하는 순결, 네가 날 놀라게 한 거야 아마 모든 여자애들이 이렇게 놀라 기겁을 하면서 여인이 되어갈 거야.

난 내 자신에 대해 분명하게 뭐라고 말할 수가 없어. 그해 마샤오 쓰랑 목욕하러 갔던 거 기억해, 메이메이? 얼치가 마샤오쓰에게 자기 공장 목욕탕 표 두 장을 줬어, 너하고 마샤오쓰가 신이 나서 갔고, 탈의실에 있는 나이 든 여인이 가만히 너희 표 두 장을 받았어, 그런데 너희 둘이 옷을 다 벗은 찰나 그 여자가 갑자기 도둑이라도 잡은 것처럼 소리쳤어. "잠깐만! 이봐, 너희 둘!" 마샤오쓰는 마치 물고기처럼 욕실로 미끄러져 들어가고 너 혼자만 잡혔어. 네 벌거벗은 몸은 그 많은 여자들이 쳐다보는 가운데 나이든 여자 앞에서 그녀의 호통을 들어야 했어, 그 여자는 네게 어디서 왔냐고 공장 노동자가 아닌데 왜 그곳에 와서 목욕을 하느냐고 그곳이 싸서냐고 하지만 외부인에게 혜택은 주어지지 않는다고…… 넌 고개를 숙이고, 네 온몸을 훑는 늙은 여자의 악독한 눈빛을 참으며, 늙은 여인이 수백 년 묵혀온 괴팍한 설교를 참아야 했어. 넌 동성同性 사이에서 고립무원의 처지가 된 건 처음이었어, 정말 난감하고 괴로웠어. 벌거벗은 여자가 그대로 다른 사람 앞에 마주한 모습보다 더 잔인한 건 없어, 싸늘한 분노와 함께 참기 힘든 민망함이 밀려왔어. 그건 결코 골목의 특산물 못지않았어.

넌 정말 그 여자의 눈길이 싫었어.

그 여자들에게 보여주고 싶지 않다고 해서 다른 사람에게 보여주고 싶다는 건 아냐. 당시 난 영원히 누구에게도 보여줄 수 없을 거라고 생각했어, 애정과 육체와 육체의 노출이 무슨 관계가 있지? 당시 난 아무것도 몰랐어, 심지어 이성異性의 그 부분은 군더더기 그건 건달들에게나 있는 거라고 생각했고, 사랑에도 생명에도 그건 필요치 않다고 그건 원래 특별히 건달들을 위해 만들어진 거라고 생각했어.

이건 일종의 정신이야 메이메이, 영혼은 종종 정신에게 기만을 당해 비록 생명이라는 긴 강에서 영혼은 결국 정신을 속이지만.

난 내가 마샤오쓰처럼 그런 사람을 향해 돌멩이를 던질 수 있을지 모르겠어. 나는 늘 그자들은 인류의 태아 마치 탈의실의 그 늙은 여자처럼 가공되지 않은 인류의 원료 같다고 느껴. 내가 자라 어른이 된 후 난 그들이 남자나 여자라고 느끼지 않아 그들은 채 인류가 되지 못한 그런 존재거나, 아니면 골목에 있기 마련인 그런 은밀함처럼 인류가 피해갈 수 없는 은밀한 뭔가라고 느껴.

희끄무레한 골목은 영원히 자신을 닫고 있어 마치 대대로 세상의 눈길을 거부하는 그래서 문이나 창문이 없는 통로처럼. 하지만 네가 그 문을 부수고 들어오면 그 희끄무레한 얼굴이 가리고 있던 원락에 창문이 엄청나게 많다는 걸 발견하게 되지, 서로 주시하는 눈이 너무도 많아. 폐쇄적인 시선 또는 시선의 폐쇄가 널 억압하고 널 종용해, 넌 비틀비틀 성장하며 뭔가에 놀라 기겁을 하지만 한 번도 놀라서 깨어난 적은 없어. 넌 막연한 우월감으로 네 청춘을 맞이할 때조차도 그 골목의 은밀함이 너의 가장 최고로 끔찍한 평생의 거대한 적이라고 생각했어.

넌 어느 날 밤에 놀라서 깨어났어? 어느 날 밤 추잡하고 은밀한 골목을 빠져나와 성장한 거야? 더 이상 그 생명의 뿌리 자체를 원망하지 않은 적이 있었어? 사분오열된 장중한 세상을 바라보며 자신이 요원한 곳에서 왔다고 감탄했어. 넌 그 은밀함 그 늙은 여인 모두 이 세상의 일부이며 그 야만적인 폭로가 바로 한없이 나약한 자괴감 확실히 일종의 자괴감임을 인정할 수밖에 없었어 여자애를 까무러치게 만들기 충분한 강렬한 자괴감이며 잔인한 몸부림 잔인하게 네 소년 시절의 꿈을 부숴버리는 몸부림이란 사실을 인정할 수밖에 없었어.

넌 어느 날 밤 놀라서 깨어났어? 어느 날 밤에 사랑은 든든한 힘이 필요하다고 활짝 피어나야 한다고 그 신비한 향기로 걸어 들어가야 한다고 느꼈어? 어느 날 밤에 생명을 낳는 소중한 곳 덥수룩하고 영롱한 털모자를 느꼈어? 수년 전 그게 널 쫓았는데도 넌 알지 못했고, 모자에 생명이 활동하는 본질이 담겨 있다는 걸 몰랐어? 그건 재난의 구름 한 점이었는지 몰라, 그건 영원히 사상思想의 표정으로 네 옆에 있는 듯 떨어져 있는 듯 너의 허공을 떠다녀.

넌 어느 날 밤 놀라서 잠에서 깨었어? 어느 날 밤 널 부순 후 다시 완벽하게 널 맞추면서 이 세상을 부수고 다시 완벽하게 맞추고 싶은 마음이 들었어?

왜 넌 나뭇가지 위를 걷고 싶어 하는데? 아마 그건 걷는 것이 아니고 나뭇가지를 스치며 비상하는 천마가 하늘을 가르며 날아가는 열망 생명의 창공을 노니는 망상일지도 몰라.

넌 어느 날 밤 놀라서 깨어났어? 어느 날 밤 넌 이것이 세계라면 그냥 여기에서 살라고 네게 알려줬어?

넌 마침내 안으로 들어가서도 마침내 밖으로 나왔다고 말할 수 있어. 굳게 닫힌 문을 보고 넌 제멋대로 말할 수 있어, 세상 모든 문은 얼음처럼 차가운 거절이자 요사스러울 정도로 아름다운 유혹이라고.

장미의 문

제9장

36

쫭탄은 현재 쫭씨 집안 유일한 남자다. 쓰이원은 자신과 쫭사오젠이 아들을 조금 허겁지겁 만들었다고 느꼈다. 쫭탄은 쫭사오젠의 화신도 아니며 쓰이원이 그 화신을 더욱 완벽하게 만들지도 않았다. 정신에서 육체까지 쫭탄은 기본이 부족한 듯했다. 가령 사람이 되기 위한 최소한의 밑뿌리 같은 것이다.

외모로 보면 크고 무거운 그의 머리는 칼슘이 부족한 그 가는 목으로 지탱하긴 힘들어 보인다. 그래서인지 그는 머리가 조금 기울어져 있는 느낌이다. 목 아래로 이어진 좁고 얄팍한 어깨, 그 어깨에 흐물흐물한 팔이 달려 있다. 허리는 정상적이다. 두껍지도 얇지도 않다. 하지만 허리를 돌릴 때 보면 유연성이 부족하다. 예를 들어 뒤돌아 물건을 집을 때면 다른 사람들은 쉽게 할 수 있는 동작을 쫭탄은 먼저 발부터 움직이기 시작해 다시 다리로 동작이 이어지고, 이어 허리와 전신이 움직이면서 가까스로 몸을 돌리는 전 과정을 완성한다. 아마도 머리가 어쩔할 것 같다. 다리도 짧지 않고 발도 작지 않은데 전체 키와 비례를 따져보면 좀 더 발육해야 균형이 맞을 것 같다. 하지만 쾅탄의 발육 성장은 이미 십수 년 전에 이루어졌어야 할 일이다.

무엇보다 쓰이원이 아들에 대해 신경이 쓰이는 부분은 트림이다. 마치 위에서 목구멍을 거쳐 트림이 솟아나오며 특유의 소리를 내는 듯하다. 쾅탄의 트림은 횡경막 경련 같은 의학적 설명을 적용할 수도 없고, 그렇다고 과식에 의한 현상도 아니다. 누군가 엄마 뱃속에서 나올 때 달고 나오는 까만 점이나 문양 같은 것들처럼 쾅탄은 트림을 타고났다. 다른 사람들은 색을 가지고 나왔다면 그는 소리를 가지고 나왔다. 앞에 있는 사람이 남자든 여자든, 낯선 사람이든 지인이든 신경을 쓰지 않는다. 집에서나 직장에서나 거리에서나 전차, 자동차를 탔을 때나 언제든지 그의 목구멍에서 트림이 흘러나왔다. 속 깊숙한 곳에서 끓어오르는 소리는 때로 겁에 질린 느낌이 드는가 하면 때로 호방한 기운이 느껴지기도 한다. 또한 때로 쭈뼛대기도 하고 대놓고 지르기도 한다.

이처럼 거창한 소리를 내는 가스의 배출이 오랫동안 수없이 이어지면서 별로 대수롭지 않은 일이 되었고, 가족이나 지인들도 습관이 되었다. 하지만 쾅탄은 자기 트림 소리를 들을 때마다 마치 여름철 폭우가 쏟아지기 전 묵직한 천둥소리를 듣는 듯했다. 천둥소리가 자신의 복강, 흉강과 태양혈을 울리며 그의 정서를 무너뜨렸다. 특히 그가 아내 주시와 침대에서 한창 흥이 올라있을 때 트림을 해야 할 때면 쾅탄은 더더욱 의기소침해졌다. 그는 자신의 저조한 기분이 아내 주시에게 그대로 전해졌을 거라고 확신했다. 주시가 얼굴을 완전히 뒷

장미의 문

목 쪽으로 돌리려는 듯 고개를 홱 돌렸다. 이런 주시의 동작은 말보다 더 강력하게 엉망이 된 기분을 여실히 전달한다. 쫭탄은 그 순간 하던 일뿐만 아니라 그 이외의 일까지 자신감을 잃는다. 그러면서 그의 몸에 영향을 준 그런 외재적, 내재적 생리 특징이 더욱 확연하게 드러난다.

쓰이원은 쫭탄으로부터 자신감을 앗아간 습관에 대해 나름대로 해석을 내렸다. 그녀는 자신이 쫭탄을 가진 그날 밤, 쫭사오젠이 지나치게 술에 취하고 배가 부른 상태였기 때문이라고 믿었다. 그는 채 밖으로 내뱉지 못한 트림을 아들에게 물려줬다. 그는 자신의 체면은 살리고 아들에게 난감한 모습을 남겼다. 마치 어려움은 자신에게 남기고 편리한 일은 남에게 양보한다는 요즘 사람들 말 같다. 쓰이원은 이보다 더 적절한 비유는 없다고 생각했다. 이후 그녀는 심지어 종종 아들의 트림에서 남편의 냄새를 맡았고, 그날 밤 쫭사오젠의 형태가 눈앞에 어른거렸다. 정말 소리를 통해 자신에게 그날의 일을 알려주는 듯했다. 요즘 들어 쓰이원은 심지어 사람 된 도리를 말하는 '어려움은 자신에게 남기고 편리한 일은 남에게 양보한다.'는 명언을 들을 때조차 쫭사오젠이 자신을 대할 때의 형태와 냄새를 떠올렸다.

주시는 그 안에 담긴 오묘한 비밀을 깨달은 듯 매번 그때마다 의미심장하게 쓰이원을 향해 조용히 웃었다. 마치 쓰이원에게 남편, 아내, 아들 세 사람 사이 공동의 이야기를 알고 있다고 암시를 주는 듯했다. 주시의 태도와 표정에 쓰이원은 수치스럽다 못해 화가 치밀었다. 하지만 곰곰이 생각해보니 비난할 일도 아니었다. 쫭사오젠은 술도 밥도 잔뜩 먹지 않았던가? 술도 밥도 잔뜩 먹은 후의 밤 아니었던가? 쫭탄의 예정일을 그날 밤부터 따지지 않았는가? 게다가 주시는 의사다. 의사가 자신을 바라보면 사람들은 쥐구멍이라도 들어가고 싶을 때가 있다. 의사들은 환자가 가장 편안한 순간, 가장 긴장된 순간을 보며 환자에 대해 판단을 내린다. 게다가 중국의학에는 '보고, 듣고, 묻고, 진맥하는' 진단학의 4대 요점이 있다. 서양의학에서는 때로 당황스럽게 '과거병력'을 묻기도 한다. 쓰이원은 그날 밤 쾅사오젠의 과식, 과음이 쾅탄의 과거 병력에 그대로 남았다고 생각한다.

이에 주시는 자주 어머니와 아들 두 사람을 굽어본다. 마치 누워 있는 어미고양이와 새끼고양이를 높은 곳에서 내려다보는 것 같기도 하고, 어항 앞에 서서 거품을 내는 금붕어를 바라보는 것 같기도 하다. 이렇듯 우아하고 점잖게 주시가 그들을 내려다보면 쓰이원은 수치스럽고 화가 나면서도 이를 피하지 못하고 그저 참고 견딜 뿐이다. 쓰이원은 약이나 인체 내에 소음기를 넣어 아들의 위장을 조용히 시키고 싶은 생각이 간절했다. 그렇게 자신을 내려다보는 주시의 시선에서 벗어나고 싶었다. 17세기 프랑스 귀부인들은 '방귀 냄새 없기 위해' 향수를 사용했다고 한다. 처음으로 쾅탄의 트림 소리를 들었을 때부터 지금까지 이에 대응할 만한 발명을 찾아다녔다. 그녀는 아들이 걱정스러웠다. 아들이 주시를 비롯해 주시 같은 세상의 눈길을 숱하게 느껴야 된다고 생각하니 걱정스러웠다. 심지어 그런 눈길로 인해 그들 사이에 빚어질 비극이 걱정스러웠다.

하지만 아들과 며느리 사이에 비극은 일어나지 않을 것 같았다. 매일 조용히 그들 침실에서 나와 계속 안을 들랑거리는 주시의 표정은 편안했다. 그 나이 또래의 평안하고 흡족한 표정이었다. 쓰이원은 자주 생각했다. 그래, 풍만한 신체는 평안함을 가득 담고 있을 수 있지. 감사한 일이야. 이후 쓰이원은 아들 며느리와 겨우 한지 창문 하

장미의 문

나를 사이에 두고 기거하는 공동의 공간에서 자신이 괜히 둘 사이를 우려하며 조바심을 냈다고 생각했다. 아들과 며느리의 밤 시간은 조화로웠기 때문이다.

쓰이원이 느낀 그런 화목한 분위기는 쾅탄의 트림처럼 애초부터 있던 건 아니었다. 예전에 쾅탄은 밤에 자신을 내려다보는 주시의 눈길을 느낀 적이 있다. 그냥 내려다보는 정도가 아니었다. 그건 한 여인이 한 남자를 깔보고 무시하고 멸시하는 눈빛이었다. 주시는 그에게 분노의 등을 보인 적도 있었고 잔인하게 발길을 돌린 적도 있었다. 또한 단단한 주먹, 쾅탄의 힘으로는 어찌할 수 없는 가혹한 힘의 세례를 받은 적도 있다. 당시 쾅탄은 차라리 신발, 낡은 솜뭉치, 폐지더미 또는 요강이 되고 싶었다. 그렇게 침대 밑을 쑤시고 들어가 이 세상에 더 이상 난감한 쾅탄이 존재하지 않았으면 하고 바란 적이 있었다. 하지만 그는 이런 '변신'을 할 수도, 그의 가설을 실현한 적도 없다. 침대 밑을 비집고 들어가 어둠을 감싼 적은 있었지만 그는 여전히 그였으며 여전히 낮은 곳을 비집고 들어가 그녀를 우러러보는 그였다. 어둠 속에 그의 트림은 더욱 잦아졌다. 마치 악보의 당김음 같아 트림의 진행 속도를 제어할 수가 없었다. 결국 그는 위기를 평화로 전환하며 다시 주시의 침대에 뛰어들었고 그녀 앞에서 완벽하게 새로운 사람으로 변신했다. 정확히 말해 그의 목구멍에서 솟구치는 가스, 그의 트림을 주시가 인정하고 흥미를 가졌기 때문에 가능한 일이었다.

주시가 트림을 용납하기로 결심한 건 여러 가지로 저울질을 한 끝에 내린 과감한 결정이었다. 주시는 자신이 정상적인 여인이 되는 걸 방해하는 건 타인이 아니라 바로 자신이란 사실을, 남편을 외면하며 돌려버린 자기 얼굴, 분노한 등, 단호한 주먹이 쾅탄을 억압하는 모습이란 사실을 발견했다. 그녀는 남편의 기괴한 소리에 익숙해지기로 결심했다. 마치 뱀을 다루는 사람이 먼저 뱀이 주는 두려움에 익숙해지고, 말을 다루는 사람은 말의 거친 모습에 익숙해지고, 똥 푸는 노동자들이 깊고 질퍽한 똥칸에 익숙해지는 것과 같다. 게다가 그녀는 의사다. 왜 모든 것을 인류의 정상적인 생리현상으로 받아들이지 않는가? 사람을 근육이 감싼 골격과 오장육부로, 생물의 일종으로, 일종의 생물로 보면 되지 않는가. 주시는 이 모든 것에 익숙해졌을 뿐 아니라 이로부터 흥미를 느꼈다. 그녀는 메스를 들고 환자의 배를 가를 때 피비린내 나는 창자에 흥미를 느끼지 않는가? 남편의 트림 소리에 그녀는 왜 '다시 한 번'을 기대하지 않는가? 반동反動의 물건은 때리지 않으면 엎어지지 않는다. 그녀는 이미 챵탄을 대하던 자신의 과거 모든 것이 분명 자신이 보인 반동적 성향이었다고 느꼈다. 주시는 이를 타도하기로 결정했다. 이에 그녀는 남편과의 그 순간 자신의 '반동'을 타도하면서 챵탄이 '다시 한 번' 행동해주길 기대했다.

주시는 성공했다. '반동'을 타도하면서 생긴 반쯤 진심, 반쯤 거짓인 성의로 인해 챵탄은 자신감과 자유를 얻었다. 주시는 남편의 트림 소리가 들렸지만 신경이 쓰이지 않았다. 심지어 트림을 하고 있다고 느끼지도 않았다. 아무것도 들리지 않았다. 챵탄은 마침내 주시의 당당한 남편이 되었다. 그는 모든 것을 잊고 성공적으로 주시에게 현기증과 전율을 선사했고 그 전율로 인해 주시의 몸을 솟구치게 만들었다. 주시는 그와 함께 운유했고 때로 그 역시 주시를 데리고 운유하며 주시로 인해 눈물을 흘리기도 했다.

다만 일을 치른 후 주시는 서서히 자신을 가라앉히고 나면 그제야 화가 밀려들며 조금 전 남편의 트림이 분명히 자신의 오르가슴에

장미의 문

함부로 끼어들었을 거라고 자꾸만 추측을 거듭한다. 분명해. 이에 좀 전의 모든 현기증, 전율, 운유, 눈물은 더 이상 진실이 아니고 분명히 주시 자신이 자신을 속인 것이며 자신이 자신에게 속게 만든 건 남편이라고, 조금 전 '주유'周遊를 하고 돌아와 등을 돌리고 코를 골고 자고 있는 챵탄이라고 생각한다. 이에 주시의 등이 다시 분노하고 주먹과 발이 출동할 기회를 엿본다. 그녀는 어쩔 수 없이 새로이 자신을 얽매는 자신을 극복하고, 할 수 없이 다시 자신의 반동을 타도하고, 다시 새로운 습관, 새로운 기대를 품는다.

주시는 자신과의 갈등 속에, 갈등으로 뒤얽힌 생각 속에서 아내가 되고, 어머니가 되고, 며느리가 되었다. 외부사람이 보기에 아마도 쑹주시宋竹西는 영원히 애매하고 흐릿한 생각이란 하지 않을 사람처럼 보인다. 하얗고 말끔한 피부, 분명하고 뚜렷한 이목구비, 사람들을 주시할 때 깊이를 알 수 없는 눈빛 그리고 영원히 사라지지 않을 것 같은 염화벤잘코늄(손소독제)의 냄새는 사람들에게 그녀가 한 치의 착오도 없는 존재의 화신임을 증명해준다. 염화벤잘코늄이 '사라지지 않는' 이유는 주시가 침착하고 또 침착하고, 치밀하고 또 치밀하고, 정확하고 또 정확하기 때문이다.

쓰이윈이 며느리를 경계한 이유 역시 바로 쑹주시의 착오 없는 명백한 이미지 때문이다. 쓰이윈은 그녀가 모든 것에 착오 없이 명백할 거라고 굳게 믿었다. 쓰이윈은 절대 영원히 트림하고 부르르 몸을 떠는 타고난 챵탄의 모습에서 주시가 즐거움을 느낄 거라고 믿지 않았다. 그들 모자를 향한 주시의 눈빛은 분명히 별 게 아니었다. 쓰이윈이 보지 못하는 위엄이야말로 주시와 챵탄 사이의 진실이다. 이에 깊은 밤 쓰이윈은 격자 하나 너머에 조용히 귀를 기울이고 주시의 명백함이 결국 그녀와 쾅탄 사이에 어떤 쓰디쓴 결과를 낳을지 분석했다. 쓰이원은 조용히 귀를 기울이며, 한 치의 오차도 없이 굳게 믿고 있었다. 지금은 쑹주시가 화난 등을 보이고, 지금은 쑹주시가 주먹을 꼭 쥐고, 지금은 잔인한 발 한쪽을 내밀고, 지금은 남편에게 강요하고…… 쓰이원이 조용히 귀를 기울인다. 지금은 쾅탄이 신발 한 짝, 낡은 솜뭉치, 요강이 되어 침대 밑으로 기어들어가고 싶어 한다…… 아들과 며느리의 모든 것이 갑자기 변하면 비록 그 전환의 원인에 대해서는 여전히 알 길이 없지만 쓰이원은 바로 이런 아들로 인해 자부심을 느꼈다. 주시가 아들을 태우고 한껏 날아올라 운유할 때 쓰이원은 자부심을 느낀다. 안쪽 방 입구로 달려가 쑹주시에게 말하고 싶다. 이제 항복이지? 누가 널 부들부들 떨며 사람을 싣고 비행을 하게 만들었어? 바로 내 아들 쾅탄이야, 쾅씨 집안 후손, 쓰이원의 혈맥을 통해 쓰이원 몸에서 떨어져 나온 한 점 혈육! 한 수 톡톡히 배웠지? 내일 어떤 눈빛으로 우리 모자를 대할지 모르겠네, 의자에 서서 우리를 굽어볼 수도 있겠지 그럼 난 분명히 처마에 서서 널 내려다 볼 거야!

쾅탄이 이때 코를 골기 시작한다, 코 고는 소리에 트림소리가 섞여 있을지도 모른다. 쓰이원의 자부심이 사라진다. 침대에서 내려서려던 동작도 그대로 멈추고 만다. 그녀는 다시 자괴감과 수치심에 휩싸인다. 쾅사오젠과 자신이 너무 성급하게 만들었나. 쓰이원이 슬그머니 아들에게 욕을 퍼붓는다. 저 빌어먹을 것. 아마 쓰이원은 쑹주시에게 조금 연민을 느꼈을지도 모른다. 건장한 쑹주시, 만약 '저 빌어먹을 것'을 만나지 않았다면 현기증과 운유의 시간이 또다시 찾아들 것 아닌가? 안 봐도 뻔하지! 쓰이원은 쑹주시를 불쌍하게 생각하면서도 저속하단 생각이 든다. 저 빌어먹을 것! 아들을 욕하는 건지, 쑹주시를

장미의 문

욕하는 건지 모를 일이다. 쓰이원의 비난은 자신이 보고 느낀 것, 쓰이원이 오늘 또 귀를 기울인 인류의 그 '일'에 대한 반응일 수도 있다. 쓰이원은 겉으로는 요란해 보이는 쾅탄과 주시의 그 '일'이 어떻게 이루어졌는지 애써 생각에 잠긴다.

쑹주시는 대학 1학년 때 부모가 모두 호주에 갔다. 아버지는 할아버지로부터 유산을 받았고 어머니는 아버지를 따라 호주로 간 후 이혼할 결심을 했다. 둘은 줄곧 사이가 좋지 않았다. 그들은 주시를 사촌에게 부탁했고 주시는 부모가 출국하기도 전에 자신이 먼저 부모와의 인연을 끊었다. 그 후 주시는 호주에서 온 편지에 답장을 보낸 적이 없다. 부모와 연을 끊고 편지에 답장도 하지 않은 주시의 행동은 당 조직의 찬사를 받았고 그녀는 공산당 청년단원이 되었다. 졸업 후 쑹주시는 훌륭한 직장을 얻었다. 베이징의 큰 병원이었고 그녀에게 과(科)를 정하는 결정권도 주어졌다.

쑹주시는 중매 반, 연애 반으로 쾅탄을 만났다. 그들은 1960년대 초 모든 대학생들처럼 삶에 대한 믿음이 강했으며, 정치에 관심을 가졌고, 매사에 타인을 배려했다. 얼마 후 쾅탄이 쑹주시를 샹사오후퉁으로 데려갔고 그들은 결혼했다. 첫날 밤, 속에서 끓어오르는 쾅탄의 소리를 들은 쑹주시는 그제야 전에 들은 트림이 우연이 아니었다는 사실, 둘이 데이트 할 때 쾅탄이 감기에 걸리거나 어느 작은 음식점에서 식사에 문제가 있어서 나온 소리가 아니란 사실을 알았다. 그건 반드시 있는 일이었고 영원한 일이었다. 쑹주시는 마치 세상이 뒤집혀 물구나무 자세로 길을 걷는 것처럼 느껴졌다. 쑹주시는 이 모든 것, 자신들의 움직임에 귀를 기울이는 쓰이원까지 모두 받아들일 수밖에 없었다.

주시와 쾅탄의 그 일을 쓰이윈이 귀기울여 경청하는 시각, 밖에서 역시 '온 세상이 뒤집히고 있었다.' 한밤중 가슴 찢기는 끔찍한 소란과 불안 역시 쾅탄과 주시의 소동과 함께 쓰이윈의 귀에 날아들었다. 떼를 지어 사람들이 누군가의 집 대문을 부수는 소리에 이어 어지러운 발소리가 들렸다. 사람들은 대낮처럼 소리 높여 구호를 외치고, '조반유리'造反有理127)를 외쳤다. 대낮처럼 사람들을 후려치는 가운데 골목은 사람들의 고함소리로 가득 메워졌다. 사람들이 다鼻 선생의 대문을 발로 걷어찼다. 사람들이 다 선생을 구타하고 바닥에 내동댕이친 후 발로 짓밟았다. 쓰이윈의 귀에 다 선생의 끔찍하고 처참한 비명이 울려 퍼졌다. 모든 것은 이 비참한 비명에서 시작되었다.

주시는 이런 밤 오히려 더 큰 자유를 얻는 듯했다. 외부의 모든 것이 마치 그녀와 쾅탄의 그 소리를 묻고 그녀를 한껏 격려하는 것 같았다. 흡사 인류의 마지막 밤이 그녀의 적극성을 한껏 부추겨 인류의 마지막 요구를 독촉하는 것 같았다. 그녀와 쾅탄은 매번 마치 시대가 그들에게 허락한 마지막 날이라도 된 것처럼 행동했다. 쏭주시는 이런 격려가 있어야 두 사람이 더욱 높이 비상할 수 있다고 믿었다. 주시는 미친 듯이 한껏 자신을 내려놓고 쾅탄에게도 자신과 함께할 것을 요구했다. 쾅탄은 이런 격려를 받으며 새로운 힘을 냈다. 그가 그녀를 환락의 극치에 이르게 했을 때 그들은 다 선생의 참담한 비명을 들었다. 주시는 그 비명소리에 흔들리지 않았지만 쾅탄에게는 치

---

127) ''반란에는 나름대로 이유가 있다' 즉, 이유 없는 반항은 없음을 의미한다. "마르크스주의의 이치는 천갈래, 만갈래이지만 한 마디로 귀결하면 반란에는 나름대로 이유가 있다"라는 마오쩌둥의 명언에서 나온 표현이다. 문화대혁명 당시 홍위병이 자주 이용한 구호이다.

장미의 문

명적인 타격이었다. 그는 다 선생의 비명이 또 다른 묵직한 천둥소리처럼 느껴졌다. 이 천둥소리는 그의 복강, 흉강, 태양혈을 흔들었을 뿐만 아니라 그를 연체동물로 만들며 순식간에 바닥에 납작 엎드리게 만들었다. 그는 어머니의 젖꼭지를 물고 젖을 빠는 아기가 된 듯했다. 그는 더 이상 잠자리가 불가능했다.

그녀가 그를 어루만지고, 그를 격려하고, 그를 관찰했다.

그녀와 그 모두 더 이상은 '불가능'하다고 느꼈다. 그들은 일시적인 현상이 아니라 영원히 이럴 거라고 확신했다. 주시는 두려움이 밀려왔고, 쾅탄 역시 확실히 그건 두려운 일이라고 느꼈다.

한낮에 그는 밤의 공포를 뒤집어보려고 애를 썼다. 일시적인 긴장 때문이었다고 다짐하며 자신을 격려하고 주시를 위로했다. 그는 다시 또다시 말로, 행동으로 주시를 위로하긴 했지만 그는 불능이 되었다.

이와 동시에 주시는 쾅탄의 새로운 변화를 발견했다. 영원할 것 같던 쾅탄의 소리가 사라졌다. 그가 더 이상 트림을 하지 않았다. 그날 밤 참담한 비명소리를 들었을 때부터 갑자기 더 이상 트림을 하지 않았다. 하느님이 그녀를 놀리는 듯했다. 하느님은 쾅탄의 트림을 가져갈 때 주시가 누려야 할 쾌락도 걷어간 듯했다. 주시는 문득 그 소리가 정말 사랑스럽고 절대 없어서는 안 될 소리임을 깨달았다. 그 소리를 통해 쾅탄의 투명하고 막힘없는 오장육부를 느낄 수 있었다. 쾅탄의 솔직하고 천진난만하고 꾸밈없는 모습이 절대 저속하지 않다고 느꼈다. 설사 저속하다고 해도 주시는 차라리 다시 그 저속함을 받아들이고 싶었다. 민간에서 떠도는 이야기에 따르면 여자는 철이 든 날부터 남자를 볼 수 없는 곳에 갇힌다고 했다. 어른이 무시무시한 호랑이 이야기를 해주면 여자애는 호랑이가 세상에서 최고로 가장 무서운 거라고 느낀다. 어린애가 성인이 되고 가족들이 여자를 데리고 나와 일부러 남자 하나를 보내 그 여자 옆을 지나가게 하면서 그 남자가 바로 호랑이라고 알려준다. 그럼 그 여자는 호랑이를 좋아한다고 말한다. 그로부터 여자는 하루 종일 호랑이가 나타나길 바란다. 이제 주시가 바로 그 여자다. 주시는 그 여자가 온종일 호랑이를 기다리듯 속에서 끓어오르는 쾅탄의 트림소리를 갈망한다.

하지만 쾅탄은 조용했다. 낮과 밤, 사람 앞에서나 뒤에서나…… 언제나 조용했다. 그는 조용히 주시를 관찰했다. 그의 눈빛에 힘이 하나도 없었고, 그 여린 눈빛에 슬픔이 담겨 있었다. 아내의 마음을 헤아리고 있었고, 애원을 하는 것도 같았다. 마치 답을 찾고 있는 듯했다. 나 어떻게 하지? 당신은 또 어떻게 해야 하지? 트림이 안 나와.

'트림을 하지 않게 된 후'로 그들은 서로를 의지했다. 그는 주시를 의지하며 몸이 점점 더 약해졌다. 소식을 들으니 그가 심장병을 얻었다고 한다. 그를 의지하는 그녀, 몸도 마음도 갈피를 잡지 못했다.

주시는 흔들렸다. 부모와 인연을 끊었는데도 해외에 있는 가족으로 인해 주시는 처음에 병원에서 고초를 겪었다. 하지만 이후 주시의 처신은 순식간에 반란 조직의 호감을 얻었다. 또한 쾅탄처럼 좌파 주변조직으로부터 붉은 완장을 받기도 했다. 주시가 근무하는 과^科의 과장으로 반동적 권위로 비판받는 늙은 의사를 비판 토론할 때, 그녀는 청년들과 함께 노인의 따귀를 때렸다. 주시는 자신이 왜 그를 때리는지도 확실치 않았다. 그저 구타가 목적이었으며 그렇게 흔들리는 자신의 마음을 다독일 수 있었고, 이제는 희미해진 오래 전의 유쾌한 기분을 다시 맛볼 수 있었다. 구타로 인해 손바닥이 벌겋게 달아오르며 화끈거렸고 마침내 약간이나마 오랫동안 억눌렸던 욕망을 해소할

장미의 문

수 있었다.

집으로 돌아온 주시는 여전히 방황했다. 깊은 밤 정적이 찾아오면 주시는 지붕 위 쥐들의 질주와 놀이에 귀를 기울였다. 전에는 쥐라는 존재에 신경이 쓰이지 않았는데 갑자기 굉장한 관심이 생겼다. 주시는 쥐들을 모조리 섬멸해야겠다는 거대한 염원에 사로잡혔고 자주이 일로 흥분이 됐다. 주시는 쥐덫을 사서 매일 밤 잠자기 전에 덫에 미끼를 달았다. 유빙이나 참기름을 바른 찐빵 조각을 달았다. 그녀는 쥐덫을 침대 다리 쪽에 놓고 불을 끈 후 침대에서 그 순간이 다가오길 기다렸다.

주시가 안방에서 덫에 쥐가 걸리길 기다렸다. 쓰이원이 바깥방에서 침대 협탁을 열고 간식을 먹기 시작할 때다. 경험상 주시는 쥐가 덫에 걸리는 순간은 쓰이원이 간식을 해치운 후라는 사실을 알았다. 바깥방이 조용해지면 주시는 바짝 귀를 세워 미끼를 향한 쥐의 움직임에 촉각을 곤두세웠다. 주시는 심지어 쥐의 숨소리, 바닥 먼지에 쥐 수염이 쓸리는 소리까지 들을 수 있었다. 쥐덫이 닫히는 소리가 침대 다리 쪽에서 울리고 또 쥐 한 마리가 제거되었다. 주시는 스탠드를 켜고 침대 아래로 허리를 굽혀 쥐덫에 눌린 참담한 쥐를 바라보았다. 주시는 적대적인 쥐, 절망의 작은 회색 눈동자를 똑바로 쳐다봤다. 마치 쥐에게 자신의 적이 그녀라는 사실을 주지시키는 것 같은 눈초리였다.

영원히 편안한 잠과는 거리가 먼 쫭탄이 이럴 때 종종 선잠에서 깨어나 침대 안쪽에서 몸을 돌려 중얼거렸다.

"또 잡혔어?"

"응. 한 마리 잡혔어."

주시가 불을 끄고 반듯하게 누워 잠을 청한다. 때로 죽은 듯이 깊은 잠에 빠지기도 하고, 챵탄처럼 선잠이 들기도 한다.

별로 중요하지도 않은, 해도 그만 안 해도 그만인 '또 잡혔어?'라는 챵탄의 질문은 시간이 흐르면서 의례적인 일이 되었다. 원래가 그냥 의례적인 질문이었을 수도 있다. 그는 뱀 포획에 대한 주시의 열정에 약간의 흥미와 관심을 보여야 했기 때문이다. 챵탄 평생 쥐보다 더 큰 두려움은 없었지만 말이다. 그는 도저히 잠을 이룰 수 없었다. 주시의 행동이 언젠가 쥐들의 보복으로 돌아올 것 같았다. 쥐들이 지붕에서 뛰어내려 그녀와 자신의 침대를 갑자기 질주할 수도 있었다. 쥐가 그의 코, 귀를 물 수도, 아예 그의 입을 향해 오줌을 갈길 수도 있었다. 쥐 오줌은 무슨 맛일까? 그는 스스로에게 물었지만 답은 알 수 없었다. 알 길이 없었다. 그는 심지어 쥐 때문에 기겁을 해서 죽을 수도 있다고 생각했다.

주시는 쥐잡기에 열중하며 쥐가 덫에 걸리길 바라면서도 챵탄이 이를 반대하길 바랐다. 자신이 벌인 이런 즐거움이 이미 신경이 쇠약한 챵탄에게는 견디기 힘든 고통이리라고 믿었다. 챵탄이 자신에게 대들며 한바탕 싸움을 벌인 후 자신의 쥐덫을 버려주길 바랐다. 하지만 챵탄은 매우 협조적이었다. 주시는 이런 유화적인 반응이 처참하게 느껴지며 분노가 치밀었다. 도저히 '또 잡혔어?'란 말을 들어줄 수가 없었다.

"또 잡혔어?"

그가 여전히 똑같이 물었다.

"또 한 마리 잡혔어!"

주시가 이를 악물었다. 비통했다. 화가 치밀었다.

어느 날 아침, 주시가 쥐덫에서 검누렇고 비대한 쥐를 꺼냈다. 마당에 나가 쥐를 살폈다. 출산을 앞둔 암쥐였다. 주시는 전처럼 쥐를 마당 쓰레기통에 버리지 않고 배를 가르기로 했다. 주시는 매일 수술 칼로 사람을 가른다. 남자, 여자, 노인, 어린애까지. 사람의 모든 부분을 마치 눈앞에 놓인 다호, 다완처럼 잘 알고 있다. 사람을 가르는 행위가 직업적인 필요에서 '죽어가는 이를 살리고 상처를 치유'하기 위한 일이라면, 지금 손에 든 암쥐는 주시 내면의 욕망, 그저 몸을 가르고 싶은 그녀의 욕망에서 비롯되었다.

일요일 오전, 쓰이원과 메이메이가 집에 없는 틈에 주시 책상에 암쥐의 붉은 피가 튀기 시작했다. 주시의 손등에도 피 꽃이 잔뜩 피었다. 주시는 집중해서 민첩하게 무표정한 모습으로 암쥐를 갈랐다. 피와 냉정한 그녀의 표정을 보고 막 방으로 들어서던 쾅탄은 두 눈이 휘둥그레지고 입이 떡 벌어졌다.

쾅탄의 멍한 표정에 해부하는 주시의 손길이 좀 더 섬세해졌다. 그녀가 조심스럽게 쥐의 자궁을 찾았다. 마치 안과 집도의가 사람의 눈을 해부하듯 쥐의 자궁을 가르고 새끼들을 하나하나 하얀 종이 위에 늘어놓았다. 대여섯 마리의 분홍빛 작은 물체였다. 뭐 같을까? 맞아, 땅콩 같네. 주시가 쾅탄 눈앞에 하나를 들어올렸다.

"제일 먼저 나온 쥐야."

주시의 목소리가 아득하면서도 날카롭게 느껴졌다. 마치 해부실에서 의대생들에게 설명하는 의사선생 같았다.

털이 하나도 없는 분홍빛 작은 물체가 주시 손가락 사이에서 숨을 쉬며 꿈틀거렸다. 쾅탄에게는 보통 쥐 한 마리보다 훨씬 자극적이었다.

쾅탄이 구토를 시작했다. 주시가 새끼 쥐를 잡고 귀를 기울였다. 마치 오랫동안 듣지 못한 쾅탄의 그 소리를 듣는 듯했다. 한참이 지난 후에야 주시는 그건 자신의 바람이 만들어낸 허상이란 사실을 알았다. 자신이 원망스러웠다. 주시가 들고 있던 작은 물체를 책상에 내려놓고 신문지로 위를 덮었다. 기다리고 있어, 쓰이원을 기다리고 있어, 메이메이까지 기다리고 있을 수도 있어. 이 모습을 두 사람에게 보여주고 싶었다. 주시는 한참 동안 손에 피를 묻히고 있었다.

37

쓰이원은 주시의 방황을 이해할 수 없었다. 쓰이원은 주시가 마치 경작하는 사람이 없는 비옥한 땅이고, 그 땅의 주인이 아들 쾅탄처럼 느껴졌다. 그녀는 심지어 그들의 불행을 즐기는 듯했다. 땅의 주인과 땅이 이렇게 서로 의지하다가 땅을 방치해 땅이 황폐해지고 주인은 속수무책이 되어버리길 원했다. 때로 쓰이원은 주시가 천문지리에 해박하고 연금술로 비를 내리게 하는 집시 여인 같다고 느끼기도 했다. 쓰이원은 성신여중 시절 집시에 대해 알게 되었다. 쥐를 해부하고, 장수쐐기벌레를 잡는 것 그건 마치 주시의 여러 가지 기술 중 하나인 듯했다.

주시의 장수쐐기벌레 사냥은 더욱 맹렬해졌다. 매일 '조청시' 이후 그녀는 대추나무에서 쐐기벌레들을 발견했다. 그녀는 자기가 전에 말했던 대로 '손바닥에는 땀구멍이 없기 때문에' 문제없다는 듯 손가락으로 쐐기벌레를 집었다. 이후 주시는 땀구멍이 많은 손등을 거쳐

장미의 문

자기 팔까지 기어가도록 쐐기벌레를 내버려뒀다. 침이 달린 작은 벌레들이 자신을 쏘고 찌르게 내버려뒀고 사람들에게 자신을 쏘는 쐐기벌레의 침을 보여주었다. 사람들은 소름이 끼쳤다. 기겁을 했다. 주시는 땀구멍이 많은 피부가 완전히 벌겋게 부어오르고 가렵기 시작할 때야 그 짓을 멈췄다. 주시에게 발적과 가려움증은 인생의 새로운 획득물이 되었다.

주시는 항상 자신의 새로운 획득물을 갈망했다. 마치 당시 찬물을 마시면 만병을 치유할 수 있다는 소문에 사람들이 눈만 뜨면 주저없이 찬물을 두 대접이나 마셨던 것처럼 말이다. 이후 다시 대상이 찬물에서 닭피와 홍차버섯(콤부차)로 바뀌자 전국이 다시 들썩거리며 닭피와 홍차버섯을 마시기 시작했다. 바람을 이뤄줄 이런 획득물이 있어야 눈앞의 시간이 침체기를 벗어나 마침내 당신 생활에 변화를 일으키기 시작하고, 그제야 원래 바라던 것들이 바로 이 '마침내'였다고 깨닫게 되었다. 오랜 세월이 지난 후에도 사람들은 여전히 당시 '마침내'에 대한 기억을 간직했다.

수년이 지난 후 쑹주시는 매번 그해 자신의 '마침내'를 떠올릴 때마다 무엇보다 먼저 매일 아침 이루어졌던 '조청시'에 감격했다. '조청시'가 있었기에 쐐기벌레를 잡을 수 있었고, 그렇게 가까이서 다치의 목을 볼 수 있었고, '조청시' 때 예룽베이가 언제나 참석하지 않는다는 사실을 발견할 수 있었다.

이제 쥐나 쐐기벌레는 주시에게 더 이상 중요하지 않다. 중요한 건 다치의 목, 예룽베이의 부재다. 이 두 가지가 전혀 연관이 없어 석연치 않지만 그래도 주시는 어쨌거나 이를 한데 연결했다. 아마도 예룽베이가 나타난 후 더 이상 다치의 목에 주목하지 않게 된 걸 보면

한 사람의 부재로 인해 다른 사람의 목이 당당하게 시야에 들어왔던 건 아닌가 생각했다.

주시는 반듯하고 살집이 두둑하며 짧은 목이 눈에 들어왔다. 영원히 그 자리에 있을 것 같은 여드름 몇 개가 나 있었다. 세탁으로 허옇게 바랜 작업복의 작은 깃이 온종일 목을 비비댔다. 주시는 늘 그 마찰로 인해 여드름이 끊임없이 자극을 받을 거라고 생각했다. 마찰 때문에 닿치는 기분이 좋을까, 가려울까, 가려움과 즐거움이 닿치에게는 또 어떻게 구분이 될까 알지 못했다. 아마 닿치는 이 둘을 구분하지 않았을지도 모른다. 아예 가려움 자체가 미세한 통증이란 사실을 알지 못했을 수도 있다. '여드름'이 목에 가득했기 때문에 목이 집요하고도 끈질기게 주시의 시선을 사로잡았을 수 있다. 주시는 아무 준비도 없이 속수무책으로 닿치의 목을 볼 수밖에 없었고 심지어 쐐기벌레도 잊어버리고, 쥐를 섬멸하겠다는 열정도 잊어버렸다. 잠자기 전 여전히 의례적으로 쥐덫을 침대 다리 옆에 놓긴 했지만 덫에 끼울 미끼는 종종 잊어버렸다. 주시는 소홀했던 일을 떠올리며 내일은 예전처럼 모든 준비를 해야겠다고 마음먹었다. 하지만 다음, 또 다음 날 밤이 와도 쥐들은 여전히 주시의 미끼를 발견할 수 없었다. 그로 인해 주시는 문득 곁에 있는 촹탄에게 소홀했었다는 사실을 떠올렸다. 그녀가 무력하게 연민의 마음으로 반쯤 눈을 뜨고 잠에 곯아떨어진 촹탄을 바라보았다. 그 순간 문득 자신이 그를 멀찌감치 내팽개쳤다는 생각이 들었다. 주시는 눈앞의 촹탄이 마치 영원히 미끼가 달리지 않은 빈궁한 쥐덫처럼 느껴졌다. 이에 비해 자신은 마치 비대한 암쥐 같았다. 자신이 쥐덫을 무시하는 것 역시 미끼 한 조각이 없기 때문이라고 생각했다. 비대한 암쥐는 오히려 쥐덫에 뭔가 시주를 해야 할 것처

장미의 문

럼 느꼈다.

주시가 그에게 뭘 줘야 할까, 그건 연민이다. 그때 주시는 이미 정신적인 부자가 되었기 때문이다. 비록 주시는 자신의 정신적 풍족함이 기껏해야 '조청시'에 한 사람이 나오지 않고, 한 사람의 목이라는 것을 정확히 알지는 못했지만 말이다.

언제부터일까, 다치 역시 자기 목이 껄끄럽게 느껴졌다. 매일 아침 주시 앞에 서면 뭔가 자신의 목에 조금씩 구멍을 뚫는 것 같은 기분이 들었다. 조심스럽긴 해도 수상하진 않았다. 전혀 수상하지 않은 은근한 느낌에 부자연스럽던 목은 마치 다리미에 눌린 듯 따뜻해지면서 편안해졌다. 다치는 뜨거운 피가 끓어오르기 시작하면서 수줍은 듯 그 느낌을 받아들이며 이 모든 것이 한 여인의 시선 때문이란 사실을 느꼈다. 그로 인해 그는 문득 눈앞의 메이메이를 떠올렸고, 이런 편안하고 뜨거운 피의 열기가 바로 메이메이를 소홀히 대했기 때문이라고 생각했다. 메이메이를 아이로 생각하지 않을 수 없다고 해도 세상에 아이를 소홀히 대하는 것보다 더 심한 실수가 있겠는가? 이는 마치 무심히 화초 한 줄기를 망친 것이나 마찬가지다. 비록 애초에 그 화초를 존중해서 감히 건드리지 못했다 하더라도 말이다.

하지만 다치는 주시의 눈길을 여인의 눈길이라 생각할 수밖에 없었다. 여인의 눈만이 그를 수줍게 만들 수 있었다. 그는 처음으로 여인의 눈빛에 마음이 어수선했다. 눈빛이 당신의 앞에 있든 뒤에 있든 심란한 기분을 느낀다면 그건 그 눈빛 때문이다. 평소 그는 주시와 마주칠 때마다 그 눈빛을 피하고 싶었다. 심지어 눈빛을 피하기 위해 인사조차 하지 않았다. 주시 역시 그에게 인사를 하려는 낌새는 없었다. 하지만 이런 행동 때문에 오히려 더 방어를, 방어 불가능한 방어를 떠올렸다.

주시와 다치는 현장에 나오지 않는 예룽베이와는 달랐다. 예룽베이와 주시는 그때까지는 서로 상대를 방어하지 않았다. 예룽베이는 다치의 목이 아니고, 그 역시 여인의 눈빛에 자신을 '꿰뚫는' 느낌을 받거나 그 눈빛 때문에 '심란'한 적이 없었다. 그는 똑바로 자기 닭을 바라보듯 주시를 볼 수 있었다. 주시는 그를 똑바로 바라보았지만 그의 닭은 보지 않았다.

하지만 다치는 자기도 모르는 사이에 매일 방어 불가능한 방어를 했다. 그는 이처럼 방어하는 가운데 메이메이에 대한 증정에 더 힘을 기울였다. 하루는 그가 메이메이에게 성냥갑 크기만 한 '노삼편'老三篇128)을 주며 세상에서 제일 작은 크기의 '노삼편'이라고 말했다. 메이메이가 두 손으로 '노삼편'을 받들어 펼쳤다. 종이가 매미 날개처럼 얇고 글자는 바늘 끝처럼 작았지만 흠뻑 빠져들기 충분할 정도로 분명하게 보였다. 원래 메이메이는 작은 협탁에 '노삼편'을 넣어두려 했다. 하지만 그 날이 떠오르자…… 생각을 바꿨다. 메이메이는 '노삼편'을 대체 어디에 보관해야 할지 머리를 쥐어짰다. 성냥갑만 한 이 보물이 자신을 더 복잡하게 만들 거란 사실을 알았지만 이 복잡한 물건이 드러나지 않도록 생각을 짜내느라 꼬박 하루를 정신없이 보냈다. 하루 내내 메이메이는 많은 실수를 저질렀다. 메이메이가 해야 할 막일을 많이 잊어버렸다. 그 안에는 냄비를 불에서 내려놓는 것도 있었다. 그날 밤, 주방 난로 위에서 냄비가 칙칙 요란하게 소리를 냈다. 평소 주

---

128) 문화대혁명 기간에 자주 인용되었던 마오쩌둥 세 편의 저작. 《인민을 위해 복무하라》爲人民服務, 《노먼 베순을 기념하며》記念白求恩, 《우공이산》愚公移山

장미의 문

방에 들어가지 않는 챵탄이 그 소리를 듣고 깜짝 놀랐다.

챵탄이 주방에 들어가 불을 켰다. 가장 먼저 증기 때문에 들썩거리며 치익칙 소리를 내는 냄비뚜껑이 눈에 들어왔다. 뚜껑이 그 충격에 옆으로 기울어져 냄비에서 김이 뿜어져 나오고 있었다. 당황한 챵탄은 김 너머로 봐서는 안 될 것을 봤다. 털 없는 분홍빛 작은 물체였다. 작은 물체가 냄비에서 바글바글 끓고 있었다. 주시가 그날 자기 앞에서 배를 갈라 꺼냈던 것들이다. 그는 주시처럼 당당하게 그것들을 꺼내 사람들에게 보여주고 싶었다. 하지만 그의 의식은 분명하게 말하고 있었다. 그건 주시가 배를 갈라 꺼낸 것, 그건 챵탄 자신이며 자신은 그 작은 물체들과 함께 냄비 안에서 바글바글 함께 끓고 있었다. 진짜 현기증이 몰려왔다. 그가 바닥에 쓰러지면서 냄비가 엎어졌다. 냄비 안의 분홍빛 어린 정령들이 그를 향해 튀어나와 그의 다리, 그의 발, 그의 전신에 붙었다. 그 후로 그는 아무것도 생각이 나지 않았다. 그저 자신이 자신의 동족과 함께 사람들이 있는 곳으로 달려가고 있다는 사실만 알 뿐이었다. 챵탄은 그 달리기에서 누구에게도 뒤지지 않았다. 그 달리기를 통해 주시, 쓰이원, 챵사오젠, 메이메이, 챵천 그리고 모든 사람들 앞에서 자신이 보여준 일체의 아쉬움과 무기력한 모습을 되돌리고 싶었다.

챵탄이 죽었다, 작은 냄비 앞에서 죽었다. 냄비 안에는 주시가 넣은 오향 땅콩이 들어 있었다. 아마도 환자 하나가 주시가 진료에 집중하는 사이 그녀 가방에 슬쩍 넣었나 보다. 반 킬로그램도 채 되지 않는 양이었다. 당시 환자는 유료油料작물이라 불리던 국가통합물자를 귀하게 여겨 자신을 잘 보살펴준 의사에 대한 보답으로 이를 가방에 넣었다. 때로 의사의 보살핌은 상대를 기사회생시킬 수도 있지만 이러한 다른 사람의 '기사회생'으로 인해 좡탄은 숨을 거뒀다. 이는 마치 웃기면서도 슬픈 인생의 공식 같다. 베이징 사람들의 표현 가운데 '캉저'^{扛着}[129]라는 말이 있는데 여기에 이런 웃픈 현실의 의미가 담겨 있다. 예를 들어 막 새 차 한 대를 뽑았는데 길에 나갔다가 부딪쳐 얼빠진 상태가 되었을 때도 이렇게 표현하며, 당신이 승진하려는데 다른 사람이 당신을 대신했을 때도 마찬가지 표현을 쓴다. '캉저'는 우스꽝스러운 의미와 함께 큰 재난이 다가오고 있다는 의미를 품고 있다.

쓰이원, 주시 그리고 메이메이가 거의 동시에 주방에서 나는 소리를 들었다. 앞다투어 달려간 그들은 바닥에 누워 있는 좡탄을 발견했다. 주시가 맥박을 집고 눈꺼풀을 뒤집어 그의 동공을 살폈다. 또한 엎드려 그의 심장소리를 들었다. 모든 상황으로 볼 때 좡탄은 죽은 사람이었다. 병실, 수술대에서 주시가 봤던 사망자들처럼 그는 산 사람이 갖춰야 할 조건을 하나도 갖추지 않았고, 오직 죽은 자의 조건만 다 갖추고 있었다. 주시가 말없이 여전히 따뜻한 좡탄을 안아올리며 메이메이를 불러 그가 낮에 탔던 '페이거^{飛鴿} 대연합^{大鏈盒}'[130]을 밀고 오라고 한 후 쓰이원에게 좡탄의 다리를 안으라고 했다. 주시는 좡탄을 산 사람처럼 자전거 뒷자리에 싣고 그를 밀면서 나가도록 했다. 주시는 쓰이원과 메이메이를 포함해 사합원 안 모든 사람들에게 그들이 밀고 가는 사람이 산 사람이라고, 응급구조를 하면 다시 자기 발로 걸어 샹사오후퉁으로, 이 사합원으로 다시 돌아올 사람이라고 믿게 하고 싶었다.

---

129) 원래 '캉저'의 의미는 어깨에 물건을 올려둔 상태를 말한다.
130) 자전거 브랜드. 당시 청년들에게 유행하던 스타일로 체인에 외피가 둘러 있다.

장미의 문

주시는 가는 길에 메이메이에게 자전거를 밀라고 하고 자신은 창탄의 허리를 받친 채 쓰이원에게는 등을 받치라고 했다. 세 여자가 숨을 헐떡거리며 창탄을 밀고 응급구조시설도 없는 인근 작은 병원에 들어섰다. 주시는 응급구조가 아무 소용이 없다는 사실을 잘 알고 있었다. 하지만 다른 사람 입을 통해 가족들에게 창탄의 죽음을 알리도록 하고 싶었다.

엄숙한 표정의 의사가 창탄을 대상으로 주방에서 주시가 했던 모든 동작을 되풀이한 후 다시 엄숙하게 가족들을 향해 말했다.

"사망하셨습니다. 심장 발작입니다."

"선생님 말씀은……"

주시가 쓰이원을 대신해 의사에게 물었다. 주시의 얼굴에 그제야 과하지 않은 경악의 표정이 드러났다.

"사망하셨습니다. 맥박, 혈압, 심장박동이 전혀 없습니다. 사망 전에 무슨 충격을 받았습니까?"

의사가 물었다.

주시와 쓰이원이 서로를 마주보며 고개를 저었다.

"물론 반드시 충격을 받아야 하는 건 아닙니다. 충격이 종종 이런 급사의 주요 원인이라서요."

의사가 말했다.

주시와 쓰이원이 약속이나 한 듯 눈물을 흘렸다. 의사의 사망 선고를 들은 메이메이는 자신이 밀고 온 삼촌이 이미 죽어 있었다는 사실을 알고 공포와 두려움을 느꼈다. 메이메이가 두려웠던 건 죽음 자체가 아닐지도 모른다. 삶과 죽음의 경계가 그렇게 한 끝 차이라는 사실이, 그저 숨 하나 차이라는 사실이 두려웠다. 그 숨이 사라지는 것,

죽음이 이렇게 쉬운 거라니. 메이메이는 생명의 가벼움에 공포를 느꼈다. 메이메이가 큰 소리로 울기 시작했다. 삼촌에 대해 이렇게 쉽게 공포와 두려움을 느끼다니. 쓰이원과 주시 그리고 자신에게 삼촌의 존재가 어떤 의미였는지 확실하진 않지만 삼촌이 세 여자보다 불쌍하다는 것만은 알고 있었다. 아마도 메이메이는 주방을 떠올리면서 삼촌의 죽음을 자신이 드나들던 그 주방, 이미 여기저기 찌그러진 양은 냄비와 연관을 지었을지도 모른다. 주방과 작은 냄비 때문에 삼촌이 더 불쌍하게 느껴졌다. 아마 메이메이는 영원히 그 의사가 말한 '충격'이 바로 냄비 안에 끓고 있던 물체란 사실을 모르겠지만 말이다. 메이메이는 쓰이원, 주시보다 더 슬프게 울었다.

주시는 이곳에서 마냥 이렇게 크게 슬퍼하고 있을 수만은 없다고 생각했다. 그가 쓰이원과 메이메이를 달랬다. 주시는 환자의 가족들이 자기 앞에서 지나치게 감정을 드러내는 모습이 제일 싫었다. 그 모습이 대부분 세상의 진심이긴 하지만 말이다.

쾅탄의 시신은 집으로 돌아가지 않고 바로 병원에서 화장터로 갔다. 떠나기 전 쓰이원은 직접 아들의 허리에 무명천을 매주었다. 쓰이원은 아들에게 상장을 달아주며 미리 자신의 장례를 치르도록 했다.

쾅씨 집안은 크지도 작지도 않은 장례식을 치렀다. 모든 일이 잠잠해진 후 주시는 그날 밤, 의사가 말했던 충격이란 말에 대해 생각했다. 그날 밤 제일 먼저 주방으로 달려간 주시는 쾅탄 몸에 달라붙어 있는 분홍색 작은 물건을 발견했다. 주시는 그 물체가 의사가 말한 충격이라고는 전혀 생각지 않았다. 그녀는 그 후 종종 그날 밤 세세한 상황에 대해 자주 기억을 떠올렸다. 그 냄비 안의 물건이 다른 사람 눈에는 국가통합구매물자로 보이겠지만 쾅탄에게는 그렇지 않았을

장미의 문

것이라고 굳게 믿었다. 그 물체는 일요일 암쥐의 해부와 깊은 관련이 있었다. 주시가 조심스럽게 마치 눈알을 가르듯 암쥐 자궁에서 꺼낸 작은 물체, 그리고 챵탄 눈앞의 그 작은 냄비 속 국가통합구매물자는 생김이 정말 비슷하다. 챵탄은 주시보다 더 일찍 이를 발견하고 끊임없이 구토를 했다……

하지만 이 모든 것 때문에 주시는 더 크게 슬퍼하거나 후회하지 않았다. 사람은 저마다 감각이 다르며 이는 극복할 수 없는 천성이다. 사람의 감각 차이가 어찌 이 작은 쥐의 태아에게만 국한되겠는가? 갑자기 연못에서 뛰어나온 개구리가 사람을 놀라게 해 죽게 만들 수도 있다. 이에 비해 어떤 애들과 의사는 개구리를 가지고 놀기도 한다. 아이들은 개구리가 뛰고 소리를 내기 때문에 좋아하고, 의사는 개구리가 인류의 축소판이면서도 자기 연민에 사로잡혀 걸핏하면 소리를 지르는 일이 없기 때문에 좋아한다. 뱀과 바퀴벌레, 메뚜기, 도마뱀붙이…… 세상 모든 생물에 대해 사람들은 다른 느낌을 받는다. 번개, 천둥, 어두운 골목, 공간을 스치는 바람도 예외는 아니다. 경축의 밤 호화찬란한 불꽃놀이, 영화 속 사방을 비추는 빛줄기 모두 사람들에게 주는 느낌은 제각각이다. 메이메이는 어릴 적 영화에서 나오는 빛이 가장 무서웠다. 매번 아빠와 엄마를 따라 영화를 보러 갔을 때 사방으로 흩어지는 빛을 피하기 위해 아빠나 엄마 품에 고개를 깊숙이 묻었다. 아빠와 엄마는 미안해하며 주위에 있는 관중들이 행여 정치적인 각도에서 그들을 의심하지 않을까 걱정했다. 그 후 그들은 메이메이에게 금빛이 나오는 의미부터 왜 꼭 금빛이 반짝여야 하는 건지, 또한 메이메이가 어떤 식으로 늠름하게 나아가 늠름한 금빛을 영접해야 하는지 격려와 지도를 아끼지 않았다. 하지만 매번 사방으로 금빛이 퍼지기 시작하면 메이메이는 공포를 느꼈다. 바로 인류 감각의 차이 때문이다.

주시는 인류 감각의 차이를 생각하며 슬픔 속에 마음의 안정을 찾았다. 그녀는 챵탄을 너그럽게 대했던 자신의 모습을 더 많이 회고했다. 주시는 포용적인 태도로 보통 사람은 참기 힘든 '트림'을 참았다. 어디 참다뿐인가. 이는 세상 무엇보다도 가장 관대한 행동이었다. 주시의 관대함이 있었기 때문에 챵탄은 평생 남자로서 찬란하게 패기霸氣있게 살 수 있었다. 이유는 모르겠지만 주시는 '패기'라는 단어를 떠올렸다. '패기'라고 하니 강점彊占했다는 느낌이 든다. 주시는 챵탄이 자신을 강점했었다는 말로 하늘에 있는 챵탄의 영령에게 포상을 해주고 싶었다. '강점'은 남성다운 기개를 가진 남자에 대한 표현이다. 주시는 하늘에 있는 챵탄의 영령이 내심 깊은 곳에서 우러난 자신의 포상을 받길 바랐다.

주시는 마음의 슬픔을 가라앉히고 세세한 일들은 그냥 넘겨버렸다. 생활의 모든 것을 분명히 규명할 수는 없다. 생활이란 머리 위 가지런한 지붕 같지도, 반듯하게 규칙적으로 만들어진 골목 같지도 않다. 생활이란 골목의 회색 담장 뒤로 자리한 마당, 마당 안의 문, 창문 커튼의 틈과 같고, 틈 사이 사람들이 육안으로 볼 수 없는 갖가지 모습을 닮았다. 그 어떤 것도 필연적인 것은 없고 그런가 하면 모든 것이 필연일 수도 있다. 주시는 마음의 평온을 찾고 새로운 시작을 준비하고 있다.

쓰이원은 매번 챵탄을 생각할 때마다 이름 모를 원망을 하게 된다. 의사가 말한 충격이 무엇을 의미하는지 영원히 이해할 수 없었지만 말이다. 설마 그 작은 양은냄비, 내력이 분명치 않은 주시의 땅콩에 충격을 받았을까? 하지만 그러면서도 그 냄비와 냄비 안에서 바글바글 끓던 땅콩을 원망했다. 그로 인해 쓰이원은 내력이 분명치 않은 땅콩이 주시와 연관이 있다고 생각했고, 그날 밤 '내력이 분명치 않은' 가열을 다시 메이메이와 연결했다. 쓰이원은 그날 왜 메이메이가 주방 일에 소홀했는지 모른다. 주시가 당신에게 냄비를 놓고 끓이라고 했다면 그 요리는 당신의 것이다. 그건 원래 그렇게 시작했다가 그렇게 끝날 일이었다. 메이메이가 그 냄비를 소홀히 하는 바람에 아들 쾅탄이 직접 주방에 갔다가 쓰러지는 일이 발생했다. 만약 그때 아들이 침대에 누워 있었다면 위험하게 넘어졌을 리가 없다. 결국 쓰이원은 다시 쾅탄이 넘어진 일, 주시의 '내력이 분명치 않은' 땅콩, 냄비를 잘 살피지 않은 메이메이를 단단히 연결했다. 쓰이원은 주시에게 몰래 연락을 하거나 주시가 출근한 틈에 안방에 대고 이를 악물고 이를 박박 갈며 중얼거릴 뿐이었다.

"고아원 출신처럼 그깟 땅콩 두 줌 가지고!"

"비렁뱅이와 다름없어!"

메이메이에 대해서는 더 이상 혼자 중얼거리지 않았다. 매번 쾅탄의 죽음을 떠올릴 때마다 쓰이원은 언제 어디서나 메이메이를 불러 반복해서 묻고 또 물었다. 메이메이는 애써 사건이 난 그날을 떠올렸다. 그녀 역시 메이메이가 그날 정신이 없었다고 느꼈고 점심에 밥을 할 때 냄비가 눌었던 생각이 났다.

"메이메이, 그날 밤 삼촌이 주방에 갔을 때 넌 어디 있었어?"

쓰이원이 물었다.

"안방에 있었어요."

메이메이가 대답했다.

"안에서 뭐했는데?"

"숙모가 제 머리 감겨주고 있었어요."

"네가 머리 감았어 아니면 숙모가 널 감겨줬어?"

"숙모가요. 숙모가 샴푸 사왔어요."

쓰이원과 메이메이 대화의 첫 번째 부분이다.

"주방에 냄비가 있는 거 알았어, 몰랐어?"

쓰이원이 물었다.

"알았어요."

"알면서 왜 신경을 안 썼어?"

"그런 거 아니에요. 씻고 나서 내려놓으려고 했어요."

"삼촌이 주방 들어가는 소리 못 들었어?"

"못 들었어요."

쓰이원과 메이메이 대화의 두 번째 부분이다.

"그날 낮에도 냄비 눈지 않았었어?"

쓰이원이 물었다.

"네."

메이메이가 대답했다.

"그때도 숙모가 머리 감겨줬어?"

"아뇨."

"그럼 그때는 왜 그랬어?"

"……"

쓰이원과 메이메이 대화의 세 번째 부분이다.

따로따로 나눠 생각하기 힘든 세 부분의 대화가 끝난 후 쓰이원의 마지막 정리는 단 한마디 '쓸모가 없어'였다. '쓸모가 없어'라는 말

장미의 문

이 뭘 의미하는지에 대해 쓰이원은 설명하지 않았다. 아마 다시 물어 봐야 별 필요가 없는 말일 수도 있다. 어차피 네가 벌인 일이야. 아마 더 심각한 의미를 담고 있을지도 모른다. 몇 년을 한결같이 애써 가르치고 영도자의 지도까지 있었건만 메이메이는 당연히 갖춰야 할 교육적 효과가 드러나지 않았다. 그러고 보니 사람은 머리가 복잡해지면 첫 번째 나타나는 특징이 정신이 없고 자꾸 뭔가 잊어버리나 보다. 밥을 태우든지 아니면 냄비를 앉혀놓고 머리를 감으러 간다. 쓸모가 없어. 쓰이원이 쫭천에게 편지를 보내 메이메이에 대해 지적했던 일도…… 쓸모없는 일이다.

그날 이른 아침, 나무 아래 서서 '조청시'를 마친 사람들이 막 흩어지려는 찰나, 원래 한 사람이 부족해야 하는 자리에 오히려 두 사람이 늘어났다는 사실을 발견했다.

쫭천과 샤오웨이다.

38

쫭천의 방문은 장례식 때문이 아니었다. 하지만 쫭탄의 죽음에 대한 슬픔은 진심이었다. 안으로 들어온 쫭천은 채 앉기도 전에 얼굴을 가리고 실성한 듯 엉엉 울기 시작했다.

쫭천이 서럽게 우는 이유는 쫭탄의 마지막 모습을 보지 못해서도, 하필 주방에서 쫭탄이 죽음을 맞이해서도, 또한 쫭탄의 짧은 인생에 대한 여러 가지 아쉬움 때문도 아니었다. 쫭천은 그저 한 가지 일을 떠올렸기 때문이다. 쫭탄이 어렸을 때 누나인 쫭천은 늘 쫭탄을 여자애처럼 꾸몄다. 당시 쾅탄은 누나가 하는 대로 얌전히 가만히 있었다. 누나의 꽃무늬 공단 솜저고리를 입고 머리에 누나의 플라스틱 머리핀을 꽂고 누나와 함께 손을 잡고 놀며 사진을 찍었다. 지금도 쾅천은 '그 여자애'와 함께 찍은 사진을 가지고 있다. 플라스틱 머리핀도 어쩌다 보니 아직도 가지고 있었고 그렇게 그 물건은 쾅탄의 유물이 되었다.

당시 여자애로 분장한 쾅탄이 트림을 했다. 쾅탄은 자기 옆에 서서 계속 트림을 하는 '여자애'가 유난히 불쌍했다. 그 애는 여자애였으니까.

메이메이조차도 서럽게 우는 엄마의 모습이 유별나다는 느낌을 받았다. 엄마는 훌쩍거리지도, 몰래 눈물을 훔치지도 않았다. 대놓고 서럽게 통곡했다. 메이메이는 엄마의 울음소리가 낯설면서도 익숙했다. 어릴 때 메이메이는 쑤이청 거리에서 이렇게 우는 사람들을 봤다. 상여 행렬, 차량과 관, 흰 천, 종이 깃발이 보였고 행렬에서 곡소리가 흘러나왔다. 엄마는 어디서 이렇게 우는 걸 배웠는지 모른다. 메이메이는 분명히 엄마가 쑤이청 흉내를 내고 있을 거라고, 지금 살고 있는 시골 농장의 모습을 흉내 내고 있을 거라고 생각했다. 엄마의 울음소리가 진심이라고 느끼긴 하지만 이곳 사합원과 베이징에 정말 어울리지 않았다. 메이메이는 엄마가 외할머니 앞에서 정말 이렇게 울지 말았으면 좋겠다고 생각했다. 엄마가 외할머니의 아들을 위해 울고 있고, 외할머니는 엄마에게 감동해 계속 눈물을 흘리고 있지만 외할머니는 분명히 자기보다도 더 저런 울음소리를 싫어할 것이다.

과연 엄마와 외할머니가 잠시 함께 울고 난 후 외할머니가 엄마에게 다가갔다. 외할머니가 엄마의 팔을 잡아당기며 수건을 건넨 후

장미의 문

침대 가장자리에 앉혔다. 이 세 동작 모두 엄마에게 그만 울라는 암시였다. 과연 엄마는 침대 가장자리에 앉아 수건을 건네받은 후 채 수건으로 눈물을 닦기도 전에 금방 눈물을 그쳤다. 마치 이 집에 사는 쾅탄이 죽지 않았고, 엄마 역시 운 적이 없는 사람 같았다. 조금 전 눈물은 그저 하품을 크게 하다 보니 나온 거란 느낌이 들었다. 엄마의 주의력은 금세 다른 쪽으로 향했다. 엄마가 샤오웨이를 불러 자연스럽게 샤오웨이 머리에 붙어 있는 풀씨(농장에서 묻어온)를 떼어내며 메이메이를 살폈다. 늦가을인데 메이메이는 여름 꽃무늬 셔츠를 입고 있었다.

사람들은 금방 울다가 아무 조짐도 없이 바로 정색하는 엄마의 모습에 종종 매사에 진정성이 부족하다고 생각한다. 엄마를 진심으로 이해하는 사람만이 그렇게 울다가 갑자기 울음을 그치고 바로 이어 다른 곳에 주의해도 조금 전 엄마의 눈물이 진심이 아니었다고 의심하지 않는다. 게다가 '어쨌거나 상관없어'라는 식의 쾅천의 모습은 남동생의 죽음이나 딸의 존재에만 국한되지 않았다. 쾅천은 '어쨌거나 상관없어'라는 식의 자유로워 보이지만 의미는 남다른 사람됨의 원칙을 자신과 더불어 남에게도 똑같이 요구했다. '어떻게 해도 상관없는' 분위기는 쾅천과 쑤유셴의 가정에도 가득했다.

"쾅천, 이 양복에 어떤 넥타이가 어울릴 것 같아?"

쑤유셴이 아내에게 물었다.

"어떤 것 해도 상관없어요."

쾅천이 말했다.

"엄마, 내일 '6월 1일(어린이날)'인데, 원피스 입어도 돼요?"

메이메이가 쾅천에게 물었다.

"응. 아무거나 입어도 돼."

쾅천이 말했다.

"엄마, 나 약도 먹어?"

샤오웨이가 농장에서 고열이 나자 쾅천에게 물었다.

"먹어도 되고, 안 먹어도 되고."

쾅천이 말했다.

별로 신경을 쓰지 않는 것 같은 '어떻게 해도 상관없다'는 말이 넓고 큰마음인지 아니면 삶에 대한 도피 같은 일종의 회피나 외면의 모습인지 판단하긴 쉽지 않다. 이는 매우 약해보이면서도 특별히 강경한 느낌을 준다. 세상의 아무리 큰 변화도 쾅천을 흔들 수 없을 것처럼 강경하다. 때로 당신은 이런 말에 무한 감동을 느끼지만 때로 대판 한번 붙고 싶은 생각이 든다.

쾅천은 쑤유센과 결혼하기 전에 이런 규칙으로 쓰이원과 17년을 함께 살았다. 이 규칙은 합리적이었다. 그들은 이런 규칙으로 인해 대부분 사이좋은 시간을 보냈다. 심지어 모녀 같지도, 나이 차이 많은 자매 같지도 않았고 더더구나 조석으로 함께하는 동성의 친구 같지도 않았다. 무슨 관계 같은지 그들도 딱히 자신들의 관계를 규정할 수 없었다. 두 여자는 서로에게 아무런 요구도 없었다. 요구가 없으니 당연히 요구로 인해 하기 싫다거나 짜증이 나는 일도 없었다. 요구가 없는 둘의 생활은 자유로웠다. 쓰이원은 쾅천이 원하면 극을 보러 갔다. 두 사람은 평등하게 경극, 신극 공연을 보러 다녔다. 쓰이원은 쾅천이 원하면 친척을 만나러 갔다. 이에 종종 친척집에 나란히 앉아 있는 쓰이원과 쾅천을 볼 수 있었다. 쾅천은 친구처럼 아몬드과자나 과일건조칩을 먹고 싶으면 마음대로 쓰이원의 지갑에서 돈을 꺼냈다.

장미의 문

창천이 하교해서 집에 돌아오면 쓰이원 역시 마음대로 창천의 가방에서 '파치 땅콩'[131]을 꺼내 먹었다. 창천은 마음대로 딩 아줌마 방에서 가져온 쪽파를 쓰이원이 준비한 연회석에 올리고 느긋하게 이를 오물거렸고, 쓰이원 역시 창천이 공부할 때 자신은 유성기를 틀고 메이란팡梅蘭芳[132]의 〈태진외전〉太眞外傳을 들었다. 이 모든 일은 쓰이원이 창천을 아껴서 생긴 습관이 아니며 창천 역시 일부러 쓰이원에게 아양을 떨고 비위를 맞추려던 것이 아니었다. 이는 엄격하지 않은 가정 분위기에서 자연스럽게 형성된 습관이다. 그로 인해 두 사람은 일상이 편안했고 상대방의 존재로 인해 사유나 행동에 번거로움을 느끼는 일이 대폭 줄었다. 이처럼 제어되지 않는 자연스러움이 지금까지 이어졌고, 그래서 함께 커다란 침대에 누워 서로 짜증내지 않고 낮이고 밤이고 함께 잠을 잘 수 있는 현재의 모습이 가능해졌고, 잠시 마주 보고 울다가 갑자기 울음을 그치는 일이 가능했다.

창천은 매번 쓰이원과 함께했던 나날을 떠올릴 때면 그리움에 젖었다. 창천에게 창사오젠이 그림자라면 쓰이원은 삶에 실재하는 존재였다. 이 삶의 '실재'는 창씨 집안이 '태평성세'였을 때뿐만 아니라 가장 운수가 사나웠을 때에도 여전히 지속되었다. 당시 '일을 낸' 창사오젠이 창씨 집안에 몰고 온 엄청난 충격에 한때 모녀 두 사람은 부추 3편, 새우만두 2편밖에 살 돈이 없었다. 당시 창천의 마음에 자리한

---

131) 원래 이름은 '半空儿花生', 직역하면 '반쯤 비어 있는 땅콩'이란 의미로 베이징 사람들이 쓰던 표현이다. 가난했던 시절, 알맹이가 실하지 못해 옹골차지 않은 불량 피땅콩을 많이 팔았다.

132) 경극 배우. 1894~1961. 청나라 말기부터 중화민국, 중화인민공화국에 걸쳐 활동했다. 경극을 융성시킨 4대 여역 명배우 중 한 사람.

쓰이원은 여전히 '실재'하는 존재였다. 아버지 챵사오젠은 절대 3편에 2편 합쳐 5편하는 만두를 생각할 수 없겠지만 쓰이원은 생각해냈다. 비록 만두를 먹을 때 지나치게 식탐을 부리는 상대방 때문에 한순간 서로를 흘겨볼 수 있었지만 그 순간이 지나면 다시 둘 사이에 유쾌한 분위기가 찾아왔다. '어쨌거나 상관없어'가 인생을 대하는 챵천의 최소 요구라면 챵천 앞에서 쓰이원은 원래 생각하는 '어쨌거나 상관없어'보다 훨씬 더 자유롭게 행동했다.

챵천은 '어쨌거나 상관없어' 속에 청소년기를 보내고 청년이 되었다. 고등학교 다닐 때는 원래 칭화淸華대학 토목학과에 가고 싶었다. 하지만 우연히 언젠가 '아이워워'艾窩窩라는 친구가 "토목과 가지 마. 우리같이 베이징대학 도서관학과에 가자."라고 말하자 챵천은 "어쨌거나 상관없어."라고 대답했다. 이에 그녀는 베이징대학 도서관학과에 들어갔다. 챵천은 졸업 전에 쑤유셴을 알게 되었다. 쑤유셴은 당시 이미 농업대학에서 교편을 잡고 있었다. 그들은 연인이 되었고 둘 사이에서 쑤메이와 쑤웨이가 태어났다. 때로 챵천은 자기 논리대로 생각했다. 만약 남편이 쑤유셴이 아니었다면 메이메이와 샤오웨이는 분명히 성이 쑤가 아니었을 거야. 성이 뭘까…… 성이 뭘까, 물론 어쨌거나 상관없어, 뭔가 있었겠지.

'어쨌거나 상관없어'라는 챵천의 사고방식으로 인해 그녀와 쑤유셴의 결합 역시 순조로웠다. 그들의 애정 전선에는 우여곡절이 없었다. 당시 청년들도 모든 시기의 청년들과 마찬가지로 사랑에 대해 자기들만의 독특한 견해가 있었다. 때로 이런 견해는 홍분제처럼 청년들에게 혼란을 가져온다. 요구가 까다로워 바다에 들어가 달을 따오라는 둥, '여와처럼 하늘 구멍을 메우라는 식'일수록 사람들은 그 생

장미의 문

각 때문에 잠도 제대로 못 자고, 먹을 것도 제대로 먹지 못한 채 혼란에 빠진다. 해방 초기 여성 청년들은 혁명과 신 중국에 대한 열애, 이나라를 만든 지도자들에 대한 열애를 기반으로 자신이 찾는 연인에 대해서도 지도자와 같은 기준을 요구했다. 여성 청년들은 이를 환상으로 여기지 않았을지도 모른다. 란핑藍苹[133], 왕광메이王光美[134] 역시 평범한 여자야. 그럼 그 여자들의 남편, 애인은 왜 위인이 됐지? 평범한 여자들은 왜 이를 이상으로, 이를 실제 목표를 삼지 않을까? 그건 그야말로 여성 사상의 가장 호방하고 위대한 혁명이다. 결국 누군가 나서서 평범한 여자들이 위인을 찾는 건 과분한 행동은 아니지만 어쨌거나 위인은 극히 소수라고 말했다. 마오쩌둥, 류사오치 또는 그들과 함께 거론할 수 있는 위인은 당시 4억 5천만 인구 가운데 아무리 많아도 몇몇에 지나지 않았다. 여자들은 그제야 어떻게 하면 공허한 힘찬 이상을 실현가능한 현실로 바꿀 수 있을지 생각했다. 젊은 여대생들 사이에 애인을 고르는 기준이 유행하기 시작했다. 바로 마오 주석의 재능, 저우언라이周恩來의 외모, 류사오치劉少奇의 당성黨性이다. 이러한 기준이 생기자 여대생들의 꿈은 더 이상 헛된 이상이 아니었다. 이들의 꿈은 생생한 현실이 되었고 이는 여자들의 시야를 대폭 넓혔다. 이런 재능과 용모, 당성을 지닌 남자가 엄청나게 늘어날 리 만무하지만 이런 남자가 열손가락으로 꼽을 만큼 적진 않다. 물론 이런 '세 가지 조건'을 갖춘 남자 역시 선결 조건이 있다. 그들은 반드시 당내에 있는 일정한 혁명 경력을 가진 노老 혁명가여야 한다. 그렇지 않으면

---

133) 장칭江靑, 1949~1959. 란핑은 배우 시절 장칭의 예명. 마오쩌둥의 4번째 부인이다.

134) 1921~2006. 중국 정치가. 중화인민공화국의 국가주석을 지낸 류사오치劉少奇의 부인.

그들의 당성을 어떻게 구현한단 말인가? 당성이 없고 재능과 용모만 준수하다면 계급성이 부족하다. 아마 당시 쓰이원과 열애했던 화즈위안이 이런 조건을 갖춘 상대였을 것이다. 하지만 쾅천이 대학을 다니던 시절, 중국에 '화즈위안'이란 남자가 존재한다는 사실을 여자들은 모르고 있었다. 하지만 어쨌거나 여성 청년들의 이런 목표는 분명히 화즈위안과 유사한 범주로 확대되었다.

쾅천과 주위 여학생들은 모두 애인에 대한 이런 기준을 추구했고 또한 이런 기준에 지나치게 집착했다. 쾅천의 친구들 가운데는 소원을 이룬 사람도 있었다. '아이워워'가 그랬다. '아이워워'는 대학 시절을 보내며 재능과 용모 그리고 당성 부분에서 지도자와 견줄 만한 사람의 자동차를 타기 시작했다. 주말이면 그의 새 'Pobeda'^{Победа135)}가 여학생 기숙사 앞에 나타났다. 친구들은 창문으로 아이워워가 외출하는 모습을 봤다. 밤에 다시 그 차를 타고 기숙사로 돌아온 아이워워는 매우 흡족하고 행복해보였다. 당시 친구들은 '아이워워'의 선택이 시대에 부합한다고 생각했다.

쾅천은 이런 유행을 좇지 않았다. 중년으로 진입 중인 서생 쑤유셴은 혁명 성지나 해방구에서 온 사람이 아니라 장제스^{蔣介石136)}가 통치하던 지역 쿤밍^{昆明}에서 왔다. 쑤유셴을 만난 후 쾅천은 자신도 모르는 사이에 시대의 낙오자가 된 듯했다. 이후 여전히 '어쨌거나 상관없어'로 자기 머리를 가득 채운 크고 작은 투쟁을 끝냈다. 그 투쟁은 두

---

135) 소련 자동차 브랜드.
136) 1887~1975. 1928~1949년 중국국민당 정부의 주석, 1949년 이후에는 타이완의 국민정부 주석을 지냈다.

사람의 결합으로 끝이 났다.

쑤유셴은 오래 기다린 사람 같았다. 그가 기다린 건 이 세상의 '어쨌거나 상관없어'였다. 그 기준이 그들의 관계를 단단하게 다졌다. 그는 언제나 조국의 소환에 따라 조국이 가장 원하는 곳으로 향했고, 촹천은 언제나 그런 그를 따라 소환된 지역에 갔다. 마치 그와 그녀는 함께 '어쨌거나 상관없어'라고 묵묵히 되뇌는 듯했다. 촹천이 대학을 졸업할 때 한 성省에서 밀 전문가가 필요했다. 촹천은 쑤유셴을 따라 그 성의 쑤이청으로 갔다. 쑤이청에서 혁명이 필요할 뿐 더 이상 밀 연구가 필요치 않자 그녀는 다시 그를 따라 지금 농장에 왔다.

남동생을 위해 통곡하던 촹천은 울음을 그치자마자 메이메이가 부쩍 키가 큰 걸 발견했다. 메이메이는 팔, 다리가 쭉 길어지면서 균형 잡힌 몸매가 되어가고 있었다. 양 갈래로 묶은 단발머리가 차분해 보였다. 팔이 자라는 바람에 안쪽 소매가 덧옷 밖으로 잔뜩 삐져나온 모습이 정말 궁상맞았다.

쓰이원은 메이메이 덧옷으로 향해 있는 촹천의 시선을 발견했다. 소매가 갑자기 짧아진 건 쓰이원의 실책이다. 쓰이원은 재봉질을 잘한다. '성자'聖加(재봉틀 브랜드) 앞에 앉기만 하면 순식간에 소매 모양을 바꿀 수 있다. 모양도 단번에 여러 가지를 생각할 수 있다. 하지만 생각하지 않았다. 생각할 필요가 없었다. 언제든지 촹천이 나타나 트집을 잡을 걱정을 할 필요가 없었다. 촹천은 그런 사람이 아니다. 촹천은 '어쨌거나 상관없는' 사람이다. 촹천의 눈빛을 보니 딸의 짧아진 소매에 별로 신경을 쓰는 것 같지 않았다. 그런데 촹천이 메이메이 덧옷을 빤히 바라본 후 딸을 끌어당겨 힘껏 소매를 잡아당겼다. 덧옷 소매가 끝내 안쪽 소매를 가리진 못했다.

챵천의 행동에 쓰이원은 그제야 신경이 쓰였다. 이유는 잘 모르겠지만 쓰이원은 괜히 무안했다. 운동이 한 사람의 사상, 관점을 변화시켰을까? 설마 챵천 역시 그 가난한 농장에서 '진지함'을 배운 걸까? 그들은 개인의 이기주의와 투쟁하고 수정주의 사상을 비판[137]하는 데 가장 열성적인 사람들 아닌가.

"애들은 미처 준비할 틈도 없이 쑥쑥 자라. 전에 너희도 그랬어."

쓰이원이 말했다. 쓰이원은 챵천에게 이 모든 것이 메이메이가 너무 빨리 자란 탓이라고 말하고 싶었다.

챵천은 쓰이원의 말에 바로 대꾸하지 않았다. 지금 챵천은 메이메이에게 소홀한 쓰이원을 상대로 '어쨌거나 상관없어'라는 태도를 취하고 싶지 않았다. 그렇다고 '그럼 안 돼'라는 식으로 쓰이원의 설명을 반박할 생각도 없었다. 다만 내일 메이메이를 데리고 나가서 몸에 맞는 옷을 사줘야 한다고 생각할 뿐이었다. 크고 넓은 세상을 생각하며 챵천은 딸을 좀 더 많이 배려하고 싶었다. 매번 들판의 바람을 맞으며 바짓가랑이와 소매를 걷어 올리면서 황토 바닥에서 밥을 먹을 때면 언제나 온 가족이 탁자 앞에 둘러앉아(설사 가장 낮고 작은 탁자라 해도) 함께 식사를 할 수 있을까 생각했다. 네 사람이 각자 한쪽을 차지하고서.

생각에 잠긴 챵천을 보며 쓰이원은 착각에 빠졌다. 챵천의 둥근 얼굴이 아래로 축 처지고 홍조가 올라왔다. 보기 드문 모습이었다. 이는 두 사람 사이에 메이메이 때문에 논쟁이 벌어질 수 있다는 조짐이

---

137) 鬪私批修.

장미의 문

었다.

"그런 표정 짓지 마."

쓰이원이 먼저 선수를 쳤다.

"난 쉬웠는 줄 알아?"

쓰이원의 기선 제압으로 좡천 역시 논쟁이 불가피하다고 생각했다. 논쟁을 하지 않으면 이번 베이징 행에 결함으로 남을 것 같았다. 논쟁을 피하고 싶지 않았다. 좡천은 주머니에서 5마오를 꺼내 메이메이에게 주며 샤오웨이와 복덩이를 데리고 골목 입구에 가서 다미화ᄎ米花(튀밥강정)와 위피더우榆皮豆138)를 사도록 했다. 모녀 두 사람만 있는 자리에서 따지고 싶었다.

메이메이는 눈치를 챈 듯 샤오웨이와 복덩이를 데리고 문을 밀고 나갔다. 막 마당까지 나가자 샤오웨이가 메이메이 앞으로 뛰어갔다. 샤오웨이는 집에서 기다리는 걸 가장 싫어했다. 집에서 기다리는 것만 빼면 뭐든지 좋았다. 지금 샤오웨이는 여섯 살이다.

샤오웨이가 메이메이와 복덩이를 끌고 나가자 쓰이원이 방문을 닫았다.

"그런 표정 짓지 마."

쓰이원이 조금 전 말을 되풀이했다.

"난 쉬웠는 줄 알아?"

"아무도 쉽지 않아요."

좡천이 말했다.

---

138) 땅콩과 밀가루로 만드는 과자. 오징어땅콩과 유사한 간식.

과연 쨩천의 태도는 조금 전 쓰이윈의 추측대로였다. 혁명은 결국 사람을 단련시킨다. 그런데 혁명은 당신도, 나도 똑같이 단련시킨다. 내가 겪은 상황이 너에 비해 결코 뒤지지 않아.

"그게 무슨 뜻이야?"

쓰이윈이 쨩천에게 물었다.

"아무도 쉽지 않다고요. 언제 우리가 한 푼이라도 적게 보낸 적 있어요?"

쨩천이 말했다.

쨩천이 먼저 실질적인 문제를 언급했다. 매달 반드시 보내는 메이메이의 생활비를 생각하면 지금 메이메이의 소매는 문제가 있지 않은가?

"입 열자마자 돈 이야기! 운동이 시작된 지 4, 5년이야. 매일 무산계급을 일으키고 자산계급을 없애야 한다고 말하고 있어. 너희가 주는 9, 10위안 없어도 메이메이를 굶기거나 추위에 떨게 만들지 않아."

전체적으로 쓰이윈의 억양은 높지 않았지만 시작부터 태도는 강경했다. 그녀가 단호하게 돈 문제로 논쟁을 시작한 쨩천을 반박했다.

"그게 무슨 말이에요? 9, 10위안이라뇨?"

쨩천의 말이 조리는 없었지만 그래도 말의 핵심은 돈이었다.

"무슨 말인지 못 알아들어? 메이메이를 내가 데리고 있는 건 너희 부담을 줄여주고 네가 운동에 참가하도록 도와주기 위해서야. 그런데 넌 입 열자마자 돈 이야기잖아."

쓰이윈이 말했다.

"내 부담을 줄여준다고 하면서 왜 내게 메이메이 옷을 사게 만들었어요?"

쾅천이 말했다.

"옷을 샀다고? 언제?"

쓰이원이 쾅천에게 물었다.

"내일요."

쾅천이 대답했다. 쾅천은 미래시제인 '내일' 일을 이미 한 일처럼 '과거시제'를 사용했다.

"얘 봐라. 난 또 메이메이 옷을 네가 다 준비했다는 줄 알았지. 알고 보니 내일 사겠다는 거네."

쓰이원은 분명 두서없이 지껄이는 쾅천의 모습을 즐기고 있었다.

"있다가 메이메이 돌아오면 안팎으로 잘 살펴봐, 몇 년 동안 얼마나 옷이 많이 생겼는지. 작은 협탁도 있어, 그것도 열어 보여달라고 하고."

"하지만 메이메이 역시 일을 안 하는 건 아니잖아요! 복덩이는 보……보모도 안 부르고."

쾅천이 메이메이의 베이징 생활에 대한 자기 생각을 말했다.

"일 안 하는 아이 있어? 넌 그런 식으로 메이메이를 가르쳐? 애 아빠 쑤 동지가 그렇게 딸을 가르치랬어? 메이메이가 여기서 날 도와주고, 죽은 네 동생 쾅탄을 도와준 것만 생각하지 마라. 우리가 그 애 가르친 건 왜 생각 안 해? 막 여기 왔을 때는 사람을 만나도 인사할 줄도 몰랐어. 어른에게 존칭도 하지 않았고. 정치적인 부분은 또 어땠는지 너 알아? 이제 그 앤 우리 사합원 대표로 '조청시'도 해. 그거 다 누가 가르친 건지 생각해본 적 있어?"

"그건, 나도 잘 몰라요. 하지만 우리가 보낸 돈이 9, 10위안은 아니잖아요."

쟝천은 갑자기 쓰이원의 정치 관련 발언을 다시 경제 부분으로 강등시켰다.

"그렇게 꼭 돈 이야기를 하겠다면 우리 어디 한번 따져볼까."

쓰이원이 말했다.

"너희가 보내는 30위안은 너희 사는 곳에서는 대충 쪽파, 마늘, 밀가루 30% 정도 되겠지. 하지만 여긴 베이징이야. 협정 식용유 가격議價油139)도 한 근에 얼마인 줄 알아? 갈치 한 근에 얼마인 줄 아냐고! 미궁 한 근은?"

"하지만 메이메이는 임시세대로 분류되니 식량도 정량 공급받잖아요."

쟝천이 말했다.

"그 알량한 공급품? 메이메이 키 큰 것 안 보여? 소매 짧아진 것 안 보여?"

쓰이원이 말했다.

"짧아졌죠! 차마 못 봐주겠더군요."

쟝천이 말했다.

"정말이지 꼭······"

"꼭 뭐?"

쓰이원이 물었다.

"꼭······어린 머슴 같잖아요!"

"아예 날더러 지주 같다고 하지 그래! 무슨 말을 해도 문제가 되

---

139) 생산자와 경영자 간에 협의 결정하는 가격.

장미의 문

지 않는 세상이지. 요즘은 노인한테 뜨거운 기름을 붓는 것들도 있으니까!"

"요즘 어머니가 저랑 남편을 도와주신 건 영원히 잊지 못할 거예요. 하지만 어머니는 메이메이 외할머니시기도 해요."

"아니! 너도 나한테 고마워할 필요 없어. 정말 도저히 못 봐주겠군. 그래! 나 지주다, 처먹기만 하고 일은 안 하는 지주! 난 네 엄마도 아니야. 난 다른 사람은 몰라. 죽은 아들 황탄밖에 없다, 다른 사람은 없어!"

잔뜩 흥분한 쓰이원의 눈에 눈물이 그렁거렸다. 그녀는 애써 눈물을 감추지 않았다. 눈물이 주르르 흘러내렸다.

황천은 쓰이원의 눈물을 누구보다 잘 알았다. 어머니가 참지 않고 눈물을 흘린다는 건 지금 난 가장 슬프고, 가장 절망적이라는 표시였다. 내 슬픔과 절망이 바로 너란 존재 때문이니 그냥 그대로 두고 보는 것이 좋다는 의미이다.

매번 쓰이원이 슬픔과 절망에 빠질 때마다 황천은 그만큼 마음이 울컥했다. 진실과 거짓이 반쯤 섞인 어머니의 슬픔과 절망에 황천 역시 꼭 그만큼의 슬픔과 절망에 빠졌다. 그렇지 않은가? 왜 딸을 어린 머슴이라고 하는가? 지주가 없으면 어린 머슴이 있을 수 없지 않은가? 이런 식으로 말해야 황탄에 대한 어머니의 기억을 끌어올리지 않겠는가? 어찌 되었거나 황탄은 유일하게 어머니 옆을 지킨 사람이다. 지금 황천의 등장은 어머니에게 위안을 주기는커녕 오히려 엄청난 슬픔과 고통을 안겼다. 그녀는 마치 어머니의 뜨거운 눈물이 자기 얼굴에 흘러내리는 것 같았다. 황천이 주머니에서 작은 수건을 꺼내 계속 눈물을 닦았다. 마치 자신과 어머니 얼굴의 눈물을 함께 닦는 듯했다.

메이메이가 샤오웨이, 복덩이와 함께 돌아왔다. 쓰이원과 좡천 역시 잠시 둘의 슬픔과 고통을 거뒀다. 좡천 역시 그제야 자신이 이번에 베이징에 온 주요 목적을 떠올렸다. 좡천은 쓰이원에게 샤오웨이를 맡기기 위해서 베이징에 왔다. 정말 입을 열기 난처했지만 그래도 염치 불구하고 어머니에게 이 일을 말해야 한다. 그렇다면 먼저 이로 인해 발생할 새로운 경제 문제를 어머니에게 분명하게 밝혀서 어머니가 마음 놓고 통 크게 다시 자신의 또 다른 딸인 샤오웨이를 받아주도록 해야 한다.

"어휴!"

쓰이원은 좡천의 생각을 꿰뚫어본 듯 티 나게 한숨을 내쉬었다.

"음."

좡천도 반응했다.

"앞으로 어떻게 하지?"

쓰이원이 물었다.

"그럼 어떻게 해요?"

좡천도 물었다.

뜬금없는 좡천의 질문에 쓰이원은 화가 치밀었다. 그제야 쓰이원은 상대방이 자기 딸, 자신과 좡사오젠이 창조한 산만한 애라는 생각을 떠올렸다. 내심 '급한' 좡탄, '산만한' 좡천 모두 의심의 여지없이 자신의 혈육이란 생각이 들었다. 하지만 어쨌거나 쓰이원은 좡천에게 분명히 짚고 넘어가야 했다. 그녀가 버럭 화를 냈다.

"날 어떻게 할 거냐고 네게 묻는 거야!"

쓰이원이 말했다.

장미의 문

"제게 묻고 계신 거예요?"

쟝천은 조금 알 것도 같고 모를 것도 같았다.

"주시한테 날 부양하란 말이잖아? 나에게도 딸이란 존재가 있어!"

쟝천은 어머니의 말뜻을 알 것 같았다.

"말씀해보세요. 뭐든 괜찮아요."

그녀가 말했다.

"샤오웨이 맡기려고 온 거 알아. 내가 너희 둘을 쫓아낼 수 있겠
나?"

마침내 쓰이원이 먼저 나서 쟝천의 베이징 방문 목적을 밝혔다.
그 안에는 먼저 조건을 분명히 하자는 암시가 들어 있었다.

쟝천이 이번에 온 목적을 말했다. 조건 이야기가 나오자 쟝천은
자신이 가능한 액수를 말했다. 그 정도 금액만으로도 그녀와 쓰유셴
은 가산을 탕진하기 충분했다. 그나마 다행히도 그들은 가산이랄 것
이 없었다. 다만 매달 두 사람 임금을 합친 금액이 90여 위안 정도(현
재 쓰유셴의 매달 생활비는 30위안에 불과하다)밖에 되지 않는다. 쟝천이 그
중 반을 쓰이원에게 주겠다고 했다. 그녀는 가족이 어른 둘, 아이 둘
이니 이 90여 위안을 평균으로 나누면 그들에게 도움을 줄 어머니에
게 보답이 된다고 생각했다. 쟝천이 금액을 말했다. 하지만 쓰이원은
대놓고 이에 불만을 표시했다.

"또 왜 너희 사는 곳과 베이징을 비교해?"

쓰이원이 말했다.

"게다가 거기엔 내 몫이 없잖아. 그건 네 딸들 생활비야."

"그럼……"

쟝천이 다시 망설였다. 어머니의 말이 모두 정확할지도 모른다.

"그럼…… 어머니는 어떻게 하면 좋겠어요? 전 뭐든 괜찮아요."

"이렇게 하자. 매달 내게 17위안 5마오를 더 줘."

쓰이원이 말했다.

"12위안 5마오로 해요."

쟝천이 대충 입에서 나오는 대로 흥정했다.

"어휴!"

쓰이원이 한숨을 쉬었다. 이번 한숨은 확실히 좀 전과 달랐다. 모녀 둘이 결국 협의를 달성했다는 신호였다.

쟝천도 한숨을 돌린 후 자리에서 일어나 침착하게 차를 타서 단숨에 마셨다.

쓰이원도 한숨을 돌렸다. 쟝천의 출현은 다시 한 번 쓰이원에게 전에 모녀 둘이 지낼 때의 유쾌함을 선사했다. 쓰이원도 차를 한 잔 탔다. 그녀는 쟝천이 차를 잘 마시자 자연스럽게 딸의 찻잔에 뜨거운 물을 더 부어줬다.

39

오후, 쟝천이 메이메이와 샤오웨이를 데리고 옷을 사러 나갔다. 쟝천은 두 딸에게 시단상가에 가자고 했다. 샹사오후퉁에서 가장 가까운 상업지구가 시단이다.

늦가을 햇살이 한가로이 머리 위를 비췄다. 은근한 온기가 전해지며 살짝 눈이 부셨다. 메이메이는 이런 햇살 아래 걸어가는 건 백년만이란 느낌이 들었다. 메이메이에게 그 오후는 매우 인상적이었다.

장미의 문

오롯이 자신의 오후라고 느낀 건 수년 만에 처음이었다. 다른 사람 심부름이 아니라 자신의 일로 외출했다. 그 오후가 무한히 연장되었으면, 옷을 쉽게 사지 말았으면 좋겠다고 생각했다.

골목을 나가자 드넓은 창안가가 눈앞에 가로놓여 있었다. 멀리 전보電報 빌딩 종소리가 들렸다. 사람들 누구나 알고 있는 곡조가 흘러나왔다. 이제 겨우 2시다. 종소리를 들은 메이메이는 특별히 흥분했다. 모든 사람이 다 아는 곡조라서가 아니라 종소리 때문이었다. 그후 메이메이는 종소리에 흠뻑 도취되었다. 당시 열세 살이었던 메이메이는 종소리에 대한 자신의 느낌을 정확히 말로 표현할 수는 없었지만 그 소리에는 확실히 요원한 곳에서 전해지는 그윽한 계시가 들어 있었다. 인류 마음의 영혼을 넓혀주는 소리, 이는 하늘가에서 오는 것 같기도 하고, 지구 깊숙한 곳에서 오는 것 같기도 했다. 종소리의 곡조가 점점 사람들에게 잊혀져갈 때에도 메이메이는 여전히 그 소리를 좋아했다. 메이메이는 종소리에 대한 기억을 떠올리면 언제나 귓가에 종소리가 울려 퍼졌다.

종소리는 메이메이의 영혼을 넓혔다. 엄마도 자기와 같이 영혼을 넓혔으면, 엄마도 이런 시간을 통해 오전에 외할머니와 있었던 불쾌한 기억을 빨리 잊을 수 있었으면. 오전의 불쾌감은 그 마당, 그 남채에 속하는 것이며 이 종소리, 이 햇살, 이 거리와는 관계가 없어. 메이메이가 꾸물거렸다. 엄마가 걸음을 멈추고 자신들에게 뜻밖의 말을 해주길 원했다.

"가자. 우리 먼저 놀러 가자. 실컷 놀고 나서 옷 사러 가도 늦지 않아."

하지만 엄마는 샤오웨이를 끌고 앞서 걸음을 재촉하고 있었다. 생각을 바꾸지 않을 것 같았다. 엄마는 상공에 종소리가 울리고 있고, 그 종소리가 메이메이에게 무슨 의미를 지니고 있는지 모를 수도 있다. 엄마는 정말 자주 종소리를 들었다. 농장에서 일을 시작할 때도, 일을 마무리할 때도, 밥을 먹을 때도, 일어날 때도 모두 종이 울렸다. 사람들은 그건 종이고, 그저 나무에 매달린 고철덩어리일 뿐이라고 말했다. 농장에서 짱천은 매일 본분을 지키며 마음에 이 고철덩어리를 담았고 지금은 메이메이의 짧아진 소매 생각만 담았을 뿐이다.

메이메이가 참다못해 재빨리 엄마와 샤오웨이를 두세 걸음 쫓아가 말했다.

"엄마, 우리 조금 있다가 옷 사러 가도 돼요?"

"조금 있다가? 그럼 우리 지금 어디 갈까?"

엄마가 말했다.

"우리 놀러 가요, 공원에요."

메이메이가 말했다.

"그래,"

엄마가 바로 계획을 바꿨다.

샤오웨이는 신이 났다. 한 번도 베이징 공원에 놀러간 적이 없었다. 샤오웨이는 쑤이청의 공원밖에 가본 적이 없었다. 그곳에는 공작 한 마리, 원숭이 몇 마리가 있었다. 후에 공작이 죽고 나자 남은 건 원숭이 몇 마리뿐이었다. 원숭이 산에 그네 하나가 있고 원숭이 몇 마리가 서로 그네를 타겠다고 법석을 떨었다. 이제 언니 제안으로 베이징의 공원에 가게 될 것이다. 샤오웨이는 그곳에 대해 상상하기 시작했다. 절대 공작 한 마리, 원숭이 몇 마리, 원숭이산 역시 그네 하나만 있진 않을 거라고 생각했다.

장미의 문

"우리 어디 공원 가요?"

메이메이가 엄마에게 물었다.

"네가 말해보렴, 어디든 괜찮아."

엄마가 말했다.

"베이하이北海에 가요."

메이메이가 말했다. 중산中山 공원은 너무 가깝고 동물원은 너무 멀다.

"좋아. 베이하이로 가자."

엄마는 바로 메이메이 제안을 받아들였다.

그들은 신바람이 나서 베이하이로 가는 무궤전차 정류장으로 갔다. 하지만 엄마의 결정을 듣고도 메이메이는 뭔가 허전했다. 자기가 아니라 엄마가 먼저 가자고 했었으면, 그리고 자기와 샤오웨이가 엄마를 따라가는 입장이 되었으면 좋았을 텐데. 지금은 마치 메이메이가 엄마를 끌고 가는 기분이 들었다. 엄마가 뜻밖의 제안을 해서 자기와 샤오웨이가 신이 나서 엄마 말을 따랐으면 좋았을 텐데. 하지만 자매의 기쁨은 대부분 메이메이 자신이 기획하고 실천에 기면서 얻어졌고 엄마까지 자기가 유도해야 했다.

그 순간 메이메이는 어느새 다시 지휘자가 되었다. 메이메이가 엄마와 샤오웨이의 방향을 이끌어 길을 건너고 샤오웨이에게 안전지대의 역할에 대해 설명했다. 언니의 설명에 샤오웨이가 존경에 마지않는 모습으로 안전지대에 서서 당당하게 오가는 차량을 바라보았다. 마치 샤오웨이가 '여긴 안전지대야, 우리 언니가 알려줬어. 치기만 해봐!'라고 말하는 것 같았다. 샤오웨이가 한껏 격앙된 모습으로 한참동안 '안전지대'를 떠나려 하지 않았다. 메이메이가 안전지대에서 동생을 끌어냈다.

정류장에서 차를 기다릴 때였다. 샤오웨이는 정류장 옆 식육점을 발견하고 엄마에게 그곳에 들어가자고 했다. 샤오웨이의 관심이 안전지대에서 식육점으로 옮겨졌다. 그들이 식육점으로 들어갔다. 향긋한 냄새가 그들을 맞이했다. 샤오웨이는 유리 너머 진열된 물건을 바라보다가 통닭구이에 시선이 멈췄다. 샤오웨이가 엄마에게 조르기 시작했다. 샤오웨이가 엄마에게 말하면서 진열대를 손바닥으로 두드렸다. 메이메이가 동생을 잡아당기려 했지만 엄마는 전혀 개의치 않고 돈을 꺼냈다. 판매원이 흰 종이로 통닭을 싸줬다. 일행이 가게 문을 나오자마자 엄마가 샤오웨이를 위해 종이를 풀었다. 엄마가 닭을 받쳐든 채 닭다리 하나를 뜯어 샤오웨이에게 줬다. 샤오웨이가 닭다리를 들고 정류장 표지판에 기대 닭을 먹기 시작했다. 엄마가 이번에는 메이메이에게 닭을 내밀며 직접 손으로 찢으라고 했다. 메이메이는 엄마의 성의를 거절했다. 엄마가 닭 날개를 하나 뜯어 먹기 시작했다.

메이메이는 문득 어릴 때 엄마가 들려줬던 이야기 하나가 생각났다. 그해 엄마가 다니던 미국 학교에서 성탄절 행사가 있었고 엄마는 할아버지가 사 준 빨간 구두를 신고 학교에 가서 많은 친구들의 부러움을 샀다. 하지만 친구 하나가 나서서 여자애가 어떻게 그런 신발을 신느냐며, 그 신발이 치마와 어울리느냐고 말했다. 에나멜 구두는 마치 거울처럼 반짝거려서 치마 속이 다 비친다고 했다. 엄마는 재빨리 집으로 돌아가 구두를 벗은 후 다시는 신지 않았다. 한참 시간이 지나고 나서야 엄마는 그 친구가 부러운 나머지 이야기를 지어냈다는 사실을 알았다.

메이메이는 왜 그 생각이 났는지 모른다. 당시 캐시미어 치마에

에나멜 구두를 신고 미국학교에 가서 성탄절 저녁 파티에 참가할 수 있었던 여자애가 지금 길거리에서 닭다리를 뜯고 있는 엄마일 수가 없다.

전차가 오지 않았다. 엄마와 샤오웨이는 사람들이 오가는 전차 정류장에서 차를 기다리며 통닭을 먹었다. 샤오웨이 얼굴이 지저분해졌다. 엄마는 닭을 먹을 때 계속 자기 손가락에 붙은 반창고를 깨물었다. 메이메이는 그제야 작은 상처가 수없이 난 엄마 손 이곳저곳에 반창고가 붙어 있는 걸 발견했다. 엄마가 입고 있는 푸른 카키색 제복에는 황토가 묻어 있었다. 샤오웨이 머리의 풀씨는 메이메이가 깨끗하게 떼어줬지만 손과 얼굴 피부가 많이 갈라져 있었다. 샤오웨이가 야무지게 닭고기를 먹었다. 샤오웨이는 세상 모든 사람들이 이렇게 닭을 먹고, 자신은 닭 먹는 행렬 속 평범한 한 사람인 양 여기는 듯했다.

구운 통닭 한 마리가 순식간에 두 사람 뱃속으로 들어갔다. 메이메이가 놀라서 그들을 바라보았다. 그들은 닭 한 마리가 아니라 산 사람 하나를 삼킨 것 같았다. 정말 가슴 철렁하고 마음 아픈 속도였다. 닭을 먹어치우는 속도에 메이메이는 마침내 아빠와 엄마의 농장 생활이 어떤지 훤히 알 것 같았다. 엄마 품으로 달려들어 한바탕 울고 싶었다. 하지만 엄마는 흡족한 표정으로 손수건을 꺼내 입을 닦은 후 다시 샤오웨이의 손과 입을 힘껏 닦아주었다. 엄마가 샤오웨이 손을 손가락 하나하나 닦았고, 샤오웨이는 굳이 엄마가 말하지 않아도 손가락이 잘 닦이도록 알아서 손가락을 벌렸다. 메이메이는 야무진 엄마 손길을 보며 샤오웨이 손가락이 분명히 아플 거라고 생각했다.

무궤전차가 왔다.

전차에서 엄마가 갑자기 메이메이에게 물었다.

"메이메이, 왜 넌 닭 안 먹었어? 닭 싫어해?"

메이메이가 고개를 끄덕였다.

자기가 닭을 먹지 않은 사실을 그제야 발견한 엄마가 원망스럽지 않았다. 이제라도 엄마가 그 사실을 알았다는 것만 해도 대단했다. 왜 먹지 않는지, 그럼 그건 분명 닭을 싫어하는 거야. 엄마는 사람과 음식에 대해 언제나 한 가지 관점으로 일관했다. 그건 음식 앞에서는 모두 평등하다는 생각이다. 메이메이는 엄마의 이런 관점을 가장 잘 이해했다. 예전에 메이메이는 이런 엄마의 생각이 비난할 일이라고 생각하지 않았지만 지금은 그 생각이 어색하게 느껴졌다. 마치 낯설고도 익숙한 두 외지인을 보는 것 같았다. 메이메이는 두 사람 때문에 마음이 아렸다. 또한 둘과 같이 허겁지겁 닭을 먹지 못한 자신이 부끄러웠다. 두 사람을 서먹하게 대하는 것 같았기 때문이다. 사실 그 어느 때보다도 메이메이는 엄마와 동생에게 가까이 다가가고 싶었다. 메이메이는 숨이 막힐 것 같았다. 베이하이에 놀러 가는 것이 아니라 종착지 없는 도피를 하는 것 같아 모든 것을 종잡을 수가 없었다.

메이메이는 베이하이에 도착할 때까지 줄곧 같은 기분이었다. 놀러 온 사람들은 적었다. 가을바람이 점점 더 서늘해졌다. 서늘한 바람 따라 비린내 나는 호수에 물결이 일었다. 호수는 전혀 깨끗하지 않았다. 백탑白塔도 보이지 않았다. 하지만 엄마와 샤오웨이가 보기에 자신이 베이하이에 와서 정말 즐거워한다고 느끼길 바랐다. 호숫가를 뛰어다닐 수 있도록 샤오웨이의 손을 풀어줬다. 메이메이는 샤오웨이가 즐겁게 뛰어노는 모습을 보고 다시 기분이 좋아지길 바랐다.

샤오웨이가 잠시 달리다가 걸음을 멈췄다. 이마에 땀방울이 맺혔

장미의 문

다. 샤오웨이가 헝클어진 머리를 하고 메이메이 앞을 가로막으며 물었다.

"원숭이는 어디 있어? 공작은?"

메이메이가 몸을 굽혀 동생 머리카락을 쓸어주며 말했다. 여긴 베이하이야, 여긴 원숭이도 없고, 공작도 없어.

"원숭이도 없고 공작도 없는데 어떻게 공원이야?"

메이메이는 과거 이곳이 황제 놀이터였기 때문이라고 말했다.

"황제가 놀던 곳하고 원숭이 있는 곳을 모두 공원이라고 해?"

샤오웨이가 다시 물었다.

메이메이는 그렇다고 말할 수밖에 없었다.

하지만 샤오웨이는 더 이상 뛰지 않았다. 순식간에 공원에 대해 흥미가 사라진 듯했다. 메이메이가 자기를 속였다고 느꼈다. 언니가 더러운 물이 가득 고인 커다란 웅덩이밖에 없는 곳으로 자신을 속여 데려왔다고 생각했다. 메이메이는 토라진 샤오웨이를 보고 동생 손을 잡은 후 멀리 나란히 놓인 배를 가리켰다. 오늘은 늦게 와서 그렇지 아니면 호수에 가서 배를 탈 수 있다고 했다. 저 배를 타면 백탑이 있는 산까지 갈 수도 있다고 했다. 샤오웨이가 배에 대한 모든 것을 물었다. 물에 빠지면 어떻게 해? 빠지면 죽는 거야? 언젠가 엄마랑 사는 마을에 비가 엄청나게 내려 마을 주변에 커다란 웅덩이가 생겼는데 그곳에 어린애와 돼지 한 마리가 빠져 죽었다고 했다. 샤오웨이는 아이는 보지 못하고 돼지만 봤다고 했다. 물에 잠긴 돼지는 배가 불룩하고 악취가 났다고 했다. 샤오웨이가 언니 앞에서 씩씩하게 죽은 돼지를 봤다고 자랑하고 있었다.

메이메이는 마치 그 돼지가 눈앞에 있는 것 같았다. 동생은 분명히 죽은 돼지를 보고 용감해져서 먹는 것도 용감해졌을 거야. 메이메이는 다시 두 사람이 먹어 치운 구운 통닭이 생각났다.

세 사람은 우룽정ㅍ龍亭에 가서 앉았다. 눈앞으로 한없이 펼쳐진 가을 호수 모습을 보며 메이메이는 마음속에 오랫동안 묵혀둔 말들이 생각났다. 엄마에게 하고 싶던 말들이었다. 이제껏 오늘을 고대하고 있었던 것 같았다. 가족과 함께 앉아 자신이 하고 싶은 모든 말을 털어놓고 싶었다. 자기가 말을 털어놓으면 엄마의 질문이 시작될 거라고 생각했다. 분명히 먼저 외할머니 안부를 묻겠지? 그리고 삼촌과 숙모에 대해서도. 언제 꾸빠가 죽었고 서채에는 언제부터 비쩍 마르고 키 큰 남자가 들어와 살았는지, 메이메이가 자주 하리유를 얼굴에 바르는지…… 메이메이는 이미 이 모든 것에 대한 대답을 준비했다. 심지어 엄마에게 자기들이 이모할머니를 보러 갔었고, 이모할머니 궤짝 안에 있던 물건을 어떻게 사람들이 훔쳐갔는지도 말해주려고 준비했다. 세상에 그렇게 도둑질하는 방법도 있어. 엄마가 듣고 나면 분명히 기이하다고 생각하겠지. 하지만 엄마는 아무것도 묻지 않았고 금세 샤오웨이의 요구에 샤오웨이와 실뜨기를 시작했다. 샤오웨이가 주머니에서 나일론 실타래를 꺼내 손에 일고여덟 번 칭칭 감은 후 엄마에게 자기 실을 넘겨받도록 했다. 매번 다른 모양이 나올 때마다 샤오웨이가 카랑카랑하게 이름을 외쳤다.

"보자기!"

"손수건!"

"마름쇠!"

메이메이는 두 사람이 실뜨기하는 모습을 보고 있으려니 마치 이 방에서 온 두 유랑극단 배우를 보는 것 같았다.

장미의 문

이제 메이메이의 것이라고는 눈앞의 가을 호수밖에 없었다. 괴로 웠다. 호수에 달려들어 호수를 엄마로 삼고 싶었다. 호수가 엄마처럼 자신의 모든 희망과 모든 슬픔과 기쁨, 엉망으로 꼬여버린 마음을 받 아주면 좋겠다고 생각했다.

마침내 메이메이가 작은 소리로 흐느끼기 시작했다. 엄마는 전차 를 타고 나서야 메이메이가 닭을 먹지 않은 사실을 발견했을 때처럼 그제야 울고 있는 메이메이를 발견했다. 엄마는 더 이상 샤오웨이와 실뜨기를 하지 않았다. 엄마가 실을 샤오웨이에게 돌려줬다. 샤오웨이 도 언니 울음소리를 듣고 실을 돌돌 뭉쳐 자기 작은 주머니에 집어넣 은 후 언니 얼굴에 바짝 다가와 집요하게 물었다.

"왜 그래?"

샤오웨이의 질문에 메이메이는 더 슬프게 울었다. 샤오웨이를 피 해 엄마 품에 얼굴을 묻었다. 이 순간이야말로 메이메이가 오랫동안 갈망하던 오랜 꿈일지 모른다. 진짜 엄마의 품이야말로 메이메이의 모든 것이다. 하지만 메이메이는 금방 실망했다. 엄마 역시 메이메이 어깨를 잡고 머리를 쓸어주며 계속 우는 이유를 물었지만 엄마의 질 문에 메이메이는 단 한마디로 대답하고 싶지 않았다. 그제야 메이메 이는 자신이 엄마에게 아무것도 말하고 싶지 않다는 사실을 깨달았 다. 엄마 품에 안기자 더 쓸쓸했다. 돌아갈 곳이 없다는 느낌이 들었 다. 조금 전 엄마 품에 안긴 것처럼 이제 다시 제자리로 돌아와야 할 때다. 이런 느낌이 정말 싫었지만 이를 거부할 방법이 없었다. 대체 메 이메이는 어디에 자신을 던졌고 또 어디로 돌아왔을까. 메이메이는 더 이상 목표를 찾을 수 없었다.

엄마의 손길은 어설펐다. 힘이 느껴지지 않았다. 그냥 건성으로 어쩔 수 없이 쓰다듬어주고 있었다. 메이메이가 눈물을 닦고 엄마 품에서 빠져나왔다. 마치 엄마가 있는 황야에서 벗어난 것 같았다. 그 순간, 엄마는 갑자기 편지 한 통이 생각났다.

엄마가 웃옷 주머니에서 편지를 꺼내 메이메이에게 건넸다.

"아빠 편지야, 깜빡했네."

엄마가 미안한 표정으로 말했다.

황야의 기운이 담긴 커다란 편지봉투였다. 엄마는 계속 이 편지를 접어 주머니에 넣고 있었다.

아빠 편지를 받은 메이메이는 기분이 달라졌다. 눈 깜짝할 사이에 아빠와 헤어진 지 5년이 지났다. 이제는 아빠 얼굴도 거의 생각이 나지 않는다. 빡빡 밀어버린 민머리만 생각이 났다. 메이메이는 민머리 아빠와 이야기하는 것 같은 기분이 들었다. 그 모습이 조금 슬프고 괴상하긴 했지만. 하지만 메이메이는 아빠가 그렇게 자기와 이야기하길 원했다. 그러면 분명히 더 감동을 받을 것 같았다. 아빠에 대한 사랑이 더 진하게 소환될 것 같았다.

아빠가 보낸 편지봉투도 편지지도 컸지만 편지 내용은 짧았다. 아빠 자신에 대해서는 아무것도 적혀 있지 않았다. 그저 샤오웨이가 베이징에 살 거라고, 그래서 외할머니에게 더 많이 폐를 끼칠 것 같다고 적혀 있었다. 샤오웨이가 베이징에 살면 메이메이는 동시에 아빠, 엄마, 누나로서 세 사람의 책임을 지는 거야. 마지막에 아빠가 말했다.

"아빠는 벌써 동생을 잘 돌봐주는 다 큰 아이를 보는 것 같다. 그 애가 언제 어디서나 내 눈앞에 서 있어."

아빠의 편지에 메이메이는 정말 감동했다. 좀 전까지 자신이 누군가에게 보호받길 희망했다면 이제 자신은 다른 사람을 보호하는 사

장미의 문

람으로 변신하는 중이다. 메이메이는 샤오웨이뿐만 아니라 모든 가족을 보호해야 한다. 메이메이는 인류가 간직한 사랑의 영혼을 소환하고 있었다.

샤오웨이는 아빠가 보낸 편지 내용을 아는 듯 또한 그 편지로 인해 메이메이가 어떤 마음을 갖게 됐는지 아는 듯했다. 갑자기 어디선가 튀어나온 샤오웨이가 메이메이를 향해 외쳤다.

"나 베이징에 살래! 베이징에 살 거야!"

아빠의 편지와 샤오웨이의 외침에 메이메이는 문득 빨리 샹사오후퉁으로 돌아가야겠다고 생각했다. 그곳으로 돌아가야 자신이 아빠 앞에 서 있는 그 메이메이로 변신할 것 같았다. 갑자기 메이메이는 구호 하나가 떠올랐다.

고향으로 돌아가 철저하게 혁명하자.

날이 어두워졌다. 호수는 오히려 환해졌다. 메이메이, 엄마, 샤오웨이가 나란히 손을 잡고 베이하이 후문을 나왔다. 메이메이는 정말 두 사람을 이끌고 있었다.

40

쟝천은 메이메이에게 옷을 사주지 않고 다음 날 떠났다. 농장에서 휴가를 사흘밖에 받지 못했기 때문이다.

쟝천은 떠나기 전에야 문득 어제 두 딸을 데리고 나간 이유가 놀기 위해서가 아니라 메이메이 옷을 사주기 위해서였다는 생각이 들었다. 쟝천이 허겁지겁 쓰이원에게 10위안을 주며 메이메이 덧옷 사줄 돈이라고 말했다. 또한 메이메이가 한참 크고 있으니 소매가 길면 길었지 짧은 건 사주지 말라고 했다. 쓰이원은 10위안 지폐를 네 번 접은 후 겉옷을 올려 내의 주머니에 넣었다. 메이메이는 돈이 너무 깊숙하게 들어간다는 느낌이 들었다.

메이메이와 샤오웨이는 엄마를 문까지만 바래다줬다. 샤오웨이가 엄마를 향해 자꾸 손을 흔들며 몇 번이나 '안녕'이라고 말했다. 손짓이나 말이나 모두 준비하고 있던 것처럼 보였다. 샤오웨이는 마치 대문에 서서 엄마에게 손을 흔들며 '안녕'이라고 말하려고 베이징에 온 것 같았다.

메이메이는 샤오웨이 뒤에 선 채 엄마를 향해 손을 흔들지도, '안녕'이라고 말하지도 않았다. 그저 조금이라도 더 엄마 뒷모습을 보고 싶었다. 엄마가 모퉁이를 돌아 갑자기 사라지고 나서야 메이메이가 샤오웨이를 데리고 집안으로 들어갔다.

샤오웨이는 들어서자마자 다시 자신의 '잡화점'을 운영하기 시작했다. 메이메이는 마당에 샤오웨이를 위해 간장, 기름, 식초를 전문으로 파는 '잡화점'을 차려줬다. 걸상 두 개로 만든 매대, 맑은 물 두 대야를 상품으로 만든 작은 가게였다. 대야에는 중성약中成藥(한방 제제약) 상자가 있고, 매대에 손님을 위해 준비한 크고 작은 병들이 놓여 있었다. 샤오웨이가 친절하게 고객을 접대하며 빠른 솜씨로 장사를 했다. 고객은 메이메이와 복덩이다. 이곳저곳을 돌며 살았던 샤오웨이는 쉽게 이곳의 노련한 점주가 되고 메이메이와 복덩이는 시세도 모르고 장사 규칙도 모르는 시골뜨기 손님이 되었다. 샤오웨이가 친절하게 끈기를 가지고 손님에게 상품을 소개하며 계속 물건을 못 알아보는 손님들을 아쉬워했다.

장미의 문

열성적으로 가게를 꾸리는 샤오웨이를 보고 메이메이는 조금 미안한 마음이 들었다. 샤오웨이가 너무 빨리 엄마를 잊는 느낌이 들었다. 샤오웨이의 등장, 엄마의 이별 이 중간에는 최소한의 정서적 징검다리가 필요한데, 그런 징검다리가 없는 것 같았다. 마치 자매 둘이 똘똘 뭉쳐 엄마를 버린 것 같았다.

샤오웨이가 대야를 요란하게 만지작거리며 손님들과 꼭 필요한 대화를 나누었다. 손님들에게 나갈 때 조심하라고, 절대 넘어지면 안 된다는 당부도 잊지 않았다. 넘어져서 병에 들어 있는 간장, 기름, 식초가 쏟아지는 건 괜찮다고, 다시 와서 사면 그때는 돈을 받지 않겠다고 했다. 처음에 메이메이는 될 수 있는 한 어린애처럼 행동하며 복덩이와 번갈아 가게에 들어가 물건을 샀다. 얼마 후 메이메이는 자꾸만 반복되는 놀이에 흥미를 잃었다. 샤오웨이에게 이제 일을 하러 가야 하니 둘이 남아 계속 놀라고 했다. 하지만 복덩이는 동작이 느려 한 번 가게에 가는데 시간이 한참 걸렸다. 결국 샤오웨이가 버럭 화를 냈다. 샤오웨이는 쌀쌀맞은 모습으로 복덩이가 고객이라는 것도 잊고 아예 자신이 손님도 하고 주인도 하기 시작했다. 혼자 구매와 장사를 다 하고 나서야 샤오웨이는 다시 신이 났다.

"뭐 사실래요?"

샤오웨이가 자신에게 물었다.

"간장요."

샤오웨이 자신이 대답했다.

"얼마나요?"

"한 근요."

샤오웨이가 재빨리 작은 병을 하나 채워 자기가 자기한테 주며 말했다.

"한 근요. 여기 있어요."

"얼마에요?"

"1마오 5펀이에요."

샤오웨이가 대답했다.

"여기 돈요."

샤오웨이가 자기에게 지폐 두 조각을 줬다. 막 자리를 뜨려는데
자기가 다시 자기를 불렀다.

"여기요. 이리 와 보세요. 잔돈 받아가야죠."

자기가 다시 자기 가게에 돌아와 좀 전 조각보다 더 작은 조각
'돈'을 자기에게 주고 나서야 자기 가게를 나갔다.

복덩이가 옆에서 멍하니 혼자 북 치고 장구 치는 샤오웨이를 바
라보았다. 복덩이는 샤오웨이 손님이 되고 싶었지만 샤오웨이의 장사
방식을 보면 더 이상 자신이 필요 없다는 사실을 잘 알 수 있었다.

새로운 생활이 시작되자 샤오웨이는 정말 즐거워했다. 낮에 하루
종일 할 일이 있었다. 더 이상 가게를 꾸리지 않아도 심심하지 않았
다. 차표도 팔고, 진료도 하고, 주사도 놓았다. 다른 사람의 도움이 필
요 없었다. 자기 혼자 놀이에 흠뻑 빠져들었다. 정말 할 일이 없을 때
면 샤오웨이는 자신을 대상으로 비판투쟁놀이를 즐겼다. 자신에게 수
많은 죄명을 붙였다. 반역자, 특무特務(특수공작원), 주자파 같은 일반 죄
명에다 반동표어 작성자, 몰래 국경을 넘는 자, 적의 움직임을 도청하
는 자…… 역사적으로 또는 당시 유행하던 죄명을 모두 지어냈다. 샤
오웨이는 자신이 자신을 비판했지만 절대 죄를 인정하지 않았다. 죄
를 인정하지 않아야 자신에 대한 비판이 끝나지 않기 때문이다.

장미의 문

메이메이는 처음에 샤오웨이의 자아비판이 재미있었다. 쓰이원조차도 아이가 죄명을 지어내는 재주를 보고 흥분했다. 하지만 메이메이는 서서히 이런 샤오웨이의 연출에 공포를 느꼈다. 어쨌거나 자아비판투쟁은 아이들이 할 놀이는 아니다. 어린아이가 이런 놀이를 통해 즐거움을 얻어서는 안 되는 일이다. 황당하고 슬픈 놀이라고 느끼면 느낄수록 메이메이는 샤오웨이를 말렸다. 차라리 간장, 기름, 식초를 팔라고 했다. 샤오웨이가 말했다.

"언니는 항상 나가잖아. 그냥 비판투쟁하고 노는 게 나아."

나중에는 결국 쓰이원이 나서 황당한 놀이를 철저하게 금지시켰다.

샤오웨이는 더 이상 자기 비판투쟁을 하지 않았다. 외할머니가 자신의 정의로운 일을 간섭하자 토라져 버렸다. 낮에는 울적하게 앉아 있고 밤에는 외할머니의 커다란 침대에 누워(샤오웨이는 외할머니 큰 침대에서 자도록 했다) 씩씩대다 잠이 들었다. 하지만 잠깐 자다가 다시 냅다 소리를 질렀다.

"불 켜!"

또렷하고 단호한 샤오웨이 소리, 쓰이원은 마치 명절이나 새해에 갑자기 귓가에 터지는 폭죽소리를 듣는 듯했다. 갑작스런 외침에 쓰이원은 가슴이 철렁 내려앉으며 겁에 질렸다. 처음에 쓰이원은 샤오웨이를 위해 불을 켠 후 왜 불을 켜라고 했는지 물었다. 하지만 샤오웨이는 그런 외할머니를 바라보지도, 상대하지도 않았다. 잠이 깬 것 같지도 않고 더더욱 소리를 지른 적도 없는 사람 같았다. 쓰이원이 샤오웨이를 더 자세히 살폈다. 스탠드 불 아래 샤오웨이에게 바짝 다가가 얼굴을 살폈다. 샤오웨이는 고르게 숨을 쉬고 있었고 눈썹조차 깜빡이지 않았다. 분명히 깊이 잠이 들어 있는 모습이었다. 쓰이원이 불을 끄고 다시 누워 잠을 청했다. 하지만 막 눈을 감고 조금씩 잠이 빠져 들려는 찰나 다시 '불 켜!'라는 고함소리가 들렸다.

"불 켜! 불 켜!"

샤오웨이가 조금 전보다 더 다급하게 소리를 질렀다. 마치 불을 켜지 않으면 세상에 무슨 일이 벌어질지도 모를 것처럼 다급했다.

쓰이원이 다시 일어나 불을 밝히고 잠든 샤오웨이를 살폈다. 아무리 봐도 샤오웨이는 더 '죽은 듯이' 깊이 잠이 들어 있었다.

며칠 밤 계속해서 불을 켜고 끄는 일이 두 사람 사이에 반복되었다. 결국 참다못한 쓰이원이 샤오웨이에게 물었다.

"밤에 왜 소리 질러?"

"소리 안 질렀는데."

"소리 안 질렀다고?"

"안 질렀다니까요?"

"불 켜라고 소리 안 질렀다고?"

"불요? 아닌데?"

"너 누가 불 켜라는 꿈 꿨어?"

"아뇨."

"아무 꿈도 안 꿨어?"

"꿈 안 꿨는데."

불 켜라고 소리도 안 지르고, 꿈도 안 꿨다니, 마치 뭔가 꿍꿍이 속이 있어 완강히 이를 부인하는 것 같았다. 하지만 저 조그만 애한 테 어찌 그런 의심을 하겠는가? 쓰이원은 더 이상 샤오웨이에게 묻지 않고 고개를 돌려 메이메이를 바라보았다. 메이메이는 그저 고개만 저을 뿐이었다.

사실 메이메이 역시 샤오웨이의 외침을 들었다. 하지만 증인으로 나서긴 싫었다. 외할머니의 심문은 그냥 평범한 질문 같지 않았다. 그건 마치 자백과 증언을 요구하는 것 같았다. 증언을 하면 샤오웨이에게 재난이 발생할 것이다. 그 재난이 뭘 의미하는지는 몰라도 어쨌거나 메이메이는 그냥 부인하고 넘어가기로 결심했다.

쓰이원이 다시 주시에게 물었지만 주시 역시 할 말이 없다고 했다.

그날 밤 샤오웨이는 다시 '불 켜'라는 말을 반복했다.

마침내 쓰이원은 메이메이 침대 옆에 다시 목판 하나를 잇고 샤오웨이 잠자리를 그곳으로 옮겼다. 그 후로 샤오웨이는 더 이상 '불 켜'라고 외치지 않았다. 하지만 한밤중에 일어나 불을 켜는 건 쓰이원의 습관이 되었다. 매일 밤 거의 일정한 시간에 쓰이원은 일어나 맞은편에 함께 자고 있는 자매 둘을 관찰했다. 둘이 편안하게 자고 있는 모습이 눈에 들어왔다. 불의 밝기 따윈 자매의 수면에 전혀 영향을 주지 않는 것 같았다. 쓰이원은 문득 그런 식으로 불을 켜고 관찰하는 일이 따분해졌다. 마치 자신이 두 공범을 잡으려고 기를 쓰고 있고 그에 비해 두 공범은 자신의 체포 계획에 전혀 신경을 쓰지 않는 느낌이었다. 쓰이원은 조금 창피한 생각에 다시는 같은 동작을 반복하지 않기로 결정했다. 하지만 뜻밖에도 다음 날이 되면 쓰이원의 불 켜는 일은 반복되었다.

'불 켜'라는 샤오웨이의 외침은 하나의 시작이자 계기가 되었다. 그 이후로 쓰이원은 이상하게 자꾸 못마땅한 샤오웨이의 모습이 눈에 들어왔다. '시골'에서 온 둘째 외손녀 머리에 더 이상 수수꽃도 보이지 않았고(쓰이원은 풀씨를 수수꽃이라 여겼다) 자기가 자기를 비판투쟁 대상으로 삼진 않았지만 쓰이원 눈에 여전히 못마땅한 부분이 있었다. 예를 들어 샤오웨이는 대변 배출이 너무 순조로웠다. 쓰이원은 이런 사실을 곱게 받아들일 수 없었다. 특히 막힘없이 대변을 보는 그 옆에는 언제나 대변 때문에 끙끙대는 복덩이가 있었다. 둘은 마치 하늘이 정해준 것처럼 같은 시간에 대변을 봤다. 샤오웨이가 요강에 앉으면 이어 복덩이가 앉았다. 샤오웨이가 막힘없이 대변을 보면 복덩이는 더 조급해졌다. 마치 두 사람이 동시에 차를 기다리는 사이, 상대방은 금방 차량에 매달려 올라타는데 당신은 자꾸만 밖으로 밀려나는 상황 같다. 그럴 때면 금방 차에 올라타는 사람을 질투하면서도 당신은 사람들을 비집고 차에 오를 재주가 없으니 그저 울상이 되어 세상에 분노하고 이런 이들을 질투할 수밖에 없다.

매번 그럴 때마다 복덩이는 요강에 앉아 가슴을 치고 발을 동동 구르며 엉엉 울기 시작한다. 창백한 얼굴로 복덩이가 샤오웨이를 가리키며 쓰이원을 향해, 세상을 향해 널리 선포한다. 쟤야, 똥을 자유자재로 누는 쟤 때문에 복덩이가 더 궁지에 몰리고 있고, 완전히 똥 누는 폐물이 되어버렸어.

쓰이원은 복덩이를 가엽게 여기면서도 변변치 못한 아이를 못내 아쉬워했다. 복덩이의 창백한 얼굴에서 쓰이원은 쾅탄을 보는 듯했다. 쓰이원은 늘 '그 등신, 그깟 트림 하나로'라고 생각했다. 쓰이원은 시원하게 대변을 보는 샤오웨이를 보며 더욱 화가 나서 도저히 참을 수가 없었다. 그건 정상적인 대변이라기보다는 설사에 가까웠다. 정상적인 사람이라면 그런 대변은 보지 않는다. 딱딱한 건 별로 나쁠 것이 없다. 오히려 설사가 더 이상하다. 멀쩡한 대변이라면 그렇게 빨리

장미의 문

볼 수가 없는데! 쓰이원은 자문자답을 하며 농장의 잡곡, 상추, 쪽파가 샤오웨이를 이렇게 빨리 대변을 볼 수 있도록 단련시켰을 거라고 생각했다. 당신이 쏟아내는 대변이 어찌된 것인지 누가 알겠는가. 쓰이원은 어쩌다 보니 참다 못해 분노가 쌓이며 어느새 이런 감정이 샤오웨이에 대한 저주로 변했다.

샤오웨이는 설사를 하지 않는다. 더구나 수년이 흐른 후에도 결코 설사를 하는 일이 없었다. 샤오웨이의 대변은 정상적이었으며 남보다 우월한 배설 속도는 소년, 청년기 후에도 언제나 자랑거리였다. 이런 모습이 부모가 물려준 좋은 체질 때문이라는 것, 농장의 온갖 잡곡, 상추, 쪽파로 인해 위장이 단련된 덕분이란 사실을 샤오웨이는 몰랐다. 어쨌거나 좋은 배변 활동과 남다른 속도로 인해 샤오웨이는 기분이 좋았고 이는 일의 성과와 속도로 연결되었다. 십여 년이 흐른 후 샤오웨이가 가족에게 알리지도 않고 서양인인 닐과 결혼했다. 그런 샤오웨이를 보고 사람들은 박력 넘치고 속도 빠른 그녀의 용변을 생각했다. 샤오웨이는 주저하거나 수줍어하지 않고 일사천리로 자연스럽게 일을 처리했다.

메이메이가 자랑스럽게 샤오웨이의 요강을 비웠다. 때로 일부러 뚜껑을 열어 외할머니 눈앞에 들이밀며 말했다.

"정말 상태가 좋아요."

"그냥 농도만 보면 안 돼, 냄새도 맡아봐야지."

쓰이원이 일부러 고개를 돌리며 손을 내저어 공기를 흩었다.

메이메이는 일부러 바로 요강을 비우러 가지 않고 외할머니 앞에 잠시 더 들고 서 있었다. 뚜껑도 서둘러 닫지 않았다.

"왜 뚜껑 안 닫아?"

쓰이원이 메이메이를 나무랐다.

"내 말 안 들리는 거야, 냄새가 안 나는 거야?"

메이메이가 뚜껑을 닫고 밖으로 나갔다. 마당으로 나간 후에도 뒤에서 쓰이원 목소리가 들렸다.

"얹혔네!"

베이징 사람들은 아이가 소화가 안 된 모습을 보고 '얹히다'라고 말했다. 소화가 안 된 이유는 여러 가지다. 쓰이원은 샤오웨이가 '얹힌' 이유가 음식을 너무 많이 먹어서라고 생각했다.

"애는 작은데 뱃구레는 커."

쓰이원은 당사자 앞에서나 뒤에서나 샤오웨이 이야기를 하고 다녔다.

쓰이원은 샤오웨이에게 음식을 아끼라고 비난하며 식사량을 제한하기 시작했다. 식사 시간, 쓰이원은 샤오웨이를 식탁에 앉지 못하게 하고 작은 쪽걸상에 따로 밥을 차려줬다. 그리고 매 끼니마다 자신이 직접 샤오웨이 음식을 배분했다.

쓰이원이 주는 정도로 샤오웨이는 배가 차지 않았다. 샤오웨이는 농장에서의 자유로운 식사, 뭐든 상관없는 엄마의 자유로운 분위기와 지금 혼자 받은 밥상을 비교했다. 비교하면 할수록 억울했다. 매번 자기만의 '식탁'에 앉으면 그 순간 기분이 가라앉기 시작했다. 온 세상이 어둡게 느껴지기 시작했고, 인생이란 원래 여러 가지 제한이 있다고 느끼기 시작했다. 그중에서도 배를 채울 수 없는 제한은 가장 참기 힘들었다. 하지만 샤오웨이는 자기 노력으로 이런 제한을 타파하고 눈앞의 상황을 바꾸기로 결정했다. 밥그릇에 담긴 얼마 되지도 않은 밥알을 다 먹고 나면 샤오웨이는 작은 그릇을 외할머니 앞에 내밀

장미의 문

고 단도직입적으로 말했다.

"외할머니, 아직 배 안 불러."

외할머니는 샤오웨이를 보지 않았고 식탁에 있는 사람들 모두 외할머니를 바라보았다. 메이메이와 주시는 샤오웨이의 노력이 수포로 돌아가지 않길 원했다. 주시는 쓰이원의 기분은 아랑곳하지 않고 샤오웨이 그릇을 받아 밥을 퍼줬다. 샤오웨이가 그릇을 받아 눈치도 없이 밥을 먹기 시작했다. 메이메이는 속으로 숙모에게 감격했다. 영원히 숙모처럼 시원시원하지 못할 것 같았다. 쓰이원에게 이처럼 시원시원한 모습은 위압적일지도 모른다. 전에 숙모 등을 밀어줄 때 메이메이는 숙모의 육체가 그렇게 위압적이라고 느꼈다.

주시는 언제나 점심을 직장에서 먹었다. 그럴 때 샤오웨이가 다시 외할머니 앞에서 똑같이 행동하면 쓰이원은 젓가락을 내두르며 말했다.

"숙모는 네 응석을 받아줘도 난 그렇게 못해. 너희들을 책임진 사람은 나야."

'너희들'에는 당연히 메이메이도 포함되었다.

'응석'에도 당연히 메이메이가 포함되었다.

샤오웨이가 계속 그릇을 들고 들이대면 쓰이원이 말했다.

"넌 초삼선焦三仙(산사, 신곡, 맥아를 합쳐서 부르는 말) 먹어."

"초삼선으로 배불릴 수 있어요?"

샤오웨이가 말했다.

복덩이는 초삼선이 뭔지 누구보다도 잘 알았다. 그때 복덩이와 요강 위 복덩이는 전혀 딴사람 같았다. 지금 복덩이는 샤오웨이가 자기처럼 요강에 앉아 가슴을 치고 발을 동동 굴리는 모습을 학수고대했다.

샤오웨이는 가슴을 치고 발을 동동 구르지도, 더 이상 밥을 더 얻어먹기 위한 노력도 하지 않았다. 메이메이가 이미 동생 그릇을 빼앗았기 때문이다. 메이메이가 자기 그릇과 겹쳐 들고 식탁을 떠나 주방으로 뛰어갔다.

많은 세월이 지나 쑤웨이가 쑤메이에게 말했다.

"그때 난 마치 언니를 힘들게 하려고 존재했던 것 같아."

쑤메이가 말했다.

"내가 널 힘들게 했지. 애당초 내가 그 쪽걸상을 우리 둘 식탁으로 만들었으면? 네가 한쪽에 앉고 내가 다른 쪽에 앉으면 우리 둘이 마주앉을 수 있었잖아, 그럼 정말 좋지 않았겠어?"

메이메이가 주방에서 남채로 돌아갔을 때 쓰이원이 두 손을 부들부들 떨며 식사를 마친 식탁을 정리하고 있었다. 쓰이원의 그릇 다루는 손길이 거칠었다. 요란한 식탁 정리는 그렇게 한참 계속되었다.

메이메이는 다가가지 않았다.

메이메이가 그럴수록 쓰이원은 더 화를 내며 계속 요란하게 그릇들을 정리할 것이다.

메이메이가 샤오웨이를 잡아당겼다. 두 사람이 멀찌감치 서서 쓰이원의 식탁 쇼를 구경했다. 결국 접시 두 개가 깨졌다. 뤄 아주머니까지 접시 깨지는 소리를 들었다.

갑작스레 등장한 뤄 아주머니를 보고 쓰이원이 당황했다. 그녀가 잠시 마음을 가라앉히고 물었다.

"그렇지 않아도 뵈러 가려고 했다니까요, 이것 좀 보세요, 이래 가지고 어디 사람 살겠어요?"

쓰이원이 멀찌감치 서 있는 메이메이와 샤오웨이에게 눈길을 돌렸다.

뤄 아주머니는 바로 남채 상황을 파악한 후 말했다.

"외할머니가 쉽지 않겠소, 엄마 없는 애들을 보는 게."

"말만이라도 그리 해주시니!"

그 말을 하는 쓰이원의 목소리가 떨리며 눈시울이 촉촉해졌다.

"무슨 일이야? 메이메이, 니 외할머니 왜 이래 화나게 만들어?"

뤄 아주머니가 메이메이에게 물었다.

"쪼근 거."

'쪼근 거'는 뤄 아주머니 고향 말이다. 큰 애, 작은 애에 대한 표현이다.

샤오웨이가 '쪼근 거'란 말을 알아들었다. 아이는 눈앞의 할머니가 자기를 말하고 있다는 사실을 알았다. 샤오웨이가 언니에게 꼭 붙었다.

"쪼근 거 심보가 장난이 아니에요. 조금 전에 저 두 애가 나에게 대드는 것 못 들으셨죠."

쓰이원이 말했다.

"우리 대든 적 없어요."

메이메이가 말했다.

"대든 적 없다고? 초산선을 먹으라고 했다는 건 단식할 만하니까 하는 소리야. 소화가 안 되면 초산선을 먹어야지."

쓰이원은 눈앞의 뤄 주임을 위해 조금 전 일을 설명했다.

웬일인지 뤄 주임은 쓰이원의 역성을 들지 않았다. 소화불량에 초산선을 먹어야 한다는 말도 하지 않았다. 눈앞의 상황에 대해 어느

편도 들지 않으려는 것 같았다. 뤄 주임은 대충 쓰이원을 거들어 식탁 위 깨진 자기 조각을 정리한 후 말했다.

"어휴 쪼근 거,"

그러더니 그냥 북채로 돌아가 버렸다.

뤄 아주머니가 적극적으로 자기편을 들지 않고 그렇게 가버리자 쓰이원은 당황스러웠다. 쓰이원은 채 정리가 덜 된 식탁, 뤄 아주머니가 모아둔 깨진 사발 조각을 앞에 두고 속으로 생각했다. 오늘 싸움은 사전준비를 하지 않아서 그래. 쓰이원은 뤄 아주머니 앞에서 궁색했던 모습을 만회하기로 결심했다. 샤오웨이의 대변을 사합원 사람들에게 다 보여주고 샤오웨이에게 단식이 얼마나 절실하게 필요한지, 얼마나 중요한지, 얼마나 시급한 일인지 믿음을 주기로 결심했다.

기회가 왔다.

어느 날, 샤오웨이가 용변을 본 후 메이메이가 요강을 비우기 전 쓰이원은 내용물이 범상치 않음을 발견했다. 확실히 전보다 분량이 더 많았다. 쓰이원이 막 요강을 비우러 문을 나서는 메이메이를 불렀다. 그리고 요강을 마당에 두고 사람들에게 보여주도록 했다.

"모두 와서 좀 봐요,"

쓰이원이 말했다.

"이게 어디 어린애 똥이야? 모두 와서 좀 보라니까요."

뤄 아주머니가 북채 계단을 내려와 다가왔다. 마침 낮 근무를 마치고 돌아온 얼치, 하교 후 귀가한 싼치도 있었다. 다치 역시 다가와 힐끗 요강을 살폈다.

메이메이는 요강을 내려놓고 샤오웨이를 잡아 방으로 들어간 후였다. 둘이 침대 가장자리에 앉아 있는 모습이 마치 우리에 갇혀 공

장미의 문

연을 기다리는 동물 같았다. 요강 속 대변은 두 사람이 함께 만든 창작물 같았다. 그 창작물로 인해 주인이 그들에게 대변 배설에 관한 공연을 시키고 사람들이 돈을 던지기 시작할 것 같았다. 둘이 배설을 많이 하면 할수록 사람들이 돈을 더 많이 던져줄지도 모른다. 하지만 결국 사람들은 코를 막으며 자리를 뜨겠지. 이어 수모를 겪은 동물은 분명히 다시 배설 공연을 위해 사람들을 불러 모으지 못하도록 자기 주인인 훈련사에게 덤벼들어 목을 물어뜯을 거야.

"모두 와서 좀 보라고요."

메이메이와 샤오웨이는 사람들을 부르는 쓰이원 목소리를 들었다.

"이게 어디 어린애 똥 같아? 어른 똥 네다섯 사람 걸 모아도 이 정도는 안 될 겁니다. 식량 때문에 그러는 게 아니에요. 배급품이 부족하면 협정 가격대로 파는 것도 있으니까, 내 말은 소화가……"

아무도 이에 대해 반응을 보이지 않았다. 그저 딱 한 사람, 얼치만 웃었을 뿐이다.

사람들이 흩어졌다. 사람들은 흩어졌지만 메이메이는 여전히 언제 등장해야 하는 건지 기다렸다. 마치 둘은 영원히 등장을 대기해야 하는 존재처럼 느껴졌다.

마당에서 누군가 입을 열었다. 예룽베이였다. 메이메이 기억에 예룽베이가 사람들 앞에서 자기 견해를 밝힌 건 그때가 처음이었다.

"말씀이신즉, 여기 대변이 있다는 거군요."

예룽베이가 쓰이원에게 말했다.

쓰이원은 대꾸하지 않았다.

"분명히 봤습니다. 여기 대변이 있군요."

예룽베이가 증명하듯 말했다.

"당신과는 관계없어. 당신 같은 사람과는."

쓰이원이 입을 열었다.

"대변과 제가 관계가 없다면 아주머님과도 관계가 없겠지요."

예룽베이가 말했다.

"내 앞에서 미친 소리는 걷어치워."

쓰이원이 말했다.

"아니오. 이치는 간단합니다. 대변과 관계없는 사람은 없습니다. 지구에 인류가 존재하는 한 인류의 대변은 언제나 존재합니다. 그러니까 대변은 인류와 마찬가지로 광명하단 말씀입니다. 다시 말해 똥은 인류와 마찬가지로 광명합니다."

예룽베이는 똥을 '똥'이라고 말했다.

"다……당신!"

쓰이원이 말했다.

"저 말씀입니까? 네, 저도 아주머님도 모두 똥을 눕니다."

예룽베이가 말했다.

"내 말은 당……당신 그 입 닥치라는 거야, 어디서 건달같이 망측하게! 되먹지 못하게 여……여성 동지 앞에서 그런 더러운 말을!"

쓰이원이 말했다.

"사람들에게 보란 듯이 아이 배설물을 마당에 펼쳐놓고 이런 방법으로 아이를 규제하고, 자기 배설물을 창피해하며 난처하게 만드는 것이야말로…… 절 건달이라고 욕하지 마십시오. 그래도 아주머님은 지식여성이신 것 같은데 말입니다."

예룽베이가 말했다.

장미의 문

"맞아. 지식여성이자 혁명 군중이지."

쓰이원이 말했다.

"지식여성이자 혁명 군중이라면 먼저 저 뚱을 편안하게 하십시오. 뚱은 여기 있으면 평온을 찾을 수 없습니다."

예룽베이가 말했다.

"어디에 있으면 평온한데? 당신…… 어디 한번 분명히 말해보시지."

쓰이원이 두서없이 말했다.

"변소지요. 변소에 있어야 뚱은 가장 평온합니다. 마치 사람이 집에서 가장 평온하고 닭은 둥지에서 가장 평온하듯요."

"당연히 누군가 이걸 치우겠지."

쓰이원이 말했다.

"제가 생각하기에 아주머님이 치우셔야 하는데요."

"흥. 내가 당신 지휘를 들어야 하는 처지는 아닌 것 같은데."

"아주머님은 뚱을 치울 준비가 되어 있지 않은 것 같군요."

"말했잖아."

"좋습니다."

예룽베이가 갑자기 쓰이원에게 다가왔다. 쓰이원은 그가 무슨 해코지를 할지 몰라 허둥지둥 남채 계단 쪽으로 뒷걸음질을 쳤다. 예룽베이가 바로 자신을 덮칠 것 같았다.

예룽베이는 쓰이원을 덮치지 않았다. 그는 대신 요강 앞으로 다가가 걸음을 멈췄다. 그리고 허리를 굽혀 긴 팔을 뻗은 후 주저없이 요강을 들고 마당을 나갔다.

사합원 사람들 모두 서로 다른 구석에서 예룽베이의 행동을 지켜봤다. 예룽베이가 요강을 들고 밖으로 나가는 모습을 본 건 이번이 처음이었다.

샤오웨이 역시 창문 안쪽에서 마당에 있는 남자를 바라봤다. 언니를 바라보는 샤오웨이의 눈빛은 분명히 이렇게 묻고 있었다. 왜 저래? 메이메이는 아무 말도 하지 않았다. 왜 저래? 메이메이 역시 자신에게 이렇게 묻고 있었다.

"빌어먹을 자식, 미쳤군!"

얼치가 북채에서 말했다.

장미의 문

제10장

41

　대변을 둘러싸고 쓰이원이 벌인 신경전은 기대한 효과를 거두지 못했다. 쓰이원이 기대를 걸었던 기본 군중인 뤄 아주머니조차 쓰이원을 거들지 않았다. 아무도 아이가 똥을 조금 더 누었다 해서 그 안에 무슨 철학적 이치가 들어 있다고 믿지 않았다. 설사 정말 소화불량으로, 정말 초삼선을 먹여야 한다고 해도 비난할 거리가 아니었다. 중국 아이들 가운데 초산선인 산사, 신곡, 맥아를 먹어보지 않은 아이가 있던가. 쓰이원이 애써 마련한 '똥' 연출은 오히려 서채에 사는 예룽베이의 비웃음을 샀을 뿐이다. 정확하게 말하면 쓰이원이 완전히 그에게 농락을 당했다고 말할 수 있다. 쓰이원은 그에게 옹졸하고 인색하고 신경질적인 모습을 보여준 반면, 예룽베이가 내뱉은 인간과 대변은 똑같이 광명한 존재라는 헛소리는 오히려 반박 불가능한 진리였다. 여기서 또다시 둘이 붙게 되면 아마 사람이 오히려 대변보다도 더 떳떳하지 못한 존재가 될 것이다.

쓰이윈은 또다시 자신이 애써 마련한 '똥' 연출을 떠올리고 싶지 않았다. 그 일을 생각하면 예룽베이, 자신을 궁지로 몬 그에 대한 미움만 더 깊어질 뿐이었다. 예룽베이의 노골적인 비판은 마치 자신을 꿰뚫어보고 있는 것 같아 기분이 나빴다. 뼛속 깊이 파고드는 시린 고통, 그로 인한 불쾌감은 그대로 증오가 되었다.

자신을 꿰뚫어 본 남자에 대한 여인의 증오는 마치 자신을 꿰뚫어 본 여인에 대한 남자의 증오와 마찬가지로 잊히지 않는다.

'똥' 연출로 인해 타인이 자신의 영혼을 유심히 관찰했다. 이런 눈길을 견디지 못한 사람은 쓰이윈의 둘째 외손녀 샤오웨이가 아니라 자신이었다. 쓰이윈은 자신의 내면을 꿰뚫는 능력이 있다. 하지만 자신의 영혼을 들여다보는 각양각색의 시선을 견디지 못하면 180도로 사람이 바뀐다. 쓰이윈은 자신의 옹졸하고 쩨쩨하고 신경질적인 모습을 통해 이전의 관대하고 대범한 모습을 곱씹어보게 된다. 전에 쓰이윈은 그런 기질이 없지 않았다.

해방 전, 좡씨 집안의 상황이 날로 열악해졌을 당시 좡 나리는 나이도 연로하고 체력도 모자라 늘 병상에 누워 있었다. 좡사오젠 또한 경제적으로 집에 도움을 준 적이 없었다. 쓰이윈의 시동생 좡사오안은 미국에서 돌아와 상하이에서 의사로 일하고 있었지만 좡 나리는 한 번도 그에게 도움을 청한 적이 없었다. 다급하다고 도움을 청하는 일은 부득이하게 정말 어쩔 수 없이 존엄을 내려놓는 일이다. 쓰이윈은 초년에 친정에서 받은 유산을 동원했지만 놀고 먹다 보면 재산은 금방 까먹기 마련이다. 좡씨 집안은 여전히 형편이 나아지지 않았다. 재산을 까먹는다는 의미는 마음이 아프지만 동산, 부동산, 겉으로 보

장미의 문

이는 또는 보이지 않는 소장품들을 다 팔아먹고 산다는 뜻이다. 귀금속, 값비싼 의류 같은 물건, 명인의 글씨와 그림부터 나무, 돌까지 모든 것을 내다 팔았다. 이에 물질이 정신이 되고, 정신이 다시 물질이 되는 전환이 이어졌다. 왕스구王石谷[140], 장다첸張大千[141]의 작품은 정신적 소장품으로 그 가치가 어마어마하지만 일단 완전히 물질로 취급되어 입에 풀칠하기 위해 내다 팔 경우 겨우 밀가루 몇 근과 바꿀 수 있을 뿐이었다. 이에 대한 안목은 골목을 돌아다니는 고물장수들이 가장 높다. 그들은 언제나 어느 집 주인이 다급하게 밀가루 몇 근을 필요로 하는지 정확하게 파악했다. 체면을 중히 여기는 사람들이 가장 두려워하는 건 바로 자기 집 앞을 지나가는 고물장수들이다. 고물장수들이 치는 북소리에 그들은 인근에 전염병이 돌고 있다고 믿는다. 마치 깊은 밤 올빼미가 환하게 웃으며 당신 지붕을 날아가는 것 같다. 하지만 당신은 매일 이런 전염병, 이런 올빼미가 갑자기 나타나길 기다린다. 당신이 직접 나서서 골동품, 옥기를 들고 사방팔방을 뛰어다니지 않아도 되기 때문이다. 마지막에 골동품 상인들은 당신의 표정, 행동거지를 통해 가산을 팔아야 하는 궁색한 상황을 파악할 수 있다. 그들의 두 눈은 사람들 모습을 보고 상황을 파악하는 예리한 감각을 연마한 상태다. 그렇다면 당신은 차라리 끔찍한 북소리를 슬그머니 당신의 마당으로 들이는 편이 낫다.

딩 아줌마는 언제나 '북소리를 안내하는' 역할을 했다. 아줌마와 쓰이원이 가슴 아픈 표정으로 조금 후 팔려나갈 '가산'을 들고 나왔

---

140) 1632~1717. 청대 초기 화성畵聖으로 불리던 산수화가.
141) 1899~1983. 20세기 중국 미술을 대표하는 화가.

다. 마지막에 쟝 나리가 상심하며 계혈석鷄血石142) 도장을 내놓았다.

그때마다 꾸빠 역시 매번 이 불공정 거래에 참가했다. 꾸빠가 이러쿵저러쿵 의견을 냈다. 하지만 그녀의 말은 대체 외부사람에게 말하는 건지, 아니면 올케언니에게 말하는 건지 잘 파악할 수가 없었다. 예를 들어 값비싼 모피에 대해 막 거래가 성사되려고 할 때 꾸빠 한마디에 가격이 추락했다. 거래가 다 끝난 도자기가 고물장수 광주리에 들어간 후 꾸빠의 말 한마디에 고물장수가 생각을 바꿔 물건이 진품이 아니라고 수매를 거절하기도 한다. 물론 이건 괜한 으름장이다. 진품은 진품이나 으름장으로 난감해진 현장에서 진품의 가격이 또 떨어진다. 타협을 하지 않는다면 고물장수가 그냥 가버릴 테니까. 쓰이원은 이렇게 고물장수가 가버리면 이는 쟝씨 집안, 쟝씨 가택에 대한 큰 불경이라고 여겼다. 대체 누가 꾸빠를 등장시켜 이 밥맛 떨어지는 비평을 하라고 했던가.

"다음번에는 나오지 마. 내가 있잖아."

북소리가 멀어져가고 쓰이원이 시누이에게 말했다.

"언니 없으면 쟝씨 집안 보물 사 갈 고물장수가 없을 줄 알아?"

꾸빠가 쓰이원을 타박한 후 점점 더 횡해지는 마당에 쓰이원만 홀로 버려둔 채 획 돌아 방으로 돌아갔다.

쓰이원은 꾸빠와 논쟁할 마음이 없다. 유독 이런 때가 되면 쓰이원은 조금 억울한 마음이 들었다. 하지만 이런 억울함 때문에 또다시 정신을 바짝 차렸다. 이 집의 상황을 직시하고 맞설 용기와 힘이 있는

---

142) 항저우 인근에서 많이 산출되는 석회암. 닭의 피처럼 붉다고 해서 붙여진 이름.

장미의 문

사람은 그녀, 바로 쓰이원이다. 그녀야말로 이 텅 빈 산의 주인이다. 그녀의 자식들, 시아버지, 입만 열었다 하면 가격을 깎아내리는 시누이까지 모두 자신의 존재 덕분에 정상적으로 생존할 수 있었다. 이런 빈 산 앞에 서면 쓰이원은 유난히 이곳을 지켜야겠다는 마음이 생겼다. 그 마음으로 고물장수를 내몰고, 헛소리하는 시누이를 몰아낸 후 다시 이 텅 빈 산을 위해 정신을 차리고 지혜를 짜냈다.

어느 날 딩 아줌마가 쓰이원에게 둥청東城 사람들이 모두 펑리양행豊利洋行의 주식을 사고 있다고 말했다. 그 주식은 죽은 돈도 살릴 수 있다고 했다. 딩 아줌마는 자기 수중에 있는 알량한 돈으로 양행 주식 두 주를 샀다고 했다. 딩 아줌마 말에 쓰이원은 죽은 돈을 살리기로 결심했다. 그녀가 마음을 단단히 먹고 은행에서 자기 비상금과 최근 고물상한테서 받은 돈으로 좡 나리 몰래 펑리양행의 주식을 샀다. 좡 나리 몰래 주식을 산 이유는 뜻밖의 놀라움을 선사하기 위해서였다. 예기치 않은 운명의 전환을 꿈꾸었을지도 모른다. 주식은 쓰이원 생활에 새로운 희망을 안겼다. 희망을 품고 있던 중 뜻밖에 베이핑이 해방되었다.

해방이 되자 도처에서 '해방구의 하늘은 맑은 하늘'이라 노래할 때 쓰이원은 펑리양행이 부도가 나고 사장은 감쪽같이 행방을 감췄다는 소식을 들었다. 쓰이원은 좡씨 집안에 찾아들 뜻밖의 새 희망도 감쪽같이 사라져버렸다고 생각했다. 펑리양행의 도산으로 쓰이원은 비상금을 잃었다. 쓰이원은 사람을 사지로 몰아놓고 도망간 사람에게 철저한 보상을 받기 위해 사장의 부인을 찾아갔다. 쓰이원은 좡탄을 데리고 가서 자신의 처지를 눈물로 하소연했다. 좡탄 역시 눈물이 그렁그렁 고여 엄마 팔짱을 꼈다. 재난을 당한 엄마와 아이의 딱한 모습이었다. 모자가 함께 우는 모습보다 더 가슴 시린 광경은 없다. 그런데 뜻밖에도 사장 부인이 그들보다 더 슬프게 울었다. 부인은 자신의 처지가 그들만 못하다고 했다. 사장이 도망가며 자신을 버렸다고 했다. 쓰이원은 생각지도 못하던 이야기를 듣자 어찌할 바를 몰랐다. 그렇다면 길은 하나뿐, 쫭탄을 데리고 집에 돌아가 화를 참고 숨죽이는 것뿐이다. 두 사람은 문을 나서다가 마침 그 집으로 들어서는 키 작은 중년 남자를 만났다. 그는 쓰이원과 쫭탄에게 자신도 펑리양행 주식을 사서 쓰이원과 똑같은 처지가 됐다고 했다. 그도 원래 소란을 피우려고 오던 중이었다. 그는 자신보다 더 처참한 여성과 어린이를 보고 그 생각을 접었다. 그리고 쓰이원에게 잠시 상황을 물어본 후 그들을 따라 밖으로 나와 자신이 부른 인력거로 그들을 집에 바래다줬다. 쫭씨 집 앞에서 쓰이원은 다시 한 번 그 선생의 호의에 감사했다. 위기에 처한 사람들은 단순한 위로 한마디에도 감동을 느낀다. 더구나 그 선생은 자기 돈으로 부른 인력거로 그들을 바래다줬다. 쓰이원은 문득 자신을 집에 바래다줄 사람은 쫭사오젠이어야 한다고 느꼈다. 자신이 기억하는 한 남편이 자신을 바래다준 건 딱 한 번뿐이었다. 바로 혼례를 치른 후 교회당에서 돌아올 때이다. 그것도 바래다준 거라고 친다면 말이다.

　인력거에서 쓰이원은 슬픔에 젖었다. 하지만 눈물을 흘리진 않았다. 쓰이원은 쉽게 다른 사람 앞에서 눈물을 흘리지 않는다. 자신을 위로하는 외부사람 앞에서는 더더욱 그렇다. 헤어질 때 중년 남자는 쓰이원에게 많은 이야기를 해줬다. 그는 자신의 이름이 주지카이朱吉開로 시청西城에서 가구점을 운영하고 있으며 시청 다무창大木倉에 산다고 했다. 쓰이원은 그때 자신이 주지카이를 날로 텅 비어가는 집에 초대한다면 그가 절대 거절하지 않을 거라고 생각했다. 하지만 쓰이윈은 그럴 생각이 없었고 주지카이 역시 따라 들어오지 않았다. 며칠 후 집으로 들어선 사람은 좡사오젠이었다.

좡사오젠이 돌아왔다. 쓰이윈은 그 순간 그의 새로운 이야기 하나를 또 '영접'하게 될 거라고 예감했다. 쓰이윈은 언제나 그가 자신에게 주는 모든 것, 여러 가지 이야기를 '영접'이라는 말로 비유했다. 예를 들면 그해 좡사오젠이 자신에게 끔찍한 질환을 안긴 것처럼 말이다. 당시 영접 이후, 이제 쓰이윈은 좡사오젠의 출현에 별로 신경이 쓰이지 않았다. '나 알아.' 그녀의 눈빛이 그에게 말하고 있었다. '이 집은 옛날부터 당신이 재난을 안기는 곳이야. 또 돌아왔네? 그럼 조용히 기다릴게.' 쓰이윈이 좡사오젠의 속마음을 들여다보며 똑바로 그를 바라봤다.

좡사오젠은 두려움이라고는 전혀 찾아볼 수 없는 쓰이윈의 눈을 바라보지 않았다. 그저 몰래 힐끗거릴 뿐이었다. 수년 동안 보지 못한 여인의 마음을 넘겨짚고 있었다. 그는 놀라웠다. 쓰이윈은 뜻밖에도 생생하게, 수년 전보다 더 생생하게 살고 있었다. 쓰이윈의 몸에는 그가 남긴 더러움의 흔적도 찾아볼 수 없었고, 세월의 흔적도 찾아볼 수 없었다. 지금 쓰이윈 앞에 선 그의 모습에 예전의 품위는 남아 있지 않았다. 세월 따라 약해진 몸 때문이 아니라 해도 지금 그의 품위가 사라진 가장 중요한 이유는 시쳇말로 그가 '일을 저질렀기 때문'이다.

좡사오젠이 톈진에서 일을 저질렀다. 그가 일하던 직물회사에서 공금을 유용했다. 적잖은 공금을 빼돌렸다. 당시 공금횡령죄 처벌 규정에 따르면 복역 또는 돈으로 배상해야 한다. 그는 처음에 치 소저에게 부탁해 일을 처리하려 했다. 치 소저는 돈이 있었고 양옥집도 한 채 있었다. 하지만 이후 그는 생각을 바꿨다. 그는 평생 치 소저와 깨끗한 관계를 유지하고 싶었다. 모든 더러움은 한꺼번에 쓰이원에게 던질 작정이었다. 그가 보기에 쓰이원은 자신의 쓰레기통이었다. 더러운 일은 모두 마음껏 던져버릴 수 있었다. 이에 쨩사오젠은 치 소저에게 배상액에 대해, 심지어 횡령에 대한 내용도 전하지 않았다. 치 소저 앞에서 그는 멋진 척하며 치 소저가 자신에게 준 반지를 만지작거리며 치스린[起士林143)]에서 이탈리아 수프를 마셨다. 그는 치 소저와 헤어진 후 쏜살같이 전당포에 가서 반지를 판 후 그 돈으로 베이징행 차표를 샀다. 그는 집 문을 들어서 쓰이원 앞에 선 후에야 치 소저 앞의 쨩사오젠에서 쓰이원 앞의 쨩사오젠으로 돌변했다. 모든 것이 만만했다. 눈빛이 위축되었지만 그것도 잠시뿐이었다. 자신의 모든 더러움을 쓰이원에게 쏟아내려고 결심한 바에야 차라리 당당하게 쏟아낼 것이다. 잔뜩 위축되어 있던 그의 눈빛이 순식간에 당당해졌다. 당당하다 뿐인가, 잔뜩 허세를 부리며 위협적인 모습으로 거칠게 손을 내미는 그의 모습은 마치 불행을 즐기는 듯했다.

쨩 나리도 곧바로 엄청난 재난이 코앞에 닥쳤다는 사실을 알게 되었다. 느닷없이 나타난 아들은 고물장수 정도가 아니었다. 그를 철저하게 거지로 만들기 일보직전이었다. 화장지 하나조차 며느리에게 손을 내밀어야 하는 거지로 만들 작정이었다. 당시 세상에 발파기술이 있었다면 쨩 나리는 분명히 아들이 한 곳을 완전히 날리는 발파기

---

143) 톈진 최초의 서양 레스토랑. 1900년 8국 연합군이 톈진을 침략한 후 독일군을 따라 톈진에 들어온 독일 셰프의 이름이 치스린이라고 한다.

🌹 장미의 문

술자라고 생각했을 것이다. 그의 집은 잠시 진동을 겪은 후 아마 가루
가 되었다가 휘몰아……

쓰이원은 평소답지 않게 매우 평온했다. 그녀가 단도직입적으로
쟝사오졘에게 물었다.

"얼마가 필요한데요?"

쟝사오졘이 액수를 말했다. 그가 말한 액수를 듣고 쓰이원 역시
어쩔했다. 그녀가 재빨리 마음을 진정시킨 후 바로 돈을 마련할 방법
을 생각했다.

쓰이원은 집을 팔기로 했다.

집을 팔 때도 당시 집 구매를 결정했을 때처럼 과감했다. 그렇게
빨리 쟝사오졘은 쓰이원에게 만행으로 돈을 갈취한 후 무거우면서도
홀가분한 기분으로 톈진으로 돌아갔다. 쓰이원은 가족들의 홀가분한
기분에 무거운 심정까지 실어 재빨리 이사했다. 그녀는 집을 판매한
돈의 일부를 내어 작은 사합원 하나를 구매한 후 남은 돈에 자신이
지니고 있던 흰 광목 몇 필까지 얹어 겨우겨우 쟝사오졘의 배상금을
마련했다.

쓰이원이 구매한 작은 사합원은 샹사오후퉁 중간에 위치한다. 멀
리 위풍당당한 친정집이 보이는 자리다. 쓰이원은 왜 이곳으로 이사
했는지 자신도 분명하지 않았다. 원래 별 의미가 없었을지도 모른다.
아련히 높고 깊숙한 옛 집을 회상하며 자부심 넘치던 그 시절을 떠올
리면서 지금 자신의 시간을 정리하고 싶었을지도 모른다.

쓰이원은 대추나무 한 그루, 정향 두 그루가 있는 작은 마당에 살
게 되었다. 그런데 왜 전에 없이 휑한 느낌이 들까. 이 때문에 쓰이원
은 인력거로 자신을 데려다 준 주지카이가 자주 생각났고 곧 그들은

왕래하기 시작했다. 그녀는 주지카이가 상처한 지 이미 몇 년이 되었고 현재 어머니와 함께 살고 있다는 사실을 알았다. 주지카이의 등장에 쓰이원은 머리 위로 맑은 하늘이 생긴 듯했다. 환하고도 흐릿한 미래가 생긴 듯했다. 당시 쓰이원의 가장 큰 관심은 새로운 혼인법의 반포였다. 마치 그녀를 위해 만들어지는 법 같았다. 새 혼인법에서 명확하게 여성 모두 자신의 권리를 쟁취할 수 있다고 명시할 경우 쓰이원의 이 권리는 주지카이를 향할 것이다. 이제 쓰이원은 꺼진 재에 불길이 살아나듯 그 권리의 반면인 이혼을 생각했다.

많은 사람들의 이혼은 재혼을 위한 것이다. 또한 그만큼 많은 이들의 이혼은 다시 결혼을 하지 않기 위함이다. 쓰이원은 좡천에게 이 계획을 분명하게 알렸다. 좡천은 어머니의 이혼이 다시 결혼을 하지 않기 위한 거라고 여겼다. 하지만 좡천의 판단이 틀렸다. 쓰이원은 주지카이와 부부처럼 떳떳하게 지내기 위해 좡사오젠과의 이혼을 생각했다.

쓰이원은 천진난만하고도 과감하게 이를 실천했다. 쉰이 다 된 그녀가 시아버지, 시누이에게 작별을 고했다. 딸, 아들 그리고 수년 동안 자신을 위해 일했던 딩 아줌마와 작별을 고했다. 모든 사람들이 자신을 경멸하는데도 불구하고 쓰이원은 좡씨 집안을 나와 주지카이와 결혼했고 그 무엇도 신경 쓰지 않고 앞을 향해 나아갔다. 하지만 쓰이원의 행동에 아주 사소한 실수가 있었다. 베이징에서 결혼할 때 톈진으로 보낸 이혼신청이 거부된 것이다. 얼마 전에 좡사오젠이 '범죄를 저질렀다'면 이번에는 쓰이원이 '범죄를 저질렀다.' 그녀가 중혼죄를 저질렀다. 좡사오젠이 그녀를 법원에 기소했고 법원이 쓰이원에게 판결을 내렸다.

챵사오젠과 쓰이원은 수년 전부터 이미 이름만 부부다. 챵사오젠은 쓰이원에게 계속 오물을 투척하면서도 법률상 아내가 자신을 버리는 일은 용납할 수 없었다. 쓰이원의 거침없는 행동에 챵사오젠은 자신이 쓰이원을 미처 몰랐다는 것, 단 한 번도 쓰이원이 어떤 사람인지 몰랐다는 생각이 들었다. 그가 아내를 거들떠보지 않던 시간 동안 쓰이원은 자신의 힘을 키우며 계획을 세우고 있었다. 필요할 때 그 힘과 계획으로 그를 당황하게 만들었다. 쓰이원의 행동은 사람들 앞에서 그에게 모욕을 준 것이나 마찬가지였다. 또한 쓰이원의 결혼은 모욕에 모욕을 더한 행위였다. 모욕에 모욕을 더한 행위에 대해 챵사오젠은 새로운 사회에 그 화를 전가할 수 없었다. 새로운 사회, 새로운 제도가 발표되자 쓰이원처럼 나이가 들었어도 용모가 뛰어난 여성들이 서둘러 가정과 아이를 버리고 하늘 위 맑은 하늘을 찾아 나섰기 때문이다. 집을 팔아 자신이 횡령한 돈을 대신 갚아준 아내에게 감동했었는데, 그 감동이 연기처럼 다 사라져버렸다. 그는 심지어 쓰이원이 자신을 도와줬던 이유가 이혼을 선언하기 위해 사전에 꾸민 아름다운 음모이자 두 사람 관계에 대한 마지막 보상이라는 느낌이 들었다.

확실히 쓰이원은 마지막 보상을 하고 싶었을 수도 있다. 그녀는 열여덟 살 그해의 '과실'에 대해 챵사오젠에게 거의 30년 동안 보상했다. 다만 목숨만 바치지 않았을 뿐이다. 아니, 이미 목숨을 바쳤으며 이제 죽었다가 다시 태어났다고 할 수도 있다. 쓰이원이 궤멸된 후 다시 태어났다. 그녀와 주지카이는 각기 1년형을 받았다. 두 사람 사이에 차이가 있다면 쓰이원은 집행유예를 받았다는 것뿐이다.

형기가 시작되자 쓰이원은 다시 챵씨 집안으로 돌아왔다. 새로운 사합원에서 그녀는 고분고분하게 지내지 않았다. 쓰이윈은 여전히 시아버지의 며느리이며 딸과 아들의 어머니이자 시누이의 올케, 딩 아줌마의 주인이었다. 가족들의 모든 비난과 포효, 냉담까지 쓰이윈이 보기에는 그저 그들이 보여준 하나의 견해에 불과했다. 그녀는 해야 할 일을 모두 했고, 해서는 안 되는 쓸모없는 말 역시 하지 않았다. 쫭나리와 꾸빠는 이를 오만방자하다고 생각했다. 정말 그럴 수도 있다. 쓰이윈은 지식과 경험을 쌓으며 기다렸다. 그렇게 1년을 기다린 후 새롭게 파악한 새 법률을 이용해 자신의 기쁨과 슬픔, 이별과 만남을 모두 실천했다. 그녀는 쫭사오젠과 이혼하고 다시 주지카이와 결합하는 것 자체보다 훨씬 더 이 법을 중요하게 생각했다. 쓰이윈은 '쌤통!'이란 말을 배웠다. 그녀는 이 표현이 간단명료하며 호쾌하다고 생각했다. 인생의 모든 희로애락을 표현하는데 이보다 좋은 말은 없었다.

쫭탄이 쓰이윈에게 할아버지가 또 화를 내고 있다고 하자 쓰이윈은 "쌤통!"이라고 말했다.

대학 졸업을 앞두고 있는 쫭천은 만약 어머니가 반복했던 모든 것을 또 반복한다면 자신도 외지로 발령을 내달라고 하겠다고 하자 쓰이윈이 말했다.

"쌤통이군!"

쫭사오젠 역시 '쌤통'이란 말을 했다. 그는 쓰이윈의 모든 것이 다 '쌤통'이라고 느꼈다. 그는 여전히 쓰이윈의 법적 남편이었다. 쌤통이군! 이 말과 함께 쫭사오젠은 수시로 찝찝한 만족을 느꼈다. 전에 쫭사오젠은 계속 쓰이윈과 완벽하게 헤어질 궁리만 했지만 지금은 더 이상 그런 생각은 하지 않았다. 그는 쓰이윈이 기진맥진 모든 힘이 빠질 때까지, 그녀가 폭삭 늙을 때까지 질질 시간을 끌 생각이었다. 쌤

장미의 문

통!

42

챵사오졘은 쓰이윈의 능력을 과소평가했다. 그는 아내를 질질 끌고 갈 수 없었다. 1년 후 주지카이가 형을 마치고 석방되자 쓰이윈은 챵사오졘에게 다시 이혼을 요구하기 시작했다.

새로운 사회의 법률은 마침내 쓰이윈을 챵사오졘의 울타리에서 해방시켰다. 그녀가 다시 자기 짐을 꾸려 또다시 가족을 위로한 후 챵씨 집안을 나와 주 씨한테 가려 할 때 뜻밖에 챵사오졘이 또 나타났다.

'그 일'에 시달린 챵사오졘은 머리가 희끗희끗해지고 허리가 굽긴 했지만 그래도 쓰이윈 앞에 반듯한 차림으로 나타났다. 진회색 간부 복장에 후크를 단단히 매고 은회색 머리에는 포마드도 발랐다. 조금 부자연스러울 정도로 차림이 정갈하고 깨끗했다. 마치 그가 쓰이윈과 결혼을 하러 온 것 같았다. 하지만 그는 신랑이 아니었다. 그는 토벌을 위해 나타났다. 그는 그녀에게 마지막 패배를 거두고 싶지 않았다. 그가 깔끔하고 반듯하게 나타나자 쓰이윈은 당황했다. 정말 쓰이윈을 목 졸라 죽일지도 모르니까. 반듯하고 정갈한 옷차림, 포마드, 그건 그가 사람을 목 졸라 죽일 수도 있다는 징조였다. 기차에서 그가 마치 훈련을 하듯 뚝뚝 손가락을 꺾었다. 그는 뚝뚝 소리를 내며 그녀를 덮칠 준비를 했다.

쓰이윈은 챵사오졘의 옷차림에 주의를 기울이지도, 손가락에서 나는 뚝뚝 소리를 듣지도 않았다. 그의 습관을 관찰한 적도 없다. 그의 모습도 언제나 어렴풋할 뿐이었다. 기억나는 모습이 있다면 그건 아마도 아들인 좡탄 얼굴에서 본 모습이리라.

쓰이윈은 좡사오젠을 볼 때 언제나 한 곳만 바라봤다. 옷을 몇 겹이나 입고 있어도 쓰이윈은 한 눈에 그곳을 볼 수 있었다. 자신이 아는 건 그곳 때문에 자신과 그가 부부가 되었다는 것, 그곳은 아찔할 정도로 역겹다는 것이며, 바로 구역질이 날 정도로 역겨움을 느끼기 위해 그곳을 볼 수밖에 없었다.

좡사오젠은 쓰이윈의 시선이 어디에 머물러 있는지 알았다. 두려움이라고는 전혀 없는 조롱 섞인 쓰이윈의 눈빛이 이미 그에게 말하고 있었다. 당신의 등장은 대수롭지 않아. 각별히 신경을 쓴 그의 옷차림은 쓰이윈에게 비웃음거리일 뿐이다. 그가 단장을 했다고 그를 바라보는 쓰이윈의 시선이 바뀌진 않았다. 이미 오래된, 그를 수치스럽게 만들 수 있는 유일한 시선이다. 그는 각별히 신경을 쓴 자신의 어리석음에 후회가 밀려왔다. 그가 헐떡거리며 베이징으로 잽싸게 돌아온 이유가 오로지 쓰이윈에게 이런 우스꽝스러운 모습을 보이기 위한 것 같았다. 사람이란 모두 자신이 웃음거리가 되었다고 생각할 때 분노가 치솟는 공통점을 가지고 있다. 조금 전 화를 내려던 생각은 온데간데없이 모두 사라지고 새로운 분노가 치솟는 순간이다. 결국 좡사오젠 마음속에도 이런 불길이 치솟으며 그 순간 쓰이윈의 목을 조르려던 생각을 잊어버렸다. 그는 탁자 위에서 그를 향해 꿈틀거리고 있는 반쯤 담긴 술병을 발견했다. 그가 술병을 움켜쥐고 쓰이윈의 머리를 향해 내리쳤다.

피와 술이 쓰이윈 얼굴에 흘러내렸다. 그녀가 한 손으로 관자놀이를 움켜쥐고 허공을 향해 다른 한 손을 허우적거리다가 그대로 바

장미의 문

닥에 쓰러져 기절했다.

짱 나리와 꾸빠가 달려왔다. 피범벅이 된 채 눈앞에 쓰러진 쓰이원을 보고 짱 나리는 그저 방 안을 빙글빙글 돌 뿐이었다. 몸집이 큰 꾸빠는 평소와 달리 침착하고 용감했다. 그녀가 먼저 쓰이원의 허리를 안아 침대로 옮긴 후 얼굴의 피를 닦았다. 그리고 붕대를 가져다 쓰이원의 머리를 싸매고 코밑에 손을 대고 숨을 쉬는지 살폈다. 꾸빠는 쓰이원의 숨결이 느껴지자 그제야 침대를 벗어나 짱사오젠을 문밖으로 밀어냈다.

그날 밤, 짱사오젠은 톈진으로 도망갔다. '도망'이라고 표현한 이유는 눈앞에 피가 튀자 그가 정말 당황하고 놀라고 두려워했기 때문이다. 그는 현장을 벗어나 눈앞의 사실을 부정하고 싶었다. 그건 피가 아닐지도 몰라. 누워 있는 건 쓰이원이 아니야. 아니, 자신은 애초 톈진을 벗어난 적이 없어. 그 여자가 살아나거나 죽었거나 원래 자신과 아무 관계가 없었다. 그는 평생 자신이 믿고 싶은 것만 믿었고 부정하고 싶은 건 부정했다. 그는 자신이 똑바로 보고 싶은 것만 봤기 때문에 똑바로 보고 싶지 않았던 건 마치 존재하지 않는 것처럼 느꼈다. 예를 들면 쓰이원의 피도 이런 범주에 속한다. 그는 베이징에서 달아났고 존재하지 않았던 것 같은 사실을 모두 그의 집의 몫으로 돌렸다.

쓰이원은 짱사오젠이 던진 술병을 맞고 죽기는커녕 가뿐하게 일어났다. 그저 관자놀이에 초승달 같은 상처만 남았을 뿐이다. 상처가 마치 초승달 같았다. 매번 거울을 볼 때마다 쓰이원은 초승달을 따라 진짜 새로운 삶이 시작된 것 같았다. 거침없이 가장 당당하게 자신을 해방시킬 사람은 역시 자기였다. 쓰이원은 이 초승달과 함께 거침없이 마치 부활한 사람처럼 가족들 앞에 나타났다.

쓰이원이 부활하자 그간 사라졌던 며느리를 향한 좡 나리의 증오도 다시 부활했다. 심지어 속으로 아들이 왜 저년을 병으로 때려죽이지 않았을까 원망스럽기까지 했다.

쓰이원은 죽지 않고, 주지카이가 죽었다. 주지카이는 출옥한 후 폐병으로 세상을 떠났다. 주지카이의 죽음으로 쓰이원은 어쩔 수 없이 삶에 대한 자신의 논리를 다시 세우고, 인생에 대한 새로운 도전을 시작했다. 그녀는 다시 법을 떠올렸다. 자신이 배운 법, 다시 그 법을 이용해야겠다고 생각했다. 쓰이원은 문득 좡사오젠이 당시 저지른 '일'이 법의 '맛'을 봐야 한다고 느꼈다. 자신의 넓은 아량으로 그는 미꾸라지처럼 법망을 빠져나갔다. 빠져나간 미꾸라지를 옭아매 법망에 가두기 위해서는 신문에 대서특필되는 '법망은 빠져나가기 힘들다'라는 표제어가 안성맞춤이다. 그를 법망에 가두는 일은 어렵지 않다. 톈진에서 벌인 그의 애정행각을 언제든지 이용할 수 있다. 나와 평생 법적 부부가 되길 원하지 않았나? 법적 부부라면 법의 테두리 안에서 이득을 봐야지. 이에 쓰이원은 하룻밤 만에 결정을 내려 좡사오젠과 톈진 치 소저의 애정행각을 기소했다.

좡사오젠도 죽었다. 좡사오젠은 간암으로 사망했다. 그가 치 소저 품에서 죽었다는 소식이 날아들었다.

좡사오젠의 사망으로 그의 애정행각이 만천하에 폭로되는 일은 벌어지지 않았다. 그는 치 소저와의 숭고하고도 은밀한 정을 안고 영원히 세상을 떠났다. 쓰이원은 또다시 영원히 세상에서 사라진 그의 죽음을 감당해야 했다.

일 년 만에 쓰이원의 두 남자가 떠났다. 때로 쓰이원은 흥미로운

장미의 문

듯 두 사람이 행여 상대방에게 뒤질세라 앞다투어 세상을 떠났다는 생각이 들었다. 둘 다 양보하고 싶지 않은 듯, 뒤처지고 싶지 않은 듯 했다. 주지카이가 챵사오젠을 끌어갔는지, 챵사오젠이 저주해서 주지카이가 죽었는지 영원히 쓰이원에게 궁금증으로 남았다. 쓰이원은 이따금 그들이 어디선가 격투를 벌이고 있는 모습이 보이는 것 같았다. 그곳은 천당일 수도, 지옥일 수도 있다. 챵사오젠은 힘이 세고, 주지카이도 계속 잔꾀를 부리고 있다. 쓰이원은 격투 장면을 떠올릴 때마다 생각했다. 왜 시아버지는 끼지 않았을까? 세 사람이 함께 모이면 훨씬 떠들썩하고 좋을 텐데. 그녀는 챵 나리도 죽었으면, 챵 나리의 죽음으로 주지카이의 제를 올리면 좋겠다고 생각했다. 아들의 짜증을 돋우도록 아버지를 저승에 보내면 더 좋을 텐데.

하지만 쓰이원의 생각은 결국 허망한 열망에 불과했다. 결국 또다시 선택의 기로에 섰다. 지금 쓰이원 앞에 놓인 미래는 세 갈래다. 주씨네로 들어가 주지카이의 어머니 주 노부인을 모실 수도 있다. 그렇게 청정한 새 환경에서 자기 앞가림을 하며 살아갈 수 있다. 이는 주지카이의 죽기 전 소망이기도 하다. 아니면 챵 나리와 꾸빠는 버려두고 챵탄만 데리고 나가서 새로 집을 꾸릴 수도 있었다(챵천은 이미 쑤유셴과 결혼해 쑤이청으로 간 후다). 또 하나는 계속 챵씨 집안에 남는 거다. 쓰이원은 계속 저울질을 하다가 결국 챵씨 집안에 남았다. 이유는 아마 지나치게 지쳤기 때문이리라. 격투를 벌이는 사람은 언제나 챵사오젠이나 주지카이가 아니라 자기 자신이었다. 싸움에 지쳤다. 피폐한 몸을 쉬고 싶었다. 그렇다면 헛헛한 챵씨 집안이야말로 몸과 마음을 수양할 공간이다. 특히 멍한 꾸빠를 떠올리자 문득 세상에서 가장 사랑스러운 사람이 꾸빠라는 생각까지 들었다.

쓰이원은 떠나지 않고 남았다. 예전 친정집과 이웃한 그 사합원에 남았다. 대추나무 한 그루와 정향나무 두 그루가 있는 집에 남아 새로운 생활을 시작했다. 심지어 강렬한 삶의 욕망이 용솟음쳤다. 쓰이원은 칠장이를 불러 문과 창문을 다시 칠했다. 붉은 건 붉게, 초록은 초록으로 한 치도 소홀함이 없이 칠을 시켰다. 직접 고등학생이 된 좡탄을 위해 재봉질도 해주고, 밥도 짓고 꾸빠와 사이좋게 지냈다. 좡나리조차 눈앞의 이런 며느리가 조금 사랑스럽게 보일 정도였다. 쓰이원은 열심히 살았다. 심지어 쓰이원은 톈진에서 온 손님 치 소저를 정성껏 접대하기도 했다.

치 소저가 쓰이원에게 좡사오젠 유골을 가지고 왔다.

쓰이원은 수십 년 동안 치 소저를 생각했다. 직접 만나보니 자신이 상상했던 것과는 거리가 먼 중년 여성이었다. 몸도 연약하고 용모도 평범했다. 그다지 낡아 보이지 않은 레닌 복장에 검은 천 신발을 신고 있었다. 상상과는 거리가 먼 치 소저를 보며 쓰이원은 자기 마음이 기쁜지 아니면 실망스러운지 정확히 말할 수가 없었다.

두 사람이 문 입구에 마주 섰다. 손님이 방문 목적을 설명하자 쓰이원이 몸을 틀어 손님을 안으로 안내했다.

두 사람이 말없이 본채에 앉았다. 흑단 유골함이 두 사람 사이에 놓였다. 치 소저가 좡사오젠의 유골 반을 내놓았다. 나머지 반은 치 소저 본인이 간직한다고 했다.

쓰이원은 반쪽짜리 유골에 별 관심이 없었다. 쓰이원의 가장 큰 관심사는 좡사오젠이 왜 이런 여자와 무릎을 맞대고 평생을 살았는지, 심지어 왜 이 여자 품에서 죽었는지 그 이유였다. 쓰이원은 치 소저에게서 특별히 감동적인 부분, 사랑의 감정을 불러일으킬 만한 모

장미의 문

습을 찾아보려 애를 썼다. 그녀는 여성 특유의 예리한 눈빛으로 손님의 모든 것을 살폈다. 손님은 그저 단정하게 앉아 있을 뿐이었다. 양미간에서 진심 어린 슬픔이 느껴졌다. 비굴하지도 거만하지도 않은, 당황하는 기색도 없는 치 소저의 모습에 쓰이윈은 오랫동안 털어놓고 싶던 것들을 터트릴 수 없었다. 에둘러 표현할 최소한의 것도 생각이 나지 않았다. 원래 그녀는 자리에서 일어나 치 소저에게 끓인 맹물한 잔을 가져다 줄 생각이었다. 하지만 자기도 모르는 사이에 쓰이윈은 차를 준비하고 있었고 그것도 원래 잘 쓰지도 않는 뚜껑 달린 고급 다기와 이제 막 시장에 나온 마오젠毛尖144)을 타고 있었다. 이런 자기 모습을 발견한 쓰이윈은 손님 앞에 차를 가져다주기 싫었다. 그녀는 일부러 다완을 손님에게서 떨어진 탁자 귀퉁이에 뒀다. 저 여자 앞에 차를 가져다주려면 허리를 굽혀야 한다고 생각했기 때문이다. 허리를 굽히는 건 대부분 비굴한 자세다. 그렇다고 마음의 큰 상처를 입진 않겠지만 어쨌거나 한순간 상대에게 몸을 굽혀야 한다. 쓰이윈은 상대방이 자신을 향해 몸을 굽히게 만들고 싶었다.

손님은 쓰이윈의 얕은 수에 신경을 쓰지 않았다. 치 소저는 허리를 굽히고 고개를 끄덕이면서 고마움을 표시한 후 다완을 받쳐 들고 침착하게 차를 마시기 시작했다. 그녀는 작은 다완에 담긴 마오젠차를 적당량 마신 후 작별을 고했다. 모든 것이 마침맞게 적절했다.

쓰이윈은 언젠가 치 소저를 만나면 분명히 쉽게 잊기 힘든, 자꾸만 '곱씹게 되는' 시간이 될 거라고 생각했었다. 심지어 그 순간을 위

---

144) 녹차의 일종으로 허난河南 신양信陽이 유명하다.

해 어떻게 시간을 보낼지 상상하고 여러 가지 표정, 말투, 행동거지, 표현을 준비했다. 그녀는 치 소저와 입씨름을 할 생각은 아니었다. 그냥 가정주부끼리 만난 듯 행동하며 티는 안 나지만 진짜 알맹이가 들어 있는 말을 준비했을 뿐이다. 그 말을 통해 쓰이원은 치 소저에 대한 조롱과 비난을 드러낼 뿐만 아니라 자신의 품격과 교양을 보여줘야 한다. 상대방은 이처럼 품격 있고 교양 있는 자신의 모습에서 다소 너그러운 마음을 느낄 수도 있다. 하지만 예상과 달리 실제 두 여인의 만남은 이렇듯 담담하게 시작되어 담담하게 끝이 났다. 또한 쓰이원은 생각지도 못하게 치 소저를 위해 최근 몇 년 들어 본인조차 상품品으로 여기던 햇마오젠차를 타주기도 했다.

쓰이원이 마오젠차를 타줬다고 해서 평생 치 소저를 향한 원망을 푼 건 아니다. 또한 남자는 죽었으니 이제 두 여자가 서로 존중한다는 의미도 아니다. 이건 뭘까? 그냥 차 한 잔인데. 쓰이원은 손님을 보내고도 한참동안 찝찝한 심정으로 치 소저가 떠난 곳을 바라보며 그제야 자신이 차까지 타 줄 필요는 없었다고 느꼈다. 자신이 손님을 보낸 것이 아니라 손님이 자신을 버린 것 같았다.

분명하게 이유를 설명할 수는 없지만 쓰이원은 레닌 복장을 한 손님이 자꾸만 생각났다. 이유인즉, 쓰이원이 끝끝내 치 소저를 이해할 수 없었기 때문이다.

아름다운 여인이 남자의 사랑을 받는 건 쉽게 이해할 수 있으며 그 사랑은 아름다운 외모로 인해 오히려 기복이 있을 수 있다. 아름답지 못한 여자가 남자의 사랑을 받는 것 역시 별로 어렵지 않게 이해할 수 있다. 그 여자는 결코 아름다운 외모에 뒤지지 않는 매력을 지니고 있을 것이다. 그래서 두 사람은 그토록 끈끈하게 영원히 함께

장미의 문

할 수 있었다. 쓰이윈의 마음을 끈 건 그 여인이 아니라 바로 사랑의 매력이다.

쓰이윈은 손님을 보낸 후 유골함을 안고 자기 침실로 돌아왔다. 모두 잠든 깊고 고요한 밤, 쓰이윈은 푸른빛이 도는 회색빛 유골 부스러기를 호기심 어린 눈으로 빤히 바라보다가 손가락으로 헤쳐 보았다. 무심한 그녀의 손길은 눈앞의 물체가 쾅사오젠의 화신이 아니라 바느질함의 작은 재봉용구라도 된 듯했다. 한참이 지난 후에야 쓰이윈은 자신이 쾅사오젠의 정수를 찾고 있다는 사실을 깨달았다. 정수란 아마 늘 몇 겹의 옷 너머 구역질나는 그곳일 수도 있다. 이후 그녀는 쾅사오젠의 정수는 치 소저 손에 남아 있고 자신에게 치 소저가 가져다 준 건 별 볼 일 없는 추악한 잔재라고 확신했다.

쓰이윈은 자신이 왜 그리 집요하게 황당한 추측을 했는지 몰랐지만 이런 추측에 화가 나고 당황스러웠다. 버려졌다는 느낌이 더 강하게 밀려들었다. 모든 건 다 그 여인의 출현 때문이야. 마치 죽은 쾅사오젠과 살아 있는 치 소저가 함께 자신에게, 누군가에게 시주를 받아야 할 유일한 사람인 자신에게 유골 한 줌을 준 기분이 들었다.

쓰이윈은 이 물체가 계속 눈앞에 어른거리는 건 원치 않았다. 그녀는 시아버지 몰래 그 물건을 똥통에 쏟아버린 후 돌아와 검은 상자를 부숴버렸다. 그녀는 상자를 쪼개면서 왜 치 소저 앞에서 지금 행동을 하지 않았을까 후회했다. 섬약한 치 소저는 분명히 견디다 못해 그 자리에서 기절했을 거고, 그럼 쓰이윈은 치 소저에게 찬물을 끼얹어 그녀를 깨우고, 그녀가 깨어나면 다시 상자를 부쉈을 텐데.

얼마 후 쓰이윈 역시 레닌복을 입기 시작했다. 그녀는 치 소저보다 자신의 레닌복 차림이 훨씬 더 예쁘다고 느꼈다.

43

쓰이원의 레닌복 시대는 이제 과거가 되었다. 이제 그녀의 겉옷은 일자 옷깃에 일자주머니가 달린 형태. 시대적 요구에 따라 등장한 새로운 양식이다. 쓰이원은 이런 겉옷을 입고 예룽베이의 대변과 사람에 대한 이야기를 들었다.

그가 또 뭐라고 했더라? 그래, 그녀를 지식여성이라고 했고, 자기나 그녀가 모두 대변을 본다고 했지. 그녀 역시 그에게 욕을 퍼부었다. 분명히 그를 '건달'이라고 말했다. 그녀는 그를 '건달'이라고 말할 수 있었다. 그녀의 눈에 남자는 모두 마찬가지다. 그들을 건달이라고 욕해도 전혀 지나치지 않다. 특히 중늙은이에 초라한 독신남인 주지카이는 어떤가. 그녀와 그는 한동안 애매한 상태로 지냈지만 그도 '건달'이란 두 글자에서 자유로울 수 없었다. 주지카이는 자기 아내가 죽은 후 마음에 드는 여자를 만나지 못해 한두 번 8대 후퉁에 간 적이 있다고 했다. 하지만 그저 한두 번뿐이었다. 그곳에 간 후 온몸이 불편했기 때문이다. 창피해서인지 아니면 다른 이유에서인지 몰라도 어쨌거나 그곳에서 아무것도 하지 못했다. 그래서 그는 수음을 시작했다. 그는 놀랍게도 쓰이원에게 은근슬쩍 이 사실을 털어놓았다. 쓰이원은 솔직한 그의 말에 감동하면서도 그의 그 짓이 혐오스러웠고 그 후로 그에게 흥미를 잃었다. 주지카이는 더 이상 인력거로 그녀를 데려다주던 주지카이가 아니었다. 그는 하나의 부호符號가 되었다. 좡사오젠과 맞짱을 뜨기 위한 동력과 같은 상징적 존재였다. 하지만 주지카이에게 쓰이원은 부호가 아니었다. 그는 그녀를 마주할 때 뭔가 문제가 있다고 느끼지 않았다. 그는 쓰이원에게 가장 진지하게 열정을

장미의 문

퍼부었다. 수년이 지난 후에도 쓰이원은 자신을 어루만지던 살짝 작은 그의 통통한 손이 기억날 정도였다. 쓰이원은 언제나 부드럽게 마치 농담을 하듯 그 손을 뿌리쳤다. 마치 그가 자발적으로 자신에게 털어놓은 그 일을 털어내듯.

예룽베이는 주지카이가 아니다. 하지만 그 역시 독신남이며 주지카이보다 젊다. 그가 하루 종일 방에서 뭘 하는지 아무도 모른다. 뤄 아주머니는 그저 혼자 잘난 척 그가 작은 쪽걸상을 만들고 신창을 박는 모습을 봤다. 그건 그냥 뤄 아주머니가 어쩌다 목격한 일에 불과했다. 같이 살지는 않지만 그에게 아들이 있는지 누가 알겠는가. 아들이 신발이 없는데 신발을 살 돈도 없고, 여자도 없고 그럼 본인이 신창을 박지 누가 박겠는가? 쪽걸상을 만들고 신창을 박는 일 말고 안에서 무슨 일을 하는지 알게 뭔가? 모른다고 해서 존재하지 않는다는 의미는 아니다. 그에게 주지카이 같은 결함이 없다고 누가 보장하겠는가. 그렇다면 쓰이원이 그를 '건달'이라고 욕한다 해도 지나치지 않다.

예룽베이와 쓰이원이 대변 때문에 처음으로 맞부딪친 후 쓰이원은 시간만 나면 커튼 한 귀퉁이를 올려 서채를 살폈다. 창문 아래 닭 둥지 세 개 외에는 아무것도 볼 수 없었지만 말이다. 하지만 닭 둥지 그 너머에서 예룽베이 역시 주지카이처럼 남자에게 말하긴 머쓱한 그 짓을 반복하고 있을 거라고 확신했다. 쓰이원은 자기 발견이 사실일 거라고 믿으며 진실인 가상 또는 가상의 진실을 생각하며 흥분으로 숨을 헐떡였다.

그는 사람에겐 다른 사람을 엿볼 수 있는 권리가 있다고 믿는다. 엿보는 일에 차등은 없다. 전에 북채에서 남채를 기세등등하게 엿봤고, 남채에서 역시 북채를 대놓고 떳떳하게 엿봤다. 이제 서채에 사람이 들었다. 서채의 등장으로 남채와 북채는 잠시 서로 상대방을 살피던 시선을 돌렸고 서채는 두 여자 공동의 정탐 대상이 되었다. 쓰이원은 언젠가 자신의 눈을 통해 예룽베이가 재수 옴 붙는 날이 오길 기대했다. 그렇다면 자신이 가정한 그 정도 민망한 일로는 너무 미비하다. '정치'적인 문제를 가정해야 되지 않을까? 소리 없이 조용한 걸 보면 송수신기를 작동하고 있을지도 모른다. 신창 박는 걸 보면 신창 안에 밀서를 넣어 꿰매고 있을지도 모른다. 쪽걸상을 만드는 건 사람들의 이목을 가리기 위해서일 테지.

예룽베이에게 불운을 안기기 위해 쓰이원은 심지어 그가 다니는 기관에 검거 서한을 보냈다. 쓰이원은 그가 다니는 기관이 '예술연구소'란 것도 알고 있었다. 서한은 당연히 익명으로 보내야 했다. 검거 서한에 이용할 낙관도 준비했다. 쓰이원은 자신이 사용하는 많은 이름 가운데 '혁명 군중 수난자 리융李勇'을 골랐다. '융勇'은 당연히 용감함을 상징한다. 용감하게 자기 본명을 숨기고, 용감하게 예룽베이의 정치적 문제를 적발하면 예룽베이는 끝장이다. 모든 것이 생생하다.

쓰이원을 이 모든 것을 생생하게 머리에 떠올렸다. 그런데 예룽베이가 샹사오후퉁을 떠난단다. 전쟁 준비로 인해 베이징의 일부 인구를 농촌으로 보내겠다고 결정했다. 원래 세대가 아니었던 사람은 자연히 이번 농촌 이주 명단에 포함되었다. 어느 날 예룽베이가 네모반듯하게 마치 말린 두부처럼 꽁꽁 맨 짐을 메고 사합원을 나갔다.

예룽베이가 마치 의도적으로 그를 엿보던 쓰이원의 시선을 벗어나기 위해 갑자기 이주한 것처럼 보였다. 그가 샤오웨이를 위해 똥을 엎은 쾌거는 사합원에 대한 고별 의식이 되었고, 쓰이원과 시작한 대

장미의 문

결에서 그가 남긴 말은 쓰이원에 대한 이별의 충언이 되었다. 쓰이원은 기쁜 반면 조금 유감스럽기도 했다. 그녀가 서채를 나와 사합원을 나가는 예룽베이를 시선으로 전송했다. 떠나기 전 예룽베이는 커튼을 꼭 닫고 서채에 자물쇠를 채웠다.

메이메이는 예룽베이가 떠날 거라는 느낌을 받았다. 그날 서채가 조용했다. 알고 보니 예룽베이의 닭이 보이지 않았다. 메이메이가 담장 사잇길을 따라 뒤뜰에 이르렀다. 예룽베이의 까만 닭과 흰 닭이 흙더미에 죽어 있었다. 예룽베이는 두 손을 아래로 축 늘어뜨리고 묵념하듯 닭 앞에 서 있었다. 메이메이는 눈앞에서 무슨 일이 벌어졌는지 감이 잡히지 않았다. 그저 조용히 멀찌감치 서서 두근거리는 가슴으로 구부정한 예룽베이의 등, 그의 발밑에 죽어 있는 닭을 바라볼 뿐이었다. 감히 앞으로 다가가지도, 그 자리를 뜨지도 못했다.

예룽베이는 등 뒤로 인기척을 느꼈다. 메이메이일 거라고 생각했다. 그가 제자리에서 꼼짝하지 않은 채 입을 열었다.

"영원히 이 애들의 빨간 얼굴을 볼 수 없어. 자세히 보면 이 애들 얼굴이 모두 창백한 걸 볼 수 있을 거야. 온몸의 혈액이 엉겨서 그래. 동물의 피는 흐르기도 하고 엉기기도 하지. 피가 흐르면 네 얼굴이 벌겋게 물들고 엉기면 널 평화롭게 해줄 거야."

"하지만…… 닭들은……"

메이메이가 예룽베이를 바라보았다.

"떨고 있네."

예룽베이가 말했다.

"그럴 필요 없어. 널 겁나게 하는 건 살아 있는 존재여야지, 죽은 닭 몇 마리에 겁을 먹는 건 이 애들에게 너무 불공평해."

"하지만 그래도 왜 이렇게 됐는지 모르겠어요."

메이메이가 말했다.

"그럼 알려주지. 넌 나랑 같이 닭들의 빨간 얼굴과 귀 그리고 하루의 생활을 본 적이 있어. 결국 달걀을 낳지 않는 닭이 달걀 낳는 모습을 보진 못했지만 달걀은 그 애 뱃속에 있었어. 조만간에 낳을 거였고. 하지만 이제 더 이상 볼 수가 없게 됐네. 넌 저애들의 모든 것을 알 권리가 있어."

"닭들이 병들었어요?"

메이메이가 물었다.

"아니, 내가 직접 목 졸라 죽였어."

예룽베이가 말했다.

"윽!"

메이메이는 깜짝 놀랐다. 정말 당황스러웠다.

"그렇게 하지 말았어야 한다고, 아니면 왜 꼭 그렇게 해야만 했냐고 말하려는 거지? 난 바로 대답할 수 있지, 단 한마디로. 닭들의 안정을 위해서야. 대변도 안정이 필요한데 하물며 닭들은 어떻겠어."

예룽베이가 말했다.

"그럼 아저씨는……"

"난 이 애들을 떠날 거야."

예룽베이는 자신이 이곳을 떠난다는 소식을 메이메이에게 제일 먼저 알려주었다. 또한 자기 닭이 평온해야 이곳을 떠날 수 있기 때문에 닭들을 목 졸라 죽였다고 했다. 말을 마친 후 예룽베이가 닭들을 묻기 시작했다. 그는 구덩이를 깊게 파서 닭들을 묻은 후 흙으로 덮기 시작했다. 메이메이도 닭들 위에 흙을 뿌렸다.

메이메이는 예룽베이가 이렇게 빨리 떠날 거라고 예상치 못했다. 예룽베이가 다시 또 작별 인사를 할 거라고 생각했다. 하지만 서채 문에 달린 검은 자물쇠를 보고 나서야 메이메이는 상황을 파악했다. 예룽베이는 창밖에 있던 잡다한 물건도 모두 정리했다. 낡은 나무 상자로 만든 닭 둥지 세 개만 원래 자리에 나란히 놓여 있었다. 상자에는 '예룽베이 동지에게'라고 적혀 있었다. 메이메이는 그 말이 예룽베이가 남긴 작별인사라고 느꼈다. 예룽베이가 메이메이에게 남긴 모든 음성이 이 빈 상자 몇 개에 스며있는 듯하고, 그 소리는 영원히 사라지지 않을 것처럼 느껴졌다. 이후 메이메이는 이 상자를 볼 때마다 상자에 적힌 '예룽베이 동지에게'를 '쑤메이메이 동지에게'로 읽었다.

뤄 아주머니 역시 닭이 죽고 예룽베이가 떠난 상황을 예의주시했다. 예룽베이가 떠난 후 얼마 되지 않아 뤄 아주머니는 뒤뜰에서 죽은 닭을 찾아냈다. 아주머니가 닭들을 파내 물을 끓이고 털을 뽑은 후 통로 아래 까만 솥을 걸쳐놓고 양념한 물에 닭을 삶았다. 쑤이청의 닭 삶는 방법대로 솥에 양념을 넣고 다시 맛이 잘 배고 푹 익도록 닭 위에 돌을 얹었다.

황혼이었다. 닭털이 마당에 흩날리고 통로 아래 김이 모락모락 올라왔다. 까맣고 흰 닭털이 마치 연회색 눈송이 같았고 김은 눈송이를 돋보이게 만드는 짙은 안개 같았다.

메이메이와 샤오웨이가 대추나무 아래서 눈과 안개의 세계를 구경했다. 닭털이 샤오웨이 어깨로 떨어지자 아이가 닭털을 떼어내 메이메이에게 줬다. 메이메이가 닭털을 반듯하게 펴서 손에 쥐었다. 그 후 책갈피 삼아 세상에서 가장 작은 '노삼편'老三篇 안에 끼웠다.

쓰이원은 뤄 아주머니가 부르기도 전에 남채에서 나와 북채 통로 아래에 서서 닭 삶는 모습을 바라보았다. 그녀는 현재 뤄 아주머니에게는 갈채를 보낼 사람, 과감하게 닭을 잡은 행위, 대대로 내려온 방법대로 닭의 제맛을 살리고 있다고 치켜세워줄 사람이 필요하다고 생각했다.

까만 솥에서 꿀럭꿀럭 계속해서 소리가 들렸다.

"이 닭이 뭐 그리 걸리적거렸을까요?"

쓰이원이 말했다.

"그냥 닭 한 마리가 무슨!"

뤄 아주머니가 뚜껑을 열고 젓가락으로 닭을 찔렀다. 화력이 약했다.

"닭 한 마리를 두고 생각도 많으시네요."

쓰이원이 말했다. 솥 안에 있는 닭은 검붉었다. 색이 좋지 않았다.

"닭 한 마리 땅속에서 썩히지 말고 먹는 게 낫재요?"

뤄 아주머니가 말하며 뚜껑을 덮었다.

"닭을 묻어두면 낭비지요. 탐욕과 낭비는 큰 범죄예요."

쓰이원이 말하며 속으로는 당신 같은 사람은 능히 그러고도 남을 사람이라고 생각했다. 죽은 돼지도 주워다 먹었을지도 모른다.

"닭 한 마리 가지구, 그렇지무(별 것 아니라는 의미)."

뤄 아주머니가 다시 뚜껑을 열었다. 비리고 짠 산초냄새가 훅 풍겼다.

"닭 요리 정말 잘하시네요."

쓰이원은 메스꺼움을 가까스로 참으며 말했다.

"근데 색깔이 좀 이상하재?"

뤄 아줌마도 결국 닭 색이 이상하다는 사실을 발견했다.

장미의 문

"순전히 예씨가 목 졸라 죽여서 그래요."

"살았을 때 피가 막혀서 그렇소."

뤄 아주머니가 말했다.

"이런 자는 언제 어디서나 경계해야 합니다."

쓰이원이 말했다. 마치 예룽베이가 돌아와 자신의 목이라도 졸라 죽일 것처럼 말했다.

"이런 사람은 조심해야 되오."

뤄 아주머니가 말했다. 그녀 역시 위협을 느끼는 것 같았다.

"이런 자는 사람도 목 졸라 죽일 수 있어요."

쓰이원이 말했다.

"빌어먹을 새끼 왜 지 거시기나 잡을 것이지……"

뤄 아주머니의 상스러운 욕에 두 여자가 동시에 화통하게 웃음을 터트렸다. 깔깔대며 웃느라 두 사람 모두 눈물까지 그렁거렸다. 뤄 아주머니는 분홍빛 잇몸을 드러내며 웃었지만 쓰이원은 입을 가렸다. 함께 깔깔거리는 사이, 쓰이원은 다시 한 번 통로 아래로 닭 삶는 광경을 보러오길 잘했다고 확신했다. 뤄 아주머니가 자기 앞에서 이런 상스러운 욕을 내뱉고 화통하게 웃은 적이 없다는 사실도 깨달았다. 상스러운 욕과 호탕한 웃음은 둘의 관계가 확실히 전과 다른 새로운 단계로 들어섰다는 의미다. 화기애애한 두 사람 분위기, 쉽게 무너지지 않을 단단한 관계를 입증했다. 쓰이원이 요란하게 뤄 아주머니에게 손짓 발짓하며 설레발을 쳤다.

"화력이 너무 세요, 좀 줄여야 되네."

쓰이원이 말했다.

뤄 아주머니가 쓰이원 지시대로 아궁이문을 닫았다. 솥 안이 조금씩 잠잠해졌다.

잠시 후 뤄 아주머니가 서둘러 뚜껑을 열었다. 그녀가 씩씩하게 닭다리 하나를 잡아 힘껏 아래로 잡아당겼다. 다리가 몸체에서 떨어졌다. 닭다리가 뜨거워 뤄 아주머니가 자꾸 손을 바꿔가며 다리를 잡았다. 그녀가 먼저 닭다리 살 한 점을 뜯어 입에 넣고 호호 입김을 불면서 쓰이원에게 다리를 내밀었다.

"이제 먹어도 되오. 여기."

뤄 아주머니가 '먹어도 되오.'라고 판단을 내린 후 쓰이원에게 들고 있던 '먹을 수 있는' 다리를 먹어보라고 했다.

쓰이원이 뜻밖이라는 듯 닭다리를 잡았다. 조금 기쁘기도 하고 놀랍기도 하고 구차스럽기도 하고 구역질도 났다. 이 다리를 반드시 다 먹어치워야 한다는 예감과 함께 가능한 한 대부분 상스런 사람들이 닭다리 먹는 모습처럼 게걸스럽게, 우악스럽게, 추접하게 입을 벌려 닭을 물어뜯었다. 그녀는 조금 탐욕스럽게, 무식하게, 추접하게 먹어야 뤄 아주머니가 권한 닭다리에 면목이 서는 것 같았다. 질기고 우악스러운 닭다리는 살을 발라먹기 힘들었지만 쓰이원은 그럭저럭 쓸 만한 치아로, 치아 사이사이에 살점이 잔뜩 긴 채 고기를 씹어 먹기 시작했다.

마침내 뤄 아주머니가 맛을 물었고, 쓰이원은 긍정의 답을 내놓은 후 다시 한 번 뤄 아주머니의 '요리' 솜씨를 칭찬하며 뤄 아주머니가 과감했기 때문에 죽은 닭들이 아주머니 손을 거쳐 맛 좋은 음식이 되었다고 연거푸 찬사를 보내야 했다.

뤄 아주머니가 다시 신이 나서 껄껄 웃기 시작했다. 쓰이원 앞에 다시 뤄 아주머니의 분홍빛 잇몸이 드러났다. 뤄 아주머니가 웃으며 자기가 닭 배를 가를 때 그 안에 작은 달걀이 있었다고 말했다. 그녀가 더 신이 나서 웃었다. 마치 영원히 묻힐 뻔했던 비밀을 말하듯, 한 여자 뱃속에 아직 형태를 갖추지 못한 태아를 직접 목격한 것마냥 말했다.

쓰이원의 검증을 거쳐 뤄 아주머니가 불을 끄고 닭을 눌렀던 돌을 걷어낸 후 쇠 석자[145]로 닭을 한 마리씩 커다란 자배기에 건졌다. 아주머니는 마지막으로 쓰이원 역시 한 마리를 건지라고 했다. 아마도 쓰이원이 줬던 생선이 생각난 듯했다. 오는 정이 있으면 가는 정도 있어야 하지 않는가. 뤄 아주머니가 닭을 커다란 무늬가 있는 사발에 담아 두 손으로 쓰이원에게 내밀었다. 쓰이원이 잠시 사양하다가 '어쩔 수 없다는 듯' 사발을 받았다.

쓰이원은 묵직한 까만 닭을 들고 남채로 돌아왔다.

쓰이원이 닭을 탁자에 내려놓고 재빨리 손을 씻은 후 약을 찾았다. 주시 탁자에서 황롄쑤黃連素[146] 두 알을 찾아 먹은 후 그것만으로는 불안해서 여기저기 푸라졸리돈furazolidone이나 술파민sulfamine을 찾았다. 쓰이원은 약을 과다 복용하는 한이 있더라도 위장 속 더러운 닭고기를 다 쓸어내고 싶었다.

쓰이원이 손을 씻고 약을 먹었다. 그때까지도 닭은 여전히 식탁 위에 있었다. 그녀는 방 어두운 곳에서 자신과 식탁을 번갈아 빤히 바라보는 시선을 발견했다. 메이메이와 샤오웨이다. 순간 쓰이원은 계속 실컷 먹지 못했던 샤오웨이가 평소 보기 힘든 통닭을 앞에 두고

---

145) 철사로 그물처럼 엮은 바가지 모양의 조리 도구.
146) 구토, 설사 등에 쓰는 중국 생약.

왜 침묵하고 있는지 이해가 되지 않았다. 침묵 속에 경계의 의미가 있는 건 아닐까, 행여 그 닭을 자기 위장에 집어넣어야 할까 봐 경계하고 있는지도 모른다. 쓰이원은 아이 둘 앞에 서 있는 자신이 그 순간 진화가 덜 된 야만인처럼 느껴졌다. 원래 자매 둘을 불러 닭을 먹으라고 할 셈이었다. 하지만 노골적인 저항의 눈빛으로 자신을 바라보는 두 애를 보고 쓰이원은 입을 다물었다. 사람이 그래도 인도주의 정신은 있어야지. 그래 이건 혁명의 인도주의야. 깊은 밤, 쓰이원은 골목 입구에 있는 쓰레기통에 닭을 버린 후 그 위에 재를 한 대야 뿌리고 발로 밟았다.

쓰이원은 다음 날이 되어서야 뤄 아주머니에게 커다란 사발을 돌려줬다. 뤄 아주머니가 다시 한 번 닭 맛을 묻자 쓰이원은 감동한 듯 또다시 어제 말을 되풀이했다.

"정말 솜씨가 기가 막혀요."

그녀는 이 말이 '칭찬'과 '폄하'의 뜻을 모두 담고 있다고 생각했다. 해석이야 뤄 아주머니 몫이었다. 뤄 아주머니는 쓰이원의 대답을 칭찬으로 알아들었다. 그녀는 속으로 '그럼 그렇지, 옛날부터 지금까지 내려온 쑤이청 요리법인데'라고 생각했다.

뤄 아주머니 사고방식에 따라 닭요리는 우정의 의미가 되었고, 얼마 후 쓰이원은 지역 조직의 선전대 가입을 허락받았다.

이제 쓰이원은 신문 읽기뿐만 아니라 더 광범위하고 더욱 중요한 선전 임무를 띠고 거리를 나다녔다. 인류에게 주어진 중요한 역사적 임무는 언제나 사람과 능력에 따라 다르기 마련이다.

장미의 문

44

얼마 후 등장한 강용회講用會147)를 위해 샹사오후퉁의 선전대가 성립되었다.

강용회는 실제 필요에 근거하여 학습, 경험을 나누고 배우는 자리다. 마치 이미 입증을 거친 '네가 타도하지 않으면 그는 쓰러지지 않는다.'는 진리와 같이 학습에 대한 자신의 소회 역시 당신이 말하지 않으면 아무도 모른다는 문제가 있다. 이렇게 자신의 발언을 통해 다른 사람이 이를 알게 되는 과정을 '강용'講用이라 했다.

처음에 사람들은 이런 모임에 흥분했다. 이 자리는 당신이 '배우면 금방 할 것 같지만 놓는 순간 잊어버리고 활용하면 실수를 저지르는' 결함을 보충하기 위해서이다. 정신이 어떻게 물질로 변하는지, 무산계급을 일으키고 자산계급을 없애는 일이 구체적으로 어떻게 실현되는지, '이기주의'와 '수정주의'에 대한 비판 투쟁이 왜 인류의 모든 폐단을 치료하는 명약이 될 수 있고, 기기를 돌리지 않는데 어떻게 상품이 나오고 음식을 만들 때 어떻게 냄비에 눌러붙지 않게 하는지…… 이 모든 것을 '강용회'를 통해 순리적으로 해결할 수 있었다.

하지만 사람이란 결국 따분한 생각이 들 때가 있기 마련이다. 당신이 말하고 내가 듣거나 내가 말하고 당신이 듣는 것뿐, 누가 나서서 실제 경험을 증명해줄 것인가? 이에 사람들은 '강용회'에 흥미를 잃기 시작했고 이에 누군가 좀 더 분위기를 띄워 회의에 긴박감을 주자고

---

147) 문화대혁명 당시 마오쩌둥의 저서를 함께 강독하고 생활에 활용한다는 취지로 열린 회의.

생각했다. 바로 이처럼 더욱 생생한 현장을 위해 마련된 조직이 선전대다.

샹사오후퉁의 선전대는 쓰이윈이 참가하기 전까지 줄곧 유명무실한 존재였다. 그들이 마련하는 행사라고 해봤자 뤄 주임이 이끄는 '나고사'鑼鼓詞와 몇몇 중년 여성들이 벌이는 작은 규모의 합창이 다였다.

'나고사'는 각기 대야만 한 북, 징, 자바라, 소라를 든 여성 네 명이 무대에 일자로 서서 먼저 징과 북을 울리며 시작한다. 둥둥창, 둥둥창, 둥창둥창둥둥창. 제멋대로 빠르게 혹은 느리게 북이 울린다. 속도에 정확한 규칙이 없다. 징과 북이 울리고 나면 한 사람이 한마디씩 낭송을 시작한다. 세 사람은 각기 일곱 글자로, 마지막 사람은 두 글자로 자연스럽게 끝을 낸다. 이런 낭송은 아무런 제한 없이 계속되다가 적당한 시기를 봐서 막을 내린다. 예를 들면 이런 것이다.

갑: 최신 지시 좋구나

을: 전국 인민 다 웃네

병: 우귀사신 대들면

정: 타도!

'나고사'는 통속적이며 이해하기 쉽지만 사람들의 관심을 끌 만한 매력이 없다. 게다가 평소 연습이 부족한 합창은 공연할 때면 음이 제각각이다. 그래서 샹사오후퉁과 다른 지역의 팀이 한 무대에서 공연할 때면 여자들 차례는 항상 가장 앞부분에 배치된다. 그 때문에 샹사오후퉁의 공연은 시작도 끝도 관중들이 채 자리를 잡지 못하

장미의 문

고 우왕좌왕 시끄러울 때 이루어진다. 이런 배정은 샹사오 선전대를 깔보는 행위이다. 이에 사람들은 뤄 아주머니에게 번번이 샹사오 공연 내용을 바꿔달라고 요구했다. 뤄 아주머니 역시 그제야 새로운 공연 내용을 꾸려야 상황을 바꿀 수 있다고 생각하면서 쓰이원을 떠올렸다.

뤄 아주머니가 쓰이원의 노래 재능을 발견한 것은 닭을 삶기 훨씬 전의 일이다. 당시 다 선생이 계속 호금胡琴을 들고 쓰이원이 있는 남채를 드나들자 뤄 아주머니는 자연히 신경이 쓰였다. 호금이 남채로 들어가고 나면 잠시 후 남채에서 쓰이원의 노랫소리와 다 선생의 반주가 흘러나왔다. 쓰이원의 목소리는 부드럽고 다 선생은 우아하게 박자를 맞춰 연주했다. 게다가 그들의 곡은 당시 양판희에서 최고로, 가장 유행하던 대목이었다. 뤄 아주머니는 남자와 여자가 단 둘이 한참 동안 방에 있는 것을 보고 샹사오의 체면을 구기는 일이라 생각했지만 자세히 들어보니 곡의 내용이 전혀 흠잡을 데가 없었다. 결국 뤄 아주머니는 그들의 행동이 혁명적이라고 묵과할 수밖에 없었다.

쓰이원이 익숙하게 부르는 곡 중 가장 뛰어난 노래는 〈사가빈〉沙家濱이다. 그녀가 "부뚜막을 쌓아올려 구리항아리에 세 강의 물을 끓여, 팔선탁 펼치고 사방팔방에서 모여든 손님들을 맞이하니……"를 구성지게 불렀다. 때로 뤄 아주머니까지 통로에 서서 넋이 나간 채 커다란 발로 박자를 맞췄다.

쓰이원과 다 선생의 공개적인 것 같으면서도 은밀한 '혁명 행동'은 마치 샹사오후퉁 선전대를 겨냥한 듯했다. 결국 이런 그들의 모습은 뤄 아주머니의 주의를 끌었다. 선전대의 수준을 높이고 확대해야 한다는 소리가 나오는 가운데 쓰이원이 자발적으로 뤄 아주머니의 닭

요리를 추어올리자 뤼 아주머니는 쓰이원과 다 선생을 선전대 정식 성원으로 받아들이기로 결정했다.

과연 다 선생을 끌고 나타난 쓰이원은 뤼 아주머니의 열망을 저버리지 않았다. 그들은 처음 무대에 올라가자마자 샹사오에 영광을 안겼다. 샹사오의 등장에 혼잡하던 무대 아래가 쥐 죽은 듯이 고요해졌다. 쓰이원이 진한 화장과 화려한 복장으로 무대에 오르자 관중들은 이 '아칭싸오'阿慶嫂148)가 나이는 많지만 청의青衣149)로 손색이 없다고 생각했다. 당시 메이란팡 나이가 예순이 넘었는데도 '금전장풍'金殿裝瘋150)의 어린 낭자 역할을 하고, 항아리 몸매가 된 청옌추程硯秋151) 역시 중년의 '진삼량'陈三两152)을 연기하기도 했다. 한마디로 쓰이원 역시 '아직 쓸 만하다'는 뜻이다.

쓰이원은 자신이 샹사오에 얼마나 큰 영예를 안겼는지 잘 알았다. 그 후 쓰이원은 더욱 대놓고 다 선생과 왕래했다. 다 선생은 이를 영광으로 생각했다. 전에는 호금을 들고(때로 호금을 옷자락 아래 숨기고) 쭈뼛거리며 대문을 들어섰다면 지금은 어엿한 샹사오 명배우 쓰이원의 악사 다 선생, 명실상부한 다 선생이 되었다. 메이란팡의 악사 쉬란위안徐蘭元 역시 사람들이 '쉬 선생'이라고 부르지 않던가. 그는 마당을 들어설 때 전과 크게 다른 모습을 보였다. 언제나 살짝 헛기침을 했다.

---

148) 아칭, 중국 공산당원이자 항일 시기 대표적인 여성.

149) 중국 경극 중 유일하게 여성을 연기하는 역할인 단행. 북방에서는 청의青衣라 한다.

150) 진秦나라 2대 황제 호해胡亥의 환관 조고趙高의 이야기를 다룬 경극.

151) 1904~1958, 중국 만주 정황기正黃旗 경극 배우.

152) 명대 〈부춘원〉富春院이란 경극에서 비롯된 극의 주인공. 명대 진사 이구경李九經이 간신의 모해로 죽음에 이른다. 진삼량은 이구경의 딸 소평素平이 개명한 이름.

장미의 문

쓰이원에게 보내는 신호이자 뤄 아주머니에 대한 작은 시위와 같았다. 움직임은 작았지만 일석이조의 효과를 거뒀다. 하지만 마당에 서서 사람을 부르거나 문을 두드리는 일은 하지 않았다.

다 선생을 맞이하는 쓰이원의 모습도 자못 점잖았다. 쓰이원은 샹사오 명배우이며 다 선생은 명배우의 악사이니 유난히 호들갑을 떨 필요도 없었다. 그녀는 그저 슬쩍 방문을 열 뿐이었다. 주절주절 떠벌일 필요도 없었다. '오셨어요', '오느라 수고하셨네요', '고생하셨어요' 같은 예의를 차릴 필요 없이 다 선생을 실내로 안내했다. 쓰이원은 속으로 뤄 아주머니에게 이 순간을 가장 보여주고 싶었다. 이는 에둘러 자기 신분을 드러낼 수 있을 뿐만 아니라 뤄 아주머니에 대한 작은 시위이기도 했다. 움직임은 작지만 이 역시 일석이조의 효과를 거둘 수 있었다.

다 선생이 쓰이원의 악사가 된 건 우연이었다. 원래 그들은 모르는 사이였고 서로 상대방의 재능을 알지 못했다. 쓰이원이 샹사오에 살 때 다 선생은 이곳에 살지 않았다. 그는 '운동' 전날 밤 샹사오로 이주했다. 샹사오는 마치 그만을 위해 준비된 불구덩이 같았다. 그가 끊임없이 '어린 용사들' 아래 비명을 지를 때 비로소 쓰이원은 그의 성이 다씨이며 과거 둥청에 살던 구舊 직원[153]이란 사실을 알았다. 구 사회를 지나온 사람…… 후에 다 선생은 샹사오에서 목에 팻말을 걸고, 변소를 청소하고, 대중 독재, 해방 선포를 거쳐 이후 드디어 혁명 군중의 신분으로 도약, 영광스럽게 국경일 밤 엄숙하게 밀대를 들고

---

153) 전에 도시 지역에서 일하다가 해방 후에도 계속 그곳에 남은 사람들을 '구 직원'이라 불렀다. 이들은 부르주아로 분류되었다.

골목 순찰을 도는 활동에 참가했다. 명절 야간순찰에 참여할 수 있다는 건 신임을 얻고 있다는 가장 분명한 잣대였다. 당시 계급성이 가장 강한 혁명 무기인 밀대가 그의 손에 쥐어졌기 때문이다. 무기가 누구 손에 쥐어지는가 하는 것이 혁명의 제일 중요한 문제였다. 다 선생과 함께 변소 청소를 했던 독일 할머니는 한 번도 이런 영광을 누린 적이 없었다.

다 선생이 순찰대에 들어갔을 때는 쓰이원이 순찰한 지 이미 1년이 지났을 때다. 그들은 공교롭게도 한 조가 되었다. 쓰이원이 경험을 바탕으로 순찰에 관한 요점을 전달한 후 앞장서서 순찰을 돌기 시작했다. 달은 밝고 별은 듬성듬성한 밤, 쓰이원은 정신이 아주 맑았다. 그녀가 수시로 벽에 달라붙어 자신을 은폐하며 다 선생에게도 가로등 아래 서 있지 말라고 눈치를 줬다. 다 선생은 쓰이원이 하는 대로 때로 어둠 속에 몸을 숨기며 애써 쓰이원의 걸음걸이, 속도를 흉내 냈다. 그는 새로 입대한 순찰병 같기도 하고, 쓰이원을 지키는 시위 같기도 했다. '국자 머리' 쪽을 따라 '손잡이' 부분까지 골목을 두 번 순찰하고 나면 쓰이원은 그제야 안심하며 걸음을 멈추고 골목 끝 응회암 돌덩이에 몸을 기댔다. 다 선생도 간격을 벌려 쓰이원처럼 응회암에 기댔다. 쓰이원이 담배 한 대를 꺼내자 다 선생도 담배를 꺼냈다. 쓰이원 담배는 '광릉', 다 선생 담배는 '헝다'恒大다. 다 선생이 잽싸게 성냥을 꺼내 그은 다음 예의바르게 먼저 쓰이원에게 불을 붙여줬고 둘은 이어 이야기를 나누기 시작했다. 운동의 필요성부터 순찰의 필요성까지, 순찰의 필요성에서 그들이 순찰에 참가해야 하는 필요성까지 또한 그 후 각자의 신상에 대한 이야기로 넘어갔다. 신상에 대해 쓰이원은 별로 자기 말을 하지 않았다. 그녀는 그저 자신이 샹사오

장미의 문

의 오랜 주민이라고 말했을 뿐이다. 다 선생은 평소답지 않게 자기 속마음을 많이 털어놓았다. 자신의 과거에 대해 말할 때 그는 '아주 사소한 오점이 하나 있을 뿐'이라고 했다. 그러면서 자기 엄지손가락을 새끼손가락 끝에 대며 보리쌀만 하다는 시늉을 했다. 하지만 쓰이원 앞에서 그는 자신의 그 '작은 오점'에 대해 한탄했다. 그는 순전히 우연히 친구 때문에 그 일에 끼어들었다고 했다. 그로 인해 정치와 전혀 관계없는 은행 서기였던 그는 하필 일본인의 화베이華北 정무위원회에서 몇 달 동안 서무를 보게 되었다. 그는 그 일이 평생 마음에 걸렸다.

쓰이원은 괴뢰정권의 서무 업무를 맡았다는 경력이 대수롭지 않은 '오점'이라고 생각하진 않았지만 다 선생 자신이 계속 죄책감을 느낀다고 하자 이에 대해 응당 보여야 할 만큼 적당하게 차가운 모습을 보였다. 그런데 하필 그들이 다시 경극에 대한 이야기를 나누기 시작했다. 경극이야말로 그들이 감정을 소통할 수 있는 주제였다. 알고 보니 그들은 동시에 '창안'長安을 출입했었다. 당시 '메이 라오반'梅老板154) 의 〈봉환소〉鳳還巢를 들을 때 다 선생이 쓰이원 뒷자리에 앉았을지도 모른다. 다른 점이 있다면 공연이 끝난 후 쓰이원은 아버지의 'Ford' 를 타는데 다 선생은 순환 궤도전차 막차를 탔으며, 쓰이원은 서쪽으로 그는 동쪽으로 향했다는 것이다. 하지만 '창안'이 주는 정취는 그들을 아름다운 회상에 젖게 했다.

"그때 메이 라오반은 정말 젊고 재기발랄했지요. 화려한 기교가 돋보이는 창법을 한참 음미했었는데. 어쩜 그리 남다른 재능을 지녔

---

154) 메이 사장의 뜻. 메이란팡을 말한다. 과거 명배우에 대한 존칭으로 '라오반'이란 명칭을 사용했다.

을까요?"

다 선생이 말했다.

"창법만의 문제가 아니지요."

쓰이원이 다 선생의 편협한 해석을 일고의 가치도 없다는 듯 맞받았다.

"말하자면 그렇다는 겁니다."

다 선생이 얼버무렸다.

"그러나저러나 창법에 관한 한 다른 사람이 발끝도 따라가지 못하지요."

"그렇게 비교할 수는 없습니다. 청파程派[155]는 창법보다는 운치, 품위를 중요하게 생각해요. 그럼 청파가 뒤처진다고 말할 수 있습니까? 그건 그런 문제가 아닙니다."

쓰이원이 말했다.

"그건 그렇습니다."

다 선생이 쓰이원의 말을 수긍했다.

쓰이원은 말을 할 때 자주 '문제'란 표현을 동원했다. '그런 문제가 아니지요', '문제를 그렇게 볼 수는 없습니다', '문제를 이해하지 못하는군요', '문제는 제가 짬을 낼 수 없다는 겁니다'…… 그녀는 마치 '문제'가 신 중국과 함께 탄생했다고 느끼는 듯했다. 마치 '간부', '애인(배우자)', '동지' 같은 단어처럼 말이다. 그녀는 '문제'라는 단어를 써야 시대를 좇는 것 같고, 그래야 정치적 각오를 높이는 하나의 상징처럼

---

155) 청옌추程硯秋파.

장미의 문

느꼈다. 그녀는 전에 '문제'라는 말을 시누이, 쾅 나리, 쾅사오젠에게 만 썼지만 나중에는 메이메이, 샤오웨이, 쾅탄, 주시에게도 이 표현을 썼고 그 후에는 뤄 아주머니에게도 '문제'라는 표현을 동원해 각기 다 양한 효과를 거뒀다. 이제 경극 각 유파의 특징에 대한 설명으로 다 선생을 설복시켰는지 아니면 '문제'란 말이 효과를 거뒀는지 모르지 만 어쨌거나 다 선생으로부터 '그건 그렇습니다'라는 대답이 돌아왔 다. '그건 그렇습니다'란 쓰이원에 대한 감탄과 더불어 궁색해진 자신 의 상황을 말해주는 표현이다.

이후 그들은 창법에서 연기자에 대한 호금의 보조 역할에 대해 이야기를 나누었고 쓰이원은 그제야 다 선생이 이 부분에 관해 자기 보다 훨씬 전문적이란 사실을 알았다. 다 선생은 자신이 은행에서 일 할 때 은행 안에 음악 모임이 있었고 자신이 반주자였다고 말했다. 그 음악 모임이 공연을 할 때면 호금 연주에 박수를 보내는 사람도 적지 않았다고 한다. 호금 이야기가 나오자 쓰이원은 다 선생을 알고 지내 야 할 필요성을 절실하게 느꼈다. 순찰이 끝났을 때 쓰이원은 다 선생 에게 언제라도 편할 때 호금을 가지고 자기에게 놀러오라고 했다. 다 선생이 흔연히 제안을 받아들였고 그때가 바로 양판희를 가장 열심 히 부르던 시기다.

쓰이원의 경극 창은 대부분 청취를 통해 습득하고 악보를 보고 얻어진 재능이다. 주지카이를 알게 된 후 주지카이 역시 경극 애호가 라 그의 지도를 통해 한층 더 경극에 대한 이해를 높일 수 있었다.

다 선생은 음악동호회에서 쓰던 호금을 가지고 쓰이원을 방문했 다. 쓰이원은 예의바르게 다 선생을 대접했고 처음으로 그의 반주 수 준을 알게 되었다. 그날 밤 자신에게 말한 내용은 조금 과장된 부분이 있었지만 그의 행동거지는 매우 단순하고 사랑스러웠다. 그는 호금을 들고 실눈을 뜬 채 자신만만하게 올백으로 넘긴 희끗희끗한 머리를 흔들며 자기 연주에 도취했다. 쓰이원은 그런 그의 모습이 더 사랑스러웠다. 그럴 때면 오히려 쓰이원이 다 선생의 연주에 노래로 박자를 맞추는 듯했다. 쓰이원은 다 선생의 행동과 표정을 주의 깊게 관찰했다. 그제야 그녀는 눈앞의 작은 다 선생이 자신과 성이 다른 남자란 사실을 떠올렸다. 그녀는 그제야 자신이 여자란 사실도 의식했다. 세상에 남녀가 존재한다는 것을 잊고 산 지 오래되었는데, 아마 사람들도 한순간 의식하지 못하고 살았을 거야. 쓰이원은 세상에 남은 것이라고는 상대방을 훔쳐보고 예방하는 것뿐이라고 생각했다. 그녀는 예룽베이에 대한 관찰조차 그저 그가 당연히 훔쳐봐야 하는 살아 있는 생물체라고 느꼈을 뿐이다.

하지만 이후 다 선생과 접촉하면서 쓰이원은 다 선생을 좡사오젠, 주지카이 같은 남자라고 여기지 않았다. 쓰이원은 그저 짧게 머리를 올백으로 넘긴 남자가 자신의 존재를 의식해주면 충분하다고 느꼈다. 그는 쓰이원에게 당연히 보내야 할 시선을 보냈고, 그녀는 다 선생을 위해 눈썹을 그리고 귀밑머리를 매만졌다. 오랫동안 깊이 감춰둔 프랑스 향수와 영국 아이펜슬을 쓸 수 있었다. 하지만 그냥 거기까지일 뿐이었다.

그들은 즐거웠다. 마치 어느 순간 사람들이 문득 인류 가운데 다른 성별에게서 즐거움을 얻을 수 있다는 사실을 발견한 것과 비슷했다. 이에 '강용회'든, '나고사'든 〈사가빈〉이든 멈출 수가 없었다. 아마 그들은 당시 자신이 뭘 듣고 있는지, 뭘 부르고 있는지 잊었을 수도 있다. 그저 누군가와 함께 앉아 노래를 부르고 노래를 듣도록 자신을

장미의 문

북돋우는 것 자체가 목적이었을 수 있다.

옌안延安 대앙가大秧歌와 혁명 양판희, 현대 발레가 뭐가 다른가?

이후 쓰이원과 다 선생이 정식으로 연습한 공연은 다시 한 번 샹사오에 더 큰 영광과 명예를 안겼다. 두 사람의 공연이 우수 공연으로 선발되어 구區에서 열리는 공연에 초청되었다. 공연 전 뤄 아주머니는 쓰이원 때문에 하루 종일 바빴다. 쓰이원의 요구에 따라 뤄 아주머니는 특별히 첸먼 공연복장공장에 가서 정식으로 전문 단체에 제공되는 '아칭 댁 복장'과 구리주전자를 샀다. 또한 공연 전에 사람들을 조직해 직접 쓰이원을 공연 장소까지 바래다줬다.

그날 다 선생도 분위기가 바뀌었다. 그는 양판희 극단 반주자 규격에 맞춰 녹색 데이크론 군용 평복을 맞췄다. 그리고 가슴에 커다란 형광 배지를 달고 곧바로 낡은 자기 호금을 넣을 새 케이스를 사달라고 지역에 신청했다.

과연 세상은 노력하는 자를 저버리지 않는다. 샹사오 공연은 반주 없이 노래만 불렀고 그녀의 차림 역시 상징적이었지만 무대에 올라 '바람 소리 긴박한風聲緊'이란 한마디에 구에서 열린 저녁 공연 자리는 대번에 수준이 올라갔고 다 선생의 호금 연주 역시 몇 번이나 다양하게 연주되었다. 재주 많은 두 사람의 공연이 어우러지며 평소 보기 힘든 훌륭한 조화를 이루었다. 공연이 끝난 후 그칠 줄 모르는 사람들의 박수소리가 이를 증명했다. 그들은 성공했다. 관중들이 쓰이원의 처음 무대를 '그런대로 괜찮네.'라고 평가했다면 지금의 쓰이원은 '쩔어!'이다.

그들이 공연을 끝낸 후 옆 장막 안으로 들어가면 다 선생이 쓰이원에게 작은 자사호紫砂壺156)를 내민다. 쓰이원을 차를 받아 살짝 입을 적신다. 차가 아직 따뜻하다. 그녀는 다시 조금씩 적절하게 몇 입에 나눠 차를 마신 후 다호를 다 선생에게 건넨다. 쓰이윈은 다 선생이 출발 전에 자신을 위해 다호를 준비했으며 이를 면으로 싸서 남색 책가방에 넣어왔다는 사실을 안다. 다호 주둥이를 이용해 입을 살짝 적시듯 차를 마시는 방식이 바로 전문 배우, '쥐얼'角兒157)의 모습이다. 법랑 잔을 가져다 무대 뒤 큰 통 아래서 차를 받아먹으면 배우의 체통이 말이 아니다.

점잖은 다 선생의 배려 깊은 모습에 화장을 지우기도 전, 쓰이윈은 크게 감동을 받았다. 공연이 끝나고 집에 돌아가 쓰이윈 문 앞에 이르자 쓰이윈은 뤼 아주머니의 존재, 깊은 밤 시간, 주시와 메이메이, 샤오웨이의 존재에도 불구하고 다 선생을 집으로 들여 특별히 싸치마薩其瑪158) 한 조각을 내온다. 그들은 다시 한껏 흥분해서 오늘 밤 둘의 공연에 대해 이야기를 나눈다.

쓰이윈이 다 선생을 초청하자 놀라 잠에서 깬 메이메이는 다시 잠을 이루지 못했다. 특히 외할머니가 불빛 아래 화려하게 화장을 한 모습을, 깊은 밤 올백으로 짧은 머리를 넘긴 남자에게 싸치마 한 조각을 건네는 모습을 차마 볼 수 없었다. 외할머니가 담배 한 대를 긴 물부리에 끼우고 부리를 잡은 손을 턱에 괸 채 다 선생을 바라보며 싸치마를 먹었다. 외할머니 모습을 보며 메이메이는 문득 어릴 때 봤던 영화에 나오는 여자 스파이가 생각났다. 〈영웅호담〉英雄虎膽에 나오

---

156) 중국 장쑤성江蘇省 이싱宜興에서 생산되는 다기. 짙은 갈색 빛을 띤다.
157) 과거 중국 경극 분야에서 명성이 있는 배우들에 대한 존칭.
158) 베이징 간식거리 중 하나. 곡물강정과 비슷하다. 만주어 sacima의 음역.

장미의 문

는 아란阿蘭과 〈레닌 1918〉에 나오는 카플란Fanny Kaplan이다.

다 선생은 늦게야 떠났다.

다 선생과 쓰이웬의 왕래로 다 선생의 외손녀 마샤오쓰와 메이메이의 왕래도 빈번해졌다. 마샤오쓰 학교가 수업을 재개, 혁명을 시행했다. 어느 날, 마샤오쓰가 학교에 남다른 공예품을 가져왔다. 손바닥만 한 마오쩌둥 두상이었다. 이를 공예품이라 한 이유는 알록달록한 옆얼굴을 수수, 녹두, 톱밥 등을 끼워 넣어 만들었기 때문이다. 수수로 얼굴 바탕을 깔고 군모와 옷깃은 녹두로, 모표帽標와 휘장은 물을 들인 톱밥으로 만들었다. 아래턱에 황두로 만든 점도 있었다. 마샤오쓰가 공예품을 가져오자 메이메이는 흥분했다. 유행이 많이 지난 각종 크고 작은 배지보다 훨씬 훌륭하다고 생각했다. 메이메이도 직접 만들어보고 싶어서 마샤오쓰를 초청해 윤곽을 그리도록 하고 자신은 재료를 준비했다. 샤오웨이도 재미있어 보였는지 옆에서 메이메이에게 콩을 주워줬다. 하지만 메이메이는 김이 샜다. 마샤오쓰가 윤곽을 잘 그리지 못했기 때문이다. 마샤오쓰가 그린 까만 선은 커다란 모자를 쓴 소학생 같거나 아니면 작은 모자를 쓴 얼굴이 긴 늙은 노동자 같았다. 메이메이는 콩을 붙일 수가 없었다. 나중에 마샤오쓰도 자기가 똥손이란 사실을 발견하고 메이메이에게 작업을 넘겼다.

메이메이는 자기가 이런 재능을 가지고 있을 거라 생각하지 못했다. 먼저 공예품을 따라 몇 번 그림을 그려본 후 나중에는 아예 참고도 하지 않고 바닥 종이에 정확하게 초상을 묘사했다. 처음에는 모자부터 그리고 얼굴 윤곽, 이목구비를 그렸다. 이어 다시 생각을 바꿔 코부터 그리기도 하고, 입부터 그리기도 했다. 마지막에는 점부터 그렸다. 마치 일부러 자기 그림 솜씨를 시험해보는 것 같았다. 마샤오쓰와 샤오웨이는 늘 멍하게 메이메이 그림에 빠져들었다. 메이메이는 속으로 신이 났다. 어떻게 이런 재주를 갖게 되었을까 자신도 궁금했다. 어렸을 때 '늑대 외할머니'의 연환화 영향을 받았을까, 아니면 엄마에게 있던 '이반 황제' 그림의 계시를 받았을까. 어쨌거나 아빠와 엄마가 지닌 재능이 메이메이 몸에서 서서히 조용히 드러나기 시작했다.

성인이 된 쑤메이는 정식으로 미술을 배우기 시작하면서 콩알 아래 있던 그림들이 생각났다. 그제야 쑤메이는 그것 역시 회화에 대한 감각일 거라고 생각했다. 당시 메이메이는 화법을 몰랐다. 회화繪畫의 기본 훈련인 '전체 모습에서 출발해야 한다'는 중요성을 깨닫지 못했다. 그런 각도에서 보면 예전의 화법은 완전히 역으로 '부분에서 출발'했다. 하지만 점을 시작으로 정확한 비례를 갖춘 윤곽을 그려낼 수 있었다면 그거야말로 '큰 재능'이 아닐까. 당대唐代 화성畫聖으로 불리던 오도자吳道子는 선묘 방식으로 불상을 잘 그렸다. 그는 사람들 앞에서 부분부터 불상을 그린 적이 있었다. 수십 척 높이의 불상을 선묘로 그리는데 발가락부터 시작하여 위로 올라가며 전형적인 '오도자' 풍의 걸작을 그릴 수 있었다. 명대 화가인 임량林良 역시 눈부터 갈매기를 그렸다고 한다. 매번 교실에서 이런 중국 화가들의 전기를 들을 때마다 쑤메이는 절로 '대가' 같은 자신의 '큰 재능'이 생각났다.

메이메이는 마샤오쓰의 믿음을 저버리지 않았다. 한 장, 한 장 반듯한 마오쩌둥의 선묘가 완성되었고 이어 정확한 윤곽을 따라 그들의 손을 거쳐 공예품이 완성되었다.

물론 작품 하나를 완성하는 일은 선으로 윤곽을 그리는 것보다 훨씬 복잡하고 힘든 일이다. 먼저 콩과 수수를 엄선해야 한다. 적당하지 않은 곡물을 하나라도 얼굴에 붙이면 '사소한 오점'이 된다. 그

때 메이메이와 마샤오쓰는 과거 다 선생의 오점이 생각났다. 그들에게 절대 그런 실수가 일어나서는 안 된다. 또한 이런 수공예품은 녹두한 줌, 수수 한 줌, 톱밥 한 움큼으로 완성할 수 없다. 그중 당신이 상상하지 못했던 세부적인 부분도 있다. 눈은? 눈썹은? 모두 이에 맞는 재료가 필요하다. 아이들은 이용할 수 있는 모든 것을 찾아 시험했다. 그 결과 전혀 생각지도 못하던 재료가 뜻밖의 효과를 내기도 했다. 까만 '수수껍질'로 형형하고 패기 있는 눈을 표현할 수 있었고 다양한 색의 수수가 입술과 뺨이 되었다. 메이메이가 이를 완성했다. 메이메이와 마샤오쓰 앞에 공예품이 등장하자 두 아이는 자신들의 노동 결과에 대해 흥분을 감추지 못했다.

후에 메이메이는 자신의 시야를 확대해 천편일률적인 옆얼굴뿐만 아니라 시대에 맞는 각종 형상을 묘사했다. 반신상, 전신상, 손을 들고 있는 모습, 걸어가는 모습, 우산을 끼고 있는 모습, 해풍에 한쪽 옷자락이 올라간 겉옷…… 그제야 메이메이는 알 것 같았다. 자기 그림은 남에게 보여줄 공예품이 아니라 그냥 그림을 위해 그렸을 뿐이다. 당시에는 그 과정이 자신의 회화 능력을 단련시키고 있다는 의식을 하지 못했지만 메이메이의 그림 그리기 재능은 바로 그때 단련되었다.

종이는 당연히 다치가 제공했다. 다치는 언제나 상급의 매우 매끄러운 인쇄용지를 가져다줬다. 그는 뜻밖에도 사면이 반듯하게 잘린 두꺼운 종이다발을 메이메이에게 내밀었다.

"수입품이야. 180그램."

"바오딩(保定159) 수채화지야."

메이메이는 '수입 180그램', '바오딩 수채화지'가 뭘 의미하는지 몰랐다. 하지만 특별한 종이라는 건 잘 알았다. 때로 학우들이 그녀에게 그림 그리는 순 기술적 문제를 물어볼 때가 있다. 쑤메이는 자주 이렇게 말했다.

"종이를 바꿔 봐. 바오딩 수채화지로. 흡수력이 다른 종이보다 월등하게 좋아. 180그램 수입 켄트지는 너무 반들거리고……"

메이메이는 자기 공예품을 별로 중시하지 않았다. 한 장, 한 장 그린 후 무심하게 한쪽에 뒀다. 샤오웨이가 언니 대신 이를 보관했다. 이에 샤오웨이가 경영하는 '상점'에는 새로운 상품이 많이 늘었다. 옷 말리는 대나무 집게로 마오쩌둥 그림을 줄에 매달았다. 고객들이 그림을 사러 오면 샤오웨이는 예의바르게 사람들의 말을 교정해줬다.

"산다고 말하면 안 돼요. 모신다고 해야지."

45

후에 넌 아빠와 엄마 농장에서, 중학교에서, 인민공사 생산대에 참가하기 위해 갔던 시골에서 마오쩌둥 그림을 정말 많이 그렸지.

처음에 사람들은 조그만 계집애가 이런 재능이 있을 거라고 믿지 않았어. 그들은 네 작업을 처음부터 끝까지 '직접 보고' 그 말이 거짓이 아니란 걸 알았지. 넌 여전히 점부터 시작해 네가 알지도 못하는 화성畫聖 오도자의 시연을 펼치기 시작했어. 넌 능수능란하게 직각으로 다양한 크기의 초상과 점을 비율로 계산했어. 예를 들어 2

---

159) 바오딩시 화룽華隆 제지공장에서 나던 수채화용 종이.

장미의 문

m×2.5m 두상이면 점은 큰 단추, 만약 1m×1.5m 두상이면 점은 작
은 단추 정도 크기야. 60cm면 점은 건포도, 30cm면 점은 수수 알갱
이, 네가 잘 아는 수수알갱이 말이야. 넌 도처에서 네 감각을 살려 한
치의 오차도 없이 윤곽 그리는 법을 배웠고 물감의 활용도 능숙했어.
넌 어떻게 하면 '불그스름하게 좋은 혈색'을 표현할지, '원기왕성'한 모
습을 나타내는 데 색을 어떻게 써야 할지도 잘 알았으니까. '원기왕성'
한 모습을 위해서는 주표朱鰾160)와 적점토, 광택 없는 누런 황색에 백
토를 섞어주면 돼. 점은 입체적으로 완전히 다른 느낌을 줘야 했어.
너는 다른 사람들에게는 없는 감각을 아주 쉽게 터득했고 그것도 아
주 높은 수준의 솜씨를 보여줬어. 넌 항상 그건 기능이라고, 보통 사
람보다 발달한 기능이라고 생각했어. 비록 다른 사람들의 기능이 꼭
너보다 못한 건 아니지만 그들은 시험해보질 않았잖아. 사람들은 이
런 시도를 해보려 생각하지 않았고 그렇게 시도도 해보지 않고 거부
하니 영원히 자기 자신을 알 방법이 없지.

숫자와 정의定義만으로는 사람 깊은 곳에 자리한 모든 것을 가늠
할 가능성은 없어. 저울은 그저 네 살과 뼈의 중량을 잴 수 있을 뿐
이야. 역도 체급에서 인상이니 용상이니 하는 것들은 그저 네가 어
느 정도 무게를 감당할 수 있는지만 알려주는 거잖아. 그건 네 육체
가 감당할 수 있는 외재적 압력이야. 체중계에 올라가 몸무게를 잴 때
넌 항상 그 숫자가 실재처럼 느껴지지 않지, 체중계로 네 진정한 중량
을 잴 수는 없다고, 그건 불가능하다고 생각해. 네 진짜 중량은 뭘까

---

160) 주사朱砂를 곱게 갈아 물에 담가두면 수면에 노란 색이 뜬다. 이를 주표라고 한다.

아마도 네 살과 뼈 이외의 어떤 부분 거긴 중량이 존재하지 않을지도 몰라, 그래 아마도 무게가 나가지 않을지도 모르지 너 그 부분이 어느 정도 무게인지 알아? 네가 체중계에 서면 그 엉망진창 느낌들이 금방이라도 튀어나와 마치 끼이익 소리를 지르며 각자 길을 찾아 필사적으로 네 몸을 벗어나려고 이처럼 모호한 저울질을 벗어나려 할지 몰라. 체중계에 섰을 때만 너는 그렇게 뭔가 꿈틀꿈틀 네 몸에서 분리되어 빠져나가려는 느낌을 강하게 받아 넌 완벽한 네가 아니라는 것 네 중량은 네 피와 살이 아니라는 것 너는 항상 가볍게 흩날리고 있다는 것. 묵직한 건 잡히지 않는 그 존재들이야 비록 네 깊숙한 곳에 자리하고 있긴 하지만 말이야.

네가 바로 내 깊숙한 곳의 쑤메이야.

난 예전에 그렇게 느꼈어, 메이메이. 내 깊은 곳에 네가 있다고 느꼈었는데 그게 아니었어, 내가 널 찾아다녔던 건 사실 우리 둘 모두의 깊은 곳을 찾아다녔던 거야. 고등학교 때 난 학교 운동회에서 800미터 경기에 참가한 적이 있어. 내가 평생 가장 싫었던 기억이 바로 800미터 달리기에 내가 나가게 된 거야, 문화체육위원이 그렇게 배정했거든. 달리기 시작했을 때 내 모습이 정말 가관이었어, 요령이 없이 허둥지둥 뛰느라 구역질이 나올 것 같고 입은 바짝바짝 말랐지 하지만 마지막 한 바퀴까지 다 뛰고 보니 그래도 3등을 했더라고.

결승선을 에워싸고 꽥꽥 소리를 지르며 응원하는 친구들을 봤을 때 지쳐서 눈물이 나올 것 같았어 거의 한 걸음도 내딛을 수가 없었어 그대로 나자빠져 아무것도 하고 싶지 않았어, 하지만 결국 결승선을 통과해 바닥에 무릎을 꿇었어 다리가 후들거렸지. 문화체육위원은 마치 영웅이라도 부축하는 것처럼 날 부축했어 난 기절하지 않았

장미의 문

어, 무릎은 꿇었지만 기절하지 않았어, 내 머리는 말짱했지 내가 꼴 등이 아니라 3등 했다는 사실을 알았어, 나처럼 체육을 좋아하지 않는 몸치가 정말 뜻밖에 반에서 등수 안에 든 거야, 난 더 이상은 단 한 걸음도 내딛지 못할 거라고 확신했고, 마침맞게 딱 좋은 순간에 무릎을 꿇었어 그냥 무릎을 꿇었을 뿐이야. 후에 종종 그 일을 떠올렸지 그때마다 그럴 필요가 없었다는 생각이 들었고, 만약 내가 모든 추격을 벗어날 수 있었다면, 만약 800미터가 그저 내 개인의 운동이고 관중도 없고 등수도 없고 결승선도 없고 응원하는 학우들도 없었다면 내가 무릎을 꿇었을까 무릎을 꿇을 필요가 있었겠어? 사람이 혼자 대자연을 마주하면 부자연스러울 필요가 없잖아? 그래 난 지쳤어 800미터를 다 뛰기도 전에 확실히 기절할 것 같았지 정말 그럴 것 같았어, 하지만 더 중요한 건 내가 3등을 차지하리라 예견했었다는 거야 그렇기 때문에 내 자신에 대해 한없는 사랑이 솟아올랐던 거고 그래서 입이 바짝바짝 마르고 두 다리가 천근만근인데도 뛸 수 있었어 마지막 스퍼트 직전에 결승선 골인 후 꿇어앉을 거라는 예감이 들었지, 예감이 분명한 건 아니었지만 확실히 나도 모르게 내 속에 그런 마음이 존재했거든. 이처럼 가식과 응석이 섞인 이런 사전의 노림수 덕분에 난 앞뒤로 부축을 받았고, 더욱 힘겹게 최선을 다한 것처럼 전에는 꿈도 꾸지 못한 3등이란 성과가 찬란하게 빛났어. 그대들은 내가 마지막 남은 한끝 숨까지 끌어올린 걸 보셨는지 몰라.

사람들은 다른 사람은 모르고 자신만 알고 있는 가식과 과장, 철저한 준비에 얽매여 제약을 받아, 그건 보이지 않는 묵직함 또는 솜뭉치 속을 걷는 것처럼 힘겹고도 묵직한 가벼움, 단단함 속의 부드러움 아니 부드러움 속의 단단함일지도 몰라 그래서 나는 내 깊은 곳으로 들어갈 수가 없어. 나는 결국 몇 바퀴를 돌 수 있을지 대체 언제 어디에서 예상치 못한 기절을 하게 될까? 난 몰라.

　일반적으로 인류를 이해하는 건 단 한 사람을 이해하는 것보다 쉬워. 내 깊은 곳에 문이 하나 있어 그건 네 깊은 곳에도 있어. 그건 날 거절하기도 유혹하기도 해 아마 거절 자체가 유혹일지도 몰라. 난 지도자 초상을 기가 막히게 똑같이 그릴 수 있었어, 그렇게 그리고 싶지 않아도 그릴 수 없을 정도로 그런데 너도 그렇게 할 수 있다고 굳게 믿어. 70년대 말에서 80년대까지 우리들 사이에는 특이한 기능을 지닌 여러 가지 진기한 이야기들이 널리 퍼졌어, 그 '기인'奇人들에 대해 과학계에서는 다양한 논쟁이 치열하게 벌어졌지 긍정하고 부정하고 부정하고 다시 긍정하고, 그렇긴 해도 나는 그들의 존재를 믿어 그들은 마술사도 아니고 사기꾼도 아니야. 난 당시 사람들에게 둘러싸여 선보였던 그림 그리기 시연을 떠올렸어, 그때 나는 흡사 특이한 기능을 지닌 신동처럼 사람들의 주목을 받으며 사람들 사이에 논쟁의 대상이 되었지, 내 기예는 그냥 장인의 기예였는데, 확실히 그냥 장인이었을 뿐인데. 만약 내 재주가 장인 등급의 특이한 기능이라고 한다면 그건 기껏해야 그저 단순하고 반복적인 노동이었을 뿐이야.

　'기인'들은 겨드랑이 안에 든 글자를 맞추고 손가락으로 치마를 비벼 연기를 피우고 한눈에 철통같은 금고 안의 지폐 액수를 알아 맞췄어, 밀봉한 코르크 마개가 그대로 멀쩡한데 어디로 빼냈는지 약병에서 약을 꺼내는 건 확실히 특이해, 하지만 어쨌거나 그건 특이한 기능이지 특별한 재능은 아니다. 기능 대부분이 기관이나 부품에 의해 실현되는 일이라고 한다면 '기인'의 신기함은 영혼에서 비롯된 감성과 기교가 아니라 타고난 기관과 부품으로 인해 가능한 걸 거고,

장미의 문

그건 한동안 과학자들이 머리를 써야 밝혀지는 부분이겠지. 그렇다고 해도 과학자들은 결국 기구를 이용해 '기인'이 능력을 발휘할 때의 생리 반응 물리 반응을 추적, 이런 반응을 통해 그들이 필요한 내용을 걸러 도출한 결과로 진상을 밝히겠지만 말이야. 결국 밝힐 수 없는 건 사람의 깊숙한 곳이야 그곳에는 기관도 없어 부품들로 이루어진 것도 아냐 그런데 넌 어떤 기관과 부품을 조합해 기구를 만들어 그걸 탐지할 거야? 내가 어릴 때 예룽베이가 닭 모이를 주면서 앞으로 과학은 사라져도 예술은 여전히 존재할 거라고 한 말이 기억나.

어느 날 낮잠을 자고 일어난 나는 갑자기 한 가지 일이 생각났어, 내가 영도자 외에 다른 모습을 그려본 적이 없다는 거야. 그래서 샤오웨이를 앉히고 동생을 그리기 시작했어. 앞에 앉아 있는 사람은 샤오웨이인데도 난 점부터 그리기 시작했어 틀에 박힌 순서 틀에 박힌 출발점이지. 난 분명히 두 눈 멀쩡하게 뜨고 샤오웨이의 이목구비를 바라보았는데 결과는 결국 샤오웨이가 아니라 영도자를 그리고 말았어. 모골이 송연했어, 처음으로 내 '특이한 기능'에 숨이 막히며 늪에 빠진 것 같은 절망을 느꼈어, 내 감각은? 형상에 대한 내 감각은? 알고 보니 그건 그냥 기능이었어. 지나치게 견고하고 지나치게 묵직하고 지나치게 무정해서 마치 천 근 갑옷을 내 몸에 걸치고 있는 것 같았지 마치 음험한 수은이 내 심령의 틈새에 흘러든 것처럼. '아무리 큰 전병이라도 전병을 굽는 팬보다 크진 않다'고 했지 난 마치 팬에서 뒤집히며 불에 지져지는 전병 같았어.

허베이河北 평원 보잘것없는 작은 마을에서 나는 든든한 배경도 하나 없이 일 년 동안 일하다가 영광스러운 '공농병학원'工農兵學員161) 신분으로 대학에 입학했어. 기능이 있었으니까 나는 고사장으로 달려가 내 '작품'을 그렸고 그렇게 쑤이청 소재 C성 예술학원 미술학과 학생이 되었어. 난 정말 수많은 부러움과 찬사, 질투와 감탄의 대상이 되었지…… 난 무지무지 기쁜 척했지만 사실 표를 끊지 않고 차에 오른 좀도둑처럼 당황스럽고 무서웠어. 오로지 나만 내 자신이 아무것도 없다는 걸 알았으니까, 난 단순하게 반복적인 노동을 할 수 있을 뿐이고 이 노동은 분명히 예술과는 거리가 멀다는 걸 알았거든. 난 언제부터 이런 이치를 알게 되었을까 아마 그때 낮잠을 자고 일어난 후 샤오웨이를 그린답시고 영도자를 그렸을 때일 거야.

난 소묘 시간을 싫어했고 선생님이 손에 지우개를 들고 내게 구조와 비례, 3차원 공간에 대해 떠벌이는 것도 듣고 싶지 않았어, 다른 사람에게는 매우 중요하지만 나에겐 정말 보잘것없다는 사실을 애초부터 알고 있었으니까. 선생님이 늘어놓은 석고 공, 기하 도형, 병, 통, 해적, 호메로스를 보고도 난 연필만 들었다 하면 무조건 영도자 얼굴만 그렸어. 난 과제물을 낼 수 없었는데 어느 날 선생님이 내 그림을 걷어갔어, 그리고 내가 영도자 얼굴을 그릴 때 적용한 '구조', '비례'를 칭찬했어. 선생님은 결국 날 파악하지 못한 거야, 내 잔재주의 승리였어, 그때 난 석고 공을 보고 있었거든. 선생님은 어떻게 내가 영도자를 그렇게 비례를 맞춰, 정확하게 그리는지 그저 기이하게 생각할 뿐이었어 그러니 구태여 석고를 그리라고 할 필요가 없잖아? 그는 내게 전에 어디서 그림을 배웠고 어디서 기초를 다졌는데 이렇게 그림을 잘 그리는지 물었고 난 샹사오후퉁에서 한 일들을 말하지 않았어, 선

---

161) 노동자, 농민, 군인, 학생이라는 의미. 1970~1976까지 시험을 거치지 않고 추천과 지도자 비준, 학내 재심을 통해 대학에 들어갔던 신입생 부류를 가리킨다.

장미의 문

생님이 무슨 상황인지 이해를 못 하면 또 뭐라고 물어볼 것 아냐? 수수와 녹두만 가지고 그랬다고? 그건 식량이잖아. 틀린 말이 아니야, 난 속으로 정신의 식량이라고 말했지. 감히 정신적 식량의 역할을 부인할 수 있어? 사실 난 이미 샹사오후퉁의 그 걸작들이 세상에서 가장 추악하고 가장 끔찍한 거라고 의식하고 있었어, 그건 내 특이한 기능이 발휘된 거야.

하지만 난 그래도 내 몸에 회화에 대한 감각이 존재한다고 굳게 믿었지 그래 우리 두고 보자, 내가 전병이라면 언젠가는 팬에서 밖으로 나오겠지.

내 대학 생활 4년은 두 시대에 반씩 걸쳐져 있어. 후반 2년에 나는 중국의 제2차 해방을 맞이했어. 살아 있는 여자 누드모델이 교실 강단에 나타났을 때 나는 절대 점부터 그리지 말자고 내 자신에게 경고했어. 단순하고 아름다운 실물이 드디어 내 궤도를 바꿨지, 나는 점도, 영도자도, 인체도 그리지 않았어 그 날 난 뭘 그렸는지 몰라. 후에 동창 하나가 내 캔버스에 선만 잔뜩 엉켜 있다고 말했어 그건 아마 사람들의 시선을 갈망하는 무성한 풀일 수도 들어가기 힘든 뾰족한 가시덤불일 수도 있어. 어쨌거나 난 나만의 예술표현을 갖게 되었어, 난 인체를 보고, 세상에서 가장 단순하면서도 가장 복잡한 인체를 바탕으로 처음으로 나만의 표현을 했어. 마샤오쓰의 누드화를 그린 적이 있어 그 애는 대단해, 후에 마샤오쓰가 내 작품을 보고 뭐냐고 물었어. 이건 옛 성 아래 흐르는 붉은 강줄기 아냐? 마샤오쓰가 말했어 그래 솜씨 한번 좋네 며칠 동안 발가벗겨 세워놓는 바람에 허리도 다리도 아파 죽겠는데 그림에 덜렁 강밖에 없어 다시는 네 부탁 들어주나봐라. 마샤오쓰가 자길 속였다고 욕을 퍼부었어. 하지만 난 널 속이지 않았어, 네 나신이 아니었다면 난 이 강을 그릴 수 없었어. 화면에 넌 없지만 내 시야에는 네가 있었어. 달리 방법이 없어, 난 남녀노소 그 어느 누구의 나신을 보고도 언제나 나신 이외의 것을 떠올렸으니까. 난 웅장한 산 드넓은 바다 호수 깊은 계곡 여울목의 황혼 또는 백야 앞에 서면 항상 위용이 넘치는 인체의 맥박 가슴을 휘몰아치는 격정 지저분한 피부색 세월이 남긴 주름이 보여. 난 예술의 표현이 일종의 전환이라고 굳게 믿고 있어, 다른 사람이라면 이렇게 말할 수 없을지 몰라도 난 그래. 예룽베이가 세상에는 직선이 없댔어, 그런데 한 여자의 몸을 앞에 두고 왜 꼭 그녀의 근육과 유방을 그려야 하고 건축의 아름다움을 보기 위해 왜 꼭 종이에 창문을 그려야 하는지 모르겠어 아마도 나의 '예술적 감각'이 빛을 발하고 있는지도 몰라.

사실 난 내게 가장 적합한 표현방식을 찾지 못했어 졸업하고 직장을 배정 받았어, 쑤이청 화원의 전문 화가가 되었고 베이징의 최고 미술학부에 가서 연수도 받았고, 쑤이청에서 개인전시회도 열고, 상도 받고, 취재 요청도 받았어 가장 평범한 비평이었지만 내 그림이 소개되기도 했고 하지만 그건 다 상관없는 일이야. 내 그림은 바다를 건너 해외에 소개되기도 했어. 그림이 뭔데? 시각 예술이잖아 시각예술에 대해 그들은 그림이 소리 없는 시라고 하더군 정말이지 헛소리지.

어느 날부터 난 더 이상 영도자를 그럴듯하게 그릴 수가 없었어 전의 궤도를, 내가 대학에 들어갈 수 있도록 만들어준 궤도를 잊어버린 것 같았어 마치 내 근본을 잃은 느낌이 들었어. 사람들은 새로운 시대에 자신의 새로운 궤도를 찾잖아 내 새로운 궤도는 어디에 있을까? 사람들이 숱한 세월 동안 기능이라는 갑옷을 벗었다고 해서 그들이 이미 영혼으로 이를 호소하고 검증하고 있다는 의미는 아니야.

장미의 문

매일 언제나 새로운 주의主義, 매 시간 새로 나오는 구호 대략 억 단위 시청률을 자랑하는 프로그램은 어디에 있을까? 난 나를 포함해 많은 이들의 마음을 울리며 깃발을 흔들고 소리를 지르게 만드는 작품을 보면 계속 '대여'貸與라는 글자가 떠오르고, 진가경秦可卿[162])의 상여행렬에 등장하는 거창한 종이 인형, 종이 말이 계속 떠올라. 우리는 빌려온 영혼으로 우리의 영혼을 무장해, 그건 마치 설 대목이 되면 경제적으로 쪼들린 사람들이 돈을 빌려야 다른 사람처럼 설을 떠들썩하게 즐길 수 있는 것과 비슷한 거야.

난 안달이 나서 허옇게 질린 수많은 얼굴들 재빨리 팬 밖으로 나오는 전병煎餠들을 봤어. 그렇게 팬 밖으로 나와 밑 빠진 독에 빠지느니 차라리 팬 안에서 기다리는 편이 낫다는 소리가 들려. 난 이런 헛소리에 동의할 수는 없어 앞으로 초전도[163]) 시대가 다가온다고 해서 꼭 그렇게 조리정연한 말을 끝까지 들을 인내심이 더 이상 필요 없다는 건지 회의가 들어. 말을 한다는 건 지난한 일이야 말끝마다 누군가 짜증스럽게 말을 끊으니까. 이렇게 다급하게 서로 말을 끊는 건 진취적인 것도 아니고 진리를 구하기 위해 추적하는 것도 아니야 그저 자만에 빠져 시시덕거리는 게으른 모습, 당황해서 어쩔 줄 모르는 나태한 모습이야.

많은 사람들이 자아를 찾았다고 가시덤불을 헤치고 문을 박차고 들어서 아름다운 전당으로 들어갔다고 하지만 사실 그건 다 대여한

---

162) 중국 고전소설 《홍루몽》紅樓夢에 나오는 인물, 〈금릉 열 두 명의 여〉인金陵十二釵 중 한 사람. 녕국공寧國公 가경賈敬의 손자 가용賈蓉의 아내로, 시아버지인 가진賈珍과 간통하다 발각된다.

163) 저온에서 전류를 흘렸을 때 전기 저항이 0이 되는 현상. 여기서는 인내심을 가지고 상대방의 말을 끝까지 들어보라는 비유로 보인다.

거나 마찬가지야 심지어 대여한 것만도 못하지. 대여하면 많은 경우 자기가 뭘 대여했는지 말할 수 있잖아 예를 들면 책이나 여행 중 발이 되어 준 자전거 같은 것 말이야 사람들은 속이지 않고 그런 걸 대여했다고 말해.

나는 매번 빌려온 열정이나 냉대를 볼 때마다 새로운 기능, 새로운 시대에 속하는 기능이 나타났다는 생각을 하지 않을 수가 없어. 도처에서 위용을 높이기 위해 갑옷을 걸치고 있고 도처에 빌려온 심오함이 떠다니고 있어 넌 정말 조금이라도 마음을 가라앉히고 가스 위 생수 한 주전자를 끓이고 싶은 생각이 들지 않아? 물이 끓어오르는 모습을 지켜볼 인내심은 없는 거야? 설사 그 일이 그리 높은 지능이 필요 없는 일이라 해도 끓이다 만 물을 먹으면 분명히 탈이 날 거야.

그 아침 난 널 봤어, 앞에 작은 접시, 작은 사발이 늘어서 있었고 녹색은 녹두, 붉은 건 수수였어.

장미의 문

제11장

46

뤄 아주머니는 다치가 흰 칼라 옷을 입고 신발도 자주 바꿔 신는 모습이 조금 이상했다. 신발 밑창 색이 빨간 색이었다가 하얀 색이었다가 자꾸만 바뀌었다. 쟤가 왜 저러지?

뤄 아주머니는 항상 어릴 적 다치 모습을 떠올렸다. 다치를 데리고 베이징에 있는 남편에게 왔을 때 다치는 '엉덩이를 드러내고 우산을 쓴' 모습이었다. 작은 저고리 밑으로 배가 삐져나온 모습이 마치 우산 모양 같았다. 당시 다치는 네 살이라 엉덩이를 드러내고 다닐 나이는 아니었지만 말이다. 그래도 다치는 한 번도 투덜댄 적이 없었다. 행복한 표정으로 엄마와 함께 기차에서 내리던 다치는 엄마 대신 작은 보따리를 메고 있었다. 다치는 자신을 향한 낯선 세상의 낯선 눈빛에 전혀 관심이 없었다. 더더구나 이곳 사람들이 어떻게 차려입고 다니는지, 엉덩이를 내놓고 다니는 사람은 있는지도 아예 관심 밖이었다.

다치가 기억하기로 자기 어머니는 시골에서 웃통을 벗고 있었다. 축 늘어진 가슴이 허리춤에서 흔들거리던 기억이 생생했다. 두 사람이 베이징에 온 후에야 아주머니는 웃옷을 사서 가슴을 가렸지만 다치는 여전히 '고추'를 내놓고 다녔다.

이후 학교에 입학하고 나서도 다치는 어머니가 입혀주는 대로 옷을 입고 학교에 다녔다. 별다른 트집을 잡지 않았다. 또한 다치는 친구들이 좌우를 구분해 신발을 신는다는 것도 몰랐다. 뭐 아주머니가 다치에게 만들어주는 신발은 모두 좌우 구분이 없었다. 아주머니는 신발에 좌우 구분이 있다는 걸 알았지만 아들에게 그런 신발을 만들어주지 않았다. 좌우 신발을 구분하면 좌우를 바꿔 신을 수 없기 때문이다. 좌우 구분이 없이 신을 수 있어야 절약할 수 있다. 좌우 구분을 하면 신발 밑창이 한쪽만 닳아버린다. 다치는 한참 지나고 나서야 신발에 좌우 구분이 있다는 사실을 알았다. 하지만 그래도 어머니에게 좌우 구분이 되는 신발을 만들어달라고 하지 않았다. 신고 다닐 수 있으면 그만 아닌가. 옷에 관해서는 더욱 무신경했다. 중고등학교 들어갈 때까지 내의나 스웨터를 입어본 적이 없다. 언제나 고향에서 입던 습관대로 솜저고리, 솜바지만 입었다. 바람이 몸 안으로 들이치면 추웠다. 하지만 겨울은 춥고 여름은 더워야 한다고 생각했다. 그건 자연의 이치이다. 게다가 저고리 안에 스웨터를 입으면 스웨터가 가려 보이지 않을 텐데, 그럼 아무 소용도 없다. 친구들의 반응은 제각각이었다. 근본을 잊지 않는 타의 모범으로 이런 다치의 모습이야말로 살아 있는 '계급 교육'이라는 사람도 있고, 최소한의 예의도 모른다고 말하는 사람도 있었다. 다치는 이런 반응에 신경을 쓰지 않았다. 학교에 가는 목적은 공부다. 학습이 모든 학생의 목적이라면서 왜 자

장미의 문

꾸 서로 상대방을 흘끗거리는가?

뭐 아주머니는 세 아들 가운데 다치를 가장 좋아한다. 다치가 가장 마음이 놓인다. 어질고 의로운 가장 이상적인 아이다. 모든 어머니가 자기 아이에 대한 편견을 가지고 있다고 한다면 뭐 아주머니는 다치를 편애한다. 다치는 어머니에게 얼굴을 붉힌 적이 없으며 어머니 말에 대든 적이 드물다. 다치가 자란 후 뭐 아주머니는 아이들 중 오직 다치 말만 들었던 것 같다. 이 요란한 시대에도 뭐 아주머니는 언제나 다치의 행동에 따라 '운동'의 불길이 어느 방향으로 향할지 판단했다. 다치가 완장을 차고 남의 가산을 몰수하고 옛것을 파괴할 때 뭐 아주머니는 그의 행동이 당연하다고 여겼다. 다치가 완장을 빼고 인쇄공장 노동자로 가겠다고 나섰을 때도 뭐 아주머니는 그에 찬성했다. 아주머니는 다치가 세상 이치를 가장 잘 이해한다고 생각했다. 무조건 다치의 말이 옳았다. 당시 5마오어치 고기 때문에 꾸빠까지 심각한 일을 당했을 때도 아주머니는 이 모든 일이 다치가 현장에 없었기 때문이라고 생각했다. 다치가 현장에 있었다면 꾸빠도 그 지경이 되진 않았을 것이다. 꾸빠가 없어야 자기 귀에 평화가 깃들 거라고 생각하긴 했지만 말이다.

이제 뭐 아주머니 눈에 자꾸만 다치의 흰 칼라와 빨간 신발 밑창, 하얀 신발 밑창이 들어왔다. 뭐 아주머니는 무식하긴 하지만 예민한 사람이다. 아주머니는 얼추 그 이유를 알 것 같았다. 아주머니 역시 젊은 시절 그런 시간을 보낸 적이 있었다. 비록 뭐 아저씨를 위해 흰 옷깃 차림으로 나타난 적은 없었지만 여러 가지 색의 머리끈, 꽃무늬 손수건은 제법 많이 구입했다. 웃통을 벗게 된 건 다치를 낳고 난 후의 일이다.

뤄 아주머니는 상황을 알 것 같았지만 그렇다고 다치의 행동이 지나치다고 여기지 않았다. 심지어 어느 날 다치가 집에 들어오면서 인사도 하지 않는 여성 혁명청년을 데려온다 해도 그저 그 애가 다치와 의기투합만 한다면 키가 작든 크든 트집을 잡지 않을 거라는 상상에 빠지기도 했다. 한마디로 아주머니는 다치가 '여자를 만나고 있다'고 추측했다. 상대는 아들과 같은 공장에 다닐 수도 있고, 아들과 함께 반란에 참여한 라오싼제老三届164)일 수도 있다. 어쨌거나 다치의 안목이 틀릴 리가 없다. 다치는 어질고 의로우며, 다치는 속 썩이는 일이 없고, 다치는 가장 이상적인 아들이다.

다치는 중고 '란한셰' 신발로 갈아 신고 신발 솔로 한참 동안 신발을 털었다. 다치가 외출하려는데 아주머니가 신발을 흘끗 보며 물었다.

"안 늦나? 어?"

출근시간에 늦지 않겠느냐는 말이다.

다치가 손목을 돌려 시계를 봤다. 정말 조금 늦을 것 같았다. 문을 나가 자전거를 타고 갈림길 두 개를 지나면 다시 신호등을 두 번 건너야 한다. 공장에 들어가 자전거를 세우고 나면 아마 몇 분 정도 지각할지도 모른다. 하지만 신발을 갈아 신고 솔질을 하느라 시간을 지체했다고 허둥대지 않았다.

"안 늦어요."

다치가 말했다. 자신 있는 말투였다.

---

164) 문화대혁명 시기 1966년~1968년 중, 고등학교 졸업생을 일컫는 말.

장미의 문

"그렇다고 일찍하지도 않재."

뤄 아주머니가 수건으로 싼 도시락을 다치에게 건넸다.

"몇 분 늦는다고 뭐라고 할 사람도 없어요, 출근부에 적지도 않아요."

다치가 도시락을 자전거 뒤 짐받이에 끼워 넣고 허둥대지도 그렇다고 여유를 부리지도 않은 채 자전거를 밀며 문을 나섰다.

다치는 문을 나서 자전거에 오르고 나서야 조금 전 어머니 앞에서 보인 모습과 달리 힘차게 페달을 밟기 시작했다. 최근 공장 분위기가 산만하고 출근부에 기록을 남기지 않긴 하지만 그래도 공장에 몇 분 일찍 가고 싶었다. 언제나 자기보다 일찍 공장에 오는 노동자가 있었다.

다치가 문을 나가고 나서야 뤄 아주머니는 다치에 대한 본심을 중얼거렸다.

"온종일 넋 나간 녀석 마냥."

이처럼 신발을 털고 꾸물거리는 다치를 주목하는 사람은 아주머니 말고도 또 있었다. 주시였다. 주시는 다치의 시간관념이 달라졌다고 느꼈지만 그 이유를 분명하게 알지는 못했다. 자전거를 밀고 문을 나서던 주시는 중얼거리는 아주머니 말을 듣고 심장이 철렁했다. 다치가 넋이 나갔대. 주시는 다치에 관한 한 아주머니가 자기보다 정확한 판단을 할 거라고 생각했다. 주시가 얼빠진 다치의 행동을 보고 의아해하고 있을 때 뤄 아주머니는 이미 다치를 속속들이 파악하고 있었다.

물론 뤄 아주머니가 정확하게 구체적인 내용까지 아는 것 같진 않았다. 주시도 알고 있었다. 또한 아주머니는 바로 자기 옆에서 누군가 멍한 다치를 바라보고 있다는 사실도 알지 못했다. 주시가 일부러 뤄 아주머니 앞에서 어물쩍거리며 자전거를 잡고 시간을 끌면서 '당신 집안 그 일'에 대해서는 전혀 관심이 없다는 시늉을 했다. 그녀는 속으로 생각했다. '뤄 아주머니, 내가 나가는 모습을 주시하는 편이 좋을 텐데.'

주시는 언제나 다른 사람보다 자전거를 느리게 탔다. 직장이 가까웠고 업무 출근시간도 자유로웠다. 차분히 자전거를 타고 가면서 생각을 하고 싶었고, 혼자 즐기는 산보처럼 자전거를 타고 싶었다. 주시가 느릿느릿 자전거를 타는 모습은 언뜻 보기에 매우 방만하고 게을러 보였다. 하지만 사실 주시는 이런 식으로 자전거를 타고 가면서 모든 부분에 대한 감응능력을 단련시켰다. 자전거를 느리게 타는 행동은 빨리 타는 것에 비해 능동적인 행위다. 자전거를 빨리 타면 여기저기에 부딪치며 늘 허둥대기 마련이다. 사고를 내는 사람도 모두 자전거를 빨리 타는 사람들이다.

주시는 천천히 자전거를 타면서 생각에 잠긴다. 장황하고 꼼꼼하게 이것저것을 생각한다. 복덩이 똥부터 병원에 온 환자의 퉁퉁 부은 팔까지, 장수쐐기나방 유충부터 최근에 북한에서 흘러들어 유행하기 시작한 스탠드가 낮은 오픈 칼라까지, 내일 반드시 침대보를 빨아야 한다는 생각부터 페니실린 소염 작용의 결점까지 줄줄이 생각이 이어진다.

외과에 페인트칠이 벗겨진 병실 한 곳이 있었다. 칠이 떨어져간 모습이 때로 얼굴이 흉악하게 일그러진 귀신같기도 하고 때로 문득 탄자니아 지도를 닮았다고 생각하기도 했다. '탄자니아로 간 의료대원'이란 노래도 있다.

장미의 문

주시는 생각한다. 거리에 나무가 있어야 좋을까 없어야 좋을까. 나무가 있으면 그늘이 생기지만 많은 상점들이 그늘에 상점 모습이 가려 손해를 보기도 한다.

촨방먼스부船帮门市部165)라는 상점이 있다. '촨방'은 골목 이름이다.

주시는 샤오웨이의 얼굴이 붉다고 느꼈다. 그런 걸 홍염紅艶이라고 해야 하나? 형용사가 정확한 것 같진 않다.

주시는 병원 음식이 내용물도 좋고 가격도 저렴하다고 느낀다. 그릇도 큰데 5펀이라니, 고깃국에다 야채도 네다섯 종류가 들어 있다. 싸다는 건 문제가 있을지도 모른다. 싸도 너무 싸기 때문이다. 고깃국은 환자식 예산에서 빼돌렸을 수도 있다.

5펀짜리 식권은 노란색이다. 최근에는 플라스틱 식권이 생겼는데 마치 비파를 타는 손톱 같다.

앞에 자전거를 타고 가는 여자의 둔부가 정말 실하다, 정말 끝내준다고 느낀다.

자기 뒤를 따라오는 사람도 자기 둔부를 보고 그렇게 실하고 끝내준다고 느낄 거라고 생각한다.

주시는 자기가 자전거를 안정적으로 타는 이유가 비대한 둔부 덕분이라고 생각했다. 자기 둔부를 엉덩이라고 부르고 싶지 않았다. 커다란 엉덩이라니, 너무 듣기 역겹다. 엉덩이가 커다란 사람은 차분하게 자전거를 탄다. 자전거 타기가 안정적이다.

남자가 발뒤꿈치로 페달을 밟는다. 팔자, 외팔자쌋八字다. 외팔자는

---

165) 门市部는 소매점을 의미한다.

대부분 평발이라 자전거를 빨리 타지 못한다. 김일성이 팔자걸음이다.

왕스웨이王實味166)의 《야생 백합화》野百合花 내용이 무엇인지 정말 알고 싶다.

자오취안焦圈167) 두 개를 사서 먹고 싶은 생각이 간절하다.

주시는 병원 모든 과의 의료기기 중에 산부인과 겸자가 가장 강력하고 손에 붙는다고 생각한다. 마치 손잡이가 달린 커다란 바구니를 잡듯 손으로 집어 훅 잡아당긴다.

예전에 주시에게도 레인코트가 한 벌 있었다. 옷깃에 '다디'大地168)라고 적혀 있었다.

회화나무 꽃이 바닥에 가득하다.

오늘 주시는 장폐색 환자의 수술을 집도한다. 10㎝ 정도 절개한 후 안으로 손을 넣어 대장을 꺼내야 한다. 작은 수술이지만 수술 전에 제모가 필요하다.

남자든 여자든 배를 절개하려면 그 전에 제모를 해야 한다.

언젠가 주시가 제모용 칼을 사용하자 이제 막 발육이 된 여자애가 기겁을 하며 수술대에서 뛰어내렸다.

그래도 제모를 해야 한다. 규칙이다. 머큐로크롬을 바른 붉은 부위가 반질반질하다.

환자는 10시에 수술실에 들어온다. 현재 9시 10분. 그렇다면 샤

---

166) 1906~1947. 중국 허난河南 출신. 문인. 1942년 정풍운동 당시 비판을 받아 그해 10월에 당적을 박탈당하고 연말에 투옥되었다. 1947년 전쟁 중 국민당 첩자라는 오해를 받아 처형당함.

167) 베이징 간식거리. 기름에 튀긴 밀가루 음식. 팔찌 모양이다.

168) 중국 레인코트 브랜드 이름.

장미의 문

워를 할 여유가 있다. 온몸이 땀범벅이니 샤워를 해야 한다. 여름에 사람들은 모두 샤워를 해야 한다.

주시는 땀 냄새에 비누 냄새가 섞인 물 냄새를 맡았다. 이 냄새야말로 진짜 사람 냄새라는 생각이 들었다. 환자의 장, 배에서 나는 냄새는 진짜 사람 냄새가 아니다, 그건 과학의 냄새다. 목욕 냄새를 어디서 맡았더라, 병원 샤워실에 새로운 장치가 생겼다. 샤워기 아래 바닥에 발판이 있다. 사람이 발판에 올라서면 물이 분사되기 때문에 물도 절약할 수 있고 편리하다. 자잘한 일들이다. 물이 벽을 타고 흘러내려 사람 냄새를 싣고 작은 물줄기를 이루어 흘러간다.

목욕물 냄새를 어디서 또 맡았더라? 샹사오후퉁의 집에서다. 밤이 되면 사합원 사람들도 모두 목욕을 한다. 집집마다 목욕하는 방식이 다르다. 주시는 집에서 커다란 대야에 들어가 몸을 씻었지만 목욕물은 한곳에 버린다. 담 옆 맨홀 뚜껑, 보통 수챗구멍이라는 곳이다. 너도 나도 버린 물이 수챗구멍을 따라 흘러간다, 사람들의 냄새가 한곳으로 흘러간다. 각양각색의 오수가 모두 한데 모인다. 가장 깨끗한 사람과 가장 더러운 사람들의 배설까지, 복덩이는 배설이 문제다.

주시 생각은 보통 복덩이에서 시작해 복덩이로 끝난다. 그런데 지금은 그를 떠올리자 정신이 하나도 없다. 목욕물을 떠올리자 주시는 '까불대는 아이'처럼 목욕물을 떠올렸다.

매일 밤 뤄 아주머니 일가는 좁은 통로에서 목욕을 한다. 큰 대야로 연거푸 깨끗한 물을 길어 날라다 큰 대야로 연거푸 더러운 물을 들고 나왔다. 맨 처음 통로로 들어가는 사람은 뤄 아주머니, 가장 마지막이 다치다. 때로 날이 어두워 집안이 쥐 죽은 듯이 고요할 때 대야를 들고 나와 자기 씻은 물을 버릴 때 다치는 흰 광목 반바지 차림이다. 주시도 물을 버리러 나갔다. 그녀는 앞쪽에 단추가 달린 옷을 입었다. 깊은 밤에나 입는 원피스다. 주시는 다치가 버리는 물에서 그 냄새를 맡았다. 다치도 냄새를 맡았을 거라 믿었다. 다치는 냄새에 대해 주시처럼 생각하지 않을 수도 있다. 주시는 '까불대는 아이' 같지만 다치는 그렇지 않다. 성실하게 보이는 두툼한 목은 그렇게 까불지 못할 것 같은…… 그렇다면 주시도 더 이상 까불대지 말고 방으로 돌아가 자야 한다. 자자.

깊고 어두운 밤, 주시가 다시 일어났다. 여전히 앞단추가 달린 원피스 차림으로 안에는 속옷조차 입지 않았다. 깊은 밤이라 누가 누군지 알아볼 수도 없다. 변소에 가려고 했다. 변소에 가도, 안 가도 그만이다. 참을 수 없으면 방에 요강도 있다. 하지만 주시는 가야 한다. 변소에 가야 한다. 뒤뜰에 변소가 있다. 소변을 눠야 한다.

마당이 조용하고 물 냄새도 다 사라졌다. 주시는 변소에 가기 위해 좁은 통로로 들어섰다. 통로에 아직도 사람 냄새와 크고 작은 물웅덩이가 남아 있었다. 밝은 부분은 물이고 어두운 부분은 길이다. 학생 시절 농촌으로 노동 운동을 갔을 때 농촌 할머니가 주시를 변소로 안내해 주면서 알려준 상식이다. 당시 막 비가 내린 데다 날이 어두웠다. 지금 사합원 내 모든 불이 꺼진 상태와 마찬가지다. 밝은 곳은 물이고, 어두운 곳은 길이다. 그러고 보니 여전히 물이 고여 있고 그 물에서 사람 냄새가 났다. 다치가 제일 늦게 통로를 이용했으니 분명히 그의 물이고, 그의 냄새일 것이다. 주시가 냄새를 맡으며 수챗구멍 옆에 섰다.

변소에 들어가자마자 탄탄한 자신의 신체 일부를 드러냈다. 여름 밤바람이 주시를 감싸며 주시 몸을 파고들었다. 탄탄한 몸을 떠올려서 그런지 남편 이름이 생각났다. 쾅탄, 탄탄한. 쾅탄이 죽은 후 거의 그에 대한 생각을 하지 않았다. 지금 그를 떠올린 건 아무 이유도 없이 밖으로 나와 자신의 탄탄한 몸을 드러냈기 때문이다. 거침없이 순수한 마음으로 신체의 일부를 드러냈다. 당시 주시는 쾅탄에게도 자신의 탄탄한 몸을 기꺼이 드러냈다. 하지만 순수했다는 생각은 들지 않는다. 으레 그래야 한다고 생각하면서 부부로서 그를 받아들인 느낌이다. 명실상부한 아내, 엄마가 되기 위해 주시는 쾅탄을 그렇게 대해야 했다. '기꺼이'라는 말조차 어울리지 않는 그냥 손만 뻗으면 얻을 수 있는 존재였다. 너무 쉬웠기 때문에 주시는 순수한 기다림을 기대한 지 오래다. 지금은 진심으로 때 묻지 않은 마음이다. 그래서 달려가고 싶다. 어두운 밤 자신을 천진무구하게 있는 그대로 드러내며 주시의 진실한 마음이 그를 향했다.

주시는 다치를 만나기 위해 좁은 통로를 선택했다.

다음 날, 좁은 통로에서 마지막 물 버리는 소리가 들릴 때 주시는 어제처럼 뒤뜰로 볼일을 보러 가기로 했다. 볼일을 본다는데 누가 뭐라 하겠는가?

주시가 사뿐하게 방문을 빠져나가 사뿐하게 어둠을 뚫고 사뿐하게 좁은 통로로 들어섰다. 한눈에 희미하게 꿈틀거리는 등이 보였다. 건장하고 단단한 등이다. 마치 영원히 뚫을 수 없는 벽처럼 느껴졌다. 저 벽은 자신이 통과할 수 없는 장벽이 될 수도 있으며, 장벽 저쪽이 비로소 인생의 다른 쪽일 수도 있다. 하지만 주시는 저 벽을 뚫고 가기 위해 방을 나왔다. 벽 저 너머에 가서 자신의 삶이 무엇을 추구해야 할지 살펴볼 생각이다. 자신을 까불대게 하는 사람이 누구란 말인가?

주시가 한 걸음, 두 걸음, 세 걸음 계속…….

다치가 갑자기 뒤로 돌았다. 하지만 두 사람 모두 상대방의 존재에 놀라지 않았다. 아마도 그는 자기 뒷목에 시선을 느낀 그날부터 주시가 자신을 무너뜨릴 거란 사실을 알았을지도 모른다. 당시 그의 목에 충격을 받았다면 지금은 벽 같은 그의 등이 무너질 차례다.

주시가 그에게 바짝 다가갔다. 그의 가슴에 맺힌 물방울이 또렷하게 보였다. 주시가 침착하게 그의 손에 들린 수건을 앗아가 위부터 아래까지 천연덕스럽게 물을 닦아주기 시작했다. 주시는 그저 닦아야 한다고 느꼈을 뿐이다.

다치가 웬일인지 별 생각 없이 주시에게 수건을 내줬다. 하지만 곧이어 온몸을 덜덜 떨기 시작했다. 종아리가 가장 심하게 떨렸다.

주시는 떨림을 느끼는 순간 그의 앞에 털썩 무릎을 꿇고 두 팔로 그의 허리를 꼭 껴안았다. 마치 그에게 용서를 구하는 것처럼, 그의 몸이 덜덜 떨리게 조금 전 그를 괴롭힌 것처럼. 주시가 어두운 화염이 타오르는 그의 아랫배에 얼굴을 댔다.

아, 더 이상 제모도, 머큐로크롬도 원치 않아……

다치의 눈앞에 붉은 깃발, 붉은 완장, 붉은 대련, 붉은 표어, 붉은 등, 붉은 꽃, 붉은 인쇄잉크, 붉은 세상, 붉은 바다, 반짝이는 붉은 별이 펼쳐지면서 세상이 온통 뒤집히고 머릿속이 뒤죽박죽이 되었다.

쓰이원이 순금 여의를 묻었고, 예룽베이가 닭을 묻었던 곳에 어쩌다가 자신이 몰래 끌려왔는지(만약 몰래 끌려왔다면) 다치는 영문을 알 수 없었다.

주시가 그에게 자기 몸에 엎어지라고……

신선하고 건강한 다치의 몸을 느끼며 주시는 눈물이 그렁거렸다.

다치의 신선하고 건강한 몸을 위해 주시는 자신의 눈물이 결코

장미의 문

아깝지 않았다.

주시는 다치와 내일 밤 다시 만나기로 약속했다.

다치는 밤새도록 잠을 이루지 못했다. 그는 조금 전 일어난 모든 일을 되새겨보려고 끙끙 애를 썼지만 머릿속이 뒤죽박죽 정신이 하나도 없었다. 그저 자기 몸에 어떤 냄새가 더해진 느낌이 들 뿐이었다. 그 냄새로 인해 조금 전 자신을 향한 주시의 모든 몸짓과 모든 느낌이 되살아났다. 그건 뭘까? 그는 세상에서 가장 상투적인 한 글자를 떠올렸다.

씹.

그건 분명히 욕이다. 사람들은 제일 혐오스러운 마음으로 상대방을 욕할 때 이 말을 쓴다. 공장 최고의 동지가 가장 선한 마음으로 농담을 할 때도 이 표현을 쓴다.

누구나 이를 빌어 태어나지 않던가.

가장 더러운 말이라고 하지만 누구나 얻을 수 있는 건 아니다.

이 글자에 빠져 가슴을 치고 발을 동동 구르기도 하지만 또한 더럽다고 꺼리기도 한다.

다치는 조금 전 자신과 주시의 일을 이 말로 표현하고 싶지 않았다. 그렇다고 딱히 다른 표현도 떠오르지 않았다. 그는 자신의 문화적 소양이 미천하다고 느꼈다. 문화적인 측면에서 그에게 그 일을 어떻게 표현해야 할지 가르쳐준 사람이 없었다. 이후 그는 기회를 엿보다가 적당한 때 주시에게 이에 대해 물어본 적이 있다. 주시가 그의 손목을 세게 꼬집으며 말했다.

"그런 건 물어보는 것 아냐, 바보같이!"

그에 대한 비난 같기도 하고, 그에 대한 애정의 표현 같기도 했다.

주시의 말투가 마치 어른이 아이에게 훈계하는 것 같기도 하고 그에 대한 최고의 밀어 같기도 했다. 어쨌거나 주시는 다치보다 일곱 살이 더 많다. 그해 다치의 나이 스물 둘이었다.

주시는 여름 내내 다치를 위해 자신을 한껏 열었다.

여름은 그렇게 순식간에 지나갔다. 주시는 종종 그해 여름 자신이 다치를 창조했다고 느꼈다. 만들었거나 아니면 낳았다고 할 수도 있다. 생산과도 같은 일이었다. 주시는 무엇보다도 다치 같은 사내애를 낳고 싶었다. 주시가 자전거에 앉아 생각했다. 자신이 정말 까불거린다고 느꼈다.

여름은 그렇게 후다닥 지나갔다. 다치와 주시가 가을의 진창, 겨울의 눈을 밟으며 잠시 잠깐 밀회를 나누는 장소를 들락거릴 때 다치는 역시 여름이 좋다고 생각했다. 그가 자기 생각을 있는 그대로 주시에게 말하자 주시는 전처럼 그의 손목을 세게 꼬집으며 말했다.

"바보같이!"

주시는 다치의 단단한 몸에 꼭 붙어 앉아 있고 싶었다. 옷이 아무리 두꺼워도 그의 단단한 몸을 느낄 수 있었다.

주시의 안색이 정말 좋았다. 발그레한 안색, 탄력 넘치는 털 많은 어여쁜 손가락 등 모든 것이 주시가 마음에 오묘한 비밀을 간직하고 있음을 말해주고 있었다. 주시는 자신의 오묘한 비밀에 큰 관심을 보이는 사람이 있다는 느낌을 받았다. 바로 메이메이다.

주시는 메이메이에게 일을 하라고 다정하게 위로하고 빨간 밑창, 하얀 밑창의 란한셰도 사줬다. 메이메이는 거절하지도 기뻐하지도 않았다. 외숙모의 이런 행동에서 정성이 느껴지지 않았기 때문이다. 마치 늘 그렇듯 병원에서 쓰다 남은 갈치 몇 조각, 브로콜리 몇 개를 가

장미의 문

져오는 것과 매한가지처럼 보였다. 하지만 그렇다고 해서 외숙모의 이런 무성의한 행동에 대해 깊이 생각하지도 않았다. 메이메이는 외숙모에게 무슨 일이 벌어지고 있는지 몰랐다. 외숙모 안색이 좋아지는데 나쁠 것도 없지…… 세상 모든 일이 하나부터 열까지 정성을 쏟을 수는 없는 일이야.

주시는 사합원 사람들을 모두 똑바로 바라볼 수 있었지만 유독 메이메이만은 조금 꺼림칙했다. 메이메이를 좋아해서라기보다는 메이메이를 약탈한 것 같다는 느낌이 들었다. 마치 도둑이 대담하게 메이메이의 협탁 안 물건을 모조리 훔친 것 같은 기분이었다.

다치는 티 나게 메이메이를 피해 다녔다. 더 이상 메이메이에게 '특대 희소식'도 날라다주지 않았고 둘이서만 마주하는 경우도 드물었다. 그는 그저 메이메이에게 공장해서 조장을 맡게 되었다고 말했을 뿐이다.

축 늘어진 정신없는 조장. 메이메이가 본 다치의 모습이다.

메이메이는 때로 조장이 된 이런 다치의 존재로 인해 마음이 어수선했고, 또한 괜히 어수선할 것도 없다고 생각하기도 했다.

쓰이원은 바빴다. 지금 쓰이원의 머릿속에는 오직 한 가지 일밖에 없었다. 그저 양판희가 계속 번영, 발전하길 바랄 뿐이었다.

47

다 선생이 또 왔다.

다 선생은 쓰이원 집에 이미 자기 고정 자리가 있었다. 방 한가운데 난로 옆 쪽걸상이다.

겨울, 일 년 내내 빛이 들지 않는 남채는 난로에 불을 지피고 나서야 조금 정이 가는 곳이다. 다 선생은 문을 들어서자마자 바로 그 난로, 그 쪽걸상으로 달려갔다.

처음에는 쓰이원이 다 선생의 쪽걸상을 준비했고, 그에게 난롯가가 따뜻하다고 알려주기까지 했다. 이후 쪽걸상이 난롯가에 없을 때면 다 선생이 직접 바로 자기 쪽걸상을 가져다 앉았다. 난롯가에 앉아 두 손으로 뜨끈뜨끈한 연통을 감싸는 다 선생을 보면 그가 굶주림과 추위에 시달리고 있다는 느낌이 은근히 전해진다. 사실 지금 다 선생은 정신도 육체도 결코 굶주리지 않는다. 이런 처량한 분위기는 오랫동안 몸에 붙은 습관이다. 아마 이런 모습을 갖게 된 이유는 그의 좁쌀만 한 오점 때문일 수도 있다. 그 오점으로 인해 그는 대놓고 버젓하게 쓰이원처럼 지역주민위원회에 가서 복장이나 악기를 요구하지 못했다. 쓰이원 앞에서조차 겸손한 모습을 보일 필요가 있었다. 그는 손으로 연통을 감싸는 것이 겸손함을 드러내는 최고의 모습이라고 여기는 듯했다.

굶주림과 추위에 찌든 모습, 겸손한 모습은 때로 명확한 한계가 없다.

일찌감치 다 선생의 이런 마음을 알아챈 쓰이원은 가능한 한 그를 위해 편한 분위기를 만들었다. 그를 위해 쪽걸상도 끌어다주고 따뜻한 곳이 어딘지도 알려줬다. 또한 난로에 작은 냄비를 올리고 대추를 뭉근하게 구워주기도 했다. 대추는 말린 과일 가운데 상급이라고 볼 수는 없지만 그렇다고 보잘것없는 종류도 아니다. 게다가 쓰이원이 대추를 굽는 이유는 다 선생을 위해 편하면서도 적절하게 체면치레를 할 수 있는 분위기를 만들어주기 위해서다. 쓰이원은 대추 향, 냄새를 통해 두 사람이 함께하는 자리를 혁명동지끼리의 정이 느껴지는 곳으로 만들고 싶었다. 그러기 위해 자연스러운 분위기를 연출했다. 그렇게 되면 경극, 경극의 혁명화에 대한 그들의 논의가 더 오랫동안 이어지지 않을까.

쓰이원의 의도를 잘 알지 못한 복덩이와 샤오웨이는 이따금 눈치도 없이 분위기를 망치기도 했다. 샤오웨이는 농장에 있을 때 그 지역 농촌 아이들로부터 '대추'에 대한 수수께끼를 배웠다.

> 붉은 바지에 붉은 저고리 어린애
>
> 어디에 가나요?
>
> '아'衙(관아)[169]에 가요.
>
> 돌아올 건가요?
>
> 뼈만 돌아오고 살은 돌아올 수 없어요.

대추를 발견한 샤오웨이가 그 생각이 나서 복덩이에게 수수께끼를 가르쳐줬다. 복덩이는 샤오웨이가 가르쳐준 이야기가 머리에서 떠나지 않아 붉은 바지에 붉은 저고리를 입은 어린애가 관아에 간다는 이야기를 자꾸만 되뇌었다. 이후 둘은 다 선생 앞에서 잰말놀이 같은 수수께끼 시합을 했다. 쓰이원은 분위기를 깼다고 아이들을 나무라며 대추나 먹으라고 말했다(쓰이원은 자기도 모르는 사이에 대추를 폄하하

---

169) 관아를 뜻하는 '아'衙와 치아를 뜻하는 '아'牙의 중국어 발음이 '야'ya로 동일하다. 이런 동음의 글자를 이용해 만든 수수께끼.

는 꼴이 되었다). 하지만 냄비 안의 대추가 마치 정과처럼 실이 나오기 시작했다. 이대로 더 불에 올려두면 냄비에 눌러 붙을 것 같았다. 쓰이원이 애들을 불러 메이메이를 포함해 대추를 삼등분했다. 샤오웨이와 복덩이가 대추를 받았다. 대추가 끈적끈적했다. 메이메이는 언제나 자기 몫을 먹지 않고 복덩이에게 줬다.

냄비에 남은 대추는 다 선생 몫이다. 쓰이원은 언제나 냄비째(땅콩을 삶았던 그 냄비) 그에게 건넸다. 자연스럽게 대차게 마치 그가 외부 사람이 아니라는 식의 태도를 보여주었다. 다 선생은 샤오웨이나 복덩이처럼 대추를 먹지 않았다. 그는 항상 쓰이원이 준 이쑤시개로 대추를 한 알씩 꽂아서 먹었다. 그는 천천히, 조금씩 먹었다. 대추씨도 깔끔하게 뱉었다. 한참 후 마치 팥알 같은 대추씨가 가볍게 맑은 소리를 내며 화로 앞 쓰레받기에 떨어졌다. 이런 분위기 속에 쓰이원과 다 선생이 경극과 경극 개혁에 대해 논의했다.

쓰이원은 대추를 먹지 않고 차오칭차^{炒青茶170)} 한 잔을 탄 후 탁자 앞에서 차를 마시며 담배를 피웠다. 이런 평범한 차오칭차는 다 선생 앞에도 한 잔 놓여 있었다.

최근 쓰이원과 다 선생은 양판희에 대해 실천적인 부분보다는 이론적인 논의에 빠져 있었다. 두 사람에게 공연 기회가 주어진 양판희는 항상 두 사람이 함께 공연을 연출했다. 리테메이, 아칭 아주머니, 샤오창바오¹⁷¹⁾ 같은 옛 가락뿐만 아니라 함께 논의를 거쳐 커

---

170) 약한 불로 솥에 찻잎을 덖어 수분을 날린 녹차.

171) 경극 〈지혜로 웨이후산을 지키다^{智取威虎山}〉의 주요 인물 중 하나. 숲에 사는 사냥꾼의 딸. 해방군 정찰대를 도와 웨이후산으로 가는 길을 알려주는 한편, 훈련을 거쳐 웨이후산 전투에 참가한다.

장미의 문

상柯湘172), 장수이잉江水英173), 혁명열사 우칭화吳清華에 대한 극도 시험적으로 꾸며보았다. 게다가 지금은 샹사오선전대에 새로운 임무가 하달되지 않았기 때문에 두 사람은 한가하고 여유로웠다. 이런 여유가 생기자 둘이 극에 대한 논의를 하면서 때로 이런 여유 때문에 어렴풋이 자신들이 버려진 건 아닌가 생각하기도 했다. 심지어 얼마 전 떠들썩했던 무대를 떠올리며 조금 우스꽝스럽다는 생각과 함께 초라한 기분이 들기도 했다. 아마 그렇기 때문에 두 사람이 각자 이런 기분을 느끼며 함께 앉아 그들의 사업에 대해 논의하고 있는 것인지도 모른다. 이는 역사의 필연이다. 그들은 함께 토론을 통해 이론적으로 과거의 이해득실을 따지면서 양판희라는 예술이 새롭게 번영을 구가하길 절실하게 바랐다.

"어제,"

다 선생이 말했다.

다 선생이 입을 열자마자 쓰이원은 그의 이 말이 긴 대화의 시작을 알리는 신호임을 알았다. 본론으로 들어가기까지는 인내심을 가지고 기다려야 한다.

쓰이원은 인내심을 가지고 기다리기로 했다.

말끔한 대추씨가 다 선생 입에서 서서히 모습을 드러낸 후 난로 앞 쓰레받기로 살짝 소리를 내며 떨어졌다. 이어 다 선생이 차오칭차 한 모금을 입에 물고 한참 동안 차 맛을 음미했다.

쓰이원은 불을 막아뒀으니 난로에 신경을 쓸 필요가 없었다. 불

---

172) 경극 〈두쥐안산〉杜鵑山 여주인공.
173) 혁명 양판희 〈룽장쑹〉龍江頌의 여주인공.

다루는 솜씨가 노련해서 알탄 하나로도 오전 내내 불을 지필 수 있었다. 그녀는 아궁이가 얼마나 열려 있는지를 보고 방의 적당한 온도를 짐작했다. 아무도 불을 막아뒀다 해서 방 온도가 내려가지나 않을까 걱정할 필요가 없었다.

"어젯밤,"

그리 짧지 않은 시간이 지난 후 다 선생은 조금 전 '어제'라는 말 대신 '어젯밤'이라 말했다.

쓰이원은 담배를 거의 끝까지 다 피우고 나자 다시 새 담배를 꺼내 담배 한 쪽 끝을 비벼 공간을 비운 후 남은 꽁초를 그 안에 밀어 넣었다. 마치 식물 접붙이기를 하는 것 같기도 하고, 이식수술을 하는 것 같기도 했다. 그녀가 담배를 탁자에 탁탁 쳤다. 이렇게 담배를 치는 시간은 길 수도, 짧을 수도 있었다. 만약 이 시간을 이용해 다른 생각을 하고 싶으면 마음껏 계속해서 담배를 칠 수 있다. 탁, 탁, 탁……

"어젯밤에 우리 쪽이 그러더군요."

'어젯밤'은 시간, '우리 쪽'은 장소다. 다 선생이 시간과 장소를 말했다. 흡사 극작가가 극본을 쓰는 거나 마찬가지다. 그들은 먼저 극본 시작에 시간, 장소를 쓰고 나서야 내용이 등장하기 시작한다. 내용을 쓰려면 인물이 등장해야 한다. 이제 다 선생이 말한 '우리 쪽'에는 장소뿐만 아니라 인물도 포함된다. 그렇지 않다면 왜 '우리 쪽'이 '그러더군요'라는 말이 나올 수 있겠는가?

시간: 어젯밤

장소: 우리 쪽

인물: 우리 쪽

장미의 문

다 선생이 사는 곳은 쓰이원 사합원에 비해 규모가 크고 복잡하다. 그는 "산이 다하고 물길이 끊어진 곳 이제 길이 없나 했더니 버들 푸르고 꽃 붉은 곳에 또 마을이 하나 있네."[174]라는 시 구절이 절로 떠오르는 거대한 집에 살고 있다. 큰 마당에 겹겹이 작은 마당이 배치되어 있다. 집이 크니 사람도 많고 직업도 다양하다. 이 때문에 다양한 정보를 얻을 수 있는 환경이다. 다 선생은 이에 관한 한 언제나 쓰이원보다 앞서 있었다. 쓰이원의 사합원은 북채와 남채뿐이다. 서채는 늘 사람이 없는 빈 공간이다. 요즘 쓰이원은 대부분의 소식을 다 선생에게 들었다. 정보는 언제나 사람을 끄는 큰 힘을 가지고 있다.

"어젯밤 우리 쪽 사람들이 그런 이야기들을 하는 것 같았습니다."

다시 대추씨 하나가 다 선생 입에서 나와 쓰레받기로 굴러 떨어졌다. 그가 다시 대추를 먹던 입을 벌리며 말했다.

"아마도 어디선가 평극評劇[175] 〈시월의 레닌〉列寧十月[176]을 무대에 올린 것 같다더군요."

정보를 담은 다 선생의 보고가 여러 가지 이유로 자꾸만 끊기더니 그제야 겨우 말을 끝냈다. 그가 자기 집에서 들은 여러 가지 소식 가운데 가장 신경을 쓰는 부분은 역시 혁명 문화예술에 대한 이야기였다. 사람들한테서 '아마도'란 말이 흘러 나왔을 때 다 선생은 '아마도'란 말에 주의했다. 말하는 사람은 별 뜻 없이 말했어도 듣는 사람은 아니었다.

---

174) 山窮水盡疑無路, 柳暗花明又一村. 남송 시인 육유陸游의 〈유산서촌〉遊山西村의 한 구절.

175) 화북 및 만주 지역에서 널리 상연되는 중국 5대 전통극 중 하나.

176) 〈Lenin in October〉. 스탈린이 1917년에 일어난 10월 혁명, 일명 '볼셰비키 혁명' 20주년을 경축하기 위해 제작을 지시한 영화.

"그 말이 사실일 것 같지 않으십니까?"

다 선생은 이 정보가 사실이라 확신하며 쓰이원의 의견을 구했다. 마치 쓰이원의 검증을 거쳐야 그 이야기는 사실이 되며, 정보의 출처는 별 게 아닌 것처럼 느껴지는 듯했다.

쓰이원은 이 정보에 대해 별로 큰 반응을 보이지 않았으며 다 선생의 말을 서둘러 긍정하지도 않았다. 쓰이원이 반신반의하며 생각했다. 평극을 〈시월의 레닌〉과 연결하는 건 조금 어색한데. 레닌의 빛나는 형상을 중국 혁명극 무대에 올린다니, 물론 기쁜 일이긴 하지만 어쨌거나 이건 평극이잖아.

평극은 해방 전까지 '붕붕'蹦蹦이라고 불렸다. 베이핑 동쪽에서 탄생해 〈젊은 하녀의 허풍이야기〉小老妈開嗙나 〈마씨 부인 과부가 되어 가게를 열다〉馬寡婦開店 같은 시골 무대에 올리던 소소한 극이 이후 베이핑에 입성하면서 배우들도 화려하게 옷을 차려입고 신문에 나거나 무대 복장으로 사진을 찍기도 했다. 하지만 이런 떠들썩한 모습도 그저 톈차오天橋177)에서나 이루어졌을 뿐이다. 배우들 이름만 해도 정말 촌스러웠다. 바이무단白牡丹(백목단), 화스류花石榴(빨간 석류), 뤼푸룽綠芙蓉(초록 부용)…… 해방 후 '붕붕'은 평극으로 변신하면서 음조도 변화 발전했지만 아무리 그렇다 해도 여전히 '붕붕'은 '붕붕'이다. 상하 대칭구조를 가진 앙가秧歌178)의 음보다 약간 강하긴 해도 한계가 있다. '사위'179) 배역은 그래도 가능하지만 레닌이 무대에서 '사위' 음조를 내

---

177) 민국 초년, 정부 조치에 따라 베이징 톈차오 서쪽 공터에 대규모 가설무대가 세워지면서 동쪽에서 누군가 붕붕 가설무대를 세웠다. 하지만 이후 불에 타 없어졌다.

178) 중국 화베이華北 농촌 지방의 모내기 노래.

장미의 문

면 아무리 그래도 별 맛이 나지 않을 것이다. 게다가 레닌의 복장, 넥타이를 배우에게 어떻게 휘두르라고 한단 말인가? 양쯔룽楊子榮180)은 군용 혁대를 한참 동안 휘두르고 사오젠보少劍波181)는 외투를 휘두르며, 궈젠광郭建光182) 손에는 도시락폭탄이 들리는데 레닌 손에는 홍남연필183)이 쥐어져 있어야 한다. 하지만 쓰이원은 다 선생에게 자신의 이야기를 하고 싶지 않은 것처럼 극에 대한 이런 진짜 생각도 털어놓고 싶지 않았다. 물론 다 선생은 쓰이원이 이미 자기 속 이야기까지 할 말 못할 말 다 털어놓는 것처럼 보였지만 말이다. 샹사오에서 그들은 마치…… 뭐랄까, 다 선생은 정확하게 생각해본 적은 없다. 쓰이원과 견해를 주고받기 곤란한 상황에서 그는 끊임없이 변하는 자신의 생각에 따라 자신과 쓰이원의 사이를 볼 뿐이다.

"어떻게 생각하십니까? 정말일까요?"

쓰이원이 아무런 대꾸도 하지 않자 조금 전 확신에 찼던 다 선생은 말투가 의문형으로 바뀌었다. 조금 전 지나치게 단호한 말이 쓰이원의 주의를 환기시킨 건 아닐까. 쓰이원이 폭넓은 자신의 지식을 동원해 이에 대한 다른 판단을 내리고 있을 수도 있다. 다 선생이 말을 마친 후 넌지시 겸손한 눈길로 쓰이원을 바라보았다.

---

179) 〈젊은 사위〉小女婿. 중화인민공화국 건설 후 둥베이 농촌의 이야기를 담은 평극. 농촌의 봉건적인 중매결혼에 반대하는 이야기이다.

180) 1917~1947. 1945년 팔로군에 입대.

181) 중국 작가 취보曲波의 대표작 《임해설원》林海雪原의 주인공. 둥베이東北 야전군 독립2단 참모장.

182) 현대 경극 〈사가빈〉沙家濱의 극중 인물. 신사군新四軍 모 부대의 지도원.

183) 紅藍鉛筆. 레닌이 전보를 보고 서명할 때 사용한 연필. 반은 빨강, 반은 파란색이다. 19세기 말~20세기 초 군용으로 군사지도에 표기를 할 때 많이 사용했다. 중국에서 역시 1940년대 흔히 보이기 시작한다.

쓰이원이 다 선생에게 뜻밖의 대답을 했다.

"혁명에 도움이 된다면 무슨 극인들 무대에 올리지 못하겠습니까?"

쓰이원이 말했다.

"그건 그렇습니다."

다 선생은 남의 눈치를 살피느라 자신이 확신했던 내용을 부정했던 조금 전 자기 모습에 화가 났다. 심히 안타까웠다.

"레닌 동지도 등장시켜요?"

쓰이원이 이에 긍정적인 태도를 보이자 다 선생은 염치불구하고 쓰이원에게 질문을 던졌다. 그가 당당하게 질문했다. 심지어 그가 한 질문은 만만치 않은 내용이었다.

다 선생이 질문한 내용은 바로 쓰이원이 고민하던 문제다. 다 선생이 바로 그 질문을 던졌으니 쓰이원은 이 난제에 반드시 대답해야 한다. 조금 전 자신이 하필 '혁명에 도움이 된다면 무슨 극인들 무대에 올리지 못하겠습니까?'라고 말하지 않았던가. 쓰이원이 대번에 다 선생의 말을 철저히 부정한다면 애초에 이런 질문이 나올 상황을 만들지 말았어야 한다.

그렇다면 긍정적인 대답을 해야 한다.

"그건 곡조를 어떤 식으로 쓰는지에 달렸어요. 곡조를 좀 바꿔야 해요."

쓰이원의 대답은 적절했다. 이런 대답을 하다니 자기도 뜻밖이었다. 레닌이 '붕붕'을 노래할 수나 있을까란 의문도 제시하지 않았고, 평극 자체를 폄하하지도 않았으며, 무산계급 혁명가는 '붕붕'을 노래할 수 없다는 말도 하지 않았다. 쓰이원은 극히 복잡한 정치적 문제를 대번에 순 기술적인 문제, 즉 곡조에 대한 개량의 문제로 돌렸다.

"전통적인 경극 곡조로 영웅을 표현하진 못해요."

쓰이원이 다시 적절한 비유를 들어 좀 전의 대답을 보충했다.

대추를 먹는 사람은 대추를 먹었다. 담배를 피우는 사람은 담배를 피웠다. 간혹 그 사이에 차도 마셨다.

"레닌의 부인도 등장시키나요?"

다 선생이 곰곰이 생각하더니 다시 나데즈다 크룹스카야에 대한 문제를 꺼냈다.

다 선생의 이번 질문은 정말 유치했다. 보아하니 그는 정말 한 자정도 길이의 '경호'京胡184)만 알 뿐, 다른 건 도통 알지 못하는 듯하다. 쓰이원은 경극 이외에도 다른 전통극에 대해 해박한 지식을 가지고 있다. 그녀가 평극의 특징부터 시작해 다 선생에게 자신의 지식을 전수했다.

"'붕붕'은 원래 단각旦角185)이 나오는 극이에요. 배역을 모두 갖춘 극이 아닙니다. 〈개를 죽여 남편을 타이르다〉打狗勸夫, 〈마전발수〉馬前潑水 모두 단각이 등장하는 극이죠."

쓰이원은 개량을 하면 레닌 배역도 올릴 수 있고, 레닌의 부인 역할은 단각이 맡으면 되니 창을 하기 더 쉽다고 했다. 하지만 평극의 단각 공연을 이야기할 때 〈젊은 하녀의 허풍이야기〉小老媽開嗙나 〈마씨 부인 과부가 되어 가게를 열다〉馬寡婦開店는 말하지 않았다.

"그럼 레닌은 노생老生186)이 맡습니까, 소생小生187)이 맡습니까?"

---

184) 호금胡琴의 일종으로, 주로 경극 반주에 사용된다.
185) 여성 역할.

다 선생이 한 걸음 더 들어가 쓰이원에게 더 구체적인 질문을 던졌다.

원래 이는 매우 까다로운 문제다. 노생은 노인을, 소생은 청년을 상징하기 때문이다. 그럼 레닌은 노인인가 청년인가? 그는 청년은 아니다. 그건 쓰이원도 인정한다. 그럼 노인을 등장시킬 것인가? 혁명 영도자를 늙수그레한 인물로 표현하면 혁명의 생명이 다한 느낌이 든다. 그럼 당연히 영도자의 이미지에도 타격을 준다. 하지만 쓰이원은 재빨리 명쾌한 답을 내렸다. 다 선생은 미처 생각할 틈도 없었다.

"'붕붕'은 원래 노생, 소생은 가리지 않고 한 음색만 냅니다."

그녀가 말했다.

쓰이원은 다 선생의 질문에 일일이 대답하고 일일이 반박했다. 하지만 오늘 쓰이원은 시큰둥하게 답변했다. 조금 짜증스러운 분위기도 엿보였다. 다 선생의 질문이 허무맹랑하기 때문인 이유도 있는 한편, 쓰이원은 〈레닌의 시월〉은 평극보다는 경극이 낫다고 생각하던 중이었다. 경극 무대에 레닌이 등장하면 레닌 부인도 나와야 한다. 그럼 샹사오에는 새로운 프로그램이 생긴다. 레닌 부인은 누가 맡지? 새로운 사람을 더 찾아야 하는 거 아냐? 전에 쓰이원은 아칭 아주머니 역할을 했다. 그건 그래봤자 찻집 주인이다. 커샹柯湘[188]은 무명의 영웅에 불과하다. 그냥 정성껏 화장하고 무대에서 한바탕 기염을 토한 후 화장을 지우면 원래 본인으로 돌아간다. 설사 그 기회에 뭐 아주

---

186) 중년 이상의 남자 역할.

187) 청년 남자 역할.

188) 〈두견산〉杜鵑山에 나오는 노동자 출신의 중국 공산당원.

장미의 문

머니를 쿡쿡 찔러 무대 도구나 복장을 더 얻어낼 수 있지만 어쨌거나 그 시간이 지나면 화로를 쑤시고, 대추를 구울 뿐이다. 하지만 혁명가의 부인 역할은 다르다. 쓰이원은 느낌대로 자신을 표현하는 데 서툴다. 하지만 정말 레닌 부인 역할을 할 수 있다면 그런 감각이 정말, 정말 좋아질 것이다. 몇 년 전에 '베이징 영화아카데미'北京電影學院에서 마오쩌둥 주석을 연기할 배우를 양성한 적이 있다. 그 배우가 외출하면 그를 태울 자동차가 오고, 거리에 모습을 드러내면 군중들이 그를 에워싸고 '마오 주석 만세'를 불렀다. 이후 그 배우는 외출할 때 사람들의 시선을 피하기 위해 커다란 선글라스를 끼고 다녔다. 쓰이원이 생각했다. 혁명가 부인 역할을 하면 널 알아보고 '만세'를 외치진 않는다 해도 커다란 선글라스는 끼고 다녀야 할 거야. 그러니 먼저 널 숨겨야 해. 이렇게 두 가지 효과를 낼 수 있도록 너 자신을 엄폐하는 일이라니, 정말 재미있잖아? 너 자신을 숨기기도 하고 일반 사람들은 엄두도 못내는 치장도 하고 말이야. 지금 일반 사람들이 어떻게 감히 커다란 선글라스를 끼고 다녀?

이런 자신의 논리에 신이 난 쓰이원은 레닌을 무대에 올리기로 결정하고 다 선생과 레닌 그리고 레닌의 부인이 등장하는 경극의 합리성에 대해 논의하기로 결심했다. 마치 〈레닌의 시월〉이 이미 그들 앞에 등장하고 중요한 부분에 대한 연출을 논의하는 듯했다. 쓰이원은 조금 전에 마음속으로 다 선생이 경호밖에 모른다고 비웃었지만 정말 경극 곡조에 대해 논의하려면 다 선생에게 가르침을 받아야 한다.

쓰이원이 다 선생 찻잔에 물을 더 따라줬다. 물을 따르자 가라앉았던 찻잎이 다시 떠올랐다. 찻물 색이 첫 번째 잔보다 더 진했다. 다 선생이 두 손으로 찻잔을 받쳐 들고 살짝 몸을 굽혔다. 쓰이원은 자기 잔에도 두 번째 물을 채웠다.

"사실 말이죠,"

쓰이원이 말했다.

"조금 전 '붕붕' 무대에 레닌 이야기를 올리자는 다 선생 의견에 사실 전 별 생각이 없었어요. 잠시 생각해보니 레닌공연은 역시 경극 무대에 올려야 할 것 같네요. 다 선생 생각은요?"

쓰이원은 다 선생 정보의 황당함을 철저하게 부정하면서 동시에 그에 대한 경의를 드러냈다.

"아!"

다 선생은 갑자기 큰 깨달음을 얻은 듯 이쑤시개를 내던지며 손뼉을 쳤다.

"왜 제가 그 생각을 못 했을까요?"

"장칭江青189)은 왜 양판희를 경극 무대로만 올렸다고 생각해요?"

쓰이원이 반문했다.

"아!"

다 선생은 다시 '아!'로 쓰이원의 반문에 대답했다. 이번의 '아!' 역시 큰 깨달음을 표시했다. 큰 깨달음을 얻었다면 긍정적으로 최대한 상세하게 쓰이원의 질문에 대답해야 한다. 그는 긍정적으로 최대한 폭넓게, 상세하게 쓰이원에게 대답하기로 결정했다.

"왜 그랬을까요?"

쓰이원이 말했다.

---

189) 1914~1991. 마오쩌둥의 부인이자 문화대혁명을 주도한 '사인방' 중 하나.

장미의 문

"곰곰이 생각해 봤는데요. 생각해 보세요, 혁명 영웅을 표현하는데 가장 적합한 무대가 경극이에요. 무대에 등장하는 배역이 많잖아요. 생生(남자), 단旦(단), 정淨(악역), 말末(단역), 축丑(광대)까지요. 곡조도많아요. 강해야 할 때 강하고 부드러워야 할 때 부드럽게 할 수 있죠. 안 그러면 장칭 동지가 왜 양판희를 경극으로만 무대에 올렸겠어요?"

쓰이원이 먼저 긍정적으로 폭 넓고 상세하게 자기 의견을 말했다.

"아!"

다 선생이 말했다.

"아니면 장칭 동지가 자신을 마오 주석의 호위병이라고 말해서일까요."

다 선생은 '아!'만 연거푸 말할 수는 없었다.

"그건 겸손의 표현이죠."

"겸손의 표시지요."

"입만 열었다면 평극, 평극! 정말 피곤하네요."

"우리 쪽 사람들이 랬었던 기억이 나서요."

"각기 장점이 있죠. 전에 톈차오 쪽 작은 공원 몇 곳도 빈 곳이 없었다고 하지 않았나요?"

"후유! 거지가 구걸을 해도 듣는 사람은 있기 마련이지요."

"아! 그래서 레닌은 반드시 경극 무대에 올려야 한다는 겁니다."

쓰이원 역시 '아!'라는 감탄사로 상대의 말을 막으며 찻잔을 들어올렸다.

다 선생은 쓰이원이 찻잔을 들자 자기도 찻잔을 들었다. 쓰이원이 찻잔을 내려놓자 다 선생 역시 다시 찻잔을 내려놓았다.

"선생께 도움을 청할 문제가 하나 있긴 합니다."

쓰이원이 말했다.

"말해보십시오."

다 선생이 말했다.

"곡조를 완전히 바꿔야 할까요 아니면 일부만 바꿔야 할까요? 〈홍등기〉紅燈記는 일부만 바꾸고 나니 창을 하기도 자연스러웠어요. 〈해항〉海港과 〈낭자군〉娘子軍은 완전히 바꿨고요. 그것도 괜찮긴 한데 자세히 들어보면 맛이 좀 떨어집니다."

"제가 보기에 레닌 공연은 곡조를 크게 바꿔서는 안 될 듯합니다. 레닌이 집무실에서 그 고아 아이를 맞이할 때……"

"나타샤."

"맞아요, 나타샤. 나타샤를 맞이하기 직전 순간은 정통 서피西皮 190) 그대로 해야 합니다. 〈좌궁〉坐宮191)의 양사랑楊四郞이 '나는 마치'라고 하는 부분처럼요. 침착하고 묵직한 분위기로 나가야 레닌의 당시 심정을 표현할 수 있습니다."

"당신 말씀은 레닌 역시 그렇게 많은 비유를 적용해야 한다는 거군요. '나는 마치 조롱 속의 새, 얕은 물의 용龍'……"

"그럴 필요는 없지요. 예를 들면 그렇다는 겁니다. 하지만 최소한 레닌은 권력을 빼앗기 전의 그런…… 갈등이 천 갈래 만 갈래였지만 겉으로는 침착한 모습이어야 해요. 어휴, 들어봐요."

다 선생이 잠시 생각 후 마침내 레닌의 두 구절을 떠올렸다. 그가

---

190) 경극의 기본 리듬. 가락이 명쾌하고 높고 힘차기 때문에 기쁨과 격정, 호방한 감정을 표현하는데 적합하다.

191) 경극 〈사랑탐모〉四郞探母

장미의 문

창을 했다.

기의를 위해 나는 불철주야 잠을 이룰 수 없었으니
나는 혁명의 지도자로서 눈을 붙일 수 없네.
나는 마치……

"그건 안 돼요, 후유."
쓰이원이 그의 말을 끊었다.
"레닌은 그런 식으로 고통을 호소해서는 안 되는 인물입니다."
"그냥 비유가 그렇다는 말입니다. 게다가 대사는 전문가가 써야 합니다. 결국 최종적으로 장칭 동지의 인정을 받아야 하니까요. 조금 전 제가 친 대사는 그냥 예가 그렇다는 겁니다."
"그도 그렇네요."
쓰이원이 말했다. 모든 것을 다 선생에게 맡길 수는 없었다. 대사는 전문가가 지어야 한다. "칠성조七星竈를 쌓아 청동 주전자로 세 강줄기의 물을 끓여"192)란 대사가 어찌 그리 쉽게 나오겠는가?
"생각하다 보니 곡조 구성에 치중하게 되네요."
다 선생이 말했다.
"레닌과 그의 경호원 바실리Vasily 부분이 정말 훌륭할 것 같지 않습니까? 바실리가 식량을 가지고 돌아오는데 먼저 레닌을 향해 취강

---

192) 壘起七星灶, 銅壺煮三江. 〈사가빈〉沙家濱의 한 구절. '칠성조'는 중국 남부지역의 차 끓이는 도구로 화로 허리 부분에 세 자 높이의 물통이 있다. 거대한 도구에 물을 끓여 천지의 친구들을 다 불러 먹일 정도로 엄청난 양을 끓인다는 의미.

吹腔193)을 펼치는 겁니다. 취강은 비장하잖아요. 바실리가 돌아오는 길에 굶주림을 참고 적과 대치하면서 먼저 취강 네 구절을 부르는 겁니다. 그리고 네 번째와 다섯 번째 구절 사이에 바실리가 갑자기 기절을 하면서 모자가 떨어지고 '창베이'蹌背194) 동작을 하고, 이어 레닌이 슬픔에 빠집니다. 그럼 먼저 서피西皮 도판倒板195)이 등장하고 호금이 길게 간주를 넣어 장식을 한 후 다시 서피로 돌아가 막을 내리는 겁니다. 기대할 만하지 않겠습니까."

"됐어요, 헛소리만 들었네요."

쓰이원은 다 선생 말에 '헛소리'란 표현은 자주 쓰지 않는다. 분명히 상대를 폄하하는 의미였지만 다 선생은 쓰이원으로부터 그런 표현을 듣고 싶었다. 그는 쓰이원에게 '헛소리'라는 말을 들어야 쓰이원과 어느 정도 가까워졌다는 느낌이 들었기 때문에 더 마음껏 헛소리를 늘어놓을 수 있었다.

"헛소리도 할 줄 알아야지요."

다 선생은 의기양양했다. 조금 도가 지나칠 정도였다. 마치 난 알아, 당신이 나더러 헛소리를 한다고 할 때는 내게 감탄하고 있다는 표시야. 대놓고 말해 경극 곡조에 대해 베이징을 통틀어 헛소리를 할 수 있는 사람도 몇 안 돼. '양판희 단체'와 비교할 수는 없지, 때로 쉬란위안徐蘭沅196)의 솜씨도 별 것 아니라고 생각하는데. 그가 메란팡을

---

193) 중국 전통극 가락 가운데 하나. 피리로 반주하는 곡조를 모두 일컫는다.
194) 경극의 동작 중 하나. 배우가 덤블링을 하듯 뛰어오르다 내동댕이치듯 옆으로 떨어지며 어깨와 등을 바닥에 부딪치는 동작이다.
195) 경극 박자. 주로 분노, 격앙, 비통의 감정을 나타낼 때 동원된다.
196) 1891~1967. 경극 호금 연주가.

장미의 문

위해 구성한 〈목계영 괘수〉穆桂英挂帥도 맘에 들지 않는 부분이 여러 단락 있었는데.

"조금 전에 남자 배역만 비교했는데 그럼 단각은요?"

쓰이원은 다른 생각에 빠져 있었다. 다 선생의 헛소리에 쓰이원이 또다시 그에게 도전했다.

쓰이원이 그를 향해 손을 내밀어 난화지蘭花指197) 모양을 만들었다.

"레닌 부인 그리고 바실리 아내를 말하는 거지요? 그건 쉽지요."

다 선생이 갑자기 난로 앞에서 일어났다. 그는 오늘 경극에 대한 그들의 토론이 지금이야말로 고조에 이르렀다고 느꼈다. 쓰이원이 관심 있는 배역은 단각旦角이다.

다 선생이 일어나 짧은 두 팔로 뒷짐을 지고 쓰이원 앞에 바짝 섰다.

"레닌 부인에 대해 먼저 말해보시죠."

쓰이원이 말했다.

"크루프스키……"

"크루프스카야."

"맞아요, 크루프스카야. 제가 보기에 주로 큰 단락 두 부분이면 됩니다. 첫 번째 단락은 우선 잠시 내려두고 두 번째 단락부터 이야기하지요. 레닌이 총을 맞아 병상에 누워 열이 45도까지 올라 인사불성이 된 그 대목입니다. 크루프스키……"

"크루프스카야."

---

197) 경극 또는 중국 전통 무용에서 등장하는 손가락 모양. 난꽃 봉우리 모양과 비슷하다 하여 붙여진 이름.

"네. 크루프스카야. 발음이 잘 안 돌아가네요. 그냥 카야라고 하지요. 카야가 병상 앞에 서 있고 뒤에 레닌이 누워 있습니다. 카야는 비통한 심정으로 생각합니다. 레닌이 혁명을 위해 평생을 바쳤다고 생각하니 가슴이 벅차오릅니다. 특히 교활한 부하린Bukharin을 떠올리자 화가 치밀어 오르면서…… 타악기가 빠르게 반주되며 지앙……징지장장, 호금과 함께 이황二簧198) 도판倒板199) 그리고 바로 이어서 창은 약간 느린 반면 호금은 빠르게 연주하는 겁니다. 왜 이렇게 연출해야 하냐고요? 자, 분명히 설명을 드리겠습니다. 빠름 속에 느림이 있고, 느림 속에 빠름이 있기 때문입니다. 카야의 심정이 그래요. 조급한 와중에 과거를 떠올리고, 과거를 떠올리며 매우 초조해하지요. 둥둥둥둥 두둥 룽…… 그리고 창이 나옵니다.

부하린을 생각하니 가슴이 찢어지네
당신은 특무를 보내 암살을 하지 말았어야 했소.
내 남편 레닌은 사회민주당,
그는 혁명을 위해 온종일……"

"어디서지요?"
다 선생이 쓰이원에게 물었다.
"전쟁터에서죠."
쓰이원이 여기서 "앞뒤가 맞아야지요."라고 말했다. "아뇨. 그냥

---

198) 경극 리듬 중 하나로 서정적인 가락.
199) 경극 리듬 중 하나. 분노, 격앙, 비통한 감정을 표현한다.

장미의 문

앞뒤만 맞으면 안 됩니다."

"안 됩니다. 그냥 운만 맞추면 안 됩니다. 레닌은 전방, 후방 할 것 없이 혼자 분주히 움직였다. 그래, 그럼 '전방, 후방'이라고 하면 되겠군, 앞뒤 대사도 맞고."

그가 다시 창을 시작했다.

그는 혁명을 위해 온종일 전방, 후방을 내달렸소.

전방에서는 백군(白軍[200])을 섬멸해야 하고,

후방에서는 한간(漢奸)에게도 저항해야 하니

"잠깐, 잠깐."

쓰이원이 다 선생의 창을 끊었다.

"거기 한간이 왜 들어가요?"

"반혁명이라고 해도 됩니다. 어쨌거나 좋은 사람이 아니니까요."

"한간은 중국에서 하는 말이죠. 한간, 반역자, 특무…… 소련에서는……"

"소간(蘇奸)."

다 선생이 한 발 앞서 말했다.

"음. 솔직히 말해보시죠, 이 부분 어떻습니까?"

"얼추 된 건 같네요."

쓰이원이 답했다.

---

200) 러시아 반혁명세력 백군.

"얼추요?"

다 선생이 쓰이원에게 다가가 뚫어져라 그녀를 바라보았다. 그의 눈빛에 담긴 의미는 분명했다. 지금 내게 그런 말을 할 수 있어? 이 곡조를 설계한 사람이 누군지 몰라?

다 선생이 노려보자 쓰이원은 그에게 한 발 양보하기로 했다. 쓰이원은 양보와 함께 다시 그에게 '후춧가루'를 좀 더 주려고 생각했다. 한 영화의 대사가 생각났기 때문이다.

"후춧가루 좀 더 주세요."
"좀 놀린 걸 가지고, 뭘 그렇게 이상하게 쳐다봐요? 저리 꺼져요."

쓰이원이 두 눈을 똑바로 뜨고 다 선생을 째려보며 손짓으로 그를 몰아냈다.

다 선생은 희번덕한 쓰이원의 눈빛을 누구보다 잘 알고 있었다. 꺼져꺼져꺼져, 자신을 쫓아내고 있었다. '헛소리'라는 쓰이원의 말에 다 선생이 일어나 쓰이원 앞에서 뒷짐을 질 수 있었다면 '꺼져꺼져꺼져'는 바로 '이라 와 봐요.'라는 하나의…… 암시다. 하지만 온갖 풍상을 다 겪은 다 선생은 누구보다도 행동의 수위를 잘 알았다. 더더욱 '작은 일을 참지 못하면 큰일을 망친다.'는 영웅이나 겁쟁이 할 것 없이 모두 알고 있는 보편적 진리를 잘 알고 있었다. 이에 다 선생은 '작은 일을 참기로 하고' 다시 자기 쪽걸상으로 돌아갔다. 마치 쓰이원에게 '당신이 꺼지라고 하지 않았나? 그래서 내 쪽걸상으로 돌아왔는데. 뭔가 마음에 걸리는 것 있나? 뭐가 마음에 걸리는지는 당신 자신만 알 거야.'라고 말하는 듯했다.

장미의 문

다 선생이 원래 자리로 돌아가자 쓰이원도 마음을 가라앉혔다. 쓰이원은 조금 전 자신의 반응이 지나친 건 아닌가 생각했다. 이 중 늙은이에게 괜한 구경을 시켰나? 당신이? 쓰이원은 쪽걸상으로 돌아가 앉은 결정이 현명하다고 생각했다.

　'레닌' 무대는 꾸미지 못했다. 하지만 다 선생의 제안에 쓰이원은 마음이 들썩였다. 그녀는 이 대담한 구상을 뭐 아주머니에게 알리기로 했다. 다 선생이 말한 붕붕은 현재 양판희는 아니지만 조금 전 두 사람의 논의 과정에서 쓰이원 역시 '시월'과 '1918년'을 연결시켰다. 하지만 어떤 극도 '장단'을 바꾸기 위해서는 뜸을 거쳐 숙성을 시켜야 한다. 먼저 이쪽에서 슬쩍 무대에 올렸는데 장칭 동지가 이를 발견하면 양판희에 가까워지지 않겠는가. 이제 붕붕 무대에서 레닌을 공연했는데 위에서 간섭을 하지 않고 비판도 하지 않았다면 그건 묵인한 것이나 마찬가지다. 이런 상황을 위에서 모를 리가 없다. 예로부터 방귀를 뀌는 것 빼고는 위에서 전국 백성들에 대해 모르는 일이 없다. 그렇다면 샹사오에서 선수를 쳐서 극을 각색한 후 '양판희' 형식으로 무대에 올리는 것도 허무맹랑한 상상은 아니다. 물론 이건 더 이상 쓰이원이 몇 단락 청창淸唱201)을 부른다고 해결될 문제가 아니었다. 다 선생이 쓰이원에게 헛소리를 늘어놓을 때 쓰이원은 이미 방대한 계획을 구상하고 있었다. 쓰이원은 다 선생과 반드시 함께 무대에 올라야 한다. 레닌은 다 선생이 맡는다. 화장을 하면 실물과 비슷할 것이다. 호금 연주자는 찾기 쉽다. 합체가 되어야 한다. 레닌을 다 선생과 하

---

201) 간단한 악기에 맞춰 극의 한 단락, 또는 몇 단락만 부르는 것.

나가 되게 해야 한다. 지역위원회 비서는 부하린을, 뤄 아주머니는 몰래 총을 쏘는 카플란 역할을 한다. 다만 바실리와 그의 아내를 맡을 사람이 없다. 다치는 바실리를 연기하기에 너무 살집이 많고 주시에게 바실리 아내를 맡으라고 하면 분명히 거부할 것이다.

다 선생이 보기에 쓰이원 기분이 심상치 않았다. 그는 조금 전 자신이 어쭙잖게 쓰이원 기분을 해쳤다고 생각했다. 그는 좌불안석이었다. 그런데 갑자기 쓰이원이 그에게 자기 생각을 말했다. 다 선생은 쓰이원의 말에 격하게 감동했다. 감동이 쓰나미처럼 밀려왔다. 하지만 자신이 레닌 역할을 할 수 있을지에 대해서는 결정을 보류했다. 결국 그는 쓰이원이 내놓은 다음 계획, 바로 둘이 함께 뤄 아주머니를 찾아가자는 제안에 동의했다.

쓰이원이 자기 마음을 진정시킨 후 다시 다 선생에게 당황하지 말 것, 뤄 아주머니를 만나면 말을 많이 하지 말고 그저 옆에서 맞장구만 치라고 당부했다.

그들은 함께 남채를 나와 북채 통로 아래에 이르렀다. 통로에서 그들을 맞이한 뤄 아주머니는 그들에게 계단을 올라오란 말도 하지 않았다.

"오, 바쁘시네요, 뤄 아주머니."

집에서 쓰이원은 뤄 주임을 '아주머니'라고 불렀다. 이웃끼리 가장 적합한 호칭이다.

뤄 아주머니가 눈꺼풀을 내리깔고 서서 쌀을 고르고 있었다. 작은 대접을 이리저리 휘저으며 골라낸 돌들을 통로 아래로 던졌다.

"자초지종이 그래요."

쓰이원이 말했다.

장미의 문

"이야기 다 들었소."

뤄 아주머니는 통로 아래는 보지도 않고 자기 그릇만 바라보고 있었다.

"당신네 둘이서 온 오전 레닌이 어쩌고 하면서 계속 떠들어대지 않았소."

"공연 이야기한 겁니다."

다 선생이 옆에서 거들었다.

"공연인 거 나도 안다, 에이! 극은 왜 그렇게 고쳐야 된답디까? 그 사람은 우리 무산계급의 위대한 스승이란 말임다."

뤄 아주머니는 레닌이 그들에게 어떤 의미인지를 말했다.

"터무니없이 그러는 거 아니에요."

쓰이원이 말했다. 상황이 이상하게 흘러가고 있지만 일단 말이 나왔으니 말을 계속해야 한다.

"다 선생이 자기 사는 곳에서 들었답니다."

"제가 들었습니다."

다 선생이 끼어들었다.

"제 말은 평극으로 공연할 수 있다면 우리는 경극으로 해볼 수도 있지 않느냐는 겁니다. 공식적인 건 아니지만 어쨌거나 먼저 지역위원회에 보고해야 하는 거잖아요."

쓰이원이 말했다.

"무슨 보고 타령이오? 그래봤자 2, 3일밖에 공연 안 허는데."

뤄 아주머니가 말했다.

"이틀입니다."

다 선생이 쓰이원 역성을 들었다.

"이를 가지고 복잡하게 그럴 필요 있소? 난 못 봤소. 공부 어떻게 했소? 새로운 투쟁 방향 모르오? 먼저 두 사람한테 편지 보여주겠소. 앞으로 두 사람이 지역에 나가 공연할지는 그때 가서 보기오."

뤄 아주머니가 말을 마치고 뒤돌아 집으로 들어간 후 쓰이원과 다 선생만이 마당에 덩그러니 남았다.

다 선생이 구원을 요청하듯 쓰이원을 바라보았다. 어쩌죠? 이대로 있어요? 아니면 돌아가요? 쓰이원은 말도 하지 않았고 제자리에서 꼼짝도 하지 않았다. 그녀는 뤄 아주머니 태도가 평소답지 않다는 사실을 일찌감치 눈치 챘다. 그들의 '극' 때문에 화가 난 건 아닌 듯했다. 분명히 다른 이유가 있을 것이다. 그렇지 않다면 왜 '지역에 나가 공연할지'란 말을 했겠는가. 문제도 아닌 문제가 다시 문제가 된 것 같았다. 운동 이후 쓰이원이 제일 먼저 쟁취하고자 했던 목표가 지역에 참여하는 것이다. 지역에 참여하는 것이야말로 시대의 인정을 받았다는 의미다. 이를 위해 쓰이원은 계단을 올라가 뤄 아주머니를 따라가서 조금 전 자신들이 순간적인 충동에서 그런 말을 했다고 말하고 싶었다. 하지만 쓰이원이 막 걸음을 내딛으려 할 때 다시 북채에 있던 아주머니가 더욱 위협적으로 소리를 질렀다.

"하는 꼬락서니허고는! 자기 어떤 거 알아야지! 어디서 레닌을 무대에 올리겠다고 난리요! 그때 가서 울고불고 그러지 말고 자신들을 좀 돌아보시오. 어디서 눈짓꺼리나 하고. 우리 여기서는 그런 게 안 통한다!"

찬바람이 쌩하게 부는 뤄 아주머니 말에서 쓰이원은 새로운 표현을 감지했다. 바로 '그때 가서'이다. 무슨 말이지? 언제를 말하는 걸까? 쓰이원은 이해할 수 없었지만 '그때'가 좋은 때가 아니란 것만은 알 수 있었다.

그녀가 비틀비틀 남채로 돌아갔다.

48

쓰이원이 비틀비틀 남채로 돌아왔다. 쪽걸상 옆에 바로 난로가, 난로 앞에 여전히 쓰레받기가 있었고, 그 안에 반들반들한 작은 대추씨, 작은 냄비가 탁자에 삐딱하게 놓여 있었다.

쓰이원의 눈에 더 이상 대추씨나 냄비는 들어오지 않았다. 갑자기 실명한 맹인처럼 그저 침대만 찾고 있었다. 더듬더듬 침상을 더듬어 신발도 벗지 않고 침대로 뛰어들었다. 지금 이 순간만큼은 반평생을 함께해 온 이 침대만이 유일한 위안이 됐다. 침대는 쓰이원에게 가장 충실한 노복처럼 자신의 모든 고난을 받아줄 수 있었다.

쪽걸상, 빈 냄비, 대추씨를 발견한 건 메이메이다. 눈앞의 모든 물건에 메이메이는 문득 푸시킨의 〈어부와 황금 물고기〉가 생각났다. 침대 위 외할머니가 마치 이야기에 나오는 여왕이 된 할머니처럼 느껴졌다. 결국 물고기는 할머니의 모든 부귀영화를 다시 거둬버리고 할머니에게 오두막과 텅 빈 나무 사발만 남겼다.

전에 메이메이는 물고기가 최고이며 할머니가 제일 나쁘다고 생각했다. 물고기는 사람의 소원을 모두 들어줬기 때문이다. 할머니는 흉악하고 탐욕스러우며 모든 것을 갖고 싶어 했기 때문에 나쁘다고 생각했다. 이후 이 이야기를 좋아하게 된 메이메이는 할머니는 별로 나쁘지 않고, 물고기는 별로 좋은 것 같지 않다고 느꼈다. 모든 것을 잃은 할머니가 너무 불쌍했다. 할머니는 쪼글쪼글한 얼굴과 비쩍 마른 두 손으로 깨진 나무 그릇을 지키고 있었다. 이에 비해 물고기는 대범한 척 사람들의 요구를 다 들어주더니 결국 마지막에 모든 것을 빼앗아갔다. 노인들은 언제나 가장 처량한 존재다.

신발도 벗지 않고 그대로 침대에 곤두박질친 외할머니를 보며 메이메이는 이야기 속 할머니와 나무 그릇이 떠올랐다.

다 선생은 이야기에 나오는 노인 같았지만 다만 그에게는 아주 사소한 결점이 하나 있었다. 이야기 속 노인은 결점이 하나도 없다.

메이메이는 이 이야기를 떠올리면서 외할머니가 이처럼 처량해 보인 적이 없다는 생각이 들었다. 외할머니가 다 선생과 온종일 대추를 먹으며 극에 대해 이야기하는 건 싫다. 하지만 그들은 양판희를 노래했고 그건 지역에서 부여한 임무다. 뭐 아주머니 역시 신이 나서 펄쩍펄쩍 뛰지 않았던가. 그런데 지금은 외할머니 제안을 거들떠보지도 않고 이를 앞으로 지역에 나가 공연하는 문제와 연결시켰다. 메이메이 역시 지역 무대에 올라가는 일이 외할머니에게 얼마나 중요한지 잘 알고 있었다.

메이메이가 침대 앞에 서서 외할머니를 바라보았다. 외할머니가 파란색 모직 방한화를 침대보에 대고 비비적거렸다. 신발 밑창에 조금 전 마당에서 묻혀온 흙과 뭐 아주머니네 집안의 문드러진 배추 겉잎이 묻어 있었다. 메이메이는 속이 짠했다. 신발조차 벗지 못하고 그대로 침대에 쓰러진 모습보다 더 가슴 시린 모습은 없다고 느꼈다. 메이메이가 외할머니 신발을 벗겨준 후 다시 솜이불을 당겨 외할머니에게 덮어준 후 자기 침대 가장자리에 멍하니 앉았다 .

샤오웨이와 복덩이가 밖에서 후다닥 달려 들어왔다. 아이들은 집에 무슨 일이 벌어졌는지 알지 못했다. 그들이 약속이나 한 듯 외할머니 침대 위에 누운 외할머니와 메이메이 침대 위 메이메이를 바라본 후 다시 서로를 마주보았다. 둘은 서로에게 묻고 있는 것이 분명했다. 조금 전 우리가 대추 다 먹고 나서 나갈 때는 아무 일 없었는데? 할아버지와 외할머니가 흥미진진하게 이야기를 나누고 있었잖아. 그런데 그새 무슨 일이 있었던 걸까? 할아버지는 안 보이고, 외할머니는 누워 있고, 메이메이는 정신이 빠져 있어. 샤오웨이가 언니 앞으로 다가가 말없이 걱정스러운 눈길로 언니를 바라보았다. 메이메이가 작은 소리로 방에 가서 놀라고 했다. 샤오웨이와 복덩이가 아쉬운 듯 서로 바라보더니 얌전히 안쪽 방으로 갔다.

북채에서 산초튀김 냄새가 났다. 메이메이는 그제야 정오라는 사실을 떠올렸다. 외할머니는 누워 있으니 점심은 자기가 알아서 해야 한다. 메이메이는 밥 짓는 일은 거의 하지 않았다. 기능을 요하는 일은 외할머니가 맡았고 정말 부득이할 때, 예를 들면 지금 같은 경우나 돼야 메이메이가 식사를 준비했다. 하지만 메이메이는 요리 능력을 타고난 듯했다. 마치 영도자를 그릴 때나 마찬가지였다. 외할머니가 어떻게 그런 음식들을 요리하는지 감으로 느낄 수 있었다. 메이메이는 단번에 그럴 듯하게 외할머니가 만들었던 음식을 완성했다. 혼자 터득한 메이메이 음식 솜씨에 쓰이원도 속으로 깜짝 놀랐다. 하지만 대놓고 메이메이를 칭찬하진 않았다. 오히려 메이메이 요리에 대해 생트집을 잡았다. 불 조절이 문제가 있다고도 하고 칼질에 문제가 있다고도 했다. '파는 생으로, 마늘은 익히고, 냄비는 달군 후 기름 넣고'란 말은 외할머니가 요리할 때마다 입에 달고 다니는 말 가운데 하나다. 메이메이가 외할머니 설명을 기다렸지만 외할머니는 일단 설명을 보류했다. 사실 메이메이는 외할머니가 요리하는 모습을 보면서 대충 그 이치를 파악했다. 어떤 재료도 냄비에 볶을 때 기름의 온도를 뜨겁게 올려서는 안 된다. 하지만 먼저 냄비를 달구는 것은 재료가 냄비에 붙지 않도록 하기 위해서다. '파는 생으로, 마늘은 익히고'란 말에 관한 한 사실 외할머니도 그 규칙을 별로 지키지 않기 때문에 메이메이 역시 신경을 쓰지 않는다. 실제 의미는 없는 입에 발린 말일 뿐이라고 생각했다. 메이메이가 그 의미를 이해한 건 그로부터 여러 해가 지나서이다. 그제야 메이메이는 외할머니가 확실히 의도적으로 설명을 해주지 않았다는 사실을 깨달았다.

점심 식사준비가 메이메이 책임이 되었다. 외할머니가 누워 일을 하지 않을 때면 메이메이는 기꺼이 집안일 일체를 도맡았다. 이 집안에서 자신의 존재가 얼마나 중요한지 보여주고 싶었다.

샤오웨이와 복덩이를 난감하게 만들고 싶지 않았다. 외할머니가 누워 있으면서도 외손녀 메이메이가 있기 때문에 외롭지 않다고 느끼게 만들고 싶었다. 외할머니가 궁지로 몰아넣는 바람에 외할머니를 목 졸라 죽이고 싶을 때도 있었다. 하지만 외할머니가 궁지에 몰릴 때면 외손녀인 자기 존재로 인해 외할머니가 위안을 받길 원했다.

지금 외할머니가 궁지에 몰렸다.

메이메이는 외할머니가 막아둔 난로를 열고 세차게 부채질을 했다. 순식간에 다시 불길이 올라왔다. 무슨 음식을 할까 생각하며 순서를 떠올렸다. 반찬 두 개에 탕 하나가 금방 완성되었다. 메이메이는 음식을 만드는 동시에 샤오웨이와 복덩이에게 골목 입구에 가서 만터우와 뤄쓰쥐안을 사오라고 심부름을 시켰다(이번에는 메이메이가 심부름을 시킬 차례다). 복덩이와 샤오웨이가 돌아왔을 때는 이미 상이 다 차

장미의 문

려진 후였다. 오늘 외할머니는 자신들과 함께 점심을 먹지 않을 것이 분명하다. 메이메이는 반찬 두 개를 작은 접시 하나에 담은 다음, 복덩이를 시켜 외할머니 침대에 가져다드리도록 했다. 또한 샤오웨이에게는 만터우와 뤄쓰쥐안을 각각 하나씩 가져가도록 했다. 메이메이 자신은 크지도 작지도 않은 국그릇을 골라 외할머니에게 새우배추국 한 그릇을 가져갔다. 국을 담을 때 되도록 크고 모양도 완전한 새우를 몇 알 골라서 담았다.

메이메이, 복덩이 그리고 샤오웨이가 침대 앞에 나란히 섰다. 메이메이와 샤오웨이는 '외할머니', 복덩이는 '할머니'라고 불렀다.

셋이 쓰이원을 부르자 계속 눈을 감은 채 벽 쪽으로 누워 있던 쓰이원이 눈을 뜨고 몸을 돌렸다. 하지만 일어나 앉기가 힘들었다. 쓰이원이 천장을 보고 누웠다. 눈언저리에 눈물이 그렁그렁했다. 메이메이는 외할머니의 눈동자가 혼탁하게 느껴졌다.

메이메이와 샤오웨이가 다시 외할머니를 불렀다. 복덩이도 할머니를 불렀다. 쓰이원이 그제야 가까스로 자리에서 몸을 일으켰다. 그녀가 침대머리에 기대고 앉자 메이메이가 젓가락을 건넸다. 복덩이는 만터우를, 샤오웨이는 뤄쓰좐을 들었다.

쓰이원이 젓가락만 받았다. 메이메이가 다시 새우배추국을 외할머니 손에 건넸다. 메이메이는 지금 외할머니에게 국이 가장 필요하다고 생각했다. 쓰이원이 국그릇을 받았다. 눈앞의 광경에 별로 감동하는 기색도 없이 그냥 천천히 젓가락으로 그릇 안을 휘휘 저었다. 배추가 새우를 따라, 새우가 배추를 따라 움직였다. 새우와 배추가 꿈틀거릴 때 쓰이원의 눈에서 눈물이 떨어져 한 방울은 그릇 안으로, 한 방울은 가슴으로 떨어졌다. 메이메이는 코끝이 시큰했다. 메이메이가 샤오웨이와 복덩이에게 빨리 식탁에 가서 밥을 먹으라고 했다. 지금 외할머니는 혼자 식사를 해야 한다고 생각했다. 사람은 슬플 때 다른 사람을 피해 혼자 밥을 먹고 싶어 해. 메이메이는 자기도 자리를 비켜줘야 한다고 생각했다. 자신도 슬픔에 젖어 밥을 먹을 때가 있었기 때문이다.

복덩이와 샤오웨이가 신이 나서 밥을 먹었다. 메이메이가 만든 음식이 아주 맛있는 듯했다. 눈앞의 음식이라고 해봤자 평소 먹는 감자고기볶음과 식초배추볶음이었지만 새로운 재미가 있었다. 복덩이와 샤오웨이 역시 현실을 바꾸고 싶은 마음이 있겠지.

현실을 바꾸고 싶은 마음은 인류 공통의 바람이다.

아이들이 신나게 뚝배기 안의 새우, 배추를 먹었다. 각자 미친 듯이 서로 숟가락 싸움을 하며 음식을 퍼먹었다. 뚝배기에 숟가락 부딪치는 소리가 요란했다. 외할머니(친할머니)가 식탁에 없어야만 아이들은 이런 해방감을 맛볼 수 있었다. 상황이 변했어. 왜 식사규칙을 지켜야 돼? 그냥 밥 먹는 거잖아!

메이메이는 별로 먹지 않았다. 그저 만터우 하나를 갈라 오물거릴 뿐이었다. 눈앞에 자기가 직접 만든 음식이 있다는 사실을 잊은 듯했다. 샤오웨이와 복덩이의 해방감조차 느껴지지 않았다. 눈앞에 여전히 외할머니가 그릇에 떨어뜨린 눈물이 있었다. 메이메이는 자기 눈물이 자기 그릇에 떨어지면 분명히 더럽다는 생각은 들지 않을 거라고 생각했다. 다른 사람 역시 문제가 있다고 느끼지 않겠지. 다만 외할머니가 자기 세 사람 앞에서 눈물을 흘리다니, 그것도 그 눈물이 그릇에 떨어진 모습을 보면서 외할머니가 얼마나 슬프고 괴로운지 알 것 같았다. 메이메이는 이미 어부와 황금 물고기 이야기 따윈 잊어버린 지 오래다. 순간적으로 외할머니가 도살장에 끌려가는 황소처럼 느껴졌다. 황소가 사람들에게 거칠게 대들어보지 않은 것도 아니다.

메이메이는 2학년 때 처음으로 학교에서 단체 노동에 참가했다. 그들은 샤오촹이라는 근교 마을에 가서 이삭을 주웠다. 당시 메이메이는 소 도살 장면을 목격했다. 사람들이 줄로 소의 다리 네 개를 묶고 칼을 든 사람이 소 앞에 서 있었다. 소는 앞으로 일어날 일을 아는지 바닥에 털썩 무릎을 꿇고 혼탁한 눈물을 흘렸다. 친구들이 '으악'하고 소리를 지르며 달아났다. 메이메이가 가장 빨리, 가장 멀리 뛰었다.

외할머니를 도살당할 소라고 상상해선 안 되는 일이다. 자기도 잘 알고 있었다. 하지만 절로 그런 생각이 들었다.

샤오웨이와 복덩이는 여전히 뚝배기 음식을 서로 더 많이 먹으려고 경쟁하다가 급기야 둘이 싸우기 시작했다. 복덩이는 샤오웨이가 마지막 새우를 건져갔다고 박박 우겼다. 샤오웨이는 새우 두 알밖에 먹지 않았고, 복덩이가 너무 빨리 먹는다며 계속 자기 그릇에 새우를 건졌다. 결국 메이메이가 나서서 둘의 싸움을 말렸다. 그러고 나서야 두 동생은 식탁에 뤄쓰촨과 만터우도 있다는 사실을 떠올렸다.

메이메이가 식탁을 정리한 후 다시 외할머니를 보러 갔다. 외할머니는 별로 먹지 않았다. 배춧국과 작은 뤄쓰촨 하나만 먹었을 뿐이다. 메이메이가 외할머니 그릇과 젓가락을 거두고 베개를 정리한 후 외할머니에게 겉옷을 벗고 잘 누우라고 했다. 외할머니는 메이메이가 권하는 대로 메이메이가 옷을 벗길 수 있도록 몸의 힘을 내려놓았다. 메이메이는 외할머니 옷을 벗기며 생각했다. 조금 전 외할머니는 이 옷을 입고 다 선생과 상상의 나래를 펼쳤었고 다시 이 차림으로 다 선생과 어깨를 나란히 한 채 마당에 서 있었는데. 마치 이 옷이 굴욕을 당한 듯했다. 남색 데이크론 겉감의 낡은 솜저고리와 진회색 모 혼방 솜바지 차림이다. 메이메이가 옷들을 외할머니 몸에 올려줬다. 솜바지의 무릎 부분이 살짝 두 곳이나 튀어나와 있었다. 옷 구조상 그 아래 몇 곳에 주름이 잡혀 있었다. 튀어나온 부분도 옷의 일부분이다. 주인 기분에 맞추려는지 튀어나온 천조차 그대로 꼼짝하지 않았다.

쓰이원이 자기 옷을 오후 내내 덮고 다시 밤새도록 덮었다. 다음날 새벽이 되어서야 쓰이원은 다시 옷을 입고 세수한 후 자신을 단장했다. 세수도 하고 머리도 빗었으며 따끈따끈한 수건으로 눈도 감쌌다. 따뜻하고 촉촉한 수건 찜질을 하자 붉게 퉁퉁 부은 눈꺼풀과 혼탁한 눈동자가 서서히 제 모습을 되찾았다.

뜨거운 찜질 효과는 매우 광범위하다.

메이메이가 연거푸 외할머니 수건을 갈아줬다. 외할머니가 다시 기운을 차리고 어제 일을 잊었으면 했다. 뜨거운 찜질을 한 쓰이원이 다시 엷게 분을 바르고 살짝 눈썹을 그렸다. 쓰이원이 다시 쓰이원으로 돌아왔다. 어찌 다시 돌아왔다뿐인가, 완전히 새로운 쓰이원이 되었다.

다시 기운을 차린 쓰이원의 모습, 쓰이원은 이런 자신의 모습이 결코 낯설지 않았다. 과거에 쓰이원은 끊임없이 이런 식으로 얼굴을 다듬어 재빨리 자신을 되찾았다. 그때는 곁에 메이메이가 없었다. 딩아줌마가 수건을 갈아줬다.

쓰이원은 그저 겉모습만 되찾은 건 아니다. 아마 이런 과정에서 자신의 속부터 겉까지 완전히 새롭게 태어날 계획을 세웠을 것이다. 이 계획은 아마도 온찜질에서 시작되었을 수도, 그 날, 그 밤 자신의 솜옷으로 자신을 덮었을 때 시작되었을지도 모른다. 오늘 세수하고

장미의 문

머리를 단장하고 온찜질을 한 건 추한 모습을 가리기 위한 어쩔 수 없는 행동이 아니라 새롭게 자신을 찾기 위한 과정의 일부였다. 그렇기에 차근차근 침착하게 자신을 단장할 수 있었다.

어제 쓰이원은 뤄 아주머니에게 뜻밖의 봉변을 당한 셈이다. 그 일로 인해 '레닌'을 연기하려던 쓰이원의 환상은 완전히 박살이 났다. 심지어 '앞으로 지역 무대에 오르는 일도 두고 봐야 한다'는 뤄 아주머니의 말이 귓가에 윙윙거렸다. 더더구나 참을 수 없는 건 뤄 아주머니가 그녀와 다 선생을 함께 묶어 '하는 짓들'이라든가 '자신들을 좀 돌아보라'거나 한 것들이다. 다 선생이 누군가? 팻말을 목에 걸고, 변소 청소를 하고, 어린 영웅들에게 맞아 밤새도록 악악거리던 사람이다. 그때 자신은 당당하게 가구를 내놓고, 당당하게 혁명을 위해 충성을 보였다. 이것이야말로 하룻밤 꼬박 쓰이원이 생각한 핵심 가운데 핵심이다. 뤄 아주머니의 말은 듣기 거북했지만 그렇다고 그저 뤄 아주머니만 의롭지 못하고 어질지 못하다고 탓할 수 없었다. 겨우 노래 좀 몇 구절 하겠다고 한사코 다 선생과 공모를 하려 했던가? 이는 자신이 혁명의 경계성을 등한시한 결과다. 정치적인 실책이었다. 정치적으로 실책했기 때문에 철저하게 이런 자신이 증오스러웠다. 쓰이원은 문득 자신이 다 선생과 100미터 달리기를 하는 것처럼 느껴졌다. 자신은 이미 출발했고 다 선생은 이제 막 달리기를 시작하자마자 규칙을 어겼다. 그런데 판결은 쓰이원까지 출발선으로 끌고 돌아와버렸다. 그렇기 때문에 일이 이 지경이 된 지금, 결국 쓰이원이 증오해야 할 사람은 뤄 아주머니가 아니라 출발선에서 규칙을 어긴 중늙은이 다 선생이어야 한다. 이에 쓰이원은 뤄 아주머니를 찾아가 이 모든 것이 모조리 다 선생 때문이라고 말하기로 결정했다. 다 선생이 거리에 떠도는 소문을 듣고 왔다고 했지만 사실 소문도 아니다. 다 선생이 쓰이원의 비위를 맞추기 위해 날조한 것이다. 흐리멍덩한 그런 소식이 아니었다면 쓰이원의 깨달음(뤄 주임의 도움을 받아 얻게 된 깨달음)만으로 어떻게 거침없이 무산계급 세계 3위의 혁명지도자에 대해 이러쿵저러쿵 떠벌리며 어쭙잖게 혁명지도자의 부인을 카야라고 부르겠는가. 만약 자신의 책임에 대해 묻는다면 그 역시 철저하게 사상개조를 이루지 못했기 때문이다. 뤄 아주머니가 말한 끔찍한 '그때' 어쩌고 한 일에 대해서는 입에 올리지 않고 그냥 없던 일로 묻어버릴 수 있다. 어떤 일이든 그저 물어보지 않고, 입에 올리지 않는다면 존재하지 않았던 것이나 마찬가지다. 일이 코앞에 닥치면 쓰이원은 결국 그 일을 처리할 방법을 찾아낼 수 있을 것이다.

완전히 새롭게 태어난 쓰이원이 깊은 잠에 빠져 있는 대추나무 아래 등장했다. 어제 뤄 아주머니가 쓰이원을 통로에서 밀어냈다. 이제 오늘 쓰이원이 다시 방에서 나와 통로로 올라간다. 첫 걸음이다. 쓰이원이 계단을 뛰어올라가 북채 문 앞에 서서 문을 두드릴까 말까, 뤄 아주머니를 부를까 말까 생각에 잠겼다. 수차례 고민한 끝에 쓰이원은 문을 두드리지도 소리를 지르지도 않기로 결정했다. 문을 두드리지도 소리를 내지도 않는 건 교양 있는 사람들이 보기에 조금 교양 없는 짓이다. 뤄 아주머니가 남채에 들어올 때 언제 문을 두드린 적이 있는가? 뤄 아주머니는 늘 잽싸게 당신 앞에 등장했다. 당신 상황이 어떻든지, 상대방을 반가워하든 말든 당신은 최선을 다해 상대방을 접대했다. 이런 상황을 뭐라고 하지? 이런 걸 바로 당황한 나머지 미처 손 쓸 사이가 없다고 하는 거야. 그럼 경험 덕분에 주인이 문밖으로 내밀기 전에 피동적인 상황을 적극적인 상황으로 돌릴 수 있다.

장미의 문

사람은 누구나 손 쓸 틈도 없이 수세에 몰릴 때가 있고 또한 그 순간에도 나름 수확을 거둘 수 있다.

쓰이원이 문을 밀며 북채로 들어갔다.

이번에는 쓰이원 차례다. 뤄 아주머니가 당황했다.

뤄 아주머니가 낡은 바지에 남색 천 한 장을 이리저리 재보고 있었다. 쓰이원이 나타나자 뤄 아주머니가 바지와 천을 돌돌 말아 침대 위 벽 쪽에 뒀다. 쓰이원은 천과 낡은 바지를 보고 뤄 아주머니가 바지를 만들려 한다고 생각했다. 그렇다면 이번 대화는 저 천과 바지에서 시작해야겠네. 그래야 자연스럽게 일상대화를 시작할 수 있다. 지금 이 순간에 필요한 대화방식이다.

"바지 만드시려고요?"

쓰이원이 물었다.

자기 앞에 불쑥 나타난 쓰이원의 모습이 뤄 아주머니에게 첫 번째 의외였다면 '일상 대화'의 말투는 두 번째 의외의 일이다.

하지만 지역 업무 경험이 있는 뤄 아주머니는 쓰이원의 출현에 나름대로 자기만의 생각을 가지고 있었다. 뤄는 쓰이원에게 곧바로 대답하지 않았고 또한 대답할 준비를 하는 중도 아니었다. 어쨌거나 어제 그 일은 당신들이 자초한 거잖아. 하는 짓들? 그렇고 그런 짓들이지! 자기들 주제에! 자기들 주제? 반동? 그래 그런 행동이 반동이지. 내 태도야 당연한 거야, 엄숙하게, 간부로서 당연히 수시로 보여줘야 하는 태도니까. 그러니까 누가 너희들더러 하루 종일 시시덕거리며 대추 먹고, 극 이야기하래? 게다가 카야가 어쩌고, 어디서 함부로 그 이름을 입에 올려? 너희가 샹사오의 명예를 높여준 건 사실이야. 하지만 내 눈앞에서 이런 '수작'을 부리는 건 참을 수가 없지.

뤄 아주머니는 쓰이원에게 자리를 권하지도 않았고 어제처럼 화를 내지도 않았다. 그녀는 양손을 모은 채 고개를 삐딱하게 기울이고 입을 실쭉거렸다.

고갯짓과 입 모양이 어제처럼 심각하진 않았지만 쓰이원은 아주머니의 근본적인 변화를 감지했다. 눈앞에 등장한 쓰이원에 대한 경멸의 표시, 그러면서도 얼마 전에 보여준 더 '경멸스러운' 태도보다는 한 발 물러난 모습이었다.

그렇다면 이번 양보는 정치적인 양보다. 쓰이원은 생각했다. 일상적인 화제를 입에 올린 효과겠네, 그럼 계속 일상에 대한 이야기를 나눠야겠어.

"남색이 좋네요. 나쁘지 않아요."

쓰이원이 손을 뻗어 천을 받쳐 든 후 햇빛에 비춰 자세히 살폈다. 깔끔한 색이 나올 수 없는 폴리 개버딘 천이다.

"다 큰 사내애가 뭘 입어도 상관없지."

뤄 아주머니가 말했다.

쓰이원의 작전은 성공적이었다. 일상적인 화제로 드디어 뤄 아주머니의 입을 열었다.

"다치 거예요?"

쓰이원이 이렇게 물어보며 다시 천을 침대에 올려두고 자신도 천 옆에 앉아 손으로 천을 만지작거렸다.

"무슨! 얼치 것이오."

뤄 아주머니가 말했다. 비밀이라고 할 수도 없었다.

"직접 재단하시게요?"

"난 가위질 할 줄 모른다."

장미의 문

원래 쓰이원은 자신이 대신 재단해주겠다고 말할 생각이었다(사실 그래야 한다고 생각했다). 하지만 생각만 그럴 뿐, 입을 열지 않았다. 쓰이원은 그냥 넘어가야겠다고 생각했다. 뭐 아주머니 당신, 내 솜씨를 모르는 것도 아니잖아. 내가 말을 안 한다고 해서 당신이 날 염두에 두고 있지 않다는 의미는 아니야. 재단에 재봉까지 얼추 2위안은 아낄 수 있을 텐데, 분명히 별것 아니라고 생각하지 않겠지 우선은 '기대'를 하게 만들어야겠어. 이따가 내가 아무 말도 하지 않으면 당신도 아쉽겠지. 당신이 이 기회를 잡지 않을까 봐 내가 걱정할 필요는 없어. 우선 어제 일부터 분명히 짚고 넘어가야겠네. 그렇다면 어제 일을 위해 먼저 감정에 호소해야겠어. 뭐 아주머니에게 감동을 선사할 필요가 있어. 내가 주는 감동을 저 여자가 받아들일지 우선 저울질을 해봐야겠군.

쓰이원이 한참 동안 천을 만지작거렸다. 시간이 지날수록 슬픔이 묻어났다. 마치 눈앞의 천이 누구의 유물, 누구의 '수의'라도 되는 것 같았다. 마침내 쓰이원이 덧옷 주머니에서 작은 손수건 하나를 꺼내 코를 쥐었다. 두세 번 그러다 잠시 멈춘 후 수건을 다른 면으로 뒤집어 눈을 닦았다. 뭐 아주머니는 쓰이원의 감정 변화에 주의하며 대충 상대방이 북채에 들어온 이유를 짐작했다. 하지만 뭐는 간부의 신분으로 한 번 내뱉은 말을 쉽게 거둘 수 없었다. 그녀가 어쩔 수 없다는 듯한 손을 올렸다. 슬퍼하는 쓰이원에 대한 나름의 점잖은 표시였다. 쓰이원은 자신의 슬픔이 아직 예기한 효과를 거두지 못했다고 생각하자 좀 더 진하게 짠한 마음을 보여주기로 결정했다. 좀 더 자아비판적인 표현을 통해 슬픈 감정을 찐하게 보여줄 필요가 있었다.

"그러니까요……"

쓰이원이 본격적으로 눈물을 흘리기 시작했다. 듣는 사람 역시 금방이라도 목이 멜 것 같은 기분이 들었다.

"사……사상……사상개조……가…… 이렇게 힘들 줄은."

뤄 아주머니가 조용히 들었다.

"주임께서 여기…… 이곳에 같이 살면서 끊임없이 채찍질을 해주지 않으셨다면…… 전…… 얼마나 헤매고 있을지 몰라요."

"그도 그렇지."

뤄 아주머니는 쓰이원의 감정을 인정하며 처음으로 마음을 털어놓기 시작했다.

"저, 저기…… 제……제가 어떻게 지역…… 검열을 받아야 할까요?"

쓰이원이 말했다.

"휴! 검열은 무슨! 그냥 그렇다는 말이지!"

뤄 아주머니는 쓰이원을 쳐다보지 않고 혼잣말처럼 이야기했다.

하지만 쓰이원은 그 순간 마음이 놓였다. 하지만 완전히 마음을 놓을 수는 없었다.

"근데 제 접촉하는 사람까지 완전히 '흠'이 없다고 말할 수는 없소."

뤄 아주머니가 말했다.

"그 다 선생이란 사람은……"

"그렇지 않아도 보고할 생각이었습니다."

쓰이원이 바로 울음을 그쳤다. 원래 뤄 아주머니 앞에서 다 선생 이야기를 할 생각은 아니었다. 다 선생과 함께 공연을 하기가 힘들 것 같다는 느낌뿐이었다. 하지만 뤄 아주머니가 먼저 다 선생이 온갖 악의 시작이라고 입을 여는 순간, 쓰이원은 문득 느끼는 바가 있었다. 이 기회를 놓칠 이유가 없잖아? 다 선생을 비판해야 해. 게다가 뤼 아주머니가 먼저 말을 시작했으니 그건 지역의 견해라고 할 수 있어. 지역에서 문제가 있다고 생각하는 사람을 감쌀 필요가 없었다. 보고를 해야 한다. 이제 쓰이원의 말은 보고가 되었다.

크든 작든 상관없었다.

"선전대에서 다 선생을 썼을 때 걱정이 없었던 건 아니에요."

쓰이원이 말했다.

"하지만 생각을 바꾼 것도 모두 우리 샹사오를 위해서였어요. 다 선생 역시 과거를 참회하고 자신을 고치려고 했고요. 국경일에 당직에 참가하기도 했고. 그러다 보니 제 사상이 한순간 무뎌졌었나 봐요."

"그를 썼으니까 우리 여기에서도 책임져야지. 그를 무대에 올렸으니까."

뤼 아주머니도 자기 태도를 밝혔다.

"지역 역시 한 사람을 받아들이기 위해 항상 논쟁을 거치지 않나요?"

쓰이원이 흥분을 가라앉히고 말했다.

"어제 오전에 그 사람이 또 뭐라고 말했소?"

뤼 아주머니가 쓰이원을 통해 다 선생 조사에 들어갔다.

대내외적 조사 가운데 이건 내사에 속한다. 쓰이원의 생각이었다.

쓰이원은 먼저 어제 다 선생이 전한 소식을 다시 한 번 반복해서 언급했다.

"들은 것 같다는 식으로 입을 열었는데 누가 알겠어요? 정말 그런 건지 아니면 지어낸 건지. 기회가 오면 그 틈을 이용해 거짓말을 지어내는 사람들은 많잖아요. 장칭 동지가 자격 미달의 단조 공연 극단 하나를 베이징에서 몰아냈다고 말한 적도 있어요. 그게 가능합니까? 장칭 동지가 그럴 사람입니까?"

"그 일 진짜요, 우리도 들었지."

뤄 아주머니가 말했다.

"전 또 그냥 소문인 줄 알았습니다."

쓰이원은 조금 멋쩍었다.

"근데 장칭 동지 나쁜 말도 많이 돌더라고."

뤄 아주머니가 화가 나서 말했다.

"맞아요. 다 선생은 샹사오에서 공연을 다 짜고도 장칭 동지의 인가를 받아야 한다고 말하기도 했어요. 어떻게 생각하세요? 너무 건방지지 않나요?"

뤄 아주머니는 쓰이원의 말을 잇지 않았다. 아마 조금 전 말은 쓰이원이 지어낸 말이라고 확신하고 있을지도 모른다.

이어서 쓰이원은 매우 신중하게 적절한 표현으로 뤄 아주머니가 말한 '그때 가서'가 무슨 의미인지 물었다. 뤄 아주머니는 심사숙고하는 눈초리로 쓰이원을 바라본 후 정식으로 이에 대해 답하지 않았다. 아마 그녀는 쓰이원 같은 계층에게 공개할 수 없는 비밀이 있을지도 모르고, 어제 자신의 말실수에 대해 조금 후회하고 있는지도 모른다. 뤄 아주머니는 쓰이원에게 그것 역시 그냥 둥청에서 전해진 소문일 뿐이라고만 말했을 뿐, '그때 가서'가 무슨 의미인지는 알려주지 않았다.

쓰이원은 더 이상 지역 무대에 오를 건지에 대한 질문은 하지 않았다. 이에 대해 쓰이원은 한 가지 생각이 있었다. 지금은 우선 뤄 아주머니의 남색 천과 낡은 바지를 가져가야 한다. 2, 3일 지나 바지를

장미의 문

만들어온 후 '지역 무대'에 대한 질문은 그때 가서 해야 한다.

방을 나오기 전, 쓰이원은 남색 천과 바지를 돌돌 말았고 뤄 아주머니는 그 기회를 놓치지 않고 다시 남색 천 하나를 더 건넸다. 다친 것으로 두 형제 모두 사이즈가 같다고 했다.

뤄 아주머니는 쓰이원에게 천을 주며 그냥 재단 이야기만 했다. 하지만 쓰이원은 그 의미가 그저 가위로 자르는 것만 의미하진 않는다는 사실을 잘 알았다. 쓰이원은 재단을 한 후 하루 꼬박 밤을 새워 낡은 '성자(재봉틀 브랜드)'를 이용해 바지를 만들었다. 그녀는 뤄 아주머니에게 밤새도록 환하게 불을 밝힌 모습, 밤새도록 돌아가는 재봉틀 소리를 들려주고 싶었다. 날이 밝았다. 단추까지 모두 달았다. 단추도, 고리도 달았다. 겉주머니도 네 개나 달았다.

다음 날, 쓰이원이 새 바지 두 벌을 들고 북채로 들어갔다. 과연 뤄 아주머니가 분홍빛 잇몸을 활짝 드러내며 웃었다. 아주머니는 쓰이원의 속도를, 그녀의 솜씨를 칭찬했다. 칭찬하고 또 칭찬했다. 쓰이원이 원하는 건 이런 칭찬이 아니었다. 자기 눈앞에 활짝 드러난 저 잇몸, 그건 자신이 다시 지역을 위해 나서도 된다는 의미였다. 쓰이원이 긴장을 내려놓지 못한 채 뤄 아주머니에게 오후에는 언제 신문을 가지고 가야 할지 물었다. 뤄 아주머니가 말했다.

"알아서 하오, 그냥 신문 읽는 일인데."

오후에 쓰이원은 신문을 가지고 나갔다. 다 선생의 모습이 보이지 않았다.

겨울 내내 쓰이원은 평화로운 시간을 가졌다. '그때'가 왔지만 쓰이원에 대한 일은 벌어지지 않았다. 지역에서는 언제나 쓰이원의 신문 읽기 시간이 이어졌고 뤄 아주머니도 이를 인정했다.

겨울 내내 메이메이와 외할머니의 관계도 평화가 유지되었다. 메이메이가 느끼기에 외할머니가 다른 사람이 된 것 같았다. 도살되던 소를 떠올리며 외할머니를 생각할수록 진심으로 외할머니를 존중해야겠다는 생각이 깊어졌다.

메이메이에 대한 쓰이원의 태도도 변했다. 쓰이원은 그 날 새우배춧국을 통해 외손녀의 요리 솜씨와 더불어 사려 깊은 외손녀의 마음을 알게 되었다. 전에는 미처 몰랐다. 메이메이가 열네 살이 되었다.

메이메이의 열네 살 봄, 대추나무 새순이 다시 영롱하게 빛났다.

주지카이는 대추나무 새순이 영롱한 봄에 죽었다. 청명절이었다.

대추나무 새순, 청명절이 오면 쓰이원은 주지카이와 함께 했던 날들이 떠올랐다. 기간이 짧았고 아는 사람도 별로 없었지만 주지카이는 그녀에게 잊지 못할 기억을 남겼다. 그 기억으로 인해 쓰이원은 주지카이의 어머니, 일찍 사람들에게 잊힌 외로운 노인을 항상 잊지 못했다. 매년 청명절이 오고 대추나무 새순이 돋을 때면 쓰이원은 여전히 정정한 노부인을 보러갔다.

올해, 쓰이원은 메이메이를 데리고 가기로 했다. 왜 메이메이를 데려가려 하는지 자신도 잘 알지 못했다. 메이메이도 그들이 어디에 가는지 몰랐다. 쓰이원은 그냥 마실을 가자고 말했을 뿐이다. 마실, 자주 있는 일이다. 메이메이는 흔쾌히 동행했다. 시단을 지날 때였다. 쓰이원이 '텐푸'에 들려 장조림 반 근을 사서 회색 인조가죽 책가방에 넣은 후 메이메이를 데리고 인근 골목으로 들어갔다. 그들은 차를 타지 않고 많은 골목을 쏘다녔다. 큰 골목으로 들어가 막다른 좁은 길에 이르렀을 때 쓰이원이 갑자기 한 대문 앞에 멈춰 섰다. 쓰이원이 메이메이 앞머리를 정리해주며 과감하고도 자연스럽게 작은 문을 열

장미의 문

고 집채가 하나밖에 없는 작은 마당으로 들어섰다. 몸짓이 익숙했다.

쓰이원이 계속 익숙하게 방문을 향해 다가가 다시 과감하게 작은 마당의 유일한 방문을 열었다. 문 안쪽에 백발이 주는 인상과 달리 허리가 꼿꼿한 노부인이 앉아 있었다. 메이메이는 노인의 반듯한 몸과 곧고 높은 콧대를 보고 분명히 키가 클 거라고 생각했다. 초연하고 커다란 노인의 두 눈은 언제나 먼 곳을 응시하고 있을 것 같았다. 노부인이 앉아서 그들을 맞이했다. 허리도 굽히지 않았다. 마치 손님이 아니라 매일 만나는 가족을 대하듯 했다.

반나절 내내 그들은 서로 인사도 나누지 않았다. 쓰이원 역시 평소와 달리 메이메이더러 노부인을 뭐라고 부르며 인사하라고 재촉하지 않았다. 메이메이는 그저 노인 뒤에서 꼼짝 않고 앉아 노부인을 관찰할 뿐이었다. 노부인이 메이메이에게 고개를 끄덕인 것 같기도 하고, 메이메이도 노부인을 향해 살짝 고개를 끄덕인 것 같기도 했다. 그것만으로도 충분히 서로를 알게 된 것 같지만 사실 둘은 전혀 모르는 사이 그대로였다.

쓰이원이 노부인 맞은편에 앉아 책가방에서 장육을 꺼내 탁자 위에 둔 후 노부인을 향해 밀었다.

"톈푸 거냐?"

노부인이 물었다. 소리가 낮고 살짝 떨렸다. 약간 남자 목소리 같았다. 갑자기 밝아진 노부인의 눈에서 '톈푸'에 대한 무한한 신뢰와 기대가 묻어났다. 아마도 매년 오직 한 번 톈푸[202]가 이곳에 강림하는

---

202) 앞에서도 나온 브랜드 이름. 이 문장에서는 한자의 뜻인 하늘의 복이라는 이중적 의미를 갖는다.

듯했다.

"네. 텐푸 거예요."

쓰이원이 말했다.

그들은 더 이상 아무 말도 하지 않았다.

쓰이원과 노부인이 서로 상대방을 마주보았다. 두 사람의 눈길에 무슨 의미가 담겨 있는지 말로 설명하긴 힘들다. 하지만 메이메이는 그들의 눈동자에 그들의 말이 담겨 있음을 발견했다. 외할머니가 울었다. 외할머니의 눈물은 계획된 것도, 공연도 아니었고, 즉흥적인 것도 아니었다. 눈동자가 소처럼 혼탁하지도 않았다. 진심에서 비롯된 보기 드문 눈물이었다. 메이메이는 두 사람 사이에 서서 조심스럽게 숨을 쉬었다. 행여 외할머니의 순수한 시간을 망칠까 봐 걱정이 됐다. 메이메이 눈앞에 지금껏 한 번도 볼 수 없었던 모습의 외할머니가 서 있었다. 마치 외할머니와 함께 가장 아름다운 꿈을 꾸는 듯했다. 눈앞의 외할머니 말고 다른 외할머니는 없어.

맞은편 노부인도 눈물을 흘렸다. 노부인은 쓰이원보다 더 많이 울었다. 코를 훌쩍였지만 애써 고개를 들고 있었다. 마치 1년에 한 번 쓰이원을 만나기 위해 완강하게 생존을 이어가고, 완강하게 계속 눈물을 흘리는 듯했다.

두 사람은 한참 동안 서로를 바라보며 오랫동안 눈물을 흘렸다. 그 눈물에는 슬픔뿐만 아니라 주지카이에 대한 그리움도 담겨 있었고, 상대방에 대한 연민과 자신에 대한 애처로움도 담겨 있었다. 이는 세상 앞에 당당히 선 쓰이원과 주지카이에 대한 최고의 추억이며 자신을 내려놓은 초대박 가장 자연스러운 쓰이원 자체이다.

한참이 지나 두 사람은 거의 동시에 손수건을 꺼내 눈물을 닦았

장미의 문

다. 쓰이원이 방구석으로 가서 그곳에 있는 찬장을 열고 안을 들여다본 후 뒤돌아 물었다.

"장 있어요?"

"있어."

노부인이 말했다.

자장면을 만들겠다는 신호였다. 노부인 집에는 고기가 없었다. 쓰이원은 어디서 꺼냈는지 단지 하나를 꺼냈다. 단지에 기름이 들어 있었다. 작은 국자로 기름 한 숟갈을 퍼서 대파와 마늘을 잘라 장을 볶기 시작했다. 방안에 장 볶는 냄새가 가득 풍겼다. 쓰이원이 동작을 멈추고 검붉은 장을 오래된 청화 사발에 부은 후 넓적한 건면을 찾아냈다. 난로 위에 어느새 건면을 삶을 냄비가 올라가 있었다. 메이메이는 외할머니의 이런 모습이 너무 낯설었다. 쓰이원이 외할머니 같지 않았다. 어질고 현명한 이 집 며느리 같았다. 하지만 그렇다고 괜히 착한 척 하는 일반적인 며느리의 모습은 아니었다.

식사 시간 내내 쓰이원은 계속 노인과 아이를 정성스럽게 보살폈다. 노부인에게 음식을 덜어주면서 메이메이에게도 국수를 더 먹으라고 했다.

그들 중 아무도 '톈푸'의 장육은 건드리지 않았다. 메이메이는 외할머니가 노부인을 위해 남겨두는 것이라고 생각했다.

자장면 식사가 끝났다. 쓰이원이 설거지를 하고 말끔하게 탁자를 닦고 나서 노부인에게 작별인사를 한 후 메이메이를 데리고 집을 나왔다. 이 집에 들어올 때와 마찬가지로 누구를 부르지도, 이야기를 나누지도 않았다. 노부인 역시 그들을 보는 둥 마는 둥 했다. 마치 잠시 외출했다가 돌아올 가족을 대하는 듯했다.

메이메이는 외할머니를 따라 재빨리 마당을 벗어나 거리로 나왔다. 비가 와서 그런지 골목이 썰렁했다. 아무도 그들을 본 사람이 없었다. 청명절 부슬비가 두 사람 머리와 얼굴에 떨어졌다. 비를 피하기 위해 외할머니가 메이메이를 데리고 유제품 가게로 들어갔다. 그들은 창문 옆 작은 탁자에 앉았다. 외할머니가 메이메이에게 따뜻한 우유한 잔을 사줬다.

메이메이는 우유를 먹은 지 여러 해가 지났다. 두 손으로 유리잔을 받친 메이메이는 조금 미안한 생각이 들었다. 갑자기 아무 이유도 없이 커다란 은혜를 입은 듯했다. 외할머니가 자신을 바라보았다. 눈빛이 평소와 달랐다. 무슨 생각을 하고 있는지 잘 파악이 되지 않았다. 누구를 살피거나 악의가 있는 눈빛이 아니었다. 그냥 지긋이 바라보고 있었다. 메이메이도 외할머니를 따뜻한 눈길로 바라보았다. 외할머니가 조금 전 그 집에서 뭔가를 얻어 나온 것 같았다. 남모를 선한 마음 같은 것일까. 외할머니가 담배를 피웠다. 많은 사람들이 담배를 피우지만 메이메이는 외할머니 담배 피우는 모습이 가장 멋져 보였다.

따뜻한 우유, 메이메이의 두 손이 따뜻해졌다. 메이메이는 여전히 우유를 입에 대지 않았다. 고개를 돌려 창밖으로 빗줄기에 어른거리는 사람들과 차들을 바라보았다. 현실감이 느껴지지 않았다. 자기도 자기 같지가 않았다. 외할머니는 밖에 비가 그쳤다고 말했다. 우유도 식었다. 그제야 외할머니가 외할머니처럼 느껴졌다.

두 사람이 샹사오후퉁으로 돌아왔다.

집으로 들어가자 주시가 남겨둔 쪽지가 있었다. 복딩이와 샤오웨이를 데리고 영화를 보러 간다고 적혀 있었다.

두 사람은 아무도 그들이 영화 보러 간 일을 입에 올리지 않았다.

장미의 문

쓰이원이 다섯 단짜리 서랍에서 작은 가죽상자 하나를 꺼내 탁자 위에 올렸다. 그녀는 바로 상자를 열지 않고 계속 메이메이를 지켜봤다.

49

작은 양피 가죽 상자를 본 적이 있다. 하지만 한 번도 그 안을 들여다 본 적은 없다. 메이메이는 외할머니의 비밀 상자라고 생각했다. 가구를 내줄 때 외할머니는 이 상자를 어떻게 숨겼을까. 이제 외할머니가 친절하게 상자를 들고 나왔다. 메이메이에게 보여주려는 것이 분명하다.

쓰이원이 가죽 상자를 화장대에 올리고 메이메이를 불렀다. 화장대 앞에서 외할머니가 마치 마술사처럼 멋진 손짓으로 상자를 열었다. 낯설고도 이상한 향이 풍겼다.

메이메이 눈앞에 나타난 물건은 난생 처음 보는 이상한 모양의 작은 병과 작은 상자들이었다. 위에 화려한 외국 글씨가 적혀 있고 가는 허리에 폭이 넓은 치마를 입은 여자 그림도 있었다. 메이메이는 화장품일 거라고 짐작했다.

"이게 뭔지 이미 짐작했을 거야."

쓰이원이 하늘색 둥근 상자를 들어올렸다.

그녀가 작은 상자를 열었다. 그 안에 누런 향분이 들어 있고 위에 벨벳 퍼프가 놓여 있었다.

"영국제야."

쓰이원이 나긋나긋하게 말했다.

"완궈호텔203)에서 샀어. 이것도 구경해 봐."

쓰이원이 다시 작은 병을 들어올렸다.

목이 긴 작은 병으로 목 부분에 금빛 찬란한 모자가 씌워 있고, 단추 크기의 상표에 여자 얼굴이 그려져 있었다. 금발에 파란 눈의 여인이 발칙한 눈빛으로 메이메이를 바라보고 있었다.

"프랑스제야."

쓰이원이 말했다.

"프랑스 향수가 세계적으로 유명하지. 친구가 보내줬어."

"이건 립스틱이야."

쓰이원이 립스틱을 꺼냈다. 스틱을 돌리자 장밋빛 립스틱이 살짝 모습을 드러냈다.

"이것도 프랑스제야."

쓰이원은 다시 기이한 모양의 작은 브러시와 집게를 꺼내 메이메이 앞에 늘어놓았다.

"아이펜슬만 없네. 일본 건데 아무리 찾아도 안 보여."

쓰이원이 말했다.

메이메이는 화장대 앞 벨벳 쪽걸상을 바라보며 어렸을 때 자신이 숨겨둔 펜슬이 생각났다.

"가서 세수하고 와."

쓰이원이 메이메이에게 말했다.

메이메이는 어리둥절했다. 왜 지금 세수를 해야 하는 거지?

---

203) 萬國飯店

장미의 문

"어서."

쓰이원이 메이메이를 재촉했다. 명령 같기도 하고, 권유 같기도 하고, 유혹 같기도 했다.

"바로 변신시켜 줄게, 잘 봐봐."

메이메이는 그제야 이해가 갔다. 외할머니가 화장을 해주려는 거야. 쓰이원이 눈앞의 이 신기한 물건들로 메이메이 화장을 해주려고 한다. 메이메이는 조금 흥분이 되면서도 두려움 때문에 심장이 팔딱팔딱 뛰었다.

메이메이는 화장을 해본 적이 없는 건 아니다. 예전에 유아원에 다닐 때 선생님이 메이메이를 까치로 분장시켰다. 먹물로 짧고 굵게 눈썹을 그리고 얼굴을 최대한 붉은 색으로 화장을 시켰다. 마지막으로 선생님은 메이메이 머리에 까치 머리 모양의 모자를 씌웠다. 위에 뾰족한 부리가 있었다. 메이메이는 무대에 올라가 그 모습으로 폴짝폴짝 뛰고 고개를 끄덕이며 공연했다. 아동극이었다. 까치는 좋은 역할이었고 더구나 아기 까치 두 마리가 있는 엄마 까치였다. 소학교 때도 화장을 했었다. '6월 1일 어린이날'이면 모든 친구들이 화장을 했다. 모두 줄을 서면 선생님 몇 분이 몇 가지 화장품을 가지고 돌아가며 아이들을 화장시켰다. 얼굴도 그리고, 눈썹도 그리고, 눈 주위도, 입술도 그렸다. 친구들은 마치 이동벨트처럼 선생님 앞을 지나갔고 얼마 지나지 않아 모든 아이들이 화장을 마쳤다. 이렇게 똑같은 모습으로 화장을 하고 기분 좋게 줄을 서서 공원으로 향했다. 쑤이청 공원은 흙이 많고 나무는 적다. 아이들은 땀으로 범벅이 되어 집에 돌아왔고 얼굴을 칠한 빨간 색, 검은 색이 옷까지 물들였다.

바로 메이메이가 화장을 했던 때이자 화장한 메이메이가 존재했던 때다.

이제 메이메이는 외할머니 손을 거쳐 어떤 메이메이로 변할지 모른다. 메이메이는 또 다른 자기를 기대하고 있었다. 이런 물건들로 화장을 하고 나면 분명히 고개를 들지 못할 것이다. 마치 영화에 나오는 나쁜 여자들을 볼 때처럼 고개를 들지 못할 것이다. 메이메이는 알고 있었다. 분명히 그 여자들은 이런 것들로 화장했을 테지.

하지만 그래도 메이메이는 외할머니 말대로 세수를 했다. 오늘 외할머니를 기쁘게 하고 싶었다. 그 작은 집 때문에 외할머니가 이렇게 기분이 좋아졌고, 이렇게 마음이 넓어졌다고 느꼈다. 외할머니의 이런 기분이 자신으로 인해 계속 이어지길 바랐다.

축축한 얼굴로 외할머니 앞에 섰다. 한 번도 이렇게 가깝게 외할머니를 마주하고 선 적이 없었다. 심장이 더 빠르게 뛰고 촉촉한 얼굴이 더 촉촉해지면서 앞머리가 이마에 붙었다. 외할머니는 긴장한 메이메이를 보면서 이마의 앞머리를 뒤로 쓸어준 후 수건으로 이마의 땀을 닦아줬다. 외할머니가 메이메이 얼굴에 엷게 오일을 바른 후 분첩으로 살살 메이메이 얼굴을 다듬었다. 이어 눈앞에 놓인 신기한 물건들이 자꾸만 바뀌었다. 외할머니 손이 능수능란하고 민첩하면서도 절도 있게 도구를 다뤘다. 도구와 손짓이 바뀌면서 메이메이 주변에 풍기는 향기도 달라졌다. 외할머니가 메이메이를 조종하고, 각종 향도 메이메이를 조종했다. 그렇게 조종을 당하는 사이 메이메이는 당혹스러움과 함께 뭐라고 분명히 설명할 수 없는 이상야릇한 기분을 느꼈다.

마침내 외할머니가 동작을 멈췄다.

쓰이원이 메이메이 턱을 받친 채 자세히 메이메이 얼굴을 뜯어본

장미의 문

후 갑자기 어깨를 밀며 뒤로 돌라고 했다. 메이메이가 화장대의 넓은 구식 거울을 마주보고 섰다.

메이메이 앞에 메이메이가 서 있었다. 맞은편 메이메이는 더 이상 메이메이 자신이 아니었다. 한 번도 보지 못한 신기한 메이메이였다. '양색시' 같은 모습이 아니라 그냥 완전히 새로운 메이메이였다.

메이메이 뒤에 쓰이원이 있었다. 쓰이원이 메이메이 어깨를 잡았다. 쓰이원의 턱이 메이메이 정수리에 닿을 듯 말 듯 했다.

"예뻐 보여?"

쓰이원이 메이메이에게 물었다.

메이메이는 뭐라고 대답을 해야 할지 몰랐다. 거침없이 남에게 자기가 예쁘다고 말하고 싶지 않았다. 전에 없이 자기가 예뻐 보이긴 했다.

"넌 예뻐."

쓰이원이 대신 대답했다.

"벌써부터 알았지, 넌 예뻐. 네 아빠나 엄마도 미처 몰랐을 거야. 이런 건 주의 깊은 사람이나 알아볼 수 있는 거야."

메이메이는 외할머니 말에 다시 주의 깊게 자신을 살피기 시작했다. 이마, 뺨, 이목구비 심지어 입가, 눈썹꼬리까지 주의 깊게 살폈다. 외할머니 말이 다 사실일지도 모른다고 생각했다.

"너 누구 닮았는지 알아?"

쓰이원이 다시 물었다.

메이메이는 조금 어리둥절했다.

"다시 한 번 봐봐."

쓰이원이 말했다.

메이메이는 자기가 아무도 닮지 않은 것 같았다. 아빠도 엄마도 아니었다. 아빠는 얼굴이 좁고, 엄마는 얼굴이 넓다. 아빠는 입술이 두껍고, 엄마는 코가 짧다. 모두 자기 얼굴과 다르다.

"날 닮았어. 열여덟일 때."

쓰이원은 메이메이에게 오랫동안 가슴에 간직했던 비밀을 털어놓았다.

쓰이원은 메이메이가 그녀를 닮길 바랐다. 메이메이 자신이 외할머니를 닮았다고 느끼길 바랐다. 메이메이는 정말 쓰이원을 닮았다.

아빠, 엄마만 떠올렸던 메이메이는 외할머니 말을 듣고 자기 곁의 외할머니를 살폈다. 자기도 모르게 심장이 뛰었다. 외할머니를 닮았어, 정말 많이 닮았어. 열여덟 살 때뿐만 아니라 지금 외할머니와도 닮은꼴이었다. 다른 점이 있다면 외할머니에게는 흰 머리와 주름이 있을 뿐이었다. 자기에겐 저런 자잘한 주름과 흰 머리만 없을 뿐이다. 아마 지금도 흰 머리와 주름이 있을지도 모른다. 두 명의 쓰이원이 거울 앞에서 함께 찍은 사진처럼 느껴졌다. 메이메이는 외할머니를 밀어버리고 싶었다. 하지만 쓰이원이 메이메이의 두 어깨를 더 꼭 잡았다.

쓰이원은 메이메이에게서 자신의 생생한 열여덟, 총명하고 건강했던 자신의 모습을 발견했다. 눈매와 눈, 얼굴, 팔, 다리, 가슴, 두 손 모두 쓰이원의 열여덟과 똑같았다. 자기 인생의 봄이 이렇게 이어지다니 정말 자랑스러웠다. 그래서 기쁘기도 하고 슬프기도 했다. 좡천과 좡탄은 자신에게 이런 뿌듯함을 주지 못했고, 이런 슬픔도 주지 못했다. 쓰이원이 메이메이를 더 꼭 잡았다. 어깨에 손을 얹고 있는 것이 아니라 꼭 잡고 있었다. 어깨가 부서질 것만 같았다. 쓰이원은 이대로 눈앞의 자신을 부숴버리고 싶었다. 자신을 사랑하기 때문이다. 쓰이원은 자신의 청춘, 자신의 열여덟을 사랑한다.

메이메이는 어떻게 하면 외할머니의 손을 탈출할 수 있을지 몰랐다. 잠시 후 메이메이는 그건 분명히 탈출이라고, 자기 자신에 대한 탈출이며 이 순간을 벗어나야 탈출할 수 있다고 생각했다.

메이메이는 다시 자신을 관찰하기 시작했다. 더 이상 특별히 장미 같은, 봄날 움트기 시작한 자신에 대한 관찰이 아니었다. 그건 자신과 쓰이원의 공통점에 대한 관찰, 둘의 공통된 행동에 대한 관찰이었다. 메이메이는 추호도 쓰이원을 닮고 싶지 않았다. 공통점을 발견할 때마다 이를 극복하려고 애를 썼다. 하지만 매번 실패했다. 외할머니가 서 있을 때 종아리를 뒤로 버티고 있는 모습을 보고 자신은 앞으로 기울이려고 애를 썼지만 허사였다. 마치 소아마비 후유증을 앓는 아이처럼 밭장다리가 되었다. 외할머니가 서 있을 때 살짝 발끝을 안으로 기울이는 모습을 보고 자신은 되도록 발끝을 밖으로 보내려 했지만 이 역시 실패였다. 외팔자^{外八字} 걸음이라 발끝이 밖으로 향했다. 외할머니가 손으로 물건을 집을 때 유난히 세게 집는 것을 보고 자신은 되도록 천천히 부드럽게 물건을 잡으려 했지만 그것도 마음대로 되지 않았다. 결국 그러다 보니 메이메이는 산만하고 꾸물거리는 아이가 되었다. 외할머니는 앉을 때 항상 무릎과 무릎을 붙이고 앉았다. 그렇다고 자신은 다리를 벌리고 앉을 수 없었다…… 메이메이는 계속 자신의 행동을 바꾸려 노력했고, 그럴 때마다 계속 실패했다. 지나치게 외할머니를 닮은 모습이 두려웠다. 지나치게 닮은 모습 때문에 메이메이와 쓰이원은 어쩔 수 없이 가까워졌다.

쓰이원은 메이메이가 느끼는 이런 압박감이 없었다. 하늘이 내려준 것이라 생각했다. 이로 인해 쓰이원은 잠시 메이메이에 대한 감정을 풀고 그 대신 주시에게 주목하기 시작했다. 쓰이원은 또 다른 '쓰이원' 역시 주시를 예의주시하고 있다고 생각했고, 쓰이원에 쓰이원 하나가 덤으로 붙어 주시를 쌍으로 지켜보고 있다고 확신했다.

쓰이원은 우선, 주시가 다치를 피하고 있다는 사실을 발견했다. 아니, 다치가 주시를 피하고 있을 수도 있었다. 낮에 서로 얼굴을 부딪쳐도 두 사람 모두 상대방을 보지 않았다. 같은 시간에 자전거를 밀고 나갈 수 있는데도 서로 엇갈려 외출했다. 주시가 대야를 들고 나오다가 마침 대야를 들고 나오는 그를 발견하면 뒤돌아 들어갔다. 이웃끼리 그럴 필요가 있는가? 평소 생활하면서 피할 필요가 없는데 피하는 것이야말로 가장 의심스러운 행동이다. 쓰이원은 의심의 눈초리로 밤에도 그들을 지켜봤다. 매일 밤 뒤뜰로 '볼일'을 보러 가는 쑹주시를 발견했다. 암고양이 같은 주시가 살금살금 방을 나오면 늙은 고양이 같은 쓰이원 역시 살금살금 침대에서 내려와 커튼을 열었다. 주시가 좁은 통로로 들어서면 쓰이원은 창문 앞에 조용히 섰다. '볼일'을 본 후 주시가 다시 살금살금 좁은 통로에서 나올 때면 쓰이원은 이미 침대로 돌아간 후였다.

주시가 문을 밀고 들어왔다.

쓰이원이 작게 코를 골았다.

오고 갔다.

밀면 되받아쳤다.

하지만 이건 막상막하의 탁구선수 둘이 주고받고 밀고 되받아치는 일도, 두 권투선수가 상대방 눈앞에서 허공을 향해 주먹을 날리는 것도 아니다.

오고 간 이번 대결에서 승리자는 원래 쓰이원이다. 쓰이원은 자

장미의 문

신이 봐야 할 모든 것을 봤고, 자신이 확인하고 싶은 모든 것을 확인했다. 대낮에 피할 필요가 없는데도 피했던 건 깊은 밤 사잇길에서 만났을 때 피하지 않기 위해서이다. 주시는 사잇길로 혼자 들어갔지만 나올 때는 쌍으로 나와 하나는 남채로, 하나는 북채로 들어갔다. 남채로 들어간 건 주시, 북채로 들어간 건…… 쓰이원은 확인 과정도 거쳤다. 어두운 밤이지만 상대방의 윤곽을 똑똑히 파악했다. 어찌 윤곽뿐인가. 그의 목에 난 여드름이 분명히 별처럼 반짝거렸다. 허옇게 난 여드름이 반짝반짝 빛난다. 청춘의 아름다움인 여드름을 치료하는 약이 있는데도 치료를 하지 않고 내게 보란 듯이 드러내고 있다.

이건 일종의 '기회'다. 쓰이원은 이건 또한 너와 나, 나와 너의 '기회'라고 생각했다. 그 기회를 위해 쓰이원은 밤에 각별히 정신이 말짱했다. 땀으로 축축해진 자신의 손을 꼭 쥐고 주시가 만들어주는 '기회'를 남채와 북채의 영원하고 완벽한 '기회'로 바꾸기로 마음먹었다. 통로에 서서 쓰이원을 계단 아래 내버려둔 뤄 아주머니의 위엄, 굽실거리며 밤새도록 바지 두 벌을 만들었던 쓰이원의 노비 같은 모습, 지역주민위원회 참석이라는 뭣도 아닌 일까지 논의를 거쳐야 한다는 말까지 모두 별것도 아닌 사소한 일이 되었다. 쓰이원은 괜히 서둘러 잇몸을 활짝 드러낸 여자를 찾아가 알량한 이야기를 나눴던 자신의 행동이 후회스러울 지경이었다.

'남과 북'의 영원한 '편의'를 위해 쓰이원이 주먹을 꼭 쥐고 행동계획을 세웠다. 매우 세세한 부분까지 모두 계획을 세운 후 쓰이원은 주시가 쉬는 날을 기다렸다.

쓰이원은 다치가 업무 교대할 날을 기다렸다.

그래, 쓰이원이 생각에 잠겼다. 주시가 비번이 되어야 다치가 근무를 교대하겠지? 다치가 근무를 교대하면 주시도 비번일 거고? 무슨 일이든 자칫 소홀하면 모두 물거품이 된다. 무슨 일이든 조금만 주의를 기울이면 별 일이 없을 수도 있다.

그래, 쓰이원은 다음 계획을 생각했다. 비번과 근무 교대 날짜를 기회로 삼자, 기회를 주지.

그 날, 쓰이원은 주시에게 메이메이와 샤오웨이, 복덩이를 데리고 둥청으로 쓰이핀을 보러간다고 했다. 주시는 아무 말도 하지 않았다. 애들을 모두 데리고 나가는 시어머니 외출에 기쁜 내색도, 그렇다고 기분 나쁜 표정도 짓지 않았다. 누가 가고, 누가 남고, 누가 오고 누가 가든지 모두 각자 편한 대로 하시지요. 주시의 일관된 태도, 일관된 주장이었다. 심지어 쓰이원이 세 아이를 데리고 외출할 때 주시는 안쪽 방에서 나오지도 않았다. 아이들이 외출할 때 빼놓지 않는 '건널목 건널 때 조심하고'라는 식의 말도 하지 않았고 일찍 돌아오라고 당부도 하지 않았다.

쓰이원이 회색 주머니를 든 채 일행 네 명이 앞뒤로 샹사오를 빠져나가 큰길에 이르렀다. 메이메이는 당시 이모할머니를 만나러 갔던 일, 그때 만난 이모할머니를 떠올렸다. 2년 전 모습의 이모할머니를 보고 싶지 않았다. 새로운 이모할머니를 보고 싶었고 더더구나 갑작스럽게 나타난 자신들을 보고 이모할머니가 정말 기뻐하길 바랐다. 더 이상 2년 전처럼 메이메이에게 '왜 왔어?'라고 말하지 않았으면 했다. 이모할머니가 정말 기뻐할 수 있도록 뭔가 물건을 사가지고 가야 한다고 느꼈다. 물론 미궁이 아니라 다른 간식이 필요하다. 직접 간식을 골라 커다란 상자에 넣고 싶었다. 베이징 간식거리로 고르고 싶었다. 메이메이는 상자에 담아야 정중해보일 거라고 생각했다. 찌그러진

장미의 문

종이봉투를 들고 문을 들어서면 폼이 나지 않을 것이다.

"이모할머니에게 뭐 가지고 가요?"

메이메이가 넌지시 외할머니에게 물었지만 외할머니도 또 미궁을 사가자고 하진 않을 건가.

"네 생각은 어때?"

외할머니가 뜻밖에 메이메이의 의견을 물었다.

"그래도 간식이 좋아요. 제가 고를게요."

메이메이가 제법 어른처럼 말했다. 살짝 애교가 섞여 있었다.

외할머니는 메이메이의 말에 찬성하며 걸음을 멈추고 주머니를 뒤졌고, 잠시 후 다시 회색 주머니를 뒤졌다. 외할머니가 돈을 찾고 있었다.

외할머니가 한참을 뒤지다 낡은 가죽 지갑을 꺼내 안을 뒤적거렸다.

"돈 가져오는 것 잊어버리셨어요?"

메이메이가 물었다.

"돈은 있어, 식량배급표[2014] 찾는 거야."

"제가 가서 가져올게요."

메이메이가 다급한 목소리로 말했다.

"네 숙모에게 가서 달라고 해야 돼. 아마 숙모한테 베이징 식량배급표가 있을 거야. 여기서 다 통용이 돼. 간식을 사기는 조금 아깝고 식용유 사야지."

---

204) 粮票

쓰이원이 정말 통용되는 새 식량배급표를 꺼냈다.

메이메이는 통용되는 식량배급표로 식용유도 살 수 있다는 사실을 알았다. 물론 이 표로 간식을 사기는 아깝다는 것도 안다. 쓰이원이 메이메이더러 주시한테 가서 베이징 식량배급표를 가져오라고 시킨 일이 잘못됐다고 여기는 사람은 없다. 주시에게도 베이징 식량배급표가 있었다. 주시는 병원에서 식사를 하기 때문에 항상 여분이 있었다.

메이메이가 임무를 받아 재빨리 집으로 돌아갔다. 오던 길을 따라 샹사오후퉁으로 달려가 대문을 넘어 남채 입구에 섰다. 문을 밀었다. 안으로 들어가 오른쪽으로 돌아 숙모 방문을 열었다. 숙모 방문이 활짝 열렸다. 숙모가 눈에 들어왔다.

숙모가 하얗다.

숙모가 벌거벗은 몸으로 침대에서 헤엄치고 있었다. 그건 확실히 헤엄이었다. 뽀얀 다리를 쩍 벌리고……

메이메이는 방안 불빛에 적응이 된 후 숙모와 함께 헤엄치는 또 다른 사람이 눈에 들어왔다. 숙모는 갑자기 들어온 메이메이를 발견하고 재빨리 자기 몸으로 그 사람을 덮었다. 메이메이는 이제 황금빛 땀이 찬 숙모의 매끈한 등과 높게 솟은 엉덩이가 보였다. 또 한 사람의 목, 그 목의 '여드름'도 보였다.

'물고기가 물에서 헤엄칩니다.'

언젠가 국어선생님이 학생들에게 문장의 주어와 술어를 찾도록 했다. 한 친구가 손을 들어 물이 주어고 헤엄치다가 술어라고 말했다. 이후 선생님이 메이메이를 시켰다. 메이메이는 물고기가 주어고 헤엄치다가 술어라고 했다. 선생님이 메이메이를 앉혔다. 칭찬은 하지 않았다.

물고기가 물에서 헤엄칩니다.

메이메이는 소리 내어 이를 말하진 않았다. 왜 소리를 내야 하지? 메이메이는 헤엄치는 일이 신기하지 않다. 헤엄이 아니고 메이메이가 모르는 동작이라면 더더욱 소리를 질러서는 안 된다. 메이메이는 언제나 자신이 아는지, 모르는지를 기준으로 놀랄 수 없다. 아는 것, 모르는 것 모두 이 세상에 존재한다.

달려 나오긴 했다. 숙모의 몸을 너무 잘 알고 있으니까, 잘 아는 그 몸 때문에 메이메이는 조금 두려웠으니까.

여드름이 난 그 목, 그건 안 본 걸로 하지. 볼 수 없었다고 생각하는 편이 최선이다. 메이메이는 자신이 보지 못한 걸로 생각하고 싶었다.

메이메이가 뒤돌아 방에서 달려 나오다가 쓰이원에게 부딪쳤다. 외할머니가 왜 자기 앞에 서 있는지 어리둥절했다. 그저 쓰이원이 몸으로 자기 앞을 가로막을 필요가 있었다고 느낄 뿐이다. 쓰이원이 자기를 가로막았다. 이어서 누군가 남채에서 달려 나와 북채로 들어가는 것 같았다. 누군가 달려가는 걸 보지 못한 걸로 생각하고 싶었다. 마치 누군가의 목을 보지 못한 걸로 생각하고 싶은 것처럼. 아무도 달려가지 않았어. 메이메이는 생각했다.

쓰이원은 달려가는 사람을 봤다. 그녀는 보고 싶었고, 그렇게 보고 난 후 한숨을 돌렸다. 애쓴 보람이 있어. 저 모습을 기대했어. 보고 싶은 모습을 봤으니 그로써 이 날은 쓰이원의 날이 되었다.

쓰이원은 세심하게 이 날을 계산했다. 1분 1초까지 놓치지 않고 하루 중 바로 이 시간, 메이메이가 집으로 들어서서 숙모를 찾아가 식량배급표를 달라고 말하는 이 시간을 헤아렸다. 피하고 싶었지만 그래도 꼭 직접 맞부딪쳐야 하는 순간을 위해 쓰이원은 샤오웨이와 복덩이를 밖에 두고 핑계를 댄 후 재빨리 메이메이를 바짝 따라 들어왔다. 왜 메이메이를 앞잡이로 한 발 앞세워야 했는지는…… 별로 깊이 생각하지 않았다. 왜 꼭 앞잡이로 메이메이를 골랐을까? 분명히 그 애는 자기니까, 그 애는 자기 앞에 걸어가는 또 다른 자기니까, 그리고 앞뒤로 두 개의 자기를 만나도록 해야 했으니까. 그때야말로 속부터 겉까지 막강한 힘으로 무장한 쓰이원이 비로소 속부터 겉까지 막강하게 무장한 쑹주시를 마주할 수 있다. 한마디로 말해 쓰이원은 네 개의 눈이 함께 구경하고 싶었다. 그래야 그 구경이 더 생생하고 더 흥미진진하고 절대적인 승리의 고지를 차지할 것 같았다. 혼자 봐서는 재미가 없다. 다른 사람들은 당신이 아무것도 보지 못했다고 생각할 수도 있지 않은가. 그럼 당신도 난처하겠지.

쓰이원은 구경거리가 최종 목적이 아니다. 왜 쓰이원이 며느리의 그 짓을 보고 메이메이까지 얼굴을 붉히게 했겠는가. 쓰이원에게는 더 실리적인 목적이 있었다.

때로 사람들은 목적을 이루기 위해 당신을 받쳐줄 희생물이 필요하다. 그렇다면 쑹주시가 희생물인 셈이다.

그렇게 되면 당신도 뒤가 든든하지 않겠는가.

쓰이원의 진짜 목표물은 북채다. 진짜 구경을 해야 할 사람은 뤄아주머니다. 쓰이원이 성큼성큼 쑹주시 앞으로 다가갔을 때 쑹주시는 이미 옷을 차려입고 침대 앞에 단정히 앉아 있었다. 쓰이원은 단정하게 앉은 주시를 보고 속으로 조금……

뭐라고 말하지?

연민의 마음으로 봐야겠지, 가장 그럴 듯한 연민의 마음으로.

주시 뒤로 쭈글쭈글 구겨진 침대보가 보였다. 그 순간 쓰이원이 느꼈던 연민은 사라지고 분위기가 어색해졌다. 주시가 일부러 자신을 향해 살짝 가슴을 내보이고 있었다. 마치 작은 골목길 하나가 그곳을 통해 이어져 있는 것 같았다. 일부러 쓰이원에게 보라는 듯, 한 발 늦었다고, 그렇지 않았다면 모든 광경을 볼 수 있었을 텐데 아쉽다고 말하는 듯했다. 심지어 일부러 쓰이원을 위해 두 겹의 문 역시 빗장을 걸지 않은 것 같다는 생각이 들 정도였다.

빗장을 걸지 않았던 실수를 두고 주시는 그저 메이메이에게 미안할 뿐이었다.

눈앞의 텅 빈 침대, 점점 더 차분해지는 쑹주시와 살짝 삐져나온 가슴을 보며 쓰이원은 차라리 자신이 직접 '식량배급표'를 가지러 왔어야 했다고 생각했다. 며느리의 그 모습을 온전히 다 보지 못해 아쉬웠다. 당신 눈앞의 침대가 아무리 흩어져 있어도, 주시의 가슴이 당신을 향해 도발하고 있어도 그건 기껏해야 주시와 침대 혹은 침대와 주시일 뿐이야. 당신은 침대를 보라고, 단추가 두 개 풀린 당신 며느리의 셔츠를 보라고 뭐 아주머니를 불러올 수는 없어.

다행히 쓰이원은 새로운 발견을 했다. 침대 앞 바닥에서 자신이 잘 아는 바지를 발견했다. 볼품없는 바지 주머니 두 개는 쓰이원이 대충 달아놓은 것이다. 쓰이원은 순간적으로 기지를 발휘해 바지를 집어 들고 주시를 힐끗 쳐다본 후 밖으로 나갔다.

주시는 쓰이원을 힐끗거리지 않았다.

쓰이원이 마치 보물처럼 바지를 들고 밖으로 나갔다. 드디어 하늘이 자신의 계획을 받쳐주고 있었다. 감사한 일이다. 하늘도 무심치 않으시지, 그녀에게 바지를 남겨주셨네. 이 바지야말로 문제를 가장 잘 설명해 줄 증거물이다. 이 바지를 시작으로 쓰이원은 세 가지 방안을 구상했다. 첫째, 바지를 들고 마당에서 고함을 질러 이웃을 불러 모은 후 뤄 아주머니네 '경사'를 만천하에 알린다. 일반적으로 이런 식의 문제를 처리하는데 가장 적합한 방식으로 뤄 아주머니네 일을 가장 철저하게 드러낼 수 있다. 하지만 문제가 하나 있다. 남자가 있으면 여자가 있어야 한다. 나무 한 그루만으로 숲을 이루지 못하고, 외줄로는 실을 꼴 수 없으며, 손바닥 하나로는 박수를 칠 수 없다고 했다. 간통이 어찌 한쪽만 뜨거워서 될 일인가.

그렇다면 두 번째 방안도 있다. 지역주민위원회의 신문 읽기 시간에 이 바지를 들고 가서 '계급투쟁만 부르짖으면 모든 것이 만사형통'[205]을 외칠 때 이 바지를 생생한 계급투쟁을 위해 바친다. 아마도 뤄 아주머니는 얼굴을 붉적거리기만 할 뿐, 변명할 말을 찾지 못하리라. 결점이 있다면 마치 주시가 다치를 망친 것 같고 다치는 순결하고 착한 청년이 된다는 것이다.

그렇다면 세 번째 방안이 있다. 쓰이원이 그날 막 바지를 만들었을 때처럼 반듯하게 접어 조용히 뤄 아주머니에게 내민다. 뤄 아주머니 스스로 모든 상황을 판단하여 스스로 교육하게 만든다. 자신에 대한 성찰을 통해 영원히 북채는 남채에게 빚을 졌다고 느끼도록 한다. 계급에 대한 문제는 언급하지 않는다(이는 복잡한 문제다). 그저 엄마나 아이, 고아와 과부 같은 문제만 몇 마디 언급하면 된다. 아이 딸린 과부가 괴롭힘을 당한다는 이야기는 세상에서 가장 불쌍한 화젯거리다.

그렇다면 세 번째 방안으로 하자.

---

205) 1963년 마오쩌둥이 사회주의 운동을 총결하면서 내세운 구호. 사실상 1957년 이후 중국 전 지역의 모든 사업이 근본적인 지도사상에서 모두 '계급투쟁' 강령으로 삼았다.

장미의 문

쓰이원이 두 손에 바지를 받쳐 들고 북채로 들어갔다.

"뤄 아주머니."

쓰이원이 불렀다.

"집에 계시군요. 전 또 어디 계신가 했습니다."

"집에 있었지."

뤄 아주머니는 아무 일도 없었다는 듯 뭔가 바삐 움직이며 뒤를
돌아보지 않았다.

"사실 뭐 중요한 일은 아닙니다."

쓰이원이 뤄 아주머니 뒤에 섰다.

"어, 이거……"

뤄 아주머니가 뒤로 돌았다. 쓰이원 손에 자기도 잘 아는 바지가
들려 있었다. 군용 벨트가 바지 벨트 고리에 달려 있었다. 벨트 버클
이 반짝였다.

"바지 드리러 왔습니다."

쓰이원이 아무렇지도 않게 가볍게 말했다.

"누구 것이오?"

뤄 아주머니가 물었다.

"다치 것입니다."

쓰이원이 답했다.

"무슨 또 이런 수고까지?"

뤄 아주머니는 어리둥절했다.

"수고는요."

쓰이원이 말했다.

"또 만들어달라고 했소? 한 벌 있으면 되지."

뤄 아주머니는 수상한 생각이 들었다.

"다치가 떨어뜨리고 간 거예요."

쓰이원이 두 손으로 바지를 받쳐 든 채 뤄 아주머니를 바라보았다.

"두고 갔다고?"

"네."

"어디다 새 바지를 흘렸단 말이오? 겨우 얻은 건데."

뤄 아주머니는 바지를 받으려 했다.

"우리 집에 떨어뜨리고 갔어요. 침대 방에요."

쓰이원은 바로 바지를 내주지 않았다.

"벨트랑 같이 놓고 갔네요."

벨트 버클이 뤄 아주머니 눈앞에서 반짝였다.

"대체 무슨 말인지 모르겠소."

뤄 아주머니는 점점 더 의아했다.

"모를 것도 없습니다. 젊은 사람이 바지를 두고 가는 건 흔한 일이지요. 그냥 잃어버리고 간 건 아니고요."

쓰이원이 여전히 알쏭달쏭하게 말했다.

"그러니까 그게. 우리 다치가 바지를 거기 침대에 두고 갔다는 말임까?"

뤄 아주머니가 물었다.

"우리 집 안쪽 방에요."

쓰이원이 암시를 줬다.

"안쪽 방이라면 주시 방 아님까?"

뤄 아주머니는 더 어안이 벙벙해졌다.

장미의 문

"네, 주시는 과부지요. 잊으셨어요? 좡탄이 저 세상으로 갔잖아요. 좡탄이 남편이었지요."

바지는 여전히 쓰이원 손에 들려 있었다.

뤄 아주머니는 그제야 조금 감이 왔다. 어렴풋이 조금 전 다치가 허겁지겁 안으로 달려와 상자를 한참동안 뒤집더니 밖으로 달려 나간 기억이 났다. 뤄 아주머니가 뭘 그렇게 뒤지느냐고 물었더니 다치가 버럭 화를 내며 '신경 꺼요'라고 말했다. 그러고 보니 엉덩이를 까고 우산을 받친 채 집으로 달려들어 왔었네.

다치는 여분의 바지가 없다. 춘추복으로 이 새 바지 아니면 작업복 바지밖에 없어서 두 바지를 번갈아가며 입었다. 쓰이원 말에 뤄 아주머니는 재빨리 안쪽 방을 뒤졌다. 과연 다치가 작업복을 입고 나갔다. 뤄 아주머니가 다시 바깥방으로 돌아와 쓰이원 앞에 섰다. 아주머니는 원래 바지를 받으러 왔지만 팔을 벌리고 자꾸만 뒷걸음질을 쳤다. 침대까지 뒷걸음을 치다가 털썩 주저앉아 헉헉거리며 손으로 자기 무릎과 허벅지를 내리쳤다. 멍한 사람도 머리가 명료해질 때가 있다.

과연 바지 작전은 효과적이었다. 쇠뿔도 단김에 빼라고 했다. 쓰이원은 지금이 바로 그 순간이라고 생각했다. 말은 많이 할 필요가 없었다. 그저 뤄 아주머니 마음에 콕 박히게 하면 그뿐이다.

"하긴 뭐 별것도 아니죠."

쓰이원이 앞으로 다가가 침대에 바지를 내려놓았다. 이제 바지는 다시 그냥 바지가 되었다.

"젊은 시절 다 겪어봤잖아요? 세상 못 볼 일들도 많이 겪었고요. 제 말은 아주머니 가정, 아주머니 자제, 아주머니 출신으로 볼 때…… 아무리 그래도 좀 정치적인 머리를 굴려 계급적인 관점을 중요하게 생각해야 하지 않을까 해서요. 우리 같은 집안은 내일 일을 알 수 없 잖아요. 행여 불똥이 튈까 봐 사람들이 붙어 다니기도 꺼려 하는걸 요. 상황에 맞춰 오늘은 신문을 읽어야 하고, 내일은 또 무대에 올라 공연을 해야 하고요. 그러다가 필요가 없어지면 그대로 쫓겨나기도 하고. 제 말은 어딜 봐도 두 사람은 어울리지 않는다는 거예요."

"에이!"

뤄 아주머니가 세차게 허벅지를 내리쳤다.

"그럴 필요도 없어요. 그냥 다시 정신 똑바로 차리면 돼요."

"무슨 이런 일이 다 있니!"

뤄 아주머니가 두 눈을 부릅뜨고 침대에서 벌떡 일어났다.

쓰이원은 이미 약발이 먹힐 대로 먹혔다고 생각하고 결론을 기다렸다. 쓰이원이 다시 뤄 아주머니와 마주서서 더 나지막하게 말했다.

"우리 쪽은 여자와 아이, 과부, 실업자들이에요. 아주머니 집 바지를 우리 집에서 주웠으니 원래대로라면 그냥 묻어버릴 수 없는 일이죠. 공산당은 실사구시를 가장 중요하게 생각합니다. 다치 역시 작업장에 나가는 애고, 단원[206])이기도 하고요. 이렇게 같은 집에 살게 되었으니 앞으로 저희 집 좀 잘 보살펴주세요. 아주머니도 너그럽게 대해주시고요."

쓰이원은 뤄 아주머니가 허벅지를 내리치며 헉헉거릴 여유도 주지 않은 채 뒤돌아 문을 쾅 닫고 북채를 나갔다. 그녀는 나가기 바로 직전, 뤄 아주머니에게 마지막 작은 폭탄을 선사했다.

---

206) 공산주의청년단 단원

장미의 문

"그 바지 안에 잠방이도 있어요."

소리는 나긋나긋했지만 문소리는 요란했다. 뤄 아주머니는 생전 처음 듣는 소리였다. 누군가 자기 앞에서 저처럼 문을 쾅 닫은 적이 없었다. 쓰이원이 '바지를 우리 집에서 주웠어요'라고 말한 후 '그 안에 잠방이도 있다'고 자신에게 상황을 주지시켰는데 무슨 할 말이 있겠는가? 화를 내서 뭐하겠는가? 화를 내려면 자기 아들에게 내야 한다. 쓰이원이 '너그럽게 대해 달라', '보살펴 달라' 어쩌고 했던 말이 천근만근처럼 무겁게 다가왔다. 아들이 남의 과부를 건드렸는데 상대방이 오히려 아들을 너그럽게 봐주라고 한다. 말에 뼈가 있지 않은가? 다치는 이것 말고도 무슨 꼬투리를 잡혔을까? 조금 전 쓰이원은 자신에게 바지 한 벌만 넘기고 나가버렸다.

아마 이 부분이 바로 쓰이원이 놓친 부분일 수도 있다. 쓰이원은 다치의 또 다른 '꼬투리'는 잡지 못했다. 그저 자신과 주시 사이의 영원히 풀 수 없고, 풀 필요도 없는 응어리만 남았을 뿐이다.

쓰이원이 남채로 돌아왔고, 주시가 북채로 갔다.

늙은 과부가 가고 어린 과부가 나타났다.

주시의 등장에 뤄 아주머니는 정신을 가다듬을 틈도 없었다. 눈앞에 선 과부를 보고 뤄 아주머니는 세게 나가야 할지, 자세를 낮춰야 할지 갈피를 잡지 못했다. 어떤 식으로 대해도 지나치지 않을 테지만 안타깝게 그 어떤 방법도 동원하지 못했다.

"다치는요?"

주시가 뤄 아주머니에게 물었다. 번뜩이는 주시의 눈동자, 주시의 표정을 보고 감을 잡을 수가 없었다.

"그 애……"

뤄 아주머니는 그 말밖에 하지 못했다.

"다치 일은 신경 쓰지 마세요. 그렇게 걱정하실 일은 아니에요. 사리분별이 분명하실 거라고 생각합니다. 복덩이 할머니처럼 할 일 없이 괜한 일을 벌이진 않으시겠죠."

복덩이 할머니란 당연히 쓰이원을 말한다.

"그 애⋯⋯"

"다치가 돌아오면 아무 것도 못 들은 척, 아무것도 못 본 척, 아무 것도 모르는 척하세요."

"그 애⋯⋯"

"아직 다치와 저의 일이 끝나지 않았어요. 아마 이제 시작일 수도 있어요."

주시가 말을 마치고 돌아갔다.

주시가 나가고 나자 뤄 아주머니는 그제야 다치 바지를 치워야겠다는 생각이 들었다. 쓰이원 때문일 수도, 쑹주시 때문일 수도, 자기 때문일 수도 있다. 어쨌거나 바지는 잠시 숨겨두는 편이 좋다. 주시가 직접 다치에게 바지를 주게 하려면 어떻게 해야 할까? 주시가 '아무것도 못 들은 척, 아무것도 못 본 척, 아무것도 모르는 척' 하라고 했다. 아주머니는 그 말을 기억했다. 안 될 것도 없지.

다치는 가장 어질고, 다치는 가장 속을 덜 썩이고, 다치는 가장 이상적인 애다.

메이메이가 샤오웨이와 복덩이를 밖에서 찾아왔다. 조금 전 외할머니가 안쪽 방으로 들어가자 메이메이는 바로 마당으로 달려 나왔다. 외할머니가 분명히 샤오웨이와 복덩이를 거리에 뒀을 거라고 생각했다. 아이들은 메이메이가 가져올 식량배급표를 기다리고 있었고,

장미의 문

외할머니의 뭔가도 기다리고 있을 텐데, 책가방이었을까? 망태기였을까? 어쨌거나 아이들은 외할머니가 뭔가 들고 나타나길 기다리고 있어야 했다.

메이메이는 원래 자리에서 아이 둘을 찾았다. 아이들은 꼼짝 않고 벽에 기대어 있었다. 메이메이와 할머니가 돌아올 거라고 확신하고 있었다.

메이메이가 아이들을 데리고 돌아갔다. 샤오웨이가 가는 길에 물었다. 식량배급표는? 배급표? 왜 안 갔어? 배급표 가지러 간다고 하지 않았어?

메이메이는 대답하지 않았다.

샤오웨이는 더 이상 묻지 않았다. 샤오웨이는 생각했다. 내가 물었는데 어른이 대답하지 않으면 그건 '무슨 일'이 있는 거야. 샤오웨이의 경험상 그랬다. 농장에서도 자주 이런 상황에 부딪쳤다. 아빠에게 묻는데 아빠가 대답을 하지 않는다. 엄마에게 묻는데 엄마가 대답하지 않는다. 그렇게 자기 자신과 말하는 법을 배웠다.

메이메이, 샤오웨이, 복덩이, 주시와 쓰이원이 모두 공통의 집에서 공통의 오후, 공통의 저녁을 보냈다. 공통이니까, 아무도 누구에게도 간섭할 필요가 없다. 먹고 싶으면 찾아서 먹고, 졸리면 가서 자면 되고, 졸리지 않으면 깨어 있으면 된다. 또한 공통의 것이기에 한 사람이 모든 가족의 공통의 시간을 이끌 수 있다.

메이메이는 밤새도록 잠이 오지 않았다.

물고기가 물에서 헤엄칩니다.

날이 밝기도 전에 옷을 입고 침대에서 내려왔다. 불도 켜지 않고 침대 밑에서 쑤이청에서 가져온 작은 범포 가방을 꺼내 자기 물건을 모두 꾹꾹 눌러 담은 후 다시 동생 물건도 정리해 샤오웨이의 짝퉁 군용 자루가방에 넣었다. 메이메이가 동생을 깨웠다. 동생은 마치 언제나 메이메이가 깨우면 일어날 준비를 하고 있는 듯했다.

메이메이가 작은 가방을 들자 샤오웨이가 눈치껏 자루를 멨다. 둘이 살짝 방에서 나와 마당 문을 나섰다. 가는 내내 둘은 아무 말도 하지 않았다.

거리에는 새벽 첫 버스가 다니고 있었다.

여러 해가 지난 후 쑤웨이가 쑤메이에게 물었다.

"그날 밤 언니는 내가 언니를 따라갈 거라고 확신했어?"

"응. 확신했지."

"하지만 난 그 날 무슨 일이 일어났는지 몰라."

"넌 알 필요 없어."

쑤메이가 말했다.

"언니 말이 조금은 맞아. 당시 난 아무것도 알 필요가 없었어. 난 그냥 언니를 따라가는 것만 알면 됐으니까. 마치 노래에서 '우리가 영원히 당신을 따르면 인류는 분명히 해방될 거야.'라고 한 것처럼."

"함부로 노래 부르지 마."

"외할머니하고 주시하고 왜 우리를 쫓아오지 않았을까?"

"내 생각엔 쫓아왔을 거야."

"그런데 우릴 못 잡은 거야?"

"못 잡을 걸 알았으니까 쫓아왔지."

"주시가?"

"외할머니가."

50

메이메이가 한 손에는 가방을, 다른 한 손에는 샤오웨이를 잡고 황급히 거리를 걸었다. 샤오웨이는 어깨에 삐딱하게 멘 책가방이 종아리를 치는 바람에 자꾸만 비틀거렸다. 메이메이는 그제야 자기 걸음이 너무 빠르다고 생각했다. 메이메이가 걸음을 멈추고 샤오웨이 가방끈을 줄여줬다. 샤오웨이 얼굴이 땀으로 범벅인 것을 보고 아예 샤오웨이 책가방도 자기가 멨다. 메이메이는 이미 책가방 하나를 어깨에 메고 있던 상태였다.

그런데도 샤오웨이는 자꾸만 뒤로 처졌다. 메이메이가 몇 발 가다가 다시 뒤돌아보며 샤오웨이를 재촉했다. 그렇게 재촉은 점점 호통이 되었다. 하지만 그래도 샤오웨이는 메이메이를 따라잡지 못했다.

둘은 버스 정류장에 갈 생각이었다. 버스 정류장은 오늘 영원히 닿지 못할 목적지 같았다. 메이메이가 재촉하고 호통을 치는 사이 둘은 가까스로 정류장에 도착했다. 그제야 메이메이는 돈이 없다는 사실을 발견했다.

버스가 다가와 멈췄다. 샤오웨이가 후다닥 버스로 기어 올라갔다. 그런데 메이메이가 샤오웨이를 잡아당겼다. 샤오웨이는 의아한 눈초리로 메이메이를 바라보았다. 겨우 정류장에 왔는데 언니는 왜 버스를 타지 않는 걸까?

"우리 돈 없어."

메이메이가 샤오웨이에게 말했다. 눈물이 맺혔다.

메이메이 눈에는 부슬부슬 이슬비가 내렸지만 이런 언니를 본 샤오웨이 눈에서는 폭우가 쏟아졌다. 언니가 돈이 없다고 한다. 그럼 당연히 단 한 걸음도 떼놓기 힘든 엄청난 불행이다. 그러니 오열하는 수밖에 달리 방법이 있는가? 샤오웨이가 갓돌에 앉아 발을 동동 구르며 엉엉 울었다. 마치 이렇게 울부짖는 것 같았다. 전부 언니 때문이야, 언니, 돈도 없으면서 뭘 믿고 그랬는데? 언니가 어디 가려고 그러는지 알 게 뭐야! 왜 꼭 가야 해! 어? 왜 꼭 가야 하냐고!

메이메이는 꼭 떠나야 했다. 돈이 없다고 해서 떠나겠다는 마음이 흔들리진 않았다. 다신 그곳에 돌아가고 싶지 않았다. 이번 생에는 절대 돌아가지 않으리라.

이제 메이메이는 그곳에서 기어 나온 한 마리 동물, 온몸의 털이 뭉그러져 털이 빠지고 있는 밉상 고양이나 개였다.

물고기가 물에서 헤엄칩니다.

다시 버스 한 대가 왔다. 두 사람을 향해 버스 문이 철커덕 열렸다. 샤오웨이가 엉엉 울며 다시 버스로 기어 올라가자 메이메이가 또다시 샤오웨이 허리를 안았다. 하지만 전과 달리 샤오웨이가 메이메이를 밀치고 용맹하게 위로 올라갔다. 날이 아직 일러서인지 버스는 사람이 별로 없었다. 샤오웨이가 메이메이 손이 닿지 않는 자리까지 후다닥 달려가 앉았다.

메이메이가 할 수 없이 가방을 손에 들고, 어깨에 멘 채 샤오웨이를 따라 차에 올라탔다.

문이 닫혔다.

메이메이 얼굴이 붉어졌다. 좌석이 다 비어 있었지만 감히 자리에 앉을 수 없었다. 돈이 없는 가난뱅이 둘이 차에 탔으니 무슨 일이 벌어질지 몰랐다.

중년의 안내양이 다가와 "표 사요, 표" 하고 말했다. 혼자 중얼거리

장미의 문

는 것 같기도 하고, 두 사람을 겨냥해 말하는 것 같기도 하다. 메이메이가 샤오웨이를 바라보자 샤오웨이도 작은 얼굴을 붉히며 메이메이를 바라보았다. 언니에게 엄청난 부담을 안겼다는 사실을 아는 듯했다.

"어디까지 가?"

드디어 안내양이 메이메이를 향해 입을 열었다.

"우리……"

메이메이가 더듬거렸다.

"기차 타러 갈 건데."

샤오웨이가 메이메이 대신 말했다. 샤오웨이가 자리에서 일어나 안내양 앞으로 다가갔다. 눈물 자국이 여전히 선명했다.

"한 장에 1.5마오야."

안내양이 말했다. 아마도 다른 승객들과 별 차이를 못 느낀 듯했다.

"우리……"

메이메이가 여전히 말을 더듬으며 얼굴이 더 빨개졌다.

"우리 돈이 없어요."

샤오웨이가 다시 언니 대신 대답했다.

"그게……"

안내양은 입장이 난처했다.

"그럼 우리 내릴게요. 우리 정말 돈 없어요."

메이메이가 막 내려놓은 물건을 다시 들어올렸다.

샤오웨이는 언니가 물건을 들자 으앙 하고 다시 큰 소리로 울기 시작했다. 가슴을 치고 발을 동동 구르며 중심을 잡지 못하고 비틀거렸다.

샤오웨이가 통곡하자 안내양도 안타까웠는지 종점인 베이징역까지 그냥 타고 가도록 허락해줬다.

"역에 가면 돈은?"

안내양은 의아한 눈초리로 아이들을 바라보았다.

아이 둘 다 입을 열지 않았다.

물론 돈이 없는 건 마찬가지다.

기차역에 도착했다. 역의 커다란 괘종시계에서 여전히 같은 곡조가 흘러나왔다. 바늘이 일곱 시를 가리켰다. '조청시'가 시작될 시간이다.

먼저……

특대 희소식.

장수쐐기벌레.

여드름.

물고기가 물에서 헤엄칩니다.

……

기차역 광장, 사람들이 모두 분주하다. 마치 서로 원수처럼 아무도 다른 사람을 쳐다보지 않는다. 사람들 표정이 딱딱했다.

물고기가 물에서 헤엄칩니다.

두 아이가 대합실로 휩쓸려 들어갔다(메이메이는 왜 갑자기 '휩쓸려'라는 말이 생각났는지 모른다. 대합실에 있는 사람들도 분주하다. 서로 원수나 되는 것처럼 아무도 다른 사람을 쳐다보지 않는다).

물고기가 물에서 헤엄칩니다.

두 아이는 휩쓸려 에스컬레이터에 올랐고, 그렇게 휩쓸려 2층 대기실로 들어갔다. '남南', '북北' 그리고 숫자들이 많이 보였다. 그래, 남쪽을 골라야 맞지. 메이메이가 자신에게 말했다.

장미의 문

남행 대기실에서 메이메이가 갑자기 씩씩대더니 의자에 누워 있는 여자를 향해 자신들이 앉을 자리가 없다며 일어나 앉으라고 했다. 왜 그랬을까. 그 여자가 제대로 일어나 앉기도 전에 샤오웨이는 거친 몸짓으로 자리를 비집고 들어가 앉았다. 속으로 '당신, 우리가 돈 없는 것 알고 그러는 거지?'라고 생각했을지도 모른다.

둘은 돈이 없다. 하지만 돈이 없어도 앉아야 한다.

돈이 없다.

한 시골 노인네가 연거푸 손을 내리치고 눈물을 훔치며 경찰에게 지갑을 잃어버렸다고 큰 소리로 하소연을 하고 있었다. 지갑에 돈이랑 식량배급표 그리고 조금 전에 산 차표가 있다고 했다. 경찰이 그를 데리고 어딘가로 향했다.

두 아이는 돈이 없으니 잃을 것도 없었다. 돈을 잃어버린 노인의 모습에 메이메이는 '계시'를 받은 듯했다. 돈을 위해 이미 누군가의 지갑을 엿보고 있는 것 같은 기분이 들었다. 누군가 이야기했었다. 도둑은 지갑을 훔칠 때 손가락 두 개를 상대방 주머니에 넣어 지갑을 빼낸다고 했다. 메이메이는 돈을 훔치는데 왜 손가락 두 개를 써야 하는지 몰랐지만 자기도 모르게 손가락 두 개에 힘이 들어갔다.

손가락이 쓰이원을 닮았다, 완전히 빼쐈다.

손가락 두 개가 정말 더러웠다. 메이메이가 손가락을 바지에 대고 힘껏 닦았다.

메이메이가 손가락을 닦는데 다른 쪽에서 한바탕 웃음소리가 들려왔다. 헛생각에 빠져 있던 메이메이가 정신을 가다듬었다. 한 사람이 양쪽으로 놓인 의자 사이를 걸어왔다. 그가 지나는 길을 따라 웃음소리가 터져 나왔다.

그자가 메이메이에게 다가왔다. 메이메이도 상대방이 똑바로 보였다. 젊은 여자였다. 옷을 홀랑 벗고 머리는 엉망이 된 채 얼굴도 지저분했다. 하지만 몸은 백옥처럼 하얗고 단단했으며 유방이 마치 도전이라도 하듯 사람들을 향해 빵빵하게 솟아 있었다. 메이메이는 별안간 주시를 만난 듯했다. 그런데 주시가 아니었다. 주시보다 목소리가 거칠었다. 여자가 왼손에 진흙덩이를 들고 고함을 질렀다.

"와 봐, 와 보라니까, 아니면 가만히 안 있을 거야!"

여자가 고함을 지르며 오른손에 든 진흙덩이를 자기 아랫도리에 힘껏 내리쳤다.

여자 아랫도리에 맞은 진흙이 사방으로 튀며 아랫도리가 엉망이 되었다. 진흙이 덕지덕지 주변에 묻었다. 여자가 계속 소리를 지르며 비틀거렸다.

"와 봐, 와 보라니까, 아니면 가만히 안 있는다니까!"

여자가 메이메이에게 다가왔다. 우뚝 솟은 유방이 메이메이 눈앞을 획 지나갔다. 메이메이가 고개를 돌렸다.

여전히 고함이 들리고, 여전히 아랫도리에 진흙을 던지는 소리가 들리고, 여전히 사람들이 깔깔거렸다.

물고기가 물에서 헤엄칩니다.

메이메이가 옆에 있는 샤오웨이를 바라보았다. 언제 잠이 들었는지 샤오웨이가 자고 있었다. 한참 동안 자리를 쑤시고 들어가 자기 발을 뻗을 만한 자리를 확보한 후 자기 자루가방을 베고 곤히 잠들어 있었다. 메이메이는 다행이라고 생각했다. 조금 전 샤오웨이는 벌거벗은 여자를 보지 못했을 거야.

후에 쑤메이는 학교에서 인체에 대한 수업을 들을 때 많은 여자들, 그리고 많은 여자들의 유방을 봤지만 그렇게 놀랍도록 예쁜 유방은 본 적이 없었다. 아마 그 여자는 아름다운 자기 유방을 위해 자기 아랫도리를 진흙범벅으로 만들었을지도 모른다.

여자가 지나가고 샤오웨이는 곤하게 잠에 빠졌다. 멀리서 이번에는 다시 남자 목소리가 들렸다. 아마도 사람들에게 그 여자 이야기를 하는 듯했다. 모두 그 여자를 비웃어서는 안 된다고, 그 여자 몸을 가려줬어야 했다고 말했다. 누군가 그 남자에게 왜 그럼 그 여자에게 옷을 벗어주지 않았는지 물었다. 그러자 남자가 정말 가방을 열고 옷을 꺼내 바로 그 여자에게 입으라고 했다. 하지만 여자가 옷을 받아 허공을 향해 던지며 소리쳤다.

"주워! 이거 주우라고!"

그 남자가 어처구니가 없어 툴툴거리자 사람들이 다시 남자를 조롱했다.

목소리가 메이메이 귀에 익었다.

"닭 얼굴 살펴봤어?"

"세상에 절대적인 직선은 존재하지 않아."

"'뚱'을 편안하게 해줘야 합니다."

그래, 그 사람이야, 예룽베이. 예룽베이가 메이메이를 향해 다가왔다. 뒤에 여전히 네모반듯한, 마치 마른 두부 같은 배낭을 메고 손에는 접을 수 있는, 전보다 더 멋진 쪽걸상을 들고 있었다.

그가 메이메이를 발견했다.

"결국 너희를 찾았구나!"

예룽베이가 쪽걸상을 내려놓고 배낭을 걸상에 뒀다.

"아저씨?"

메이메이는 놀랍고도 기뻤다. 얼굴에 홍조가 피었다.

"그래 나야. 역에서 나가다가 사람들 틈에서 너희를 봤어. 순식간에 사라졌기에 여기저기 찾아다녔지. 그래도 다행이네 여기서 찾아서. 사실 어디서 찾았는지는 중요하지 않아. 문제는 찾을 수 있느냐는 거지. 어디 가려고?"

메이메이는 원래 말하려고, 일어나서 말하려고, 일어나서 공손하게 쑤이청으로 돌아가 농장에 있는 아빠, 엄마를 찾아가려 한다고 말하려 했다. 하지만 말을 할 수도, 일어날 수도 없었다. 메이메이가 자기 손바닥에 고개를 묻고 소리죽여 흐느끼기 시작했다. 소리 내서 엉엉 울고 싶지 않았다. 최대한 울음소리를 자제했다. 소리가 이상하다. 아마도 조금 전 그 벌거벗은 여인을 비웃듯 사람들이 자기 울음소리가 이상하다고 웃고 있을지 모른다. 훌쩍거리던 메이메이는 문득 자신이 얇은 얼음이 녹기 시작한 봄날 시냇물 같다고 느껴졌다. 시냇물이 흐르고 있었다. 메이메이는 심장이 조여들며 얼굴이 더 빨개졌다. 그날이 아닌데 일찍 온 것처럼 아래가 축축한 기분이 들었다.

메이메이는 시냇물이야, 시냇물이 메이메이를 적시고 있어.

메이메이는 마샤오쓰가 함께 기대했던 일을 떠올렸다. '왔어.' 분명히 '왔어.' 메이메이는 꼼짝할 수가 없었다. 두 다리를 꼭 붙이고 물고기가 되었다.

물고기가 물에서 헤엄칩니다.

예룽베이는 둘의 모습만 보고도 둘이 처한 딱한 상황을 짐작했다. 아마 왜 둘이 샹사오후퉁을 떠났는지도 알고 있을지 모른다.

"너희, 표 살 돈 없지? 너희를 바래다주는 사람이 없는 걸 보면 그렇겠구나. 그럼 내가 표를 사 주지. 쑤이청, 맞아?"

장미의 문

예룽베이는 메이메이가 대답하기도 전에 짐과 쪽걸상을 던져두고 성큼성큼 대합실을 나갔다.

그가 성인 하나, 아이 하나 표 두 장을 가지고 돌아왔다. 그리고 이미 승객들이 역으로 들어가고 있다고 말했다.

메이메이가 그제야 의자에서 일어나 삐딱하게 섰다. 메이메이가 샤오웨이를 깨웠다. 샤오웨이는 대번에 눈앞에 있는 어른을 알아봤고, 메이메이 손에 들린 차표를 발견했다.

이 모든 상황에 대해 굳이 물어볼 필요가 있을까?

예룽베이가 짐을 지고 메이메이 대신 상자를 든 후 또 다른 손으로 샤오웨이를 잡아 그들이 서야 할 줄에 섰다.

메이메이는 마샤오쓰가 '뒤뜰'에 갈 때 걸음걸이를 생각하며 되도록 어색하지 않게 똑바로 걸어가려 했다. 하지만 그래도 예룽베이는 자기 걸음이 이상하다고 느낄 거란 생각이 들었다.

그들이 말없이 줄을 따라 걸었다.

개찰구에서 헤어질 때가 돼서야 예룽베이가 입을 열었다.

"그냥 네가, 너희들이 보고 싶었을 뿐이야. 이제 봤으니 됐네. 너희 두 사람, 떠나는 게 맞아. 이제 네 관념에도 직선이 생겼네. 어서 사람들을 따라 가."

그가 개찰구 입구에 서서 두 아이가 높은 계단을 내려가 다시 사람들을 따라가는 모습을 바라보았다.

메이메이가 고개를 돌려 예룽베이를 바라보았다. 예룽베이가 개찰구 앞에서 고개를 쭉 빼고 있었다.

메이메이는 그제야 정말 자기가 떠나고 있다는 느낌을 받았다. 그 느낌이 조금 서글펐다. 원래 뭐든지 예룽베이에게 말하고 싶었는데,

결국 아무것도 말하지 못했다. 심지어 그의 닭을 사람들이 먹어치웠다는 말조차 하지 못했다.

메이메이는 다 물어보고 싶었지만 아무것도 묻지 못했다. 왜 그가 베이징으로 돌아왔는지조차 미처 묻지 못했다.

예룽베이의 등장으로 억울한 기분이 연기처럼 모두 사라져버렸다. 메이메이는 마치 베이징에 온 적이 없는 것 같았다.

예룽베이의 등장으로 억울한 기분이 무한대로 커져버린 것 같았다. 마치 억울한 일이 끝없이 자신을 기다리고 있는 듯했다.

두 사람을 보낸 후 예룽베이는 다시 멍하니 대합실로 돌아왔다. 그는 차를 기다릴 필요가 없었다. 그는 메이메이가 앉았던 의자를 찾아가 앉으려 했다. 그런데 조금 전 메이메이가 앉았던 곳에 어렴풋이 뭔가 발갛게 묻어 있었다. 잠시 그곳을 바라보며 이것이야말로 그의 삶에 존재하는 영원이라는 느낌이 들었다. 생명이 저항할 수 없는 이유, 그토록 찬란하게 무르익을 수 있는 이유는 모두 이 작은 자국 때문이라고 생각했다.

대합실 승객들이 봤을 리가 없다. 아마 그건 환각일지도 모른다.

하지만 그는 분명히 봤다.

그는 다시 샹사오로 돌아갔다. 마당이 텅 비어 있었다. 단 한 사람, 대변이 딱딱한 남채 여자아이만 마당에서 물건을 '팔고' 있었다. 아이 앞에 놓인 쪽걸상 두 개가 매대고 그 뒤에 맑은 물 두 대야가 놓여 있었다. 매대에 작은 병과 '특대 희소식'이 펼쳐져 있고 성냥갑 크기만 한 홍보서紅寶書가 놓여 있었다.

아무도 그를 맞이하는 사람이 없었다. 아이가 쪽걸상 뒤에서 졸고 있었다.

제12장

51

쑤웨이가 미국에서 편지를 보냈다. 일하며 공부도 하고 있고 수입
도 좋다. 닐과 잠시 시댁 별장에 살고 있어서 방세도 낼 필요가 없고,
일요일에 정원 풀을 뽑으면 시아버지가 아이스크림 먹을 정도의 돈도
줘. 집에 긴 차도가 있어서 닐이 운전을 가르쳐주고 있고, 이미 운전
면허증도 땄어. 노는 것도 미국 사람들과 어울려 놀아. 할로윈 가장무
도회에 갈 때 난 건포도, 닐은 반쯤 벗은 레이건으로 분장했어. 카누
를 타고 화이트강을 따라 용감무쌍하게 최고난도인 5급의 '상큼 발랄
한 물결', '커다란 바위' 사이사이로 물결을 탔어. 어떤 사람은 변기로
분장해서 엉덩이에 두루마리 화장지를 달고 나타났어. 미국식 놀이
군. 쑤메이는 생각했다. 하지만 건포도는 대체 어떤 식으로 분장을 했
을지 감이 오지 않았다.

쑤웨이는 전공을 수시로 바꿨다. 지난번 편지에는 '매스컴'이라고

하더니 다음 편지에는 '비교문학'이라고 했다. 그러다 이번에는 '국제무역'이라고 하더니 또 다른 편지에는 '호텔경영'이라고도 했다. 이래야 쑤웨이지, 쑤메이는 생각했다. 또 엎치락뒤치락하고 있군. 그렇게 엎치락뒤치락해도 뭔가 얻을 수는 있겠지만 원래 원하던 것과 다른 방향일 수 있고, 그러면 얻기 전에도, 얻은 후에도 항상 조바심이 날 수 있다.

쑤웨이는 편지마다 처음에는 잔뜩 흥분해서 내용을 적은 후 미국 생활의 리듬에 잘 적응이 되지 않는다고 했다. 때로 늘어지고 싶고, 아빠가 끓여둔 배추당면탕이 먹고 싶다고도 했다. 또한 낮잠이 자고 싶다고도 했다. 샹사오후퉁에서라도 괜찮다고 했다.

"이제는 언니가 날 소파에 데려가서 자도 난 '꿈틀'대지 않을 거야."

쑤웨이 편지를 본 쑤메이는 샹사오에서 보낸 날들이 떠올랐다. 그날 새벽 베이징에서 도망칠 당시 궁색했던 광경이 떠올랐다. 버스를 탈 때 쑤웨이가 자신을 잘 따라오지 못했던 건 발에 꼭 끼는 천 신발을 신고 있었기 때문이다. 신발이 작아 발등이 높게 솟은 모습이 마치 작은 고기만두 같았다. 당시 앞서가던 쑤메이는 계속 동생을 향해 호통을 쳤다. 하지만 만약 그렇게 꼭 끼는 신발을 신고 지겹도록 엉엉 울지 않았다면 아마 다시 샹사오후퉁으로 돌아갔을지도 모른다. 세상일은 이렇게 우발적이면서도 또한 필연적이다. 당시 함께 힘든 시간을 보냈고, 함께 힘들었기 때문에 두 사람이 끈끈했던 것처럼 말이다. 누구도 미래가 어떻게 될지 생각하지 않았다. 베이징에서 도망칠 수 있을지, 성인이 되긴 할 건지 생각하지 않았다.

하지만 어쩌다 보니 그들 모두 성인이 되었고, 필연적으로 그들

장미의 문

모두 결혼을 했다. 결혼 후 수많은 자매들처럼 그들은 이따금 사소한 다툼을 벌이기도 했다. 필연적인 일이다.

쑤웨이가 말했다.

"언니는 결혼 전과 좀 다른 것 같아."

쑤메이가 말했다.

"왜? 뭐가 달라졌는데?"

쑤웨이가 말했다.

"갑자기 꼭 집어 말하기 그런데, 어쨌거나 전과 조금 달라."

쑤메이는 동생의 이런 트집에 별로 신경을 쓰지 않았다. 달라졌으면 달라진 거지. 아마도 쑤웨이는 쑤메이 자체를 말할 수도, 아니면 둘의 관계를 말할 수도 있다. 어쨌거나 쑤메이 자체의 변화든, 둘 관계의 어떤 부분이든 애써 생각할 필요가 있는가? 어차피 결혼했고 어차피 자매가 서로 의지하며 살아야 하는 시절도 지났다. 아마 다시 서로 목숨처럼 의지하고 살아야 한다면 둘 다 견딜 수 없을 것이다.

쑤메이 역시 쑤웨이에게 그렇게 말했지 않았는가.

쑤메이가 말했다.

"샤오웨이, 너 결혼하고 나서 조금 달라진 것 같아."

쑤웨이가 말했다.

"왜? 뭐가 달라졌는데?"

쑤메이가 말했다.

"갑자기 꼭 집어 말하기 그런데, 어쨌거나 전과 조금 달라."

쑤메이는 일부러 쑤웨이의 말투를 그래도 흉내 내 동생을 반격한 건 아니다. 둘이 같은 느낌을 받았고 깊이 생각할 것도 없었다. 혈전을 벌일 일도 아니고, 그저 같은 느낌을 받았을 뿐이다.

하지만 쑤메이가 동생에게 '전과 많이 달라졌다'고 한 말에는 구체적인 부분이 있었다. 예를 들어 쑤메이는 쑤웨이에게 거침없이 물었다.

"이렇게 중국이 넓고 인구도 많은데 넌 왜 하필 닐과 결혼했어?"

공항까지 쑤웨이를 전송하던 그날 '시트로엥' 안에서 쑤메이는 그 일을 떠올렸다. 닐의 뒤통수를 보며 '저놈의 양키'라고 생각했다. 어린 시절 미국인 아니 미국놈에 관해 얼마나 많은 이야기를 보고 들었는지 모른다. 북한, 월남 등등에 관한 이야기였다. 쑤메이는 어린 시절 《남방래신》南方來信이란 책을 본 적이 있다. 당시 미국은 월남과 전쟁 중이었다. 그 책에는 미국 군인이 월남 여성을 유린해 사람들에게 비난을 당하는 이야기만 나왔다. 때로 어느 순간 쑤메이는 닐을 책에 그려진, 가죽 장화를 신고 껌을 질겅질겅 씹으며 '헬로우', 'ok'를 지껄이는 미국 군인이라고 착각하기도 했다.

쑤웨이 결혼에 대한 쑤메이의 비난은 이 정도에 그치지 않았다. 쑤메이 나이 또래들은 과거의 국제적인 사건들에 대해 별 느낌이 없다. 닐은 닐이고, 닐은 쑤메이조차 단순하고 사랑스럽게 생각하는 '젊은 양키'다. 쑤메이가 때로 그가 미국인이라 증오하고 쑤웨이가 미국인과 떠났다고 짜증을 내는 이유는 아마도 미국이 멀리 지구 반대편에 있었기 때문일 수도 있다. 쑤메이는 늘 베이징과 뉴욕의 시차를 계산했다. 자기가 점심을 먹을 때 쑤웨이는 잠자는 시간이고, 자정이 돼서 침대에 누웠을 때 쑤웨이는 점심을 먹는 시간이다. 마치 쑤웨이가 시간에 관한 한 자신과 마음먹고 등을 지려 한 것 같았다. 모든 것의 발단은 역시 쑤웨이가 떠났기 때문이며, 쑤웨이가 떠난 건 그 미국놈 때문이다. 그들이 한데 뭉쳐 자신에게 대항하는 것 같았다.

장미의 문

이 모든 것 역시 두 자매가 공통으로 느끼는 '조금 달라졌다'는 내용은 아니다. 조금 달라졌기 때문에 조금 다를 수 있고, 조금 다르기 때문에 두 사람 공유의 선입견이 되었다.

예를 들어 사업상 지나치게 전전긍긍하고 예술 관점에 있어 어느 한쪽으로도 치우치지 않는 쑤메이 때문에 쑤웨이는 항상 곤혹스러웠다.

쑤웨이가 말했다.

"난 예술에 대해 전혀 몰라. 평생 나랑 예술을 연결시킬 생각은 꿈도 꾸지 마. 하지만 일반적인 관중의 눈으로 볼 때 난 언제나 언니 작품이……"

쑤메이가 말했다.

"말해봐, 난 상관없어."

쑤웨이가 말했다.

"언니 작품은 별로 볼거리가 없어, 볼거리가 전혀 없다고 말할 수도 있어."

쑤메이가 말했다.

"역시 내 동생, 역시 쑤웨이야."

쑤웨이가 말했다.

"내가 너무 직설적으로 말해서 마음 상한 건…… 적극성, 창작의 적극성을 말하는 거야."

쑤메이가 말했다.

"마침 충격이 좀 필요하던 중이야, 내가 전혀 충격이 없는 말만 듣는 건 아니야."

쑤웨이가 말했다.

"평론계 말하는 거야?"

쑤메이가 말했다.

"평론계, 관중…… 영도자, 모두."

쑤웨이가 말했다.

"관중에 난 안 들어가지?"

쑤웨이가 말했다.

"아마도."

쑤메이가 말했다.

"사실대로 말해서 어떤 예술을 가장 좋아해?"

쑤웨이가 말했다.

"일목요연하든지 아니면 아예 아무도 이해 못하는 것."

쑤메이가 말했다.

"그럼 왜 그렇게 안 해?"

쑤메이가 생각에 잠겼다.

"……"

쑤웨이가 말했다.

"그리고 그 소재 말이야, 왜 항상 백락상마(伯樂相馬207)야? 중국 전역에 이제 온통 백락과 말뿐이야. 좋은 말을 알아보는 사람이 백락밖에 없는 것 같다고. 백락이 '적로'的盧208), '적토'赤兎209) 그리고 초원의

---

207) 백락이 천리마를 알아보다.

208) 삼국시대 유비劉備가 탔다 하여 유명해졌다. 이마에 흰 무늬가 있으며, 흰 무늬가 입안으로 들어가 이빨에 이르고, 눈밑에 눈물주머니가 있는 것이 특징.

209) 적토마. 삼국시대 명마로 여포呂布가 탔다고 한다.

장미의 문

'고혈마'^{高血馬210)}는 알아봤어?"

쑤메이가 말했다.

"그럼 넌 《삼국지》 봤어?"

쑤웨이가 말했다.

"번역했었지. 어시스턴트로."

쑤메이가 말했다.

"초원도 가봤고?"

쑤웨이가 말했다.

"가보긴 했지. 왜 언니네는, 그러니까 내 말은 왜 이제 꼭 붉은 완장을 차라고 하는 사람이 없는데도 다 같이 앞다투어 완장을 차려고 하는데?"

침착하고 당당한 쑤웨이의 말에 쑤메이는 대꾸할 말이 궁색한 건 아니었다. 쑤메이는 동생과 계속해서 예술에 관한 이야기를 나누고 싶지 않았다. 원래 별로 힘들이지 않고 말끔하게 대답할 수 있는 문제였지만 또한 누구도 분명히 설명할 수 없는 문제다. 베린스키²¹¹⁾부터 니체, 팔대산인부터 피카소까지 누구든지 말하고 싶으면 더 이상 분명할 수 없을 정도로 분명하게 말할 수 있었지만 또한 아리송한 문제이기도 했다. 이제 막 예술계에 몸을 담아 전문 화가라고 말하기도 무색한 쑤메이가 어떻게 그 이야기를 분명히 할 수 있겠는가? 공연만 할 뿐 아직 전문가라 할 수 없는 아마추어 배우도 아니고, 장발에 상반

---

210) 순수 혈종 말과 기타 다른 말의 잡종 가운데 4대째 말부터 고혈마라 하며 순혈마 혈통이 93.75% 이상이어야 한다.

211) 1811-1848. 러시아 문예 비평가이자 혁명민주주의자.

신을 벗고 전시회장 입구에 앉아 거리를 향해 욕을 지껄이는 아마추어 화가도 아니다. 당신은 '전공자'다. 전공답게 하기 위해서는 먼저 똑바로 서야 한다. 똑바로 서기 위해 당신 스스로 이것저것 생각해야 한다. 누가 당신 대신 생각을 해주겠는가? 예술의 영역은 한없이 넓다. 결코 어렵지 않다. 쑤메이의 같은 반 친구가 이렇게 말한 적이 있다.

"쑤메이, 빌어먹을! 난 뭘 그려도 똑같이 그려지지가 않아 그래서 아예 전혀 다르게 그렸어."

이후 그 친구는 캔버스에 물감을 뿌리고 긴 천을 붙였고 나중에는 쓰고 난 화장지도 붙였다. 그런데 뜻밖에도 그 애 주변에 열광적인 숭배자들이 나타났다. 당시 쑤메이 주변은 썰렁하기 그지없었다.

쑤메이가 잘 나가게 된 건 졸업 이후의 일이다. 졸업 이후 사회에 나가 일을 시작했다. 주위 모든 것을 고려해야 한다. 쑤메이는 구태의연하게 기존의 틀에 갇혀 있다는 말도 듣기 싫었고, 미치광이 같은 기이한 예술인 취급도 받고 싶지 않았다. 미술계 사람들이 쑤메이에게 말했다.

"좋네. 참신하면서도 쉽게 이해가 돼."

좀 점잖게 말해 현대적인 의식이 있으면서도 전통을 중시한다는 의미다. 좀 더 '전문적'으로 말하면 개방적이면서도 기본적 훈련이 잘 되어 있다는 말이다. 쑤메이가 바라는 건 바로 '참신하면서도 쉽게 이해되는' 예술이었고, 그녀는 이렇게 반듯하게 자리를 잡았다.

반듯하게 자리를 잡은 자신의 모습, 이건 쑤메이에 대한 공공연한 평가이자 내면의 비밀이다. 쑤메이는 동생에게 이를 드러내지 않았다. 이미 드러낼 필요가 없다고 자신했다. 반듯하게 자리를 잡은 자신의 모습 자체가 쑤웨이에게 이미 분명하게 말해주고 있었다.

장미의 문

쑤웨이는 따지지 않았다. 쑤메이는 언니다. 여동생은 언니 앞에서, 남동생은 형 앞에서 정도껏 행동해야 옳다. 쑤웨이는 쑤메이 앞에서 거침없이 당당하게 말해도 어쨌거나 말을 아낀다. 원래 말을 아끼려고 했던 것은 아니지만 말이다.

이것이 바로 지금 둘 사이에 존재하는 '조금 다른 부분'이다.

쑤메이는 쑤웨이에게 답신을 보낼 때마다 매번 단도직입적으로 말했다. 전공을 그렇게 자꾸만 바꾸는 게 아니야. 세상에 네게 적합한 전공이 수없이 깔려 있다고 해도 이제 그만 한 가지 전공을 정해. 이곳저곳 둘러보지 말고. 넌 이제 적은 나이가 아냐.

쑤메이는 동생에게 당당하게 거침없이 말하지 않았다. 하지만 이미 반듯하게 자리를 잡은 자신을 위해 그리고 일찍 반듯하게 자리를 잡아야 할 쑤메이를 위해 약간의 진심어린 충고를 했을 뿐이다.

쑤메이는 베이징 화팡자이畫舫齋에서 개인전시회를 열었다. 정식으로 쑤웨이와 닐을 초청했다. 이번에 지역을 벗어나 베이징 화팡자이로 진출하기 위해 쑤메이는 신경을 많이 썼다. 젊은 화가들은 이런 '개인전'을 매우 중요하게 생각한다. 쑤메이는 이번 전시를 위해 당시 쓰이원처럼(그때는 인력거였지만) 택시를 타고 베이징 곳곳을 다니며 학연을 동원했다. 그림을 그리는 것보다 이런 일에 더 큰 정력을 쏟았고 결국 적절한 장소를 찾았다. 호화찬란한 미술관도 타오란팅陶然亭212)이나 쯔주위안紫竹院213) 같은 '야외무대'도 아니었지만 말이다. 미술계 인사들은 화팡자이를 미술관 다음가는 전시장소로 여겼다.

---

212) 청 강희 34년(1695년)에 건립. 도연정 공원 안에 위치한 중국 4대 정자 가운데 하나.
213) 1953년에 건설된 쯔주위안공원 내 위치.

닐은 신이 나서 쑤메이의 초청을 받아들였지만 쑤웨이는 골치가 아팠다. 난감해진 쑤메이는 할 수 없이 애원하듯 말했다.

"좀 가봐, 부탁이야. 이번에는 '백락' 없어."

쑤메이의 부탁에 쑤웨이의 마음이 움직였다. 쑤웨이는 정말 머리가 아팠다.

쑤메이는 머리가 아프다는 쑤웨이가 미웠지만 머리가 아픈데도 불구하고 전시회에 간다는 쑤웨이가 사랑스러웠다.

쑤웨이는 쑤메이가 미웠다. 왜 머리가 아픈 자기더러 꼭 전시회에 가라고 하는가. 그러면서도 자신에게 '부탁하는' 언니가 사랑스러웠다. 이보다 더 솔직한 사랑은 없다. 화가가 관중에게 부탁하는 법이 어디 있단 말인가?

전시회에 '백락'은 없었다(또한 이후 쑤메이의 예술 세계에 더 이상 백락은 등장하지 않았다). 심지어 쑤메이가 잘 그리는 소재가 아닌 그림 몇 점이 쑤웨이의 관심을 끌었다. 쑤웨이는 관중 앞에서, 전시회 작가 본인 앞에서 이 작품들을 칭찬했다. 그림 그리고 아내의 자랑에 감동한 닐이 쑤메이에게 농담을 건넸다.

"이 그림, 내가 예약할게요. 처형, 이것들 얼마에 줄 거예요?"

쑤메이가 그의 말을 교정했다.

"이것들 아니고 이거."

"그래요, 이거."

닐이 말했다.

쑤메이가 말했다.

"2백만 달러면 내가 한번 생각해볼게, 어때?"

닐이 말했다.

"2백만이면 너무 적지 않아요? 5백만 준비할게요."

쑤웨이가 말했다.

"됐어, 됐어. 어서 그림이나 봐. 5백만 달러 남겨두고 어서 성젠바오즈[214]나 먹으러 가자."

쑤웨이가 사람들 앞에서 자기 작품에 찬사를 보내고 닐이 '5백만 달러'를 운운하자 쑤메이는 기분이 극도로 좋아졌다. 세상에 자신을 이해하는 건 역시 동생밖에 없다고 생각했다. 정말 자신의 '백락'을 지긋지긋하게 생각한 동생이 사람들 앞에서 백락 없는 자신의 새로운 작품에 대해 진심어린 찬사를 보냈기 때문이다(백락은 쑤웨이를 닮았는데).

또한 쑤메이는 쑤웨이에게 보내는 편지에 주위를 그만 두리번거리라고 대놓고 충고할 수 있었기 때문이고, 또한 그 다음 편지에 쑤웨이가 다시 전공을 바꿨다고 적었기 때문이다.

화팡자이에서 나와 성젠바오즈를 먹으러 작은 가게로 향했다.

쑤메이가 기억하기로 그날 만두가게에 사람이 많았다. 자신은 표를 받기 위해 줄을 서고, 쑤웨이는 자리가 나길 기다렸다. 닐은 계속 조금 전 전시회 일로 마음이 들떠 쑤메이 앞으로 끼어들며 오늘은 자기가 사겠다고 하는가 하면 쑤웨이에게 가서 조잘조잘 이야기를 나누기도 했다. 닐이 다시 쑤메이에게 달려와 대신 줄을 서겠다고 하자 쑤메이는 '5백만 달러'나 준비하라고 말했다. 쑤메이 말을 알아들은 닐은 머쓱해하며 지갑을 주머니에 넣었다.

---

214) 지짐이처럼 익힌 교자만두.

만두는 샀지만 빈 자리가 없었다. 세 사람이 구석에 서서 접시를 받치고 만두를 먹었다. 오가는 사람들이 그들을 자꾸만 치는 바람에 똑바로 서서 먹을 수가 없었다. 하지만 신나게 만두를 먹었다. 키가 크고 코가 큰 닐은 사람들 틈에 있어도 눈에 띠었다. 그가 제일 맛있게 먹었다. 조금 후 막 바오즈 하나를 먹으려고 입을 벌린 쑤메이의 눈이 휘둥그레졌다. 쑤웨이가 만두 속에 뭐가 들었느냐고 물었다. 쑤메이가 말없이 살짝 만두를 버리려고 하자 쑤웨이가 만두를 낚아챘다. 만두에 문제가 있었다. 닐이 바짝 다가와 고개를 숙여 만두 속을 들여다봤다.

그가 쑤메이에게서 문제가 있는 바오즈를 낚아채 매대 앞으로 점장을 찾아갔다.

"점장! 점장!"

닐이 흥분을 가라앉히지 못하고 계속 소리를 질렀다. 양코배기 고함소리에 시끌벅적하던 주위가 순간 잠잠해졌다. 사람들은 그가 왜 점장을 찾는지 몰랐다. 머리가 벗겨진 중년 남자 하나가 닐에게 다가와(아마 점장일 것이다) 공손하게 무슨 일인지 물었다. 닐은 한 입 베어 문 만두를 중년에게 들이밀며 말했다.

"이 바오즈 문제 있어요."

점장이 무슨 일인지 물으며 자신들은 손님을, 그것도 외국 손님을 더더욱 환영한다고 말했다. 닐이 말했다.

"자, 봐요, 여기 바오즈 안에 좆에 달린 머리카락이 있어요!"

가게 안에 있던 사람들은 닐의 말이 믿기지 않았다. 하지만 엉뚱한 그의 표현에 잠시 멍하다 말고 약속이나 한 듯 폭소를 터트렸다. 머리가 벗겨진 점장 역시 큰 소리로 웃기 시작했다. 사람들은 서양 사

장미의 문

람이 이런 상스러운 말을 할 거라고 생각지도 못했고 또한 분명히 그
안에……

널이 화가 나서 점장에게 어떻게 할 거냐고 물었다. 점장은 웃음
을 참으며 만두를 받아들고 주방으로 돌아갔다. 그리고 잠시 후 작은
접시에 새 성젠바오즈를 가지고 나왔다. 새 만두를 받은 널이 힘겹게
접시를 들어 올린 채 사람들을 비집고 나와 진지하게 새 만두를 쑤메
이에게 내밀었다. 그는 사람들 구경거리가 되었고 그의 그런 행동에
쑤웨이는 발끈 화가 났다. 쑤웨이가 만두를 빼앗아 탁자에 내동댕이
친 후 널을 가게 밖으로 밀어냈다. 쑤웨이는 자기 심정을 말로 표현할
수 없었다. 풀이 죽었다고 해야 하나.

돌아가는 내내 쑤웨이는 영어로 널과 말다툼을 했다. 아마도 괜
한 일에 나서 추태를 보였다고 욕을 하는 것 같았다. 뜻밖에도 널은
쑤웨이에게 사과하지 않았다. 오히려 그가 쑤메이 팔을 잡아당기며
말했다.

"중국 예술가가 왜 좆에 달린 머리카락을 먹어야 해요? 예술가잖
아요."

그는 매우 엄숙하게 말했다. 어느 누구도 반박할 수 없는 엄숙하
고 진지한 모습이었다. 쑤메이는 불의에 맞선 널의 용기에 감동했다.
널은 중국어의 상스러운 말, 상스럽지 않은 말에 대한 개념이 없다.
욕이 익숙하지 않았다. 조금 전에 그가 뭐라고 말했어야 옳지? 점잖
은 표현으로 그 더러운 물건을 어떻게 표현하지? 쑤메이도 좋은 표현
이 떠오르지 않았다. 하지만 그러거나 말거나 쑤웨이는 계속 널에게
화를 냈다. 마침내 널도 자신이 추태를 부렸다는 사실을 인지했다. 그
가 쑤웨이에게 자신이 뭐라고 말했어야 하는지 물었다. 하지만 뭐라

고 말해야 할지 쑤웨이인들 알겠는가. 쑤웨이는 그저 '화를 내다말고 파안대소'하며 닐을 '바보천치'라고 말했을 뿐이다. '바보천치' 닐은 얼굴을 붉히지 않았다. 그냥 매우 평화로워 보였다.

쑤메이는 닐이 쑤웨이를 정말 사랑한다고 생각했다. 쑤웨이 역시 남편이 외국인인데도 불구하고 자신이 얼마나 닐을 잘 다루는지 쑤메이에게 보여주고 싶었다. 이럴 때마다 종종 쑤메이는 쑤웨이에게 감탄한다. 여러 가지 생각이 떠오르며 동생을 보는 쑤메이의 눈길이 흐뭇해졌다. 쑤메이는 능력 있는 동생을 바라보았다. 닐을 다루는 모습이 마치 인생을 다루는 모습처럼 느껴졌다. 하지만 이럴 때마다 쑤메이는 종종 서글퍼졌다. 점점 쑤웨이의 삶 속에 쑤메이의 시대가 끝나고 있다는 느낌을 받았기 때문이다. 앞으로 쑤웨이의 크고 작은 모든 기쁨과 슬픔은 앞에 있는 이 서양인 닐과 끈끈하게 이어질 것이다. 지금 쑤메이는 진심 반, 고의 반으로 두 사람 사이에 끼어들었지만 이런 자신의 행동이 조금 허망하게 느껴졌다. 자신은 화가로서 그들을 초청했고, 닐이 자신을 위해 용기를 냈답시고 추태를 부렸지만 가슴에 아련하게 번지는 서글픔은 잘 사라지지 않았다. 그럴수록 쑤메이는 작은 천 신발을 신고 엉엉 울며 버스에 기어오르던 샤오웨이를 회상했다. 그 추억을 떠올리고 나서야 조금 전 서글픔이 씻은 듯이 사라진다.

쑤메이는 동생과 자기 사이에 다른 사람과는 함께 느낄 수 없는 행복한 시절이 있었다고 믿었다. 둘이 '물건을 팔고', 똥을 버리고, 베이징을 탈출하고…… 둘은 한때 그처럼 끈끈하게 이어져 있었고 영원히 그렇게 끈끈하게 이어질 것이다. 모든 공격과 말다툼, 트집과 질투 나아가 모든 불쾌한 일들이 넘볼 수 없는 따뜻한 기억의 공간이다.

장미의 문

언젠가 동생 편지를 받은 날 밤 꿈에 쑤웨이가 나타났다. 꿈속에 쑤웨이가 이국의 한 사과농장에서 태양 아래 힘겹게 노동을 하고 있었다. 머리에 밀짚모자를 쓰고 얼굴 앞에 반투명 흰색 망 가리개를 늘어뜨린 채 자루가 긴 깃털 부채로 윙윙 날아다니는 해충을 애써 몰아내고 있었다. 해충이 떼로 몰려들어 쑤웨이가 열심히 쫓아보려고 했지만 별 효과가 없었다. 쑤메이는 눈앞의 쑤웨이를 보고 싶지 않아서 나무 뒤에 숨어 동생을 바라보았다. 쑤웨이는 쑤메이를 발견하지 못했기 때문에 일에만 집중했다. 쑤메이는 동생이 생존을 위해 노동하고 있다고 생각했고 이렇게 숨어 있는 자신의 모습이 생존을 위한 노동 앞에서 취할 행동이 아니라고 생각했다. 쑤메이가 울었다. 울다가 잠에서 깨어났다. 옆에 있던 남편이 악몽을 꿨는지 물었다. 쑤메이는 말하지 않았다. 말할 가치가 없다고 생각했다. 마음이 아팠다. 계속해서 슬피 울었다. 마치 당시 베이징에서 샤오웨이 때문에 마음이 아팠던 것처럼. 쑤메이는 울면서 다행이라고 생각했다. 세월이 둘의 사랑을 무디게 하지 않아 다행이야. 사랑해서 행복해. 가슴 아픈 행복, 보답을 바라지 않는 행복이다.

쑤웨이가 미국에 가기 전 한 말이 생각났다. "언니를 사랑하기 때문에 언니에게서 멀리 떨어져야 돼." 마치 우연 같지만 필연인 모든 것들, 만약 쑤웨이가 닐을 만나지 않았다면 어떤 방식으로 서로의 존재를 참아가며 행복을 나눴을까?

쑤웨이는 자신이 베이징 학교에 입학해 공부하고 베이징에 남아 일하게 된 것을 베이징에서 탈출했다가 다시 베이징으로 돌아온 거라고 했었다.

"언니도 마찬가지야."

쑤웨이가 쑤메이에게 말했다.

"운명이란 걸 믿을 수밖에 없어."

당시 쑤메이 역시 베이징에 있었다. 미술대학의 연수생이었다.

그들은 자연스럽게 샹사오후통에 대해 이야기를 나눴고 심지어 언젠가 한 번쯤 가봐야 하는 건 아닌지 말했다.

"가보고 싶어?"

쑤웨이가 물었다.

"천 년이 지난다 해도 가고 싶지 않아."

"나는 만 년."

"한번 다녀온다고 어떻게 되겠어?"

"정말 가고 싶은 거야 아니면 그냥 장난삼아 그러는 거야?"

"그냥 한번 말해봤어."

"그건 뭐 나쁘지 않지."

"그렇지, 나쁘지 않지. 외할머니한테 너도 좀 보여주고. 지금 외할머니가 날 바라보는 눈빛이 어떤지 넌 모르지."

"가봤어?"

쑤웨이가 놀라서 물었다.

"난 가봤어. 왜 갔었는지 모르겠지만……"

"천 년이 어떻고 하더니 대체 웬일이야."

쑤웨이는 쑤메이와 다투지 않았다. 그저 만 년이 지났다 해도 상상도 못할 만큼 놀랐을 뿐이다. 쑤웨이의 반응에 쑤메이는 더욱 난처했다. 하지만 이런 반응도 이미 예상했던 그대로이다. 이미 가봤다면 굳이 속일 이유가 없다. 왜 혼자 갔는지, 왜 샹사오에 갈 마음이 생겼는지, 그러면서도 쑤웨이에게는 왜 '천 년'이라고 말했는지 아마 만 년

장미의 문

이 지나도 확실하게 말할 수 없을 것이다. 혹시 아직 청명절에 외할머니가 화장을 해췄던 일을 마음에 간직하고 있는 걸까? 극복하고 또한 회복되었던 그 여러 가지 '닮은 꼴'이 떠오른 걸까. 그러기에 어쩌다 외할머니를 닮아가지고.

다녀왔으면 다시 한번 가보지 그래. 난 만 년이라고 했으니 그 말 그대로야. 쑤웨이는 편지봉투와 200위안짜리 태환권을 슬그머니 쑤메이 손가방에 쑤셔 넣으며 분명히 그렇게 생각했을 것이다. 쑤메이는 분명히 그렇다고 믿었다. 쑤웨이의 양심이라기보다는 어떤 일에 대한 마무리라고 봐야 할 것이다. 그건 확실히 마무리였다. 쑤메이는 자신이 쓰이원 베개 옆에 돈을 놓았을 때 쓰이원 얼굴에 떠오른 당혹스러운 표정을 잊을 수가 없다. 분명히 마무리라는 것을 알고 난 후 당혹스러워하는 모습이었다.

52

샹사오후퉁이라는 골목 이름은 바뀌지 않았다. '옌안延安'이나 '루이진瑞金'같은 이름으로 바뀌지 않았다. 구사일생으로 그 이름을 고수한 것 같았다.

이름을 바꾸지 않았으니 되돌릴 필요도 없었다.

아마 당시 사람들은 샹사오란 이름에서 '봉건주의, 자본주의, 수정주의' 같은 의미를 파악할 수 없었나 보다. 그건 '길상'吉祥도 '행복과 장수'의 의미도 아니었다. 그건 그냥 샹사오響勺, 즉 소리 나는 숟가락 그 자체일 뿐이었다. 사회는 신구 사회 변함없이 누구든 숟가락을 사용해야 하고 숟가락은 사용하면 소리가 나기 마련이다.

메이메이는 샹사오에서 도망쳤고 다시 이곳으로 돌아왔다.

과거에 주시는 쟝탄의 아내로 샹사오에 살았고, 지금 주시는 다치의 아내로 역시 샹사오에 살고 있다.

주시와 다치가 결혼했다.

과거에 쓰이원은 샹사오를 위해 '아칭 아주머니' 노래를 불렀고 지금은 샹사오를 위해 '정말 통쾌하게'大快人心事215)를 부른다. 원래 창샹위常香玉처럼 네 명이 함께 부른 예극豫劇의 가락에 비하면 쓰이원은 이도저도 아니었지만 어쨌거나 이를 노래했다. 쓰이원이 이를 이도저도 아니라고 생각한 까닭은 이 노래에서 주시와 다치의 이야기가 느껴졌기 때문이다. 비록 둘이 결합한 지 꽤나 되었지만 말이다.

아무도 주시가 왜 다치와 결혼했는지 분명하게 아는 사람은 없다. 골목 사람들은 대부분 막다른 길에 몰린 한 남자와 한 여자의 어쩔 수 없는 선택이라고 여겼다. 이왕지사 이렇게 된 것 아예 결혼을 해버렸다는 이야기이다. 사람들은 의론이 분분했다. 이 일로 잔뜩 흥분한 뤄 아주머니는 주시를 주시가 다니는 병원에 고발했다. 하지만 이미 기정사실이 되어버린 둘의 관계를 허물 수는 없었다. 쓰이원의 며느리가 자기 며느리가 되었다. 쓰이원 며느리가 뤄 아주머니 손자를 낳을 것이다. 북채와 남채는 쑹주시라는 여인으로 인해 딱히 분명하게 말할 수 없는 새로운 관계가 형성되었다. 대체 누구랑 누가 엮어

---

215) 1976년 중국의 신문학 활동가인 궈모뤄郭沫若가 쓴 〈수조가두〉水調歌頭 · 大快人心事. 문화대혁명이 1976년 막을 내린 해에 나온 이 시의 "정말 통쾌하게 사인방을 잡다"大快人心事, 揪出四人帮는 대목이 눈에 띈다. 지방극의 하나인 예극豫劇 배우 창샹위常香玉가 인민대회당에서 노래했다.

장미의 문

진다는 건지, 뭐 아주머니는 답답한 마음에 금방이라도 쌍욕이 나올 것 같았다. 하지만 뭐라고 욕을 하겠는가? 뭐라고 욕을 해야 할지 감을 잡을 수가 없었다. 늙은 걸 욕해? 아니면 젊은 걸? 쓰이원이 며느리를 부추겨 다치를 넘보게 했다고 할 것인가, 아니면 쑹주시 엉덩이가 실하다고 욕을 할 것인가? 뭐 아주머니는 주시의 둥글둥글한 엉덩이를 훑어보며 더 이상 다치가 어질다느니 의롭다느니 또는 말을 잘 듣는다느니 하는 말을 중얼거리지 않았다. 이제 다치에게는 이상적인 특징만 남았다. 이상적이지 않나? 얼마나 이상적인 엉덩이인가, 그 이상적인 엉덩이에 혼이 나갔는지도 모른다.

뭐 아주머니가 다치를 쫓아냈다.

다치는 쫓아내기도 쉬웠다. 아주머니가 쫓아내자 다치는 그대로 나가버렸다. 주시는 애써 쫓아낼 필요도 없었다. 일찌감치 상사오를 떠나고자 했다. 남채에서 쫓아낼 수 없다면 사상 유례 없는 이 해괴망측한 새로운 관계로 함께 살아야 한다. 누가 누구를 내쫓는단 말인가? 혹시 남채에서 쫓아낼지도 모른다.

쓰이원은 그다지 부자연스러운 모습이 아니었다. 주시와 다치의 결합은 절대 어쩔 수 없는 선택이 아니었다. 쓰이원은 주시가 일부러 당신들 보라는 듯 결합을 했다고 생각했다. 당신들 모두 얼이 빠져가지고 뭘 구시렁거리는 거야? '궁하면 생각이 바뀐다.'라는 말과 흡사하다. 물론 주시는 궁하지 않다, 오히려 풍족하다고 말하는 편이 옳을지도 모른다. 그렇지 않다면 왜 뭐 아주머니가 주시의 엉덩이를 그토록 실하다고 했겠는가? 한마디로 말해, 쓰이원은 주시의 혼사에 대해 더 이상 말하고 싶지 않았다. 과부가 재혼을 하는 건 별스런 일이 아니다. 두 사람 관계에 쓰이원이 말도 안 되는 역할을 한 건 아닌가?

쓰이원은 그저 죽은 아들 좡탄 때문에 조금 슬플 뿐이었다. 주시와 다치가 손을 잡고 그들 모자를 괴롭히는 것 같기도 했다. 그러니까 누가 메이메이를 현장에 보내라고 했던가.

비밀이 드러났다.

일이 성사되었다.

쓰이원은 남녀 둘이 한 패가 되어 자신을 괴롭혔다는 사실을 잊어버렸다. 오히려 자신이 그들을 괴롭힌 것 같았다.

쓰이원은 뤄 아주머니의 비뚤어진 입이 더 비뚤어진 것을 보고 나서야 누가 손해, 누가 이득인지라는 말이 좡씨와 뤄씨 사이의 관계에 더 적합한 표현이란 생각이 들었다. 쓰이원은 이득을 본 쪽이 좡씨네, 손해를 본 쪽이 뤄씨네라고 느꼈다. 사실 이런 생각은 뤄 아주머니도 마찬가지였다. 사합원에서 벌어진 일은 좡씨 집안 다 큰 낭자가 뤄씨 집안 노총각에게 시집을 온 것이 아니라 좡씨 집안 과부가 뤄씨 집안 청년에게 시집을 온 것이다.

하지만 손해를 본 뤄 아주머니는 그래도 이득을 챙긴 쓰이원을 지역에 내보내 학습과 회의를 이끌도록 했다. 이제 쓰이원의 지역 활동은 시간을 쪼개 참여해야 하는 상황이 되었다. 쓰이원은 생각했다. 쓰이원은 '정말 통쾌하게'를 노래하며 즐거워했다. 더 이상 샹사오를 위해 영광을 노래한다는 식의 말은 할 수 없었다. 정말 통쾌한 마음으로 샹사오후퉁에 사는 사람들의 마음을 통쾌하게 했다. 독일 할머니 역시 독일 친척이 보낸 서독의 마르크를 받기 시작하지 않았던가? 또한 마르크화를 이용해 지붕에 새 기와를 얹고 낡은 바닥을 걷어내고 새 바닥으로 갈기 시작했다.

다 선생의 그 '오점'은 오히려 진귀한 역사 기록이 된 듯했다(다만 오점이 너무 작아서 유감일 뿐이다. 좀 더 컸으면 좋았을 걸……). 그는 구區 정치협상위원으로 선발되었고, 지역 정치협상위원회는 바로 '숟가락 밥 먹는 부분'에 해당하는 예전 쓰이원 대저택에 위치했다. 더 이상 그 집은 쓰이원과 관계가 없었지만 어쨌거나 쓰이원은 그곳에 살았었기 때문에 익숙한 곳이다.

다 선생의 외손녀 마샤오쓰 역시 TV방송국 PD가 되어 샤오화小華라는 전도유망한 청년과 결혼했다. 때로 번쩍번쩍 빛나는 자동차로 다 선생을 모시고 영화자료관에 가서 내부 영화를 관람했다. 자동차가 마샤오쓰 시아버지 것인지 아니면 마샤오쓰의 방송국 차량으로 PD들이면 모두 사용할 수 있는 것인지는 모른다.

통쾌한 무리 중에 뤄씨 집안은 포함되지 않는다고 말할 수도 없다. 뤄씨 집안 역시 그 집 나름대로 통쾌한 일이 있다. 뤄 아저씨, 다치, 얼치는 여전했다. 다치는 주시 배가 부르는 바람에 잠시 집안 재정이 빡빡했지만 싼치는 옌징호텔 객실부의 'boy'가 되었다. 비록 종업원이긴 하지만 일터가 옌징호텔이라 서양인들이 객실에 흘리고 간 양담배, 양주, 서양 화장품들만으로도 부러움의 대상이 되었다. 뤄 아주머니조차도 이런 물건을 헤프게 써대기 시작했다. 한번은 헤어스프레이를 화장수로 잘못 알고 목에 뿌리는 바람에 목이 '진득진득'해졌다. 전문가 분석에 따르면 스프레이의 주요 성분이 송진이라고 한다.

물론 이런 통쾌한 일들은 모두 쓰이원의 '노래'와 함께 등장한 소소한 변화의 일부다. 쓰이원에게 무엇보다도 가장 통쾌한 일은 통로와 조각문양이 화려한 화격선花隔扇 문, 안으로 들어가려면 계단 다섯 개를 올라야 하는 커다란 북채를 회수한 일이다. 비록 뤄씨 가족이 계속 그곳에 살고 있긴 하지만 매달 그들이 쓰이원에게 주는 방세가 소유권 반환을 증명해주는 셈이다.

방세의 등장 역시 북채와 남채의 새로운 항목, 무엇보다 시대적 특징을 가장 잘 드러내는 항목이 되었다.

매달 10위안의 방세를 받기 위해 쓰이원은 언제나 '기품'있게 행동했다. 쓰이원은 뤼 아주머니가 자신과 다 선생의 무대를 거절한 일, 자기 발에 곡물에서 골라낸 돌을 던졌던 일을 잊지 않았다. 이제 쓰이원은 다시 돌을 던지는 식으로 뤼 아주머니를 대할 필요가 없다. 그저 도도하면서도 교양 있게 '기품'을 드러내면 그만이다. 사람 발에 돌을 던지는 행위는 그 자체가 상스러운 일이다.

매번 뤼 아주머니가 방세를 내러 올 때마다 쓰이원은 양피 상자에서 영국, 프랑스 화장품을 펼쳐놓았다. 더 이상 궁상맞게 대추를 굽고 은이버섯을 고거나 계원^{桂圓}을 삶을 필요도 없었다. 그래야 광명정대한 채권자다운 분위기를 물씬 풍길 수 있다.

뤼 아주머니가 왔다. 뤼 아주머니 역시 이 대목에 자기만의 준비가 있었다. 그녀는 쓰이원에게 액면가가 높은 지폐를 준 적도, '대단결'[216] 한 장을 주지도 않았다. 언제나 마오(0.1위안)와 동전을 한가득 가져왔다. 마오짜리 지폐는 꼬질꼬질하게 꼬여 있어 인쇄도 잘 보이지 않았고 동전 역시 거무튀튀했다. 한눈에 보기에도 일부러 정성껏 선별한 것이 분명했다. 뤼 아주머니가 남채로 들어와 들고 있던 돈을 쓰이원 눈앞에서 내려놓았다. 마치 낡은 걸레 같은 돈들이 두 여자 사이에 놓였다.

---

216) 10위안짜리 중국 지폐의 속칭. 각 민족의 모습이 그려져 있다.

장미의 문

쓰이원은 돈을 바라보지 않고 계란 흰자와 함께 삶은 계원을 얌전히 먹었다. 뤄 아주머니가 좀 더 앉아 자신이 먹는 모습을 지켜보길 바라며 넌지시 자기 화장대 쪽을 계속해서 힐끗거렸다.

뤄 아주머니는 사방을 두리번거리지 않았다. 아주머니는 속으로 그래봤자 그릇에 지난번 봤던 '고욤'(고욤보다 조금 크다고 해도 한계가 있다) 몇 알이 담겨 있을 거라고 생각했다. 아무리 영양이 많다고 해도 오곡만 하겠는가? 게다가 화장대 위에 놓인 구닥다리 물건은 얼마나 오래된 것일지 모른다. 시간 날 때 우리 집에 가보시지. 쌴치가 주워 온 것이긴 해도 어쨌거나 모두 외국인 물건이니 자네도 한번 구경해볼 만할 거요. 발음을 못해서 그렇지 꼬부랑말로 몇 마디 지껄였으면 자네도 얼이 빠졌겠제.

"혼자 있음까?"

"어, 그럼요. 아직 복덩이 학교 끝나기 전이니까요."

쓰이원은 분명히 일부러 그런 질문을 했을 거라고 생각했다.

"얼마나 답답하겠소, 나 같으면 못 견뎠을 거요."

"전 별로 모르겠는데요."

쓰이원이 말했다.

"행복의 고독 같은 거죠."

"'코독(고독)'을 어찌 견디오? '코독'이란 거, 그거 혼자 있는 거 말하는 거 아니오?"

뤄 아주머니 역시 영화도, 드라마도 제법 본 적이 있다, 그래, 그런 말이 나왔었지.

그녀는 생각했다.

"그럴 수도 있겠슴다. 혼자 살면 걱정할 게 없지 않겠슴까? 그때 생각하면 꼬물꼬물 크고 작은 아이 셋이 여기 살았으니, 많이 힘들었겠습다. 이제는 애들이 다 커서 시름 놓겠지. 누가 그러는데 메이메이하고 샤오웨이 걔네 둘은 잘 컸다던데."

"모두 어릴 때 기초를 잘 닦아서죠."

쓰이원이 말했다.

"아직 기억하고 계시죠? 당시 밖이 얼마나 소란했어요? 난 메이메이에게 집에서 그림을 그리라고 했죠."

"말 못해 그렇지 참 고생 많이 했습다. 걱정이 많았습다."

"가정교육이란 거죠."

"그럴겜다. 지금도 메이메이는 무척 바쁠 거 아님까?"

"바쁘죠."

"편지는 자주 오고?"

"자주 오죠."

"그러고 나서 난 걔를 한 번도 못 봤습다. 이번에도 당신 보러 오지 않았지요? 베이징에 와 놓고."

"누가요?"

"메이메이요."

"메이메이? 못 오죠. 쫭천이 며칠 전 편지를 보냈는데 그 애가 광저우에 있다고 하더군요."

쓰이원은 이미 계원탕을 내려놓은 후다.

"난 또 이미 알고 있는 줄 알았습다. 어제 우리 다치가 화방자이에서 봤다고 하던데. 걔가 다치에게 들어와 그림 구경하라고 했는데 다치가 안 갔다고 합디다. 정말 모름까? 참. 돈이 맞는지 세워보쇼."

뤄 아주머니가 화제를 가볍게 방세로 돌린 후 살짝 무거운 몸을 끌고 남채를 나왔다.

뤄 아주머니가 가져온 소식에 대해 쓰이원은 뤄 아주머니에게 별다른 표현은 하지 않았다(그저 무의식적으로 들고 있던 그릇을 내려놓았을 뿐이다). 하지만 메이메이와 화팡자이가 그녀의 모든 계획을 엉망으로 만들었다. 마음이 뒤숭숭한 나머지 그녀는 뤄 아주머니에게 영수증 써주는 것도 잊어버렸다.

쓰이원은 생각했다. 사실이 아니야.

쓰이원은 생각했다. 사실이야.

53

주시와 다치가 다시 샹사오후퉁으로 돌아와 쓰이원의 서채로 이사했다. 그들은 서채를 두 칸으로 나누었다. 다치 공장의 공동 거주지보다 훨씬 넓고 편리했다.

당시 그들이 샹사오후퉁에서 쫓겨났다고 한다면 이제 그들의 귀환은 개선이나 마찬가지다. 그들이 아들을 낳았다. 아들 이름은 환쯔歡子, 아이를 보면 부모 둘의 몸이 얼마나 실한지 알 수 있다.

환쯔의 출현에 뤄 아주머니는 순식간에 과거를 잊었다. 누가 손해고 누가 이득이라고? 손자, 뤄씨 집안의 장손이 태어났다. 싼치의 안목은 더 원대했다. 그는 주시를 다정하게 '큰형수'라고 불렀다. 그들은 주시를 부르며 자기들 생활에서 주시가 차지하는 무게를 가늠했다. '지식인'인 데다 해외에 친족이 있는 여인의 무게를 가늠했다. 그들은 다치와 주시의 결합이 뤄씨 집안 전체의 안목이라고 느끼기 시작했다. 그들은 마치 멀리 자신들을 기다리고 있는 뭔가(당연히 좋은 것)가 보이는 듯했다. 그건 그다지 분명치 않으면서도 그렇다고 그다지 모호하지도 않았다.

뤄 아주머니는 더 이상 신발 천, 가위를 펼쳐놓지 않았다. 대신 환쯔를 품에 안고 통로에 앉아 '스네이크 큐브'와 '루빅 큐브'를 들고 환쯔와 요리조리 궁리를 하고 있었다.

주시는 냉정하게 이 모든 것을 받아들였다. 이곳에 돌아왔으면 돌아온 거지. 자신에게 서채를 제공한 쓰이윈에게 감사하지도, 뤄씨네를 향해 자신이 뤄씨 집안사람이라고 표현하지도 않았다. 주시는 병원에서 의사로, 집에 돌아오면 복덩이와 환쯔의 어머니, 다치의 아내로 살았다. 쓰이윈은 같은 사합원에 사는 사람일 뿐이다. 전에 그와 다치의 그 일이 '들통 나고', '결혼'을 했을 때 자기에게 쏟아졌던 경멸의 눈빛을 잊지 않았다. 환쯔를 갖고 샹사오에 복덩이를 보러 왔을 때 골목의 시선은 더 노골적으로 커다란 그녀의 배를 향했다. 쓰이윈, 뤄 아주머니 그리고 골목 전체…… 모두 마찬가지였다. 쓰이윈은 그 시선들을 무시했다. 심지어 오히려 더 대놓고 커다란 배를 흔들고 다녔다. 집에서 복덩이를 씻겼다 하면 대야에 옷이 가득이었다.

이제 모든 것이 더욱 쓸모없는 일이 되었다. 배가 꺼지고 주시는 다시 원래 모습이 되었다. 허리가 조금 굵어졌을 뿐이라서 에어로빅만 조금 해도 원래 상태가 될 수 있는 몸매였다.

북채는 환쯔와 즐거운 시간을 보내고 싶어 했고 또한 그렇게 했다. 환쯔는 기쁨 그 자체였다. 남채에서 환쯔를 기껍게 생각하지 않는 건 인지상정이다, 환쯔가 남채와 무슨 관계가 있는가?

주시가 서채에 살게 되었다. 주시는 서채를 사랑스럽거나 따뜻하

장미의 문

게 생각하지 않았으며 그렇다고 짜증이 난다거나 싸늘한 기분이 들지도 않았다. 서채는 꾸빠가 살던 곳이다. 주시는 꾸빠의 일이 마치 지난 세기 일처럼 느껴졌다. 꾸빠의 하체에 꽂혔던 물건, 꾸빠 하체에 엉겨 붙은 피가 어디선가 본 문화재처럼 느껴졌다. 하지만 그녀는 서채에 또 한 사람이 살았었다는 사실을 잊을 수가 없었다. 그 사람은 지난 세기에 살던 사람이 아니라 자신과 동세대 사람이다. 한 세대의 기억을 위해 주시는 심지어 매일 기꺼이 메이메이를 데리고 조청시를 하도록 했다. 현장에 없어도 그는 이 서채의 존재였다. 유감스럽게도 그가 두 번이나 샹사오후퉁에 사는 동안 그녀는 그의 방에 한 번도 들어가 본 적이 없다. 탁자, 침대가 어디에 있는지 아무것도 알지 못했다. 그는 그녀를 봐도 못 본 척했다. 그녀는 그것만 기억할 뿐이다. 하지만 그가 자신에게 신경을 쓰고 있다는 것은 분명히 느낄 수 있었다. 게다가 아주 구체적으로 신경을 썼다. 그랬기 때문에 그녀는 매일 아침 대추나무 아래에 서서 바랄 수 없는 바람을 갖게 되었다.

그녀는 그가 담배를 심하게 피웠던 것도 기억한다. 그가 앞을 지날 때면 담배 냄새가 풍겼다. 그녀는 그의 담배 냄새에 끌렸다. 절대 일부러 맡으려 한 건 아니지만 말이다. 서채를 발견할 때 그녀는 방구석에서 먼지를 뒤집어쓴 담배꽁초를 발견했다. 그녀가 꽁초를 집어서 냄새를 맡았다. 담배꽁초에서는 자신이 맡았던 그런 냄새가 아니라 곰팡이 냄새가 났다. 그녀가 꽁초를 편지봉투에 넣어 서랍 안에 넣었다. 그녀는 문득 이 방에 대한 자신의 느낌을 부정해야 한다고 생각했다. 이곳은 매우 친절한 방이다. 이 방의 이런 특징이 점점 탄력을 잃어가는 다치에 대한 감정을 되살렸고 또한 이상한 예감이 들었다. 그녀는 자신이 가야 할 길이 아직 많이 남았고 그 먼 길에서 또 무슨 일이 일어날지 감이 잡히지 않았다.

　　그녀는 예기치 못했던 격정에 꿈틀거렸고 다시 적극적으로 다치를 애무하기 시작했다. 환쯔를 출산한 후 주시는 다치에게 적극적으로 다가가지 않았다. 무덤덤했다. 다치는 그녀의 속을 알 수 없었다. 마치 당시 쾅탄이 그녀의 속을 알 수 없었던 것처럼. 심지어 다치는 주시에게 가장 기본적인 생활 이외의 다른 화제를 입에 올린 적이 없었다. 그는 본능적으로 두 사람 사이에는 일상을 넘어서는 화제가 어울리지 않는다고 느꼈다. 이런 본능적인 느낌 때문에 그는 자기 나이다운 자유로움이 없었다. 그들은 한 차원에서 생활했고 함께 그 평온을 지켰다. 그건 마치 주시가 평온을 유지하기 위해 다치에게 정해 준 평온 같았다.

　　어느 날 주시는 자기 수술명단에서 예룽베이란 이름을 발견했다. 맹장수술이었다. 주시는 그의 병실을 찾아갔다. 둘은 서로 상대방을 알아봤다. 주시는 서랍에 넣은 담배꽁초가 그의 것이란 사실을 떠올렸다. 그녀는 침착하게 맹장수술을 기다리는 눈앞의 환자를 바라보았다. 환자를 대하는 모든 의사들의 모습처럼 침착했다.

　　당신은 진찰을 받고, 나는 진찰을 하는 거야.

　　주시는 평소처럼 예룽베이 상태를 물었고 그 외에 그러니까 '잘 지내십니까?' 식의 인사는 전혀 하지 않았다.

　　그는 그녀의 환자다. 하지만 막상 수술은 일을 핑계로 다른 사람에게 넘겼다. 주시는 예룽베이의 맹장을 떼고 싶지 않았다. 수술 전 준비를 생각하니 특히 더 마음이 괴로웠다. 한 번도 느껴보지 못한 감정이었다.

　　수술 후 병실로 예룽베이를 보러 갔다. 예룽베이는 빠르게 회복되

장미의 문

었다. 쑤이청 시골에서 생활하며 오히려 몸도 마음도 한껏 건강해진 모습은 전처럼 '안데르센' 같아 보이지 않았다. 검은 모발은 염색이 아니었다. 복부의 근육도 여전히 탄탄했다. 그 나이 때 남자면 으레 대부분 '똥배'가 나오기 마련이다. 그들은 편안하게 병실에서 나와 문밖 테라스로 나간 후 마치 오랜 이웃처럼 대화를 시작했다.

그들은 샹사오후퉁에 있을 때 한 번도 말을 주고받은 적이 없었다는 사실을 잊었다. 하지만 그들의 대화는 또한 그들이 서로 이해하고 있음을, 심지어 속 깊이 이해하고 있음을 말해주었다. 주시는 그에게 샹사오를 떠난 후에 있었던 모든 일, 모든 것을 물었다. 예룽베이는 기꺼이 빠짐없이 대답했다. 그는 쑤이청 시골에 대해 시시콜콜 모든 것을 신나게 이야기했다. 비록 주시가 듣기에는 그곳의 모든 것이 참기 힘들었지만. 하지만 주시의 기분이 어떻든 예룽베이는 혼자 묻고 대답하며 자기 말만 늘어놓았다.

그가 물었다.

"세상에 어떤 냄새가 가장 매력적인지 알아요?"

그가 대답했다.

"햇곡식, 갓 싼 똥(똥). 아마 당신은 상상도 못할 겁니다. 이런 냄새를 이해하지 못하는 사람은 애초의 순수함으로 돌아간다는 것이 뭔지 모를 겁니다. 사람들은 누구나 애초의 순수함으로 돌아가겠다고 스톤 워시 진 청바지를 입거나 흑인들의 디스코를 추죠. 외국인들은 누드 해변에 가서 실오라기 하나 걸치지 않은 채 해수욕을 즐기기도 하고요. 이런 걸로 애초의 순수함으로 돌아갈 수 있다고 생각한다는 건데 정말 웃기는 일이죠."

주시는 듣는 쪽이었고 예룽베이 혼자서 자문자답했다. 주시의 모든 것에 대해 예룽베이는 무엇 하나 물어보지 않았다.

후에 예룽베이가 담배를 꺼내 피우기 시작했다. 주시는 원래 자신에게 가장 매력적인 냄새는 햇곡식이나 갓 싼 똥이 아니라 바로 담배 냄새라고 말하고 싶었다. 그래도 주시는 그에게 흡연을 좀 삼가라고 권했다. 할 말이 없어서 하는 말 같기도 하고 의미심장한 말처럼 들리기도 했다.

후에 예룽베이는 추가 지급된 임금으로 노동개조에 참여했던 시골에 집을 지었고 거기서 한평생 살 거라고 말했다. 마을 입구 산등성이에 현대건축 양식을 많이 활용해 지었다고 한다. 마치 작은 흰색 별장 같으며 방에 다운라이트도 달았다고 강조했다. 처음에 마을에서는 그가 지은 집 때문에 말이 많았다. 유별난 건축 설계와 색, 다운라이트를 보러 시골사람들이 모두 달려들었다. 지나치게 큰 유리창은 매일 아이들이 깨부쉈다. 하지만 몇 년 후 마을의 젊은이들은 결혼해서 집을 지을 때 그의 다운라이트를 보러 왔고 그의 설계를 따라하는 사람도 나타났다. 물론 그들은 집을 지을 수 없었다. 짓다가 도중에 포기했다.

"왜 그랬냐고요?"

예룽베이가 물었다.

"그들은 평평한 지붕을 원했으니까요. 지붕에 곡식을 말려야 했거든요. 우리 집 지붕은 평평하지 않아요."

예룽베이가 대답했다.

그는 자신을 또 부를 줄 누가 알았겠느냐고 말했다. 그는 퇴직하고 싶었다. 퇴직 후 자기 별장으로 돌아가길 원했다. 자기 별장 때문에 일찍 퇴직하길 희망했다.

장미의 문

주시는 퇴직하기에는 아직 빠르다고 말했다. 그의 진료기록부에 적힌 나이는 이제 겨우 쉰이었다. 그는 나이 이야기가 나오자 화제를 돌렸다. 나이는 별로 많지 않지만 일한 지 오래돼서 그의 운명이 지식인과 노 혁명가라는 그럴싸한 두 개의 이름을 남겨줬다고 했다. 그는 지원군으로 한국전쟁에 참가했다가 귀국한 후 대학에 입학했다. 지원군 선전대에서 그는 온갖 일을 했다. 연출과 지도, 그림과 글쓰기에 노래도 불렀다. 그 후 그는 다시 자기 별장 이야기로 돌아갔다. 별장으로 돌아가겠다는 결심을 강조한 후 그가 말했다.

"사람은 탈속을 해야 합니다."

그의 정신이 절대 그의 영혼에 기만당하는 일이 벌어지면 안 되며 수시로 영혼을 경계해야 한다고 말했다. 지금 자신이 자기 별장을 내팽개치고 사람들 소용돌이로 들어와 밀고 당기고 뛰어다니고 줄을 서서 맹장 수술을 하는 이유는 바로 영혼에게 기만을 당했기 때문이라고 했다. 하지만 마지막에 그는 도시는 없어서는 안 되는 존재, 도시를 지탱하기 위해서는 각양각색의 영혼이 필요하며 거기엔 자신의 영혼도 포함된다고 했다.

"내 영혼이 없으면 도시를 어떻게 도시라고 하겠습니까?"

그가 주시에게 물었다.

주시는 대답 대신 웃었다. 그렇게 웃으며 야릇한 충동이 영혼 깊숙한 곳에서 불끈 솟아올랐다. 파란색과 하얀색이 엇갈린 환자복을 입고 살짝 미치광이 같은 이상한 소리를 뇌까리며 말도 안 되는 말을 씨불이는 남자 때문이다. 사람은 원래 말도 안 되는 말을 씨불이기도 해야 하는 거잖아? 주시 자신은 또 얼마나 그럴 듯한 말만 하고 살았는데?

주시 자신의 영혼 역시 항상 자신의 정신을 속이지 않았던가? 이 도시에 자신의 영혼도 없어서는 안 되는 것 아닌가? 주시는 왜 또 그의 말이 말도 안 된다고 트집을 잡겠는가?

주시는 자기 말을 그럴 듯하게 둘러댈 수 없었기 때문에 그와 작별할 때 현재 서채의 주인이 자기라고 말했다. 주시의 말에 예룽베이는 어이가 없는 듯 헛웃음을 지었다. 아주 잠깐 그의 얼굴에 웃음이 스치고 지나갔다.

그 후 열일고여덟 정도로 보이는 촌스런 여자애가 예룽베이의 식사를 날라 왔다. 예룽베이는 주시에게 그 애 이름이 위슈ᄑ秀라고 간단하게 소개했다. 주시는 아마도 예룽베이의 어린 가사도우미일 거라고 생각했다. 예룽베이는 아직 미혼이기 때문이다.

예룽베이는 주시에게 위슈에 대한 설명을 하지 않고 식사할 준비를 했다. 환자가 식사할 때면 의사는 대개 자리를 뜬다. 주시는 나가기 전 그에게 무슨 일이 있으면 당직 간호사를 통해 자신을 부르라는 말끝에 그의 주소를 물었다. 예룽베이는 그냥 간자커우甘家口라고만 말했다.

퇴근 후 자전거를 타고 병원을 나온 주시는 어느새 거리의 사람들 틈에 휩쓸렸다. 주시가 평소와 달리 자전거를 빨리 몰았다. 난생 처음 여유로운 자전거 주행에 대한 즐거움을 내려놓았다. 사람들 틈에서 힘차게 페달을 밟으며 주시의 상상도 한껏 단순해졌다. 나뭇잎, 상점, 목욕물…… 주시는 속으로 '햇곡식, 갓 싼 똥'이란 말만 되뇌었다. 아마 이 뜬금없는 말 때문이리라. 그녀는 샹사오로 바로 돌아가지 않고 웨탄月壇공원에 이르자 자전거에서 내려 공원 입장권을 샀다.

초저녁이라 그런지 사람은 별로 많지 않았다. 주시는 입구 의자

장미의 문

에 앉았다. 초가을 공기에 청신한 숲 내음과 함께 이곳에서 즐겼던 다치와의 밀회가 떠올랐다. 오늘 이곳에 앉아 있는 이유가 당시 밀회를 떠올리기 위해서는 아니지만 당시 느꼈던 청춘의 격정은 여전히 감동적이었다. 그 시절을 헛되이 보내진 않았다는 느낌이 들었다. 모든 것을 그럴 듯하게 말할 수 있고 또한 모든 것을 그럴 듯하게 말할 수 없기도 하다. 햇곡식과 갓 싼 똥이 대체 그녀와 무슨 관계란 말인가? 다치의 근육이야말로 실하고 믿음직하다.

주시가 고개를 숙여 빈 의자, 빈 의자 위의 자신을 곰곰이 바라보았다. 문득 의자가 병상처럼 느껴졌다. 병상 머리맡에 진료카드가 있고 카드에 자신의 나이가 마흔이라 적혀 있었다. '이미 마흔' 아니면 '이제 겨우 마흔'인가? 주시는 이제 겨우 마흔이라고 생각하기로 결심했다. 이제 겨우 마흔인 여자가 왜 병상에 누워 무병신음無病呻吟을 하는가? 주시는 원래 감기 한 번 걸린 적이 없다. 그녀는 이곳에 있는 자신의 모습이 너무 황당했다.

주시가 공원을 나왔다. 거리에 오가는 사람이 많이 줄어들었다. 평소처럼 자전거를 천천히 몰았다. 자전거를 몰고 사합원으로 들어가며 주시는 서채의 불빛을 보고 나서야 문득 자신이 공원에 간 목적을 떠올렸다. 그곳에 간 건 결정을 내리기 위해서였다. 다치와 밀회를 즐겼던 그 공원에서 그녀는 이혼을 생각했다.

그날 밤, 주시는 분명하게 자기 생각을 말했다. 시선을 피하지도 가책을 느끼지도 어물거리지도 않았다.

"다치, 물어볼 말 있어."

그녀가 말했다.

"음."

다치가 말했다.

"우리 둘이 함께하는 게 좋을까, 헤어지는 게 좋을까?"

"당신은?"

"역시 헤어지는 편이 낫겠어."

"헤어진다니?"

"이혼 말이야."

다치는 준비가 되어 있지 않았다. 하지만 놀라지도 않았다. 그가 잠시 생각했다.

"이유가 뭐지?"

그가 물었다.

"우린 별로 맞지 않는 것 같아."

"잘 맞는데."

"안 맞아."

"어떤 부분에서?"

"당신도 분명히 알 것 같은데."

"난 잘 모르겠어."

"잘 모르겠다는 것 자체가 우리가 안 맞는다는 증거 중 하나야. 아주 중요한. 왜 우리는 이렇게 오래 함께했는데도 잘 모르는 부분이 있는 걸까?"

"난 언제나 열심히 생각하고 당신을 이해하려고 해, 다만……"

"하지만 당신은 너무 피곤해. 나와 있을 때 맘껏 웃지도 못하는 거 모르지? 나한테 욕도 못하잖아. 분명히 당신은 웃을 줄도 알고, 욕도 할 줄 알아. 난 잘 알아. 전에 당신이 내게 그 글자를 물어봤어. 그런데 당신은 말을 못했잖아. 그 후에 당신은 더더욱 입을 열지 못했어."

"왜 내가 욕하길 바라는데?"

"내 말은 당신이 항상 내가 뭘 좋아하는지만 생각하고 자기 습관은 잊었다는 거야. 사람이 자기 습관, 자기가 좋아하는 것은 내팽개치고 항상 다른 사람에게만 신경을 쓰면 영원히 긴장하게 되잖아, 긴장하면 피곤하고. 게다가 당신은 항상 나에 대해 이리저리 생각하면서도 결국 나에 대해 잘 모르잖아. 영원히 그럴 거고. 벗어나, 당신은 아직 젊어. 정말 당신은 아직도 젊어. 나랑 같이 있으면 빨리 늙을 거야."

다치는 말없이 계속 길게 한숨만 쉬었다. 그가 생각하기에도 주시 말이 옳았다. 주시는 대번에 자기 생각의 핵심을 찔렀다. 이제 누워서도 한숨을 쉰다. 누울 때도 어떻게 누워야 하는지 자세를 생각하느라 한숨을 쉰다. 주시가 보기에 점잖게, 잘 어울리는 자세를 취하기 위해서다. 그렇게 눕고 나면 조금 피곤하다. 주시의 말이 옳다. 그러고 보니 자주 피곤하다. 집에 돌아오면 피곤하다. 인쇄소에 가서 동료들과 함께 있어야 홀가분하다. 이제껏 자기 여인을 이해한 적이 없었다는 의미이다. 생각해 보니 주시를 품에 안을 때 항상 몸이 뻣뻣했다. 그래도 그는 사람들이 이럴 때 습관적으로 뭐라고 말하는지를 떠올렸다.

"그럼 지금까지 우리는 뭐였어?"

"지금까지 다 옳았어, 다 옳지 않기도 했고."

"사랑이 없었던 건가?"

"있었어, 다른 것도 있었고."

다치는 더 이상 묻지 않았다. 주시가 그 '다른 것'을 말할까 봐 두려웠다. 그는 그들 사이에 사랑만 존재했고 다른 것은 존재하지 않았길 바랐다.

"환쯔는 어떻게 하지?"

그가 물었다.

"그럼 동의하는 거야?"

"그래."

"아이를 보내고 싶어."

"어디로 보내?"

"조금 크면 우리 어머니한테."

"당신 어머니? 환쯔를 외국으로 보낸다고?"

"당신도 가도 돼. 환쯔 데리고 같이 나가고 싶어? 우선 잠시 영어 배우고 있어."

"나더러 환쯔를 데리고 장모님에게 가서 살라고?"

"안 될 것도 없어. 장모님이라고 부르지 않아도 돼. 여사나 아주머니라고 불러도 되고…… 외국에서는 편하게 해. 아버지는 아들이 그냥 이름 불러주는 걸 좋아해, 가깝게 느껴진다고."

"싫어."

"그래도 다시 생각해 봐. 환쯔 일은 당신이 생각해 봐, 어때?"

아마도 다치의 '싫어' 대답이 너무 순수하고 사랑스러워서일까, 주시는 다치에게 말한 놀랍고 심각한 화제를 잠시 잊어버렸다. 그녀가 그의 손을 잡았다. 다치는 오래전 그녀가 자신의 손을 잡고 '바보'라고 말할 때 그랬던 것처럼 그녀의 손에서 강한 힘을 느꼈다.

그가 손을 뺐다. 그녀가 다시 그의 손을 잡았다.

다치는 더 이상 손을 빼지 않았다.

그는 어색하게 그녀의 품에 안겼다.

장미의 문

다치는 밤새 아내를 품었다.

다치는 밤새 눈물을 흘렸다.

주시가 다치에게 몸을 맡겼다.

주시는 다치를 울게 내버려뒀다.

날이 거의 밝을 때쯤 주시는 잠이 들었다. 다치는 잠을 이루지 못하고 계속 잠든 주시를 바라보며 생각했다. 욕도 할 줄 알았어야 하는 건가? 주시가 눈을 떴을 때 그가 물었다.

"당신 대체 뭐 하자는 거야!"

주시는 더 이상 그가 욕을 하지 않는다고 싫어하지 않았다.

그녀가 말했다.

"당신 햇곡식하고 갓 싼 똥에서 무슨 냄새가 나는지 알아?"

그가 말했다.

"잠꼬대 해? 당신 시골 사람도 아니잖아."

주시가 다시 잠이 들었다. 아니 잠이 든 척했다.

54

주시와 다치는 조용히 헤어졌고 다치는 다시 두 집이 함께 사는 공장 주거지로 돌아갔다.

주시는 나가지 않고 그대로 서채에 살았다. 그녀에 대한 사람들의 표현이 달라졌다.

주시는 혼자 서채에 살았다. 때로 복덩이를 불러 공부를 시켰고 또 때로 아주 늦게 혼자 외출을 하기도 했다. 주시는 자주 갑자기 나갔다가 금방 돌아왔다. 누구랑 약속이 있는 것 같지도, 일이 있는 것 같지도 않았다. 마치 나가는 것 자체가 목적인 듯했다. 때로 서랍에서 봉투를 꺼내 담배꽁초를 꺼내 보고 다시 돌려놓았다.

시간이 한참 지나서인지 담배꽁초에서는 더 이상 냄새가 나지 않았다.

뤄 아주머니는 있는 말 없는 말 다 동원해 비아냥거리며 대야랑 그릇을 뒤엎었다. 그리고 노래 하나를 지어내 환쯔에게 가르쳤다.

하나 둘 셋 넷 다섯,
호랑이 잡으러 산으로, 산으로,
호랑이가 집에 없어,
환쯔 엄마만 두들겨 패요.

주시와 다치의 일에 누가 손해고 누가 이득이라는 말만으로는 속이 풀리지 않았다. 이건 분명히 뤄씨 가족을 업신여기는 짓, 뤄씨 집안을 무시하고 희롱하는 짓이다. 하지만 뤄 아주머니는 더 이상 어찌할 방법이 없었다. 주시는 꾸빠가 아니다. 한바탕 속으로 욕을 퍼붓고 얼치, 싼치를 시켜 다시 주시에게도 쇠꼬챙이를 꽂게 해? 이미 실현불가능한 일이다. 상황이 변했다. 주시가 서채에 살고 있는 건 마치 꾸빠를 대신해 피의 복수를 하는 것 같다. 그것만으로도 끔찍하다. 아무리 노래를 지어 환쯔에게 하루 백 번을 부르게 해도 주시는 그저 노래로 여길 뿐이다. 뤄 아주머니는 때로 다치를 생각하며 눈물만 찔끔거릴 뿐이다.

쓰이원은 이미 다치와 주시의 결말을 예상하고 있었다. 그녀가 자진해서 주시와 다치를 서채로 불러들인 건 마치 두 사람의 우스꽝스러운 결말을 보기 위해서였던 것 같다. 그들은 오직 서채에 살아야만 헤어질 것 같았다. 쓰이원은 누가 이득이고 누가 손해일까라는 생각만으로 부족했다. 웃음거리 신세로 전락했는데도 아무런 손도 쓸 수 없어서 수치스럽다 못해 분노가 치민 지금의 뤄 아주머니 모습을 보고 싶었다. 그까짓 노래, 꾸빠네 따황이 다 웃겠네.

당신은 남채 주인 쓰이원에게 그 수치와 분노를 쏟아 부어야 제일 속이 시원하겠지, 주시가 쓰이원의 며느리였으니까. 쓰이원은 생각했다. 당신이 수치와 분노를 나한테 쏟아 부어야 난 좀 덜 외로울 것 같아. 외로움은 때로 행복을 선사하기도 하고 때로 갈팡질팡 마음을 잡지 못하게 할 때도 있어. 지금 쓰이원의 가장 큰 바람은 뤄 아주머니가 통로에 서서 다리를 번쩍 들어 올리며 허벅지를 내리치는 것, 아니면 아들의 이혼을 경축하며 닭을 한 솥 삶아 닭다리 파티를 여는 것이다. 솥 좀 열어봐, 먹을 수 있는지!

쓰이원은 매일 예전에 변소 청소를 기다리거나 지역주민위원회에 신문을 읽으러 가라는 통지를 받았을 때처럼 마음이 초조했다. 자신을 향한 뤄 아주머니의 분노가 폭발하길 바랐는데. 하지만 쓰이원의 바람은 이루어지지 않았다(그때만 못했다). 바람이 이루어지지 않는다는 것, 그건 정신적인 불안정을 의미한다. 쓰이원은 주시의 이혼으로 인해 또다시 의지할 곳도, 돌아갈 곳도 없는 묘한 고독을 느꼈다.

정신적으로 의지하고 어딘가에 귀속되기 위해, 조금이나마 자신의 외로움을 덜기 위해 주시를 따르는 것도 나쁘진 않을 것 같았다. 과연 주시를 쫓기 시작한 쓰이원은 바빠지기 시작했다. 허둥지둥 정신이 없었다.

쓰이원은 주시의 출퇴근 이외에 주시의 거의 모든 활동을 쫓아다녔다. 자전거를 타고 가는 쑹주시를 따라가기 위해 지름길을 택하고 버스를 비집고 올라타는 비결도 파악했고, '자오소우팅'招手停217)을 향해 손을 흔들고 때로 인도에서 내려서 'taxi'를 가로막기도 했다. 이후 주시를 미행해 이른 곳은 모두 합쳐 두 곳으로 귀결되었다. 웨탄공원과 깐자커우 부근의 한 가정집이다.

쓰이원은 자신의 직감, 시각, 후각, 육감으로 그 가정집 주인이 누군지 알 것 같았다. 이를 확인하는 일은 그리 어렵지 않았다. 그녀는 거침없이 그 일대 지역주민위원회에 가서 예룽베이라는 동지를 찾는다고 했다. 예전에 왔었는데 주소를 깜빡했다며 위원회 직원에게 찾아봐달라고 했다.

직원은 주민인명부를 꺼내 예葉씨 성 줄에서 바로 쓰이원이 말한 사람을 찾았다.

과연 쓰이원이 예상한 대로였다. 귀신같이 상대방을 알아내다니, 쓰이원도 스스로 깜짝 놀랐다. 하지만 비밀이 밝혀졌다면 자신의 미행도 끝을 의미한다. 이런 작은 비밀로 주위를 깜짝 놀라게 할 생각은 없었다. 너무 평범한 결론이었다. 마치 당시 소학교와 판 동지 집에서 자신이 해고될 때처럼 담담했다. 쓰이원은 울상이 되었다. 예룽베이가 자신보다 잘 살고 있다니, 자신보다 더 사람들의 주목을 끌고 있다니 화가 치밀었다. 어떤 사람이 미쳤다고 허둥지둥 차를 타고 돈을 써가며 쓰이원을 미행하겠는가?

---

217) 소형 버스. 대형버스와 택시 중간 형태로 승객은 어디서나 차를 세울 수 있다. 공공교통이 불편하고 택시비가 부담이 되었던 시대에 시민들의 사랑을 받았다.

장미의 문

주시가 예룽베이를 찾아가기까지는 그리 많은 시간이 흐르지 않았다. 주시는 환자기록부에서 그의 직장을 알아내 전화를 걸어 그의 주소를 정확하게 물었다. 마치 주시의 이혼은 이 전화 한 통을 위한 것 같았다.

늦봄 어느 날 저녁, 주시가 그의 집에 갔을 때 문을 열어준 건 식사를 날라주던 위슈였다. 위슈라는 이름을 정확하게 부르면서 주시는 이 아이 이름을 이토록 분명하게 기억하고 있는 자신이 놀라웠다. 위슈의 양 손에는 밀가루가 잔뜩 묻어 있었고 방안 가득 배추 냄새가 진동했다. 위슈가 주시를 예룽베이 방으로 안내했다. 예룽베이는 원고지 더미에 고개를 묻고 있었다.

예룽베이는 주시의 방문을 전혀 예상치 못했다. 맹장수술을 한 지도 일 년이 지났다. 자기 주치의로 건강 체크를 하러 온 것도 아닐 텐데. 하지만 예룽베이는 주시의 방문이 기뻤다. 이제 그들이야말로 진짜 지인, 오래된 이웃이다. 그가 원고지를 밀어놓고 주시에게 자리를 권했다. 위슈가 유리잔에 녹차를 타왔다. 주시가 유리잔을 감싸 쥐고 살짝 긴장된 마음을 풀었다. 하지만 사전에 적당한 방문 이유를 생각해두지 않았기 때문에 두 사람 사이에 잠시 침묵이 이어졌다.

예룽베이는 주시에게 왜 왔는지 묻지 않았다. 그런 건 상관없었다. 안부인사조차도 하지 않았다. 그는 입을 열자마자 자기 이야기를 시작했다. 지금 연속극 대본을 쓰는 중이라고 했다. 처음 써보지만 그렇게 어렵진 않다고 했다. 예룽베이의 말에 주시는 바로 마음의 긴장을 풀었다. 주시가 내용에 대해 물었다. 그가 시골 마을 이야기라고 했다. 마을 간부가 화장火葬을 보급하기 위해 망종芒種 전 죽은 마을사람에 한해서만 매장을 허용하고, 망종 이후에 죽은 사람은 일괄 화장한다고 발표한다. 규정을 위반할 경우 망자를 흙속에서 꺼내 다시 불에 태운다. 이에 사후 불에 태워지는 것을 두려워한 병약한 노인들이 망종 전 야밤에 목을 매 자살한다.

주시는 예룽베이의 이야기가 무척 재미있었다. 그녀는 예룽베이에게 목을 매달아 죽은 시신 모습에 대한 정보를 제공했다. 그렇게 죽은 사람을 많이 봤다고 했다. 예룽베이가 종이에 주시의 말을 기록했다.

목매달아 죽은 가상의 노인 모습을 떠올리며 주시와 예룽베이는 단번에 무척 가까워진 것 같았다. 주시는 TV방송국의 젊은 여자 PD 인 마샤오쓰를 알고 있으니 원고를 완성하고 나면 자신이 시나리오를 마샤오쓰에게 보여줄 수 있다고도 했다. 예룽베이는 전에 없이 정말 기뻐했다. 주시는 기뻐하는 그의 모습이 사랑스러웠다. 순수한 모습이 아이처럼 느껴지기도 했다. 그에 비하면 자신은 그보다 훨씬 노련해보였다.

목을 매 죽은 노인의 모습을 완성하기 위해 두 사람은 왕래를 시작했다. 매번 위슈는 주시를 위해 항상 같은 찻잔에 녹차를 타줬다. 주시의 행동은 분별이 있었으며 그처럼 차도 별로 마시지 않았다. 그녀는 후다닥 왔다가 후다닥 떠났다.

딱 하룻밤, 주시는 밤새도록 앉아 있었다. 위슈는 이미 자기 방으로 자러 가고 예룽베이 역시 앉아 있는 그녀를 보며 조용히 자기 원고만 조몰락거렸다. 그의 침묵은 이미 소리 없는 축객령이나 마찬가지였다. 하지만 주시는 일어나지 않았다.

"이혼했어요."

갑자기 주시가 말했다.

"네?"

예룽베이는 이상한 느낌이 들기도 했지만 또한 아무렇지도 않았다. 그가 '네?'라고 말한 것은 주시가 이혼했다는 말에 대한 반응이었지만 사실 결혼에 대한 반응이라고 말하는 편이 더 옳다. 그는 한집에 살던 다치를 알고 있었다.

"이혼했어요. 놀랄 필요까지는 없어요. 아니, 적어도 당신은 놀라면 안 돼요."

주시가 말했다.

대화를 이어갈 수 없었다.

예룽베이는 맞은편에 앉은 중년 여인을 가만히 뜯어봤다. 여인의 결혼과 이혼에 대해 별로 알고 싶지 않았다. 하지만 주시는 그가 관심을 가져주길 원했다. 그래서 그의 반응에 트집을 잡고 싶었다.

"나에 대해 곰곰이 생각하고 있군요."

곰곰이 생각해달라는 의도가 분명했다.

"그런 거 아니에요? 말해보세요."

주시가 갑자기 일어나 예룽베이가 앉아 있는 의자 앞으로 다가갔다. 그녀의 눈에 복수의 불길이 타올랐다.

예룽베이가 쩔쩔 매며 복수심이 이글거리는 주시의 눈을 피했다.

"말해야 해요."

주시가 말했다.

"뭘요?"

예룽베이가 물었다.

"말했잖아요."

주시가 이렇게 말하며 다시 앞으로 한 발 더 다가가 그의 책상 앞에 바짝 섰다.

"그건…… 생각해봐야 합니다."

예룽베이가 의자에서 일어나 두 손으로 머리를 감싸고 서성거렸다.

주시가 갑자기 책상에서 예룽베이의 필체가 가득한 원고를 몇 장 집어 박박 찢었다.

"생각해보라고요!"

그녀가 말했다.

주시의 행동에 예룽베이는 화가 치밀었다.

바로 주시가 원하던 상황이다.

주시가 다시 원고 몇 장을 들어 찢으려고 하자 예룽베이는 할 수 없이 원고를 구하기 위해 주시 앞으로 성큼 다가갔다.

주시가 두 손을 등 뒤로 돌리자 예룽베이도 그녀 등 쪽으로 손을 돌렸다.

주시는 그에게서 나는 담배 냄새를 맡았다. 당시 다치에게 다가간 이유가 그의 몸에서 나는 물 냄새의 유혹 때문이었다면 지금 주시가 예룽베이의 화를 돋우는 이유는 담배 냄새의 유혹 때문이다.

하지만 예룽베이는 다치가 아니며, 담배 냄새도 물 냄새와는 다르다. 전에 물놀이 때문에 온몸이 녹초가 되었다면 이번 흡연자는 자신을 한결 가볍게 해줄 것이라 믿었다. 이 사람은 '햇곡식, 갓 싼 똥'을 아는 사람이야, 나 역시 '햇곡식, 갓 싼 똥'을 위해 왔어. 햇곡식과 갓 싼 똥의 가장 큰 매력은 이를 아는 사람에게 사람의 순수함을 음미할 수 있게 해준다는 뜻이다. 이제 그녀는 그와 함께 인간세상이 '헛소리'로 순수함을 찾는 곳이 아님을 증명해야 한다.

예룽베이가 주시를 감싸 안아 원고를 빼앗았다(목을 매단 노인을 빼앗았다). 원고를 차지하기 위해(진심으로) 그가 그녀에게 더욱 바짝 다가갔다. 예룽베이에게 바짝 붙기 위해 주시가 갑자기 그의 몸에 바짝 다가간 후 뒤로 돌렸던 팔을 다시 돌려 그를 안았다.

그가 주시의 팔 안에서 버둥거렸다. 분노의 몸짓이었다. 그가 허공을 향해 들어 올렸던 커다란 두 손으로 주시의 어깨를 밀쳤다.

주시가 팔에 힘을 주며 매끄러운 어깨로 완강하게 버텼다.

예룽베이는 그래도 주시를 밀쳐냈고 그 힘 때문에 살짝 뒷걸음질을 쳤다.

주시가 다시 다가왔다. 숨을 헐떡이며 얼굴이 붉어져서 콧구멍을 벌렁거렸고 머리까지 헝클어졌다. 주시가 다시 두 팔로 그를 옥죄었다. 헝클어진 주시의 머리가 그의 얼굴, 입, 목…… 머리가 닿을 수 있는 모든 곳을 쓸어내렸다.

예룽베이는 이런 낯선 접촉이 혐오스러웠다. 그는 여자를 떼어내려 애를 썼다. 자신이 왜 이런 육박전, 아니 이런 식으로 허물어져야 하는지 그는 순간적으로 절망했다. 물러설 수 없었다. 품에 안긴 이 여자에게 욕을 퍼붓고 싶었다. 농민들이 아내를 때리는 식으로 때려주면 제일 좋을 것 같았다. 그가 몸을 비틀어 신발 한 짝을 벗은 후 여인을 향해 들어올렸다. 주시가 이를 보고 눈을 감은 채 기다렸다. 그런데 갑자기 예룽베이 손에 들린 신발이 떨어지면서 그가 주시를 껴안았다.

주시도 그의 손길을 느꼈다. 더 이상 몸을 비틀지 않았다. 주시가 그의 단단한 등을 애무했다. 그리고 그의 배에 난 3㎝ 정도의 갈색 상처를 발견했다. 상처 봉합이 별로였다. 매끄럽지 않았다. 다른 사람에게 수술을 맡긴 일이 후회스러웠다.

다음 날 출근하자마자 쑹주시는 외과 전화기에 신경이 쏠린 자신을 발견했다. 많이 낡은 전화기다. 수화기에서 냄새가 날지도 모른다. 주시는 특별히 알코올 솜으로 수화기를 꼼꼼하게 닦았다. 한참 동안 주시는 다른 사람에게 걸려온 전화를 몇 통이나 받았다. 드디어 마지막에 기다리던 전화가 왔다(수화기를 닦으며 기다렸다). 어젯밤 헤어질 때 전화 연락을 하기로 약속하지 않았지만 주시의 청각과 시각, 후각이 직감적으로 이를 알려주고 있었다. 그가 전화를 할 거라고. 예룽베이가 전화를 걸어 시간이 있으면 만나자고 했다.

예룽베이의 전화로 어젯밤 모든 일은 진실이 되었다.

주시는 계속 '시간이 있었다.' 예룽베이는 주시에게 별로 열정적이지 않았다. 더 이상 주시에게 뭘 쓰고 있다고 말하지도 않았다. 주시 앞에서 예룽베이는 언제나 노곤하고 방만하게 축 처져 있었다. 주시가 그의 눈앞에 나타날 때나 정신을 가다듬고 출격할 준비를 했다.

그는 더 이상 인간의 순수함에 대해 말하지 않았다. 그저 그녀를 통해 쾌감을 얻고 싶어 했다. 즐거움을 만끽하면 최고라고 느끼는 듯했다. 이런 아낌없는 즐거움을 위해 그는 심지어 TV 자막에 나오는 '남보'男寶218) 광고에 관심을 보였다. 그가 광고에 적힌 주소를 찾아갔다. 그곳에 가서 '남보'를 사고, 이를 복용했다.

그래.

밤에 주시는 샹사오 골목으로 돌아왔다. 주시가 막 서채로 들어갈 때 쓰이원이 왔다.

---

218) 자양강장제

🌹 장미의 문

쓰이원이 바깥방에서 안쪽 방으로 들어가 작은 소파에 앉아 담배를 피웠다. 다치가 만든 소파는 탄력이 매우 좋았다. 그 소파에 앉아 있으려니 이리저리 굴러다니는 느낌이 들었다. 쓰이원은 재떨이를 찾고 있었다. 주시는 찬장에서 작은 접시 하나를 꺼내 재떨이를 대신했다.

주시는 쓰이원이 왜 자신을 찾아왔는지 몰랐다. 복덩이 때문은 아닌 듯했다. 복덩이 때문이라고 해도 대수롭지 않았다. 매번 쓰이원이 복덩이 이야기를 할 때마다 할 말도 없는데 구실을 찾고 있는 느낌을 받았다. 정말 복덩이에 대한 이야기는 주시가 쓰이원을 찾아갈 때 이루어졌다.

주시는 쓰이원이 안쪽 방에 앉아 있게 내버려두고 혼자 바깥방으로 나와 얼굴과 발을 씻었다. 그리고 맨발로 슬리퍼를 신고 안쪽 방으로 돌아와 침대 가장자리에 앉았다. 주시는 가능한 한 자는 것처럼 꾸미려 했다.

"그 사람 몇 칸짜리 집에 살아?"

쓰이원이 작은 접시에 담뱃재를 털었다. 주시가 놀라서 '누구요?'라고 묻고 나서야 쓰이원이 다시 말했다.

"그 사람 말이야."

대화의 시작만 이상했다.

주시는 누구냐고 묻지 않았다.

쓰이원은 조금 실망스러웠다.

"지금은 그런 사람이 두각을 나타내는 시대야. 여자애들은 그런 사람을 숭배하지."

"대체 무슨 말을 하고 싶은 거예요?"

주시가 물었다.

"지금 깐자커우에서 돌아온 거잖아."

쓰이원이 주시의 뽀얀 두 발을 바라보았다.

"수고하셨겠네요."

주시도 자기 뽀얀 발을 바라보았다.

"그 사람은 널 필요로 하겠지만 네게 빠지진 않을 거야. 그 사람은 다치가 아니야. 그런 사람은 그 나이가 되면 좋아하는 사람이 완전히 다른 유형이지."

"정말 따분하신가 보네요."

"때로 따분할 때가 있지. 하지만 너 말이야, 넌 나이도 적지 않은데 그 짓을 끝내고 자전거를 타고 돌아오잖아. 안 따분해?"

"무슨 생각을 하시는 거예요, 복덩이 할머니?"

"내가 할머니 나이가 되었기 때문에 너보다 사람을 더 잘 알아. 그런 사람이 좋아하는 상대는 다른 유형이라고 말해주고 싶은 거야. 메이메이가 열네 살이었을 때 그 사람이 하루 종일 메이메이에게 바람을 넣고 있는 것 못 봤어? 메이메이가 하루 종일 정신이 나갔었잖아. 네게 말해주고 싶은 거지. 서로 도와야 하면 도와야지. 좡씨 집안에 누가 또 있어?"

"자고 싶어요."

주시가 결국 쓰이원을 몰아냈다.

쓰이원이 아쉽다는 듯 자리에서 일어났다. 그렇지 않아도 일어나려 했었다. 갑자기 자기 귀가 간지러웠기 때문이다. 귀가 간지러운 걸보니 서채에 귀신이 있는 것 같았다. 꾸빠가 뒤에 있을지도 모른다. 주시가 이미 자기가 가려운 걸 알아차린 듯했다. 쓰이원이 그제야 황급

장미의 문

히 자리를 떴다.

방을 나갔다.

쓰이원이 나가자 주시가 불을 껐다. 집안, 마당이 모두 칠흑 같았다.

쓰이원은 남채로 돌아와서도 불을 켜지 않은 채 더듬더듬 침대 위로 올라갔다. 조금 전 서채에서의 대화를 떠올리며 주시의 살짝 통통한 뽀얀 발을 생각했다. 주시에게 뭘 기대했었지? 분명히 생각이 나지 않았다. 왜 그걸 꼭 분명하게 생각해야 하는 거지?

방안에서 요강 뚜껑 소리가 났다. 복덩이가 침대에서 내려와 오줌을 쌌다.

쓰이원이 스탠드를 켜고 침대에 기댄 후 성냥갑에서 성냥 하나를 꺼내 귀를 파기 시작했다. 먼저 어디를 파야 맞는 건지 마음이 초조했다. 어디가 가려웠지? 정확히 알 수가 없었다. 쓰이원이 왼쪽을 다 판 후 오른쪽 귀를 팠다. 수시로 성냥을 불빛 아래 비치며 손가락으로 성냥을 튕겼다. 하지만 성냥에는 아무것도 묻어 있지 않았다. 귓밥이 없어도 그냥 가려운 걸 해결했으면 됐어.

귀를 다 판 후 쓰이원은 이불을 젖히고 방귀를 뀌었다. 피식 소리만 나고 냄새는 나지 않았다. 이불을 젖힐 필요가 없었다고 생각했다.

때로는 이불을 젖혀야 한다.

55

원래 누구에게도 인정하고 싶지 않았던 일이 하나 있어. 난 원래 정말 게을러. 하지만 난 네게 이 말을 할 수가 없었어, 메이메이. 정말 답답하고 속상해서 네게 털어놓고 나니 이런 내 본성이 너에게 넘어가 버렸네.

지금의 난 언제나 바쁜 것처럼 보여. 사실 난 확실히 바쁘기도 하고. 그림을 그리기 전에 우선 한바탕 법석을 떨지. 캔버스, 틀, 고정못, 린시드 오일, 테라핀, 유화 물감(최근에 나온 프로필렌도 있어) 준비하고 때로 목재를 건조하기 위해 목공을 부르는 일까지 내가 해야 돼. 그림을 그리고 나면 더욱 바빠. 심포지움, 학술교류 등 여러 가지 명목으로 기관(본 화원畫院)에서 1년에 한 번 학술이론 발표회도 열어. 전시회 종류는 더 많아. '대전', '개인전', '합동 전시' 그리고 누군가 '마라톤' 전시회도 생각해냈어, 내가 열면 바로 네가 이어서 여는 식이야. 이 모든 일들이 화단의 사람들과 논쟁하고, 힘겨루기를 해야 하는 일이야. 서로 경멸하고 서로 미워하고 서로 모질게 친하고 악독하리만큼 열정적으로 지내야 해, 그것 말고 또 뭐가 있더라? 그림을 팔아, 서양인들에게 각종 채널을 통해 내 그림을 사겠다는 단골 고객들에게. 그리고 공부도 해, 공부를 하지 않으면 할 말이 없어 마치 다른 사람들의 말을 듣는 것이 내 입도 쉬지 않기 위해서인 것 같이. 난 이제껏 다른 사람들 말에 전혀 신경을 쓰지 않았고 심지어 무슨 무슨 전시회 평가에서 상을 받아도 시큰둥하지만 속으로는 그래도 은근히 좀 바라긴 하지, 적어도 내 그림이 어느 정도 수준의 전람회에서 은상 정도 받으면 혼자 몇 시간씩 기뻐해. 난 말하는 거 별로 안 좋아해 그건 다 알고 있는 사실이야, 하지만 일단 입을 열면 나 역시 미술계 사람들이 '음, 학술적 가치가 있네.'라고 말하길 바라지.

난 정말 바빠, 사람들 모두 다 내가 바쁘다는 걸 알아. 난 내가 소

장미의 문

속된 기관에 영광을 안겨줬고 그로 인해 기관에서는 위아래 할 것 없이 모두 나를 위해 가능한 한 창작 여건을 만들어주라고 호소하고 있어, 거기엔 시간적인 요소까지 들어가 있고. 생판 모르는 사람, 지인, 외부인, '내부인', 어른, 어린이, 남녀 할 것 없이 모두 날 보면 거의 습관적으로 '뭐 이리 바빠요?' 또는 '정말 바쁘네요 방해될까 봐 미안해요' 그렇지 않으면 '그렇게 바빠서 어떻게 해요 그래도 건강 조심해야지 기관에서는 너무 바쁘네 조심해야지 자네 말이야 자네는 우리 기관의 수준을 격상시켜주는 사람이야'라고 말해. 모두 나에 대해 거의 상투적으로 나오는 표현이 되어버렸어 마치 중국인들이 이야기를 나눌 때 가장 많이 쓰는 '식사는 했고?'라는 말처럼 말이야 이런 사람들 때문에 나는 늘 죄책감을 느끼며 얼굴이 빨개지고 미안한 마음이 들어 그래서 속으로 맹세하지 정말 무지하게 바쁜 척해야겠다고, 난 회의에서 '세상에 왜 이제야 레핀Repin219)이 그림 한 장을 7년이나 그렸는지 알았어요.'라고 말했어. 하지만 은상을 받은 내 그 그림은 그리는 데 두 시간밖에 안 걸렸어. 매번 그 짧은 두 시간을 떠올릴 때마다 위부터 아래까지 끊임없이 내게 관심을 기울이는 사람들에게 조금 미안해.

하지만 내가 하루 종일 뭘 하는지 누가 알겠어 화가는 혼자서 일해, 집에 돌아가면 곧장 방으로 돌아가 문에 보안렌즈가 있어. 물론 '엿볼' 필요도 없어 난 언제나 잠을 자고 잠에서 깨면 멍하니 침대에 있어, 그렇지 않으면 거울 화장실 거울을 비춰봐 화장실 거울이 날

---

219) 1859~1877. 러시아의 사실주의 화가. 대퍼작으로 〈쿠르스크 구베르니아의 종교 행렬〉과
      〈이반 그로즈니와 그의 아들 이반〉 등이 있다.

가장 편하게 만들어주거든 화장실은 가장 홀가분한 곳이니까, 그곳은 따뜻하게 스스럼없이 벌거벗은 몸을 받아들여주지 그래서 네 벌거벗은 또는 반쯤 벌거벗은 몸도 스스럼이 없어. 그곳에서 난 스스럼없이 몸을 훑어보며 첫 번째로 발견하는 것들이 많아. 어디 처음 주름이 생겼는지 작은 점이 생겼는지, 어디 주근깨가 얼마나 더 진해지고 연해졌는지, 발견하는 것이 없으면 손에 난 가시랭이를 피가 날 때까지 집어 뜯어. 남편은 내 손에 난 가시랭이를 정말 싫어해 하지만 싫어하면서도 말을 하지 않는 모습이 난 정말 짜증 나. 난 이런 내 나태함 때문에 때로 자괴감에 빠지고 때로 이런 내가 불쌍해지고 또 때로 정말 무력해. 사업에 진지하고 부지런한 남편의 모습에 비해 분명하게 대비가 될 때면 더더욱 무력해져. 난 모든 사람들을 속인 거야 바로 내가 사람들과 교류하지 못하는 진짜 이유라고 느껴져(이에 스스럼이 없는 남편만 제외하고) 얼토당토하지 않으면서도 두려움이 없어.

하지만 언젠가 뜻밖에도 마샤오쓰가 자신 역시 게으르다고 말했어. 사람들이 자기더러 무지하게 바쁘다고 하지만 사실 사람들 몰래 최대한 잠을 잔다는 거야. '아무 데도 없던데 너 어디 갔었어?' 사실 마샤오쓰는 어디에도 간 적이 없어 그냥 집에 누워서 잤지. 그녀는 내게 잠이 정말 편하다고 그랬어 특히 비 오는 날은 더 그렇다고 했어. 마샤오쓰 말이 전혀 자신에 대해 말하고 있다는 느낌이 들지 않았어 정말 내 모습을 말하고 있었어 그래서 난 가장 가까운 사람이 마샤오쓰야, 그 애가 있었기 때문에 더 이상 난 혼자가 아니야. 마샤오쓰는 남편이 선전深圳에 가서 '국내외 합자'를 추진한 후부터 더욱 열심히 더욱 스스럼없이 더욱 안심하고 잠을 자.

마샤오쓰의 말에 나는 문득 사람들의 웃는 얼굴이 생각났지. 웃

장미의 문

음이란 원래 마음의 기쁨으로 인한 생리적 현상이야. 인성이 자연스럽게 드러난 것이긴 하지만 인간의 가장 진실한 모습은 아니지. 나는 변기에 앉아 배설물을 쏟아놓길 기다릴 때 표정보다 더 물아物我가 하나 된 희열의 표정은 없다고 생각해. 웃진 않아. 약간 엄숙한 표정이 스치면서 집중하는 눈동자에 살짝 눈물이 비쳐. 무념무상의 단순함이야말로 가장 진실한 모습이야 다만 아쉽게도 자신의 이런 모습을 타인이 보는 경우가 극히 드물다는 거야.

난 기자에게 내 여가생활 중 정말 중요한 부분 중 하나가 수면이라고 말한 적은 없어. 그냥 바쁘다고만 했지. 난 늘어지기 위해서 바쁜 건가? 내가 잠을 자는 건 깨어 있을 때 숨 가쁜 일정을 향해 돌격하기 위해 양기를 모으는 걸까 아니면 바쁜 일상이 사실은 고품질의 확실한 수면을 위해 존재하는 걸까 일어나는 건 눕기 위해서일까?

난 마샤오쓰에게 이런 말을 한 적이 없어. 사람들에게 말하기 거북한 이런 나태한 시간이 없었다면 난 마샤오쓰가 그렇게 바쁘면서도 게으르다는 사실을 믿을 수 없었을 거야. 미술대학에서 연수를 받을 때 종종 마샤오쓰가 날 집으로 불러 함께 영상을 봤어. 매번 정말 잔뜩 졸린 모습으로 날 맞이했어. 그럼 난 '또 밤 샜지?'라고 물어봤고 우리는 서로 다 안다는 듯 웃었어.

마샤오쓰가 시부모와 함께 사는 정교하고 아름다운 사합원에는 차고와 해당나무, 등나무가 있고 소나무를 관리하는 정원사도 있어. 마사오쓰 시아버지 신분이 바로 떠오르더라. 아마도 중앙의 무슨 부서의 부부장副部長이었던 것 같아. 지금은 그 부서의 고문이고. 언젠가 저녁 식사시간에 그 집을 방문했어 마샤오쓰가 꼭 식사하고 가라고 붙들었어. 식사 자리에서 그 애 시아버지와 인사했지 까맣고 야윈 자그마한 노인이었어, 머리 정수리도 심하게 벗겨졌고, 반들반들한 머리에 성글게 머리카락을 둘러친 모습을 보고 어린애 머리가 어머니의 질을 빠져나올 때 순간을 떠올렸어. 노인이 날 바라보며 마샤오쓰에게 "누구?"냐고 물었어. 마샤오쓰가 대답했지만 그는 그 후로도 전혀 나를 알아보지 못해, 우리가 함께 영상을 볼 때마다 거의 매번 날 처음 만나는 사람처럼 대하면서 똑같은 질문을 했어. "누구?" 매번 노인은 이렇게 물었고 그의 질문은 더 이상 의문문이 아니고 마치 내 별명이 된 것 같았어, 내가 그 집에 들어가면 내 이름은 '누구'가 됐어. 노인이 '누구'라고 인사하는 거지, 그 인사는 전혀 친절한 느낌이 없어, 경계와 놀라움이 섞여 있어 텔레비전을 보면서도 이따금 두려운 눈길로 고개를 돌려 나를 바라봐.

마샤오쓰가 그러는데 뇌위축 때문에 기억력이 감퇴했대, 아, 그제야 알았어, 투덜거리면 안 되겠구나. 가족 가운데 노인이 알아보는 건 마샤오쓰뿐이야 그래서 마샤오쓰가 밥을 먹을 때도 노인은 마샤오쓰 옆에 꼭 붙어 있어. 영상을 볼 때도 노인은 꼭 한 가지 영화만 보라고 해, 수준은 평범해 하지만 사람들 모두 알고 있는 내용이야 지하공작 요원이 적과 싸우는 옛날 영화 말이야, 장면 가운데 담배 파는 여자애가 나와. 천만다행으로 비디오가 있어서 노인이 수도 없이 질리지 않고 볼 수 있지, 매번 살짝 스쳐 지나가는 그 담배 파는 여자애를 볼 때마다 고문은 "정지, 정지"를 외쳐. 한참 지나고 나서야 우리 모두 노인이 보고 싶었던 건 영화가 아니라 담배 파는 소녀의 '정지 화면'이란 사실을 알았어. 고문顧問이 그 여자애를 한참 동안 스크린에 '정지'시켜두면 마샤오쓰는 흡족해하지만 그렇게 '정지'시킨 후 고문은 바로 소파에서 잠이 들어. 마샤오쓰가 재빨리 그를 깨워 부축한

장미의 문

후 쉬도록 하지.

고문이 비디오 옆을 떠나면 나와 마샤오쓰는 비로소 해방이야.
마샤오쓰는 좋은 비디오를 많이 가지고 있어. 해외 등급을 기준으로
할 때 모든 등급을 다 가지고 있어. 사실 난 지겨운 비디오도 있지만
그러면서도 자꾸만 보게 되는 것들이 있어, 다 보고 나면 분명히 구
역질이 나오지만 다음번에도 또 보게 돼. 고문이 '정지'시키는 이유를
이해하겠어.

시간이 많이 흐른 후 난 그 고문 이름이 화즈위안이라는 걸 알았
어. 하지만 그 사람이 바로 우리 외할머니 첫사랑이란 사실은 몰랐지,
역사에는 만일이란 말이 없긴 하지만 만약 그의 부인이 우리 외할머
니라면 그 사람이 우리 외할아버지가 아니겠어? 하지만 역사에는 만
일이란 존재하지 않아. 화즈위안은 계속 '정지'를 외쳤고, '정지'를 시
키고 나면, 계속 담배 파는 여자애를 바라보았어 알고 보니 그 여자
애가 누굴 닮았다는 거야 바로 우리 외할머니, 외할머니를 닮았다면
분명히 나도 닮은 건데. 그제야 난 왜 '누구'라고 하는지 조금 이해가
됐지, 날 바라볼 때 화즈위안 고문의 눈빛이 두렵고 놀라운 이유를
알 것 같았어, 알고 보니 뇌위축이 된다고 해도 기억이 완전히 사라
진 않는다더군, 정신착란증에 걸린 사람들도 어느 정도 기억은 하지
않아? 누군가 그러는데 그 '10년' 동안 사람들은 모두 정신병 환자들
처럼 누구 만세를 불러야 해서 계속 누구 만세를 불렀대, 영원히 누
구의 건강장수를 외쳐야 하면 그렇게 해야 했고. 우리가 베이징을 도
망칠 때 기차역에 흙덩이를 들고 있던 여자가 지키려고 했던 것 봉쇄
하려고 했던 건 아마 그녀의 가장 아름다운 기억일지도 몰라.

그렇게 보면 화즈위안에게 쓰이원은 영원히 새롭고, 그들의 그 시

절은 영원할 거야. 그래서 나 역시 내가 '누구'가 되어버린 건 아닌지 의심이 들었어. 하지만 고문의 뇌위축은 기정사실이야, 마샤오쓰가 그러는데 언젠가 시아버지가 방송국에 있는 자기에게 전화를 걸어 수화기에 대고 물었다는 거야. "무슨 일로 나 찾았어?" 난 아주 유명한 구절 하나가 생각났어. 영혼은 영원히 소란을 피우며 안녕을 갈망하고, 육체는 영원히 노동을 하며 휴식을 찾는다.(괴테) 넌 어떻게 해야 편안하게 휴식할 수 있어? 소란을 떨고 노동을 하는 넌 살아 있는 한 '영원'히 그렇게 할 건데. 이 구절은 이상적인 경지를 말하고 있어 뇌위축조차 이를 수 없는 경지야, 그렇지 않다면 왜 항상 고문은 흥미진진하게 '누구?'라고 묻겠어? 언제나 영원히 참신한 그 모습 그대로 정지되길 바라는 이유는 그에게 영원히 그 순간이 처음 정지된 상태라서 그러는 거야.

난 그런 경지를 체험한 적이 있는지 잘 모르겠어 난 그저 내 나태함이 거의 악의적인 대항이라고 느낄 뿐이야, 난 정신이 멍해 왜냐하면 내가 무엇에 대항하는지 모르니까, 내가 의뭉스러운 건 내가 감히 내 나태함을 공개하지 않기 때문이야.

언젠가 나는 7월 제방 위 초원에서 그림을 그리려고 했어, 하지만 난 초원 앞에서 아무것도 할 수 없었어. 펜을 종이에 대고 긁적거리면서도 정말 강렬하게 눕고 싶었어, 그리고 요동치는 풀밭에 빠져들어 풀의 날카로운 외침에 귀를 기울이고 싶었어. 푸른 풀들이 확실히 내 귓가에 대고 날카롭게 비명을 질렀어 난 정말 그 소리를 들었고, 문득 나는 내가 날카롭게 소리를 지르면 내 몸 아래 잔풀들을 뭉개지 못할 거라고 느꼈어. 태양이 너무 가까웠어 난 정말 태양이 날 굽어보고 있는 것 같았어, 굽어본다는 건 진짜 그런 거야 마치 어릴 때 엄마

장미의 문

가 어린 나를 굽어봤던 것처럼 그래서 내가 엄마의 숨결 엄마의 냄새를 느낀 것처럼. 태양이 날 굽어봤어 마치 세상만물을 굽어보는 것처럼 그래서 난 태양의 시야에 그저 한낱 순간적인 존재에 불과하다고 느꼈지, 난 그냥 그렇게 한순간이고 내 몸 아래의 모든 것이야말로 영원한 거야. 난 풀이 죽었고 또한 그렇게 풀이 죽고 나자 묘하게 마음이 편안했어, 그 순간 나는 다시 고문을 떠올렸어, 그 까맣고 여윈 자그마한 노인, 어머니 다리 사이에서 세상을 향해 머리를 내미는 것 같은 노인의 대머리가 생각났어, 난 내가 어머니 다리 사이를 향해 깊숙이 들어가 내가 쉴 시원한 그늘을 찾고 있는 것 같다고 느꼈어.

제13장

56

쑤메이가 샹사오후통을 걸어갔다. 닫혀 있거나 열린 대문이 눈앞을 스치고 지나갔다. 닫혀 있거나 열린 문은 마치 말하다 지쳐 더 이상 말하고 싶지 않은 입들 같았다. 그해 대문들 역시 너무 많은 말을 했다. 문이 더 이상 말하고 싶지 않았기 때문에 골목은 매우 조용했다. 쑤메이는 눈앞의 고요가 흐뭇했다. 걷는 것도 흐뭇했다.

쑤메이는 어릴 적 기억을 따라 이곳에 왔다. 당시 쑤메이 마음속의 후통은 길고도 또 깊었다. 지금 보니 그렇게 깊지도 않고 벽은 낮고 길은 짧았다. 얼마 가지 않아 쑤메이는 '숟가락 머리 부분'에 이르렀다. 눈앞에 당당하고 커다란 까만 문이 나타났다. 까만 문이 활짝 열려 있고 문 위 팻말에는 구 정협위원회區政協委員會라고 적혀 있었다.

쑤메이가 대문을 지나쳤다. 다시 돌아가야 한다.

외할머니네 문은 열려 있지도 닫혀 있지도 않았다. 빗장이 채워

장미의 문

져 있지 않았다. 쑤메이가 문을 밀고 마당으로 들어갔다. 맞은편 오래된 대추나무는 전혀 변함이 없었다. 두꺼운 수피와 까만 기둥, 가장귀의 방향까지도 십수 년 전과 똑같았다. 대추나무가 그 모습 그대로 메이메이를 기다리고 있는 것 같았다. 나무가 메이메이를 위해 과거의 모습을 그대로 간직하고 싶은 듯했다.

변함없는 대추나무를 보고 쑤메이는 자신이 대추나무를 홀대했다는 느낌이 들었다. 대추나무는 여전히 자신에게 충성하고 있었다. 그 순간 쑤메이는 이곳에 올 때 자신의 원래 마음이 어땠는지 잊어버렸다. 원래 악의를 품고 도도한 마음으로 이곳에 왔다. 영광스러운 자신의 모습을 생각하며 이곳에 왔다.

쇠줄 위 아이 턱받이와 웃옷을 보고 나서야 쑤메이는 지금 자신의 상황을 구체적으로 떠올렸다. 마당의 대추나무도 변화가 있긴 했다. 이곳에 새로운 사람이 들어와 살고 있었다.

잠시 후 남채 문이 열리더니 외할머니가 가위를 들고 입구에서 서서 말했다.

"거기 누구요?"

외할머니가 쑤메이를 향해 물었다. 집 주인 말투처럼 당당한 말투다.

"저예요."

쑤메이가 뒤로 돌았다.

외할머니는 후퉁의 변화와 옛 모습 그대로인 대추나무처럼 변한 것 같기도 하고 변하지 않은 것 같기도 했다. 외할머니 허리는 여전히 꼿꼿했고, 혈색도 여전히 좋았고, 눈빛도 여전히 날카롭고, 반응도 여전히 민첩했다. 흰머리가 많이 보였다. 검은 머리에 섞인 흰 머리가 반짝거렸다. 흑과 백이 외할머니 머리에서 절대 서로 자리를 양보할 수 없다고 버티고 있는 듯 했다. 한쪽이 적을 경우 신분에 어울리지 않는다는 식으로 버티는 듯했다. 외할머니 손에 들린 가위를 보고 쑤메이는 어릴 적 외할머니가 다른 사람에게 가위를 건넬 때 지켜야 할 행동이라고 가르쳐줬던 기억이 났다. 외할머니는 뾰족한 쪽을 자기 쪽으로 향하도록 가위를 들라고 했다. 뾰족한 쪽을 다른 사람 앞으로 내미는 건 교양이 없는 짓인 데다 살기殺氣마저 띤다고 했다. 메이메이는 외할머니 말이 지당하다고 생각했다. 하지만 메이메이는 다른 사람에게 가위를 내밀 때 일부러 뾰족한 쪽을 내밀었다. 특히 외할머니에게는 더더욱 그랬다. 무례한 이런 모습에서 '살기'를 느끼고 뾰족한 가위 끝을 본 외할머니의 표정이 어떻게 변하는지 보고 싶었다. 외할머니는 일부러 그러냐고 물었지만 메이메이는 입을 꼭 다물고 답하지 않았다. 필요할 때 입을 꼭 다물고 있는 습관은 메이메이가 어른이 될 때까지 계속되었다. 대학에서, 기관에서 쑤메이는 발언을 할 때도 필요한지 아닌지를 따진다. 필요 없다고 여길 때면 다른 사람이 발언을 하라고 청해도 그저 담담하게 웃을 뿐이다. 이런 걸 뭐라고 하지? 웃기만 하고 답하지 않는다. 웃기만 하고 답하진 않는 건 눈앞에 언제나 가위가 있기 때문이다.

웃기만 하고 답하지 않는 것보다 더 상대방을 화나게 하는 건 없다.

그때 외할머니가 메이메이 손에서 가위를 빼앗아 다시 메이메이에게 주며 시범을 보였다. 심지어 단호하게 가위를 메이메이 손에 쥐어주기도 했다. 메이메이는 가위를 받으면서 다음에도 역시 바른 자세를 취하지 않을 거라고 생각했었다.

장미의 문

이제 쑤메이는 가위를 들고 계단에 서 있는 외할머니를 바라보며, 문득 십여 년 전으로 돌아간 느낌이 들었다. 십여 년 전 외할머니는 언제나 가위를 들고 계단에 서서 꼼짝하지 않았다. 전과 다른 게 있다면 더 이상 메이메이가 가위를 가지고 외할머니와 힘겨루기를 할 생각이 없다는 것이다. 쑤메이는 외할머니가 이미 자신과 동급이 아니라고 느꼈다. 가위는 그냥 가위일 뿐, 별다른 것을 상징하지 않으며, 예절이나 살기 같은 것과 관련이 없다. 그건 그냥 물건을 자르는 도구일 뿐이다.

쑤메이의 눈길이 외할머니 가위에서 외할머니 종아리까지 흘러내렸다. 외할머니 종아리는 여전히 밖을 향해 빳빳하게 버티고 있었다. 자기 역시 똑같은 모습의 종아리로 외할머니 맞은편에 서 있었다. 쑤메이는 지금이야말로 두 사람이 팽팽하게 맞서고 있다고 생각했다. 예전에 자신과 말다툼이 극에 달했을 때 쑤웨이가 한 말이 생각났다.

"언니는 자기가 누구 닮았는지나 알아? 거울에다 언니 다리 좀 비춰봐!"

그때 쑤메이는 입도 뻥긋하지 않았다. 그저 언젠가 이 다리를 떠올리며 외할머니 앞에서 쑤웨이가 자신에게 퍼부었던 말에 대한 '앙금'을 해소할 거란 생각만 했을 뿐이다.

메이메이를 알아본 쓰이원은 처음엔 조금 놀라고 당황하는가 싶더니 이내 눈물을 흘렸다.

쑤메이는 외할머니의 이번 눈물은 전혀 거짓이 아니라고 느꼈다. 그건 뜻밖의 만남, 놀람과 기쁨 그리고 약간의 죄책감 때문에 흘리는 눈물이었다.

쓰이원이 훌쩍거리며 쑤메이를 데리고 방으로 들어가며 말했다.

"네가 와서 정말 기쁘구나."

외할머니가 시선을 들어 쑤메이를 바라보았다. 쑤메이의 눈도 촉촉해지길 원하는 듯했다. 하지만 쑤메이의 눈은 촉촉하지 않았다. 쑤메이는 자기가 살던 방을 둘러보고 있었다. 침대는 아직 있네. 하지만 이제는 주인 없는 침대야. 침대 머리맡에 물건이 쌓여 있고 돗자리가 깔려 있었다. 돗자리에는 까만 옷감이 한 뭉텅이 펼쳐져 있었다. 외할머니 손에 들린 가위의 용도를 알 것 같았다.

쓰이원은 쑤메이가 옷감을 바라보자 이를 화제로 삼아 이야기를 시작했다. 외할머니는 침대 위 옷감이 정말 얇은 '호주산 양모'라고 말했다. 서양식으로 뒤트임이 있는 까만 치마를 만들려고 준비 중이었다. 쑤메이는 외할머니 나이를 떠올렸다. 아마 일흔 넷일 텐데. 일흔 넘은 여자에게 어울릴까? 적어도 다리는 더 이상 매끈하지 않아.

쓰이원은 옷감에 대해 말하면서 계속 쑤메이의 몸매를 훑어봤다. 계속 옷감 이야기를 하는 이유는 그보다 더 자연스럽고 더 가벼운 화제는 없었기 때문이다. 쓰이원은 속으로 한껏 성숙한 쑤메이에게 감탄하는 중이었다. 성인이 된 쑤메이를 보면서 자신의 청춘을 떠올렸을 뿐만 아니라 자신의 청춘과 비교하면 지금 쑤메이의 청춘이야말로 진정 쑤메이 자신의 것이란 생각이 들었다. 엉덩이에 꼭 끼는 청바지, 헐렁한 카디건이 이를 증명했다. 꼭 끼는 청바지가 왜 앞이 트여 있는지 간섭하는 사람이 없었다. 이런 세세한 부분이야말로 쑤메이의 자유를 가장 잘 보여주는 사회적 분위기이다. 이런 상징적인 모습으로 인해 쓰이원 자신도 대번에 '쑤메이들'의 행렬에 끼어든 듯 적막한 황혼이 활기를 띠기 시작했다.

황혼이다. 쓰이원은 쑤메이의 윤곽이 점점 더 흐릿하게 보이기 시

장미의 문

작하자 말했다.

"우리 밥 먹으러 가자, 퉁춘위안同春園에 가서 드렁허리 볶음 먹자."

외할머니의 태도는 호탕한 것 같기도 하고, 쑤메이 비위를 맞추며 간청하는 것 같기도 했다. 또한 뭔가 과시 하는 것 같기도 했다. 이렇게 여러 가지 느낌이 모두 배어 있는 외할머니의 초청에 쑤메이는 화가 치밀었다. 쑤메이는 입을 꼭 다물고 가만히 서 있었다. 외할머니가 또 매식만 하기 시작했나 보다고 생각했다. '매식'이라는 단어에 쑤메이는 다시 그들이 처음 만났을 때를 떠올렸다.

"작진 않은데 좀 말랐네."

외할머니 말이 귓가에 울려 퍼졌다.

쑤메이는 밤에 일이 있다고 핑계를 대며 외할머니의 초청을 거절했다. 쑤메이가 익숙하게 벽에 있는 줄을 잡아당겨 불을 켰다. 남채가 순식간에 밝아졌다. 불빛을 더 환하게 느끼려면 커튼을 닫아야 한다는 것도 여전히 기억하고 있었다. 커튼을 닫았다. 그녀가 책가방에서 광둥식 소시지와 거의 외할머니의 전통식품이라 할 수 있는 차사오러우 한 봉지를 꺼내 식탁에 올려놓았다.

"뒀다 드세요."

뜻밖의 외손녀 등장에 기뻐하다가 다시 마음이 쪼그라든 외할머니의 눈빛을 보며 쑤메이는 이미 목적을 이뤘다고 생각했다. 이제 작별할 시간이다. 쑤메이가 텅 빈 책가방을 메고 샹사오후퉁을 떠났다.

쓰이원은 더 이상 쑤메이를 잡지 않았다. 그저 조금 아쉬울 뿐이었다. 자기가 사 주는 드렁허리 볶음을 먹지 않아 아쉬운 것이 아니다. 왜 하필 황혼 무렵에 찾아왔을까? 좀 더 많은 사람들이 메이메이를 봤어야 하는데. 대문 입구에서 쓰이원이 메이메이를 향해 높은 소리로 자주 집에 들르라고 말했다. 이렇게 큰 소리를 쳐서라도 아쉬움을 달래고 싶었다.

쓰이원은 차사오러우를 금방 해치웠다. 광둥식 소시지는 이후 오랫동안 식탁 위에 있었다. 쓰이원은 생각했다. 또 뤄 아주머니가 방세를 내야 할 날이다.

뤄 아주머니가 다시 등장해 손에 쥐고 있는 지폐를 식탁에 펼쳐놓았다. 쓰이원이 아무렇지도 않게 돈을 옆으로 밀어둔 후 소시지 두 봉지를 툭 쳤다.

뤄 아주머니는 이미 비닐봉지를 본 후였다. 그날 메이메이가 가져왔다고 짐작했을지도 모른다. 하지만 뤄 아주머니는 일부러 그 말을 입 밖에 내지 않았다. 쓰이원은 자신이 먼저 입을 열 수밖에 없었다.

"그날 메이메이 온 것 못 봤죠?"

쓰이원이 뤄 아주머니에게 물었다.

뤄 아주머니는 심드렁하게 고개만 끄덕였다. 사실 아주머니도 메이메이를 봤다. 남채 입구에서 두 사람이 서로 마주보고 서 있는 모습을 봤다. 쓰이원이 메이메이를 전송하며 자주 오라고 고함을 지르던 것도 들었다. 하지만 뤄 아주머니가 어떤 일에 대해서도 관심을 드러내지 않자 쓰이원은 할 수 없이 자신이 나서 메이메이에 대한 모든 것을 말할 수밖에 없었다. 핵심은 메이메이가 왔다 간 사실이 아니라 메이메이가 거둔 성취였다.

"메이메이가 왔었어요, 아주머니도 물어봤고요."

쓰이원이 말했다.

"그 애가 예술가가 됐어요. 당시 쉬베이훙徐悲鴻220)처럼요, 알아요? 중국화, 서양화 모두 그리는 사람요. 류하이쑤劉海粟221)보다 몇 살 어리

장미의 문

죠, 두 사람 모두 해외 유학도 했고. 류하이쑤는 당시 누드모델을 세워야 한다고 주장했죠, 그러니까 남녀 모두 옷을 입지 않고 사람들이 그림을 그리도록 모델을 서는 거예요. 전에 〈양우화보〉良友畵報에도 실렸었죠. 군벌 쑨촨팡孫傳芳222) 역시 여기 개입했었잖아요? 봉건, 수천 년 동안 봉건적이었던 사회는 모델을 받아들일 수 없었어요. 지금은 좋아졌죠. 메이메이네 전시회에도 '모델' 그림이 있어요. 서 있는 사람, 앉아 있는 사람, 누워 있는 사람 모든 자세가 다 나와요. 메이메이는 정물, 화훼를 그리는데 정말 솜씨가 기가 막히죠. 모두 살아 있는 것 같다니까요. 이번 전시회는 끝났으니까 다시 열릴 때 모시고 가서 많이 가르쳐줘요. 예술 감상도 인생의 큰 낙이죠."

"메이메이는 밥도 안 먹고 갔소?"

뤄 아주머니가 말했다.

쓰이원이 뤄 아주머니에게 메이메이의 예술에 대해 떠벌였지만 뤄 아주머니는 '먹는 이야기'로 쓰이원의 '흥'을 깼다. 반드시 흥을 깨야 해, 뤄 아주머니는 생각했다.

"애를 밥 먹여서 보내야지, 외할머니 보러 멀리서 왔는데."

아주머니가 쓰이원에게 일침을 주고 자리를 떴다.

때로 한마디의 진정한 무게는 가장 평범한 내용에 있다.

뤄 아주머니의 말 한마디 무게에 쓰이원은 거의 기절 일보 직전이

---

220) 1894~1953, 중국 저장성 출신. 중국 현대미술 교육의 창시자이자 중국 근대미술의 대표 화가.

221) 1896~1994, 중국 장쑤성 출신. 현대 화가이자 미술 교육자.

222) 1885~1935.

었다. 하지만 그러면서도 쇠귀에 경 읽기를 한 자신을 탓했다. 침대 위 까만 천을 보고 나서야 쓰이원은 마음이 가라앉았다. 까만 천이 아마도 쓰이원 삶의 새로운 영역일지 모른다. 왜 이걸 화가인 쑤메이를 위해 쓰려고 생각하지 않았을까? 지금 이 순간 천은 쑤메이의 것이 되었다. 마치 수년 전 외부조사요원을 접대할 때 사망한 국민당 군관을 타이완에 간 것으로 만든 것만큼 중요한 일이었다.

쓰이원은 메이메이 몸매를 생각하며 천을 재단해 치마를 만들었다. 비록 현대적인 디자인은 아니지만 옷은 마치 인생과 같아 아무리 변해도 그 근본을 벗어날 수 없다고 믿었다. 크면 줄이고, 작으면 늘리고, 길면 자르고, 짧으면 길게 만들면 되지. 크지도 작지도 길지도 짧지도 않은 옷만이 영원하다. 색의 경우 흑과 백만이 영원히 시대에 뒤처지지 않는다. 흑과 백은 영원히 색의 으뜸이다. 쓰이원은 당시 다치, 얼치의 바지를 만들던 속도로 치마를 만들고 난 후 메이메이에게 전화를 걸었다. 치마 이야기에 앞서 되도록 어른이 아이에게 말하듯 시간 날 때 한번 다녀가라고, 알려줄 중요한 말이 있다고 했다.

쑤메이가 전화를 내려놓고 한숨을 쉬었다. 끊임없이 쫓아오는 외할머니, 한사코 자신을 놓지 않고 끈질기게 쫓아오는 외할머니. 샹사오후퉁에서 자기에게 중요한 볼일이 있을 리가 없었다. 또한 외할머니에게 자신을 '쫓아올' 기회를 만들어주고 싶지 않았다. 하지만 쑤메이는 그래도 샹사오에 갔다, 그냥 지나가다가 들른 셈 치지.

쓰이원이 까만 치마를 쑤메이에게 보여준 후 네모반듯하게 접은 치마에 붉은 비단 허리띠를 맸다. 붉은 색 때문에 까만색이 더 까맣게 보이고, 까만 색 때문에 붉은 빛이 더 붉게 보였다.

"네 치마 한 벌 만들었어."

장미의 문

쓰이원이 말했다.

"허리와 엉덩이 사이즈를 잴 수 없었으니 잘 맞는지 모르겠다."

쓰이원은 치마를 본 쑤메이의 반응을 살폈다.

치마를 받은 채 망설이는 쑤메이를 보고 쓰이원이 입어보라고 권했다.

쑤메이가 치마를 입었다. 쓰이원이 만족스럽게 치마와 쑤메이를 바라보며 실눈을 뜨고 말했다.

"내 눈이 정확해."

쓰이원은 자신의 솜씨에 만족했고 치마에 대한 쑤메이의 반응에 더더욱 만족했다.

"맞아요, 정말 잘 맞아요."

쑤메이가 말했다.

"까만 치마가 맞춰 입기 가장 쉬워요."

쑤메이는 긍정적인 반응을 보이려면 구체적으로 밝혀야 한다고 생각했다. 이런 긍정이야말로 진실에 가깝다.

"누가 입는지에 달렸지."

쓰이원이 울컥해서 말했다.

"아무리 디자인이 좋고 잘 만들어진 옷이라고 해도 어울리지 않는 사람이 있어. 거리에 사람들이 그렇게 많아도 그중 이런 옷을 소화해내는 사람은 몇 되지 않아."

쓰이원의 말에 두 가지 의미가 담겨 있었다. 메이메이 같은 몸매가 드물다는 것 그리고 또 하나는 쓰이원의 솜씨도 그만큼 좋다는 뜻이었다. 쓰이원의 말은 옷맵시부터 뤄씨네 이야기로, 뤄씨네에서 북채로 이어졌다. 쓰이원이 북채로 화제를 옮겼다.

"메이메이, 나중에 뤄씨네가 이사 가면 북채는 네 거야. 거기 화실을 꾸며도 돼. 조용히 지내고 싶으면 베이징 집에 와서 그림 그려. 북채를 다시 인테리어해야 할지도 몰라. 바닥도 다시 하고 지붕창도 내고(화실에 지붕창이 필요하다는 사실을 어디서 알았는지 모른다). 밖에서 말고 사합원에서 개인전시회를 열어 봐, 통로에 전시할 수도 있어. 복덩이한테 앞을 맡겨 손님 응대하라고 해도 되고. 세상은 자꾸만 변해, 누가 예상이나 했겠니? 이렇게 집을 화실로 내주는 날도 오는구나."

처음에 쑤메이는 쓰이원의 말을 흘려들었지만 점점 멍하니 옛 추억을 더듬기 시작했다. '샹사오 화가'라는 호칭을 떠올린 건 아니었다. 쑤메이는 비온 후 새벽 마당을 가득 메웠던 경목(하드우드) 재질의 가구들이 떠올랐다. 가구들을 내놓기 위해 외할머니와 함께 열심히 가구에 묻은 흙을 닦았었는데. 그 가구들 가운데 쑤메이는 책상을 가장 좋아했다. 화실에 그 책상이 놓인다면…… 쑤메이는 괜히 마음이 설렜다.

쓰이원이 이런 쑤메이의 마음을 알았는지 외손녀를 데리고 '숟가락 머리'에 해당하는 커다란 사합원을 둘러보자고 고집을 피웠다. 그제야 쑤메이는 그 집이 당시 쓰씨 집안 소유였음을 알았다.

쓰이원이 쑤메이를 데리고 당당하게 앞으로 걸었다.

경비실 노인이 나와 그들 앞을 가로막았다.

"두 분 누굴 찾아오셨습니까?"

"누구 찾아온 것 아닙니다."

쓰이원이 대답했다.

"그럼…… 일 때문에 오셨군요. 먼저 사무실로 가시겠습니까?"

"아뇨."

쓰이원은 노인을 거들떠보지도 않고 사합원 안쪽을 그윽한 눈길로 바라보았다.

"그럼 무슨……"

노인은 진지했다.

"오래간만에 둘러보러 온 겁니다."

쓰이원의 말은 일종의 암시처럼 그 말에 담긴 뜻을 분명히 짐작할 수 있었다.

'오래간만'이라는데 그 말의 의미를 누가 모르겠는가? 노인이 공손하게 두 사람을 안으로 들인 후 경비실로 돌아갔다.

두 사람이 태호석太湖石223)에 올라가서 연못, 수련, 화청花廳224)을 바라보았다. 화청을 돌아 다시 서재, 침실 그리고 과원跨院225)도 둘러봤다. 잘 정리된 뜰은 예전보다 훨씬 화려했다. 처마 밑에서 새 칠 냄새가 났다. 마지막으로 두 사람은 중정中庭 회랑에 앉았다. 쓰이원은 등나무가 여전하다며 분명히 뿌리가 깊을 거라고 말했다. 전에 댜오 낭자姑娘(쓰이원 아버지의 첩)는 등나무만 보면 마음이 복잡하다고 등나무를 싫어했다는 말도 했다. 이후 댜오 낭자는 아글라이아 오도라타226)를 키우기 시작했다. 겨드랑이 액취가 심했기 때문인데 결국 아글라이아 오도라타도 댜오 낭자의 냄새를 덮어주진 못했다…… 후에 쓰이원은 설레는 마음을 감추지 못하고 쑤메이에게 자신의 첫사랑에

---

223) 중국 쑤저우 부근 타이후太湖 주변에서 많이 나는 까무잡잡하고 구멍이 많은 복잡한 형태의 석회암 기석. 중국 전통 정원을 꾸미는 데 사용된다.

224) 정원에 지어진 응접실.

225) 안채 옆 뜰.

226) Aglaia odorata. 관상용 상록관목.

대해 털어놓았다.

"물론,"

쓰이원이 말했다.

"여긴 아니었어. 남쪽이었지, 하지만 지금 그 사람 베이징에 있어. 너 그 사람이 누군지 알아?"

쓰이원은 여전히 미련이 남는 듯 그의 이름을 쑤메이에게 말하며 바로 마샤오쓰의 시아버지라고 말했다.

쑤메이는 정수리 머리가 벗겨진 작은 노인, 그가 좋아하는 그저 그렇고 그런 영화가 생각났다. 그녀는 문득 노인이 '정지'시켜 달라던 화면의 낭자가 누굴 닮았는지 깨달았다. 외할머니를 닮았다, 그리고 자신을 닮았다.

이 모든 것이 지어낸 이야기, 거짓말처럼 느껴졌다. 인물, 사건 모든 요소를 갖췄지만 마치 외할머니가 지어낸 이야기 같았다. 하지만 지어낸 것 같은 그 이야기에 마음이 쓰렸다. 세상에는 처량한 이야기들이 많다는 생각을 했다. 그제야 쑤메이는 이 이야기가 조금 진실처럼 다가왔다.

쓰이원은 이 이야기가 얼마나 처량한지 느끼지 못했다. '그녀'가 '그녀'를 데리고 사합원을 참관하고 자신에 대한 기억을 더듬은 이유는 워터우를 찌던 밤 자신이 메이메이에게 하고 싶었던 말을 보충하고 이를 증명하고 싶어서였다. 이제 마침내 그 모든 것의 모든 것을 증명했다. 외할머니는 야간에 몰래 간식이나 먹을 줄 아는 사람이 아니며, 이모할머니를 배신이나 하는 사람이 아니다. 외할머니 역시 찬란했던 세월이 있었으며, 저 연못같이 맑고 수련처럼 순결한 시절이 있었다.

장미의 문

쓰이원은 기분이 정말 좋았다. 그토록 바라던 소원을 이루었다.

쑤메이는 원래 외할머니에게 뭔가 물어보려 했고, 젊은 시절 외할머니 애인을 만났다고 말해주려 했다. 지금 그 사람은 정수리가 벗겨지고 영화를 좋아하며 영화 속 한 사람을 좋아한다고 말해주려 했다. 하지만 더 이상 외할머니와 자꾸 또 다른 대화의 물꼬를 트고 싶지 않았다. 쑤메이는 잠시 이 모든 것을 숨기기로 했다.

쑤메이는 썰렁하게 샹사오를 나왔다. 그 무엇도 자신을 외할머니 삶에 끼워 넣을 수 없었고 쑤메이 역시 자신을 외할머니 삶에 끼워 넣을 수 없었다. 비록 외할머니가 재단해 만든, 자기에게 꼭 맞는 까만 치마를 입었고, 봐야 할 것 들어야 할 것을 모두 들었지만 말이다. 젊은 사람들은 누구나 '입을 수 있는데 굳이 안 입을 필요가 없고', '볼 수 있는데 굳이 안 볼 필요가 없다'는 이치를 잘 알고 있다.

57

쑤메이는 외할머니 전화를 받고 싶지 않았다. 쑤메이는 일이 정말 많다. 전화 통화에서 쑤메이는 쓰이원의 초청을 계속 거절했다.

"이번 주 일요일에 시간 없어요, 정말이에요."

쑤메이가 쓰이원에게 말했다.

"일요일도 왜 그렇게 바빠?"

상대방이 물었다.

"친구들하고 선약이 있어요……"

"어디 가려고?"

"네."

"어디 가는데?"

"좀 멀리 가려고요."

"얼마나 멀리? 베이징 벗어날 거야?"

"그건 아니고요."

"시산西山에 가는 것 아냐?"

"맞아요. 시산에 가요."

"정말 시간 없으면 됐다. 다음 주에 다시 연락하마."

쑤메이가 전화를 내려놓았다. 그러고 보니 끔찍한 '다음 주'가 또 있군.

쑤메이가 전화 통화에서 말한 내용은 진짜였다. 그녀는 일요일에 몇몇 친구와 시산에 가기로 약속했다. 친구들과 시즈먼西直門에서 차를 갈아탈 때였다. 쑤메이는 자신을 향해 다가오는 쓰이윈을 발견했다. 쓰이윈이 접이우산을 들고 베이지색 반팔 실크 셔츠에 은회색 치마, 굽 낮은 흰색 양피 샌들을 신고 있었다. 옷과 어울리도록 화장은 필수였다. 쓰이윈이 쑤메이 앞으로 다가와 말했다.

"먼저 와서 한참 기다렸다."

마치 쑤메이와 사전에 약속이나 한 것 같은 말투였다. 쑤메이는 대꾸할 말이 없었다. 쓰이윈의 얇은 셔츠 안으로 브래지어가 비쳤다. 이유는 모르겠지만 쑤웨이는 자기 친구들이 이런 할머니의 모습을 보지 않으면 했다. 외할머니 나이에 여전히 브래지어를 한다는 건 발육이 덜 된 여자애가 브래지어를 하는 것처럼 자연스럽지 못하다. 어제 전화할 때 그들의 행선지를 알려준 일이 후회가 됐다. 지금 쓰이윈의 등장, 쓰이윈의 말투는 자기들과 함께 가겠다는 뜻이 분명했다.

장미의 문

쑤이원의 옷차림과 마음의 준비(특히 적절치 못한 브래지어)를 보니 도저히 거절할 수가 없었다.

과연 쑤메이의 예감은 정확했다. 쑤이원은 어느새 쑤메이와 동행한 사람들에게 인사한 후 자기 소개를 마친 상태였다. 동행들이 쑤이원의 모습을 보고 쑤메이 어머니인 줄 알았다고 감탄을 금치 못하자 쑤이원이 가만히 웃으며 어머니보다 더 젊은 표정을 지었다. 차가 왔다. 쑤이원은 양산을 접고 민첩하게 차에 올라 자연스럽게 쑤메이 동행이 내주는 자리에 앉았다.

자리를 잡고 앉은 외할머니를 보고 나서야 쑤메이는 자기가 예상했던 외할머니의 꿍꿍이를 좀 더 확실하게 확인할 수 있었다. 쑤메이의 기분은 엉망이 되었다. 외할머니가 왜 자기 생활에 끼어드는지 이해가 가지 않았다. 이제 외할머니와 다툴 수도, 차에서 몰아낼 수도 없었다. 쑤메이가 쑤이원 의자 손잡이를 잡고 섰다. 그렇게 쑤이원이 앉아 있는 의자 손잡이를 잡고 쑤이원 곁에 선 이유는 쑤이원의 체면을 살려주기 위한 것이자 쑤이원 행위를 인정해주는 의미였다. 동행 앞에서는 심지어 자기가 시산에 같이 가자고 외할머니를 초청했으며 다만 사전에 그들에게 말한다는 걸 까먹었다고 말해야 했다.

종점에 도착했다. 쑤메이는 외할머니 뒤에서 제일 늦게 차에서 내렸다. 가는 내내 두 사람은 말이 없었다. 동행들 역시 이상한 분위기를 감지했는지 따로 떨어져 가자고 말했다. 그때 쑤이원이 갑자기 발을 삐었다.

쑤이원이 발을 삐자 사람들이 다시 관심을 보였다. 쑤메이가 할 수 없이 쪼그려 앉아 외할머니에게 말했다. 아픈지, 걸을 수 있는지 아니면 빨리 돌아가야 할지 물었다. 쑤이원 콧등에 땀이 송골송골 맺혀 돌아가야겠다고 답한 후 쑤메이에게 '택시'를 부르라고 했다.

둘이 택시에 올랐다. 쓰이원은 통증을 참으며 창밖으로 고개를 내민 후 쑤메이 동행들에게 미안하다고 말했다. 시간이 나면 집에 놀러오라는 말도 잊지 않았다. 진심어린 쓰이원의 태도에 사람들은 좋은 인상을 받았다.

후에 쑤메이 친구들 모두 쑤메이에게 쑤메이 엄마보다 젊어 보이는 정말 아름다운 외할머니가 있다는 사실을 알았다.

차에서 쓰이원은 통증이 많이 가라앉았다. 쑤메이가 어떤지 묻자 쓰이원이 고개를 저으며 말했다.

"좋아진 게 아니라 좀 전에 너무 아팠던 거야. 너무 아프고 나면 통증이 안 느껴져."

택시가 방향을 틀어 상사오후퉁 안으로 들어가 쓰이원 집 문 앞에 멈췄다. 차비가 엄청 많이 나왔다. 40위안이다. 쑤메이가 돈을 낸 후 외할머니를 부축하려는 순간 외할머니가 문을 열고 잽싸게 택시에서 내렸다. 마치 껑충 뛰어내린 것 같았다.

일요일, 골목은 시끌벅적했다. 뤄 아주머니가 때마침 입구에 서 있었다.

"어디 갔다 왔슴까?"

뤄 아주머니가 쓰이원에게 물었다.

"시산에요."

"일찍 갔다 왔네?"

"택시 타고 왔어요. 메이메이가 바래다줬어요."

쓰이원이 이렇게 말하며 곧장 안으로 들어갔다. 그녀는 의기양양했다. 뤄 아주머니가 택시에 이어 쓰이원과 함께 온 쑤메이를 바라보았다. 그녀의 걸음은 더욱 경쾌했다.

쑤메이가 쓰이원 뒤를 따라갔다. 왜 쓰이원이 자신을 농락하는지 이해할 수가 없었다. 쑤메이는 입구에 있는 이웃도, 뭐 아주머니에 대한 인사도 잊어버렸다. 안에서 숙제를 하고 있던 복덩이가 나와서 인사했다. 쑤메이는 무심히 대꾸한 채 바로 식탁 옆에 앉았다. 복덩이의 모습도 자세히 보지 않았다. 외할머니가 어디로 갔는지 살폈다. 쓰이원은 어느새 안쪽 방으로 들어간 후였다. 마치 쑤메이의 질문 공세와 비난을 기다리고 있는 것 같았다.

쑤메이가 안쪽 방으로 따라 들어갔다.

쓰이원이 복덩이 책상 앞에 앉아 복덩이 숙제공책에 팔꿈치를 올린 채 손으로 뺨을 괴고 있었다.

"정확히 설명을 해주시지요."

쑤메이는 흥분을 가라앉힐 수 없었다.

"뭘 설명해?"

쓰이원의 대답 역시 거칠었다.

"오늘 행동에 대해서요."

"오늘 내가 무슨 나쁜 짓이라도 했어?"

"외할머니 자신이 가장 잘 아실 텐데요."

"난 모르겠는데."

"설마 내가 그것까지 알려드려야 하는 거예요?"

"그래도 돼."

"왜 시산에 오셨어요?"

"시산은 관광지야."

"왜 꼭 우리들을 쫓아오셨는데요?"

"네가 있으니까."

네가 있으니까. 쑤메이는 쓰이원과의 첫 번째 입씨름 대국에서 패배했다. 일행 중에 마침 '네가 있었잖아?' 네가 누구야? 쓰이원의 외손녀야. 외할머니가 외손녀와 시산에 놀러 가는 일이 뭐가 잘못인가.

퇴각하는 쪽이 쑤메이가 되었다.

"제가 있어도 그렇죠. 왜 다리를 삐었다고 하셨어요?"

쑤메이가 다시 말했다.

"난 그런 말 한 적 없어."

"그렇게 말씀하셨어요."

"난 다리를 삐었어."

"하지만 안 삐셨잖아요."

"어떻게 알아? 내가 다리 안 삔 줄?"

"택시에서 내릴 때 전혀 아파하지 않았어요. 아예 그런 일이 없었다는 증거잖아요!"

"왜 그런 일이 없었다고 해?"

"장담하건대 외할머니는 다리 삐지 않으셨어요."

"삐었어."

"그럼 왜 택시에서 내릴 때 아무렇지도 않았어요?"

"내리자마자 좋아졌어."

"그렇게 빨리요? 택시에 탈 때도 소리를 질렀는데 택시에서 내리자마자 좋아져요?"

"넌 기뻐해야 하는 것 아냐?"

"뭘 기뻐해요? 헛돈 40위안을 써서 기뻐해요?"

"이건 40위안의 돈 문제가 아니야. 생각해 보렴, 내 다리가 계속 안 좋으면? 내일까지, 모레까지도 낫지 않으면? 일주일, 일 년…… 그럼 누구에게 부담이 되겠어? 너 아냐? 너 외할머니를 내팽개쳐두고 신경 안 쓸 수 있어? 누가 내 가족이지? 너 아냐?"

두 번째 대국의 승리자도 역시 쓰이원이다. 누가 쓰이원의 친척인가? 챵천은 멀리 있고, 복덩이는 가까이 있어도 기대할 것이 없다. 주시는 이미 더 이상 챵씨 집안사람이 아니다. 그럼 또 누가 있는가? 쑤메이 아닌가?

쑤메이의 패배는 정해져 있었다. 쑤메이가 쓰이원에게 대놓고 '난 당신 가족이 아니야'라고 외칠 수 있는가? '그녀'는 '그녀'를 향해 소리치고 싶었다. 시도는 해봤지만 입은 열지 않았다. 입을 열려면 침착하고 정확하고 신랄하게 열어야 한다. 당시 그녀가 어록 공책을 잡을 수 없었던 일이 생각났다.

마찬가지다.

승리자인 쓰이원이 깊이 한숨을 쉬면서 손으로 탁자 위를 더듬었다. 쑤메이는 외할머니가 담배를 찾고 있다는 것을 알았다. 담배를 집어주는 것도 곁의 이 친척이 해야 될 일일지도 모른다. 쑤메이는 담배를 집어주지 않았다. 하지만 집어주지 않는다고 친척이 아닌 건 아니다. 오히려 담배를 찾는 저 사람에게 자신이 무례한 행동을 하는 것 같았다.

쑤메이는 풀이 죽었다.

쑤메이가 풀이 죽어 샹사오후퉁을 떠났다. 어쨌거나 이번이 샹사오에 오는 건 마지막이라고, 마지막으로 외할머니를 보는 거라고 생각했다.

쑤메이는 평안한 마음으로 그림을 그리기 시작했다. 전국청년미술대전에 참가할 작품 하나를 그리는 중이었다. 샹샤오후퉁에서 가져온 '기'묵를 모아 대전에서 요구하는 최대 화폭을 선택했다. 거대한 캔버스 앞에서 1미터 70센티미터의 그녀는 순간 당시 샹샤오후퉁 시절 메이메이로 돌아간 것 같았다. 당시 메이메이는 쇠줄에 바지를 걸기 위해 폴짝폴짝 뛰어야 했다. 이제 그렇게 뛸 필요는 없었지만 가장 높은 곳에 그림을 그릴 때면 탁자로 올라가 쪽걸상 위에 서야 했다. 캔버스가 클수록 사람은 더욱 작아졌고 그림은 더욱 박력이 넘쳤다. 이 거대한 화폭을 위해, 이 '박력'을 위해 쑤메이는 심지어 원래의 구상을 뒤집었다. 그녀는 《화선면》畵扇面이라는 오래된 상성相聲227)이 생각났다. 그 상성에서 한 화가에게 부채 그림을 그려달라는 구절이 나온다. 부채 그림을 그리는 화가는 미인을 그려주겠다고 했다. 이후 무슨 이유에서인지 그는 미인 대신 장비張飛를 그려야겠다고 생각했고, 또다시 무슨 이유에서인지 장비 대신 돌을 그리기로 생각을 바꿨다. 그리고 또다시 이유는 모르겠지만 돌 대신 부채를 까맣게 칠하기로 결정했다. 이제 쑤메이는 미인을 장비로, 장비를 돌로, 다시 돌을 까만 부채로 그리고 있었다. 그녀는 까만색 바탕에 모든 형상을 희미하게 그렸다. 까맣게 그려야 한다. 까만색만이 영원이다. 그것이야말로 마치…… 쓰이원이 자신에게 준 까만 치마 같다.

쑤메이는 '미쳐버릴 것' 같았다. 쑤메이 역시 이 모든 것을 운명이라고 체념할 것 같았다. 원래 운명이란 '까만' 거니까.

또 전화가 왔다. 경비실이다. 경비실 아저씨가 입구에 '가족' 한

---

227) 중국 민간 설창문예의 일종. 풍자를 가득 담은 만담과 비슷한 형식이다.

장미의 문

분이 와 있다고 했다. 그녀를 기다리고 또 기다리다가 갑자기 경비실에서 기절했다고 했다. 할머니, 아니 할머니가 아닌 것 같기도 하고 나이를 잘 모르겠다고 했다.

쑤메이가 경비실로 달려갔다. 경비실에서 이미 의무실로 환자를 이송했다고 말했다. 쑤메이가 다시 의무실로 갔다.

쑤메이가 의무실로 뛰어가 보니 기절했다던 환자는 의식이 돌아와 긴 의자에 기댄 채 물 잔을 받쳐 들고 있었다.

제일 먼저 쑤메이 주의를 끈 건 환자의 안색이 아니라 옷차림이었다. 눈처럼 하얀 카키천 긴 바지와 암홍색 순면 카디건에 가는 은 목걸이를 하고 있었다.

의사는 쑤메이에게 환자와 어떤 관계인지 물었다. 쑤메이는 의사에게 자기 외할머니라고 말했다. 쑤메이는 의사에게 외할머니가 기절한 이유를 물었다. 의사 말이 기질성 질환 같진 않고 아마도 날이 너무 더워서 탈진했을 거라고 했다.

의사는 다시 쑤메이에게 환자 나이를 물었고 쑤메이가 이에 답했다. 의사는 깜짝 놀라 쓰이원을 살핀 후 쑤메이에게 환자를 집에 보내도 된다고 했다.

쑤메이가 긴 의자에서 쓰이원을 부축해 일으켰다. 쓰이원이 힘겹게 자리에서 일어났다. 사람들 앞에서 쑤메이의 얼굴이 빨개졌다. 미술대학 정문을 나서며 두 사람은 당시 시산에 함께 갔던 친구들 몇 명을 만났다. 누군가 쑤메이에게 '외할머니가 또 다리를 삐셨는지' 물었다. 쑤메이는 대답하지 않았다. 또 다른 사람 하나가 쑤메이를 위해 '택시'를 잡아줬다. 그들은 그녀가 '삐끗'했을 거라고 생각했다. 그들이 친절하게 쓰이원을 부축해 택시에 태웠고 쑤메이는 택시 문을 쾅

닫았다.

택시가 막 출발하려고 할 때 쑤메이가 앞문을 열고 기사 옆에 앉았다. 그날 쓰이원의 말이 생각났다.

"누가 내 가족이지? 너 아냐?"

쑤메이는 택시 안에 탄 사람도 생각해야 했고, 택시 밖에 있는 사람들도 생각해야 했다.

쓰이원의 전화가 계속되자 쑤메이는 전화를 받을 수밖에 없었다. 전화를 받지 않을 경우 그 결과가 어떻게 될지 알았다. 쓰이원은 아무 데나 쓰러져 '가족'에게 전화해달라고 사람들에게 부탁할 것이다. 그녀는 쓰이원의 넘치는 정력, 에너지를 잘 알고 있었다.

언젠가 쑤메이는 우연히 석간신문에서 초기 교육자 집안을 방문 취재한 기사를 읽었다. 인터뷰 상대는 바로 쓰이원이었다. 그녀는 한 젊은 여성화가의 조기교육에 대해 말했다. 석간을 읽고 난 후 쑤메이는 그제야 자신의 예술적 계몽가가 자기 외할머니란 사실을 알았다. 그녀가 쑤웨이에게 신문을 보여줬다. 쑤웨이는 말없이 눈물까지 흘리며 배꼽이 빠질 정도로 웃었다. 쑤웨이가 웃음을 그치고 나서야 쑤메이에게 말했다.

"언니는 그렇게 생각하지 않는 거야? 스스로 자초한 일이네!"

마치 자신을 예술적으로 이끌어준 계몽가를 쑤메이 스스로 찾았다는 식이었고, 모든 것 전부 다 당신이 자초한 일이라고 말하는 듯했다.

"왜 내겐 예술의 계몽가가 없었지? 그랬다면 자매가 모두 계몽을 받았을 텐데."

쑤웨이가 말했다.

'자초'했다는 문제를 두고 쑤메이와 쑤웨이는 영원히 대화가 이어지지 않았다. 그들의 대화는 세 마디를 넘지 못했다. 쑤메이는 문득 주시를 찾아가 외할머니에 대해 이야기를 해봐야겠다고 생각했다.

정오가 다가오고 있었다. 쑤메이는 주시 병원 입구에서 전화를 걸어 그녀를 불러냈다. 주시가 금방 나타났다.

두 사람은 십수 년 만에 만났다. 하지만 뜻밖에도 둘은 거침없이 상대방을 대했다. 마치 둘 사이에 아무 일도 일어나지 않은 것 같았다. 전에 두 사람은 그렇게 가깝게 지냈고 어느 날 갑자기 쑤메이는 외숙모와 다친 관계에 휘말리게 되었다. 얼마나 유치하고 웃기는 과거인가.

"저쪽에 패스트푸드점이 있어. 우리 먼저 밥부터 먹자, 내가 낼게."

주시가 쑤메이에게 말했다.

"다 왔어요?"

쑤메이가 걸어가며 물었다.

"응. 다만 그렇게 유명한 곳은 아냐, 종류도 없고. 햄에그 볶음밥밖에 없어."

패스트푸드점에서 둘은 햄에그볶음밥와 샐러드, 맥주를 산 다음 작은 탁자 하나에 마주 앉아 음식을 먹기 시작했다.

"날 안 만나려고 할 줄 알았는데."

주시가 말했다.

"몇 번 돌아갔었는데 그때마다 숙모를 못 봤어요."

"때마침 그때마다 내가 없었네."

"네."

"나 원망해?"

주시가 웃었다.

"왜요?"

"나랑 다치 일 때문에."

"그땐 제가 어렸죠, 그런데도 스스로 어리지 않다고 생각했어요."

"어리기 때문에 네가 날 평생 원망할 거라고 생각했어."

"아뇨. 원망스러운 건 내가 너무 어렸다는 거죠."

"하지만 넌 내가 이런 걸 별로 중요하게 생각하지 않는다는 거 알
아. 사람들이 모두 이해하길 기다렸다가 행동할 수는 없어. 그 '사람
들' 중에는 당시 메이메이도 포함되어 있을지 몰라."

"난 숙모를 이해할 수 있어요. 모든 것을요."

"다치는 또 결혼했어, 알아? 다치한테 푸젠福建 칠기 그릇 두 개를
선물했어. 두 개면 충분하지. 아주 잘 지내."

"저도 다치가 잘 지내길 원해요."

"넌? 결혼 생활은 어때?"

"저요? 그런대로요."

쑤메이가 말하며 볶음밥을 크게 한 입 먹고 맥주를 마셨다.

"너도 맥주 잘 마셔?"

"자주 마시지는 않아요. 그런대로요."

주시는 쑤메이가 두 번이나 '그런대로'라고 말하자 결혼 생활이
어떤지 알 것 같았다. 어떤 예감이 들었다. 쑤메이 생활이 안정적이
지 않을지도 모르고, 다른 사람을 만나고 있을지도 모른다. 예를 들
면…… 예룽베이 같은. 주시는 그가 사합원에서 메이메이에게 닭 이야

장미의 문

기, 직선 이야기를 하던 광경을 떠올렸다. 그의 말에 메이메이는 언제나 눈물을 그렁거렸었다.

주시의 접시 바닥이 드러났다. 그녀가 숟가락으로 살살 바닥의 볶음밥을 긁었다.

"복덩이가 지난번에 너 봤대."

주시가 대화를 이어갈 화제를 찾는 듯했다.

"키가 아주 크던데요(쓰이원 표현대로라면 머리가 문틀에 닿을 것 같다고 했다)."

쑤메이가 말했다.

"대변은 아직도 그저 그래. 환쯔는 봤어? 나와 다치 사이에서 낳은 아들 말이야."

"아뇨."

"우리 이웃 가운데 누구 만나봤어?"

"뭐 아주머니요."

쑤메이가 말했다.

"참, 저 둥청의 이모할머니에게도 갔었어요."

"전에 서채 살던, 이름이 뭐……였더라?"

주시가 말했다.

"예룽베이 말하시는 거죠."

쑤메이가 주시 대신에 말했다.

"맞아, 예룽베이."

"정말 보고 싶어요."

쑤메이가 말했다.

사람들이 갑자기 소란스러워졌다. 아마 원래 시끄러웠을지도 모른다. 그저 쑤메이와 주시가 신경을 안 썼을 수도 있다. 시끄러웠기 때문에 두 사람이 전혀 거침없이 그렇게 많은 말을 했는지도 모르고, 아마도 둘의 소리 역시 별로 작지 않았을지도 모른다. 그런데 다시 시끄러운 주변 소리에 그들은 더 이상 대화를 나눌 수가 없었다.

두 사람이 헤어질 때가 되어서야 그들은 자기 외할머니, 자기 시어머니에 대해 말하지 않았다는 사실을 발견했다. 쑤메이는 애초에 외할머니에 대해 이야기를 나누려고 주시를 찾아왔지만 두 사람 마음속에 쓰이원의 존재가 대수롭지 않다는 말조차도 사치스럽다는 생각이 들었다. 쑤메이에게든 주시에게든 말이다.

58

쑤메이가 예룽베이를 만났다.

쑤메이가 한 자전거 수리점에서 자전거에 바람을 넣다가 우연히 그를 만났다. 예룽베이 역시 자전거에 바람을 넣으려던 중이었다.

쑤메이가 허리를 굽혀 바람을 다 넣은 후 일어나 가려다 말고 눈앞에 공기 펌프를 기다리던 예룽베이를 발견했다.

"아저씨?"

쑤메이는 땀에 흠뻑 젖어 있었다. 깜빡 잊고 예룽베이에게 펌프를 넘겨주진 않았지만 그렇다고 별로 놀란 눈치는 아니었다.

예룽베이가 펌프를 받으러 다가왔다. 하지만 쑤메이는 빈 손을 내밀었다. 악수를 하고 나서야 쑤메이는 예룽베이가 펌프를 받으려고 손을 뻗었을지도 모른다는 생각이 들었다.

장미의 문

예룽베이는 펌프를 받으려고 손을 내밀었지만 비어 있는 쑤메이 손을 잡았을 뿐이다.

펌프는 여전히 쑤메이 손에 들려 있었다.

"자전거가 너무 오래 돼서, 낡은 자전거야말로 버려서는 안 되는 거잖아. 그래, 안 그래?"

예룽베이가 말했다.

"그 말이 맞아요."

쑤메이가 말했다.

마치 십여 년 끊겼던 그들의 대화가 다시 시작된 것 같기도 하고, 애당초 대화는 끊긴 적이 없다는 느낌도 들었다. 그들의 이야기가 까만 닭 흰 닭 이야기에서 자전거로 넘어온 것 같았다.

순간 그들은 어느새 서로 상대방을 관찰하고 있었다. 예룽베이는 메이메이가 당연히 눈앞의 쑤메이처럼 자란 것이 맞다고 느꼈다. 쑤메이는 예전 예룽베이의 모습에다 예전에는 볼 수 없었던 낙관적인 분위기까지 더해진 듯했다. 이마에 몇 줄 주름이 지긴 했지만 웃을 때 입매는 여전히 순수하고 솔직한 느낌을 줬다.

예룽베이가 킥 스탠드를 세워두고 먼저 쑤메이에게 많은 것을 물었다. 그때 샤오웨이랑 잘 간 거야? 그 사이 뭘 했어? 쑤메이는 예룽베이의 질문에 진지하게 답했다. 쑤메이가 답할 때마다 예룽베이는 매번 '그래, 그래'라고 말했다.

쑤메이는 그의 반응이 정말 마음에 들었다. 그가 다 아는 건 아니라고 확신했지만 상관없었다. 아니, 그가 알고 있다는 느낌도 들었다. 굳이 말을 하지 않아도 다 이해하고 있을 거라고 생각했다. 쑤메이에 대해 그는 무엇이든 이해하고 있는 것이 맞다.

"요즘은 어떠세요?"

쑤메이가 예룽베이에게 물었다.

"베이징에 돌아온 거 알잖아, 하고 싶은 일이 정말 많아. 드라마 극본도 많이 썼어, 방송국에서 좋아하진 않지만. 왜 내가 그 사람들 비위를 맞춰야 돼? 지금은 영화를 쓰고 있어. 소재가 아주 많아."

"잘 쓰실 거라고 생각해요, 그렇게 믿어요."

"시험 삼아 써보는 거기도 한데, 그래도 자신 있어. 글쓰기는 그렇게 험난한 일이 아니야. 언젠가 폴란드 소설을 읽었는데 내가 쓴 소설 같아서 깜짝 놀란 적이 있어."

예룽베이가 웃었다. 마치 자기가 아직 쓰지도 않았는데 벌써 누군가 자신의 작품을 베끼고 있다고 말하는 것 같았다.

쑤메이도 덩달아 웃었다. 예룽베이의 극본은 모르지만 그의 극본을 머릿속에 그리며 그가 웃는 모습을 보자 쑤메이는 가슴이 환하게 트이는 듯했다.

다시 누군가 펌프를 달라고 하고 나서야 쑤메이는 아직도 자기가 펌프를 쥐고 있다는 사실을 발견했다.

"우리 아직 다 안 썼습니다!"

예룽베이가 쑤메이 손에서 펌프를 받아 상대방을 향해 당당하게 말했다.

예룽베이는 자기 낡은 자전거에 펌프질을 한 후 잠시 함께 길을 가다가 헤어졌다. 그들은 이런 이별에 별로 개의치 않았다. 두 사람 모두 이번 이별은 다음 만남을 의미한다고 느꼈기 때문이다.

예룽베이가 쑤메이에게 자기 주소를 알려주며 자기 집에 저녁을 먹으러 오라고 초청했다.

장미의 문

"어차피나 저녁은 먹는 거니까."

쑤메이가 초청을 받아들였다.

예룽베이 집에서 쑤메이는 위슈를 만났다. 위슈 역시 쑤이청 산골마을에서 왔다는 사실도 알았다. 주시와 마찬가지로 쑤메이 역시 대충 위슈의 신분을 알 것 같았다.

예룽베이가 위슈의 성이 딩ㄒ이라고 했다. 애당초 산에서 정혼을 피해 예룽베이가 정착했던 시골로 도망쳤다. 눈보라가 치던 밤, 마당에서 연탄을 나르던 예룽베이는 문 앞에 쪼그리고 앉아 있는 딩위슈를 발견했다. 그가 위슈를 방으로 데리고 들어가 불을 지펴주고 밥을 먹인 후 자기 집에서 살게 했다. 그가 그녀에게 말했다.

"우리 여기 연탄 있어."

위슈는 아마도 그 연탄 때문에, 농촌에서는 보기 드문 연탄 난방 때문에 그의 집에 남았을 것이다. 당시 위슈의 나이 겨우 열넷이었다.

쑤메이 역시 자기 열네 살 시절을 떠올렸다. 열네 살 때 '연탄불'이 있는 집을 떠나 연탄불 없는 농장에 갔다.

예룽베이는 베이징으로 돌아오면서 위슈도 데리고 왔다.

"위슈는 앞으로 어떻게 해요?"

쑤메이가 예룽베이에게 물었다.

"나한테 시집오라고 하려고."

예룽베이가 천연덕스럽게 뇌까렸다.

"둘이 약속한 거예요?"

"응, 여러 번."

"위슈가 그러자고 그래요?"

"아니, 내가 너무 늙었대. 하지만 괜찮아. 그건 그 애가 세상을 몰라서 그래. 그 애한테 채플린은 자기 장인보다 스무 살이나 더 많다고 했어."

"그랬더니요?"

"아직은 그대로야. 계속 설득할 거야. 누군가를 설득하는 것도 쉬운 일은 아니야. 사상개조 같은 일이기도 하지. 개조는 고통스러운 일이야. 때로 정말 고통스럽지. 하지만 난 자신이 있어. 때로 그 애한테 프로이드에 대해 말해주기도 해."

"위슈가 그런 말 듣는 것 좋아해요?"

"뭐라고 해야 할까, 그것도 과정이지."

후에 쑤메이는 예룽베이에게 위슈가 집안 일만 하느냐고 물었다. 예룽베이는 그건 아니며 많은 일을 한다고 했다. 위슈는 한 만두가게에서 임시로 일한다고 했다. 고향사람이 운영하는 만두가게다.

저녁 시간이 되자 위슈가 그들에게 만두를 빚어줬다. 예룽베이는 쑤메이에게 손님이 만두 빚는 솜씨를 칭찬해주면 위슈가 좋아한다고 말했다. 손님이 오면 위슈는 항상 만두를 빚는데 일단 만두를 빚었다 하면 마치 마술을 부리는 것 같다고 했다.

예룽베이는 만두 빚는 위슈 모습을 보여주려고 쑤메이를 데리고 주방으로 갔다. 쑤메이조차 그 모습이 정말 마술 같다고 생각했다. 위슈의 손이 닿자마자 만두피와 속이 만두로 변신했다. 누군가 자기 일하는 모습을 지켜보자 위슈는 더욱 과장된 손짓으로 만두를 빚었다. 그 동작이 지나치게 기계적이라 가식적으로 느껴졌다. 예룽베이가 만두 하나를 집으며 말했다.

"우린 이 만두는 못 먹을 것 같아. 네가 이걸 보는 순간 이건 이미 만두가 아니야. 뭐라고 불러야 할지 모르는 물건이 되지. 애당초 중국인이 만두를 발명할 때 특정한 목적이 있었어. 그건 일종의 분위기 같은 거야. 가식에서 벗어나 순수를 추구하는 그런 분위기 말이야. 지금은 모든 것이 너무 기계적이잖아. 기계의 결함은 순수로 돌아가고자 하는 것과는 너무 거리가 멀어. 우리가 집에서 마치 만두가게에 있는 기분을 느낄 수는 없잖아, 그렇지 않아?"

그가 위슈에게 그리고 쑤메이에게 물었다.

위슈는 개의치 않았다. 아마도 이미 여러 번 예룽베이로부터 이런 식의 이야기를 들은 듯했다. 만두에 관한 예룽베이의 이런 이야기가 일상다반사라고 느낄지도 모른다. 위슈의 볼이 약간 발개져서 고개를 숙이고 힘껏 만두를 빚었다. 여전히 위슈의 손에서 만두피와 속이 분주히 움직였다.

물론 그들은 위슈가 만든 만두를 먹었다. 만두피 가장자리가 두꺼웠고, 속은 적었다. 쑤메이는 아무 맛도 느껴지지 않았다. 예룽베이의 말이 일리가 있을 수도 있어. 중국인의 만두는 특수한 목적이 있을지도 몰라. 만두피와 속이 있다고 해서 만두가 되는 건 아니야. 인물과 이야기가 있다고 해서 반드시 극본이 되는 건 아닌 것처럼. 위슈가 이런 이치 때문에 극본 작업이 계속 실패로 돌아가는 예룽베이를 반박하는 법을 알고 있을까, 그건 모르는 일이다. 예룽베이에 대한 위슈의 반응에서 쑤메이는 그들이 함께하는 생활이 어느 정도 평등할 거라는 느낌이 들었다. 쑤메이의 기분은 그들이 처음 만났을 때처럼 시원하지 않았다. 심지어 처음 예룽베이를 만났을 때 느꼈던 낯선 낭만 같은 것도 느껴지지 않았다. 그와 위슈의 동거, 만두에 대한 그의 폄하와 위슈의 무신경이 예룽베이 낭만의 결과 같기도 하고 마치 위슈가 이런 낭만을 이용하고 있는 것 같기도 했다. 수많은 농촌 여자들이 자기 처신의 논리가 있는 것처럼 그 애한테도 그런 특징이 있는 것 같았다. 이런 논리 앞에서 때로 도시 사람들은 조금 바보처럼 느껴진다.

이제 그 낯선 낭만은 누구의 것일까? 아주 오랫동안 이는 쑤메이의 가장 큰 관심거리였다. 때로 쑤메이는 이런 비상한 관심을 억누르고 싶었다. 그 사람이랑 자기가 무슨 관계야? 하지만 그렇게 생각하면 할수록 쑤메이는 예룽베이의 일에 관심이 깊어졌고 예룽베이를 만나는 횟수도 늘어났다. 예룽베이는 더 이상 위슈에 대해 말하지 않았다. 그래서 쑤메이는 조금 실망스러웠다. 그의 이야기 중 가장 많은 양을 차지하는 부분이 극본이었다.

"전쟁에 대해 쓰고 있어."

예룽베이가 말했다.

"한국전쟁에 대해 쓰고 있어요?"

"응. 케케묵은 소재라고 하겠지? 소재는 옛 것이든 새 것이든 상관없어. 각본을 쓰는 각도는 모두 작가에서 나오는 거야. 지금 내가 말하는 건 전쟁을 어떤 각도에서 묘사하느냐는 거야. 넌 전쟁이 기관총과 대포라고 생각하지? 사람이 그 안에 있어! 각양각색의 사람이 있지."

예룽베이가 쑤메이에게 자기 영화 이야기를 했다. 중국인민지원군의 한 늙은 대대장 이야기야. 그는 한국전쟁에서 열 차례 부상을 입어 일곱 번 병원에 입원했고, 세 번 영안실에 들어갔었어. 매번 사람들이 영안실에서 그를 끌어낼 때마다 그가 깨어나서 사과를 먹고 싶다고 했지. 그가 전쟁에 투입되어 막 압록강을 건넜을 때 한 아주머

장미의 문

니(아주 예쁜 한국 여인)가 다가와 그에게 사과 두 개를 줬어. 그는 평생 그 일을 잊을 수 없었기 때문에 깨어날 때마다 사과를 먹겠다고 했지……

"듣고 있어?"

예룽베이가 물었다.

"듣고 있어요."

쑤메이가 말했다.

"어때? 완전히 새로운 각도라고 생각하지 않아?"

"끝까지 말해보세요."

쑤메이가 말했다.

하지만 예룽베이는 매번 중간에 옆길로 새는 바람에 이야기 끝을 맺지 못했다. 예룽베이의 '옆길'은 때로 지나치게 멀리까지 이어졌다. 예를 들어 그는 아름다운 여인에서 다른 여자로 이야기가 넘어가 도 했는데 그 여인은 자기 어렸을 때 살았던 칭다오^{青島}에서 만난 여자였다. 그가 만난 이 아름다운 여인을 이야기하기 위해서는 또한 그 여인을 만났을 당시 생태적 환경, 예를 들어 예룽베이가 그녀를 발견한 시간, 장소와 더불어 당시 심경과 분위기까지 말해야 했다.

"당시 그 여자는 치둥로^{齊東路}에 살았지. 돈 많은 사람들이 모여 사는 길이었어. 매국노 왕커민^{王克敏228)} 역시 그 거리에 살았어. 그 길을 따라 올라가고, 그 길을 따라 내려왔지. 아침에는 안개가 자욱하게 끼고, 안개 속에 대문들이 열리면 여자들이 집에서 나왔어. 학교 가는

---

228) 1876~1945, 저장성^{浙江省} 항저우 출신. 중국 근대 정치인. 민국 10대 매국노 중 하나로 불린다.

아이들이 많았지. 안개 속에 자동차, 인력거, 마차가 그 여자들을 싣고 멀리 사라지는…… 아! 아름다운……."

예룽베이는 마치 아름답다는 말로 차를 묘사하는 것 같았지만 그가 말하는 건 사람, 아름다운 사람, 여자였다. 그 여자 이야기가 끝나면 다시 이혼한 그의 전처에 대한 이야기로 넘어갔다. 예룽베이가 처음으로 자기 전처에 대해 말했다. 그는 자기 아내 역시 예전에 치둥로에 살았다고 했다. 아름답다고 말할 정도도 아니지만 그렇다고 아름답지 않다고 말하기도 애매한 외모였다. 두 사람은 소학교 동창이다. 하지만 교류는 없었다. 후에 베이징에서 대학을 다닐 때 만났다. 당시 그는 임업대학 학생이었고 그녀는 음악대학 피아노과 학생이었다. 두 사람은 결혼을 했고, 그리고 이혼을 했다. 아내는 자신의 머트리Mutrie229) 독일 피아노를 들고 이사했다. 아들까지 그에게 넘기고 갔다. 아들은 계속 고향에서 할머니와 살고 있다.

"아저씨도 치둥로에 살았어요?"

"아니, 우리는 라이우로萊蕪路, 치둥로에서 그다지 멀지 않아."

쑤메이는 그제야 샹사오에 있을 때 예룽베이가 아이 신발 밑창을 박았던 이유를 알 것 같았다.

예룽베이의 이야기, 옆길로 샌 그의 이야기가 너무 길게 이어졌기 때문에 쑤메이는 하는 수 없이 중간에 작별 인사를 했다. 이에 또 다음 약속이 이어졌다. 그렇게 다음에 만나면 다시 이야기가 옆길로

---

229) 작가는 독일제라고 적고 있으나 영국인 머트리William Mutrie는 Mutrie가 세운 피아노 제조사 생산 브랜드. 피아노 생산기지를 중국으로 옮겼고, 이후 독일 제조 기술 덕에 급속한 발전을 거두었다.

장미의 문

샜고, 그 옆길은 더 이상 아름답지 않았다. 공포와 고독, 즐거움과 슬픔……

한 편의 극본 이야기는 그들이 처음 만난 여름에서 가을까지 이어졌다. 가을이 되었다. 그들은 샹산^{香山}에 가서 낙엽을 봤고, 극본 이야기를 했다.

"한국 사과는 대부분 국광이었어, 맛있었지."

예룽베이가 계속해서 말했다.

"중국에도 국광이라는 사과 종류가 있어. 하지만 순수 품종이 어디 있겠어? 일찍 품종 교배를 했지. 식물의 교배는 퇴화를 의미해. 난 임업을 공부했지만 예술평론 두 편을 쓰고 나서야 예술을 시작했어. 아, 내가 사과 이야기하고 있었지. 빨간 사과 모습이 마치 연지를 바른 빨간 얼굴 같아, 먹어봐……내가 말한 그 늙은 대대장은 그 사과를 먹고 싶어 하지 않았어. 매번 맛이 제대로 나지 않는 사과를 한 입 베어 문 후 그대로 침대 협탁에 내팽개쳐서 그 사과가 썩어 문드러질 때까지 그 자리에 놓여 있었어. 영화의 몽타주로 사과를 베어 물었을 때부터 썩어문드러질 때까지 'fade in', 'fade out'²³⁰⁾ 연결이 되어야지."

"그 후에는요?"

쑤메이가 물었다. '그 후에는요'라는 질문을 얼마나 했는지 모른다. 하지만 쑤메이는 계속해서 진지하게 물었다.

"사과를 말하는 거야?"

---

230) 연극, 영화에서 어두운 무대나 화면이 점차 밝아지는 것을 'fade in', 끝에 화면이나 무대가 차츰 어두워지면서 사라지는 것을 'fade out'이라 한다.

"전체 이야기요."

"모든 이야기는 늙은 대대장이 중심이야."

"늙은 대대장은요?"

"후에 제대했지. 부상이 너무 심했거든. 제대를 요구하며 자신에게 더 적합한 자리를 요구했어……. 모두 민족정신을 표현하고자 한 거야. 이 정신이야말로 뿌리 깊은 민족정신이지."

"저 역시 민족정신을 표현한 거라고 믿어요. 하지만 어떤 부분이 그에게 가장 적합한 거예요?"

"그건 영화 전체에서 가장 복잡하고, 가장 난해한 문제야. 나도 여러 가지 구상을 했어."

"한번 말해 봐요."

"안 돼. 전부 별로였거든. 왜냐고? 그가 하려고 했던 것, 해야만 했던 건 이루지 못했고, 해서는 안 되는 것들은 마음과 달리 그를 기다리고 있었고. 그래서 그는 운명의 늪에 빠져들었어. 이런 건 사회 탓으로 귀결시킬 수 없어. 그건 운명이야. 운명이 그를 그렇게 만들었지."

"그럼 정말 그는 벗어날 수 없었던 건가요? 그의 운명 말이에요."

"현재까지는 그래. 벗어날 수 없으면 내 구상은 합리성을 잃어."

"아저씨 가설을 통해 사회에 계시를 줄 수 있잖아요. 예술은 사회 전면에 나서야 해요."

"이건 예술의 사회적 기능이 아니야. 예술의 기능은 또한 논쟁을 한다고 해서 끝나지 않는 복잡한 문제지. 네가 나보다 더 잘 알지도 모르지. 넌 그림 하나로 사람들이 모두 지극한 선善과 미美를 이루도록 만들 수 있어? 호소할 수는 있지. 하지만 그림은 그림이야. 네 배추

장미의 문

그림에서 사람들이 선을 봤다고 해서 선을 행할 수는 없어. 네가 대포를 그린다고 해서 사람들이 악惡을 발견하고 침략을 주장하지도 않고. 아냐?"

"네. 하지만 예술이 갖는 계몽 역시 무시할 수 없어요."

"그래. 무시할 수 없지. 하지만 그냥 그렇게 깨달음을 줄 뿐이지, 운명은 벗어날 수 없어. 예를 들어 운명 때문에 네가 샹사오에 오게 됐다면 위슈는 운명 때문에 우리 집에 숨게 된 거야."

"그런 식으로 비유를 하니 기분이 좀 나쁘네요. 전 그 반대라고 말할 수도 있고요."

"미안, 너와 위슈를 말하는 거야?"

쑤메이가 기분 나쁜 표정으로 그와 저만치 떨어져 걸었다.

"이리 와!"

예룽베이가 이렇게 말하며 쑤메이를 쫓아가 그 옆에 섰다.

"어떻게 그런 식으로 비교해요? 그럼 한 가지 물어봐도 돼요?"

쑤메이가 흥분해서 예룽베이에게 물었다.

"물론이지."

"위슈가 아저씨 집으로 도망친 건 운명이라고 할 수 있어요. 하지만 아저씨가 위슈에게 자기한테 시집오라고 한 건요? 그것도 운명인가요? 그럼 위슈의 운명이 바로 아저씨라고 말할 수 있어요? 아니면 아저씨가 곧 위슈의 운명을 대표한다고 말할 수 있냐고요!"

"그렇게 말할 수는 없지. 운명 역시 일종의 정신, 지배하느냐, 지배당하느냐의 정신이지. 결코 어떤 구체적인 사람을 말하는 건 아냐."

"하지만 좀 전에 분명히 내 이야기 했었잖아요. 내가 반대하는 것 역시 그거예요."

"잠시 양보할 수는 있어, 확실히 네 이야기를 한 건 맞으니까."

"다른 사람이라면요?"

"절대 양보할 수 없지."

"왜 제겐 양보하는데요?"

"그건, 너와 샹사오후통에 대해, 바꿔 말하면 샹사오후통과 너에 대해서 말해야 하니까. 왜 사람의 삶에 때로 휘황찬란한 순간이 있는지 알아?"

"그런 순간이 있었어요? 휘황찬란한 시간요? 아저씨 삶에요?"

"있었지. 분명히 있었어."

"샹사오후통에서요?"

쑤메이는 더 이상 말하지 않았다. 쑤메이와 그가 나란히 걷기 시작했다. 둘이 사이좋게 걸었다. 전에는 한 번도 이런 적이 없었다. 그의 극본 이야기를 듣기 위해 샹산에 왔다고 한다면 지금 쑤메이는 결코 그에게 극본 이야기를 들으러 이곳에 온 건 아니라는 느낌이 들었다. 그제야 아무리 질질 끌어도 극본은 그저 가장 평범한 전쟁 이야기에 불과하다는 생각이 들었다. 그 이야기는 그저 사람은 제각각 자신이 합리적이라고 생각하는 일이 있음을 설명해줄 뿐, 더 이상 다른 것은 없음을 말해준다. 오히려 지금 두 사람이 걸을수록 좋아지는 분위기가 바로 운명의 지배 때문이라고 느꼈다.

쑤메이는 별안간 쑤이청의 의사가 생각났다. 사업에만 전전긍긍, 늦잠을 자도 전혀 신경 쓰지 않는 의사다.

"저 결혼했어요."

쑤메이가 갑자기 예룽베이에게 말했다.

"그럴 거라고 생각했어."

장미의 문

예룽베이가 말했다.

"왜 그렇게 생각했어요?"

"나도 결혼하고 싶었어, 너 알잖아. 난 결혼뿐만 아니라 결혼 이외의 것도 하고 싶었고."

"무슨 말을 하는지 모르겠네요."

쑤메이는 기대에 찬 눈빛으로 예룽베이를 바라보았다. 마치 '결혼 이외의 일이라니요? 왜 나한테 그런 말을 하는 건데요? 나와의 교제라는 의미로 받아들여도 돼요?'라고 묻는 것 같았다. 예를 들어 '상산에 와서(단풍 보러) 방관자들이 아저씨랑 날 보는 것 같은 거요? 우린 또 뭘 하죠? 왜 자꾸만 나란히 걸어요?' 같은 것이다. 쑤메이는 예룽베이 말을 듣고 싶고 또 오가는 '방관자'들이 그들의 관계를 제멋대로 추측하길 바랐다.

하지만 예룽베이의 대답은 쑤메이의 예상과는 완전히 달랐다. 쑤메이는 울상이 되었다.

예룽베이가 말했다.

"내가 조금 전 한 말이 무슨 의미인지 알고 싶지?"

쑤메이가 말했다.

"알고 싶어요."

예룽베이가 말했다.

"난 널 속일 수가 없어. 전부, 단 하나도 속일 수가 없어. 위슈와의 일도 그렇고, 네 외숙모 쑹주시와의 일도 그래. 참, 그래, 때로 난 네 외숙모와 함께 있었어."

쑤메이는 머릿속이 조금 혼란스러웠다. 이제 그들 사이에 외숙모와 '함께 있었어'가 끼어들었다. 예룽베이가 말한 '함께 있었어.'라는 말의 의미가 뭔지는 모르지만 그가 자신을 속일 생각이 없다고 한다면 그럼 '함께 있었던 것'이다. 쑤메이는 자신에게 거침없는 예룽베이에게 감동했다. 비록 이미 잔인할 정도로 거침없지만 말이다. 그녀는 지난번 주시와 함께 패스트푸드를 먹었던 일을 떠올렸다. 그녀가 예룽베이에 대해 말하자 쑹주시는 예룽베이라는 이름을 피했다. 쑤메이는 '함께 있었다'는 말의 의미를 더 깊이 확인할 수 있었다. 또한 예룽베이의 거침없는 잔인함도 확인할 수 있었다. 이건 주시에 대해 잔인한 짓 같기도 하고, 쑤메이 본인에 대해 잔인한 짓 같기도 했다.

쑤메이는 자신의 논리가 이상하다고 생각하면서도 또한 도저히 이 논리에서 벗어날 수 없었다. 그녀는 그가 누구와 함께 있든 자신과 무슨 상관인가 생각하면서 또한 만약 상관이 없다면 예룽베이는 왜 자신에게 이런 말을 해야 했는지 생각했다.

"아저씨는 결혼해야 한다고 생각해요."

쑤메이가 말했다.

"누구랑?"

예룽베이가 물었다.

"위슈랑요."

"너도 그래야 한다고 생각해? 조금 전에는 분명히 내가 그 애를 지배하려든다고 했지 않아?"

"제가 예의가 없었어요."

"그 애가 날 좋아한다고 말하는 거야?"

"전 그렇다고 생각해요. 아저씨가 아니었으면 어떻게 그 애가 베이징에 와서 살겠어요?"

"넌 그런 식으로 위슈를 말해선 안 돼. 위슈가 시골 여자애인 건 맞고 나 역시 그 애가 빚은 만두를 먹고 싶지 않지만 네가 그 애를 그런 식으로 말하면 안 돼."

"정말 미안해요. 또 아저씨한테 사죄해야겠네요."

"그 애가 나랑 있고 싶어 하는 건 베이징에 살 수 있기 때문이 아니야. 내가 베이징에 돌아올 수 있을 거라고 애당초 그 애가 어떻게 알았겠어?"

"그건 확실해요. 왜냐하면 아저씨가 그 애를 호흡하는 건 마치 시골 공기를 호흡하는 것과 마찬가지니까요."

"확실히 그런 느낌이지."

"그럼 아저씨 삶이 또 찬란해지기 시작했나요?"

"아니, 그건 아냐."

"아저씨가 말한 순수로 돌아가는 거요?"

"그렇게 말할 수 있지."

"유감스럽게도 아저씨는 또 탈속하기 힘든 도시로 돌아왔네요. 아저씨가 시몬스 침대가 놓인 방에 있는 것이 아니라면 아저씨 옆, 아저씨 발아래는 흙냄새 나는 전원과 숲 공터일 테고, 그럼 그건 톨스토이와 그의 하녀 악시냐보다 더 좋은 것 아니에요?"

"유감스럽게도 나는 톨스토이가 아니고, 위슈도 내 하녀가 아니야."

"그럼 위슈를 뭘로 생각하세요?"

"위슈를 기다리고 있어."

"그럼 주시는요?"

"때로 함께 있는 사람."

"왜 위슈를 기다리면서 또 주시와 함께 있어요? 비록 어쩌다 그렇긴 하지만요."

"오늘 네가 자꾸 날 다그치는 느낌이 드네. 사람을 궁지에 몰아넣고."

그들은 더 이상 아무 말도 하지 않았다. 상산의 등산로를 모두 지나 볼 만한 곳은 모두 구경했다. 쑤메이는 그래도 더 걷고 더 보고 싶었다. 남을 대할 때 '웃기만 하고 답하지 않는다.'는 자신의 방식을 어겼다는 생각도 들었다. 예룽베이가 다시 입을 열면 쑤메이는 반드시 웃기만 하고 답하지 않을 것이다. 하지만 예룽베이는 다시 입을 열지 않았다. 그들이 상산 최고봉 '구이젠처우'鬼見愁에 올랐을 때다. 예룽베이가 갑자기 의아한 눈초리로 쑤메이를 바라보며 말했다.

"아직도 남았어? 또 뭐가 알고 싶지?"

쑤메이는 대답하지 않았다.

"왜 내가 너에게만 이렇게 말을 많이 하는지 생각해 본 적 있어?"

쑤메이는 대답하지 않았다.

"왜 넌 나한테 한마디도 안 해?"

쑤메이는 대답하지 않았다.

"말해주지. 내 삶은 너를 만났을 때만 찬란했으니까, 앞으로도 그럴 거고. 널 얻으려고 생각한 적도, 너와 어떻게 해보려고 생각해 본 적도 없지만 말이야. 난 감히 널 건드릴 수 없어! 주시는 뭘까? 그냥 내 앞에 눕게 만들 뿐이야. 위슈는? 그 애는 내가 책임을 져야겠지? 책임도 지지 않는 사람은 뭐라고 불러야 할까, 난 잘 모르겠어. 왜 자꾸 네게 이런 것들을 다 털어놓게 하는데? 난 그러고 싶지 않아."

쑤메이는 대답하지 않았다. 그녀는 생각하기 시작했다. 이제야말로 정말 대답할 필요가 없다. 쑤메이가 예룽베이를 바라보았다. 정말 그녀가 그를 다그치고, 그녀 자신도 다그치는 것 같았다.

쑤메이는 예룽베이 삶의 찬란함이 자신의 존재 때문이라고 한 예룽베이의 말을 믿었다. 예룽베이는 자신을 잘 알고 있었다. 인생은 이렇게 잘 알고 있는 것만으로 충분하다. 쑤메이는 그들의 관계가 '감히 널 건드릴 수 없어'라는 식으로 영원히 지속되길 원했다. 비록 '감히 건드릴 수 없어'라는 말에는 그녀에 대한 그의 유감이 포함되어 있긴 하지만 말이다. 인생에 유감이 없다면 '감히 건드릴 수 없다'라는 것 따위도 존재하지 않으며 세상 역시 혼돈에 빠질 것이다.

"네 손 잡아도 돼?"

예룽베이가 쑤메이에게 물었다.

"날 감히 못 건드린다면서요."

쑤메이가 결국 입을 열었다.

"네 손을 잡을 수 있는지가 아니라 네가 결국 입을 열었다는 것이 중요해. 난 또 네가 영원히 입을 꼭 다물고 있고 싶은 줄 알았네."

그가 손을 내밀었다. 그녀 역시 손을 내밀었다. 그의 커다란 손이 그녀의 작은 손을 잡았고, 그녀의 작은 손이 그의 큰 손을 잡았다. 그들은 그렇게 계속 손을 잡고 있을 셈이었다.

그녀가 주르르 눈물을 흘렸다. 예룽베이는 뜻밖에 주르르 흐르는 그녀의 눈물을 바라보며 말했다.

"사람은 자기 삶에 찬란함을 유지하려면 상대방과 거리를 느낄 수 있도록 해야 돼. 비록 때로 그에게 쉽게 손이 닿을 수 있어도 말이야. 눈앞의 단풍을 봐, 거리가 좀 있어야 더욱 찬란하지. 가까이 다가가면 빨갛지도 노랗지도 않은 더러운 잎만 보일 뿐이야."

그가 쑤메이의 손을 놓고 다시 그녀의 두 어깨에 손을 올렸다.

"난 네가 영원히 날 비춰줬으면 좋겠어, 넌 나의 색, 진홍색이니까."

그때 쓰이원이 그들 앞에 나타났다.

쓰이원의 출현에 그들은 깜짝 놀랐다. 예룽베이가 본능적으로 손을 내렸다.

"좀 닮았다 생각하면서도 설마설마 했는데. 가까이 와서 보니 정말이네."

쓰이원이 예룽베이를 보고 다시 쑤메이를 바라보았다.

예룽베이는 그저 놀란 눈으로 쑤메이를 바라볼 뿐이었다. 이렇게 묻고 있는 것이 분명했다. 설마 서로 작당한 거야?

쑤메이는 예룽베이의 눈빛이 뭐라고 말하는지 분명히 알 것 같았다.

"외할머니가 따라오실 거라고 생각했어요. 하지만 이렇게 높은 곳까지 오실 줄 몰랐네요. 상산 정상까지 거침이 없으시네요."

쑤메이가 씩씩거리며 도저히 참지 못하겠다는 듯 화가 난 모습으로 쓰이원을 노려봤다.

"트레킹화 신은 거 안 보여?"

쓰이원이 자기 발을 내밀었다. 그가 쑤메이에게서 시선을 돌려 예룽베이에게 말했다.

"거기는? 어떻게 당신도 여길 올라왔지?"

"내가 대답할 필요가 있나요? 할머님께?"

예룽베이가 말했다.

"당신이야 대답할 필요가 없겠지. 이건…… 유혹이었을 테니까."

"어서 내려가세요."

쑤메이가 쓰이원에게 말했다.

"널 데리고 내려갈 거야."

쓰이원이 말했다.

"내가 따라갈 것 같아요?"

쑤메이가 말했다.

"내가 다리를 삐면?"

"영원히 그런 일 없을 거예요. 영원히 건강하실 거고요. 우리 먼저 가요."

쑤메이가 일부러 예룽베이를 잡아당겨 자리를 떴다. 그들은 곧바로 재빨리 내려갔다. 쑤메이의 웃음소리가 이따금 '구이젠처우'를 향해 날아들었다.

내려가던 길에 예룽베이가 쑤메이에게 말했다.

"난 여전히 운명을 벗어나는 건 거의 불가능하다고 생각해. 봐, 또 따라왔잖아. 다만 오늘 네게 상처를 줬다고 날 원망하지 않길 바랄 뿐이야."

"난 잊어야 할 건 잊어요. 기억해야 할 건 기억하고. 영원히요."

집으로 돌아온 예룽베이는 급히 해야 할 일이 생각났다. 그는 자물쇠가 채워진 서랍을 열어 '남보'男寶가 들어 있는 종이상자를 꺼냈다. 흔들어보니 아직 안에 내용물이 들어 있었다. 그가 종이를 박박 찢어 변기에 버렸다.

59

쓰이원이 침대에 누워 계속 처음 다리가 마비되었던 그날의 기억을 더듬었다.

그날 샹산에서 돌아온 쓰이원은 버스에서 내린 후에도 잘 걸었다. 그렇게 길을 걸으며 속으로 트래킹화가 정말 대단하다고 생각했다. 트래킹화 덕분에 샹산에 올라갔고 또한 젊은이들이나 과감히 도전하는 '구이젠처우'에도 올랐다. 평지를 걷자 더더욱 신바람나게 걸었다. 버스에서 내린 후 날듯이 내달려 길목을 건너고, 그렇게 샹사오후퉁으로 들어갔다. 하지만 갑자기 다리가 말을 듣지 않았다. 두 다리가 마비되었다. 너무 오래 앉아 와서 혈액순환이 안 된 걸까? 그런 것 같지도 않았다. 이런 적이 별로 없었는데, 쓰이원이 깜짝 놀랐다. 그녀가 벽에 기댄 채 다 선생 집 입구에 붙어 꼼짝하지 않았다.

구이젠처우.

쓰이원은 다시 자신이 걸을 수 있을 거라고 믿었다. 먼저 오른발을 내딛어봤다. 오른 발이 움직이지 않았다. 다시 왼발을 내딛으려 했다. 왼발도 움직이지 않았다. 얼굴에 진땀이 났다. 그때 마침 대문을 나서던 다 선생이 벽에 기대어 있는 쓰이원을 발견했다. 그가 친절하게 어디가 아픈지 물었다. 그녀가 그를 향해 웃었다. 될 수 있는 한 아무렇지도 않게 웃었다. 쓰이원은 아픈 곳이 없다고, 그냥 서서 누굴 기다리는 중이라고 했다. 그녀가 다 선생에게 어서 가보라고, 자기 걱정은 할 필요 없다고 말했다.

다 선생이 떠나자 쓰이원이 다시 벽에 기댄 채 발을 내딛어봤다. 벽에 기대고 그 힘으로 마침내 발을 뗐다. 하지만 발이 어딜 밟고 있는 건지 감각이 없었다. 땅이 아니라 솜을 딛고 있는 것 같았다.

하지만 어쨌거나 몸이 움직였다. 쓰이원이 조금씩 자기 집 문을

장미의 문

향해 다가갔다. 그렇게 움직이며 생각했다. 더 이상 이 신발이 대단하다고 생각하지 말자. 전에 지역에서 회의를 열었을 때 할머니들이 서로 자기 발을 원망했던 기억이 났다. 다리가 아프네 다리가 말을 안 듣네 다리가 부었네 다리가 천 근 같네 '노리쇠를 당길 수가 없네'라고 말했다. 얼마나 적절한 비유인가. 그때 쓰이원은 속으로 자기 나이 또래의 할머니들을 바라보며 자신은 '노리쇠를 당길 수 없었던 적'은 없다고 기뻐했다. 이제 '노리쇠를 당길 수 없는' 순간이 자기 다리에도 다가왔다. '노리쇠를 당길 수 없는' 건 원래 녹이 슨 낡은 총에 대해 하는 말이지? 그렇다면 쓰이원 역시 낡은 총이 되었단 말인가?

후에 모든 상황이 현실로 증명되었다. 쓰이원은 다 선생의 부축 없이 자신의 신념과 놀라운 의지로 자기 집 문을 들어섰지만 다시는 그 문을 걸어 나오지 못했다. 하반신이 마비되었기 때문이다. 그렇게 누운 지 5년이다.

5년 동안 몸이 마비된 쓰이원은 주시의 도움을 받았다.

주시는 마비가 된 쓰이원을 받아들였고 이는 자연히 샹사오후통의 중요한 새 소식이 되었다. 주시는 남채로 돌아와 쓰이원의 며느리, 그것도 대단한 인내심을 가진 며느리가 되었다. 그녀는 쓰이원의 소원과 요구대로 자신의 의무를 행사(이행)했다. 얼마나 힘들고 버거운 의무인지 처음에는 상상도 하지 못했지만 말이다.

편의를 위해 주시는 쓰이원을 안쪽 방으로, 복덩이를 바깥방으로 옮길 생각이었다. 하지만 이는 쓰이원의 강력한 반대에 부딪쳤다.

"왜 날 안으로 처넣으려고 하는데?"

쓰이원이 주시를 향해 소리쳤다. 그리고 고개를 돌린 후 눈을 질끈 감았다.

고개를 돌리고 눈을 감는 건 쓰이원의 새로운 습관으로 항의의 표시였다. 그녀가 눈을 질끈 감았다. 눈을 감은 모습이 정말 고집스럽고 정말 유치해보였다.

"왜 나를 안으로 처넣으려고 하는데?"

그녀가 다시 주시에게 물었다.

침대에 눕자마자 쓰이원의 목소리 역시 한껏 높아졌다. 마치 옴 짝달싹할 수 없는 몸에 대한 일종의 보상 같았다.

"안에 계셔야 편해요."

주시가 평온하게 말했다.

"뭐가 편한데? 누가 편해?"

"모두요."

"모두? 모두 누구누군데?"

"어머님, 복덩이 그리고 저요."

"내가 바깥방에 있으면 너희에게 방해가 돼?"

"아뇨."

"굳이 왜 나를 안쪽 방에 처넣는데?"

"환자시잖아요. 환자는 환자만의 특별한 일이 많아요. 예를 들어 대소변 같은 거요. 안쪽 방에 있으면 바깥방에 있는 것보다 편해요."

쓰이원은 말없이 고개를 돌린 채 눈을 감았다.

주시는 복덩이에게 계획대로 행동하라고 귀띔했다. 복덩이가 쓰이 원을 주시 등에 올렸다. 주시가 쓰이원을 업고 걸음을 뗐다.

쓰이원은 반항하려 했다. 하지만 자신이 마치 헐렁한 주머니처럼 느껴져 주시에게 몸을 맡길 수밖에 없었다. 주시가 자신을 업은 이유

장미의 문

가 자신을 위해서가 아니라 자신에게 자랑하기 위한 거라는 생각이 들었다. 주시는 자신에게 건강한 만능 신체를 자랑하고 있었으며, 이후 쓰이원의 행동은 모두 주시 자신에게 의지해야 한다는 현실을 보여주고 있었다. 엄마 팔에 안긴 아이는 짜증이 나면 고개를 한껏 젖히고 가슴을 쭉 내민 채 떼를 쓴다. 챵싱과 챵천, 챵탄도 모두 자기 팔에 안겨 떼를 썼던 기억이 났다. 쓰이원도 생떼를 쓰며 주시 등에서 몸을 젖혀 굴러 떨어지고 싶었다. 하지만 쓰이원은 그렇게 하지 않았다. 통증을 느낄까 봐 겁이 났기 때문이다.

통증도 두렵긴 하지만 그것 역시 하나의 감각이다. 두려운 건 마비, 감각은 더 이상 존재하지 않는다. 네 평도 안 되는 방에 갇혀 누렇게 바랜 천장을 오랫동안 올려다보면서 그녀는 주시에게 우롱 당하고 있다는 느낌이었다. 바깥방은 넓고 환하다. 너른 창문이 마당을 향해 있다. 이에 비해 안쪽 방 창문은 서채 박공지붕을 마주하고 있다. 마당은 시산이나 샹산과 다르지만 어쨌거나 살아 있는 세상이다. 쓰이원은 침대에 누워 볼 수 있는 모든 것을 수시로 보고 싶었다. 바깥방에서는 누가 마당으로 들어오고 나가는지 일목요연하게 볼 수 있었다. 또한 집안 동정을 살피고도 싶었다. 이를 위해 쓰이원의 청각이 갑자기 전보다 훨씬 예민해졌다. 나무에서 대추 한 알이 떨어졌다. 큰 대추? 작은 대추? 풋대추? 잘 익은 대추? 대추가 어디에 떨어졌을까. 바람에 쇠줄에 걸려 있던 옷이 떨어졌다. 셔츠일까, 바지일까? 양말일까, 손수건일까? 옷이 옆으로 날려 떨어졌을까, 아니면 곧장 아래로 곤두박질치며 찌그러졌을까? 사람들이 오가면 모르는 사람일까 아는 사람일까, 아는 사람이라면 누구일까 생각하는 건 말할 것도 없다. 상대방이 대문 안으로 계단을 올라오자마자 바로 복덩이를 부른다.

"복덩아, 네 친구 왔다!"

다시 발소리가 들리면 또 바로 소리를 지른다.

"뤄씨네 북채야."

쓰이원은 후각도 더 예민해졌다. 주시가 막 주방을 나오면 쓰이원이 소리친다.

"산초가 너무 탔다!"

"지금 식초를 넣으면 요리 망쳐!"

안쪽 방 창문 밖은 서채 박공지붕이다. 박공지붕 때문에 쓰이원의 청각과 후각이 방해를 받진 않지만 그래도 그 존재가 거추장스럽다.

구이젠처우.

쓰이원 역시 샹산에 갔던 일을 영원히 잊을 수 없다. 그녀는 자신이 본 모든 것을 기록한 후 당당하게 자기 서명을 해서 쑤메이 남편에게 보냈다. 복덩이에게 편지를 부치라고 심부름을 보내며 말했다.

"배달증명으로 보내. 배달증명이 뭔지 알아? 배달하면 증명서가 오는 거야."

편지를 부친 후 쓰이원은 배달증명서가 오길 기다렸다. 편지 내용과 결과는 중요하지 않았다. 중요한 건 배달증명서다.

"신-문!"

신문배달부가 왔다.

쓰이원은 '신문'이란 소리에 마음이 초조하고 당황스러웠다. 바로 앞에서 소리가 들리는데도 소리가 나는 곳까지 걸어갈 수가 없다. 전에는 소리가 나는 순간 쓰이원이 어느새 집배원 앞에 서 있었다. 지

장미의 문

금은 신문을 받는 사람이 주시나 복덩이다. 주시와 복덩이가 없을 때는 뤄 아주머니가 신문을 받았다. 뤄 아주머니는 때로 쓰이원 신문을 침대 앞까지 가져다줬다. 지나친 친절에 쓰이원은 아주머니가 신문을 가져다주러 온 것이 아니라 자기 상황을 살피러 왔다고 느꼈다.

"괜히 고생스럽게."

쓰이원이 뤄 아주머니와 한담을 나눴다.

"아이고, 그래도 몸이 좋아져야지. 이것 가지고 아무 고생도 아닙다."

뤄 아주머니는 항상 똑같은 말을 했다.

확실히 별일은 아니다. 하지만 쓰이원은 이 별일도 아닌 일조차 할 수가 없다. 뤄 아주머니로부터 그토록 오랫동안 바랐던 배달증명서를 받아든 쓰이원은 그 순간, 흥미를 잃었다. '이까짓 게'라는 말이 마치 배달증명서를 두고 비웃는 말처럼 들렸다. 이까짓 일을 가지고 투서를 보내고 배달증명까지 받으려 하다니!

이까짓 일을 위해 뤄 아주머니가 막 남채를 벗어났을 때 쓰이원이 찻잔을 던져 박살을 냈다. 과거에 자신이 집어던진 물건을 생각하면 찻잔 하나가 뭐 대수란 말이냐. 찻잔, 약병, 밥그릇, 베개…… 쓰이원이 손에 닿는 물건을 족족 집어 던지기 시작했다. 주시가 퇴근하고 돌아와 침대 앞에 쪼그리고 앉아서 깨진 조각을 묵묵히 정리하기 시작했다. 침묵의 정리 역시 쓰이원에게는 더 큰 조롱처럼 느껴졌다.

"복덩이한테 물 한 잔 따라오라고 해."

쓰이원이 말했다.

"제가 하죠."

주시가 말했다. 그녀가 쓰이원에게 새 찻잔을 가져다 새 물을 따라췄다.

쓰이원이 찻잔을 받아 주시가 보는 앞에서 다시 바닥을 향해 내동댕이쳤다.

주시가 다시 깨진 조각을 청소했다. 여전히 말이 없었다.

쓰이원은 재미가 없었다. 쓰이원은 밥그릇 던질 준비를 했다. 하지만 주시가 밥그릇과 찻잔을 모두 플라스틱으로 바꿨다.

"이게 뭐하는 짓이야?"

쓰이원이 침대 옆 탁자 위에 놓인 새 접시와 공기를 보며 주시에게 물었다.

"튼튼해요."

주시가 말했다.

"플라스틱에 독이 있는 거 너 알아 몰라? 의사가 돼가지고."

"무독성 플라스틱이에요. 패스트푸드점에서도 모두 사용해요."

"난 싫어."

"그럼 뭘 쓰실 거예요?"

"평소 쓰던 걸로."

"지금 어머님은 평소 어머님이 아니에요."

주시가 담담하게 쓰이원에게 독설을 남긴 후 서채로 돌아갔다. 그녀가 쓰이원을 위해 플라스틱 공기에 음식을 담았다.

주시의 말을 통해 쓰이원은 마침내 현재 자신의 처지를 정확하게 파악했다. 확실히 평소 자기가 아니었다. 신문을 받지 못하는 것뿐이 아니다. 자기 밥도 풀 수 없었고 용변을 볼 때도 사람을 불러야 했다. 하지만 아직 살아 있다. 쓰이원이 살아 있다는 의미는 당신을 위해 플라스틱 그릇으로 바꿨으니 유리잔으로 바꿔달라는 식의 망상은

장미의 문

하지 말라는 데 있다. 어떤 책에선가 어떤 사람이 한 말이 기억났다.

"당신한테 준 건 맥주야, 커피 찾지 마."

쓰이원은 이미 그런 걸 찾을 능력이 없다. 찾으려면 움직여야 한다. 찾기 위해, 이를 행동에 옮기기 위해 칠십대인 그녀는 이제껏 한 번도 행동을 멈춘 적이 없었다. 그런데 지금 그녀는 움직일 수가 없다. 살아서 움직인다는 것이 얼마나 좋은 일인가!

쓰이원은 정말 살고 싶었다. 그녀가 좋아하는 말이 있다. '아무리 근사한 죽음도 나태하게 사느니만 못하다.'

하지만 쓰이원은 살아 있음을 나태함과 연결하는 걸 좋아하지 않는다. 살고 싶었다. 나태하지 않게 살고 싶었다. 쓰이원은 침대 머리맡 협탁에 놓인 다 식어빠진 음식이 눈에 들어왔다. 저걸 다 먹어야 한다고 생각했다. 음식이 플라스틱 용기에 담겨 있어도 먹어치워야 한다. 쓰이원이 애써 몸을 돌려 플라스틱 용기를 집었다. 팔꿈치를 베개에 받치고 음식을 먹기 시작했다. 차갑게 식어버린 음식을 우악스럽게 삼키며 전에 딩 아줌마가 한 말을 떠올렸다.

"먹을 수 있으면 어떤 병도 무섭지 않아요. 먹지 않으면 만병이 찾아와요."

쓰이원은 먹을 수 있어야 한다. 하지마비로 인해 소화 계통에 문제가 생기진 않았다. 이런 소화기능이 지금 처한 액운을 극복하는 데 큰 도움이 될지도 모른다. 플라스틱 용기라고 해서 희망이 찾아오지 못하는 건 아니다.

'차사오'가 차려졌다. 광둥식 소시지도 차려졌다. 사치마도 차려졌다. 두 가지 색 버터 푸딩도 차려졌다. 쓰이원은 더 이상 화를 내지 않고 열심히 먹었다. 미래를 위해 조금씩 몸과 마음을 가다듬었다. 이를 위해 음식을 먹은 후 소화를 생각했다. 소화를 위해 운동해야 한다. 운동이라면 배변활동밖에 할 수가 없다.

주시가 바닥에 변기를 내려놓은 후 쪽걸상을 거꾸로 놓고 변기를 올렸다. 쓰이원이 쪽걸상에 앉았다. 하지만 이런 식으로 앉으려면 주시와 복덩이가 '운반'을 해줘야 한다.

"가자, 할머니 옮기러 가자."

주시가 복덩이에게 말했다.

쓰이원 역시 급하게 '운반'의 순간을 기다렸다. 주시가 쓰이원 겨드랑이에 팔을 넣고 복덩이가 다리를 안아 쓰이원을 침대에서 내렸다. 허공에 뜰 때마다 쓰이원은 늘 흥분했다.

이제 쓰이원은 하루 한 번의 운동에 만족하지 않았다. 그녀는 두 사람에게 자신을 더 '운반'해 달라고 했고, 더 앉아 있겠다고 했다.

아침 7시, 쓰이원이 막 따뜻한 우유와 계란프라이를 먹고 나서 안쪽 방에서 주시와 복덩이를 불렀다.

"이렇게 내팽개쳐둘 거야?"

그녀가 소리를 질렀다. 다른 사람도 이미 자신이 뭘 하려고 하는지 알고 있다고 생각했다.

"또 무슨 일 있으세요?"

주시가 바깥방에서 물었다.

"볼일 볼 거야."

"매일 저녁 아니에요?"

"오늘은 바뀌었어. 오늘부터 바뀌."

주시가 시계를 봤다. 7시 15분이다. 자신과 복덩이가 외출해야 하는 시간이다. 하지만 쓰이원은 이미 안쪽 방에서 그들을 향해 팔을 들어 올리고 있었다. 그들이 재빨리 쓰이원을 날랐다. 쓰이원의 몸이 다시 허공에 떴다. 비록 몇 초 후면 다시 변기 위에 내려앉을 거지만 쓰이원의 마음은 신기한 감동으로 가득 찼다. 오랜만에 처음으로 아침에 침대에서 내려왔다. 그녀가 신기한 듯 사방을 둘러보았다. 새로운 날이 온 것 같았다. 새로운 쓰이원이 일어설 것 같았다. 날로 쪼그라드는 두 다리를 발견하고 나서야 쓰이원은 조금 전의 흥분이 사라졌다. 배설도 성공하지 못했다.

주시와 복덩이는 더 이상 기다릴 수 없었다. 그들이 쓰이원을 침대에 다시 돌려놓았다.

운동에 대한 쓰이원의 욕망은 더욱 강해졌다. 그녀는 복덩이와 주시가 집에 있을 때면 자신을 운반시킬 모든 기회를 노렸다. 자신의 급박한 배설 욕구를 증명하기 위해 두 사람을 향해 더 높이 팔을 들어올렸다. 코끝까지 빨개지면서 눈물이 그렁거렸다. 두 사람은 더 이상 간절한 쓰이원의 요구를 믿지 않았지만 그래도 쓰이원의 부탁을 들어줬다.

숙련된 기술은 연습에서 나온다고 했다. 주시와 복덩이는 점점 더 요령이 생겼다. 요령이 생기자 '운반'도 쉬워졌다. 두 사람이 쓰이원을 나르는 일은 마치 위슈 손에서 만두 하나가 빚어지는 것처럼 손쉬웠다. 숙련된 기술이 생기자 그들은 더 이상 이 일을 심각하게 생각지 않았다. 주시는 종종 쓰이원을 나르는 일에 신경을 쓰지 않았다.

"잠깐만요."

쓰이원이 옮겨달라고 하면 주시가 말했다.

쓰이원은 '잠깐만'이란 썰렁한 대답을 받아들일 준비가 되어 있었다. '잠깐만'이란 말에는 그래도 희망이 담겨 있다. 만약 주시가 '안 돼요'라고 하면? 행동하는 사람에게는 언제나 모든 것이 가능하다. 그녀는 행동하지 않거나 말하지 않은 적이 없다. 쓰이원은 '잠깐만요'라는 기다림의 끝을 위해 애써 초조한 마음을 달랬다. 하지만 그래도 계속 끊임없이 요구했다. 비록 이런 요구에 이미 애걸의 의미가 담겨 있고, 이런 식의 애걸이 통하지 않은 적은 없지만 말이다.

주시와 복덩이가 다시 쓰이원을 옮겼다. 이렇게 움직여야 하는 필요성을 증명하기 위해 쓰이원은 많은 근거를 댔다. 예를 들어 '나무는 옮기면 죽고, 사람은 옮기면 산다', '식사 후 백 보를 걸으면 99세까지 산다'…… 심지어 '살려면 옮겨야 한다.'는 말까지 지어냈다.

주시는 결국 왜 쓰이원이 이런 요구를 하는지 깨달았다. 주시가 쓰이원에게 말했다.

"우리 아예 이렇게 바꿔보죠. 오전, 오후에는 앉아계세요. 저랑 복덩이가 아침에 침대에서 내려드릴게요. 정오와 밤에 침대에 올려드리고요. 아마 그 편이 어머님 뜻에 더 맞을 겁니다."

쓰이원은 주시의 건의를 받아들였다. 그녀는 생활 방식을 바꿨다.

때로 쓰이원이 변기에 앉아 '운동'하는 때가 복덩이가 대변을 봐야 하는 순간이기도 했다. 복덩이의 배변 습관은 여전해서 정상적으로 변소에 쪼그려 앉아 있을 수가 없었다. 쪼그려 앉아 있는 시간이 지나치게 길어지다보면 눈앞에 별이 반짝이다가 쇼크가 올지 모른다. 할 수 없이 복덩이는 집 안에 변기를 둘 수밖에 없었다. 복덩이가 바깥방에서 몰래 쪼그려 앉아 있을 때 쓰이원 역시 안쪽 방 변기에 앉았다.

장미의 문

쓰이원은 복덩이 할머니로서 때로 이런 복덩이에게 관심을 보였다. 복덩이와 서로의 느낌을 나누고 싶었다.

"쌌어?"

쓰이원이 복덩이에게 물었다.

복덩이는 쓰이원에게 대꾸하지 않았다. 쓰이원의 질문이 오히려 방해가 되어 자신의 집중력을 흩어놓기 때문에 배변활동에 더 문제가 생기는 듯했다. 그럴 때면 순간적으로 복덩이는 쓰이원이 세상물정 모르는 아이처럼 느껴졌다. 그 아이가 안쪽 방에서 멍하니 변기에 앉아 여기저기를 두리번거리는 것 같았다. 마치 복덩이의 어린 시절처럼 느껴졌다. 그리고 나면 복덩이는 다시 주변을 두리번거리는 '아이'를 위해 변기를 치워야 한다. 동시에 변기 두 개를 들고 공중변소로 가서 변기를 비워야 한다.

쓰이원이 변기를 비우러 가는 복덩이를 꾸짖었다.

"바보 같긴. 도무지 요령이란 걸 몰라. 요령을 파악할 줄 알아야지."

쓰이원이 말했다.

"왜 변기 두 개를 하나로 합치지 않는 거야? 꼭 그렇게 한 손에 하나씩 들고 가야겠어? 곡예를 하는 것 같잖아!"

복덩이는 그래도 한 손에 하나씩 변기를 들었다. 자기 변기 내용물과 할머니 변기 내용물을 합치고 싶지 않았다. 자기도 다 나름대로 생각이 있었다.

60

길고 긴 5년. 5년 사이에 얼마나 많은 일이 일어났는가? 아니, 이렇게 표현을 바꿔볼 수도 있다. 세월은 쏜살같이 흐르는데 그깟 5년 사이에 무슨 일이 얼마나 일어날 수 있겠는가?

쑤메이의 남편은 쓰이윈이 보낸 '배달증명' 편지를 받았다. 그가 쑤메이에게 무슨 일인지 물었다. 너그러운 말투로 아무렇지도 않게 물었다. 쑤메이는 외할머니가 편지에 뭐라고 썼는지 물었다. 그가 쑤메이에게 편지를 보라고 했지만 쑤메이는 보지 않았다. 그녀가 남편에게 편지에 쓴 내용 그대로일 거라고 말했다. 그는 믿지 않았다. 그는 편지 내용이 특수한 심리를 가진 외할머니(그 역시 외할머니라고 불렀다)의 특수한 표현이라고 말했다. 쑤메이가 말했다.

"당신 심리에 대해서도 잘 아네요. 난 당신이 집만 지을 줄 안다고 생각했는데."

그는 건축설계원에서 공장을 설계한다. 쑤메이는 여전히 편지에 적힌 모든 내용이 사실이라고 말했다. 그녀는 그를 자극하고 싶었다. 편지 내용이 사실이라고 믿게 만들고 싶었다. 하지만 남자는 그냥 '흥' 하고 이 문제를 넘겨버렸다. 그의 '흥'이란 반응은 사실이면 사실이지라고 이해할 수도 있었고, 외할머니의 '배달증명' 편지에 대한 경멸, 무시로 이해할 수도 있었다.

쑤메이는 그저 아쉬울 뿐이었다. 남편이 이 일을 너무 쉽게 마무리해서 아쉬웠다. 왜 한바탕 자기랑 싸우지 않지? 왜 나는 싸우는 재미를 느낄 수 없는 거야? 그녀는 걸핏하면 치고 박고 싸우는 부부들이 부러웠다. 마샤오쓰 부부의 경우가 그렇다. 언젠가 마샤오쓰가 하이난다오海南島로 촬영을 간 적이 있다. 당시 출장에 불만을 품은 남편이 공항까지 쫓아와 촬영팀 앞에서 보란 듯이 샤오쓰의 핸드백을 공

장미의 문

항 대합실 밖에 내동댕이쳤다. 대합실에서 둘이 육박전을 벌였다. 모두 마샤오쓰가 말해준 내용이다. 마샤오쓰가 쑤메이에게 자기 손목을 보여줬다.

"전부 그이가 잡아당겨서 생긴 자국이야. 사람들 앞에서 완전히 개망신이었어. 그렇게 많은 중국인, 외국인 앞에서."

쑤메이는 마샤오쓰를 동정하지 않았다. 오히려 속으로 친구를 질투했다. 예전에 마샤오쓰가 '시작했어.'라고 말했을 때 그 일을 질투했던 것처럼 마샤오쓰의 부부싸움도 그저 부럽기만 했다. 언제 자기 손목에도 저런 남편 손톱자국이 생길까? 또한 쓰이원을 떠올리며 안타까운 마음이 들었다. 외할머니는 어쩌다가 쑤메이 남편 같은 상대를 만났을까.

쑤메이가 쑤웨이에게 외할머니 병에 대해 말하자 쑤웨이가 말했다.

"그래도 싸네!"

쑤메이 역시 쑤웨이를 따라 말했다.

"그래도 싸."

쑤웨이가 놀라는 표정으로 쑤메이를 바라보자 쑤메이가 말했다.

"그래, 그래도 싸다고!"

복덩이가 대학에 갔다. 가정 형편과 개인적인 이유(말하기 힘든 이유)로 통학할 수밖에 없었다. 대학 입학 그리고 통학 모두 복덩이의 필연이다.

주시는 평가 심사를 거쳐 주치의가 되었다. 연말이 되자 지역사무실에서 샹사오후퉁으로 '5대 모범 가정' 상장을 보냈다. 사회 전체가 주시의 가정을 높이 평가하며 찬사를 보냈다. 주시는 쓰이원의 며느리로서 이 영예를 차지했다. 5년을 한결같이 시어머니를 모셨으니 이는 분명히 영예로운 일이다. 상장을 가져온 사람이 떠나자마자 주시가 장롱 꼭대기에 상장을 팽개쳐두는 바람에 쓰이원도 제대로 상장을 보지도 못했다.

5년 사이 뤄 아주머니네 일가에도 변화가 있었다. 얼치는 다치가 새로 결혼한 아내의 아버지 덕분에 '빛나는' 택시기사가 되었다. 뤄 아저씨는 배갈(고량주) 대신 맥주를 마셨다. 싼치는 외환권으로 칩과 '훈즈'混子231)까지 세트로 들어 있는 마작도구를 샀고, 뤄 아주머니도 마작을 배워 놓기 시작했다. 밤이 되면 뤄씨네 가족들이 원래 쓰이원 것이었던 마작 탁자를 치며 '후'和!232)를 외치면서 칩과 진짜 돈을 서로 교환했다.

또 무슨 일이 있었더라? 챵천과 쑤메이는 각기 혼자 또는 함께 쓰이원을 보러왔다.

챵천은 1년 있으면 정년이다. 챵천이 쓰이원 침상 가장자리에 앉아 1년 후면 여기 와서 쓰이원을 돌보겠다고 말했다. 자신의 결심과 효심을 증명하기 위해 챵천은 '나는 아무래도 좋아요'라는 말을 많이 했다. 그녀는 최선을 다해 환자를 위해 '나는 아무래도 좋아요'라는 태도로 쓰이원을 지켰다. 하지만 일의 효율성과 에너지는 주시의 1/5 또는 그에도 훨씬 미치지 못했다. 쓰이원은 딸이 이미 고령인데도 불구하고 함부로 챵천을 부렸다. 그래도 챵천은 이를 마음에 두지 않고 최선을 다해 어머니를 보살폈다. 쓰이원은 자주 주시와 챵천을 비교

---

231) 트럼프의 조커에 해당한다. 수중에 가지고 있는 어떤 패도 충당할 수 있다.
232) 마작에서 이겼을 때 하는 말.

장미의 문

했다. 만약 솔직하게 주시와 좡천 중 한 사람을 고르라면 그녀는 분명히 주시를 골랐을 것이다. 좡천의 효심이나 정성은 의심할 여지가 없지만 주시의 정성과 효심은 언제나 인용부호 감이었다(쓰이원은 학생을 가르칠 때 문장부호에 대한 요구가 엄격하다).

좡천은 마침내 자신이 역부족이라는 사실을 깨달았다. 하지만 차마 주시의 고생을 눈뜨고 볼 수 없었다. 이에 주시에게 도우미를 부르자고 제안했다. 주시가 좡천을 향해 웃으며 말했다.

"이런 환자 도우미를 하려는 사람은 없어요."

"우리가 돈을 좀 더 낼 수 있는데."

좡천이 말했다.

"어머님을 모실 수 있는 사람은 없다고요."

주시가 말했다.

"아무리 생각해도 미안해서 그렇지."

좡천이 말했다.

"가까이 있으니 제가 하면 돼요."

주시가 말했다.

"저랑 복덩이가 있으면 돼요."

결국 쑤메이는 엄마랑 상의한 결과, 외할머니에게 들어가는 비용은 모두 엄마가 대고 외숙모는 노동력만 제공하기로 했다.

좡천이 말했다.

"난 아무래도 괜찮아."

좡천은 올케가 왜 저렇게 열과 성의를 다해 시어머니를 모시는지 이해가 되지 않았다. 아마 과거의 일을 뉘우쳐서 그럴지도 모른다고 생각했다. 전에 주시가 좡씨 집안을 궁지로 몰아넣었기 때문이다.

하지만 쑤메이는 그렇게 생각하지 않았다. 외숙모가 전에 자신이 품었던 열망을 후회스럽게 생각할 거라고 믿지 않았다. 주시의 삶에 후회란 영원히 존재하지 않는다. 주시가 시어머니를 거뒀다. 그 이유가 아무리 많다 해도 일반 사람들이 파악할 수 있는 이유는 하나도 없다. 주시를 가장 잘 안다는 쑤메이가 파악한 이유도 겨우 하나, 그것도 아주 사소한 것 중 하나이다. 주시 역시 쑤메이가 그 사소한 이유 하나 정도나 알 거라고 믿었다. 침대에 누운 쓰이원을 바라보며 쑤메이와 주시는 굳이 서로 말하지 않아도 두 사람 공통의 이유 하나가 생겼다. 그들은 쓰이원이 이렇게 누워 있는 모습을 보길 원했다. 비록 그들이 쓰이원을 꼭 눕혀 놓아야 하는 건 아니지만 말이다. 척수병변脊髓病變을 앓고 있는 환자를 다시 일으킬 수 있는 명의가 어디 있겠는가?

군이 말로 표현하지 않아도 둘 다 아는 그 이유를 위해 쑤메이와 주시는 약속이라도 한 듯 쓰이원에게 그들이 봤던 미국 영화 〈무도회의 황후〉 이야기를 떠벌였다. 무도회의 황후는 낭자가 아니라 백발성성한 할머니다. 주시는 그 할머니가 정말 아름다웠으며 모든 사람들이 그녀에게 매료되었다고 말했다. 그들은 함께 쓰이원의 표정을 살폈다. 두 사람 모두 불안하고 초조한 쓰이원의 기분을 느낄 수 있었다. 불안하고 초조한 쓰이원을 위해 그들은 바깥방에 녹음기를 틀고 뛰기 시작했다. 두 사람은 영화에서 나오는 음악을 모두 틀어놓고 서로 손발을 맞춰 흥겹게 열정적으로 춤을 췄다.

쓰이원은 흥겨운 두 여자의 분위기를 확실하게 느낄 수 있었다. 신바람이 난 둘의 모습을 보니 쓰이원은 더 가슴이 찢어지는 듯했다. 쓰이원은 두 여자의 다리 모두 '노리쇠를 당길 수 있다'는 것을 발견

장미의 문

했다. 왜 저 애들은 다리를 빼지 않지?

쓰이원은 얼마나 다리를 빼고 싶었던가. 하지만 안타깝게도 진짜든 거짓이든 더 이상 쓰이원은 다리를 뺄 수 없었다. 자기 몸에 달린 두 다리가 더 이상 자기 것이 아니었다. 쓰이원이 다시 고개를 돌리고 눈을 감았다. 이번에는 더 세게 고개를 돌리고 더 질끈 눈을 감았다. 두 손으로 이불을 움켜쥔 후 이불을 찢고 물어뜯었다.

주시와 쑤메이가 어깨를 나란히 하고 춤을 추고, 얼굴을 마주 보고 춤을 추고, 손을 잡고 춤을 췄다. 춤사위에서 두 사람의 흥겨운 마음이 느껴졌다. 두 사람은 상대방을 즐기고 있었다. 물론 둘의 열정 속에 적대감도 엿볼 수 있었지만 그렇다고 경쟁을 위한 다툼은 없었다. 주시가 숨을 헐떡이자 쑤메이는 그제야 외숙모가 이미 중년의 나이란 사실을 떠올렸다. 예룽베이의 말이 생각났다. '우리는 때로 함께 있었어.' 사람은 중년이 되고나서야 '때로 함께 있을 수 있는 걸까?' 쑤메이가 스스로에게 되물었다. 그들이 여전히 '때로' 함께하는지 영원히 알고 싶지 않았다. 그건 그들의 일이다. 하지만 눈앞에 보이는 빨개도 빨갛지 않고 노래도 노랗지 않은 나뭇잎 같은 주시를 상상하는 건 더더욱 싫었다. 설사 외숙모가 나뭇잎이라고 해도 그 나뭇잎이 어떤 사람 몸에 붙어 있는 건 싫었다. 외숙모의 등은 금빛 찬란하니까.

쑤메이는 예룽베이와 위슈를 보러 가기로 했다. 그녀는 그들이 그리웠다.

예룽베이는 집에 없었다. 쑤메이가 위슈와 이야기를 나누기 시작했다.

"왜 오랜만에 왔어요?"

위슈가 쑤메이에게 물었다. 위슈는 쑤메이를 매우 자연스럽게 대했다.

"외지에서 일하느라고. 언제나 너무 급하게 베이징에 왔다 갔거든. 잘 지내나봐?"

쑤메이가 위슈에게 물었다.

"아주 잘 지내요."

"아직도 만두집에서 일해?"

"네. 몇 번이나 떠나려고 했지만……"

위슈가 얼굴을 붉혔다.

"두 사람 또 결혼 이야기 했어?"

"누구랑요?"

"예 선생이랑."

쑤메이가 물었다. 쑤메이는 항상 예룽베이를 뭐라고 불러야 할지 몰랐다. 아저씨라 부르기도 하고, 선생님이라 부르기도 하고, 예 씨라고 부르기도 했다. 지금은 '선생'이라고 부르고 싶었다.

"그분이 그 이야기를 많이 하시죠."

위슈가 말했다.

"넌? 아직 동의하지 않은 거야?"

"어떻게 아셨어요?"

"그게…… 그냥 짐작이야."

쑤메이가 말했다.

"맞아요. 어떻게 짐작했어요?"

"네 얼굴이 붉어졌으니까, 그리고 '누구랑'이라고 물어서, 그래서 네가 동의하지 않았다고 짐작했지. 아마 또 '누구'가 있을 거라고 생각했어. 내가 이렇게 말해도 괜찮은 거지?"

"그럼요! 네, 전혀 아무렇지도 않아요. 조금 있다가 '누구'와 그런 건지 알려줄게요, 어때요?"

"좋아."

위슈가 멋쩍은 듯 쑤메이를 바라보았다.

"제가 꼭 동의해야 하는 이유가 그분한테 절 줬었기 때문인가요?"

그에게 몸을 줬다.

"그분은 왜 꼭 저랑 결혼하려고 하는 걸까요?"

위슈가 다시 쑤메이에게 물었다.

"그분이 또 제게 채플린은 자기 장인보다 스무 살이 더 많다고 말해도 상관없어요. 그분은 제게 자기 감정을 말하면서 왜 제 감정은 물어보지 않죠? 저도 알아요. 그분이 제게 미안해서 그러는 것 알아요. 하지만 미안할 게 뭐 있어요? 전에 그분께 절 드린 것은 제가 원해서였어요. 그분이 제게 강요한 게 아니고요."

"하지만 지금도 넌 여기 살고 있잖아."

"계속 여기 살고 싶지 않아요. 그럼 이제 그 '누구'에 대해 이야기해야겠네요. 우리 쑤이청 고향사람이에요. 만두집에서 일하고요. 회계를 보고 있고 저보다 세 살 많아요."

"나이는 잘 맞네."

"나이뿐만이 아니에요. 그 사람은 저와 함께 있을 때 감정에 대해 떠벌이지 않지만 정이 있어요. 생각해보세요. 감정이란 그렇게 자연스러운 거예요. 감정에 대해 이야기한 책이 왜 그렇게 많아야 돼요? 그게 다 무슨 소용이에요?"

"그래. 대충 그렇지."

"바로 그거예요."

"아마도 그렇겠지."

원래 쑤메이는 예룽베이가 돌아올 때까지 기다리려고 했다. 하지만 엄마와 쑤이청에 돌아가기로 한 약속이 생각났다. 그녀가 위슈에게 작별인사를 했다. 떠나기 전 그녀는 예룽베이에게 주는 쪽지 한 장을 써서 책상 위에 눌러놓았다. 시간이 날 때 다시 오겠다고 적었다. 예룽베이 책상에 펼쳐진 원고와 그 위에 적힌 문자가 보였다. 더 이상 '늙은 대대장' 이야기는 적혀 있지 않았다. 아마도 '바다', '모래사장', '해변 오두막' 같은 것들로 기억된다. 무슨 이야기인지 다음에 왔을 때 예룽베이에게 들어봐야겠다고 생각했다.

쑤메이는 엄마와 함께 쑤이청으로 돌아갔다. 기차에서 좡천은 처음으로 쑤메이에게 쓰이윈의 두 차례 결혼에 대해 말했다. 또한 쑤메이에게 외할머니 관자놀이에 있는 초승달 같은 흉터를 봤는지 물었다. 쑤메이는 흉터를 기억해내려고 애를 썼다. 좡천이 눈물을 흘리며 그건 아버지와 어머니가 혼인했다는 증거라고 말했다. 자신은 철이 든 날부터 하루 종일 그들 때문에 가슴을 졸였다고 했다. 또쑤메이와 쑤웨이도 부모 때문에 가슴을 졸였지만 그건 자신들이 농장에 있었기 때문이라고 했다.

"넌 왜 아직도 아이를 안 가져?"

좡천이 느닷없이 쑤메이에게 물었다.

쑤메이가 창밖을 보고 그저 웃기만 했다.

"아이 가져. 엄마가 대신 봐줄게!"

쑤메이는 그냥 웃을 뿐, 대답은 하지 않았다.

아마도 엄마가 갑자기 화제를 바꿔서 웃겼을 수도 있고, 엄마의 시원시원한 대답이 우스웠을지도 모른다.

"내가 봐줄게."

쑤메이가 말이 없자 좡천은 속으로 생각했다.

아무래도 좋아(아이에 관해).

제14장

61

그 여름, 쑤메이는 마지막으로 샹사오에 왔다.

5년이 지났다. 주시는 더 이상 쓰이원을 '운반'할 필요가 없었고, 쓰이원은 더 이상 자신이 지어낸 '살려면 옮겨야 한다.'라는 말을 뇌까릴 필요도 없었다. 비록 그 말을 만들어내느라 한참 머리를 썼지만 말이다. 쓰이원은 자꾸만 여러 가지 표현을 대입해 대대로 전해질 수 있는 경전 같은 느낌의 고상한 표현으로 이를 바꾸고자 했다. 그녀는 그 말에 '필히'라는 말을 덧붙였다. 결국 '살려면 옮겨야 한다.'는 말은 '살려면 필히 옮겨야 한다.'로 바뀌었다. 이는 퇴고推敲의 과정이다. 고대 중국 시인이 '승퇴월하문'僧推月下門으로 할까 아니면 '승고월하문'僧敲月下門233)으로 할까 망설였던 그런 퇴고와 마찬가지다. 쓰이원이 마침내 퇴고를 마쳤다. 정신이 멍할 때 쓰이원은 가끔 '구이젠처우'에 월하문이 있고, 자신이 그 문 앞에 서서 '밀까'推 '두드릴까'敲 망설이고 있는

장미의 문

것 같은 기분이 든다. 그 문 앞에 서서 시도 때도 없이 망설인다. 월하문 안에 선경仙境으로 통하는 깊숙한 길이 구불구불 이어져 있다고 상상한다. 그녀는 대, 소변기가 하체에 쓱 들어올 때가 되어서야 자신은 여전히 침대에 누워 있고 눈앞에 월하문 따위는 없음을, 자신이 퇴고한 '살려면 필히 옮겨야 한다.'는 말이 후대에 아무런 의미도 없음을 깨닫는다.

얼마 전부터 쓰이원은 대, 소변기도 사용할 수 없게 되었다. 그녀의 피부는 이미 낡은 솜뭉치 상태가 되어버렸다. 살짝만 눌러도 끔찍한 결과가 일어난다. 의사가 욕창이라고 했다. 주시는 쑤메이에게 쓰이원 허벅지와 등허리에 난 욕창은 이미 4기, 즉 피부괴사가 심한 피부 전층 손실 단계라고 알려줬다.

쓰이원은 영아기를 보내고 있다. 기저귀를 찼다. 쓰이원 다리 사이에 낀 기저귀를 주시가 시간 간격을 두고 갈아줬다. 처음에 쓰이원은 기저귀를 거부했다. 안쪽 방으로 들어가길 거부했을 때처럼 버럭 화를 냈다. 주시에게 자기 하체를 보여주고 싶지 않았다. 더더구나 주시가 자기 다리를 들어 다리 사이로 기저귀를 갈아주는 건 참을 수가 없었다. 수치스러웠다. 주시가 자신의 하체를 보기 때문이다. 젊은 시절 이런 식으로 자신을 '보여주는' 수치와 모욕을 겪었다. 비록 당시 좡사오젠은 스스로 보고 싶어 했고, 지금 쑹주시는 수도 없이 보느라 짜증이 나 있지만 말이다. 쑹주시는 쓰이원에게 필요해서 '보는' 거라

---

233) 스님이 달빛 아래 문을 두드린다. 퇴고推敲라는 단어는 원래 시문詩文의 표현을 궁리하여 여러 번 고치는 것을 말한다. 당나라 시인 가도賈島가 시를 지을 때 '고敲'를 쓸까, '퇴推'를 쓸까 망설이다가 때마침 근처를 지나가던 당대의 경조윤 한유韓愈를 만나 가르침을 청하니 '고'로 쓰라 하여 위의 구절과 함께 '퇴고'라는 말이 나왔다.

고 설명했다. 쓰이원은 주시의 설명을 믿을 수밖에 없었지만 그래도 여전히 마음이 불편했다. 쓰이원은 거북했지만 주시에게 복종했다. 또한 주시가 쓰이원에게 주는 '수치와 모욕'은 그게 끝이 아니었다. 뜨거운 여름, 주시는 통풍을 위해 쓰이원의 옷을 모두 벗겼다.

그때 쑤메이가 방으로 들어왔다.

방안 빛에 익숙해진 후 쑤메이는 또 '물고기'가 물에서 헤엄치는 광경을 봤다. 당시 쑤메이가 봤던 펄쩍펄쩍 뛰는 물고기가 아니라 쪼그라든 마른 물고기였다. 생생하게 살아 있는 물고기나 마른 물고기나 모두 놀라움을 안길 수 있다는 사실을 그제야 알았다. 하지만 쑤메이는 더 이상 열네 살 쑤메이가 아니다. 그녀는 뛰쳐나가지 않았다. 뛰쳐나가서도 안 되는 일이었다. 쑤메이가 침착하게 쓰이원 침대 앞에 섰다. 쓰이원의 몸은 침대 안쪽으로 향해 있었다.

쑤메이는 쓰이원 다리 사이 조금 전 소변 때문에 축축해진 회색 목면 기저귀와 말라비틀어진 사과처럼 쪼글쪼글한 엉덩이를 봤다. 주먹이나 밥공기 크기만 한 욕창 난 피부가 붕대에 감겨 있었다. 인간의 엉덩이가 이처럼 비쩍 말라비틀어지고 쪼글쪼글해질 수 있을 거라고 단 한 번도 생각해본 적이 없다. 커다란 아기 머리가 어떻게 어머니의 질을 빠져나올 수 있는지 상상할 수 없는 것과 마찬가지다. 지금 쑤메이의 뱃속에 아이의 머리가 자라고 있다.

쓰이원이 인기척을 느꼈다.

가까스로 고개를 돌린 쓰이원은 쑤메이를 발견하자 당황한 기색이 역력했다. 그녀가 자기 곁을 더듬었다. 아무 거나 집히는 대로 자신의 몸을 덮으려는 것 같았다. 쑤메이에게 이런 꼴을 보여주고 싶지 않았다. 하지만 조금이라도 떨어져 있는 물건은 잡을 수가 없었다. 베

장미의 문

개를 덮어둔 수건조차 잡아당길 힘이 없었다. 수건을 움켜쥔 손에 계속 힘을 가했지만 수건은 여전히 자기 머리 밑에 눌려 있었다. 쓰이원이 다시 손을 뻗어 다리 사이에 낀 축축한 천을 잡아당겼다. 누가 잠시 이 빌어먹을 천을 자기 다리 사이에 끼워놓았다는 시늉을 하고 싶었다. 자기는 이따위 물건은 필요 없으며 천을 잡아당겨 던져버릴 수 있는 힘이 있다고 보여주고 싶었다. 하지만 그녀는 또 실패했다. 머리 아래 눌린 수건을 뺄 수 없는 것처럼 다리 사이에 낀 축축한 천도 뺄 힘이 없었다. 화가 치밀어 올라 원래 창백했던 얼굴이 벌겋게 달아올랐다. 자신을 바라보는 시선을 감당할 수가 없었다. 쓰이원이 고개를 돌리고 눈을 감았다. 하지만 다른 신체 부위는 여전히 원래 그 자리였다. 노출된 곳은 노출된 채로, 말리고 있는 곳은 말리는 상태로 그냥 그렇게 놓여 있었다. 비쩍 마른 쪼글쪼글한 사과 두 개가 쑤메이를 향하고 있었다.

쑤메이는 하고 싶은 동작을 하나도 취할 수 없는 쓰이원의 마음이 얼마나 복잡할지 이해할 것 같았다. 그녀가 침대 귀퉁이에서 수건 하나를 잡아 쓰이원 허리에 올렸다.

쓰이원은 수건이 손에 잡히자 그제야 자기 몸이 가려졌겠구나 생각했다. 이제 상대방을 마주볼 수 있다. 그런데 자신이 마주 볼 사람이 다름 아닌 지난번 자기 앞에서 춤을 춘 쑤메이다. 쓰이원이 울기 시작했다. 울음소리는 크지 않았지만 정말 애절했다. 쑤메이 앞에서 단 한 번도 이렇게 비통하게 울어본 적이 없었다. 쓰이원은 한참 동안 울고 나서야 고개를 돌려 눈을 뜬 후 의미심장한 눈빛으로 쑤메이를 바라보았다. 눈물이 반짝였다. 쑤메이가 보기에 쓰이원의 얼굴은 전보다 더 매끈하고 윤기가 흘렀다. 콧대, 콧방울도 여전히 반듯하고 단정했다. 심지어 주름도 하나 늘지 않았다. 입술은 여전히 탱탱하고 상큼했으며 눈동자는 맑았고 치아는 가지런하고 건강미가 흘렀다. 머리숱이 점점 줄긴 했지만 두 뺨에 붙은 머리카락 때문에 전체 얼굴에 생기가 돌았다.

쑤메이는 이런 쓰이원의 얼굴과 비쩍 마른 엉덩이 주인이 한 사람이라는 생각이 들지 않았다. 참으로 특이한 모습이다. 엉덩이가 얼굴을 비웃고 있고 얼굴 역시 엉덩이에게 완강히 저항하고 있었다. 마치 두 군대가 서로 대치한 채 한 치의 양보도 없이 버티고 있는 듯했다. 모든 것이 하느님의 뜻이라면 이는 하느님의 정교한 부분이자 하느님의 경솔한 부분이라고 할 수 있다. 유감스러운 건 생기 가득한 저 얼굴이 신체를 이끌 수 없다는 것이다. 쓰이원은 생명이 다하는 마지막 순간까지도 자신의 신체를 다시 주도하기 위해 애를 썼지만 신체는 꼼짝없이 마비된 채 심한 악취로 그녀를 모독했다.

쑤메이가 쓰이원의 얼굴을 바라보았다. 쑤메이는 쓰이원의 남편이 그녀의 관자놀이에 남긴 초승달 모양 흉터를 처음으로 유심히 바라보았다. 이마를 덮은 백발이 흉터를 가리고 있었지만 쑤메이는 똑똑히 볼 수 있었다. 그 흉터로 인해 처음으로 외할머니에게도 남편이 있었다는 사실, 제멋대로 구타가 행해졌던 부부였다는 사실을 깨달았다. 그녀는 최대한 눈물을 참았다. 자신의 슬픔을 외할머니가 눈치챌까 걱정해서가 아니다. 외할머니 눈물에서 자꾸만 꿈틀거리는 욕망을 보게 될까 두려웠기 때문이다. 예전처럼 광채가 나는 외할머니의 얼굴, 그건 욕망이 만든 매우 보기 드문 얼굴이었다. 욕망으로 인해 촉촉해지고 그렇게 해서 다시 욕망이 생기는 모습이다. 쓰이원은 그런 얼굴로 끊임없이 이어지는 세상의 신기함을 보고 싶었고, 그 모든

장미의 문

신기함이 자신에게 안기는 비난을 기꺼이 마주하고 싶었다. 그에 비하면 쓰이원보다 먼저 떠난 남편이야말로 인생을 두려워했던 겁쟁이다. 그는 그녀에게 작은 흉터만 남겨놓고 겁에 잔뜩 질려 영원히 세상을 떠났다.

주시가 한결같은 모습으로 인내한 지도 5년이 넘었다. 주시는 한 치의 어긋남도 없이 며느리와 의사 역할을 수행했다. 주시는 쓰이원의 약을 발라줄 때도 무엇 하나 소홀함이 없었다. 그녀는 욕창이 생긴 쓰이원의 피부가 청결을 유지하도록 매번 구멍 하나하나를 정성껏 씻었다. 쑤메이가 볼 때 매번 욕창이 생긴 피부를 씻어내는 일은 마치 사회운동을 할 때처럼 고되고 힘들었다. 하지만 주시는 운동에 참가하는 흥분으로 정신을 가다듬고 지친 기색 하나 없이 매일 한 시간씩 이어지는 '살 닦기' 또는 '살 파내기' 운동을 이어갔다. 운동의 끝은 완벽하게 소독한 솜으로 그 구멍들을 메우고 다시 붕대를 덮어 고정하는 것이다.

그래도 세균은 여전히 쓰이원의 피부를 갉아먹고 구멍을 냈고 구멍이 이어지면서 면적이 넓어졌다. 솜만으로는 이를 다 메울 수가 없었다. 갑절로 솜을 틀어넣어도 다시 열어보면 뼈가 드러나 있었다. '살을 파내다보면' 면적이 자꾸만 넓어졌다. 새롭게 손을 댄 부분은 마비된 부분을 벗어나기 때문에 또다시 통증이 쓰이원을 괴롭혔다. 5년 전 막 침대에 누웠을 때 통증이 낯설었다면 지금은 통증이 뭔지 제대로 느끼기 시작했다. 하지만 이는 인간의 이해를 넘어서는 통증이다. 보통사람이 이해하는 통증과 지금 쓰이원이 느끼는 통증을 비교하면 보통사람의 통증은 그냥 '간지러운' 정도다.

쓰이원의 고통스러운 모습을 보며 쑤메이는 쓰이원이 소리를 질

러주길 바랐다. 쑤메이가 한 번이라도 좋으니 소리를 지르라고 권했
다. 하지만 쓰이원은 소리를 지르지 않았다. 그저 베개를 꼭 물고 있
다가 때로 주시에게 새로 난 상처를 깨끗하게 닦았는지 물어볼 뿐이
었다.

쓰이원은 깨끗해지고 싶다는 희망으로 생명에 대한 희망을 대신
했다.

쓰이원이 먹고 싶어 하는 전통 먹거리 '차사오', 신식 먹거리 푸딩
은 더 이상 먹을 수가 없었다. 그들은 쓰이원에게 유동식을 먹였다.
위장에 넣을 수 있는 유동식 자양식품이라면 필사적으로 열심히 먹
었다. 쓰이원은 그렇게 보충한 정력을 한껏 끌어올려 쑤메이에게 말했
다.

"편지 있으면 '황마오즈'黃帽子234)에 넣어, '황마오즈'가 빨라."

그녀가 다시 쑤메이에게 물었다.

"황마오즈 어디 있는지 알아? 민족궁民族宮 입구에 하나 있어."

거리에 '황마오즈'가 나타난 건 최근 2년 사이의 일이다. 쓰이원
은 본 적이 없다. 쓰이원은 세워져 있는 우체통이나 걸려 있는 우체통
을 봤을 뿐이다. 하지만 쓰이원이 상상하는 '황마오즈'는 진짜 '황마
오즈'와 별 차이가 없을지도 모른다. 쓰이원은 터무니없는 상상은 하
지 않았을 것이다. '노란 모자'든 '빨간 모자'든 용도는 편지 배송이다.
그저 녹색 우체통에 노란색 칠만 했을 것이다.

---

234) 노란색 칠을 한 우체통. 1983년에 설치되었다. 일반 녹색 우체통과 구분하기 위해 위를 노
랗게 칠하면서 일명 '황마오즈(=노란 우체통)'란 이름을 갖게 되었다. 수거 담당자들이 우
체통에 적힌 시간에 맞춰 하루에 세 번 우체통을 열고 편지를 수거했다. 일반 우체통에 넣
은 편지에 비해 빠른 시간에 배송이 이루어졌다.

장미의 문

쓰이원은 이제 눈앞에 있는 쑤메이에게 익숙해졌다. 쑤메이 역시 벌거벗은 자기 모습에 익숙해졌을 거라고 믿었다. 쓰이원은 벌거벗은 채 쑤메이와 등을 맞대고 이란-이라크 전쟁, 미-소 전략무기감축에 대해 이야기를 나누었다. 그녀는 또한 런던밀랍인형박물관에 전시된 대처 수상의 밀랍과 실물의 미묘한 차이에 대해 말했다. 대처 수상의 눈은 쉼표처럼 생겼는데 밀랍을 만든 장인은 이 특징을 소홀히 했다고 말했다. 또한 드라마를 보며 트집을 잡기도 했다. 해방 전 이야기를 다루는 드라마에 나오는 커튼이 요즘에나 볼 수 있는 나일론 커튼이라고 흠을 잡았다. '궁상맞은 모습'도 '전혀 현실적이지 않다'고 했다. 쑤웨이가 주고 간 태환권이 여전히 쓰이원 협탁에 있었다. 쓰이원이 태환권을 오래된 자기 에니카 시계로 눌러놓았다. 그녀는 사람들에게 유이상점友誼商店(중국 Duty free)에 가려면 모두 태환권을 사용해야 한다고 말했다.

어느 날 쓰이원은 더 이상 요구르트도 먹을 수 없게 됐다. '성마이인'生脈飮235)도 삼킬 수 없었다. 그녀가 쑤메이를 불러 뜬금없는 요구를 했다.

"택시 한 대 불러."

쑤메이는 어디에 가고 싶은지 물었다. 그녀가 살그머니 쑤메이에게 말했다.

"정협236) 회관 근처."

언제 어떤 방법을 썼는지 모르지만 쓰이원은 화즈위안의 주소를

---

235) 중국 생약. 허한 기를 보강한다고 알려져 있다. 홍삼, 맥동, 오미자 등이 주재료이다.
236) 정치협상회의

정확히 알고 있었다.

62

정협 회관 근처.

넓고 곧게 뻗은 골목길. 골목 입구에 남향으로 거대한 빨간 대문
이 보였다. 쓰이원이 차를 타고 도착한 곳이다. 쑤메이는 이곳을 수차
례 들락거렸지만 쓰이원은 이에 대해 전혀 아는 바가 없다.

이번에도 '시트로엥'을 탔다.

차 안에 쓰이원과 쑤메이가 어깨를 나란히 하고 앉아 있었다. 쓰
이원은 온몸을 수건으로 동동 싸맨 채 밖으로 유일하게 드러나 있는
머리를 쑤메이 팔에 기댔다.

쓰이원이 차를 모퉁이에서 돌려달라고 했다.

'시트로엥'이 골목으로 들어가 멈췄다.

차 안. 차창을 통해 커다란 빨간 대문이 보였다.

쑤메이가 기사에게 말했다.

"여기서 누구 좀 기다릴 거예요. 차비는 규정대로 드릴게요."

기사가 알았다는 듯 고개를 끄덕였다.

쓰이원이 미안한 표정으로 곁에 있는 쑤메이를 바라보았다. 그녀
의 얼굴에 살짝 홍조가 번졌다.

쑤메이가 시계를 봤다. 다섯 시 반이다.

쑤메이가 시계를 봤다. 6시 정각이다.

쑤메이는 생각했다.

‘외할머니와 저 문 안에 있는 주인을 비교하면 하늘의 때天時와 땅의 이로움地利의 차이나 있을까. 귀천이나 지위의 차이는 없는 듯하다. 이제 외할머니의 신체는 쪼그라들고 그의 대뇌는 위축됨으로써 두 사람의 생존 가치가 다시 한 번 평형을 이루었다. 한 사람은 붉은 문 안에서 ‘정지’를 요구할 뿐이고, 또 한 사람은 붉은 문 거대한 사합원에 살진 않지만 영원히 ‘정지’되지 않는 영혼을 소유하고 있다. 나는 외할머니가 이곳에 오길 바랐다. 그건 이 문 안에 살고 있는 주인에 대한 도발이다. 그자는 이 순간 얼마나 외할머니의 얼굴을 보고 싶어 하는가. 비록 그는 이 얼굴을 감상할, 아름다움을 감상할 능력을 잃었지만 말이다.’

　쑤메이가 시계를 봤다. 여섯 시 반이다.

　쓰이원이 다시 쑤메이 어깨에 머리를 기대고 살짝 눈을 감았다.

　붉은 문은 여전히 굳게 닫혀 있다.

　까만 ‘벤츠’가 골목으로 들어왔다. ‘시트로엥’에 비해 호사스럽고 기품이 넘친다. ‘벤츠’가 붉은 문 앞에서 천천히 멈췄다.

　차 안. 쑤메이는 멈춰 선 ‘벤츠’를 발견하고 살짝 흥분했다. 그녀가 쓰이원의 어깨를 슬며시 흔들었다. 하지만 쓰이원은 똑바로 고개를 세우지 못했다. 그저 창밖을 향해 고개를 돌렸을 뿐이다. 두 눈이 유난히 반짝였다. 차창 밖, ‘벤츠’의 앞문이 열리고 말끔하고 건장한 청년이 차에서 내렸다. 청년이 재빨리 두세 걸음 다가가 뒷문을 열고 공손하게 몸을 굽혀 중산복中山服 차림의 왜소한 노인을 부축했다. 노인은 거의 대머리였다. 더 이상 정수리만 벗겨진 대머리가 아니었다. 청년이 힘껏 그의 팔을 들어 올리자 그가 휘청거리며 발걸음을 옮겼다.

차 안. 쓰이원이 그를 알아본 것이 분명하다. 놀란 표정이 역력했다. 그리고 살짝 머뭇거리며 수줍은 표정을 지었다.

쓰이원이 혼자 중얼거렸다.

"그렇구나."

쓰이원이 차 안쪽으로 고개를 돌린 후 살짝 목을 숙여 쑤메이의 어깨에 머리를 기댔다. 그녀의 얼굴에서 표정이 사라졌다. 그리고 눈을 감았다.

커다란 붉은 문, 노인이 안으로 들어간 후 다시 굳게 문이 닫혔다. '벤츠' 역시 해방을 얻은 듯 급히 방향을 틀어 문 옆에 있는 차고로 들어갔다.

차 안. 택시기사가 고개를 돌려 쑤메이를 바라보았다. 쑤메이가 고개를 끄덕였다.

'시트로엥'이 후진해서 골목을 빠져나와 달리기 시작했다.

쓰이원의 상태는 이번 외출로 급격히 악화되었다. 그녀는 더 이상 아무것도 먹지 못했다. 낡은 솜뭉치 같은 몸이 더 심하게 무너져 내린 것 같았다. 며칠 사이 등은 뼈만 앙상했다. 경골, 침골도 드러났다. 이제 얼굴에서 완전한 건 귀밖에 없다. 그러나 쓰이원의 청력과 의식만은 여전히 일반 사람들보다 더 뛰어나다. 북채 뤄씨네가 '후'和를 높이 외치며 와자지껄하게 떠들면 쓰이원은 누가 이번 판番237) 계산을 잘못했는지 파악이 가능하다. 그렇게 쓰이원은 다시 북채를 화실로 개조할 생각에 빠졌다. 쓰이원이 쑤메이 화실의 지붕창이 북향인지 물

---

237) 마작의 점수 단위

장미의 문

었고 쑤메이는 외할머니 말이 맞다고 했다. 쓰이원이 말했다.

"생각해보니까 북향이어야 해. 그래야 빛이 차분하지."

놀라울 정도로 또렷한 의식을 위해 쓰이원은 쑤메이와 주시에게 자기 대변을 파내도록 했다. 음식을 먹지 못하는 것은 체내 순환이 순조롭지 못하기 때문이라고 했다. 체내 순환을 원활하게 하기 위해 쓰이원은 자존심 따위 버리고 두 사람에게 마음대로 자기 다리를 들고 대변을 파내라고 했다.

쑤메이는 풀 한 포기 자라지 않을 황폐한 땅 같은 외할머니의 하체를 바라보며 뭔지 모를 감동을 받았다. 자기 뱃속에 생명이 자라고 있기 때문인지 아니면 눈앞의 황폐한 모습 때문에 쓰이원을 이해하게 되었는지 모를 일이다. 아마도 세상의 진정한 이해는 정체를 알 수 없는 감동에서 비롯되는 건지도 모른다. 쑤메이는 아마도 추함이란 한 여인이 세상의 황폐한 땅을 대면했을 때가 아니라 이 황폐한 땅을 추하다고 여길 때가 아닐까 생각했다.

쑤메이 뱃속에 생명이 자라고 있다. 그녀의 토지는 비옥하다⋯⋯.

막 대변을 파낸 쓰이원이 다시 먹을 것을 원했다. 또한 이제 막 '먹고' 난 쓰이원이 다시 병원에 가겠다고 했다. 그녀는 병원에 가면 자신이 살 수 있을 거라고 굳게 믿었다. 설사 죽어서 병원에 들어가도 다시 새 생명을 얻을 거라고 굳게 믿었다.

주시가 쑤메이를 불러 쓰이원이 움직이는 건 더 이상 불가능하다며 논의에 들어갔다. 쑤메이는 주시의 판단을 믿었다. 둘은 굳이 서로 대화를 나눌 필요도 없이 같은 '결정'을 내렸다. 주시에게 쓰이원을 위해 '택시'를 부르도록 했다. 움직이는 사람이 안 된다는 말을 할 수 있는가?

주시가 무겁게 발걸음을 옮겼다. 쓰이원을 위해 택시를 부르러 가겠다는 뜻이다.

주시가 나갔다.

쓰이원이 물을 먹겠다고 했다.

쑤메이가 물을 가져왔다.

쓰이원이 먹여달라고 했다.

쑤메이가 숟가락으로 쓰이원에게 물을 먹였다.

쓰이원 입에서 물이 전부 흘러내렸다.

쑤메이가 손수건으로 쓰이원의 입을 닦았다.

쓰이원의 호흡 간격이 점점 더 길어졌다. 꼭 감은 두 눈을 더 이상 뜰 것 같지 않았다.

쑤메이가 다시 한 번 물 한 숟가락을 먹였다. 물이 다시 그대로 흘러내렸다. 하지만 여든의 쓰이원은 다시 숨을 끌어올렸고, 다시 눈을 떴다.

쑤메이가 다시 쓰이원의 입을 닦았다. 쑤메이는 쓰이원의 입에서 손수건을 떼지 않고 그녀의 입에 얹은 손에 살짝 힘을……

쓰이원의 가슴이 몇 번 부르르 떨렸다. 분명하게 느낄 수 있었다. 가슴의 진동으로 인해 그 순간 다리가 움직인 것 같았다. 쓰이원의 얼굴에 미소가 피어올랐다. 기쁜 웃음인지 냉소인지 가늠하기 힘들었다.

쑤메이가 손수건을 치웠다. 쓰이원의 입가에 미소가 여전했다.

쑤메이가 쓰이원의 머리를 빗겨주고 침대 머리에 엎드려 쓰이원의 관자놀이 초승달 모양 흉터에 입을 맞췄다. 쑤메이는 이 흉터에 입을 맞춘 사람은 없었을 거라고 생각했다.

장미의 문

진짜 초승달이 대추나무 꼭대기에 걸려 있었다.

63

주시가 돌아오다가 문 앞에서 달을 감상하고 있는 쑤메이를 발견했다. 그 순간 무슨 일이 일어났는지 알 것 같았다.

주시가 앞장서고 쑤메이가 그 뒤를 따라 안쪽 방으로 들어갔다. 안쪽 방, 쓰이원의 몸에, 머리에 타월 담요가 덮여 있었다. 주시가 차분하게 담요를 걷고 여전히 미소 짓고 있는 쓰이원을 바라보았다. 그녀가 손을 뻗어 쓰이원의 이목구비를 주물렀다. 쓰이원이 웃음을 멈췄다.

주시와 쑤메이가 마주섰다.

"네가 맞을지도 몰라."

주시가 쑤메이에게 말했다.

"숙모가 맞을지도 몰라요."

쑤메이가 주시에게 말했다.

"넌 의학계, 법학계에서 벌어지고 있는 논쟁에 막을 내렸어."

"숙모는 며느리와 의사라는 두 가지 임무를 완성했어요."

"난 평범해, 그냥 도리를 다했을 뿐이야. 너야말로 대단해."

"대단한 건 역시 숙모예요. 숙모는 외할머니의 생명을 유지시키기 위해 평범하게 도리를 지키면서도 또한 외할머니가 자기 내면과 싸워 서로 물고 뜯다가 전사하게 만들었으니까요."

"외할머니 사랑해?"

주시가 쑤메이에게 물었다.

"사랑해요."

쑤메이가 대답했다.

"숙모는 외할머니 사랑해요?"

쑤메이가 주시에게 물었다.

"사랑하지 않아."

주시가 대답했다.

"그래서 내가 숙모보다 잔인한 거예요."

쑤메이가 대답했다.

"그래서 내가 너보다 인내심이 강한 거야. 하지만 난 추호도 위선적이지 않아."

"그럼 숙모 말은 난…… 위선적이라는 거예요?"

"아니. 우리가 만난 날부터 난 그런 생각은 전혀 해본 적이 없어. 이번 생에는 계속 그렇게 생각하지 않을 거고. 넌 어머님을 좋아했기 때문에 네 손으로 어머님에게 미소를 돌려준 거야. 난 어머님을 사랑하지 않았기 때문에 내 손으로 어머님이 고통 속에 목숨을 이어갈 수 있도록 한 거고."

"이렇게 잔인하게 목숨이 이어지는 것을 보고 싶었어요?"

"내가 어머님의 목숨을 이어준 것이 잔인하다고 생각하는 거야? 그렇다면 보고 싶었어."

"난 그렇게 생각했어요."

쑤메이가 말했다.

"난 그렇게 했어."

주시가 말했다.

장미의 문

"난 정말 네가 부러워."

"숙모, 정말 고마워요!"

제15장

쑤메이는 처음 조산원에 갔을 때 기분이 좋지 않았다. 게다가 난산이었다. 예정일이 6일이나 지났는데도 '소식'이 없었다. 불안한 그녀가 병실을 서성였다.

쑤메이는 전에 이곳이 신성한 곳이라고 생각했다. 곳곳이 깨끗하고, 모든 사람이 린차오즈林巧稚238)라고 생각했다. 그런데 막상 와보니 이곳저곳 모두 배부른 사람만 가득하다. 강에 물고기가 없으면 시장에 있다고 한다. 전 세계 여성들이 모두 오직 한 가지 일, 바로 아이만 낳는 듯했다. 의사와 간호사들은 배부른 여인들을 매일 만나다 보니 별로 신기해하지도 않는 듯했다. 마치 그들은 임부妊婦들을 커다란 돌, 목화솜, 배가 펑퍼짐한 커다란 물고기를 보듯 했다.

물고기가 물속에서 헤엄칩니다.

---

238) 1901~1983. 중국 샤먼厦門 구랑위鼓浪嶼 출신. 중국 현대 산부인과 창시자로 세계적인 난산 전문가이다.

장미의 문

쑤메이는 몇 번이나 분만유도제를 맞고 몇 번이나 분만실 분만대에 누웠고, 몇 번이나 옷을 다 벗었고, 몇 번이나 행복에 겨워하며 몇 번이나 고통에 허덕였다. 하지만 들어갈 때처럼 나올 때도 혼자였다.

엄마가 한 말을 똑똑히 기억하고 있었다. 그 순간에 대변을 보고 싶은 느낌이 온다고 했다(의학적으로 이를 배변감이라고 한다). 쑤메이는 분만대에서 이런 느낌을 가져보려고 안간힘을 썼지만 허사였다. 하지만 그보다 먼저 그 느낌이 왔을 때의 난처한 생각만 머릿속에 가득 찰 뿐이었다. 그런데 알고 보니 그 어색한 느낌을 바라는 것 역시 사람을 '얼빠지게 만들고' 이처럼 '얼빠진 상태'에서 당신은 비로소 어색함을 잊고 의기양양해진다.

뤄 아주머니가 또 방세를 내려 왔다. 주시가 식탁에서 밥을 먹으며 아주머니를 맞이했다. 아주머니가 한 손에 환쯔를 잡고 한 손에 10위안짜리 빳빳한 새 돈 두 장을 들고 주시 앞에 섰다.

"밥 먹을 때라서 집에 있는가 했지."

뤄 아주머니가 말했다. 아주머니가 환쯔의 손을 놓았다. 환쯔가 앞서 주시에게 달려가 자신이 주시와 감정적 교류를 할 수 있도록 가교 역할을 해주길 바랐다. 하지만 애석하게도 환쯔는 앞서 주시에게 다가가지 않고 그냥 할머니를 따라갔다. 아이는 주시가 서먹했다. 주시가 환쯔를 끌어당기며 콩소를 넣은 만두를 내밀었다. 환쯔가 다시 할머니 곁으로 돌아와 만두를 먹기 시작했다.

주시가 뤄 아주머니 손에 들린 방세를 흘끗거렸다.

"두 달 치다."

뤄 아주머니가 말했다.

"전번에 이 집에 일이 생기는 바람에 그냥 지나갔지."

뤄 아주머니가 돈을 식탁 위에 두었다. 주시는 계속 밥만 먹었다.

"새 집에서는 소식 없어요? 주렌쯔舊廉子 골목 부근이라던데요."

주시가 뤄 아주머니에게 물었다.

"소식 같은 소리하니, 그리고, 소식이 있다고 쳐도 11층이라던데. 내처럼 나이 먹은 사람은 높은 곳에 올라갈 생각도 없고, 엘리베이터 타면 머리도 어지럽고."

뤄 아주머니가 주시의 반응을 살폈다.

"차차 익숙해지겠죠."

주시가 말했다. 주시가 말하는 건 엘리베이터다.

"환쯔도 있고."

주시의 말뜻을 알아차린 뤄 아주머니는 환쯔가 계단 오르락거리는 문제도 있다고 말했다. 환쯔가 계단을 올라가야 한다는 이야기를 하고 싶었던 것이다.

"아이들이 어디 엘리베이터를 무서워하겠어요?"

주시가 식탁을 정리하기 시작했다. 식탁을 닦은 후 뭘 하려는지 안쪽 방으로 들어갔다. 식탁에 새 돈 두 장만 남았다. 돈을 지키고 서 있던 뤄 아주머니는 쓰이원이 매번 자신에게 영수증을 써주던 기억이 났다. 그럼 주시는?

환쯔는 복덩이가 책상에 앉아 기선汽船 모양의 연필깎이를 돌리고 있는 모습을 보고 살금살금 다가갔다. 하지만 복덩이는 환쯔를 쳐다 보지 않았다. 환쯔가 '기선'을 향해 한 손을 내밀자 복덩이가 눈을 흘기며 환쯔 손을 내쳤다. 환쯔가 원래 자리로 되돌아갔다.

"영수증 없어도 된다."

뤄 아주머니가 안쪽 방에 대고 말했다.

장미의 문

"전에 복덩이 할머니는 영수증을 줬지만."

안쪽 방에서는 아무 대답도 들리지 않았다.

쑤메이가 다시 분만실에 들어가, 다시 옷을 벗고 배변감을 느끼기 위해 애를 썼다. 그러고 보니 그녀 양옆에도 벌거벗은 사람들이 있었다. 그들 역시 배변감을 기다리고 있는 건지는 모른다. 그들이 모두 무사하길 바랐다. 모두 한 가지 바람을 위해 그 느낌이 찾아오길 바랐다. 그 느낌 후 자신이 열리길 바랐다. 자신이 열리는 순간이야말로 기쁜 나머지 진짜 깝죽대기 시작하는 때다.

기쁜 나머지 깝죽대기 시작한 여자 하나가 '깝죽대며' 엄청난 소리를 내기 시작했다. 금반지를 낀 한쪽 손이 허공을 잡아 뜯었다. 알고 보니 모든 것이 적나라하게 진실이 되는 순간, 금반지는 가장 쓸데 없는, 가장 눈에 거슬리는 허위의 존재가 된다. 금반지가 허공에서 외로이 빛을 냈다. 인간의 삶과 죽음, 인류와 전혀 관련이 없었다.

쑤메이는 반지를 낀 손이 가장 부러웠다. 그녀는 왜 허공을 쥐어 뜯는 순간이 시작되지 않는 걸까?

주시는 뤼 아주머니에게 영수증을 써주지 않았다. 뤼 아주머니가 환쯔를 데리고 남채를 나가고 나서야 식탁 위 돈을 챙겼다. 그녀가 너저분한 서랍에 돈을 쑤셔 넣었다. 서랍은 만물상자 같았다. 편지도 있고, 의사의 화학검사 결과지와 통계표도 있고, 가위(쓰이원 것)도 있고, 반창고도 있고, 청진기도 있고, 클립 반 상자도 있고, 고대기도 있고, 돈도 있다. 주시는 매번 서랍을 열려고 할 때마다 뭔가가 막혀 서랍을 열 수 없었다. '열리지 않는' 서랍 때문에 주시는 언제나 서랍을 정리할 때가 됐다고 생각했다. 하지만 또 매번 서랍을 밀어 넣은 후 서랍이 열리지 않는다는 사실을 까먹었다. 여유가 없었다. 처음에는 쓰이원 때문에 여유가 없었고 이제 쓰이원이 없어지고 나니 방안에 갑자기 쥐가 들끓기 시작했다. 쥐들이 지붕을 뛰어다니다가 텔레비전 장 위에서 쉬면서 복덩이 책을 갉아먹었다. 주시는 자기 쥐덫을 찾았다. 쥐덫은 매번 실패라는 걸 모른다. 하지만 살아 있는 쥐가 죽은 쥐를 위해 복수하면서 주시 신발에 쥐새끼를 잔뜩 넣어두었다. 주시는 쥐를 박멸할 새로운 방법을 찾기 시작했다. 그녀가 신문을 뒤적이다가 작은 기사 한 쪽을 찾았다. 구區 정치협상위원이자 쥐잡기 전문가가 특이한 쥐약 두 종류를 발명했다. 하나는 '서득락'鼠得樂, 하나는 '낙득서'樂得鼠다. '서득락'은 수컷을 잡는 쥐약으로 암컷은 먹지 않는다. '낙득서'는 암컷만 잡는 쥐약으로 수컷은 이 쥐약을 먹지 않는다. 쥐들의 번식능력을 없애기 위해서라도 이 보도의 진실성을 입증해야 한다. 주시는 약을 구하기로 결정했다. 먼저 약으로 쥐를 죽이기로 했다. 주시는 생각했다. 수컷을 먼저 죽일까, 암컷을 먼저 죽일까? 다시 말해, 먼저 '서득락'을 찾을까, '낙서득'을 찾을까?

쑤메이가 다시 분만실에 들어갔다. 느낌이 오고 허공을 쥐어뜯기 시작했다. 손에 반지가 없어서 '쓸데없을' 일도, '눈에 거슬릴' 일도, '가식적'일 일도 없었다. 쑤메이는 누구 일도 방해하지 않고 자신이 자신을 쥐어뜯었다. 그녀는 쥐어뜯다가 입으로 베개를 물어뜯기 시작했다. 지금 자신이 베개를 물어뜯는 것과 쓰이원이 물어뜯던 것이 뭐가 다를까, 그녀는 별로 다르지 않다고 생각했다. 모두 진짜 아픔 때문이었다. 그러고 보니 사람이 난처한 상황을 벗어나는데 가장 좋은 건 통증이며, 가장 깝죽대게 만드는 것도 통증이다. 당신은 깝죽대는

장미의 문

그 순간을 아주 오랫동안 바라고 있었다는 사실을 인정할 수밖에 없다.

커다란 여자애가 세상에 나왔다. 기계 힘에, 주시가 부러워했던 산부인과 겸자 덕에, 어머니를 망친 덕분에 세상에 나왔다. 여자애와 기계가 힘을 합쳐 어머니를 열고 어머니를 심각하게 망가뜨렸다. 아이가 어머니에게 바큇살 같은 커다란 구멍을 냈다. 쑤메이는 지금 자신이 《맨발의 의사수첩》에 나오는 그림을 가장 많이 닮았다고 생각했다. 한 치의 오차도 없었다.

쑤메이의 몸이 봉합되었다. 바늘이 한 번씩 오갈 때마다 속으로 숫자를 셌다. 하나, 둘, 셋…… 모두 40바늘이다.

숫자는 인류에게 때로 매우 평범하고 또한 때로 매우 장엄하다. 당신은 40쪽을 읽고 닭털 책갈피를 40쪽에 끼워놓는다. 다시 책을 펼쳤을 때 당신은 당신이 40쪽을 찾고 있다는 사실을 잊는다. 만약 사람들이 기념하고, 경축할 만한 40이라면? 신문 한 장, 담배와 술의 상표, 동창회…… 모두 자신의 40이 있을 거고 무척 장엄할 것이다.

주시는 먼저 '낙득서'를 찾았다.

쑤메이가 분만실에서 나왔다. 남편이 그녀에게 편지 한 통을 가져왔다. 엄마와 아빠도 그녀에게 편지 한 통을 가져왔다.

남편이 가져온 편지는 주시가 쓴 편지다. 쑤메이 모녀의 건강을 기원한다면서 남채 쥐가 많이 줄어들었다고 했다. 하지만 그녀는 또 '서득락'을 구해야 하며 뭐 아주머니도 이사 갈 조짐이 보이지 않는다고 했다. 그녀는 그들을 '내쫓을까' 아니면 그냥 살게 할까 생각 중이라고 했다.

엄마가 준 건 쑤웨이가 보낸 편지다. 쑤웨이는 언니가 임신한 사실을 잊은 듯했다. 편지에는 닐이 800불을 들여 독일 순수혈통인 암캐 한 마리를 샀다고 적혀 있었다. 쑤웨이는 암캐를 위해 '깽깽이'라는 이름을 지었다. 깽깽이를 집에 들이자마자 그녀는 수의사를 찾아가 중성화수술을 시켰다.

누군가 와서 쑤메이에게 딸을 보여줬다. 한 눈에 봐도 머리가 컸다. 쑤메이는 어서 빨리 딸의 커다란 머리에 입을 맞추고 싶었다. 딸에게 깽깽이란 이름을 붙여주고 싶었다. 깽깽이 관자놀이에서 초승달 같은 흉터를 발견했다. 기계가 남긴 영원한 흔적이다.

그녀는 그녀를 사랑하는가?

1987년 12월 초고 완료

1988년 7월 29일 마감

장미의 문